第三部　中世文学論のために：享楽と不気味なもの

序

本書は平安朝文学を中心に古典文学を、表象と強度という観点から考察しようとするものである。何が描かれているかを再現しながら、そこに潜在する力を浮かび上がらせてみたい。確かに大津皇子と在原業平は別々の表象である、だが、共通の力が貫いているのではないか。逆の言い方もできる。大津皇子と在原業平はよく似た表象に収まっている、しかし別々の力を担っているのではないか。そんな差異と反復が主題となるはずである。業平は「心あまりて詞たらず」と評されるが、そうした問題系とも重なり合うだろう。

第一部は文学史論である。柄谷行人『日本近代文学の起源』の命題に従って、風景の発見、内面の発見、告白という制度、病気の意味、観念の転倒、物語の構成などについて考察している。和文を創出した平安朝文学の構図が明らかになるだろう。

第二部は平安朝の和歌・日記・物語に関して様々な接近を試みるが、強い欲動と執拗なノイズが浮かび上がってくる。それは華麗な王朝文学という表象に収まることのないものである。また物語の方法について考察するが、知の物語が物語の鬱屈へと至る過程を描いてみたい。熱狂と鬱屈は、物語文学史にとって新たな視点となりうるのではないだろうか。

第三部では中世文学論を試みるが、そのことで逆に平安朝文学を浮き彫りにしてみたい。平安朝文学とは異なる表象、異なる強度が立ち上がる。とりわけ享楽と不気味なものの出現は注目に値する。解釈を拒む享楽、自己を脅かす不気味なものが中世文学を特徴づけているのではないだろうか。

大津透『道長と宮廷社会』（日本の歴史6、講談社、二〇〇一年）は歴史家の立場から平安時代のシステム解明をめざしているが、システムがまとう表象と強度の検討も不可欠であろう。それが文学史家の課題にちがいない。表象とは知覚や記憶や想像の姿だが、そこに収まりきらない強度をどのように浮かび上がらせるのか。本書は困難な課題をめぐって、ひたすらテクストを辿り続けることになる。

原文の引用は以下の通りだが、それぞれの御労作に感謝申し上げたい。『伊勢物語』『枕草子』『無名抄』『徒然草』は角川文庫、『古事記』『風土記』『古今和歌集』『大和物語』『源氏物語』『落窪物語』『堤中納言物語』『浜松中納言物語』『夜の寝覚』『狭衣物語』『讃岐典侍日記』『松浦宮物語』『将門記』『陸奥話記』『神楽歌』『梁塵秘抄』『松浦宮物語』『曾我物語』『義経記』『沙石集』『謡曲集』『日本漢詩集』は新編日本古典文学全集（小学館）、『竹取物語』『土佐日記』『貫之集』『蜻蛉日記』『紫式部集』『和泉式部日記』『更級日記』『大鏡』『建礼門院右京大夫集』『無名草子』『宇治拾遺物語』『古今著聞集』『とはずがたり』『御伽草子集』『説経集』『紫文要領』は日本古典集成（新潮社）、『日本書紀』『懐風藻』『文華秀麗集』『性霊集』『菅家文草』『栄花物語』『増鏡』『愚管抄』『太平記』『神皇正統記』『歌論集』『連歌論集』『伊曾保物語』は日本古典文学大系（岩波書店）、『万葉集』『続日本紀』『後撰和歌集』『拾遺和歌集』『後拾遺和歌集』『千載和歌集』『新古今和歌集』『平安私家集』『住吉物語』『とりかへばや』『三宝絵』『中外抄』『今昔物語集』『古本説話集』『方丈記』『宝物集』『閑居友』『古事談』『続古事談』『保元物語』『平治物語』『平家物語』『たまきはる』『中世日記紀行集』『狂言集』は新日本古典文学大系（同）、『菅家遺誡』『往生要集』『建武式目』『風姿花伝』『古代中世芸術論集』は日本思想大系（同）、『うつほ物語』はおうふう版、『多武峰少将物語』は笠間書院版、『紫式部日記』『今物語』『夢中問答集』は講談社学術文庫、そのほか新編国歌大観、和歌文学大系、国史大系、神道大系等による。

第一部　文学史論：風景・内面・音声

われわれのなかの「詩人」をもっと「非文学」的に培養し、それによってもっと人間的になること…

——西郷信綱『詩の発生』（増補版）

平安朝文学史の諸問題——和文の創出と文学の成立

柄谷行人『日本近代文学の起源』（講談社、一九八〇年）は、近代文学史が自覚することなく前提としてきたものを批判的に明らかにする一種の文学史批判である。文学史が知らず知らずのうちに通念としてしまった自明性を疑うこと、隠蔽されてしまった価値の転倒を明らかにすること、それが柄谷氏の方法であろう。しかし、それはまた新しい文学史の可能性を示唆しているようにもみえる。文学史を自明のものとして客観的に存在すると考えてしまってはならない。文学史とは様々な概念装置を用いた虚構であり、むしろ思考実験のようなものではないか。ここでは、その批判書に導かれて平安朝文学史の諸問題について検討してみたいと思う(1)。

一　「風景」の発見

近代文学の風景と異なっていることは明らかだが、平安朝文学においても「風景」の発見を指摘できるだろう。いわゆる女流日記文学における風景の記述がそれである。まず『蜻蛉日記』上巻の巻末にみえる初瀬詣での場面を取り上げてみたい。

かくて、年ごろ願あるを、いかで初瀬にと思ひ立つを、たたむ月にと思ふを、さすがに心にしまかせねば、からうじて九月に思ひ立つ。「たたむ月には大嘗会の御禊、これより女御代出で立たるべし。これ過ぐしてもろともにやは」とあれど、わがかたのことにしあらねば、忍びて思ひ立ちて、日悪しければ、門出ばかりを法性寺の辺にして、暁より出で立ちて、午の時ばかりに宇治の院にいたり着く。（上巻）

「心にしまかせねば」というのは作者の日々の意識であろう。晴れやかな儀式に背を向けているが、それは「わがかた」ではないからである。作者は「忍びて」「忍びやかに」という言葉を繰り返して自らの思いを記している。

見やれば、木の間より水の面つややかにて、いとあはれなるここちす。忍びやかにと思ひて、人あまたもなう出で立ちたるも、わが心のおこたりにはあれど、われならぬ人なりせば、いかにののしりてとおぼゆ。車をさしまはして、幕など引きて、しりなる人ばかりをおろして、川にむかへて、簾まき上げて見れば、網代どもし渡したり。ゆきかふ舟ども、あまた見ざりしことなれば、すべてあはれにをかし。しりのかたを見れば、来困じたる下衆ども、悪しげなる柚や梨やなどを、なつかしげにもたりて食ひなどするも、あはれに見ゆ。破子などものして、舟に車かき据ゑて、いきもていけば、贄野の池、泉川など言ひつつ、鳥どもゐなどしたるも、心にしみてあはれにをかしうおぼゆ。かい忍びやかなれば、よろづにつけて涙もろくおぼゆ。（上巻）

何よりも重要なのは、「われならぬ人なりせば」という不遇意識をもった「内的」な人間によって風景が見出されている点であろう。そんな風景の発見が、民衆への接近を伴っている点も注目される。これは共感と同情の言説というべきものである。

それより立ちて、いきもていけば、なでふことなき道も山深きここちすればいとあはれに、水の声も例にすぎ、木も空さして立ちわたり、木の葉はいろいろに見えたり。水は石がちなる中よりわきかへりゆく。夕日のさしたるさまなどを見るに、涙もとどまらず。道はことにをかしくもあらざりつ。紅葉もまだし、花もみな失せにたり、枯れたる薄ばかりぞ見えつる。ここはいと心ことに見ゆれば、簾まきあげて、下簾おしはさみて見れば、着なやしたるものの色も、あらぬやうに見ゆ。薄色なる薄物の裳をひきかくれば、腰などちがひて、こがれたる朽葉に合ひたるここちも、いとをかしうおぼゆ。乞食どもの、坏、鍋など据ゑてをるも、いと悲し。下衆ぢかなるここちして、入りおとりしてぞおぼゆる。眠りもせられず、いそがしからねば、つくづくと聞けば、目も見えぬ者の、いみじげにしもあらぬが、思ひけることどもを、人や聞くらむとも思はず、ののしり申すを聞くもあはれにて、ただ涙のみぞこぼるる。（上巻）

「なでふことなき道」「道はことにをかしくもあらざりつ」という平凡な光景、しかも「紅葉もまだし、花もみな失せにたり、枯れたる薄ばかりぞ見えつる」という時期はずれの光景、そうした取るに足らぬものを新鮮に見せているのが実は「内部」なのである。乞食にさえ同情を感じている。「眠りもせられず、いそがしからねば、つくづくと聞けば」というように内部は一歩退いた状態にある作者にとって、すべては心象風景に等しくなるのであろう。「目の見えぬ者」が「思ひけることども」つまり内面だけを露出させているのを見て作者は不憫に思う。だが、これは作者自身の姿でもある。作者の見ている風景も実は内部の反映にすぎず、作者も同じ盲目性を有しているからである。

初瀬詣での記事を最後にして、『蜻蛉日記』上巻は次のように閉じられる。

かく、年月はつもれど、思ふやうにもあらぬ身をし嘆けば、声あらたまるも、よろこぼしからず、なほ、ものはかなきを思へば、あるかなきかのここちする、かげろふの日記といふべし。（上巻巻末）

この一節は冒頭の序と呼応する跋文になっており、『蜻蛉日記』はここで完結していてもおかしくはない。したがって、『蜻蛉日記』とは「思ふやうにもあらぬ身」つまり内的人間が風景の発見に至る作品といえる。さらに書き継がれた『蜻蛉日記』中巻は風景の発見を反復するものとなっている。まず唐崎祓いの場面がある。

賀茂川のほどにて、ほのぼのと明く。うち過ぎて、山路になりて、京にたがひたるさまを見るにも、このごろのここちなればにやあらむ、いとあはれなり。いはむや、関にいたりて、しばし車とどめて、牛かひなどするに、むな車引きつづけて、あやしき木こりおろして、いとを暗き中より来るも、ここちひきかへたるやうにおぼえていとをかし。関の山路あはれあはれとおぼえて、行く先を見やりたれば、ゆくへも知らず見えわたりて、鳥の二つ三つゐたると見ゆるものを、しひて思へば、釣舟なるべし。そこにてぞ、え涙はとどめずなりぬる。（中巻）

「このごろのここちなればにや」とあるように、内面によって風景は発見される。そして、「ここちひきかへたる」というように未知の風景によってまた内面が変容するのである。暗がりの中から次々に飛び出してくる車は、その激しさで作者の鬱屈した心を浄化するかのようだ。その先には果てしもない湖が広がっており、心を解放してくれる。

次に、石山詣での場面がある。

夜うち更けて、外のかたを見出だしたれば、堂は高くて、下は谷と見えたり。片崖に木ども生ひこりて、いと木暗がりたる、二十日月、夜更けていとあかければ、木陰にもりて、ところどころに来しかたぞ見えわたりたる。見おろしたれば、麓にある泉は、鏡のごと見えたり。高欄におしかかりて、とばかりまもりゐたれば、片崖に、草の中に、そよそよ、しらみたるもの、あやしき声するを、「これはなにぞ」と問ひたれば、「鹿のいふなり」といふ。などか例の声には鳴かざらむと思ふほどに、さし離れたる谷のかたより、いとうら若き声に、はるかにながめ鳴きたなり。聞くここち、そらなりといへばおろかなり。思ひ入りて行なふここち、ものおぼえでなほあれば、見やりなる山のあなたばかりに、田守のもの追ひたる声、いふかひなく情なげにうち呼ばひたり。かうしもとり集めて、肝を砕くこと多からむと思ふに、はてはあきれてぞゐたる。（中巻）

ここでは新しく付け加わった高さの要素が重要な役割を果たしている。高さが視界を広げてくれるのである。「来しかた」は作者の登ってきた道であると同時に、作者の歩んできた過去をも暗示しているように思われる。「鏡」のごときものに映るのは、自らの姿ではないか。(2)「こはなにぞ」という問いは、『伊勢物語』六段の「かれはなにぞ」という問いのように無垢そのものに感じられる。それは妻を恋い慕って鳴く鹿の鳴き声だというが、『伊勢物語』の「白玉」が女自身のはかなさに重なり合うように、この鹿は作者自身の置かれた状況にぴったりと重なり合うのである。風景に同化するかのように、作者は鹿の声を聞きながら意識を失っていく。さらに「田守」の声が聞こえてくる点にも注意したい。民衆的なものとは決まって「声」として発見されるのである。「若きをのこども、声細やかにて、面痩せにたるといふ歌をうたひ出でたるを聞くにも、つぶつぶと涙ぞ落つる」とあるように、作者は人々の歌声に涙してもいる（仮名という表音文字で書くことが音声的世界の発見につながっているはずである）。

中巻のクライマックスというべき鳴滝籠もりの場面は、風景と人事が交互に記述された長大なものである。作者は兼家の「薬」の紙に「前渡りせさせたまはぬ世界もや」と拒絶の意志を書き記し、出家するべく鳴滝に出発する。

曙を見れば、霧か雲かと見ゆるもの立ちわたりて、あはれに心すごし。（中巻）

兼家の迎えを拒んでしまった作者にとっては、霧の立ち籠めた翌朝の風景がぞっとするものに見えているのである。「木陰いとあはれなり。山陰の暗がりたるところを見れば、蛍は驚くまで照らすめり」。叔母が尋ねてきてくれたことで作者はいくらかの安堵を覚えるが、それが暗がりの中の蛍によく現れている。しかし、頼りにしていた叔母も立ち去ってしまう。

日ごろものしつる人、今日帰りぬる。車の出づるを見やりて、つくづくと立てれば、木陰にやうやういくも、いと心すごし。（中巻）

暗がり中の光が遠ざかり消えていく。この後、作者は気分が悪くなり臥せっているのだが、木陰に作者の内面が見事に映し出されているといえる（「木の下暗がりもてゆく」とある『和泉式部日記』でもそうだが、女性作家たちの目は木の暗がりに吸い寄せられる）。また、「空暗がり、松風音高くて、神ごをごをと鳴る」「雨いたく降り、神いといたく鳴るを、胸塞がりて嘆く」とある雷鳴と内面の共鳴関係も見逃せない。

中巻の末尾では、再び初瀬詣でが繰り返されている。

困じたるに、風は払ふやうに吹きて、頭さへ痛きまであれば、風隠れ作りて、見出したるに、暗くなりぬれば、鵜舟ども、かがり火さしともしつつ、ひとかはさしいきたり。をかしく見ゆることかぎりなし。頭の痛さの紛れぬれば、端の簾巻きあげて、見出だして、あはれ、わが心と詣でしたび、かへさに、あがたの院にぞゆき帰りせし、ここになりけり、ここに按察使殿のおはして、ものなどおこせたまふめりしは、あはれにもありけるかな、いかなる世に、さだにありけむと思ひつづくれば、目も合はで夜中過ぐるまでながむる、鵜舟ども上り下りゆきちがふを見つつは、

うへしたとこがるることをたづぬれば胸のほかには鵜舟なりけり

などおぼえて、なほ見れば、あかつきがたには、ひきかへて、いさりといふものをぞする、またなくをかしくあはれなり。（中巻）

ここで注目したいのは、「あはれ…ここになりけり」「いかなる世に、さだにありけむ」という回想の記述である。風景は内的な時間を生み出してもいるのである。水の上と下の二重性は、そのまま心の外と内の二重性であり時間の過去と現在の二重性であろう。

主題が拡散していると評される下巻もまた風景の問題と無縁ではない。下巻に描かれる様々な雑事は風景を発見した目によってはじめて見出され叙述可能になったものであろう。風景の発見という視点から見ると、『蜻蛉日記』の上巻、中巻、下巻の構成はきわめて興味深いのである。『蜻蛉日記』は、次のように閉じられている。

今年いたう荒るるとなくて、斑雪ふたたびばかりぞ降りつる。助のついたちのものども、また白馬にものすべきなど、ものしつるほどに、暮れはつる日になりにけり。明日のもの、をりまかせつつ、人にまかせなどして、思へば、かうながらへ、今日になりにけるもあさましう、御魂など見るに、例のつきせぬことにおぼほれてぞ

はてにける。京のはてなれば、夜いたう更けてぞたたき来なる。

（下巻巻末）

年中行事の内面化といってもよいが、おそらく、こうした風景も自明のものではない。風景とは一つの「認識的な布置」（柄谷）だからである。[3]では、こうした認識的な布置をもたらしたものは何か。それは仮名による文、すなわち和文の創出だと思われる。漢文によって同様の表現が可能かどうかを考えみればわかるが、おそらく漢文で同じことを記しても自ずから別名ものになってしまうだろう。仮名の文だからこそ可能となった風景にちがいない。しかし、和文の起源にあるのは実は漢文である。『土佐日記』の有名な冒頭は、そのことを証言している。

男もすなる日記といふものを、女もしてみむ、とてするなり。

（『土佐日記』）

男の書く日記すなわち漢文日記を模倣しつつ、女は仮名の日記を書き始めるのである。だが、それ以後の日記においてはもはやそのことが意識されない。和文で書く日記が自明のものとみなされるようになる。そして和文による風景が自明のものとなる。以下の論述で問題にしてみたいのは、内面と音声と自然が一体になった和文のイデオロギーとでもいうべきものにほかならない。

二　「内面」の発見

「風景」の発見は、それを可能にした「内面」の発見を意味せずにはおかない。したがって、それは個人的なもの、私的なものの発見であり創出である。風景の発見が日記文学において顕著なのは偶然ではない。

では、そうした「風景」や「内面」の発見をもたらした仮名とは何か。仮名は表音文字であり内面により近い文字だとみなされている（仮名＝音声＝内面）。それは表意文字であり内面からより遠いとみなされる文字である真名と対立する（真名＝概念＝外形）。これまでは文字に音声が仕えてきたが、これからは音声に文字が仕えることになる。仮名の出現によって文字と音声の階層秩序が逆転するのである。(4) その逆転において最も力があったのは和歌であろう。すべては和歌の問題から派生している。いわば詩歌の改良が日記の改良、物語の改良に先立つのである。したがって、まず『古今和歌集』、とりわけその仮名序に注目してみる必要がある。

やまとうたは、人の心を種として、万の言の葉とぞなれりける。世の中にある人、ことわざ繁きものなれば、心に思ふことを、見るもの聞くものにつけて、言ひ出せるなり。花に鳴く鶯、水に住む蛙の声を聞けば、生きとし生けるもの、いずれか歌をよまざりける。力をも入れずして天地を動かし、目に見えぬ鬼神をもあはれと思はせ、男女の中をも和らげ、猛き武士の心をも慰むるは歌なり。（仮名序）

和歌においては何よりも「人の心」「心に思ふこと」が重視される。と同時に「声」が重視される。ここでは、「心」と「声」が一体となっているのである。天地を動かし鬼神を感動させ男女の仲を和らげ武士を和やかにするのは、そうした「声」としての歌にほかならない。つまり、「声」が「和」を生じさせる。それが文字通りの和歌の意味であろう。「声」としての歌は始原に設定されている。

この歌、天地のひらけ初まりける時よりいできにけり。しかあれども、世に伝はることは、久方の天にしては下照姫に始まり、あらかねの地にしては、素盞嗚尊よりぞ起りける。ちはやぶる神世には、歌の文字も定まら

ず、素直にして、言の心わきがたかりけらし。人の世となりて、素盞嗚尊よりぞ三十文字あまり一文字はよみける。（仮名序）

「歌の文字」とは音数のことである。神代から始まった歌は「人の世」となって三十一文字の音数が確立されたという。和歌においては音数の同一性が重要なのである。

難波津の歌は、帝の御初めなり。安積山の言葉は、采女の戯れよりよみて、この二歌は、歌の父母のやうにてぞ手習ふ人の初めにもしける。（仮名序）

「難波津」の歌は帝の即位を祝うものであり「安積山」の歌は帝の御代を讃えるものだが、それが「歌の父母」にみなされているという（歌の作者が王仁と采女だとすれば、外来と土着がともに和歌を、そして天皇制を支えていることになる）。この仮名手本が示すように、和歌は天皇制ときわめて深く結びついている。

古の世々の帝、春の花の朝、秋の月の夜ごとに、さぶらふ人々を召して、事につけつつ歌を奉らしめ給ふ。あるは花をそふとてたよりなき所にまどひ、あるは月を思ふとてしるべなき闇にたどれる心々を見たまひて、賢し愚かなりとしろしめしけむ。しかあるのみにあらず、さざれ石にたとへ、筑波山にかけて君を願ひ…（仮名序）

天皇は和歌によって臣下の賢愚を判断し、臣下は和歌によって天皇を礼賛し天皇に哀願する、これが歌の始原の状態である。

古よりかく伝はるうちにも、ならの御時よりぞひろまりにける。かの御世や歌の心をしろしめしたりけむ。かの御時に、正三位柿本人麿なむ歌の聖なりける。これは、君も人も身に合はせたりといふなるべし。

（仮名序）

和歌によって天皇と臣下は一体となる、これが始原の状態なのである。(5) もっとも、こうした君臣和楽の発想が政教主義的な漢詩文からきていることを忘れてはならない。そして六歌仙に対する批評が続くが、そこで重視されているのは心と言葉の調和である（業平の場合は「心あまりて詞たらず」と評される）。

ここまでみてくると、仮名序からは和歌＝内面＝音声＝始原＝天皇という定式を導き出すことができる。日本なるものを支えているのは、そうした定式である。

かかるに、今すべらぎの天の下しろしめすこと、四つのとき、九のかへりになむなりぬる。あまねく御慈しみの波、八洲にほかまで流れ、ひろき御恵の蔭、筑波山の麓よりも繁くおはしまして、万の政をきこしめすいとま、もろもろのことを捨てたまはぬ余りに、古のことをも忘れじ、旧りにしことをも興したまふとて、今もみそなはし、後の世にも伝はれとて…

（仮名序）

天皇の慈愛が日本列島を包むとは和歌が日本列島を包むに等しいのである。古き歌と今の歌は集められて古今和歌集と名づけられるが、それはまさしく和歌の永続性を宣言するものになっている。

人麿亡くなりにたれど、歌の事とどまれるかな。たとひ時移り事去り、楽しび悲しびゆきかふとも、この歌の文字あるをや。青柳の糸絶えず、松の葉の散り失せずして、真拆の葛長く伝はり、鳥の跡久しくとどまれらば、歌のさまを知り、ことの心を得たらむ人は、大空の月を見るがごとくに、古を仰ぎて今を恋ひざらめかも。（仮名序）

「歌の文字」つまり音数の同一性が時代を超えて和歌の永遠性を保証するというのである。とすれば、文化的アイデンティティの不変の根拠なのであろう。しかし忘れてはならないのは、和歌の伝統が一時途絶えていたということである。『古今集』仮名序は和歌の永遠性を強調しているが、それは虚構でしかない。

今の世の中、色につき、人の心、花になりにけるより、あたなる歌、はかなき言のみいでくれば、色好みの家に埋もれ木の、人知れぬこととなりて、まめなる所には、花薄穂に出すべきことにもあらずなりにたり。その初めを思へば、かかるべくなむあらぬ。（仮名序）

和歌の始原の状態は実はこの一節の後に記されているのであって、始原は後から理想化されたものにすぎないことがわかる。「その初めを思へば、かかるべくなむあらぬ」というのは端的に復古の言説そのものである。こうして内面であり音声である和歌は必然的に始原を虚構せざるをえないのだが、その虚構の始原において排除され忘却されるのが漢字漢文である。仮名序は『万葉集』について述べながら、その表記に全く触れないが、『万葉集』は漢字で表記されていた。また仮名序は「そもそも、歌のさま、六つなり」と歌を分類しているが、その分類は詩経の六義に基づいているのである。しかも、仮名序のほかに真名序が存在する点も見逃すべきではないだろう。仮名序にはないが、真名序には漢字の輸入についての記述がある。

自大津皇子之初作詩賦。詞人才人。慕風継塵。移彼漢家之字。化我日域之俗。民業一改。和歌漸衰。（真名序）

ここでは漢字が日本の風俗を変化させ和歌を衰退させた元凶とみなされている。和歌は真名ではなく仮名で表記されなければならないということであろう。

適為後世被知者。唯和歌之人而已。何者。語近人耳。義慣神明也。（真名序）

仮名で表記されるからこそ、言葉は「人耳」に近くなり、その意味が「神明」に通じるのである（音声と内面の一体性）。「但見上古歌。多存古質之語。未為耳目之翫。徒為教誡之端」の一節によれば、上古の歌の言葉は「耳目之翫」にならなかったというが、それは漢字で記されていたせいであろう（『後拾遺集』仮名序は『万葉集』について「かの集の心はやすき事を隠してかたきことを表はせり」と述べている）。

陛下御宇。于今九載。仁流秋津洲之外。恵茂筑波山之陰。淵変為瀬之声。寂々閉口。砂長為巌之頌。洋々満耳。（真名序）

天皇の慈愛が日本列島を覆い和歌の歌声が満ちたというが、そこには仮名表記が大いに寄与しているであろう。

表音文字である仮名こそ「耳」に最も近い文字だからである。

同じ貫之の手になる『新撰和歌集』の序では和歌の理念が高らかに記されているが、理念を述べるときにふさわしいのは仮名ではなく真名のほうであろう。真名が理念を表すのに対して、仮名は理念を和げてしまうからである。音声としての仮名によって、概念としての漢字は無化される。和文で書かれた王朝文学には理念など存在しえないであろう。「みやび」も「をかし」も「もののあはれ」も理念ではなく、理念の解体である。おそらく、あらゆる日本文化は理念や概念としての漢字が、その実質を失って仮名に変化する過程を指すのである。

様々な点で『古今集』は漢字漢文を前提としている。にもかかわらず、そのことに触れることがほとんどない。和歌は漢字を抑圧し排除することで自らの同一性を確立しようとする。和歌が文化的なアイデンティティの根拠となるためには、漢字ではなく仮名で表記されることが不可欠なのである（『古今集』における和歌の組織と配列は『万葉集』とは比較にならないほど整然としたものだが、それは仮名による均質空間の創出と無関係ではないだろう）。

『古事記』序に「已に訓によりて述べたるは、詞、心に逮ばず、全く音を以て連ねたるは、事の趣更に長し」とあった太安万呂の労苦は過去のものでしかない。表音文字である仮名においては内面とその表現が一致するとみなされる。もはや文字という障害は存在しない。いまや言葉は透明なものとなるのである。そうした透明はまず和歌において獲得され、ついで散文へと展開していくことになるが、それを担ったのが紀貫之にほかならない（和歌はレトリックであり透明ならざるものだという反論があるだろう。しかし、掛詞などのレトリックの多用も仮名という表音文字によって可能となったものであり、表音文字であれば意味という重力に引っ張られることが少ない）。

貫之の「結ぶ手のしづくににごる山の井のあかでも君に別れぬるかな」（『古今集』四〇四）という歌は当時からよく知られていたらしいが、印象に残るのは混濁する以前の透明さである。露木が希求するのも、その透明さであろう。漢文という重々しいエクリチュールでは透明さを乱すことにしかならない。『古今集』二番歌に「袖ひちてむすびし水のこほれるを春立つけふの風やとくらむ」とみえるが、貫之の歌はいわば透明な水の変容である。漢字が凍った言葉だとすれば、今それが仮名として溶けるのであって、この歌は仮名序の内容に呼応しているといえるかもしれない（同様に『後撰集』春の部、「水の面にあや吹きみだる春風や池の氷を今日はとくらん」という紀友則の歌では大和言葉が漢字を解いていくように読める）。貫之は言葉を仮名にすくうことで透明なものに変える。『万葉集』には「命をし幸くよけむと石そそく垂水の水をむすびて飲みつ」（一一四二）という歌があるが、貫之が水をすくうのはもはや命のためではない、透明な言葉のためであろう。貫之辞世の歌とされる「手にむすぶ水にやどれる月影のあるかなきかの世にこそありけれ」によれば、すべては手にすくった水に推移する映像なのである。また、『古今集』四季の部をしめくくる貫之の歌「行く年の惜しくもあるかな真澄鏡見る影さへにくれぬと思へば」に着目すれば、『古今集』の四季の時間はすべて透明な鏡の上に推移していたことになる。『古今集』巻頭歌は「年のうちに春は来にけりひととせを去年とやいはむ今年とやいはむ」だが、この歌も暦術という漢文的なものに対する違和感を表出している点で仮名序の内容に呼応するように思われる（上句に漢詩的な直截さと強靱さ、下句に遅疑逡巡する大和言葉の抒情性を指摘する竹岡正夫『古今和歌集全評釈』〈右文書院、一九七六年〉の読みは鋭い）。

仮名によって言葉を透明なものにすること、それを実現した点に貫之の重要性が存するのであり、貫之とはいわば「透明」を獲得した人なのである[6]。以下、そうした観点から『土佐日記』を読み直してみよう。

ある人、県の四年五年はてて、例のことどもみなし終へて、解由などとりて、住む館より出でて、船に乗るべきところへ渡る。（『土佐日記』）

貫之は国司の任期を終え帰京しようとするところだが、この門出とは官僚の公務からの解放である。と同時に漢文からの解放でもあろう。貫之は公的な漢文から私的な和文に移行する。「紀貫之」という真名で表記される固有名詞の人から、任意の「ある人」に移行する。冒頭に「男もすなる日記といふものを、女もしてみむとてするなり」とあったが、女性仮託とは真名ではなく仮名で書くことである、と同時に父の名ではなく仮の名で書くことである。貫之は官僚として漢文の文書を書き続けてきたにちがいない。今、その仕事から解放されるのである。実際、『土佐日記』には漢文から解放された喜びのようなものが満ち溢れている（この気分は『伊勢物語』『大和物語』『平中物語』、あるいは「世をのがれてこころのままにあらむ」という『増基法師集』に共通する）。

藤原のときざね、船路なれど馬のはなむけす。上中下酔ひあきて、いとあやしく、潮海のほとりにてあざれあへり。（中略）ありとある上下、童まで酔ひ痴れて、一文字をだに知らぬ者、しが足は十文字に踏みてぞ遊ぶ。

（『土佐日記』）

仮名の諧謔とでもいおうか、こうした戯れは漢文の文書では絶対に許されないであろう。ここでは内容と形式、つまり官僚の任務から解放されてくつろいだ宴とくだけた和文が見事に一致しているのである。一という真名さえ知らなくても文＝踏みが書けてしまう、それが仮名であろう。あるいは仮名とは固い漢字がくさって軟らかくなったものだといってもよい。ここでさっそく「童」への言及がみられるが、『土佐日記』における「童」の頻出ぶりは注目に値する。『土佐日記』は女性に仮託された作品であり、仮名で書くことによって女性が前景化されていた（和文日記を導く女性の役割）。今それと同時に子供もまた前景化されるのであって、いわば和文を通して私的なものとして女子供が見出されるのである。

もちろん、漢詩は排除されている。「漢詩声上げていひけり。和歌、主も客人も、こと人もいひあへりけり。漢詩はこれにえ書かず、和歌、主の守のよめりける…こと人々のもありけれど、さかしきもなかるべし」という通り、和歌だけが書き記されるのである。和歌についての評価も必ず書き添えられる。その意味で『土佐日記』は和歌論でもあり、和歌の重要な主題の一つが亡児追懐である。

かくあるうちに、京にて生まれたりし女子、国にてにはかに亡せにしかば、このごろの出立ちいそぎを見れど、なにごともいはず、京へ帰るに、女子のなきのみぞ、悲しび恋ふる。ある人々もえたへず。この間に、ある人の書きて出だせる歌、

都へと思ふものの悲しきは帰らぬ人のあればなりけり

（『土佐日記』）

『土佐日記』には子供を亡くした悲しみが記されているが、こうした記述に関しては和文という形式を重視してみたい。ここでは悲しいという内容よりもむしろ和文という形式が先行しているのではないか。和文だからこそ個人的なもの、私的なものが要請され、その結果として亡児追懐が記されたように思われる。そうした私的な感情こそ和歌として和文として表出されなければならない。和歌、和文によって失われたものが想像的に回復されるのである。

この、羽根といふところとふ童のついでにぞ、またむかしへ人を思ひ出でて、いづれのときにか忘るる、今日はまして、母の悲しがるることは、下りしときの人の数足らねば、古歌に、「数は足らでぞ帰るべらなる」といふことを思ひ出でて、人のよめる、

世の中に思ひやれども子を恋ふる思ひにまさる思ひなきかな

（『土佐日記』）

童の「声」を聞いて亡くなった子供をまた思い出す、それが母の自然な感情とみなされているのであろうが、そうしたものを促していたのが和歌である。その意味で和歌は母と子の自然な関係を創出している。[7]『土佐日記』における子供は失われた存在であると同時に歌を詠む存在である。「ある人の子の童なる、ひそかにいふ。まろ、この歌の返しせむ、といふ」。ここでは歌を詠むものとしての子供が新たに見出されているといってよい。女性や子供は同じ私的な存在であり、女性が和歌を詠むように子供もまた和歌を詠む。女性の発見は子供の発見と通じ合っているのである。

おぼろけの願によりてにやあらむ、風も吹かず、よき日出で来て、漕ぎゆく。この間に、つかはれむとて、つきて来る童あり、それがうたふ船歌、

なほこそ国のかたは見やらるれ、わが父母ありとし思へば、かへらや。

とうたふぞあはれなる。

（『土佐日記』）

「るれ」というのは自発であり、父母を思う感情が自然に表出されるが、童の歌う船歌がより自然に近い歌とみなされているのであろう。これこそ始原の自然、自然の始原というべきロマン主義な感情である。

かく思へば、船子、舵取りは、船歌うたひて、なにとも思へらず。そのうたふ歌は（中略）これならずおほかれども、書かず。これらを人の笑ふを聞きて、海は荒るれども、心はすこし凪ぎぬ。

（『土佐日記』）

歌は民衆の間にも存在するのであり、そのことを書き記す『土佐日記』は民衆を発見しているといってよい。子

供の発見はまた民衆の発見に通じている。子供も民衆も、より自然に近い存在として歌を口にする。心が「和ぐ」のは、そうした子供や民衆の歌によってである。

かくうたふを聞きつつ漕ぎくるに、黒鳥といふ鳥、岩のうへに集まり居り。その岩のもとに、波白くうち寄す。舵取りのいふやう、「黒鳥のもとに白き波を寄す」とぞいふ。このことば、なにとにはなけれども、もののいふやうにぞ聞こえたる。（『土佐日記』）

…舵取り、船子どもにいはく、「御船よりおふせたぶなり。朝北の、出で来ぬさきに、綱手はや曳け」といふ。このことばの歌のやうなるは、舵取りのおのづからのことばなり。舵取りは、うつたへに、われ歌のやうなることいふとにもあらず。聞く人の、「あやしく、歌めきていひつるかな」とて、書きいだせば、げに三十文字あまりなりけり。（『土佐日記』）

ふと口にした何げない言葉がそのまま歌になる。これこそ和歌が内面的であり始原的であり自然そのままであることの証しであろう。その際、音数が重視されていることからわかるように、歌とは何よりも音声なのである。ところで、民衆の本質は何であろうか。それは「春の野にてぞ音をば泣く、わが薄に手切る切る、摘んだ菜を、親やまぼるらむ、姑や食うらむ、かへらや。夜べの、うなゐもがな、銭乞はむ、虚言をして、おぎのりわざして、銭を持て来ず、おのれだに来ず」という船歌に現れているように食うことと交換することである。もちろん、貫之もそれらに無縁ではない。『土佐日記』とは飲みながら食いながらの船旅だからである。

この間に、はやく守の子、山口のちみね、酒、よき物ども持て来て、船に入れたり。ゆくゆく飲み食ふ。

（『土佐日記』）

飲み食いもまた『土佐日記』の重要な要素といえる。しかし、いつも満腹でいるわけではない。「医師ふりはへて、屠蘇、白散、酒加へて持て来たり。（中略）白散を、ある者、夜の間とて、船屋形にさしはさめければ、風に吹きならさせて、海に入れて、え飲まずなりぬ。芋茎、荒布も、歯固めもなし。かうやうの物なき国なり」とあるように、むしろ食うことの失調が『土佐日記』の叙述を促している（薬が失われるのは『竹取物語』に呼応するかのようだ）。むしろ、食うことは和歌を疎外している（「しつべき人もまじれれど、これをのみいたがり、物をのみ食ひ、夜ふけぬ」）。食うことの失調が和歌を生み出している（「これは病をすればよめるなるべし」）。『土佐日記』は贈答しながら交換しながらの船旅でもある。

精進物なければ、午時よりのちに、舵取りの昨日釣りたりし鯛に、銭なければ、米をとりかけて、落ちられぬ。かかることなほありぬ。舵取り、また鯛持て来たり。米、酒しばしばくる。舵取り気色悪しからず。

（『土佐日記』）

贈答や交換もまた『土佐日記』の重要な要素といえる。しかし、いつでも等価交換がなされるわけではない。むしろ交換にまつわる様々な不等価性が『土佐日記』の叙述を促している。「まさつら、酒、よき物奉れり。このかうやうに物持て来る人に、なほしもえあらで、いささけわざせさす。物もなし。にぎははしきやうなれど、負くるここちす」、「持て来たる物よりは、歌はいかがあらむ。この歌を、これかれあはれがれども、ひとりも返しせず」、「ある人、あざらかなる物持て来たり。米して返りごとす。男どもひそかにいふなり。飯粒してもつ釣る、とや。

かうやうのこと、ところどころにあり」、「中垣こそあれ、ひとつ家のやうなれば、望みて預かれるなり。さるは、たよりごとに物もたえず得させたり。今宵、かかることと、声高にものもいはせず。いとはつらく見ゆれど、心ざしはせむとす」。天気に左右される『土佐日記』の船は、こうして食うことと交換するの揺れ動きの中で進行していくのである。快晴、満腹、等価交換といった透明を希求しながらの小波乱が『土佐日記』の旅であろう。

さらに私的なものとして身体の発見がある。それは遊戯する足であり（「しが足は十文字に踏みてぞ遊ぶ」）、接吻する口であり（「ただ押鮎の口のみぞ吸ふ。この吸ふ人々の口を、押鮎もし思ふやうあらむ」）、満腹の腹であり（「船子どもは、腹鼓をうちて、海をさへおどろかして、波立てつべし」）、魚介類のごとき性器である（「なにのあしかげにことづけて、老海鼠のつまの貽鮨、鮨鮑をぞ、心にもあらぬ脛に上げて見せける」）。『土佐日記』には口、腹、性器、足といった私的な部分対象が露出しているのである。

『土佐日記』を形作っているのは何か。それは仮名であり和歌であり女性であり子供であり民衆であり身体であり、要するに和文である。内面、始原、自然はそうした和文の根拠であろう。しかし、『土佐日記』は漢文と全く無縁なものではない。むしろ様々なところで漢文を踏まえ、それを和文に変換しているのである。その意味では漢文が和文を創出しているといえるかもしれない。

十七日。くもれる雲なくなりて、暁月夜いとおもしろければ、船を出だして漕ぎゆく。この間に、雲のうへも海の底も、おなじごとくになむありける。むべも、むかしの男は、「棹は穿つ波のうへの月を。船は圧ふ海のうちの天を」とはいひけむ。聞きされに聞けるなり。また、ある人のよめる歌、

水底の月のうへより漕ぐ船の棹にさはるは桂なるらし

これを聞きて、ある人のまたよめる、

影見れば波の底なる久方の空漕ぎわたるわれぞわびしき

（『土佐日記』）

月が水面に映るように、漢詩は和歌に移される。ここでは仮名が漢文を自在に映す透明なものとして存在する。真名を映す透明なものとしての仮名である。貫之の和歌の特徴としてしばしば指摘される反映の詩学とは、そうした仮名の所産であろう。仮名の透明な詩学といってもよいが、透明な反映においては二重の像がぴったりと重なり合う。見立てとは、そうした二重映しの詩学であろう。見立てによって波は雪になったり花になったりする。漢詩から和歌へ、漢文から和文への変換は、次の挿話にもみられる。

山の端もなくて、海の中よりぞ出で来る。かうやうなるを見てや、むかし、阿部仲麻呂といひける人は、唐土に渡りて、帰りきけるときに、船に乗るべきところにて、かの国人、馬のはなむけし、別れ惜しみて、かしこの漢詩作りなどしける。あかずやありけむ、二十日の夜の月出づるまでぞありける。その月は海よりぞ出でける。これを見てぞ、仲麻呂の主、「わが国にかかる歌をなむ、神代より神もよんたび、いまは上中下の人も、かうやうに別れ惜しみ、よろこびもあり、悲しびもあるときにはよむ」とて、よめりける歌、

青海ばらふりさけ見れば春日なる三笠の山に出でし月かも

（『土佐日記』）

任務を終えて帰る、馬のはなむけをし別れを惜しむ、漢詩を作りそれだけでは尽きず和歌を詠む。『土佐日記』の貫之が実は阿部仲麻呂の身振りをそっくり反復していたことがわかる。そして、漢詩に対抗するために和歌が神話化される。ここでは、和歌が内面的なものとみなされ、始原的なもの、自然なものとみなされている。漢詩に対抗するために、内面と始原と自然によって和歌を根拠づけるのである（逆にいえば、漢詩は日本人にとって外形であり歴

史であり作為でしかない)。

かの国人聞き知るまじく思ほえたれど、ことの心を、男文字にさまを書きいだして、ここのことば伝へたる人に、いひ知らせければ、心をや聞きたりけむ、いと思ひのほかになむ賞でける。唐土とこの国とは、言異なるものなれど、月の影はおなじことなるべければ、人の心もおなじことにやあらむ。

(『土佐日記』)

このように言葉や文字の違いを越えた内面の一致を主張せずにはいられないのが貫之である(「心」とはすなわち意味である)。では、この昇った和歌の月はどうなるのであろうか。少し手前にあったのは、次の挿話である。

今宵、月は海にぞ入る。これを見て、業平の君の「山の端逃げて入れずもあらなむ」といふ歌なむ思ほゆる。もし、海辺にてよまましかば、「波立ちさへて入れずもあらなむ」とも、よみてましや。

(『土佐日記』)

仲麻呂とともに昇った和歌の月は、業平とともに沈ませることなく貫之へと継承されるのである。貫之はここで和歌史を語ってもいる。

言葉は違っても心は同じだという貫之の善意にもかかわらず、漢文と和文の相違は無視しえないはずである。

年九つばかりなる男の童、年よりは幼くぞある。この童、船を漕ぐまにまに、山も行くと見ゆるを見て、あやしきこと、歌をぞよめる。その歌、

漕ぎてゆく船にて見ればあしひきの山さへ行くを松は知らずや

とぞいへる。幼き童の言にては、似つかはし。（『土佐日記』）

「漕ぎゆく船」の滑走は滑らかな和文の流れにふさわしい。逆に、漢文とは停滞であろう。実際、漢詩に言及されるのは船が出航できないときだけである。「十八日。なほおなじところにあり。海荒ければ、船出ださず（中略）男どちは、心やりにやあらむ、漢詩などいふべし」、「二十七日。風吹き波荒ければ、船出ださず。これかれかしこく歎く。男たちの、心なぐさめに、漢詩に、日を望めば都遠しなどいふなることのさまを聞きて…」。『土佐日記』の船旅とは真名の停滞ではなく、仮名の滑走をめざすものである。概念としての「山」は動くものではないが、「漕ぎゆく船」として和文の流れから見れば、山までが動くものとなる。この軽快さは和文特有のものである。

だが、天気は船の進行を妨げる。

「眼もこそ二つあれ、ただ一つある鏡をたいまつる」とて、海にてうちはめてれば、口惜し。されば、うちつけに海は鏡のごとなりぬれば、ある人のよめる歌、

ちはやぶる神の心を荒るる海に鏡を入れてかつ見つるかな

いたく、すみのえ、忘れ草、岸の姫松などいふ神にはあらずかし。目もうつらうつら、鏡に神の心をこそは見つれ。楫取りの心は、神の御心なりけり。（『土佐日記』）

ここでは鏡によってすべてが表層化されている。鏡とはすべてを反映に変え表層化するものだが、それはこれまで見てきた仮名の役割と一致するものであろう。二つの目によって物を立体視し識別することは不要である。ただ表層が出現する。その表層としての鏡によって荒れ狂う海が封印される。それは表層としての和歌によって荒れ狂

う神が封印されることでもある。この場面は、和歌の成立条件を語っているといえる。和歌とは意味するものが表層的に「すみのえ」「忘れ草」「岸の姫松」と横滑りしていくことで成立するものにほかならないが、そうした言葉の戯れは荒れ狂う深層を封印することでのみ可能となるからである(8)。その意味で『土佐日記』の海とは言葉の海であり、貫之は仮名の航海を何かと成し遂げている。いまや荒れ狂う神の心は舵取りの内面へと平板化される（鏡を投げ入れるのも舵取りとの交換である）。すべては仮名という表層に還元され、表層的な類似が増殖していくことになる。

船の進行を妨げる天気に対して、それを急がせるのは海賊である。

二十六日。まことにやあらむ、「海賊追ふ」といへば、夜なかばかりより船を出だして漕ぎくる…（『土佐日記』）

三十日。雨風吹かず。「海賊は夜あるきせざなり」と聞きて、夜なかばかりに船を出だして、阿波の水門を渡る。（同）

興味深いのは、貫之が少しも海賊と戦おうとしていない点である。官僚として海賊に対する悲憤慷慨を述べたりすることは全くない。貫之は官僚として理念の戦いを挑んだりすることもなく、ただ無名の「ある人」としてひたすら遁走するばかりである(9)。重視されているのはあくまでも私的な内面であって、公的な外形ではない。ようやく京に到着し、風景を発見したところで『土佐日記』は閉じられる。

さて、池めいてくぼまり、水のつけたるところあり。ほとりに松もありき。五年六年のうちに、千歳やすぎにけむ、かたへはなくなりにけり。いまおひたるぞまじれる。おほかたのみな荒れにたれば、「あはれ」とぞ人々いふ。思ひ出でぬことなく、思ひ恋しきがうちに、この家にて生まれし女子の、もろともに帰らねば、いかがは悲しき。船人も、みな子たかりてののしる。かかるうちに、なほ悲しきにたへずして、ひそかに心知れる人といへりける歌、

生まれしも帰らぬものをわが宿に小松のあるを見るが悲しさ

(『土佐日記』)

この風景はまさしく内面そのままであろう。荒廃において私的なものの表出が高まりをみせる。失われたものの想像的な回復が和文の働きであり、懐古と喪失は和文の特権的な主題なのである。

忘れがたく口惜しきことはおほかれど、え尽くさず。とまれかうまれ、とく破りてむ。

(『土佐日記』末尾)

『土佐日記』は和文の実践であると同時に、和文についての自己言及としても読めるわけだが、和文の理念を積極的に提示することはない。あくまでも官僚の手すさびとして和文の遊戯にとどまる。

『土佐日記』の主題は何であろうか。和歌論、亡児追懐、女性仮託などこれまで色々な見方が提出されてきた。『土佐日記』には様々な主題があって一義的には決定できないとされるが、それは和文で書かれているためではないか。漢文がくずされた和文においては単一の理念や概念に還元することが不可能なのである(強いていえば、漢文から和文への変換、漢文に対する和文の緩やかな戦いが『土佐日記』の主題であろう)。和歌論、亡児追懐、女性仮託、これらはすべて和文によって記述可能となったものだが、貫之は和文の可能性を一挙にきわめ尽くしたといえる。

貫之は和文のスタイルの確立者であり、和文の可能性は貫之の開いた地平の上に広がっている。『伊勢物語』と『土佐日記』が互いに似通っているのは偶然ではない。それが初期の和文のあり方だったのである[10](したがって、必

ずしも作者の同一性を意味しない)。『土佐日記』に関して指摘できたことはすべて『伊勢物語』に当てはまる。たとえば、童の役割がそうである。

むかし、男ありけり。東の五条わたりに、いと忍び行きけり。みそかなる所なれば、門よりもえ入らで、童べの踏みあけたる築地のくずれより通ひけり。
(『伊勢物語』五段)

『土佐日記』と同様に『伊勢物語』でも重要なのは公式のやり方ではなく非公式のやり方であり、それをまっさきに実現しているのが童なのである(和文とは私的な存在が文＝踏みあけた漢文の「くずれ」にほかならない)。「男はた、寝られざりければ、外の方を見いだしてふせるに、月おぼろなるに、小さき童をさきに立てて、人立てり。男、いとうれしくて、わが寝る所に率て入りて…」(六九段)、「むかし、男、狩の使より帰り来けるに、大淀の渡りに宿りて、斎の宮の童べに言ひかけける…」(七〇段)とあるように、童はきわめて重要な役割を担っている(歌物語を導く子供の役割)。『和泉式部日記』冒頭、『源氏物語』空蝉巻、「ほどほどの懸想」なども想起される。『土佐日記』の一場面と『伊勢物語』東下りの場面は驚くほど似ている。

…舵取りもののあはれも知らで、おのれし酒をくらひつれば、はやくいなむとて、「潮満ちぬ。風も吹きぬべし」と騒げば、船に乗りなむとす。
(『土佐日記』)

渡守、「はや船に乗れ、日も暮れぬ」と言ふに、乗りて、渡らむとするに、みな人ものわびしくて、京に思ふ人なきにしもあらず。
(『伊勢物語』九段)

「もののあはれ」を知らない民衆の無邪気な言葉が都びとを傷つける。高貴と卑俗、高雅と素朴、都と鄙がここでは対比されている。「もののあはれ」を生み出すのは、この差異であろう。都びとはより自然に近い民衆に出会うことで自己確認するのである。それによって諧謔と悲哀がもたらされる。『土佐日記』と『伊勢物語』には似たような和歌もある。

まことにて名に聞くところ羽ならば飛ぶがごとく都へもがな
（『土佐日記』）

名にし負はばいざこと問はむ都鳥わが思ふ人はありやなしや
（『伊勢物語』九段）

「名」がたちまち「都」への思いを掻き立てる。都と鄙の落差を通して、懐古と喪失が『土佐日記』や『伊勢物語』の特権的な主題となるのである。民衆の発見、都と鄙の落差、諧謔と悲哀、懐古と喪失、私的な感情の表出、そうしたものを和文は可能にし利用するというべきだろう。『土佐日記』は都と鄙の落差にしばしば言及している（「都誇りにもやあらむ、からくして、あやしき歌ひねりいだせり」、「京のうれしきあまりに、歌もあまりぞおほかる」）。『土佐日記』には直接、業平に触れたところがある。

かくて、船曳き上るに、渚の院といふところを見つつ行く。その院、むかしを思ひやりて見れば、おもしろかりけるところなり。（中略）ここに、人々のいはく、「これ、むかし、名高く聞こえたるところなり」、「故惟喬の親王の御供に、故在原業平の中将の、世の中にたえて桜の咲かざらば春の心はのどけからまし、といふ歌よめるところなりけり」。いま、今日ある人、ところに似たる歌よめり。
（『土佐日記』）

土地の名から和歌を思い出しているが、和歌は一つの出来事と結びつく。その意味で、和歌とは民俗的な記憶装置といえる（逆に事態を美化して覆い隠す隠蔽装置、忘却装置ともなる）。これは新しい風土記というべきものであろう。『風土記』においては地名の起源譚が語られていたが、ここでは地名に関する和歌が記される。『土佐日記』、『伊勢物語』、『大和物語』、この時代には地名を書名としたものが少なくないが、新しい風土記と考えるとよく理解できる。新しい時代にふさわしく漢文ではなく和文によって改めて諸国が表象として支配されなければならない。『土佐日記』、『伊勢物語』、『大和物語』などは和文による表象支配の産物ではないか（『古事談』巻二によれば実方は「歌枕見てまゐれ」と帝に命じられたらしいが、歌枕とは表象支配の指標であろう）。

貫之に関しては、屏風歌の問題に触れておきたい。『土佐日記』に「この歌は、ところを見るに、えまさらず」とみえるが、歌と風景と絵の関係について考えさせるところである。周知のように、貫之は数多くの屏風歌を作っている。屏風歌とは屏風絵に添えられる歌のことだが、大和絵の発達と和歌の復興には平行関係があったと考えられる。大和絵が大和の風景に近づかなければならないように、和歌も大和の風景に近づかなければならないだろう。大和絵も和歌も透明な表象になる必要があり、両者には表象としての同一性が存在する。貫之が数多くの屏風歌を作りえたのは、そうした理由によるはずである（『恵慶集』によれば『土佐日記』も絵画化されたらしい）。

もう一度、貫之の重要性について繰り返しておこう。貫之とは何者なのか。『古今集』の撰者でその仮名序の作者であり、屏風歌を数多く作った歌人であり、女性に扮した『土佐日記』の作者である。貫之は様々なジャンルを開拓したが、透明な表象への志向において一貫したものがあるように思われる。和歌を配列すること、和歌の神話を語ること、屏風歌を作ること、和文で日記を書くこと。こうしたジャンルの広さは、まさに貫之が新しい地平に立ったところから来ているのであろう。内面に対して言葉が透明なものになる、貫之ははじめてそうした透明を獲得した人なのである。貫之の多産性は、おそらくその点に由来している（歌物語とは初期の和文のみがもちえた透明さの産物にほかならない)。

貫之の生きた時代が平安朝の制度的確立期であることも重視しておく必要がある。八六六年に応天門の変があり、藤原氏の摂関独占体制の端緒となる。八九四年には遣唐使が廃止される。九〇四年に菅原道真が亡くなった後、九〇五年に貫之たちが『古今和歌集』を編纂する。時代は漢詩人道真から歌人貫之へと移り変わるのである。[11] 道真と貫之においては漢詩と和歌の位置が逆転している。道真においては漢詩が主であり和歌は従でしかない。貫之においては和歌がすべてであり漢詩は消し去られる。

貫之の影響はきわめて大きなものである。『古今和歌集』は平安朝の美学の規範となり、『土佐日記』は平安朝の和文の典型となる。平安朝物語の原型となった『伊勢物語』には貫之がかかわっていたと考えられるが、いずれにしても平安朝的なるものの確立において貫之は画期的な存在といえる。後に正岡子規は貫之を批判することで時代を画する存在となるが、その子規が短歌や俳句の革新運動の担い手であると同時に写生文の実践者であることは興味深い。おそらく、詩歌の革新と散文の革新は連動しているのである。

三 「日記」という制度

平安朝の時代には女性たちの手によっていくつもの和文日記が生み出された。「男もすなる日記といふものを女もしてみむとてするなり」と始まった『土佐日記』は男性の漢文日記から女性の和文日記へという流れを予告することになったわけである。和文の日記はそれぞれ個性的な内面を表出しているといえるが、しかしまた驚くほど似通っている。自己の内面など自由自在に書けるものではなく、自己を提示すること自体一つの方法を必要とするのであろう。それぞれの日記が驚くほど似通っているのは、そのためである。ここでは、それを「日記」という制度と呼んでみたい。女性は漢文からの脱コード化を押し進めるが、それがまた和文として再コード化されるといってもよい。

では、「日記」という制度は具体的にどのようなものなのか。

かくありし時過ぎて、世の中にいとものはかなく、とにもかくにもつかで、世に経る人ありけり。かたちとても人にも似ず、心魂もあるにもあらで、かうものの要にもあらであるも、ことわりと思ひつつ、ただ臥し起き明かし暮らすままに、世の中に多かる古物語の端などを見れば、世におほかるそらごとだにあり。人にもあらぬ身の上まで書き日記して、めづらしきさまにもありなむ。天下の人の、品高きやと、問はむためしにもせよかし、とおぼゆるも、過ぎにし年月ごろのことも、おぼつかなかりければ、さてもありぬべきことなむおほかりける。さて、あはつけかりしすぎことどものそれはそれとして、柏木の木高きわたりより、かくいはせむと思ふことありけり。

（『蜻蛉日記』冒頭）

『伊勢物語』の主人公が「身を要なきもの」に思いなすのと全く同じだが、『蜻蛉日記』の作者は自らをはかなきものとして提示する。それははかなきものとして時間を提示することでもある。そのとき言及されるのが漢詩文ではなく和文の物語であることに注意しよう。『蜻蛉日記』作者はもはや「男のすなる日記」を意識したりはしない。時間との関係において、そして物語との関係において自己は提示されるのである。

夢よりもはかなき世の中を、嘆きわび明かしくらすほどに、四月十余日にもなりぬれば、木のしたくらがりもてゆく。築土の上の草あをやかなるも、人はことに目もとどめぬを、あはれとながむるほどに、近き透垣のもとに人のけはひすれば、たれならんと思ふほどに、故宮にさぶらひし小舎人童なりけり。

（『和泉式部日記』冒頭）

『和泉式部日記』の作者ははかなきものとして「世の中」を提示するが、それはそのままはかなきものとして自己を提示することであり、はかなきものとして時間を提示することにほかならない。そして人が目を向けないような自然の推移を知覚している。こうした時間と自然の推移は和文の緩やかさにふさわしいが、「夢よりもはかなき世の中」というのが和歌を踏まえている点にも注意しよう。時間や自然との関係において、そして和歌との関係において自己は提示されるのである。

あづま路の道の果てよりも、なほ奥つかたに生ひ出でたる人、いかばかりかはあやしかりけむを、いかに思ひはじめけることか、世の中に物語といふもののあんなるを、いかで見ばやと思ひつつ、つれづれなる昼間宵居などに、姉継母などやうの人々の、その物語、かの物語、光源氏のあるやうなど、ところどころ語るを聞くに、いとどゆかしさまされど、わが思ふままにそらにいかでかおぼえ語らむ、いみじく心もとなきままに、等身に薬師仏を造りて、手洗ひなどして、人まにみそかに入りつつ、「京にとくあげたまひて、物語の多くさぶらふなる、あるかぎり見せたまへ」と、身を捨てて額をつき祈り申すほどに、十三になる年、のぼらむとて、九月三日門出して、いまたちといふ所にうつる。

（『更級日記』冒頭）

『更級日記』の作者は「あやし」きものとして自己を提示している。それはもちろん空間との関係においてだが、「生ひ出たる」というように時間との関係においてでもある。「いかに思ひはじめけることか、世の中に物語といふもののあんなるを、いかで見ばやと思ひつつ、つれづれなるひるま、よひゐなどに」と続く時間の推移に注意したい。また「あづま路の道のはて」というところが和歌を踏まえているので、和歌との関係において自己を提示しているといえる。しかし、何よりも重要なのは物語との関係である。作者は物語にあこがれ、物語のたくさんある都をめざすことになる。『更級日記』作者が意識するのは、もはや漢詩文ではなく和文の物語のほうである。しかも『蜻蛉日記』作者のように否定的に言及するのではない。『更級日記』作者にとっては物語がすべてである。

『更級日記』の旅は正確に『土佐日記』の旅を引き継いだものになっている。『土佐日記』の門出は官僚の任務から解放された和歌の旅であり、『更級日記』の門出は物語を求めての旅である。官僚ではなく女性へ、そしてあの亡くなった娘の代わりであるかのように少女へと視点は移行しているのである。『土佐日記』と同様に、『更級日記』でも「鏡」が神仏に差し出されるが、作者の生はその表層に還元されている（「初瀬に鏡奉りしに、臥しまろび泣きたる影の見えけむは、これにこそありけれ」）。そして『更級日記』は「年月はすぎ変りゆけど、夢のやうなりしほどを思ひ出づれば、ここちもまどひ、目もかきくらすやうなれ」と閉じられる。

ここには驚くほど等質的な言語環境が存在するといえるだろう。はかなきものとして推移する時間や自然、つれづれを慰めるものとしての和歌や物語。そうしたものとの関係においてしか自己は提示されないのである。しかも共通する語彙がいくつもある。それらをまとめると、「世の中」を「はかなし」と「思ひつつ」「明かしくらす」ことになるだろう。つまり、誰もが同じように告白するのであり、自己提示の仕方は一つの様式にまでなっている

（『賀茂保憲女集』には「我が身のごときかなしきひとはなかりけり」とみえる）。こうしたものを「日記」という制度と呼ぶ⑿とすれば、次の作品はその制度に見事に囚われている。

五月の空もくもらはしく、田子の裳裾もほしわぶらんもことわりと見え、さならぬだにものむつかしきころし

も、心のどかなる里居に、常よりも昔今のこと思ひつづけられて、ものあはれなれば、端を見いだしてみれば、雲のたたずまひ、空のけしき、思ひしり顔にむら雲がちなるを見るにも、「雲居の空」といひけん人もことわりと見えて、かきくらさるる心地ぞする。軒のあやめのしづくもことならず。山ほととぎすも、もろともにねをうち語らひて、はかなく明くる夏の夜な夜な過ぎもていそのかみ古りにし昔のことを思ひ出でられて、涙とどまらず。

（『讃岐典侍日記』冒頭）

自然の記述がそのまま内面の記述となり、過去の回想に至る。和歌がいくえにも引用される。自然や時間そして和歌との関係において自己が提示されているのである（「ことわり」は追認でしかない）。『蜻蛉日記』のように「はかなく」過ぎる時間、『和泉式部日記』のような自然の記述と和泉式部の歌の引用、『更級日記』を意識するかのように「姨捨山」に言及してさえいる。さらに、和文の湿度の高さに注目してみたい。おそらく、このような湿度は唐土には存在しないのであろうが、五月雨は涙と一体化して、すさまじい湿気をもたらしている。

思ひ出づれば、わが君につかうまつること、春の花、秋の紅葉を見ても、月の曇らぬ空をながめ、雪の朝御供にさぶらひて、もろともに八年の春秋つかうまつりしほど、常はめでたき御こと多く、朝の御おこなひ・夕べの御笛の音忘れがたさに、なぐさむやと、と思ひ出づることども書きつづくれば、筆のたちども見えず霧りふたがりて、硯の水に涙落ち添ひて、水くきの跡も流れあふ心地して、涙ぞいとどまさるやうに、書きなどせんにまぎれなどやするとて書きたることとなれど、姨捨山になぐさめかねられて、堪へがたくぞ。

（『讃岐典侍日記』）

「水くきのあとも流れあふここちして」というが、ここにあるのは流体としての生にほかならない。『土佐日記』以来、和文は水の流れときわめて親しい関係を取り結んできたのである。「蜻蛉」も「和泉」もそうした流体の見事な名であろう。真名が固いものだとすれば、仮名は流れるものである。和文の日記では和文にふさわしく時間が流れ自然が流れ人生が流れる。「かへすがへす、憂きよりほかの思ひ出でなき身ながら、年はつもりて、いたづらに明かし暮すほどに、思ひ出でらるることどもを、すこしづつ書きつけたるなり」と記す『建礼門院右京大夫集』、「あるかなきかの身の果てに、時の間も思ひしづめむ方なき悲しさの、身に余りぬる果て果ては、まことに忍びもあえぬ、うつし心もなき心地のみすれど、数ふれば、長らへにけるほども心憂し」と記す『たまきはる』、「心に乱れ落つる涙をおさへて、とばかり来し方行く先を思ひ続くるに、さもあさましき果無かりける契りの程を、など、かくしも思ひ入れけんと、我心のみぞ、返す返す恨めしかりける」と記す『うたたね』など制度としての日記を辿っていくことができる。

しかし『枕草子』だけは、ここまでみてきた「日記」という制度から思いきり逸脱しているように思われる。名高い冒頭をみてみよう。

春は、曙。やうやう白くなりゆく、山ぎはすこし明りて、紫だちたる雲のほそくたなびきたる。

（『枕草子』初段）

自然について記述しているのは確かだが、きわめて簡潔な断定である。時間の流れに沿っているのではなく、それを裁断している。自然と時間の流れの中から自己を提示するのではない。ここに自己があるとすれば、それは「春は曙」という断言自体にであろう。「春は曙」という裁断は誰にも真似できない清少納言の個性が歴然と現れているからである。

『枕草子』には日記的な部分もある。しかし雑纂形態をとる『枕草子』は他の和文日記と比べると異質といえる。『枕草子』の章段配列は時間的な秩序を解体している。たとえば『紫式部日記』のように主家の栄華を描き、『讃岐典侍日記』のように主人の死をゆっくりと描くこともできたかもしれない。しかし、清少納言はそうした方法をとらないのである。そこでは時間的な無秩序の中から中関白家の栄華が無時間的に出現することになる。

『枕草子』から最も遠い作品を挙げるとすれば、『蜻蛉日記』であろう。[13] 清少納言は道綱母のように夫を待つ女性ではない、宮仕えを賛美する女性である。家の女性ではなく宮廷の女房である。清少納言が夫を持つ姿は想像できない。二人の代表歌はきわめて対照的である。

嘆きつつひとり寝る夜の明くる間はいかに久しきものとかは知る（『蜻蛉日記』上巻）

夜をこめて鶏の空音ははかるともよに逢坂の関はゆるさじ（『枕草子』一三一段）

前者は夫の訪れを待つ歌であり、後者は男を突き放す歌である。一方には長く待ち続ける情動の時間があり、他方には一瞬の乾いた突き放しがある。清少納言は道綱母のように歌人ではない、むしろ和歌を回避し漢詩文に熱中している。「夜をこめて」はまさにそうした歌だが、乾いた漢詩文の知識によって和歌の湿度を蒸発させようとしているといってよい。

五月ばかりなどに、山里にありく、いとをかし。草葉も水もいと青く見えわたりたるに、上はつれなくて、草生ひ茂りたるを、長々と縦さまに行けば、下はえならざりける水の、深くはあらねど、人などの歩むにはしり

あがりたる、いとをかし。（二〇九段）
月のいと明きに、川を渡れば、牛の歩むままに、水晶などのわれたるやうに水の散りたるこそ、をかしけれ。（二一八段）

『枕草子』のいたるところで水が弾けているが、水を弾くというのが『枕草子』の硬質な文章の特徴であろう。清少納言には主情的な和文への反発があるようにみえる。主情的な和文になりそうなところで清少納言は決まってそれを逸らす。清少納言の機知は和文の長さを圧縮し、その情趣を乾かせるのである。たとえば、九五段「五月の御精進のほど」をみてみよう。

「所につけては、かかることをなむ見るべき」とて、稲といふ物を取り出でて、若き下衆どものきたなげならぬ、そのわたりの家の娘など、ひきゐて来て、五六人してこかせ、また見も知らぬくるべく物、二人して引かせ、歌歌はせなどするを、珍しくて笑ふに、郭公の歌詠まむとしつる、まぎれぬべし。（九五段）

「郭公の声、尋ねに行かばや」と郊外に出かけるのだが、風景の発見、内面の表出といったものは無縁であろう。ここにあるのは自然の情趣ではない、きわめて人工的なものばかりである。民衆の姿は演出であったわざわざ用意されたものでしかない。「笑ひ」のせいで「歌」は忘れさられてしまう。しかも、自然の花々は折り取られてゴテゴテと飾り付けられている。

卯の花のいみじう咲きたるを折りて、車の簾、かたはらなどにさしあまりて、おそひ、棟などに、長き枝を葺きたるやうにさしたれば、ただ卯の花の垣根を牛にかけたるとぞ見ゆる。供なるをのこどもも、いみじう笑ひつつ、「ここまだし、ここまだし」と、さしあへり。

（九五段）

エスカレートする装飾、笑い、そしてスピードに注目したい。「とくやれ、といとど急がして土御門に行き着きぬるにぞ、あへぎまどひておはして、この車のさまをいみじう笑ひたまふ」。これはそのまま風景＝内面からの遁走であろう。

「日記」という制度への距離は、『紫式部日記』にも見て取れる。

秋のけはひ入りたつままに、土御門の有様、いはむかたなくをかし。池のわたりの梢ども、遣水のほとりの草むら、おのがじし色づきわたりつつ、おほかたの空も艶なるに、もてはやされて、不断の御読経の声々、あはれまさりけり。やうやう涼しき風のけはひに、例の絶えせぬ水のおとなひ、夜もすがら聞きまがはさる。御前にも、近うさぶらふ人々、はかなき物語するを、聞こしめしつつ、悩ましうおはすべかめるを、さりげなくもてかくさせ給へる御有様などの、いとさらなることなれど、憂き世のなぐさめには、かかる御前をこそたづねまゐるべかりけれと、現し心をばひきたがへ、たとしへなくよろづ忘らるるも、かつはあやし。

（『紫式部日記』冒頭）

まず自然の記述から始まっている。時間の推移があり、水が流れ声が流れる。すべては「日記」という制度に忠実であるかにみえる。しかし、『紫式部日記』の作者は自らが平常ではないことを意識している。「かつはあやし」という反省、ここには自己が提示されているといってよいだろう。これは紫式部の秘めやかな、だが決定的な刻印である。『栄花物語』巻八「はつはな」には『紫式部日記』が取り込まれているが、「かつはあやし」の一節はない。その意味では『栄花物語』のほうが制度としての「日記」に忠実だといえる。『紫式部日記』冒頭の「物語」の一語にも注目したい（この部分も『栄花物語』にはない）。もちろん、この「物語」はとりとめのない世間話にすぎないが、それも「物語」のうちに入る。『紫式部日記』では世間話や幼児の戯言も含めて「物語」というものが理解されている。『蜻蛉日記』作者の場合はまわりに「世の中におほかる古物語」があり、流行の物語を否定することで日記を書き始めた。『更級日記』作者の場合はまわりに物語がなく、「世の中に物語といふもののあんなる」と伝聞推定の形でしか知りえない。ときどき姉や継母から語ってもらうのみである。不在の物語にあこがれることで孝標女は日記を書くことになる。しかし『紫式部日記』作者の場合はまわりに「物語」が遍在している。遍在する物語に注意を向けることで日記を書き始めた紫式部は、物語に対してきわめて意識的である。

しめやかなる夕暮に、宰相の君とふたり、物語してゐたるに、殿の三位の君、簾のつま引きあげてゐたまふ。年のほどよりは、いとおとなしく心にくきさまして、「人はなほ、心ばへこそ難きものなめれ」など、世の物語しめじめとしておはするけはひ、をさなしと人のあなづりきこゆるこそ悪しけれと、はづかしげに見ゆ。うちとけぬほどにて、「おほかる野辺に」とうち誦じて、立ちたまひにしさまこそ、物語にほめたる男のここちしはべりしか。

（『紫式部日記』）

紫式部は宰相の君と「物語」している、そこに頼通が加わり「世の物語」をする。その姿は「物語にほめたる男」のようだというのだが、紫式部はついつい物語に言及してしまう。ここには物語に対して意識的な紫式部の姿を見て取ることができる。周知のように『紫式部日記』には日記から逸脱した消息文とみなされる部分が含まれるわけだが、それは紫式部の批評性が必要としたものだと考えられる。消息文的部分の「かういひいひて、心ばせぞかたうはべるべし」などは、頼通の「人はなほ、心ばへこそ難きものなめれ」という言葉に対する注釈のようにみえる。

紫式部の批評性はおそらく漢詩文との屈折した関係に起因している。紫式部が最も攻撃的になるのは、漢詩文に触れたときである。

清少納言こそ、したり顔にいみじうはべりける人。さばかりさかしだち、真名書きちらしはべるほども、よく見れば、まだいと足らぬこと多かり。かく、人に異ならむと思ひ好める人は、かならず見劣りし、行末うたてのみはべれば、艶になりぬる人は、いとすごうすずろなる折も、もののあはれにすすみ、をかしきことも見過ぐさぬほどに、おのづから、さるまじくあだなるさまにもなるにはべるべし。そのあだなりぬる人の果ては、いかでかはよくはべらん。

（『紫式部日記』）

清少納言がこれほど手厳しく痛罵されるのは、それが真名に関係しているからであろう。紫式部は自らの最も敏感な部分に触れてしまったかのようにこの後、真名に関する挿話をこれでもかというほど続ける。

左衛門の内侍といふ人はべり。あやしうすずろによからず思ひけるも、え知りはべらぬ、心憂きしりうごとの、多う聞こえはべりし。内裏の上の、源氏の物語、人に読ませたまひつつ聞こしめしけるに、「この人は、日本紀をこそ読みたまふべけれ。まことに才あるべし」と、のたまはせけるを、ふと推しはかりに、「いみじうなん才がる」と、殿上人などに言ひ散らして、「日本紀の御局」とぞつけたりける、いとをかしくぞはべる。このふるさとの女の前にてだに、つつみはべるものを、さる所にて才さかし出ではべらむよ。（『紫式部日記』）

左衛門の内侍がこれほど手厳しく痛罵されるのも、それが真名に関係するからなのである。紫式部の才を知って「口惜しう、男子にて持たらぬこそ幸なかりけれ」と父親が嘆いた話、夫の形見の漢籍を見ていて「なでふ女が真名書は読む」と侍女たちに陰口をたたかれた話、「才がりぬる人」は出世しないと聞いてそれ以来「一という文字」さえ書こうとしなかった話。こうした真名との屈折しかつ緊張に満ちた関係こそ紫式部を作家たらしめているにちがいない(14)（それは「父の名」との屈折しかつ緊張に満ちた関係でもあろう）。

一方の機知と他方の批評性、その点で『枕草子』と『紫式部日記』は制度としての日記から離れていくが、両作品を読むことで逆に「日記」という制度が明らかになるはずである。

本格的な和文が日記において始まることは注目に値する。おそらく和文に「内面」性を与えているのは日記という形式である。日記という形式、日記という制度が内面や自己を作り出すといってよい。ただし、日記とはいいながら年月日が記されることはほとんどない。公的なものの刻印は排除されている。『蜻蛉日記』は「身の上をのみする日記」であり、国家の歴史や宮廷の儀式を記録するためのものではない。

ともすれば内面がそのまま表現されたのが和文だと考えがちだが、和文は新しく確立された制度である。そこでは日記・内面・女性の三つが密接に結びついている(15)。

四　「もののけ」という意味

和文の日記には様々な物詣での記事が記されている。初瀬詣でや石山詣でがそれである。仏教はまさに流行していたのである。その流行としての仏教がまた和文を書かせる原動力となっていたことに注目してみたい。それは理念としての教義としての仏教ではなく、流行としての風俗としての仏教である。漢文としての仏教ではなく、和文としての仏教だといってもよい。ここで注目するのは、仏教のもつ感染力といったものである。

平安朝に関して自明と思われているもの、それらは多く仏教の転倒によってもたらされたものであろう。たとえば、「すくせ」や「もののけ」がそれに当たる。

この帝は、顔かたちよくおはしまして、仏の御名を、御心に入れて、御声はいと尊くて申したまふを聞きて、女はいたう泣きけり。「かかる君に仕うまつらで、宿世つたなく、かなしきこと。この男にほだされて」とてなむ泣きける。
（『伊勢物語』六五段）

宿世という考え方は仏教からきたものであり、だからこそ女は経文を耳にしながら「宿世つたなく」と感じるのである。もともと仏教用語であり漢語であった「宿世」はしだいに流布し「すくせ」なるものを広めていくのだが、とりわけ女性に関して用いられることが多いように思われる（「さるべきすくせにこそあらめ」と『伊勢集』冒頭にある）。女の生がありもしない「すくせ」に囲い込まれていくといってもよい。『源氏物語』のなかの「すくせ」は流行語を通り越してほとんど紋切り型になっている。帚木巻では紀伊守までが「女の宿世は浮びたるなんあはれにはべる」と口にしているからである。

「もののけ」もまた仏教の観念によって生み出され増幅されたものではないだろうか。[16]「もののけ」には僧侶が深くかかわっている。『大和物語』一〇五段には「中興の近江の介がむすめ、もののけにわづらひて、浄蔵大徳を験者にしけるほどに、人とかくいひけり」とあるし、『蜻蛉日記』上巻にも「日ごろなやましうて、咳などいたうせらるるを、もののけにやあらむ、加持もこころみむ、せばどころのわりなく暑きころなるを、例ものする山寺へ登る」とある。また『枕草子』には「もののけ」の流行現象が興味深く記されている。

すさまじきもの（中略）験者の、もののけ調ずとて、いみじうしたり顔に独鈷や数珠など持たせ、せみの声しぼり出だして誦みゐたれど、いささかさりげもなく、護法もつかねば、集り居、念じたるに、男も女もあやしと思ふに、時のかはるまで誦み極じて、「さらにつかず。立ちね」とて数珠取り返して、「あな、いと験なしや」と、うち言ひて、額より上さまにさくり上げ、欠伸おのれうちして、寄り臥しぬる。（二二段）

自身満々の験者は得意げに「もののけ」を調伏しようとする。独鈷や数珠をもった仰々しい格好で霊験あらたかな声を絞り出す。こうした現象を古代から続く始原的なものとみなしてはならないだろう。これは、おそらく平安京という都市においてはじめて出現した現象にちがいない。いわば最新流行の現象なのである。そうした誰もが夢中になるものに対して皮肉な目を向け嘲弄的な表現をせずにはいられないのが清少納言である。一所懸命に祈っていた験者が無駄と知るやさっさと寝てしまうことが記されている。

にくきもの（中略）にはかにわづらふ人のあるに、験者もとむるに、例ある所になくて、外に尋ねありくほど、いと待ち遠に久しきに、からうして待ちつけて、よろこびながら加持せさするに、このころもののけにあづかりて極じけるにや、居るままにすなはち、ねぶり声なる、いとにくし。（二五段）

急病人が出たのに験者はいつもの所にいないとあるが、あちこちに出かけ忙しく仕事をしているのであろう。ずいぶん待ってやっと来る、さっそく加持祈祷をしてもらうが、仕事の疲れで験者は眠ってしまう。つまり、験者はあちこちでもてはやされる流行の商売なのである。したがって、世間の評判が大事になる。

苦しげなるもの
夜泣きといふわざするちごの乳母。思ふ人二人持ちて、こなたかなたふすべらるる男。こはきもののけにあづかりたる験者。験だにいちはやからば、よかるべきを、さしもあらず、さすがに人笑はれならじと念ずる、いと苦しげなり。（一五二段）

人の笑いものになるまいと一所懸命に祈る験者は、まわりの評判を気にしているのであろう。その点で「もののけ」は子供の夜泣きや女の嫉妬と同列なのである。さらに一八三段に注目してみたい。

病は、胸、もののけ。脚のけ。さては、ただそこはかとなくて、もの食はれぬここち。（中略）八月ばかりに、白きひとへなよらかなるに、袴よきほどにて、紫苑の衣のいとあてやかなるをひきかけて、胸をいみじう病めば、友だちの女房など、数々来つつとぶらひ、外の方にも若やかなる君達あまた来て、「いといとほしきわざかな。例も、かうなやみたまふ」など、事なしびに言ふもあり。心かけたる人は、まことにいとほしと思ひ嘆きたるこそ、をかしけれ。いとうるはしう長き髪を引き結ひて、ものつくとて起きあがりたるけしきも、らうたげなり。（一八三段）

この章段で清少納言が語っているのは病気の美学というべきものであろう。「歯をいみじう病みて額髪もしとど泣き濡らし、乱れかかるも知らず、面もいと赤くて、おさへて居たるこそ、いとをかしけれ」と歯を病む女性の美しさに触れた後、胸を病む女性の美しさを記しているが、そうした病気の美学が恋の情趣を盛り上げていく。そのため危うく僧までが病者のまわりに漂う魅力に感染してしまいかねない。

次の章段は、「もののけ」調伏の見事な風俗資料になっている。

もののけにいたうなやめば、移すべき人とて、大きやかなる童女の、生絹のひとへ、あざやかなる袴長う着なして、ゐざり出でて、横さまに立てたる几帳のつらに居たれば、外様にひねり向きて、いとあざやかなる独鈷を取らせて、うち拝みてよむ陀羅尼も尊し。（一本の二三段）

この章段を振り返ってみよう。「あざやかな」装束をまとった「いときげなる」僧が登場する。「あざやかな」独鈷を持たせて僧は「尊」げに陀羅尼を読む。検分役の女房たちが大勢集まりじっと見つめている。そんな中で少女は憑依していく。勝手向きで働く若い女房たちも気になって急いで見に来る。とうとう「もののけ」は屈服し退散する。少女に声をかける僧は「心はづかしげ」な様子である。そして仕事を終えた僧は人々の制止を振り切って帰ろうとする。上席の女房が丁寧にお礼を述べる。仕事をなし終えた僧の口数は少ないが自信に満ちて誇らしげである。「いとしふねき御もののけにはべるめり」と口にすることは自分の手柄を強調することになるだろう。最後に、大勢の供の者を引き連れてあちこちの邸宅で歓待を受ける僧のすばらしさを強調して本段は閉じられる。

まるで洗練をきわめたファッションのように表層的な風俗現象として描かれている点を重視したい。ここには伝統とか古さといった価値への言及が全く見られない。もっぱら洗練された振る舞いが評価されている。これは日付をもった一回的個別的な出来事ではなく、何度もあったことを一般化し理想化して叙述したものであろう。一般化や理想化によって見事な風俗絵画を完成させているのである。不可視の「もののけ」のまわりで動く人々の洗練された振る舞い、その中心にいるのは女房と僧であり、「もののけ」は女房と僧の結託によって生み出されているようにさえみえる。もっとも、この章段はあまりに完成されすぎている。『枕草子』において、こうした完結性はむしろ突き崩されるべきものではないか。その意味では験者の「もののけ」調伏の完結性が突き崩された「すさまじきもの」「にくきもの」「苦しげなるもの」などの章段のほうが『枕草子』らしい。

こうして清少納言は最新流行の病気を抜かりなく取り上げ、表面的に皮肉な目を向けるのである。それに対して、紫式部は「もののけ」が生み出す物語に巻き込まれたうえで、内在的に批判しているように思われる。その物語とは病気と内面と恋愛が結びついたものである。

「袖ぬるるこひぢとかつは知りながら下り立つ田子のみづからぞうき
山の井の水もことわりに」とぞある。（中略）御返り、いと暗うなりにたれど、「袖のみ濡るるやいかに。深からぬ御ことになむ。
浅みにや人は下り立つわが方は身もそぼつまで深きこひぢを
おぼろげにてや、この御返りをみづから聞こえさせぬ」などあり。大殿には、御もののけいたう起こりて、いみじうわづらひたまふ。（葵）

車争いで屈辱を受けた六条御息所は「もののけ」となって葵上に取り憑くのだが、ここで強調されているのは光源氏に対する御息所の恋情の深さにほかならない。六条御息所の物語では病気と内面と恋愛が結びついて異様な深さを生み出しているのである。だが、「もののけ」は本当に存在するのであろうか。

この御生霊、故父大臣の御霊などいふものありと聞きたまふにつけて、思しつづくれば、身ひとつのうき嘆きよりほかに人をあしかれなど思ふ心もなけれど、もの思ひにあくがるなる魂は、さもやあらむと思し知らるることもあり。（葵）

「物思ひにあくがるなる魂」とあるように、魂が遊離するというは実は伝聞推定の形でしか存在しえない。「もののけ」とは世間の噂であり物語にすぎないのである。だが、御息所はそうした物語に自らを委ねてしまう。

「かく参りこむともさらに思はぬを、もの思ふ人の魂はげにあくがるものになむありける」となつかしげに言ひて、

なげきわび空に乱るるわが魂を結びとどめよしたがひのつま

とのたまふ声、けはひ、その人にもあらず変りたまへり。いとあやしとおぼしめぐらすに、ただかの御息所なりけり。（葵）

「げに」とあるように、六条御息所は世間に流通している物語を受け入れ模倣して「もののけ」になるのである。御息所は「もののけ」という意味に取り憑かれているといってよい。この後も御息所は「もののけ」になり続けるが、それは仏教に執着する存在だからであろう。「もののけ」は錯覚にすぎない。ただ仏教という観念に感染することで錯覚が正当化されるだけなのである。そうした「もののけ」が内面の問題に結びつけられるわけで、これは恐るべき転倒にほかならない。

『源氏物語』における「もののけ」の特徴は二つある。一つはそれが語るものだという点であり、もう一つはそ

れが女の身体を標的にしているという点である。葵巻の「もののけ」は何よりも語ることを欲していた。

まださるべきほどにもあらずと皆人もたゆみたまへるに、にはかに御気色ありてなやみたまへば、いとどしき御祈禱数を尽くしてせさせたまへれど、例の執念き御もののけ一つさらに動かず、やむごとなき験者ども、めづらかなりとてもて悩む。さすがにいみじう調ぜられて、心苦しげに泣きわびて、「すこしゆるべたまへや。大将に聞こゆべきことあり」とのたまふ。（葵）

この声は葵上のものであって、葵上のものではない。「もののけ」のものである。したがって、ここには複数の声の交錯がみられる。いわば表層の声と深層の声であり、あるいは外見の声と内面の声、意識の声と肉体の声である。若菜下巻の「もののけ」も語ることを欲している。

いみじき御心の中を仏も見たてまつりたまふにや、月ごろさらにあらはれ出で来ぬもののけ、小さき童に移りて呼ばひののしるほどに、やうやう生きいでたまふに、うれしくもゆゆしくも思し騒がる。いみじく調ぜられて、「人はみな去りね。院一ところの御耳に聞こえむ。おのれを、月ごろ、調じわびさせたまふが、情けなくつらければ、同じくは思し知らせむと思ひつれど、さすがに命もたふまじく身をくだきて思しまどふを見たてまつれば、今こそ、かくいみじき身を受けたれ、いにしへの心の残りてこそかくまでも参り来たるなれば、ものの心苦しさをえ見過ぐさでつひに現はれぬること。さらに知られじと思ひつるものを」とて、髪を振りかけて泣くけはひ、ただ、昔見たまひしもののけのさまと見えたり。（若菜下）

『源氏物語』の「もののけ」の標的は女の身体である。女性を離れたところでは「もののけ」の存在理由がないかのようだ。とりわけ、子供を産むときは格好の餌食となる。「もののけ」は出産場面にたびたび登場してくる（そのとき女は二重の存在であり、自己であると同時に自己でないものを孕んでいる）。

後夜の御加持に、御もののけ出で来て、「かうぞあるよ。いとかしこう取り返しつと、一人をば思したりしが、ねたかりしかば、このわたりにさりげなくてなむ日ごろさぶらひつる。今は帰りなむ」とてうち笑ふ。いとあさましう、さは、このもののけのここにも離れざりけるにやあらむ、と思すに、いとほしう悔しう思さる。宮、すこし生き出でたまふやうなれど、なほ頼みがたげに見えたまふ。（柏木）

葵巻の葵上の出産場面と同じように、柏木巻の女三宮の出産場面にも「もののけ」が現れるのである。『紫式部日記』でも出産場面に「もののけ」が現れる。

日ひと日、いと心もとなげに、おきふし暮らさらたまひつ。御もののけどもかりうつし、かぎりなくさわぎののしる。（中略）今とせさせたまふほど、御もののけのねたみののしる声などのむくつけさよ。（『紫式部日記』）

手習巻の「もののけ」も女の身体を標的にしている。それは「よき女あまた住みたまひし所」に住みつくのである。

「この修法のほどに験見えずは」と、いみじきことどもを誓ひたまひて、夜一夜加持したまへる暁に人に駆り移して、何やうのものかく人をまどはしたるぞと、ありさまはかばかしう言はせまほしうて弟子の阿闍梨とりどりに加持したまふ。月ごろ、いささかも現はれざりつるもののけ調ぜられて、「おのれは、ここまで参り来て、かく調ぜられたてまつるべき身にもあらず。昔は、行ひせし法師の、いささかなる世に恨みをとどめて漂ひ歩きしほどに、よき女のあまた住みたまひし所に住みつきて、かたへは失ひてしに、この人は、心と世を恨みたまひて、我いかで死なんといふことを、夜昼のたまひしに頼りを得て、いと暗き夜、独りものしたまひしをとりてしなり。されど観音とざまかうざまにはぐくみたまひければ、この僧都に負けたてまつりぬ。今はまかりなん」とののしる。「かく言ふは何ぞ」と問へば、憑きたる人ものはかなきにや、はかばかしうも言はず。（手習）

僧たちは憑坐を介して「もののけ」に告白させようとしている。その意味で「もののけ」調伏は人の身体、とりわけ女の身体に告白させる技法だといってよい。『源氏物語』の「もののけ」とは語るものであり、肉体の告白である。ここで興味深いのは「もののけ」がもと法師であったと語る点であろう。破戒僧の語りは、「もののけ」が仏教という観念によって作り出された病気にほかならないことを証明しているように思われる。観念によって作り出されたものであるにもかかわらず、誰もそのことに気づかない。女性を特別視するがゆえに不可避的に破戒僧が生まれるわけだが、「もののけ」とは女性を特別視する僧侶階級の産物なのである。

それにしても、「もののけ」の伝染力はすさまじい。

絵に、もののけのつきたる女のみにくきかたかきたる後に、鬼になりたるもとの妻を、小法師のしばりた

るかたかきて、男は経読みてもののけせめたるところを見て
亡き人にかごとをかけてわづらふもおのが心の鬼にやはあらぬ
返し
ことわりや君が心の闇なれば鬼の影とはしるく見ゆらむ
（『紫式部集』）

『紫式部集』の詞書と贈答歌だが、ここには「もののけ」という意味に取り憑かれ、「もののけ」という物語に巻き込まれた人々の姿が見て取れる。「もののけ」に取り憑かれた妻、「もののけ」となった先妻、それを縛っている法師、「もののけ」を退散させるべく経を読む夫が絵に描かれている。そればかりでなく、そうした「もののけ」の絵を見ている女がおり、それを見る女がいるという構図である。妻に取り憑いた「もののけ」を先妻のせいにしているが、それは夫の「心の鬼」にすぎないという。しかし、そう考えるのもまた「心の闇」だという。「もののけ」は次々と内面に電線していくのである。

西郷信綱『詩の発生』（未来社、一九六〇年）は「もののけ」が歴史的社会的な病であることを強調しているが、非歴史的な民俗学とは異なる歴史的視点は重要であろう。

平安朝の「もののけ」も、人間の肉体あるいは心の烈しい不安や苦痛そのものの投射であったわけで、前にのべた、当時における集団的な魂と自我との未分化の結果として、内からのものが外からのものであるかのように倒錯され、「もののけ」という独自の現象形態をとったにすぎず、そして源氏の作者は、この転倒にいつも内面的必然性をあたえることを忘れなかった。
（「源氏物語の「もののけ」について」）

しかし、これについてはまた別の見方ができる。「もののけ」とは仏教という観念によって生み出されたものにすぎず、いわば外からのものが内からのものであるかのように倒錯されているのである。そこに「内面的必然性」を与えることこそ最大の転倒ではないか[17]。もっとも、こうした転倒は紫式部が生み出したものではないだろう。和泉式部の歌「物思へば沢の蛍もわが身よりあくがれ出づる魂かとぞ見る」はよく知られているが、その萌芽はいたるところに存在していたというべきである。ただ紫式部は驚くべき力業で、観念の転倒を拡大してみせたのである。そして「もののけ」をめぐる言説のありようを浮かび上がらせてみせたのである。そこではもののけ・内面・女性の三つが異様な形で結びつくのだが、そのことを明らかにする紫式部の作業はむしろ鋭い言説批判になっているように思われる。

五 「大和魂」の発見

平安朝において自己同一性はどのように存在しているのであろうか。平安朝の自己同一性は「大和」という言葉に強く現れているのかもしれない。異国に対抗する形で決まって「大和」という言葉が持ち出されているからである。

まず『枕草子』における「唐」と「大和」の関係をみてみよう。清少納言は「唐」を礼賛している。

草の花は　撫子、唐のはさらなり、大和のも、いとめでたし。　（『枕草子』六四段）

唐のものがすばらしいのは断るまでもなく、大和のものは付加的に言及されるにとどまる。別のところでは「唐撫子のいみじう咲きたるに結び付けて取り入れたる」手紙が暑さを忘れさせてくれるという（一八五段）。棕櫚の木については「唐めきて、わるき家のものとは見えず」という（三七段）。唐鏡は「心ときめきするもの」であり（二六段）、唐錦は「めでたきもの」である（八四段）。いずれにしても、「唐」のものはすぐれたものであり賛美するべきものにほかならない。中宮定子は清水参籠中の清少納言のもとにわざわざ歌を届けているが、それは「唐の紙」である。とりわけ、定子のまわりには「唐」のものが多いようにみえる。

宮は、白く御衣どもに紅の唐綾をぞ上にたてまつりたる。御髪のかからせたまへるなど、絵に描きたるをこそ、かかることは見しに、うつつにはまだ知らぬをも夢のここちぞする。（一七九段）

まだ御裳、唐の御衣たてまつりながらおはしますぞ、いみじき。紅の御衣ども、よろしからむやは。なかに、唐綾の柳の御衣、葡萄染の五重襲の織物に赤色の唐の御衣、地摺の唐の薄物に象眼重ねたる御裳などたてまつりて、ものの色などは、さらになべてのに似るべきやうもなし。「我をばいかが見る」と、おほせらる。「いみじうなむさぶらひつる」なども、言にいでては世の常にのみこそ。（二六三段）

清少納言は中宮定子のまわりを「唐」のもので埋め尽くし賛美するのである。中関白家の盛時を描いた積善寺供養の章段には「唐」のものが満ちている。「唐衣は、萌黄、柳、紅梅などもあり」、「西の対の唐廂にさし寄せてなむ乗るべき、とて、渡殿へ、ある限り行くほど」、「一の御車は唐車なり」、「おはしまし着きたれば、大門のもとに、高麗、唐土の楽し、獅子、狛犬をどり舞ひ、乱声の音、鼓の声に、ものもおぼえず。こは、生きての仏の国になどに来にけるにやあらむと、空に響きあがるやうにおぼゆ」。

「淑景舎、春宮にまゐりたまふほど」の章段でも、「唐」のものが満ち溢れている。「御手水まゐる。かの御方のは、宣耀殿、貞観殿を通りて、童女二人、下仕四人して、持てまゐるめり。唐廂のこなたの廊にぞ、女房六人ばかりさぶらふ。狭しとて、かたへは御送りして皆帰りにけり。桜の汗衫、萌黄、紅梅などいみじう、汗衫長く引きて、取り次ぎまゐらする、いとなまめき、をかし。織物の唐衣どもこぼれいでて、相尹の馬の頭の女少将、北野宰相の女宰相の君などぞ、近うはある。をかしと見るほどに、こなたの御手水は、番の采女の、青裾濃の裳、唐衣、裙帯、領巾などして、面いと白くて、下仕など取り次ぎまゐるほど、これはた公しう唐めきて、をかし」（二〇〇段）。

ただ清少納言の場合、「唐」のものに対する賛美は無条件の賛美ではなく、中宮定子や中関白家を卓越化するためのレトリックになっている。「唐」のものを賛美するのは、それによって中関白家や中宮定子を賛美するためなのである（自己はそれにつながっている）。道隆が亡くなった直後の章段では「唐」のものが奇妙なものへと変貌している。

故殿の御服のころ、六月のつごもりの日、大祓といふことにて、宮の出でさせたまふべきを、職の御曹司を方あしとて、官の司の朝所にわたらせたまへり。その夜さり、暑くわりなき闇にて、なにともおぼえず、狭くおぼつかなくて、明しつ。つとめて、見れば、屋のさま、いと平に短く、瓦葺にて、唐めき、様異なり。

（一五六段）

清少納言たちは暗闇にまぎれて何が何だかわからないところに移る。翌朝になってようやく様子がつかめるが、それにしても奇妙な場所である。本来ならば「唐」のものは賛美されるはずなのだが、異様なものにみえる。

時司などはただかたはらにて鼓の音も例のには似ずぞ聞ゆるを、ゆかしがりて、若き人々二十人ばかり、そなたに行きて、階より高き屋に登りたるを、これより見上ぐれば、ある限り薄鈍の裳、唐衣、同じ色のひとへ襲、紅の袴どもを着て登りたるは、いと天人などこそえ言ふまじけれど、空よりおりたるにやとぞ見ゆる。同じ若きなれど、おしあげたる人はえまじらで、うらやましげに見上げたるも、いとをかし。（一五六段）

本来ならば「唐」のものを着た定子こそ「天人」にふさわしいのであろうが、これは女房が高いところに登っているだけである。清少納言の定子賛美の構造がすっかり暴かれてしまったかのようにみえる。

左衛門の陣まで行きて、倒れ騒ぎたるもあめりしを、「かくはせぬことなり。上達部の着きたまふ椅子などに女房ども上官などの居る床子どもを皆打ち倒しそこなひたり」など、くすしがる者どもあれど、聞きも入れず。屋のいと古くて、瓦葺なればにやあらむ、暑さの世に知らねば、御簾の外にぞ、夜も出で来臥したる。古き所なれば、蜈蚣といふもの、日一日落ちかかり、蜂の巣の大きにて付き集りたるなどぞ、いと恐ろしき。殿上人、日ごとにまゐり、夜も居明してもの言ふを聞きて、「あに、はかりきや、大政官の地の、いまやかうの庭とならむことを」と、誦じいでたりしこそ、をかしかりしか。（一五六段）

厳粛な場が女房たちによってかき乱されてしまう。厳粛な場はその荒廃ぶりを暴露する。「唐」のものとは特権的なものであり、それによって中宮定子や中関白家が特権化されるというのが清少納言の卓越化＝差別化の戦略であったはずだが、それがすっかり無効になってしまった感がある。これではまるで「昔おぼえて不用なるもの」に挙げられた「黒み、面そこなはれたる」唐絵の屏風のようだ（一五八段）。しかし、清少納言が不思議なほど嬉々としているのも事実である。漢＝官の領域をかき乱すところに『枕草子』の真の面白さがあるのかもしれない。

清少納言は、漢詩文を含めて「唐」のものを戦略的に利用していたといえるだろう。「唐」のものを持ち出すことは自らを特権化することにつながるからである。そうした特権化を批判したのが紫式部である。『紫式部日記』のなかでは清少納言を「人に異ならむと思ひ好める人」と痛罵している。

次に『源氏物語』における「唐」と「大和」の関係を探ってみよう。

このごろ、明け暮れ御覧ずる長恨歌の御絵、亭子院の描かせたまひて、伊勢貫之に詠ませたまへる、大和言の葉をも、唐土の詩をも、ただその筋をぞ枕言にせさせたまふ。（桐壺）

あはれなる古言ども、唐のも大和のも書きけがしつつ、草にも真名にも、さまざまめづらしきさまに書きまぜたまへり。（葵）

みなこの御事をほめたるすぢにのみ、大和のも唐のも作りつづけたり。（賢木）

唐土には、春の花の錦にしくものなしと言ひはべめり、大和言の葉には、秋のあはれをとりたてて思へる、いづれも時々につけて見たまふに、目移りてえこそ花鳥の色をも音をもわきまへはべらね。（薄雲）

異国と自国が意識されるのは、何よりも言葉においてなのである。(18) そして占いや植物において異国と自国は区別される。「大和相」のことが桐壺巻に出てくるし、「撫子の色をととのへたる、唐の、倭の、籬いとなつかしく結びなして、咲き乱れたる夕映えいみじく見ゆ」と常夏巻にある。

漢の「才」に対して「大和魂」が持ち出されるのは、少女巻の教育論である。

高き家の子として、官爵心にかなひ、世の中さかりにおごりならひぬれば、学問などに身を苦しめむことは、いと遠くなむおぼゆべかめる。戯れ遊びを好みて、心のままなる官爵にのぼりぬれば、時に従ふ世人の、下には鼻まじろきをしつつ、追従し、気色とりつつ従ふほどは、おのづから人とおぼえやむごとなきやうなれど、時移り、さるべき人に立ちおくれて、世おとろふる末には、人に軽め侮らるるに、かかりどころなきことになむはべる。なほ才をもととしてこそ、大和魂の世に用ゐらるる方も強うはべらめ。（少女）

光源氏は息子の夕霧に学問をさせるが、ここには文人の娘としての紫式部のイデオロギーが最も露骨に出ているといえるかもしれない。大学寮に入り学問をして為政者になるというのが律令の理念ではあろう。しかし当時の貴族は学問などしなくても出世できたのであり、大学寮に入っても「せまりたる大学の衆」になるしかなかったのが実情である。学問の重要性を説くのは文人のイデオロギーにすぎないのである。ここには理念として「才」の重要性が掲げられている。しかしまた現状として「大和魂」を追認してもいる。いわば漢文的なものに対抗する形で大和魂なるものが発見されているわけだが、それは理念と現実の分割にほかならないだろう。理念としての漢字と現実としての仮名の分裂であり、制度と運用の分割、建て前と本音の分割といってもよい。そして分割されたうえで補完し合うのである。この言説は両義的であって、理念の側に比重を置くこともできるし現実の側に比重を置くこともできる。

興味深いのは、これが息子に対する教育論として語られている点である。この言説は教育、つまり再生産にかかわるものなのである。理念と現実の分割が再生産される図式がここに成立する。少女巻に続く玉鬘十帖では、この図式に基づいて文化論が語られることになる（玉鬘十帖は『源氏物語』の文化論といえる）。たとえば、物語論がそれであり音楽論がそれである。

神代より世にある事を記しおきけるななり。日本紀などはただかたそばぞかし。これらにこそ道々しくくはしきことはあらめ。（蛍）

ここで、光源氏は漢文の歴史に対して和文の物語を顕揚している。

他の朝廷のさへ作りやうかはる、同じ大和の国のことなれば、昔今のに変るべし、深きこと浅きことのけぢめこそあらめ、ひたぶるにそらごとと言ひはてむも、事の心違ひてなむありける。（蛍）

意味のわかりにくいところだが、いずれにしても「他の朝廷」と「大和の国」は同等とみなされているのであろう。和文の物語は決して劣ったものではない。光源氏は物語を肯定的に評価している。こうして物語は文化論的に確立される。と同時にまた、その基準からはずれた存在が生み出され、物語を豊かにしてくれる。それが末摘花と近江君である。

「大和」の言葉に対する歪んだ関係において末摘花と近江君は実に興味深い。

（末摘花）わが身こそうらみられけれ唐衣君がたもとになれずと思へば
（光源氏）唐衣またからころもからころもかへすがへすもからころもなる（行幸）

末摘花は出自において高貴だが、すでに特権性を失った「唐衣」に執着し「唐衣」の歌ばかり作るので、何とも時代錯誤的といえる。そこを光源氏にからかわれている。では、近江君はどうか。

（近江君）草わかみひたちの浦のいかが崎いかであひ見んたごの浦波
（中納言の君）ひたちなるするがの海のすまの浦に波立ち出でよ箱崎の松
（常夏）

出自の卑賤な近江君が作る歌は何とも支離滅裂であろう。大和の地名さえ取り入れれば和歌になると思っているかのようだ。そこを女御たちにからかわれるが、本人は平気で「やまと歌はあしあしもつづけはべりなむ。むねむねしき方のことはた、殿より申させたまはば、つま声のやうにて、御徳をも蒙りはべらむ」と口にしている（行幸巻）。末摘花と近江君は、それぞれレトロとポップという属性に従って言語を脱領域化してくれる存在にほかならない。

「唐」と「大和」の対立という点では、次の音楽論にも注目したい。楽器は異国と自国の区別を教えてくれる。

大和琴とはかなく見せて、際もなくしおきたることなり。広く異国のことを知らぬ女のためとなむおぼゆる。同じくは、心とどめて物などに掻き合はせてならひたまへ。深き心とて、何ばかりもあらずながら、またまことに弾きうることは難きにやあらん。
（常夏）

この評価はそのまま大和言葉に当てはまるのではないか。大和言葉こそ「広く異国のことを知らぬ女のため」の言葉だからである。劣った点がありながら、それがそのまま優れた点に転じるところは大和言葉を顕揚するレトリックになる。事実、若菜下巻の女楽における紫上の和琴の演奏は、そうした「大和」の劣位を一挙に挽回するものになっている。「和琴に、大将も耳とどめたまへるに、なつかしく愛敬づきたる御爪音に、掻き返したる音の、めづらしくいまめきて、さらに、このわざとある上手どもの、おどろおどろしく掻き立てたる調べ調子に劣らずにぎはしく、大和琴にもかかる手ありけり、と聞き驚かる」（若菜下巻）。「大和琴にもかかる手ありけり」には、大和言葉への自負のようなものがうかがえる。頭中将の一族は和琴の名手として設定されているが、それは光源氏や夕霧の漢才の系譜に対抗してであろう。光源氏や夕霧が理念として才を担うのに対して、頭中将一族は実務かとして現実主義的に大和魂を発揮している。

注目されるのは、大和琴が「あづま琴」という別称をもつことである。

あづまとぞ名も立ち下りたるやうなれど、御前の御遊びにも、まづ書司を召すは、他の国は知らず、ここにはこれを物の親としたるにこそあめれ。（常夏）

あづま琴は大和琴の蔑称とされるが、ここからは唐／やまと／あづまという階層秩序を見て取ることができる。唐に対して劣位にあった大和は対等になろうとしつつ、あづまという否定的なイメージを払拭できないでいる。その「あづま」が突出してくるのが東屋巻以降の浮舟の物語である。「東国の方の遙かな世界」、「ただ、あららかなる東絹どもを、押しまろがして投げ出でつ」、「賤しき東国声したる者どもばかりのみ出で入り、慰めに見るべき前栽の花もなし」と語られているが、東国に対する大和の差別的構造が『源氏物語』には存在する（それゆえ、その裏返しとして未知なる東国の野生に対する畏怖の念が生まれるだろう）。

都に近づく玉鬘の求心的な物語に対して、浮舟のそれは都から遠ざかろうとする遠心的な物語といえる。東国育ちの浮舟は大和に対して異和の感情をもっている。[19]

「これはすこしほのめかいたまひたりや。あはれ、わがつまといふ琴は、さりとも手ならしたまひけん」など

問ひたまふ。その大和言葉だに、つきなくならひにければ、ましてこれは」と言ふ…　（東屋）

これは重要な点であろう。浮舟は『源氏物語』の女君たちの中でただ一人、大和言葉に異和を口にする存在なのである。もはや唐に対して大和を顕揚することが問題ではない。唐／大和の対立に新しく「あづま」が介入してくるのであって、そうした文化論的構図は崩壊するほかないからである。

東屋巻以降、「あづま琴」は東国と韻を踏み、特別の意味を帯びることになる。宿木巻の宮中における藤花の宴の場面、蜻蛉巻の女一宮の住む六条院西の渡殿の場面では「和琴」とされているが、手習巻ではもっぱら「あづま琴」と呼ばれる。

「嫗は、昔、あづま琴をこそは、事もなく弾きはべりしかど、今の世には、変りたるにやあらむ、この僧都の、聞きにくし、念仏よりほかのあだわざなせそとはしたなめられしかば、何かはとて弾きはべらぬなり。さるは、いとよく鳴る琴もはべり」と言ひつづけて、いと弾かまほしと思ひたれば、いと忍びやかにうち笑ひて、「いとあやしきことをも制しきこえたまひける僧都かな。極楽といふなる所には、菩薩などもみなかかることをして、天人なども舞ひ遊ぶこそ尊かなれ。行ひ紛れ、罪うべきことかは。今宵聞きはべらばや」とすかせば、いとよし、と思ひて…　（手習）

端的に「聞きにくし」と評されているように、聞こえてくるはノイズとしての音楽である。雅びとしての音楽ではない。しかも、念仏を妨げるものである。そこに出現するのはいわば負の「極楽」であろう。「行ひ紛れ、罪うべきこと」となる。

「いで、主殿のくそ、あづまとりて」と言ふにも、咳は絶えず。（手習）

その間にも「咳」がノイズとして響き続ける。

人々は、見苦しと思へど、僧都をさへ、恨めしげに愁へて言ひ聞かすれば、いとほしくてまかせたり。取り寄せて、ただ今の笛の音もたづねず、ただおのが心をやりて、あづまの調べを爪さはやかに調ぶ。みな異ものは声やめつるを、これのみめでたる、と思ひて、「たけふ、ちちりちちり、たりたんな」など、掻き返しはやりかに弾きたる、言葉ども、わりなく古めきたり。（手習）

他の楽器との調和も気にしていない。もはや音楽と言葉の区別はない。両者は入り混じってノイズとなる。「今の世に聞こえぬ言葉」とあるように「たけふ、ちちりちちり、たりたんな」は異言のごときものである。いまや明らかであろう。東屋巻以降に導入された「あづま」とは大和言葉の調性を乱しにくるノイズなのである。そして薫にとって浮舟とはノイズである。大君の形代として透明な表象に収まりはしない。何より浮舟が音楽を演奏できないという点が決定的であろう（光源氏はそうならないように一生懸命、女三宮を仕込んでいた）。

だが逆に、浮舟にとっては薫や中将がノイズである。「荻の葉に劣らぬほどほどに訪れわたる、いとむつかしうもあるかな」と浮舟は思う。浮舟はそうしたノイズから逃れるために出家するといえる。「荻の葉に劣らぬほどほどに訪れわたる、いとむつかしうもあるかな」という場面のノイズはすさまじい。しかし、逃れることはできない。ノイズが浮舟の生と不可分だからであり、その意味ではノイズが浮舟の生の根拠だからである。「手習の君」は外と内のノイズを受け止めつつ手習をするのである。薫の歌「法の師とたづぬる道をしるべにて思はぬ山にふみまどふかな」にみえる「思はぬ山」とはノイズに満ちた山であろう。「心地のかき乱るやうにしはべるほどためらひて、いま聞こえむ。昔のこと思ひ出づれど、さらにおぼゆることなく、あやしう、いかなりける夢にか、とのみ心もえずなむ」と浮舟は口にしている。現在は混乱し記憶も失調し夢かどうかもわからないというのである。「いと見苦しき御ことかな…など言ひ騒ぐも、うたて聞きにくくおぼゆれば、顔も引き入れて臥したまへり」。顔が衣によってかき消され、ノイズもいったん白紙に消えていくかにみえるが、しかしその白紙からまたノイズが沸き立つことになるだろう。夢浮橋巻はノイズが止むことのないまま閉じられる。

『源氏物語』におけるノイズとしての「あづま」を明らかにしたところで、再び「大和魂」の問題に戻ろう。『大鏡』という歴史物語があるが、そこにも「大和魂」という言葉が出てくる。

あさましき悪事を申し行ひたまへりし罪により、この大臣の御末はおはせぬなり。さるは、大和魂などはいみじくおはしたるものを。(時平伝)

時平伝の一節だが、漢才の道真に対して時平には大和魂があったとする図式である。藤原氏の氏長者忠実の談話を筆記した『中外抄』には「摂政関白は、必しも漢才不候ねども、やまとたましひだにかしこくおはしまさば、天下はまつりごたせ給ひなん」という大江匡房の言葉が出てくる(下・三〇)。摂政関白に何よりも必要なのは大和魂だというのである。[20]慈円の『愚管抄』巻四には知足院忠実が「ヤマトダマシイ」に勝っていたことが記されている。歴史物語の一面をもつ『今昔物語集』には「善澄、才ハ微妙カリケレドモ、露和魂無カリケル者ニテ、此ル心幼キ事ヲ云テ死ヌル也トゾ、聞キト聞ク人ニ云ヒ被謗ケルトナム語リ伝ヘタルトヤ」という用例がみられるが(巻二九第二十)、漢才があっても大和魂のない明法博士は否定的に評価されている。

大和魂に似た言葉で「大和心」という言葉も『大鏡』には出てくる。(21)

彼の国におはしまししほど、刀夷国のもの、俄にこの国を討ち取らむとや思ひけむ、越え来たりけるに、筑紫には、かねて用意もなく、大弐殿弓矢の本末も知りたまはねば、いかがとおぼしけれど、大和心かしこくおはする人にて、筑後・肥前・肥後、九国の人を発させたまふをばさる事にて、府の内に仕まつる人をさへ押し凝りて、戦はせたまひければ、彼奴が方の者どもいと多く死にけるは。さはいへど、家高くおはしますけに、いみじかりし事、平げたまへる殿ぞかし。（道隆伝）

異国の襲来を撃退した隆家には「大和心」があったとされている。だが、その兄については『愚管抄』巻三に「内大臣伊周人ガラヤマト心バヘハワロカリケル人ナリ、唐才ハヨクテ詩ナドハ、イミジクツクラケレド」という評がある。

このようにみてくると、漢才に対して持ち出された「大和魂」「大和心」なるものが実体化され、歴史解釈の基準の一つになっているのがわかる。そして和文の歴史＝物語ではしばしば「大和魂」「大和心」に優位が与えられるのである（『愚管抄』は保元の乱の首謀者頼長を「日本第一大学生」と記すが、その評価は厳しい）。『栄花物語』『大鏡』といった歴史物語は主に藤原氏の栄華が語るが、そこには形式と内容に一致するものがあるように思われる。律令国家の歴史が漢文で記録されるのに対して、藤原氏の歴史は仮名の物語で語られるのがふさわしいからである。官撰国史の途絶と摂関体制の確立はほぼ同時であり、相互に関連している。

漢才と大和魂のイデオロギー的な対立についてみてきたが、おそらくそうした対立を根拠づけているのは真名か仮名か、漢詩か和歌か、漢文か和文かというエクリチュールの形式である。公と私、理念と現実、作為と自然といった対立が生じるのは、真名に対する仮名の発明、漢詩に対する和歌の復興、漢文に対する和文の創出によってなのである。[22]天皇に関しても、そうした二面性を指摘できるだろう。律令制の頂点に君臨するのはいわば漢字の天皇であり、後宮の后たちと戯れるのはいわば仮名の天皇である。

六　「物語」の構成

物語とは何であろうか。柄谷『日本近代文学の起源』（前掲）は次のように述べている。

「物語」とは、明治二十年代の制度的確立、あるいは遠近法的な均質空間によって排除され、且つ排除されることで顕在化しはじめた「空間」である。この意味で、それは私小説的な「空間」と共通するものをもっている。それらはいずれも制度としての「近代文学」の配置のなかで生じたそれに対する反発なのであり、実は通底しているといってもよい。むしろそれらは同じところから分岐したものである。（「風景の発見」）

この指摘に倣っていえば、物語とは平安朝初期の制度的確立あるいは漢文的なものによって排除され、かつ排除されることで見出されたものということになるだろう。その意味で、日記的なものと共通したものを有している。西洋の出現に対抗して言文一致が創出され、西洋文明の衝撃によって自然主義文学（私小説）と民俗学が同時に誕生する。それと同じように漢文に対抗して和文が創出され、漢文明の衝撃によって日記文学と物語文学が同時に誕生するのである。興味深いことに、『伊勢物語（在五中将日記）』『平中物語（貞文日記）』『和泉式部日記（和泉式部物語）』などいずれも日記とも物語とも呼ばれている。

物語とは漢文＝律令に対する反動の所産である[23]。漢文によって抑圧され排除されたものの回復であり、疎外からの復帰であるといってもよい。そう考えると、物語がなぜ貴種流離譚の話型をもつのか理解できる（継子譚はその変奏である）。物語は漢文的なものによって虐げられてきた和文的なものの回復であり復権なのである。本来あるべき姿に戻らなければならない、それが物語の欲望といえる。したがって、物語は復古的なものとなる[24]。「今は昔」という書き出しをもつのは、そのためにちがいない。そこでは始原的なものへの回帰がみられるだろう。しかし、もはや始原そのものではありえない。古い意匠をまとった新しいもの、それが物語である。

そうしたことを確認するために二つの論争に注目してみたい。一つは『枕草子』のそれであり、もう一つは『源氏物語』絵合巻のそれである。前者はあくまでも物語享受者のものにとどまるが、後者は物語創作者のものであって物語に対する歴史的な視点が備わる。

『枕草子』では女房たちが仲忠・涼論争に熱中している。

御前に人々いと多く、上人などさぶらひて、物語のよきあしき、にくきところなどぞ、定め、言ひそしる。涼、仲忠などがこと、御前にも、おとりまさりたるほどなど、おほせられける。「まづ、これはいかに。とくことわれ。仲忠が童生ひのあやしさを、せちにおほせらるるぞ」など言へば、「なにか。琴なども、天人の降るばかり弾きいで、いとわろき人なり。御門の御女やは得たる」と言へば、仲忠が方人ども、所を得て、「さればよ」など言ふ…（七九段）

ここでは「仲忠が童生のあやしさ」が問題になっているが、しかしそれこそ物語的なのである。仲忠は卑賤なものから高貴なものへ復帰するわけで、物語の力学にきわめて忠実だといえる。

『源氏物語』絵合巻では、かぐや姫が「下れる人」と非難されている。

まづ、物語の出で来はじめの親なる竹取の翁に宇津保の俊蔭を合はせて争ふ。「なよ竹の世々に古りにけること、をかしきふしもなけれど、かぐや姫のこの世の濁りにも穢れず、はるかに思ひのぼれる契りたかく、神世のことなめれば、あさはかなる女、目及ばぬならむかし」と言ふ。右は、かぐや姫ののぼりけむ雲居はげに及ばぬことなれば、誰も知りがたし。この世の契りは竹の中に結びければ、下れる人のことどこそは見ゆめれ。ひとつ家の内は照らしけめど、ももしきのかしこき御光には並ばずなりにけり。阿部のおほしが千々の金を棄てて、火鼠の思ひ片時に消えたるもいとあへなし。車持の親王の、まことの蓬萊の深き心も知りながら、いつはりて玉の枝に瑕をつけたるをあやまちとなす」。絵は巨勢相覧、手は紀貫之書けり。紙屋紙に唐の綺を陪して、赤紫の表紙、紫檀の軸、世の常のよそひなり。（絵合）

「この世の濁りにも穢れず、はるかに思ひのぼれる」というのが、かぐや姫の物語の結末である。しかし「この世の契りは竹の中に結びければ、下れる人のことどこそは見ゆめれ」というように、かぐや姫は卑賤なものとされている。おそらく、物語とはこうした卑賤なものが神聖なものへと復帰する装置なのである。そのことを決定づけたという点で『竹取物語』は「物語の出できはじめの親なる」といえる（『古今集』一〇〇三の忠岑の長歌に「あはれ昔へありきてふ人麻呂こそはうれしけれ身は下ながら言の葉を天つ空まできこえあげ末の世までのあととなし」とあるが、和歌の復興にも同じ物語的な力学が認められる）。『竹取物語』の求婚者たちはいずれも律令制下において高い地位についているが、そうした者たちがことごとく難題品の獲得に失敗する点にも注意したい。鉢も枝も皮衣も玉も偽物でしかないところに漢文的なものの失墜が見て取れるのである（中納言は糞を握ったまま落下する）。

『竹取物語』が大和絵的であるのに対して、『うつほ物語』の俊蔭巻は唐絵的であろう。一方の書家は和風の貫之であり、他方の書家は「羲之再生」と評された小野道風である。

「俊蔭は、激しき浪風におぼほれ、知らぬ国に放たれしかど、なほさして行きける方の心ざしもかなひて、つひに他の朝廷にもわが国にもありがたき才のほどを弘め、名を残しける古き心をいふに、絵のさまも唐土と日本とをとり並べて、おもしろきことどもなほ並びなし」と言ふ。白き色紙、青き表紙、黄なる玉の軸なり。絵は常則、手は道風なれば、今めかしうをかしげに、目も輝くまで見ゆ。右にはそのことわりなし。（絵合）

ここでは俊蔭の「才」が強調されている。しかし、すでに見た通り、続く仲忠の挿話はより物語的で和文的なものとなる。漢文的なものを切り捨てていくというのが物語の歴史であり、その意味で物語の歴史は国内化の歴史である。『竹取物語』の求婚者たちが異国に行くことに失敗するのは偶然ではない。

次に絵合巻で論じられる物語は、完全に国内的である。

次に、伊勢物語に正三位を合はせて、まだ定めやらず。これも右はおもしろくにぎははしく、内裏わたりよりうちはじめ近き世のありさまを描きたるは、をかしう見どころまさる。平内侍、

「伊勢の海のふかき心をたどらずてふりにし跡と波や消つべき

世の常のあだごとのひきつくろひ飾れるにおされて、業平が名をや朽すべき」と争ひかねたり、右の典侍、

雲のうへに思ひのぼれる心には千ひろの底もはるかにぞ見る

「兵衛の大君の心高さはげに棄てがたけれど、在五中将の名をばえ朽さじ」とのたまはせて、宮、

見るめこそうらふりぬらめ年へにし伊勢をの海人の名をや沈めむ
かやうの女言にて、乱りがはしく争ふに、一巻に言の葉を尽くして、えも言ひやらず。（絵合）

ここでは「飾」ることつまり作為が否定されている。自然あるいは始原への回帰がみられる。「昔男」業平とは失われたものの想像的回復として存在しているのであろう（『伊勢物語』には詠み人知らずの古歌が少なくない）。「略無才学、善作倭歌」と評された業平は和文的なものの神話を担う文化的英雄なのである。『古今集』仮名序で「まめなる所」と「色好みの家」が対比されていたように、「色好み」なるものも漢文＝律令への反動の産物にほかならない。『伊勢物語』二六段に「おもほえず袖にみなとのさわぐかなもろこし舟の寄りしばかりに」という歌があるが、和歌そして物語とは唐土から押し寄せてきたものによって生じた波立ちなのである。さらに注目すべきはこうした物語をめぐる論争が「女言」とみなされている点であろう。物語は女の領分に属している（この絵合のモデルとされる天徳歌合の御記には「男已闘文章、女宜合和歌」とあって、文章は男の領分、和歌は女の領分となっている）。

ここで、物語の構成に注目しておきたい。図式的にいえば、物語は始まり＝終わりの部分と中間の部分に分かれる。前者はいわば交通の部分であり、他者との交通がみられる。それに対して、後者はいわば物語の内容部分であり、そのほとんどが求婚譚になっている。女たちが興味をもつのは結婚にほかならない。『枕草子』には「御門の御女やは得たる」とあるし、『源氏物語』絵合巻には「ももしきのかしこき御光には並ばずなりにけり」とある。結婚は共同体全体の関心事であって、必然的に求婚譚は共同体内部の物語となる。物語は求婚譚によって共同体の内部へと閉じられていく。求婚譚が物語の中間部分を形作るのはそのためである。(25)『竹取物語』の求婚者たちから『うつほ物語』の求婚者たちへの量的展開、『うつほ物語』の求婚者たちから『源氏物語』の求婚者たちへの質的展開というように、どれほど多様な求婚者が登場するかで物語内容の豊かさが決まっていく。求婚譚には結婚できる本物のほかに結婚できない偽物が必要なのであって、求婚譚は必然的にシミュラクルに関係しシミュラクルを産出することになる（『うつほ物語』の三奇人や『源氏物語』の大夫監は共同体の周縁にあって共同体を活性化する存在である）。

ところで、『落窪物語』や『住吉物語』などの継子苛め譚もまた貴種流離譚の変奏として位置づけることができる。虐げられていた継子という貴種が苦難を経て復権する物語だからである。それは本来あるべき姿への復帰であり、継母という作為に対する自然の勝利といってよい。

『源氏物語』もまた復古であり、失われたものの想像的な回復である。『蜻蛉日記』には「西の宮の左大臣流されたまふ」とあって安和の変によって流罪となった源高明に対する同情が記されているが、『源氏物語』とは追放された源氏の復権の物語であろう。物語は本来あるべき想像の共同体を作り上げるのである。物語の主人公は体制側の人物ではなく、むしろ反体制の人物である。『竹取物語』で嘲弄されている求婚者のモデルは壬申の乱の功臣たちらしい（藤原不比等、阿部御主人、大伴御行、石上麻呂。そのほか漢部など唐に関係のありそうな人物たちは損な役回りである）。『うつほ物語』では清原氏の権利回復が図られている（清原氏の出身である清少納言が仲忠を応援するのも当然であろう）。『伊勢物語』は紀氏に関連が深く、そこに登場するのは皇位につけなかった惟喬親王であり、藤原氏の高子との恋に破れ「身を要なきもの」にした業平である。『平中物語』の平貞文は「宮仕へをば苦しきことにしてただ逍遙をのみして」いる主人公である。『一条摂政御集』は歌物語の形に仕立てられているが、その主人公は「くちをしき下衆」豊蔭である。

物語の主人公とは貶められた者が女性的な同情によって理想化される存在なのである。物語評論『無名草子』に「涙こそいとあはれなるものにて侍れ」とあるように、物語は女性の涙を養分にしている。雨後の竹の子のごとき物語の簇生ぶりを伝える『三宝絵』の序に「オホアラキノモリノ草ヨリモシゲク、アリソミノハマノマサゴヨリモ多カレド、木草山川鳥獣モノ魚虫ナド名付タルハ、物イハヌ物ニ物ヲイハセ、ナサケナキ物ニナサケヲ付タレバ、只海アマノ浮木ノ浮ベタル事ヲノミイヒナガシ、沢ノマコモノ誠トナル詞ヲバムスビオカズシテ…」とある点に注目しよう。物語とは物言わぬ物に物言わせる復権の装置であり、情なきものに情をつける内面化の装置とである。物語は漢文的なものによって虐げられた和文的なものの復権であると述べたが、端的に漢文によって虐げられた和文の復権であるといってもよい。その意味では物語それ自体が和文の貴種流離譚になっているのである。そうした視点に立って、次に寓話的な読解を試みてみよう。それぞれの物語を和文の寓話とみなすと、どうなるか。

今は昔、竹取の翁といふものありけり。野山にまじりて竹を取りつつ、よろづのことに使ひけり。名をば、讃岐の造となむいひける。その竹の中に、本光る竹なむ一筋ありける。あやしがりて、寄りて見るに、筒の中光りたり。それを見れば、三寸ばかりなる人、いとうつくしうて居たり。（『竹取物語』冒頭）

「竹取の翁」というのは『万葉集』にもみられた復古的意匠であろう[26]。ただし、『万葉集』巻一六の長歌のような神仙譚ではない。「呉竹のよよの古言」という言葉が和歌にしばしば用いられるが、これは外来の竹ではなく自生の竹のようである（とはいえ、竹の地下茎はいたるところに広がっているのであろう）。

妻の嫗にあづけて養はす。うつくしきことかぎりなし。いと幼ければ、籠に入れて養ふ。竹取の翁、竹を取るに、この子を見つけて後に竹取るに、節を隔ててよごとに、黄金ある竹を見つくること重なりぬ。かくて、翁やうやう豊かになりゆく。この児、養ふほどに、すくすくと大きになりまさる。（『竹取物語』）

竹の子のように急激な成長を遂げるかぐや姫を育てているのは女性であり、この場面は和文の成長について語っているかのような印象を受ける。とすれば、もたらされているのはいわば和文の富である。それは交換によって手に入れたものではなく、自然の富なのである（天から贈られたということは後にあきらかになる）。かぐや姫と命名されるが、これも神話にみられた復古的意匠である（『古事記』に「迦具夜比売命」とみえる）。

開化すると枯死せざるをえない竹の宿命だからであろうか、かぐや姫は竹のような潔癖さで求婚者たちを拒み、それぞれ難題を課す。求婚者たちがことごとく異国に行くことに失敗すると、その後に天人が降りてくる。「いざ、かぐや姫、汚き所に、いかでか久しくおはせむ」、この天人の言葉によれば、地上は卑賤な所である。それに対して、天人が住むのは神聖な場所であろう。

「衣着せつる人は、心異になるなりといふ。もの一言、言ひ置くべきことあり」と言ひて、文書く。

（『竹取物語』）

天人の世界では言葉が通じなくなってしまう。つまり天とは異国なのであり、天人は中国人のイメージを帯びる。こちら側の感情が届かなくなるのは、それが漢文の世界だからなのである。天人が住むのは感情のない世界である。

…ふと天の羽衣うち着せたてまつれば、翁を「いとほし、かなし」と思しつることも失せぬ。

（『竹取物語』）

ここまでみてくると、天＝神聖＝唐＝漢文、地＝卑賤＝大和＝和文という対比を想定できる。だが、この優劣関係は最後に覆される。天からの贈り物がすべて燃やされてしまうからである。

御文、不死の薬ならべて、火をつけて燃やすべきよし、仰せ給ふ。そのよし承りて、士どもあまた具して、山に登りけるよりなむ、その山を「富士の山」とは名づけける。その煙、いまだ雲の中に立ち昇るとぞ、言ひ伝へたる。

（『竹取物語』）

「壺なる御薬たてまつれ。汚き所の物きこしめしたれば、御心地悪しからむものぞ」とあったように薬を飲むことで神聖な世界へ脱出できるわけだが、その薬を焼くことはすなわち漢文の世界を捨てることではないか。薬が燃えることで煙が立ち昇るが、眺められる煙こそ「文を書き置きてまからむ。恋しからむ折々。取り出でて見給へ」と言ってかぐや姫が残した文と等価であろう。漢文が燃えて和文という新しいエクリチュールが誕生するのである。『竹取物語』における機知は漢字仮名変換を自在に行う和文特有のものであり、真名は機知によってずらされている。

次に、『落窪物語』をみてみよう。

今は昔、中納言なる人の、女あまた持たまへるおはしき。大君、中の君には婿どりして、西の対、東の対に、はなばなとして住ませたてまつりたまふに、「三、四の君、裳着せたてまつりたまはむ」とて、かしづきそしたまふ。また時々通ひたまふわかうどほり腹の君とて、母もなき御女おはす。北の方、心やいかがおはしけむ、仕うまつる御達の数にだに思さず、寝殿の放出の、また一間なる落窪なる所の、二間なるになむ住ませたまひける。「君達」とも言はず、「御方」とはまして言はせたまふべくもあらず。名をつけむとすれば、さすがに、おとどの思す心あるべしとつつみたまひて、「落窪の君とこそ言へ」とのたまへば、人々もさ言ふ。

（『落窪物語』冒頭）

寓話的に読み解くならば、これは和文の虐げられた状態、押し込められた状態を示すものであろう。だが、「落窪」が『竹取物語』の竹の空洞、『うつほ物語』の木の空洞と同じものであることに注意したい。卑賤な姿から高貴な姿への復帰は、そうした和文の空洞を響かせることで可能となるのである。

やうやう物思ひ知るままに、世の中のあはれに心憂きをのみ思されければ、かくのみぞうち嘆く。
　日にそへてうさのみまさる世の中に心つくしの身をいかにせむ
と言ひて、いたう物思ひ知りたるさまにて。（『落窪物語』）

和歌を詠むことは落窪の君の特権であって、継母が和歌を詠むことはない。そのうえ落窪の君は琴と裁縫に秀でている。

落窪の君、まして暇なく苦しきことまさる。若くめでたき人は、多くかやうのまめわざする人や少なかりけむ、あなづりやすくて、いとわびしければ、うち泣きて縫ふままに、
　世の中にいかであらじと思へどもかなはぬものは憂き身なりけり（『落窪物語』）

縫うことはそのまま歌を詠むことにつながっている（「縫ものは憂き身なりけり」とも読める）。裁縫の技術はまさしくテクストの技術であろう。落窪の君の立場を逆転させるのは、そうした技術なのである。落窪の君は和歌と裁縫を通して道頼の少将に出会い救出されるからである。

大臣の北の方御さいはひを、めでたしとは古めかしや。「落窪に単の御袴のほどは、かく太政大臣の御北の方、后の母と見えたまはざりき」とぞ、なほむかしの人々は言ひけるに、みそか言も言ひける。（『落窪物語』）

落窪の君は最後に太政大臣の北の方、后の母となるが、その栄華が着物を通して確認されるのは偶然ではないのである。その間における継母の虐待は徹底している。「よそにてはなほわが恋をます鏡うつる影とはいかでならまし」「身をさらぬ影と見えてはます鏡はかなくうつることぞかなしき」とあるように男君と女君は「鏡」をめぐって歌を唱和するのだが、その女君から「鏡」の箱を奪っていく継母は、まるで『土佐日記』の荒海のようだ。さらに典薬助に落窪の君を犯させようとする。もちろん、『竹取物語』の求婚者たちと同じく失敗してしまう（道で汚物を踏んだ道頼は汚物から上昇するが、腹をくだした典薬助は汚物へと下降する）。継母は手ひどい報復を受けることになる。継母への復讐が終わった後、中納言の七十賀が盛大に催されるが、そこに並んだ屏風歌は和歌和文の勝利を高らかに告げるものであろう。

典薬助が落窪の君を危機に陥れるのに対して、落窪の君を助けるのはあこぎという侍女である。おそらく典薬助は唐土の医薬に通じているのであろうが、その典薬助が最後に殺されるのは『竹取物語』の最後で薬を焼くことと全く同じ意味を帯びているように思われる（『今昔物語集』巻二四第八の説話でも老典薬助が滑稽な失策を犯す）。だが、あこぎのほうは長生きする。

かの典薬助は蹴られたりしを病にて死にけり。「これかくておはするも見ずなりぬるぞ口惜しき。などてあまり蹴させけむ。しばし生けておいたべかりける」とぞ男君のたまひける。女御の君の御家司に和泉守なりて、御徳いみじう見ければ、むかしのあこぎ、今は内侍のすけになるべし。「典侍は二百まで生ける」とかや。

（『落窪物語』末尾）

『落窪物語』は二人の運命に言及することで閉じられるが、これは漢文に対する和文の勝利を予祝しているように読めるのである。同じく継子譚である『住吉物語』は「なさけなき物は、栄みじかく、情ある人は、はるばると栄へ侍り」と閉じられるが、情緒纏綿と訴える姫君の長歌を考え合わせると、情けなき文字と情けある文字の対立を記しているように思われる。姫君を犯そうとするのは算術に詳しいであろう非情な主計助であり、姫君の長歌はといえば「かげろうの有かなきかのここちして」の通り大和言葉特有の主情性を帯びている。

しかし、そうした和文の成立において漢文が大きく寄与していたことを忘れてはならない。物語における外国人の役割を無視してはならないのである。『うつほ物語』をみてみよう。

昔、式部大輔、左大弁かけて、清原の大君、皇子腹に男子一人持たり。その子、心聡きこと限りなし。父母「いとあやしき子なり。生ひ出でむやうを見む」とて、書も読ませず、言ひ教ふることもなくて生ほし立つるに、年にも合はず、丈高く、心かしこし。七歳になる年、父が高麗人に会ふに、この七歳なる子、父をもどきて、高麗人と書を作り交しければ、朝廷、聞こし召して、「あやしうめづらしきことなり。いかで試みむ」と思すほどに、十二歳にて冠しつ。

（『うつほ物語』俊蔭）

ここでは俊蔭の才が強調されている。そして、俊蔭は遣唐使に選ばれる。

父母、「眼だに二つあり」と思ふほどに、俊蔭十六歳になる年、唐土船出だし立てらる。こたみは、殊に才かしこき人を選びて、大使・副使と召すに、俊蔭召されぬ。父母悲しむこと、さらに譬ふべき方なし。一生に一人ある子なり、かたち・身の才人にすぐれたり。朝に見て夕べの遅なはるほどだに、紅の涙を落とすに、遥かなるほどに、あひ見む事の難き道に出で立つ。父母・俊蔭、悲しび思ひやるべし。三人の人、額を集へて、涙を落として出で立ちてつひに船に乗りぬ。唐土に到らむとするほどに、仇の風吹きて、三つある船、二つは損はれぬ。多くの人沈みぬる中に、俊蔭が船は、波斯国に放たれぬ。

（『うつほ物語』俊蔭）

「眼だに二つあり」と『土佐日記』によく似た表現が用いられているが、俊蔭はいわば海に投げ入れられた鏡である。つまり、物語にとって不可欠の供儀にほかならない。漢文の海を渡った俊蔭漂流譚によって物語は基盤を獲得し、以後安定して進行することができる。この離別および難破の場面は遣唐使の苦難を伝えているが、物語はそうしたものへの反動として形成されるのである。

『うつほ物語』の終末部では始発部に呼応するように楼上で超自然の現象が起こる。「嵯峨院は、らうらうじくはなやかに愛でさせ給ひて、琴の音を聞くと、ここの有様を見るとこそ、天女の花園も、かくやあらむとおぼゆれとのたまふ」。この嵯峨院は唐風文化の推進に熱心であった実在の嵯峨院に近いのであろう。『竹取物語』の終末部を連想させるかのように「不死薬をもがな」という言葉までも口にされる。しかし、きわめて内向きの宴でしかないことも事実である。漢文的な超越性はすでに和文的な宴に埋没している。

『源氏物語』桐壺巻には『うつほ物語』冒頭に類似した高麗人の登場場面がある。ここからも物語における外国人の重要性を指摘できる（長篇物語を導く外国人の役割）。

そのころ、高麗人の参れる中に、かしこき相人ありけるを、聞こしめして、宮のうちに召さむことは、宇多帝の御誡めあれば、いみじう忍びてこの皇子を鴻臚館に遣はしたり。御後見だちて仕うまつる右大弁の子のやうに思はせて率てたてまつるに、相人おどろきて、あまたたび傾きあやしぶ。「国の親となりて、帝王の上なき位に昇るべき相おはします人の、そなたにて見れば、乱れ憂ふることやあらむ。おほやけの固めとなりて、天下を輔くる方にて見れば、またその相違ふべし」と言ふ。（桐壺）

高麗人は光源氏の運命を予言している。それだけでなく、光源氏の命名者でもある。

光る君といふ名は、高麗人のめできこえてつけたてまつりけるとぞ言ひ伝へたるとなむ。（桐壺）

予言、命名を行うのは共同体内部の者ではない、外国人である。「倭相」にしても「世の人」にしても外国人による予言や命名を追認しているだけである。『竹取物語』で御室戸斎部の秋田が「なよ竹のかぐや姫」と名づけたり、『落窪物語』で継母が「落窪の君」と名づけたりしたのとは異なるだろう。しかも、桐壺巻では長恨歌という外国の作品が機能している。外国人の問題はそのまま予言、命名、引用といったテクストにかかわる問題に接続するのである。このことは『源氏物語』を共同体的な物語としてではなく、領域解体的なテクストとして読むよう促すわけだが、しかし今はそこまで論じるときではない（拙著『源氏物語のテマティスム』『源氏物語のエクリチュール』を参照されたい）。

物語とは何か、もう一度考えてみよう。それは漢文的なものによって抑圧され排除された和文的なものの回復であり復権であるとひとまずいうことができる。和文が再生をとげる和文それ自体の貴種流離譚といってもよい（いまや逆に漢文的なものが抑圧され排除される）。それは卑賤から高貴への反転であり、失われたものの想像的な回復である。物語における異界や異郷を重視する見方があるが、それは疎外からの復権の夢をはぐくむ場所が異界や異郷だからであり、異界や異郷が想像の共同体の根拠になっているからであろう。とすれば、本来あるはずの姿に戻らなければならないとする疎外論の言説に物語りを位置づけるべきなのであろうか。しかし、たえず始原への回帰が志向されるとしても、もはや始原そのものが立ち現れるわけではない。『竹取物語』の求婚者たちの難題品がそうであるように、始原とは事後的に捏造された偽りのものでしかないのである。異界に関しても同様である。『竹取物語』の求婚者たちの異郷譚がそうであるように、異界とは事後的に捏造された偽りのものでしかないのである。古伝承に満ちた『竹取物語』は古代のシミュラクルであり、異国の表象に満ちた『うつほ物語』は外部のシミュラクルであろう。物語は失われたものの回復や復権であるよりもむしろ、そうした形をとった捏造であり創出である（その生産の契機となっていたのは漢字漢文にほかならない）。

疎外論に表裏する形で物語は禁忌と侵犯の言説だとする見方があるかもしれない。そこには禁じられた何かがあり、それを犯すことで物語は活性化するというものである。しかし、物語には本当に禁じられた何かが存在するのであろうか。たとえ禁じられた何かが存在するとしても、語られることでもはや禁忌として機能していないのではないか。確かに業平や光源氏など色好みの文化的英雄は禁忌を侵犯しているようにみえる。しかし、そうした行為もすでに文化的に十分保証されているのであって、もはや侵犯として機能してはいないのである。清少納言たちが仲忠涼優劣論に興じていたように、『源氏物語』の女君たちが物語絵合に興じていたように、物語とはむしろ誰もが口々に語ることで存在するものであろう（『無名草子』の女房たちも物語について口々に語っていた）。異界も禁忌も侵犯も物語の一面でしかない。異界も禁忌も侵犯も物語の十分な根拠たりえない。物語が存在しうるのは、ただ模倣され反復される限りにおいてである。物語は模倣と反復の言説に属しているというべきであろう。物語が真に恐ろしいのは、それが異界に通じているからではなく、禁忌を侵犯しているからでもない。それが模倣と反復を繰り返し始末に終えないからこそ恐ろしいのである（それゆえ物語作者は懲罰を受けなければならず、地獄に堕ちた紫式部という伝説が中世に生まれたりする）。模倣と反復の言説としての物語は復古的な意匠をまとってはいるが、たえず更新されている。非歴史的にみえる物語も、その時点における歴史の産物なのである。

おわりに

日本文学史を伝統の連続と考えてはならない。むしろ、文学史はいくつもの切断や転倒にみまわれた非連続のものと考えるべきであろう（いうまでもなく、文学史という観念自体が切断や転倒の産物である）。おそらく、その切断や転倒はある時期に集中してみられるものにちがいない。本試論では平安朝初期の和文の創出に内面化の契機を探り、その時代における文学なるものの成立を論述してきた。内面化の契機に着目して文学史上の転換期を挙げるとすれば、漢字の導入を内面化の契機とする時期（『万葉集』の時代）、和文の創出を内面化の契機とする時代（『源氏物語』の時代）、語りの隆盛を内面化の契機とする時期（『平家物語』の時代）、出版の隆盛を内面化の契機とする時期（江戸時代）、言文一致の創出を内面化の契機とする時期（明治期）ということになる。それぞれの時代にそれぞれの内面の発見があり風景の発見があるだろうし、それぞれの価値の発見があり病気の意味があるだろうし、それぞれの告白の制度があり物語の成立があるだろう。その差異と反復を問う必要がある。

もっとも、本試論は柄谷氏の論考に導かれて平安朝文学史の諸問題を整理しようとしたにとどまる。論述の未熟さと強引さが目立つかもしれないが、その意味できわめて単調なものである(27)。ただし和文をめぐる価値の転倒を論じることで、これまでの国文学研究が無自覚に前提してきた和文のイデオロギーとでもいうべきものを多少なりとも明らかにしえたはずである。だが、筆者の関心はこの先にある。こうした図式的な整理からはみだすものにこそ目を向けてみたい。言葉は完全に内面に還元できるわけではない。言葉は透明な表象とはなりえない。どうしても還元できないものとしてテクストが残る。最後まで物質的材質性が消えないのである。したがって、今度はテクストの還元不可能性に触れるところから始めてみたいと思う。

注

（1）本試論は藤岡作太郎『国文学全史　平安朝篇』（平凡社東洋文庫、原著一九〇五年）、西郷信綱『日本古代文学史（改稿版）』（岩波書店、一九六三年）、加藤周一『日本文学史序説』（筑摩書房、一九七五・八〇年）、秋山虔編『王朝文学史』（東京大学出版会、一九八四年）、藤井貞和『物語文学成立史』（東京大学出版会、一九八七年）、高橋亨『物語文芸の表現史』（名古屋大学出版会、一九八七年）など多くの文学史に学んでいる。

（2）三田村雅子「蜻蛉日記の物詣」（『一冊の講座　蜻蛉日記』有精堂出版、一九八一年）も『蜻蛉日記』石山詣でにおける「鏡」に注目している。それは『蜻蛉日記』下巻に「鏡うち見れば、いと憎げにはあり」と記される鏡と同じように自己を映し出している。『大和物語』における鏡にも注目しておきたい。七二段に「池はなほ昔ながらの鏡にて影見し君がなきぞ悲しき」という歌があるが、自己を映し出す鏡はまた不在を映し出すものであろう。一五五段には「鏡もなければ、顔のなりたらむやうも知らでありけるに、にはかに見れば、いとおそろしげなりけるを、いとはづかしと思ひけり。さてよみたりける／あさか山影さへ見ゆる山の井のあさくは人を思ふものかは／とよみて、木に書きつけて、庵に来て死にけり」とある。本歌は『万葉集』に遡るが、この浅さ、表層に交錯している愛と死の戯れはむしろ平安朝文学の特徴ではないだろうか。『古事記』や『万葉集』の鏡は表層性よりも神＝王の超越性を帯びている。天孫降臨の際、「此の鏡は、もはら我が御魂と為て、吾が前を拝むが如く、いつき奉れ」と命じられるからである（上巻）。人麻呂は長歌で「天見るがごとくます鏡仰ぎ見れど春草のいやめづらしき我が大神かも」と歌い（二三九）、乞食者は「大君に我は仕へむ…我が目らはますみの鏡」と歌う（三八八五）。しかも、「まそ鏡手に取り持ちて」とあるように、その鏡は反映性よりも触覚性を帯びている（九〇四、二五〇二、二六三

三、三一八五)。しかし、平安朝文学における鏡は表層性や反映性が顕著なのである。恋多き歌人は「見えもせむ見もせん人を朝ごとに起きては向ふ鏡ともがな」という歌を詠んでいる(『和泉式部集』)。さらに『多武峰少将物語』では鏡像が変容し(「常に見し鏡の山はいかがある」)、『古本説話集』三四では鏡像が封印され(「涙のます鏡なれにし影を人に語るな」)、平中の説話や『堤中納言物語』「はいずみ」では鏡像が滑稽さを生じさせている(「われもおびえて鏡を投げ捨てて」)。『大鏡』などの鏡物も理念や規範を強く主張するものではなく、ありのままを仮名に映し出そうとする表層的なものである。なお、『源氏物語』における鏡については拙稿「鏡をめぐって」(『源氏物語のテマティスム』笠間書院、一九九八年)を参照されたい。

(3) 風景の発見は平安朝以前すでに叙景歌という形で『万葉集』にもみられた。漢字の導入を契機とした内面化の過程を、仮名の定着を契機としてもう一度やり直すのが平安朝という時代なのである。したがって、平安朝文学史は奈良朝文学史の反復という側面をもつ(古代文学における文字の問題については呉哲男『古代言語探究』五柳書院、一九九二年を参照)。なお、高橋文二『風景と共感覚』(春秋社、一九八五年)は王朝文学における風景の問題を魅力的に論じているが、著しく審美的でロマン主義的であるように思われる。そうした内面的な風景を可能にしたもののこそ問うてみる必要がある。

(4) 『古今集』仮名序にみられるような文字と音声の転倒を自覚的に根拠づけたのが近世国学であろう。近世国学における音声の問題については村井紀『文字の抑圧』(青弓社、一九八九年)を参照されたいが、帝国の文字に対する民族の音声の復権は本居宣長から柳田國男に至る主題である。『古今集』仮名序はいわばロマンス革命(俗語の革命、物語の革命)の宣言にほかならない。『古今集』仮名序の影響は後代まで及んでおり、大和言葉を根拠づけようとするとき必ず参照される。たとえば江藤淳『自由と禁忌』(河出書房新社、一九八四年)もそうである。同書は外圧に対する大和言葉の復権を説く点で貫之の言説を反復している。なお、和歌における音声の重要性に付け加えていえば、漢詩文もまた朗詠という音声化によって日本化されるのであろう。『和漢朗詠集』などにみられる通りである。

(5) 『古今集』に「奈良帝の御歌」として「古里となりにし奈良の都にも色はかはらず花は咲きけり」(九〇)という

歌がみられるように、奈良は「ふるさと」として懐旧のトポスとなる。『伊勢物語』も「むかし、男、初冠して、奈良の京、春日の里に、しるよしして、狩にいにけり」と始まっている（初段）。

（6）柄谷前掲書はルソーとの類似において国木田独歩を「透明」の発見者とみなしているが、貫之もまたそうした存在である。近代文学における武蔵野の発見や北海道の重要性、平安朝文学における山里の発見や東国の重要性など両者をパラレルに考えることができる。貫之には鏡像を詠んだ歌が少なくないが、「黒髪と雪との中のうき見れば友鏡をもつらしとぞ思ふ」（『後撰集』四七三）という歌に注目しておきたい。というのも、そこには貫之と兼輔の歌が交互にあたかも「友鏡」のように仲良く並んでいるからである。長谷川政春『紀貫之論』（有精堂出版、一九八九年）は貫之歌における鏡像に着目しつつ、現実と言葉の乖離、心と言葉のずれを抱え込まざるをえなかった人として貫之を捉えている。しかし、貫之はむしろ現実と言葉、心と言葉の奇跡的な一致を創出した人ではないか。天暦五年、『万葉集』に訓点を施す作業が梨壺の五人に命じられているが、それは漢字で表記された『万葉集』を仮名によって理解可能で透明なものにする試みだったといえる。興味深いことに『石山寺縁起』の説話によれば、源順が『万葉集』の訓みの手がかりを得るのは馬方からなのである。漢字は民衆の「声」によって「和げ」られている。源順の遊戯歌などをみると表音的な仮名を自在に操っているのがわかる。しかし、貫之の次の世代である源順においては、貫之的な透明さよりも屈折や混濁のほうが目立つ。源順は歌人というよりも漢詩文に親しんだ文人であって律令的な理念を知っており、そこから現状を見るので不遇意識が色濃く出るのであろう。同世代の歌人たちについては山口博『王朝歌壇の研究』村上冷泉円融朝篇（桜楓社、一九六七年）を参照。

（7）『成尋阿闍梨母集』は母と子の一体性を表出することが和歌や和文の機能であることを示している。「もろこしもあめのしたにぞありときくこの日の本はわすれざらなん」。ここから読み取れるのは唐土＝漢文＝息子と日本＝和文＝母の対立であり、成尋の母は和歌や和文によって息子を漢文の世界から引き戻そうとするのである。『十六夜日記』もまた母が息子のために記した日記である。「やまと歌の道は、ただまことすくなく、あだなるすさびばかりと思ふ人もやあらん。日の本の国に天の岩戸ひらけし時より、四方の神たちの神楽の詞をはじめて、世を治め物を和らぐるなかだちと成にける…」。阿仏尼は和歌の力によって法制度に打ち勝とうとしている。前者においては外国、後者においては訴訟がそれぞれ和歌和文表出の契機である。

（8）『枕草子』「うちとくまじきもの」の章段には「えせ者」と並んで「舟の道」が挙げてあり、荒れ狂う海が描かれている（二九〇段）。『枕草子』の「わたつ海」はもっぱら機知の面をみせるが（「わたつ海のいかなる人に物賜ふらむ」八三段、「わたつ海のおきにこがるる物見れば」一七七段、「わたつ海に親おし入れて」二九一段）、それは荒れ狂う海を封印することによって可能となったものであろう。海の上の「舟ごとにともしたる火」はいわば機知の火にほかならない。「海はなほいとゆゆしと思ふに、まいて、海女のかづきしに入るは、憂きわざなり」と海女に言及していたが、「かづきするあまのすみかをそことだにゆめ言ふなとやめをくはせけむ」という歌によると清少納言自身が海女なのである（八〇段）。とすれば、清少納言の『枕草子』とは海女が深い海を潜り抜けた末に放つ「息」なのかもしれない。清少納言は荒れ狂う深層を封印して表面に浮上するのである。そのとき清少納言には「落し入れてただよひありく男」ばかりが目に映る。いずれにしても、『枕草子』では「えせ者」が海のように厄介な代物として清少納言の生の基盤を形作っていることだけは確かである。いっぽう『建礼門院右京大夫集』の場合は「深みどりくろぐろと、おそろしげに荒れたる」海で「波に入りにし人」の姿を追っている（二五八詞書）。

（9）貫之に理念の戦いを挑んでいるのが上田秋成の「海賊」である（『春雨物語』）。漢文に依拠して和文を綴っているにすぎない貫之に対して、秋成はいちいち漢文に溯って批判するのである。もっとも、それは漢文を絶対視するものではないし、かといって和文を絶対視するものでもない。文字を絶対視するものでも音声を絶対視するものでもない。菅原道真に対する評価も両義的である。海賊の最後の論難は貫之の名前に向けられている。貫之は「つらゆき」ではなく「つらぬき」と訓むのが正しいという。貫之と「つらゆき」のずれ、おそらくそこに貫之の問題が象徴的に露呈しているのである。海賊は漢文の理念を顕揚するのでも和文の現実を追認するのでもない、ただひたすら言葉の海を暴れまわっている。それは血をみることのない言説の戦いである。同じ『春雨物語』中の「血かたびら」にも、そうした対立が描かれている。嵯峨天皇は漢詩漢文的なものの代表であり、平城天皇は和歌和文的なものの代表であろう。別の短篇「天津をとめ」でいえば、真言の呪を誇る空海は前者の側にあり、色好みの宗貞は後者の側にある。

(10)　文章を書くときには自ずとスタイルが必要とされるが、和文を書くとは不可避的に『伊勢物語』のように書くことを意味するのではないだろうか（したがって、和文では恋が中心的な話題となる）。江戸時代における和文学（上田秋成）や琉球における和文学（平敷屋朝敏）などをみると、そのことがわかる。『伊勢物語』の模倣作が繰り返し書かれたのは偶然ではないだろう。鴨長明『無名抄』に「仮名にもの書くことは、歌の序は古今の仮名の序を本とす。日記は大鏡のことざまを習ふ。和歌の詞は伊勢物語並びに後撰の歌の詞を学ぶ。物語は源氏に過ぎたるものはなし。みなこれらを思はへて書くべきなり。いづれもいづれもかまへて真名の言葉を書かじとするなり」とあるのも参考になる。なお、朝敏については関根賢司『物語史への試み』（おうふう、一九九二年）を参照。

(11)　道真と貫之の相違について考えてみよう。まず九〇〇年に奏上された『菅家三代集』と九〇五年に奏上された『古今集』の相違は何か。前者があくまでも「菅原」という固有名詞の世界であるのに対して、後者は「詠み人知らず」を多く含む匿名的な世界である。讃岐守としての道真が政治的な話題を漢詩に作るのに対して、土佐守としての貫之はそうしたものを作品化しない。官僚の任務から解放されて「ある人」になって和歌を詠み和文を記す。道真は学問的な後継者としての息子、固有名詞の息子を失う。それに対して、「ある人」が失うのは匿名の娘である。道真は太宰府に左遷されるが、それは菅原道真という特権的な存在の悲劇にとどまる。それに対して、『伊勢物語』東下りの場合は匿名の「昔男」として鄙を発見し周囲の共感を呼ぶのである。「みな人、乾飯の上に涙おして、ほとびけり」、「みな人ものわびしくて、京に思ふ人なきにしもあらず」。『大和物語』二段にも「みな人々泣きて、えよまずなりにけり」とみえる。『土佐日記』の場合でも「みな人々憂へ歎く」というように自然に周囲から共感が生まれている。そこにあるのは「ある人・みな人」の世界にほかならない。藤原兼輔のまわりに貫之たち歌人が集まって一種の小世界が形作られていたという指摘があるが（藤岡忠美『紀貫之』集英社、一九八五年）、そうした小世界は心情の共同体ということになるだろう。道真の言葉が特権の言説に属すのに対して、貫之の言葉は共感の言説に属すといってもよい。貫之の言葉には道真の言葉と違って、仮名の伝染性というべきものがみられるのである。道真と貫之の相違はそこにあるのではないだろうか。『菅家文集』『菅家後集』にも風景や内面の発見があるのかもしれないが、文字が障害となる。道真の存在が広く共感を呼ぶのは漢詩文を通してではなく、怨霊という別の回路を通してである（『今昔物語集』巻二四第二八の説話で道真の詩の訓みが霊夢によって示されるように、怨霊化とは音声化を意味する）。『古今集』には詠み人知らずの歌が多数収められているが、それは和歌の匿名性を示すものであろう。ここで重視したいのはそうした匿名的な広がりであり、いわば仮名の感染力である。ほぼ同時期の事を扱う『将門記』と『土佐日記』の比較も検討に値いするにちがいない。一方にあるのは「将門」という固有名詞の世界であり（将門は「兵の名」を揚げようとしている）、他方にあるのは「ある人」という匿名の世界だからである。前者には系譜があり位階があるが、後者には系譜も位階もない。一方には上奏文と書簡という表象形式があり、他方には和歌と和文という表象形式がある。前者は武器の力によって天皇と敵対しようとし、後者は文化の力によって天皇を補完しようとする。一方は軍記物語の出発点となり、他方は和文日記の出発点となる（前者は怨霊となることで伝播し、後者は仮名であることで流布する）。両者を比較すると、和文がどのような世界を回避して成り立っているかがわかる。和文が回避しているものを一言でいえば戦いである。和文で戦いを描くことはできない。戦いには漢文のレトリックが不可欠であって、軍記物語は必然的に和漢混交文となるのである。「祇園精舎の鐘の声、諸行無常の響あり」と始まる『平家物語』は最初に理念を提示している点で、また「遠く異朝をとぶらふに」というように異朝と本朝を比較している点で平安朝の物語とは異質の言説に属する。しかも『平家物語』の場合、「諸行無常」という理念は「鐘の声」として音声化されるのであって、語りの文学となることを予告している。

(12) ここで制度と呼ぶのは外的な制度というよりもむしろ内的な制度のことだが、女房日記の伝統が女流日記文学の基盤になったという見方もある（宮崎荘平「宮廷女房日記の展開」『日本文学講座』七、大修館書店、一九八九年）。いずれにしても、日記文学における形式の問題を軽視してはならない。「あぢきなく、あまたにさへしひなされて、これらが中に、漁り火とむらとりとはとまりにけり、聞くに、ものし」とあるのによれば、『蜻蛉日記』の作者は屏風歌にひどく不満を覚えたようである。しかし、絵を見てそれにふさわしい歌を作る技術は重要であろう。むしろ、そうした技術が『蜻蛉日記』を支えているのではないだろうか。屏風歌を作ることは外面的、形式的なことであり、それとは別に内面があり心情があると考えてはならない。内面があり心情があるとしても、形式なしには存在しえないものだからである。この直後の歌は、あたかも月次屏風歌の十二月のところに位置しているようにみえる。「ふる雪につもる年をばよそへつつ消えむ期もなく身をぞ恨むる」、これはもはや賀の歌ではないが、しかし屏風歌的な配置にだけは収まってしまうのである。『蜻蛉日記』に屏風歌的構造が存在するのは無視しえない。

（13）ただし、『蜻蛉日記』も日常雑事の記される下巻になると『枕草子』の世界に近づいていくように思われる。夫の兼家が後景に退き代わって息子の道綱が前景に出てくるが、もはや夫婦の情動とは別のものがある（下巻冒頭の「影も浮かばぬ鏡」はそのことを象徴しているかのようだ）。清少納言と定子の関係に近いものが母と息子との間にある。下巻には火事の記事がたびたび記されているが、その点も『枕草子』の乾いた世界に近い。「あるものども、この乾のかたに火なむ見ゆるを、出でて見よ、など言ふなれば、唐土ぞ、など言ふなり」、これはすでに『枕草子』的な機知ではないだろうか。「尋ねはべりつるほどの、唐土ばかりになりにければなむ」という機知もみられる。

（14）平安朝の女性において漢詩文や仏教は露骨に前面に出てこない。しかし抑圧され忘却させられているとはいえ、漢詩文や仏教の真名のエクリチュールが女性を女性たらしめたように思われる。なぜなら、それらに出会うことで女性であることを意識させられたにちがいないからである。平安朝の女性は真名と仮名の抗争というエクリチュールの次元で見出される。もっとも、紫式部の娘、大弐三位になると、紫式部にみられたような漢文との屈折し緊張に満ちた関係はもはやない。大弐三位の歌「はるかなるもろこしまでもゆく物は秋のねざめの心なりけり」に表出されているのは、外部にある異質な唐土ではなく内面化された同質の唐土である。こうした審美的で幻想的な唐土は『浜松中納言物語』や『松浦宮物語』のそれに通じるものであろう。『古今集』にみられた機知の対象としての唐土とは明らかに異なる（「唐土も夢に見しかば近かりき思はぬなかぞはるけかりける」、「唐土の吉野の山にこもるとも遅れむと思ふ我ならなくに」）。「いみじかりける延喜・天暦の御時の旧事も、唐土・天竺の知らぬ世の事も、この文字と言ふものなからましかば、今の世の我等が片端もいかでか書き伝へまし」と記す『無名草子』では文字が完全に内面化されている。「今日といへばもろこしまでもゆく春を都にのみと思ひけるかな」というのは大弐三位の歌を本歌とした俊成の歌だが、宣長はそれを踏まえて唐土と大和の関係を逆転させようとしている（「さし出る此の日の本のひかりよりこまもろこしも春をしるらむ」『鈴屋集』巻頭）。

(15) 近代における平安朝女流日記文学の評価がきわめてロマン主義的であると指摘されているが（野村精一『和泉式部日記　和泉式部集』解説、新潮社、一九八一年）、それは本試論でいう和文のイデオロギーと不可分の問題であろう。

(16) 宣長の『紫文要領』下はもののけについて「病といへば物の怪といひ、さならでもひたすら加持祈祷をのみすること、これまたその頃の風儀人情なり。その頃のみにもあらず、今とてもまた神仏の力を仰ぐこと、世の常なり。わが国のみにもあらず、人の国もまた然り」と述べている。「その頃の風儀人情」というのは正しい。しかし「その頃のみにもあらず」と続け事態を非歴史化してしまうのは決定的に間違っている。もののけ出現に関してはあくまでも歴史的な条件が存在するからであり、「神仏の力を仰ぐこと」は決して自然なことではないからである。宣長は「風儀人情」という言葉で事態を抽象化してしまったといえる。続けて「何とて医師のことは書かずして験者のことばかりを書けるぞといふに、神仏の利生に仰ぎ験者の力を頼むは、ものはかなく人情のあはれなる方にて風流に聞え、医者を頼みて薬を服することは、すこし賢しだちて人情あはれならず、風雅に聞えぬ方あり。よりて医師の事を書かず、薬の事を書かず。帚木の品定めに、極熱の草薬を服したる女をいみじう心なきことにいひ落したるをもて、その余の薬もこれになぞらへてやさしく哀れならざること知るべし」とも述べている。確かに『源氏物語』帚木巻の博士の娘の挿話が示すように、薬は漢文的なものと密接に結びついている（『紫式部日記』に「くすりの女官にて、文屋の博士、さかしだちさいらぎゐたり」とあり、『徒然草』一二〇段に「唐の物は薬の外はなくとも事欠くまじ」とあり、仏足石歌に「薬師は常のもあれど賓客の今の薬師貴かりけり賞だしかりけり」とある）。そして『竹取物語』の結末が象徴的に示すように、物語は薬という「賢しき」ものを捨てるところから始まっている。しかし、物語は「賢しき」ものに全く無縁ではありえず、もののけ出現に関しても仏教という「賢しき」ものがかかわっているのである。ところで宣長は医者でもあったわけで、薬は宣長の存在根拠に関係している。おそらく宣長は「薬」を否定したいが、否定できない。そこで否認するわけである。『源氏物語』を諷諭とみなし「病に応ずるくすり」とする考え方（安藤為章『紫家七論』）を宣長は受け入れない（宣長と医学のかかわりについては高橋正夫『本居宣長』講談社学術文庫、一九八六年を参照）。「大抵国家ノ治メハ、医者ノ治療ノ如シ」という『太平策』の一節にうかがえるように、近世思想史は医学的な言説として捉えることもできる（丸山真男『日本政治思想史研究』〈東京大学出版会、一九五二年〉における「毒薬」「劇薬」のレトリックに注目されたい）。ちなみに『古今集』撰者の一人は和歌の地位が向上した喜びを「薬けかせるけだものの雲にほえけむここちして」と詠んでいる（一〇〇三）。和歌の復興も「薬」のおかげなのである。『源氏物語』における薬に関しては「恋わびて死ぬるくすりのゆかしきに雪の山にや跡を消なまし」という歌に注目したおきたい（総角巻）。大君を失った薫は「薬」にすがりつくが、薬はすなわち毒でもある。薫は「薬」を倒錯的に用いようとしているのであり、仏教は薫にとって毒として作用している。

(17)　藤本勝義『源氏物語の〈物の怪〉』（笠間書院、一九九四年）はもののけの問題を丁寧に論じているが、著しく内面主義的であるように思われる。もののけと内面の間には言説が介在している点を忘れるべきではないだろう。

(18)　唐と大和を区別する同様の例は鈴虫巻、椎本巻、総角巻にもみられる。さらに付け加えておけば、唐と大和の対立は言葉、音楽のほか紙に関しても存在する。『源氏物語』には「唐の紙」「みちのくに紙」と呼ばれる二種類が出てくるが、それぞれ場面や人物に応じて使い分けがなされている。前者を特徴づけるのは装飾性であり、後者を特徴づけるのは実用性である。『源氏物語』には「唐の紙」にふさわしい場面と人物の系列があり（六条御息所、朝顔）、「みちのくに紙」にふさわしい場面と人物の系列がある（末摘花、明石入道）。後者に対して前者が優位にあることはいうまでもない。しかし「唐の紙」にはもろいという欠点がある（「唐の紙はもろくて」鈴虫巻）。時間の経過をくぐり抜けるのは「みちのくに紙」のほうである。「陸奥國紙にて、年経にければ黄ばみ厚肥えたる五六枚」に明石入道の遺書はしたためられている（若菜上巻）。柏木の遺書がしたためられているのも「陸奥国紙五六枚」にである（橋姫巻）。宇治十帖では「みちのくに紙」が恋を隠蔽し屈折させることになる（総角、宿木巻）。そして浮舟が登場してくる。浮舟とはまさしく「みちのくにのかみ」の娘にほかならない。

(19)　ここで隠喩としての「大和」に注目しておきたい。というのも、「この大将殿の御庄の人々といふ者は、いみじき不道の者にて、一類この里に満ちてはべるなり。おほかた、この山城大和に、殿の領じたまふ所どころの人なむ、みなこの内舎人といふ者のゆかりかけつつはべるなる」（浮舟巻）といった場面をみると、薫が「大和」の力で浮舟を囲い込もうとしているかにみえるからである。夕霧巻で、あれほど漢文の才を賞賛されていた夕霧のまわりに隅々まで「大和」守の力が浸透しているのは皮肉である。

(20)『愚管抄』が興味深いのは、歴史書を真名ではなく仮名で書いてしまったことに対する拘りが存在するからである。慈円は「コトバコソ仮名ナルウヘニ、ムゲニヲカシク耳チカク侍レドモ、猶心ハウヘニフカクコモリタルコト侍ランカシ」と弁解している（巻七）。「ワザト耳トヲキ事ヲバ心詞ニケズリステテ」「耳チカク」はあるけれども、深い心があるのだという。「ムゲニ軽々ナル事バ共ノヲヲクテ、ハタト・ムズト・キト・シヤクト・キヨトナド云事ノミヲホクカキテ侍ル事ハ、和語ノ本体ニテハコレガ侍ベキトヲボユルナリ。訓ノヨミナレド、心ヲサシツメ字尺ニアラハシタル事ハ、猶心ノヒロガヌナリ。真名ノ文字ニハスグレヌコトバノムゲニタダ事ナルヤウナルコトバコソ、日本国ノコトバノ本体ナルベケレ。ソノユヘハ、物ヲイヒツヅクルニ心ノヲホクコモリテ時ノ景気ヲアラハスコトハ、カヤウノコトバノサハサハトシラスル事ニテ侍ル也」。仮名であれば直接内面に響いてくるというのだが、慈円は歴史書を真名で正統的に書かなかったことに抵抗を感じながらも、仮名で書いたことを合理化しているのである。

(21)「大和魂」の用例とその歴史的変遷については斎藤正二『「やまとだましい」の文化史』（講談社新書、一九七二年）を参照。「大和心」については『赤染衛門集』に用例がある。「唐国の物のしるしのくさぐさを大和心にともしとやみむ／はじめから山と心にせばくともをはりまてやはかたまみゆべき」（二四六、二四七）。唐国の物量に対する精一杯の反論だが、女の側が「大和心」を代表している。おそらく、こうした「大和心」の意識は大江家という漢才の家に属するからこそ芽生えたものであろう。面白いことに、『今昔物語集』巻二四第五二話によれば、漢学の博士大江匡衡は和琴＝東国琴を弾くことができない。

(22)漢字／仮名の対立を理念／現実という区分で整理してきたが、むしろ精神分析家ジャック・ラカンの図式を借りて象徴界／想像界という区分で捉えたほうがよいのかもしれない。とすれば、漢字＝律令の導入が象徴界を作り出すが（作為）、仮名によって想像界が広がり出す（自然）と整理できる。『源氏物語』の明石入道が「仮名文見たまふるは目の暇いりて、念仏も懈怠するやうに益なうてなん」と語っているように、真理や理念を解体してしまうような主情性が和文の特徴であろう（それは視覚ではなく心情に一体化する）。『無名抄』は仮名書きについて「詩の飾りを求めて対を好み書くべからず。僅に寄り来る所ばかりを書くなり。対をしげく書きつれば真名に似て、仮名の本意にはあらず」と述べているが、仮名は理念的な構築性を嫌うのである。儒学者は逆にそうした仮名の冗長性を避け、漢字の視覚的な簡潔性を重んじている。「日記ヲ真字ニテ認ルトキハ、第一真ノ文章ハ短クテ事スミ、其上真字ハ目角付者ナル故、何程大分ノ日記ニテモ即時ニ操ルル得アリ」（荻生徂徠『政談』四）。なお、漢字／仮名の問題については柄谷「文字論」（『〈戦前〉の思考』文藝春秋、一九九四年）も参照。

（23）平安朝の物語は中国小説の影響を受けていたとされるが、六朝志怪や唐代伝奇もまた正統的な経書史書から外れたものであり、平安朝物語と同じ位相にあるように思われる。周知のように風巻景次郎「氏族伝承の分解」（『古代文学の発生』桜楓社、一九七一年）は氏族伝承の分解から物語の発生を論じている。漢字は律令という法制度の確立へと導くものだが、氏族共同体を解体へと導くものであろう。物語は、そうした漢字＝律令に対する反作用といえる。だからこそ物語は和文でなければならない。『篁物語』には「男来て、れいの、書かき集めて教へけるままになん、この女のみ心に入りて、ひがごとをのみなむ、しける」とあるが、物語の主人公が漢文のミスを犯してしまうのは偶然ではない。しかも、主人公は漢文を教えるふりをして実は和歌を書き付けるのである（そのとき主人公が用いるのは角筆であり、漢文の上に秘かに刻まれた透明なエクリチュールは仮名の歴史的な発生を再現しているかのようだ）。「読み聞きてよろづの書は忘るとも君ひとりをば思ひもたらん」というのは物語の主人公すべての欲望であろう。逆に漢文を作ることで律令制下での出世を手に入れるのだが、漢文と物語の関係を語っている点で『篁物語』は興味深い。ところで『古今著聞集』巻三の後三条院の失政は漢字＝律令に対する反発を示す説話である。後三条院は「律令格式にたがはず」と厳格な政治を行おうとして失敗するが、その理由が屏風の比喩によって説明されている。「人は屏風のやうなるべきなり。屏風はうるはしく引き延べつればたふるるなり。ひだをとりて立つれば、たふるる事なし。人のあまりにうるはしくなりぬれば、えたもたず。屏風のやうにひだある様なれど、実がうるはしきがたもつなり」。この「ひだ」、折り目をもつものがすなわち和文であり摂関体制という日本風の政治なのであろう。時枝誠記の詞辞分類でいえば、辞こそ襞であり折り目にほかならず、漢文という無機的な文字の連なりもそうした襞や折り目をもつことで有情化されるわけである。

(24) 宣長は物語の復古的な心情をよく代弁している。「この物語の大意、古来の諸抄にさまざまの説あれども、式部が本意にかなひがたし。およそこの物語を論ずるに、異国の儒仏の書をもて、かれこれいふは当らぬことなり。異国の書とは大きにたぐひの異なるものなり。自然に義理の符合することはあれども、それはそれなり。何の書によりて書く、かの文にならひて作るなどといふこと、みな当らず、式部が意に違へり。前にもいへるごとく、わが国には物語といふ一体の書ありて、他の儒仏百家の書とはまた全体たぐひの異なるものなり」(『紫文要領』上)。何としても漢文を排除したいというのが宣長の本音であろう。「皇国の言を、古書どもに、漢文ざまにかけるは、仮名といふものなくして、せむかたなく止事を得ざる故なり、今はかなといふ物ありて、自由にかかるるに、それをすてて、不自由なる漢文をもて、かかむとするは、いかなるひがこころえぞや」(『玉勝間』十四)。仮名を捨てることは自由を失うことにほかならない。漢字を排除し仮名を用いることで内面・言葉・音声の透明な一致が可能となるのである(「四角ナル文字ノ習気」を厭う宣長は仮名の丸みを愛していたにちがいない)。

(25) 一人の女に多数の男が求婚するという形が『古事記』にみられないわけではないが、目立つのは一人の男をめぐる女たちの嫉妬である(スセリヒメ、イハノヒメ)。『万葉集』の長歌や歌物語で目立つのは女をめぐる二人の男の争いである(サクラコ、ウナヒヲトメ)。長篇物語になってはじめて本格的な求婚譚が登場し多様性を増すのである。したがって、三つのタイプが存在するのではないだろうか。他の求婚者たちを圧倒する唯一絶対性の領域であり、二人の求婚者が競い合う双数性の領域であり、多数の求婚者を許容する多様性の領域である。多数性とは数の問題だが、ここで少し数の余剰について考えてみよう。神話において数が余っているのは后たちであり兄弟たちである。余計な女たちは嫉妬したり忘れられたりする(赤猪子)。余計な男たちは反乱したり殺害されたりする(タギシミミ、サホビコ)。嫉妬するほかない后たち、反乱するほかない兄弟たち、これが神話における余剰である。逆に歌物語の主人公たちは稀少性に苦しめられる。恋しているのに相手はたった一人しかいないので手に入れることができない(「見れば、率て来し女もなし」)。長篇物語において余っているのは求婚者たちである。結婚できるのはただ一人であり、その他の求婚者たちは余剰である。したがって、次のようにいえるだろう。后の多さと敵の多さが神話の豊かさであり、一人の女、一つの位を手に入れられないのが歌物語の悲劇性であり、求婚者の多さが長篇物語の多様性である（もっとも、成功した人の陰には必ず失敗した人がいるわけで、長い神話や物語は必然的に短い歌物語を抱え込むことになる。それが『古事記』におけるヤマトタケルや軽太子であり、『源氏物語』における蛍宮や柏木などである）。拙稿「作中人物の三つのタイプ」（『源氏物語のテマティスム』前掲）では超自我／自我／エスというフロイトの図式を用いて『源氏物語』の人物を三つに分類したが、その図式は神話／歌物語／長篇物語というジャンルの分類に対応しているのかもしれない。

（26）渡辺秀夫『平安朝文学と漢文世界』（勉誠社、一九九一年）は「翁」「父」「先生」の呼称がいずれも仙人名の類型であることを指摘しているが、『伊勢物語』の「翁」や『土佐日記』の「翁」もそうした神仙譚の末裔と考えることができる。ただし、神仙譚的雰囲気はすでに和文的な宴にかき消されている。では、『源氏物語』と神仙譚のかかわりはどうか。いわゆる爛柯の故事を指す「斧の柄」という語に着目すると、松風巻では明石君のいる場所が神仙境とみなされ、胡蝶巻ではそれに対抗するかのように紫上のいる場所が神仙境とみなされているのがわかる。しかし、結局のところ六条院は神仙境ではありえない。時間の作用によって六条院は確実に腐食していくからである。

（27）長々と叙述してきたが、本試論は「薬」と「鏡」の主題による平安朝文学史の変奏でもある。おそらく、それは理念の失墜と表層の発見と要約しうるものであろう。宣長は『源氏物語』について「くだくだしきくまぐままで、のこるかたなく、いともくはしく、こまかに書あらはしたること、くもりなき鏡にうつして、むかひたらむがごとく」と述べているが（『玉の小櫛』）、それは理念としての鑑ではなく、表層としての鏡にほかならない。『沙石集』巻五には源信が「手に結ぶ水に宿れる月かげのあるかなきかの世にもすむかな」という歌に感動する話がある。貫之の歌を本歌とするが、その透明な媒体に仏教的な理念が込められたといえる。

第二部　平安朝文学論のために：反復・ノイズ・鬱屈

Ⅰは大津皇子と在原業平の共通点を指摘し、歴史における反復の問題を論じたものであり、Ⅱは『蜻蛉日記』で強調される音声に着目し、引歌表現をノイズの問題として論じたものである。Ⅲは『枕草子』の差別化の戦略について論じており、Ⅳは『枕草子』における機械の詩学というべきものを提示している。Ⅴ・Ⅵ・Ⅶは『うつほ物語』と『三宝絵』、『栄花物語』、『今昔物語集』を比較したもので、そこから『うつほ物語』における知の基盤、情の様相、建築への意志を明らかにしようとする。Ⅷは『浜松中納言物語』『夜の寝覚』『狭衣物語』など平安朝後期物語にみられる熱狂と鬱屈について論じたものである。Ⅸは『栄花物語』と『大鏡』を比較し、叙述形式と内容の相関性を検討している。

平安朝文学なるものがあるとすれば、それは平安京という固有の都市空間と不可分であろう。第二部では平安朝文学をめぐって、反復とノイズと鬱屈の世界が素描される。

Ⅰ　大津皇子と在原業平——反復の問題

本章では大津皇子と在原業平の類似性について検討し、そうした文化的英雄を必要とした社会的環境の類似性を指摘してみたい。また、『伊勢物語』を類似・模倣・反復という観点から分析し、出自・恋愛・縁組の相互関係を明らかにしてみたい。

『懐風藻』は大津皇子について「性頗る放蕩にして法度に拘らず」と記しているが（「性頗放蕩、不拘法度」）、これは『三代実録』が在原業平について記すところとよく似ている。[1]「業平、体貌閑麗、放縦にして拘らず」（元慶四年五月二八日条「業平体貌閑麗、放縦不拘」）。この類似に導かれてみると、両者には様々な共通点があることに気づく。すなわち、ともに天皇家の系譜にありながら不運な境遇に置かれること、恋愛において奔放な人物であること、伊勢の斎宮と関係が深いこと、一時都を離れ東に向うこと、辞世の歌を有することなどである。もちろん、相違点も多々あるが、そうした点は『万葉集』時代と『古今集』時代の相違を浮かび上がらせるために恰好の材料となるのではないか。本章では両者を比較しながら、歴史と文学における反復の意味について考えてみたいと思う。ただし、ここで対象とするのは歴史的実在というよりも言説的存在である。言説的資料から浮かび上がってくるものを問題にしているからである。

なお原文の引用は、主として『伊勢物語』角川文庫、『万葉集』『後撰和歌集』新日本古典文学大系、『古今和歌集』新編日本古典文学全集、『竹取物語』日本古典集成による。

一　大津皇子と在原業平

大津皇子も業平もともに、恋愛において奔放な人物といえる。まず『万葉集』一〇七～一一〇番歌をみてみよう。

大津皇子、石川郎女に贈りし御歌一首

あしひきの山のしづくに妹待つとわれ立ち濡れぬ山のしづくに

（足日木乃山之四付二妹待跡吾立所沾山之四附二）

石川郎女の和へ奉りし歌一首

我を待つと君が濡れけむあしひきの山のしづくにならましものを

（吾乎待跡君之沾計武足日木能山之四附二成益物乎）

大津皇子、窃かに石川郎女を婚きし時に、津守連通その事を占へ露はせるに、皇子の作りたまひし歌一首

大船の津守が占に告らむとはまさしに知りて我が二人寝し

（大船之津守之占尓将告登波益為尓知而我二人宿之）

日並皇子尊の、石川郎女に贈り賜ひし御歌一首、郎女、字を大名児といふ

大名児を彼方野辺に刈る草の束の間もわれ忘れめや

（大名児彼方野辺尓苅草乃束之間毛吾忘目八）

（一〇七～一一〇）

明らかに大津皇子は草壁皇子の恋人を奪い、許されぬ恋をしているのである。(2) 露見さえ恐れない大胆不敵な歌である（「沾」という文字は占いによって露呈する二人の恋を体現しているかのようだ）。『伊勢物語』によれば、業平もまた許されぬ恋をしている。その対象は清和天皇の后となる高子である。

むかし、男ありけり。女のえ得まじかりけるを、年を経てよばひわたりけるを、かろうして盗みいでて、いと暗きに来けり。芥河といふ河を率て行きければ、草の上に置きたりける露を、「かれはなにぞ」となむ男に問ひける。（中略）神さへいといみじう鳴り、雨もいたう降りければ、あばらなる蔵に、女をば奥におし入れて、男、弓、胡籙を負ひて戸口にをり。（中略）やうやう夜も明けゆくに、見れば、率て来し女もなし。足ずりをして泣けども、かひなし。

白玉かなにぞと人の問ひし時露とこたへて消えなましものを

これは、二条の后の、いとこの女御の御もとに、仕うまつるやうにてゐたまへりけるを、かたちのいとめでたくおはしければ、盗みて負ひていでたりける…（六段）

業平が高子を盗み出したとされる有名な章段だが、喪失感に彩られている。『万葉集』と『伊勢物語』の相違は「露」に見て取ることができる。(3) 一方の女性は露になりたいと願う。相手に密着するためである（「しづくにならましものを」）。他方の女性は露を知らないし、男が露になりたいと願うのは消え去るためでしかない（「消えなましものを」）。抒情は揮発性をもった物体の様態にかかわっているのである。

『万葉集』において「露」のテーマは恋人同士だけでなく姉弟の間にもみられる。

大津皇子、窃かに伊勢の神宮に下りて上り来たりし時に、大伯皇女の作りたまひし歌二首

わが背子を大和へ遣るとさ夜ふけて暁露に我が立ち濡れし
（吾勢祜乎倭辺遣登佐夜深而鶏鳴露尓吾立所霑之）

二人行けど行き過ぎがたき秋山をいかにか君がひとり越ゆらむ
（二人行杼去過難寸秋山乎如何君之独越武）

（一〇五・一〇六）

「露」は姉と弟の繋がりを濃密なものにしているのである（一〇五）。ところで、『万葉集』一〇六番歌は『伊勢物語』二三段の歌「風吹けば沖つ白浪龍田山夜半にや君がひとり越ゆらむ」によく似ている。二人の女と一人の男という構図も共通している。しかし、『伊勢物語』の場合、「二人行けど」という共同の行為がみられない。代わってみられるのは、「風吹けば沖つ白浪龍田山」という地名の喚起力である。「いかに」という行為の具体性は消えており、「夜半」という時間のみが強調され、静的な印象を与える。

大津皇子の姉、大伯皇女の歌は恋人の歌以上に濃密な感情を秘めている。

大津皇子の薨ぜし後に、大来皇女の、伊勢の斎宮より京に上りし時に作りたまひし歌二首

神風の伊勢の国にもあらましをなにしか来けむ君もあらなくに
（神風乃伊勢能国尓母有益乎奈何可来計武君毛不有尓）

見まく欲り我がする君もあらなくになにしか来けむ馬疲らしに
（欲見吾為君毛不有尓何奈可来計武馬疲尓）

大津皇子の屍を葛城の二上山に移し葬りし時に、大来皇女の哀傷して御作りたまひし歌二首

うつそみの人なる我や明日よりは二上山を弟と我が見む
（宇都曾見乃人尓有吾哉従明日者二上山乎弟世登吾将見）
磯の上に生ふるあしびを手折らめど見すべき君がありといはなくに
（磯之於尓生流馬酔木乎手折目杼令視倍吉君之在常不言尓）
（一六三～一六六）

「大伯内親王恋大津親王歌曰」と記す『歌経標式』（歌学大系）によれば、一六四番歌は濃密な「恋」の歌なのである。一六三、一六四番歌では「あらなくに」の繰り返しが強烈に不在を指し示している。一六五番歌が「宇都曽美」「宇都曽臣」ではなく「宇都曽見」と表記されるのは「将見」につなげるためかもしれない。一一二八番歌には「馬酔木なす栄えし君」という表現がみられるが、「あしびを手折らめど」からは「栄えし君」の不在が強くうかがえるのである。馬のテーマ、山のテーマなど興味深く、それについては後述したい。ここで確認しておきたいのは、大津皇子も業平もともに伊勢の斎宮と関係が深いという点である。[4]

むかし、男ありけり。その男、伊勢の国に狩の使に行きけるに、かの伊勢の斎宮なりける人の親、「常の使よりは、この人よくいたはれ」と言ひやりければ、親の言なりければ、いとねむごろにいたはりけり。朝には狩にいだしたててやり、夕さりは帰りつつ、そこに来させけり。かくて、ねむごろにいたづきけり。（中略）女のもとより、詞はなくて、

　君や来しわれや行きけむおもほえず夢かうつつか寝てかさめてか

男、いといたう泣きてよめる、

　かきくらす心の闇にまどひにき夢うつつとは今宵定めよ

（六九段）

大津皇子と大伯皇女は同母の姉弟であり、出自の強い繋がりがうかがえる。『伊勢物語』の場合も、「親の言」に従って入念に世話をしており、出自の強い繋がりを見て取ることができる（一〇二段には「もと親族なりければ」とある）。しかし、同母の姉弟ほど強いものではない。性愛の対象となる程度には離れているのである。したがって、「夢かうつつか寝てかさめてか」と詠まれる迷いは出自を同じくする一族なのか結婚可能な他氏なのかという迷いにもみえる。「親の言」は謎めいたメッセージとして機能するのだが、問題になっているのは出自か縁組かという判定ではないだろうか。ここでは、出自を同じくするものか縁組するべきものかという揺れが「夢うつつとは今宵定めよ」とする判定に繋がっているように思われる（『古今集』六四六番歌は「世人定めよ」に作るが、あたかも『伊勢物語』の虚実を問うているかのようだ）。

「親の言」を字義的に受け取る女の従順さが際立つところである。「この人よくいたはれ…いとねむごろにいたはりけり…ねむごろにいたづきけり」、ここにみられる文字通りの反復は無垢を印象づける。その意味で、純度を増していく反復であろう。「斎宮は水の尾の御時、文徳天皇の御むすめ、惟喬の親王の妹」という記述によれば、業平は惟喬親王の意向を受けて伊勢を訪れていたとも考えられる。『伊勢物語』において伊勢は出自の強い繋がりを確認する場所なのである（七五段の男は女を伊勢に連れて行こうとして失敗する）。

一〇五番歌詞書に「大津皇子、窃かに伊勢の神宮に下りて」とあるが、大津皇子も一時都を離れ東に向っていることになる。業平の東下りはよく知られている。「むかし、男ありけり。京にありわびてあづまに行きけるに、伊勢、尾張のあはひの海づらを行くに…」（七段）。「むかし、男ありけり。京や住み憂かりけむ、あづまの方に行きて住む所求むとて、友とする人ひとりふたりして、行きけり」（八段）。「むかし、男ありけり。その男、身を要なきものに思ひなして、京にはあらじ、あづまの方に住むべき国求めにとて、行きけり」（九段）。こうした東国志向は東征を強いられたヤマトタケルに遡るものにちがいない。「武蔵野は今日はな焼きそ若草のつまもこもれりわれもこもれり」とある野焼きの段（一二段）などは、ヤマトタケルが陥った火難と無縁ではない。[5] しかも、ヤマトタケルは伊勢神宮に立ち寄っていたのである。その辞世の歌もよく知られている（「嬢子の床の辺に我が置きし剣の大刀その大刀はや」『古事記』中巻）。伊勢神宮、東国、辞世の歌と辿ると、ヤマトタケル、大津皇子、業平という系譜を描くことができるかもしれない。

大津皇子も業平もともに、辞世の歌を有しているのである。

　大津皇子、死されし時に、磐余の池の陂に流涕して御作りたまひし歌一首
ももづたふ磐余の池に鳴く鴨を今日のみ見てや雲隠りなむ
（百伝磐余池尓鳴鴨乎今日耳見哉雲隠去牟）　（四一六）
むかし、男、わづらひて、心地死ぬべくおぼえければ
　つひに行く道とはかねて聞きしかど昨日今日とは思はざりしを　（一二五段）

共通しているのは今日への注視であろう。しかし、一方にみられるのは「ももづたふ」の永続性と切断された「今日」の鮮烈な対比である（四一六番歌）。他方にみられるのは「つひに行く道」の一般性と「昨日今日」の不意の対比である（一二五段）。鮮烈な「今日」の突出ではなく「昨日今日」と曖昧にしたところに不意をつかれた狼狽がうかがえる。

天皇の後継者と目されながら処刑された大津皇子は悲運の皇子である。いっぽう、業平自身は皇族ではないけれども、父の阿保親王は平城天皇の皇子として謀反に連座しているし、すぐそばには悲運の皇子がいた。いうまでもなく惟喬親王である。

むかし、惟喬の親王と申す親王おはしましけり。山崎のあなたに、水無瀬といふ所に、宮ありけり。年ごとの桜の花ざかりには、その宮へなむおはしましける。その時、右の馬の頭なりける人を、常に率ておはしましけり。時世経て久しくなりにければ、その人の名忘れにけり。狩はねむごろにもせで、酒をのみ飲みつつ、やまと歌にかかれりけり。（八二段）

むかし、水無瀬に通ひ給ひし惟喬の親王、例の狩しにおはします供に、馬の頭なる翁仕うまつれり。（中略）親王、おほとのごもらで明かし給うてけり。かくしつつまうで仕うまつりけるを、思ひのほかに、御髪おろしたまうてけり。睦月に、をがみ奉らむとて、小野にまうでたるに、比叡の山のふもとなれば、雪いと高し（中略）

忘れては夢かとぞ思ふ思ひきや雪踏みわけて君を見むとは（八三段）

むかし、男ありけり。童より仕うまつりける君、御髪おろしたまうてけり。睦月にはかならずまうでけり。（中略）みな人酔ひて、雪に降りこめられたりといふを題にて、歌ありけり。

思へども身をしわけねば目離れせぬ雪の積るぞわが心なる（八五段）

「むかし、男ありけり」とあるように、仮名による和文自体が匿名化を促しているのだが、「その人の名忘れにけり」というのは和文にふさわしい諧謔であろう（逆に八三段の「忘れては」の歌において悲劇性が際立つ）。名前を失って男はほとんど主人と一体化している。だからこそ、惟喬親王は詠歌を残さず業平の歌を繰り返すばかりなのである（「親王、歌をかへすがへす誦じたまうて、返しえしたまはず」）。文脈から逸脱するけれども、「身をしわけねば」というところには二人の一体性が織り込まれているようにみえる（八五段）。

「思ひのほかに、御髪おろしたまうてけり…比叡の山のふもとなれば」の記述によると、出家は山と密接に結びついている。したがって、八二段の歌「飽かなくにまだきも月の隠るるか山の端逃げて入れずもあらなむ」は出家を阻止しようとする歌にみえてくる（「平らになりななむ」は「なりひら」を詠み込んだ機知であろう）。二上山が亡くなった皇子として受け止められるように、「山」は出家した親王の喩となるのである。惟喬親王関係章段では主人公がもっぱら「馬の頭」と呼ばれ、また酔いが強調されているが、それは「馬酔木」の歌の遠い反響にさえ感じられる。

ここで『伊勢物語』における狩りについて考えてみたい。狩りは男性性の領域にあるといえる。男性にしかできないものだからである。「むかし、男、初冠して、奈良の京、春日の里に、しるよしして、狩にいにけり」（初段）。初冠とは成人式であり、男性性の確立を意味するものだが、狩りはそれと密接に関連している。とはいえ、『万葉集』巻頭の「こもよみこもち」の大王ぶりとは異質であろう。大王は男性性を無邪気に発散していた（「大和の国はおしなべて我れこそをれ」）。しかし、『伊勢物語』の男は「かいま見」するだけで「心地まどひ」、「乱れ」ているのである。「岡」に向って開かれているのではなく、あたかも屏風絵の世界を目にしているかのようだ。次に六三段をみてみよう。

狩しありきけるに行きあひて、道にて馬の口をとりて、「かうかうなむ思ふ」と言ひければ、あはれがりて、来て寝にけり。（六三段）

老女の息子は男性性を発揮する業平を引きとめ、その男性性をさらに発揮させようとしているのである。次は六九段である。

…狩にいでぬ。野にありけど、心はそらにて、今宵だに人しづめて、いととくあはむと思ふに、国の守、斎の宮の頭かけたる、狩の使ありと聞きて、夜一夜酒飲みしければ、もはらあひごともえせで、明けば尾張の国へ

立ちなむとすれば、男も人知れず血の涙を流せど、えあはず。　（六九段）

狩の使いにとって狩は男性官人としての公務であり、それを拒否できないのである（細川幽斎『伊勢物語厥疑抄』は「異朝にも順狩とて、自身国々をめぐりてかりするは、其国の治否をみん為なり」と記す、新古典大系所収）。「血の涙」まで流す主人公は、任務として東国に行くことを強いられたヤマトタケルに似ている。

八二段には「狩はねむごろにもせで、酒をのみ飲みつつ、やまと歌にかかれりけり」とある。これは官人としての男性性を放棄しているに等しいが、大津皇子の漢詩「遊猟」の世界に近いともいえる。

親王ののたまひける、「交野を狩りて、天の河のほとりにいたるを題にて、歌よみて、盃はさせ」とのたまうければ、かの馬の頭、よみて奉りける、

狩り暮らしたなばたつめに宿からむ天の河原にわれは来にけり　（八二段）

狩をして女性に至ること、これこそ男性の理想的な振舞いなのである。一二三段では「野とならば鶉となりて鳴きをらむ狩にだにやは君は来ざらむ」と女が不平を漏らしている。さて、狩りに関する章段でもっとも興味深いのは一一四段である。

むかし、仁和の帝、芹河に行幸したまひける時、今はさること似げなく思ひけれど、もとつきにけることなれば、大鷹の鷹飼にてさぶらはせたまひける、摺狩衣の袂に書きつけける、

翁さび人なとがめそ狩衣今日ばかりとぞ鶴も鳴くなる

おほやけの御けしきあしかりけり。おのがよはひを思ひけれど、若からぬ人は聞き負ひけりとや。

（一一四段）

狩衣に書き付けること、その点で一一四段は初冠の段の諧謔に満ちた反復なのである。[6] 初々しさに代わって、ここには老練がある。「おもほえず」とあった若々しい衝動に代わって、老いの余裕がある（「似げなく思ひけれど」）。同時に、一一四段は大津皇子事件の諧謔に満ちた反復にみえる。「おほやけの御けしきあしかりけり」という点は謀反事件さえ思わせせかねない。「今日」の突出は大津皇子の「ももづたふ」の歌を連想させるが、今日を最後に鳴く鶴は鴨に対応しているのではないか。この歌の作者は『後撰集』によれば在原行平である。左注には「行幸の又の日なん致仕の表たてまつりける」とみえるが、「事にあたり」流謫した人物の歌だとすれば、天皇の勘気も納得できるだろう（『古今集』九六二詞書）。行平の歌「恋しきに消えかへりつつ朝露の今朝はおきゐむ心地こそせね」（『後撰集』七二〇）に露がみえるのも、興味深い。

勅勘のテーマは『伊勢物語』と密接にかかわっている。「帝聞しめしつけて、この男をば流しつかはしてければ、この女のいとこの御息所、女をばまかでさせて、蔵にこめてしをりたまうければ、蔵にこもりて泣く」（六五段）。「御手洗河」が出てくる、この章段は、「芥河」が出てきた六段と対比することができるだろう。六段には「あばらなる蔵に、女をば奥におし入れて」とあったが、いずれにおいても女は蔵に押し込められるのである。ただし、囲うのが六段では異性であり、六五段では同性である。いずれも夜の時間が設定されているが、一方の男は人の国に行こうとして失敗し、他方の男は人の国から来て失敗する。一方では神鳴りによって音声が遮断される。他方では笛の声が響き続けるが、見ることはできない（祈ったにもかかわらず聞き入れなかった神のせいである）。

六六段もまた勅勘と無縁ではない。この段の歌は『後撰集』に出てくるが、その詞書に「身のうれへ侍ける時、摂津の国にまかりて住み始め侍りける」とみえるからである。「難波津を今朝こそみつの浦ごとにこれやこの世をうみ渡る舟」。これこそ、九段で「はや舟に乗れ」と急き立てられていた舟ではないだろうか。「舟こぞりて泣きにけり」と響き合う細部なのである。「うみ渡る舟」だからこそ、時には塩竈という遊興の場に立ち寄る必要があるのだろう（「つりする舟はここに寄らなむ」八一段）。塩竈は「もろこし舟」に圧倒された者たちが集う場である（二六段）。

大津皇子も在原業平もともに王権によって抑圧された存在にほかならない。だが、王権はそうした存在を必要とし続ける。王権に抑圧されたものによってこそ王権の正統性が確認されるからである。その意味で、王権は大津皇子や在原業平を排除し抹殺しているわけではない。王権という形式は、抑圧したものを自らの内容としているのである。(7) 神の仕える女性もまた王権が必要とするものであろう。大斎院選子、式子内親王など、王朝文学は神に仕える女性を必要とし続けるからである。

以上、大津皇子と在原業平の類似性についてみてきた。十分に論じ尽くすところまで至っていないが、そうした文化的英雄を必要とする社会的環境の類似性が浮かび上がってきたように思う。本章の後半では『伊勢物語』を類似・模倣・反復という観点から分析することで、出自・恋愛・縁組の相互関係を明らかにしてみたい。本章前半の論述をいささかなりとも補うためである。

二　伊勢物語論

1　類似・模倣・反復

これまで『伊勢物語』は禁忌と侵犯の物語として論じられることが多かった。しかし、『伊勢物語』は模倣と反復の物語というべき作品ではないだろうか。六九段が描いていたのは禁忌の侵犯そのものではなく、その不可知性であり（「夢かうつつか」）、謎をめぐる戯れである。七一段はそうした戯れをもう一度反復するものになっている。「好きごと言ひける女」が「神のいがきも越えぬべし」と戯れかかるのが七一段だからである。以下、類似、模倣、反復という観点から『伊勢物語』を分析してみたいと思う。

初段では、「はらから」という言葉が類似を招き寄せている。

むかし、男、初冠して、奈良の京、春日の里に、しるよしして、狩にいにけり。その里に、いとなまめいたる女はらから住みけり。この男、かいま見てけり。おもほえず、ふる里に、いとはしたなくてありければ、心地まどひにけり。男の着たりける狩衣の裾を切りて、歌を書きてやる。その男、信夫摺の狩衣をなむ、着たりける。

春日野の若紫のすりごろもしのぶの乱れかぎり知られず

となむ、おいづきて言ひやりける。ついでおもしろきこととや思ひけむ、

みちのくのしのぶもぢずり誰ゆゑに乱れそめにしわれならなくに

といふ歌の心ばへなり。昔人は、かくいちはやきみやびをなむ、しける。（初段）

源融作「みちのくの」の歌が業平作「春日野の」の歌の起源とはいえない。むしろ「春日野の」の歌が「みちのくの」の歌を呼び出しているのであって、起源なき反復とでもいうべきものであろう。いわば二つの歌は親をもたない「はらから」なのである。「春日野」と「みちのく」が互いに類似し合う世界、それが伊勢物語だといえるかもしれない（『古今集』で「春日野」の歌が一二段では「武蔵野」の歌となる）。塩竈を讃える八一段を見ればわかるように、それは業平と融が類似し融け合う世界でもある。類似こそが「みやび」の世界を形作っているというべきであろう。

「みやび」は決して排他的なものではなく、むしろ模倣へと誘うものである。(8)

続く二段にも、「乱れ」は響いている。

むかし、男ありけり。奈良の京は離れ、この京は人の家まだ定まらざりける時に、西の京に女ありけり。その女、世人にはまされりけり。その人、かたちよりは心なむまさりたりける。ひとりのみもあらざりけらし。

（中略）

起きもせず寝もせで夜を明かしては春のものとてながめ暮らしつ　（二段）

「定まらざりける」「ひとりのみもあらざりけらし」といった言葉が文章に揺らぎを与える。起きているわけでも寝ているわけでもないとはどういうことか。『伊勢物語』の歌はすべて、こうした謎掛けに満ちている。寝ていることと起きていること、本来なら矛盾するはずの事態が言葉の表面で共存しているからである。これこそ『伊勢物語』の表現の特徴であろう。(9) 九九段の「見ずもあらず見もせぬ人の恋しくはあやなく今日やながめ暮らさむ」という歌もよく似るが、そこでは見ていることと見ていないことが共存している。「夢かうつつか寝てかさめてか」と迷っていた六九段でも、「君や来し」と「われや行きけむ」は決定不可能なまま共存していたのである。

続く三段には、掛詞という名の反復がみられる。

むかし、男ありけり。懸想しける女のもとに、ひじき藻といふものをやるとて、

思ひあらば葎の宿に寝もしなむひしきものには袖をしつつも　（三段）

「ひじき藻」は反復されることで「引敷物」となる。いわば繰り返されることで変容するのが『伊勢物語』の言葉たちなのである。反復されることで謎を生み出す言葉といってもよい。そして『伊勢物語』にはいくつも「も」の散種を見て取ることができる（「も」は裳であり藻である、そして喪であろう）。

続く四段では、「ひじき」が「板敷」へと変わる。

またの年の睦月に、梅の花ざかりに、去年を恋ひて行きて、立ちて見、ゐて見、見れど、去年に似るべくもあらず。うち泣きて、あばらなる板敷に月のかたぶくまでふせりて、去年を思ひいでてよめる、

月やあらぬ春や昔の春ならぬわが身一つはもとの身にして　（四段）

これはまさに類似をめぐる歌と考えることができる。主人公は類似を確認しようとして、混乱しているからである（しかも「立ちて見、ゐて見、見れど」の反復がみられる）。ところで、『古今集』仮名序で業平の歌は「心あまりて詞たらず」と評されている。業平の歌は言語の強度的使用としては十分ありあまるほどだが、表象的使用としては十分ではないということであろう。強い思いがありながら言葉の数が絶対的に足りないがゆえに、少ない言葉で模倣的に表現するほかないのである（「や」は疑問か反語か決定できないが、そうした未決定で未分化なものの力強さこそ本章が指摘したい点である）。いわば「かたちよりは心なむまさりたりける」の状態であり、そのために誤解が生じるのかもしれない。「本意にはあらで、心ざし深かりける」という点も「詞たらず」で謎めいている。言葉が正しく通じるためには検閲が必要となるが、それが関守の役割であろう。

むかし、男ありけり。東の五条わたりに、いと忍びて行きけり。みそかなる所なれば、門よりもえ入らで、童

べの踏みあけたる築地のくづれより通ひけり。人しげくもあらねど、たび重なりければ、あるじ聞きつけて、その通ひ路に夜ごとに人をすゑてまもらせければ、行けども、えあはで帰りけり。さて、よめる、

人知れぬわが通ひ路の関守は宵々ごとにうちも寝ななむ　（五段）

関守が寝てしまえば、すべてうまくいくわけではない。その「通ひ路」が疑惑の道になる可能性があるからである。四二段には「いでて来しあとだにいまだかはらじを誰が通ひ路と今はなるらむ」という歌がみえる。「いまだかはらじ」とあるが、誰かの「通ひ路」になりかねないのである。

むかし、男ありけり。京にありわびてあづまに行きけるに、伊勢、尾張のあはひの海づらを行くに、浪のいと白く立つを見て、

いとどしく過ぎゆく方の恋しきにうらやましくもかへる浪かな　（七段）

波が繰り返されるように、主人公は類似への帰還を願っているのではないか。実際、九段の東下りは類似をめぐる旅となる。『伊勢物語』において海が重要だとすれば、それは反復の場所だからであろう。「渚を見れば、舟どものあるを見て…」（六六段）、「家の前の海のほとりに遊びありきて…」（八七段）などでは遊戯的な反復の場所である。類似という観点から、九段をみてみよう。

道知れる人もなくて、まどひ行きけり。三河の国、八橋といふ所にいたりぬ。そこを八橋といひけるは、水ゆく河の蜘蛛手なれば、橋を八つ渡せるによりてなむ、八橋といひける。　（九段）

「蜘蛛手」のごとく四方八方に流れる河とそこに渡された橋は、道を知らぬ旅人の「まどひ」を増幅させるものである。八つの橋が渡してあるから八橋だという一節は、言葉と物の類似を律儀に説明している。

…ある人のいはく、「かきつばたといふ五文字を句の上にすゑて、旅の心をよめ」と言ひければ、よめる、

からころも着つつなれにしつましあればはるばる来ぬる旅をしぞ思ふ

とよめりければ、みな人、乾飯の上に涙おとして、ほとびにけり。（九段）

「かきつばた」なる五文字は、いわば「乾飯」のごときものだが、それを歌にすることで見事な潤いをもたらすのである（「かれいひ」は「離れ言ひ」でもある）。「かきつばた」は書きつ端となる[10]。

駿河なる宇津の山辺のうつつにも夢にも人にあはぬなりけり（九段）

「かかる道は、いかでかいまする」と言ふを見れば、見し人なりけり。京に、その人の御もとにとて、文書きてつく。

「見し人」に出会ったにもかかわらず、類似の不在が強調されているが、そうした不在を埋めていこうとするのが東下りの章段である。

時知らぬ山は富士の嶺いつとてか鹿の子まだらに雪の降るらむ

その山は、ここにたとへば、比叡の山を二十ばかり重ねあげたらむほどして、なりは塩尻のやうになむありけ

る。なほ行き行きて、武蔵の国と下つ総の国との中に、いと大きなる河あり。(中略)京には見えぬ鳥なれば、みな人見知らず。渡守に問ひければ、「これなむ都鳥」と言ふを聞きて、

名にし負はばいざこと問はむ都鳥わが思ふ人はありやなしや

とよめりければ、舟こぞりて泣きにけり。(九段)

「鹿の子まだら」「比叡の山二十ばかり」というように、未知のものを類似のイメージで満たしていこうとするのである。そんな類似の夢想に耽っている旅人に覚醒を迫るのが渡し守である。しかし、「名にし負はばいざこと問はむ都鳥」とあるように、旅人は言葉と物の類似に頼ろうとする(六一段にも「名にし負はば」とみえる)。

初段で元服した主人公は、出自から遠ざかって縁組をする権利を手に入れたところである。東下りの主人公は自らの土地から遠ざかろうとしている。出自を離れたり土地を離れたりするとき、逆に類似が回帰してくるのである。短いけれども重要な一二四段に注目してみよう。「むかし、男、いかなりけることを思ひけるをりにか、よめる/思ふこと言はでぞただにやみぬべきわれとひとしき人しなければ」。このように類似の不在が確認されるとき、類似の物語であった『伊勢物語』は閉じられてしまうのである。

本章では二七段「わればかりもの思ふ人はまたもあらじと思へば水の下にもありけり」の歌に従って、さらなる類似、模倣、反復に着目してみたい。「も」の頻出が注目されるが、そこから出自、恋愛、縁組といったテーマ系が浮かび上がってくるはずである。

2 出自・恋愛・縁組

『伊勢物語』における出自の問題について考えてみよう。「むかし、男ありけり。身はいやしながら、母なむ宮な

りける。その母、長岡といふ所に住み給ひけり。子は京に宮仕へしければ、まうづとしけれど、しばしばえまうでず。一つ子にさへありければ、いとかなしうし給ひけり」(八四段)。宮仕えのせいで途絶えがちになるけれども、逆にそのことによって出自の結びつきが強められている。[11]『万葉集』の「言問はぬ木すら妹と兄とありといふをただ独り子にあるが苦しさ」(一〇〇七番)を参照していえば、「一つ子」は妹と兄を一身に担っていることになる。

初段には「女はらから」が登場していたが、[12]『伊勢物語』は出自を同じくするものの一体性を強調している。その意味で『伊勢物語』は「はらから」の物語なのである。不当な縁組を阻止しようとするのは兄たちである。「二条の后に忍びて参りけるを、世の聞えありければ、兄人たちのまもらせたまひけるとぞ」(五段)、「御兄人堀河の大臣、太郎国経の大納言、まだ下﨟にて内裏へ参りたまふに、いみじう泣く人あるを聞きつけて、とどめて取りかへしたまうてけり」(六段)、「その人のもとへいなむずなりとて、口舌いできにけり。さりければ、女の兄、にはかに迎へに来たり」(九六段)。

行平と業平の兄弟はほとんど一体といってもよい。「むかし、氏のなかに親王生まれ給へりけり。御産屋に、人々、歌よみけり。御祖父方なりける翁のよめる(中略)これ貞数の親王。時の人、中将の子となむ言ひける。兄の中納言行平のむすめの腹なり」(七九段)。ここにみられるのは「氏」の一体性であり、新しい親王は業平と姪の間に生れたかのごとく語られている。三九段には「至は順が祖父なり」の一行がみえるが、それも「氏」の一体性を示すものであろう。

「むかし、女はらからふたりありけり。ひとりはいやしき男の貧しき、ひとりはあてなる男持たりけり」とはじまる四一段では出自から縁組へと話題が展開している。しかし、最後に再び「紫」のゆかりとして出自が強調されるのである(「野なる草木ぞわかれざりける」)。

とりわけ出自に力点を置いた物語が『伊勢物語』にほかならない。筒井筒の段はよく知られているが、「妹」の一語が強調するごとく、幼馴染の二人はいわば出自の類似したもの同士の縁組なのである。それは物語の幼年期にふさわしい題材であろう。筒井筒の段は平安初期のみが生み出しえた章段といってよい（樋口一葉『たけくらべ』が近代初期にのみ可能であった作品であるように）。出自の類似した二人であるにもかかわらず、筒井筒の段は縁組がきわめて不安定なものであることを示している（「女、親なく頼りなくなるままに、もろともにいふかひなくてあらむやはとて、河内の国、高安の郡に、行き通ふ所いできにけり」二三段）。

四九段が示しているのは出自による結びつきの強さである。「むかし、男、妹のいとをかしげなりけるを見をりて／うら若み寝よげに見ゆる若草を人のむすばむことをしぞ思ふ」（四九段）。兄は妹を出自に繋ぎ止めようとしているのだが、逆に妹を縁組へと押し出すことになりかねない。『伊勢物語』における四九段の重要性は、出自と縁組の問題を凝縮している点にある（『勢語臆断』は軽太子と軽大娘に言及しているが、『古事記』『万葉集』で恋人のことを「妹」と呼ぶのは出自の力が強いからであろう）。

出自を離れた東下りの章段で話題になるのは縁組のことである。「むかし、男、武蔵の国までまどひありきけり。さて、その国にある女をよばひけり。父はこと人にあはせむと言ひけるを、母なむ、あてなる人に心つけたりける」（一〇段）。縁組においては親の意向が大きな意味をもつ。「むかし、男ありけり。人のむすめのかしづく、いかでこの男にもの言はむと思ひけり。うちいでむことかたくやありけむ、もの病みになりて、死ぬべき時に、かくこそ思ひしかと言ひけるを、親、聞きつけて、泣く泣く告げたりければ…」（四五段）。この段では親が男に娘を縁づけようとしているが、逆の場合もある。「むかし、いと若き男、若き女をあひ言へりけり。おのおの親ありければ、つつみて言ひさしてやみにけり」（八六段）。この段では親のせいで結ばれることがない。

親の意向に逆らった縁組は不本意なことが多い。「親のあはすれども聞かで」結ばれた筒井筒の二人は「親なく頼りなくなるままに」心が離れてしまう。しかし、親の意向に逆らってでも結ばれようとする恋愛こそ『伊勢物語』の関心事なのである。その意味で、『伊勢物語』がめざしているのは安定した縁組などではない。むしろ、強固な縁組に至ることのない恋愛のほうが重要である。出自の安定性と恋愛の不安定性が『伊勢物語』の二大原理ということになる。一五段には「人の妻に通ひける」とあるが、それは安定した縁組を結ぶことではなく、不安定な恋愛をすることであろう。

四〇段も興味深い。「むかし、若き男、けしうはあらぬ女を思ひけり。さかしらする親ありて、思ひもぞつくとて、この女をほかへ追ひやらむとす」。親が恋愛の障害となっている。「にはかに、親、この女を追ひうつ。男、血の涙を流せども、とどむるよしなし。率ていでていぬ。男、泣く泣くよめる／いでていなば誰か別れのかたからむありしにまさる今日はかなしも／とよみて絶え入りにけり。親、あわてにけり。（中略）今の翁まさにしなむや」。恋愛とはいわば出自の紐帯から逃れることにほかならない。その激しさが若さであり、翁に欠けているものであろう。恋愛は強固な縁組へと至ることなく、途絶してしまう。その意味で、恋愛ははなはだ不安定なものであり、その不安定さが歌を生み出すのである。

恋愛の不安定性、それはたとえば二一段をみるとわかるだろう。「むかし、男、女、いとかしこく思ひかはして、こと心なかりけり。さるを、いかなることかありけむ、いささかなることにつけて、世の中を憂しと思ひて、いでていなむと思ひて、かかる歌をなむ、よみて、ものに書きつけける／いでていなば…」。ここでは「こと心」がないにもかかわらず、「いささかなること」で出て行ってしまうのである。しかし、恋愛の不安定性が類似を呼び寄せている。「人はいさ思ひやすらむ玉かづらおもかげにのみいとど見えつつ」、この歌の通り、面影は玉蔓のごとく絶えることがない。

類似は不安定な男女の間でこそ増していく。たとえば水鏡である。「むかし、男、女のもとに一夜行きて、またも行かずなりにければ、女の手洗ふ所に、貫簀をうちやりて、たらひのかげに見えけるを、みづから／われればかりもの思ふ人はあらじと思へば水の下にもありけり」（二七段）。「みづから」というが、文字通り自己は水の戯れとともにあるかのようだ。

友情もまた不安定なものである。「むかし、男、いとうるはしき友ありけり。かた時さらずあひ思ひけるを、人の国へ行きけるを、いとあはれと思ひて別れにけり」（四六段）。友は別れ別れになる。しかし、友情の不安定性が類似を呼び寄せている。「目離るともおもほえなくに忘らるる時しなければおもかげにたつ」、この歌の通り、離れているにもかかわらず、友の面影が立ち続ける。

出自を離れたり土地を離れたりすること、そうした不安定な状態こそが歌を生み出すのであろう。つくも髪の段に歌が出てくるのは後半であり、そこに記されているのは出自に頼り子供たちの力を借りている姿ではない。

さてのち、男見えざりければ、女、男の家に行きてかいま見けるを、男、ほのかに見て、

百年に一年たらぬつくも髪われを恋ふらしおもかげに見ゆ

とて、いで立つけしきを見て、むばら、からたちにかかりて、家に来てうちふせり。男、かの女のせしやうに、忍びて立てりて見れば、女、歎きて、寝とて、

さむしろに衣かたしき今宵もや恋しき人にあはでのみ寝む

とよみけるを、男、あはれと思ひて、その夜は寝にけり。世の中の例として、思ふをば思ひ、思はぬをば思はぬものを、この人は、思ふをも、思はぬをも、けぢめ見せぬ心なむありける。（六三段）

垣間見は男だけのものではない。女が先に垣間見をして、後から、男がそれを繰り返している。身振りの模倣といえる。ここには顕著な語彙の反復現象もみられるが（「思ふをば思ひ、思はぬをば思はぬものを」、「思ふをも、思はぬをも」）、

それが「けぢめ見せぬ心」を導き出しているのである。母親という点で、つくも髪の女は長岡の母と対比されるべき存在であろう[13]（「われを恋ふらしおもかげに見ゆ」と「いよいよ見まくほしき君かな」の類似性）。

『伊勢物語』を出自と縁組という観点から一瞥してみたが、『竹取物語』もまた同様の観点から分析できるだろう。「翁言ふやう、我が、朝ごと夕ごとに見る竹の中におはするにて知りぬ、子になり給べき人なめり」とある通り、『竹取物語』は翁が自らの出自を強化しようとする物語といえる。しかし、かぐや姫の真の出自は天上世界にあり、そこに帰っていくことになる。したがって、縁組は失敗し続けるのである。『竹取物語』と『伊勢物語』に類似点があるとすれば、それは出自を語り縁組を語っている点にほかならない。いずれにおいても縁組は否定されるのだが、前者の場合は天上の理由により、後者の場合は地上の理由による。そこに『竹取物語』と『伊勢物語』の相補性を指摘できるかもしれない（「望月の明かさを十合はせたるばかり」の天上性と「比叡の山を二十ばかり重ねあげたらむほど」の地上性）。「不死の薬」を焼く『竹取物語』は一般的な形で、「わづらひて」と記す『伊勢物語』は個別的な形で、死を確認している。いずれも物語はその結末で人間の死を確認するものなのである。『伊勢物語』において尼になることは「床離れ」であり、天上世界に行くことである（「これやこの天の羽衣むべしこそ君が御衣と奉りけれ」一六段）。

『万葉集』の竹取翁も浦島子もともに「偶に神仙に逢ふ」存在だが、そのことによって自らの老いを確認する（巻九、十六）。『伊勢物語』の翁もまた異性に出会うことによって自らの老いを確認せざるをえない。「むかし、二条の后の、まだ春宮の御息所と申しける時、氏神にまうで給ひけるに、近衛府にさぶらひける翁、人々の禄たまはるついでに、御車よりたまはりて、よみて奉りける」と記す七六段をみるとよくわかるだろう。七六、七七、七九、八一、八三は翁章段と呼ぶべきものになっているが、八一段には「かたゐ翁、板敷の下にはひありきて、人にみなよませはててよめる／塩竈にいつか来にけむ朝なぎにつりする舟はここに寄らなむ」とある。翁は「あばらなる板敷に月のかたぶくまでふせりて」歌を詠んだ四段の体験を反復しつつ歌を詠んでいるのかもしれない。塩竈に火が燃えているとすれば、そこに引き寄せられる業平は火を囲む竹取翁のようだ（八七段では「海人の漁火」が燃えている）。それゆえ「かたゐ翁」と呼ばれるのではないか。

『万葉集』の竹取翁を見れば明らかだが、諧謔によって死を遠ざけようとするのが翁の役割といえるだろう（そこから幇間性と祝言性が導き出される）。『竹取物語』の翁は子供を授かる祝宴のうちで、自らの死を遠ざけようとしていたといえなくもない。しかし、最後に天上から迎えが来てしまう。「わが身には死なぬ薬も何にかはせむ」、これは帝だけでなく翁の言葉でもあろう。『万葉集』で竹取翁が生命のスープを煮ていた火だが、『竹取物語』では永遠の生命を失った火となる（「御文、不死の薬の壺並べて、火をつけて燃やすべき由、仰せ給ふ…その煙、いまだ雲の中へ立ち昇るとぞ」）。八八段で「おほかたは月をもめでじこれぞこの積もれば人の老いとなるもの」と詠む人物は『竹取物語』の翁を連想させる。「桜花散り交ひ曇れ老いらくの来むといふなる道まがふがに」と詠む「中将なりける翁」は『伊勢物語』の桜が生存において不可欠の役割を担うことを明らかにしている（九七段）。「翁」の呼称は実際の業平と高子の年齢差を暗示するのかもしれない。

『竹取物語』のかぐや姫は五節の舞姫から発想されているという指摘がある。(14) 実際、「五節の舞姫を見て」詠まれた歌「天つ風雲の通ひ路吹きとぢよをとめの姿しばしとどめむ」は昇天するかぐや姫を連想させるのだが、『伊勢物語』の高子もまた五節の舞姫に選ばれていた（貞観元年十一月）。『古今集』において「天つ風」の直前にあるのは業平の歌「神代のことも思ひいづらめ」であり、配列からみると五節の舞姫の出現が「神代」にあったともいえる。『竹取物語』と『伊勢物語』はともに五節の舞姫の物語化として位置づけることができる。「五節の朝に簪の玉の落ちたりけるを見て」詠まれた「主やたれ問へど白玉いはなくに」の歌（『古今集』八七三）が示すように、白玉の歌が五節の舞姫と関連があるとすれば、『伊勢物語』六段は五節の舞姫を見失った話として読むことができるからで

ある。(15)

男女が逢えなくなった一九段に注目してみたい。「むかし、男、宮仕へしける女の方に、御達なりける人をあひ知りたりける、ほどもなく離れにけり。同じ所なれば、女の目には見ゆるものから、男は、あるものかとも思ひたらず。（中略）男、返し／天雲のよそにのみして経ることはわがゐる山の風はやみなり」。これによれば、天上という設定は後宮において成り立つものであり、『竹取物語』を地上化したのが『伊勢物語』だと考えることができる。七三段の女性は「目には見て手には取られぬ月のうちの桂のごとき君」になってしまうのである。一〇四段によれば、斎宮もまた尼となって、別世界に行く（「世をうみのあまとし人を見るからに…」）。

『伊勢物語』が示しているのは出自の強い繋がりだが、そこに『古今集』仮名序の業平評「心あまりて詞たらず」を重ね合わせてみよう。すると、「心あまりて」は出自の強さに相当し、「詞たらず」は縁組の不安定さに相当することになる。一つの仮説だが、『伊勢物語』は出自の強度的な言葉と縁組の不安定な言葉によって記されていると考えることができる（これは和語と漢語の問題でもあり、和語は漢語が導入される以前へと権限を拡大し、漢語を排除しようとする）。仮名序の批評は「しぼめる花の色なくて匂ひ残れるがごとし」と続くが、業平の歌は「色」が消えても確かな「匂ひ」が残っているという（「其情有余、其詞不足、如萎花雖少彩色、而有薫」真名序）。「匂ひ」は持続する出自に相当し、「色」は途絶えてしまう縁組に相当する。五一段に「花こそ散らめ根さへ枯れめや」という歌があるが、枯れることのない根こそ出自であろう。

本章がここまで参照してきたのは、ジル・ドゥルーズ、フェリックス・ガタリ『アンチ・オイディプス』（宇野邦一訳、河出文庫、二〇〇六年）第三章の強度的出自と外延的縁組という考え方だが、少し整理しておきたい。強度的出自においては世代差も性差もない、未分化なままにすべてを内包している。「むかし、男ありけり」。この男は若人でもあり翁でもあって、すべての世代を含む。同時に、この男は女と区別がつかなくなる。なぜなら、『伊勢物語』

の文章はしばしば主語が不明確だからである（謡曲『井筒』の主人公は女であり男でもあるが、そうした事態に似ている）。初段に「いとはしたなくてありければ、心地まどひにけり」とあるけれども、これは男の心地なのか女の心地なのか区別できない。『伊勢物語』とは、いわば性別不明の「心地」の物語であろう。一二五段で『伊勢物語』を閉じているのはまさに「心地」の一語だからである（「心地死ぬべくおぼえければ」）。

四段には「月やあらぬ春や昔の春ならぬわが身ひとつはもとの身にして」という歌があったが、「もとの身」なのかそうでないのか、「や」が疑問か反語かに応じて「わが身ひとつ」の様相は無限に変容するのである。一一段の「忘るなよ」の歌が業平没後の歌だとすれば、「男」は生きつつ死んでいるともいえる（『拾遺集』四七〇詞書）。六五段に倣っていえば主人公は「あるにもあらぬ身」であり、在ること無いことが共存する身体なのである。

それに対して、外延的縁組においては政治的経済的な広がりが重視される。縁組の相手、「紀の有常」の名前は頻出するが、そのたびに話題になるのは政治的経済的なものである（「三代の帝に仕うまつりて、時にあひけれど、のちは世かはり時移りにければ、世の常の人のごともあらず」一六段）。男は有常から「世の中の人」について教わるのである（三八段）。

紀有常や在原行平とともに繰り広げられる宴は、ホモソーシャルで同性愛的なものであろう（八二段、八七段）。そこで男たちはいつも出世や縁組のことを考えているといってよい。有常の娘が生んだのが惟喬親王であり、行平の娘が生んだのが貞数親王だが、おそらく縁組から幸運を摑もうとしている（「わが世をば今日か明日かと待つ」のである）。

もちろん、紀氏も在原氏もは藤原氏に対しては劣位にある。藤原氏の政治が縁組の論理に支えられているとすれば、業平を支えていたのは出自の論理であろう。「むかし、左兵衛の督なりける在原の行平といふありけり。（中略）あるじのはらはからなる、あるじしたまふと聞きて来たりければ、とらへてよませける。もとより歌のことは知らざりければ、すまひけれど、しひてよませければ、かくなむ／咲く花の下にかくるる人おほみありしにまさる藤のかげかも」（一〇一段）。本文中の語を借りていえば、明らかに「はらから」は藤氏に対して「すまひ」しているのである。『伊勢物語』は出自の論理が縁組の論理に敗北していく世界であろう。

ところで、『古今集』真名序は「大津皇子の初めて詩賦を作りしより、詞人才子、風を慕ひ塵を継ぐ。彼の漢家の字を移して、我日域の俗を化す。民業一たび改つて、和歌漸く衰ふ」と記す（仮名序では大津皇子への言及がみられず、漢字の功労者を排除している）。こうして大津皇子のせいで衰えた和歌を復興させるのが在原業平の役割であり、それゆえに、業平は大津皇子に等しい地位が与えられるのではないだろうか。大津皇子と在原業平の類似は、そうした反復の観点から捉えられるはずである。業平について記す『三代実録』の編者も『古今集』真名序の作者も、『懐風藻』の大津皇子評を目にしていたと考えられる⑯。

今井源衛『在原業平』（集英社、一九八五年）も言及しているが、最後に『大和物語』一四三段、一四四段に触れておきたい。業平の息子、滋春の歌物語は、業平の歌物語に酷似する。人妻と密通するなど恋愛において奔放であること、伊勢と関連があること、東下りすること、辞世の歌を有すること、様々な点において『大和物語』の滋春は『伊勢物語』の業平を反復しているからである（「はらから」まで出てくる）。

注

（1）業平の卒伝については今井源衛「業平」（『日本文学』一九五七年七月号、著作集七）、村井康彦「在原業平とその周辺」（『一冊の講座伊勢物語』有精堂出版、一九八三年）、渡辺秀夫「在原業平の卒伝の解釈」（『平安朝文学と漢文世界』勉誠社、一九九一年）、阿倍方行「在原業平卒伝の再検討」（『論叢伊勢物語』二、新典社）などで検討がなされている。また、大津皇子をめぐる諸説については山崎馨「大津皇子と大伯皇女」（『万葉集を学ぶ』二、有斐閣、一九七七年）や品田悦一「大津皇子・大伯皇女の歌」（『セミナー万葉の歌人と作品』一、和泉書院、一九九九年）を参照した。

（2）在原業平の挿話に比べると大津皇子の挿話には滑稽な要素が見当たらないようにみえる。しかし、「大津皇子の宮の侍」石川郎女の歌を見るとそうではない。老女にもかかわらず恋に夢中になっているからである（「古りにし嫗にしてやかくばかり恋に沈まむ手童のごと」『万葉集』一二九）。同一人物か不明の点もあるが、石川郎女が大伴田主に贈った歌はよく知られている。「みやびをと我は聞けるをやど貸さず我を帰せりおそのみやびを」（一二六）。郎女は「謔戯」を贈ったのである。左注によれば郎女は老婆に変装しており、『文選』一九「登徒子好色賦」との関連が指摘されている（藏中進「石川郎女・大伴田主贈報歌」前掲『万葉集を学ぶ』二、呉哲男「万葉集の「風流士」」『古代文学の制度論的研究』おうふう、二〇〇三）。業平の卒伝に「体貌閑麗」とあったが、実はその用例が出てくるのが「好色賦」である。「好色賦」の「其妻蓬頭」は明らかに「つくも髪」の老女を連想させる（諸田龍美「伊勢物語〈みやび〉再考」『伊勢物語　虚構の成立』竹林舎、二〇〇八年）。したがって、「みやび」と老婆という繋がりが大津皇子の周辺にも業平の周辺にも見出せることになる。それは仮装の諧謔である（「みやび」は模倣され反復されるものにほかならず、時として「おそのみやび」にずらされてしまう）。「梅の花夢に語らくみやびたる花と我思ふ酒に浮かべこそ」（八五二）とあるように、「みやび」とは夢によって二重化された仮装の花なのである。したがって、「みやび」たる身体はかならず変相するのではないか（たとえば『丹後国風土記』浦島子の「風流」なる身体である）。「昔宮仕などしければ、老いたれどみやびかなる様したり」という『栄花物語』玉のうてな巻の用例が示しているのは、「みやび」と「老い」の対立であり変相である。

（3）白玉は恋人同士だけでなく、兄弟にもかかわっているが、ユーモアを感じさせる。「ぬき乱る人こそあるらし白玉のまもなく散るか袖のせばきに／とよめりければ、かたへの人、笑ふことにやありけむ、この歌にめでてやみにけり」（八七段）。この歌が可笑しいのは六段の「白玉」の歌を連想させたせいかもしれない。島内景二「伊勢物語六段（芥河）を読む」（『解釈』一九八八年一月号）も言及しているが、六段の悲劇性を感じさせるのは一〇五段のほうである。「白露は消なば消ななむ消えずとて玉にぬくべき人もあらじを」と女に拒否されても、男の思いは止まない（「心ざしはいやまさりけり」）。したがって、男は「天つ空なる露や置くらむ」と期待することになる（五四段）。瀕死の男が蘇えるのは「水そそき」によってだが、それを「わが上に露ぞ置くなる天の河」と表現している（五九段）。ところで、紀貫之は「流れよる滝の糸こそ弱からし貫けど乱れて落つる白玉」と詠んでいる（『貫之集』六三）。斎院のための屏風歌だが、そこで貫之が自らの名前を織り込みつつ実感していたのは和歌の弱さであり、拡散性ではないだろうか。だが、四方八方に乱れて落ちる言葉によってこそ和歌は輝くのである（和歌は多岐の糸となる）。逆に「糸とさへ見えて流るる滝なればたゆべくもあらず貫ける白玉」では言葉を束ねる和歌の強さを確認していることになる（『貫之集』一七八）。

（4）『大和物語』九三段は斎宮になった女を諦める男を描く。「これもおなじ中納言、斎宮のみこを年ごろよばひたてまつりたまふて、今日明日あひなむとしけるほどに、伊勢の斎宮の御占にあひたまひけり。いふかひなくくちをしと、おもひたまうけり」。業平の子孫（敦忠）もまた伊勢に魅入られている。対照的だとはいえ、『大和物語』は『伊勢物語』と同じ基盤を有しているのである。

（5）関根賢司「伊勢物語論への試み」（『伊勢物語論』おうふう、二〇〇五年）が一二段とヤマトタケルの関連を指摘している。契沖『勢語臆断』にも言及がある。

（6）河地修「『伊勢物語』の実名章段と和歌」（『伊勢物語論』竹林舎、二〇〇三年）が初段と一一四段の関連を指摘している。

（7）王権によって抑圧されることで、逆に華麗な修辞が可能となるのかもしれない。一〇六段の「ちはやぶる神代も聞かず龍田河からくれなゐに水くくるとは」は、大津皇子の歌「経もなく緯も定めず娘子らが織るもみち葉に霜な降りそね」（『万葉集』一五一二）を踏まえるものではないだろうか。「神代も聞かず」というところに業平の強い優越意識がうかがえるからである。『古今集』秋歌下の詞書は「二条の后の春宮の御息所と申しける時に、御屏風に龍田河に紅葉流れたる形をかけりけるを題にてよめる」と記すが、紅葉は女性たちが彩っているのである。屏風歌か実景による歌か区別のできない『伊勢物語』においては屏風の内と外が通底している。いっぽう、大津皇子の歌は「山機霜杼織葉錦」という漢詩と関連がある（『懐風藻』）。「赤雀含書時不至、潜龍勿用未安寝」とする「後人の聯句」は明らかに政治的な含意をもつが、政治的な「霜」こそが華麗な修辞を生み出していたのである(「しもなふりそね」と歌うとき不可避的に「死」が切迫していたといえる)。

(8) 八七段に「むかし、男、津の国、菟原の郡、蘆屋の里に、しるよしして、行きて住みけり。むかしの歌に/蘆の屋の灘の塩焼きいとまなみ黄楊の小櫛もささず来にけり/とよみけるぞ、この里をよみける」とある。「しるよし」が所領の意味だとすれば、『伊勢物語』における領地とはまさに古歌の領域なのである。では、『伊勢物語』の領地は出自による継承なのか、それとも縁組による獲得なのか。この問題は『伊勢物語』研究史に重ね合わせてみることができるだろう。近世以前において『伊勢物語』研究が歌学の伝承とともにあったことは疑いないが、当然、歌学の伝承は出自にもかかわり縁組にもかかわっていたはずである。近代の研究は諸本論、成立論が中心となり、各章段の出自が検討された。章段ごとの組み合わせも検討されたが、それは縁組ということになる。本稿では各章段の成立を十分に吟味することなく、章段から章段へと飛び歩くことになる。恋愛のように不安定な様相を呈するが、こうした方法によって『伊勢物語』の潜在的な問題を浮かび上がらせてみたいと思う。なお、島内景二『初期物語話型論』(新典社、一九九二年)は古注釈の世界まで広げて『伊勢物語』の話型と表現を検討している。はなはだ興味深いけれども、その「反復と変容」は話型から離れることがなく、歴史性を取り逃がしているようにみえる。

(9) 片桐洋一『伊勢物語・大和物語』角川書店、一九七五年)は業平歌の特徴として対句形式を指摘するが、その対句はしばしば矛盾しつつも共存している。決して曖昧な表現ではなく、むしろ強い表現意欲がうかがえるので、本稿では強度的表現と呼んでみたい。一〇七段の「数々に思ひ思はず問ひがたみ身を知る雨は降りぞまされる」という歌に倣っていえば、「思ひ思はず問ひがた」い状態において強度が増していく表現なのである。同段には「めでまどひにけり」「しとどに濡れてまどひ来にけり」とあるが、『伊勢物語』において「まどひ」とは一種の強度的な状態ではないだろうか(「心地まどひにけり」初段、「まどひ行きけり」九段、「まどひありきけり」一〇段、「まどひて願立てけり」四〇段、「まどひ来たり」四五段、「君は沼にぞまどひける」五二段、「心の闇にまどひにき」六九段、「まどひいにけり」一一六段)。『伊勢物語』の強度的内包的表現を「伊勢の海の深き心」と呼ぶとすれば、それを展開させたのが『源氏物語』という作品である。

（10）「かきつばた」「からころも」を読みの空間に誘い出してみよう。『万葉集』によれば、「かきつばた」は恋人への思いとともにある（「我れのみやかく恋すらむかきつはた丹つらふ妹はいかにかあるらむ」一九八六、「かきつはた丹つらふ君をゆくりなく思ひ出でつつ嘆きつるかも」二五二一、「かきつはた佐紀沼の菅を笠に縫ひ着む日を待つに年そ経にける」二八一八、「かきつはた佐紀沢に生ふる菅の根の絶ゆとや君が見えぬこのころ」三〇五二）。三九二一番歌「かきつはた衣に摺り付けますらをの着襲ひ狩する月は来にけり」などは『伊勢物語』初段を連想させるだろう。「かきつばた」はまさに書き付け花として書くことを促していたのである。『万葉集』によれば、「からころも」は都の記憶とともにあり（「韓衣着奈良の里の妻まつに玉をし付けむよき人もがも」九五二）、別離とともにあり（「韓衣裾に取り付き泣く子らを置きてそ来ぬや母なしにして」四四〇一）、恋人への思いとともにある（「韓衣君にうち着せ見まく欲り恋ひそ暮らしし雨の降る日を」二六八二、「韓衣裾のうちかへ逢はねども異しき心を我が思はなくに」三四八二、「韓衣裾のうちかひ逢はなへば寝なへのからに言痛かりつも」或本歌）。古典全集頭注で一部指摘があるけれども、もちろん、こうした万葉歌を『伊勢物語』作者が意識していたかどうかはわからない。しかし、言葉は読みの空間に際限もなく漂っていくといえる。「きつつなれにしつま」として和歌の記憶があるからこそ「はるばるきぬる旅」が意識できるのである。

（11）『伊勢物語』において宮仕えは愛情の障害となっている。「子は京に宮仕へしければ、まうづとしけれど、しばしばえまうでず」（八四段）、「おほやけの宮仕へしければ、常にはえまうでず」（八五段）。八四段から八七段まで「宮仕へ」章段といえる（惟喬親王章段に母の章段が割り込むのはそのためであろう）。だが、宮仕えの影響がより深刻なのは恋愛においてである。「むかし、男、かたゐなかに住みけり。男、宮仕へしにとて、別れ惜しみて行きけるままに、三年来ざりければ、待ちわびたりけるに、いとねむごろに言ひける人に、今宵あはむと契りたりけるに、この男きたりけり」（二四段）。「むかし、男ありけり。宮仕へいそがしく、心もまめならざりけるほどの家刀自、まめに思はむといふ人につきて、人の国へいにけり」（六〇段）。宮仕えは恋愛の障害となっており、二四段も六〇段も宮仕えゆえの悲劇である（縁組が安定しようとしても、恋愛のせいでたちまち潰えている）。「宮仕へ」が重要だという点でも『伊勢物語』は「みやび」の物語なのである。

（12）「女はらから」を主人公の妹とする解釈が提出されているが（近年のものとしては室伏信助「『伊勢物語』の成立展望」『伊勢物語の表現史』笠間書院、二〇〇四年）、『伊勢物語』が出自を重視する物語であるがゆえに、その可能性は十分にある。ただし、「女はらから」が主人公の妹かそうでないか決定不可能な位置に『伊勢物語』はあるというべきだろう（「夢かうつつか寝てかさめてか」が決定不可能であるように）。さらにいえば、奈良京の姉妹は長岡京の母と重なり合う形象でもあろう。いずれも、古都の女性だからである。『篁物語』は『古今集』八二九番歌を核とした物語だが（「妹の身まかりにける時よみける」）、妹との関係を語ることは初期の物語にとって必然だったといえる。

（13）筒井筒の段に「君ならずして誰かあぐべき」とあったが、髪上げをしてくれた君がいなくなったとき、女は「つくも髪」になってしまうのかもしれない。「まことならぬ夢語り」をする女は「つくも髪」のごとき言葉によって男を絡め取ろうとしているのである（「むばら、からたち」に引っかかるのは乱れた髪だからであろう）。『源氏物語』手習巻には「一年たらぬつくも髪多かる所にて、目もあやに、いみじき天人の天降れるを見たらむやうに思ふ」とある。それを読み解いていえば、「つくも髪」のごとく乱れた言葉があるからこそ、「天人」が舞い降りるという奇蹟が起こるのではないか。

（14）かぐや姫と五節の舞姫については、保立道久「『竹取物語』と王権神話」（『物語の中世』東京大学出版会、一九九八年）を参照。

（15）白玉の歌については、高崎正秀『物語文学序説』（桜楓社、一九七一年）、小林茂美『源氏物語論序説』（桜楓社、一九七八年）などを参照。

（16）『懐風藻』は大津皇子に関する占いとして「太子の骨法、是れ人臣の相にあらず、此れを以ちて久しく下位に在らば、恐るらくは身を全くせざらむ」と記すが、『源氏物語』にも影響を及ぼしているであろう。「人臣の相にあらず」という点が、光源氏に関する占いと類似するからである。源高明についても同様の挿話が知られるが（『河海抄』）、謀反を危惧する占いは大津皇子、源高明、光源氏という系譜を示唆している。

Ⅱ　蜻蛉日記と音声的世界の発見——ノイズへの感性

『蜻蛉日記』における音声の重要性についてはすでに論じられており、とりわけ沢田正子「蜻蛉日記の音」（『言語と文芸』一〇六、一九九〇年、後に『蜻蛉日記の美意識』笠間書院、一九九四年）や三田村雅子「驚かす声——蜻蛉日記・麻痺と覚醒の構図」（『玉藻』二七、一九九一年）は学ぶところが多い。そうした諸論考を踏まえたうえで本章では二つの点を新たに指摘してみたいと思う。和文の日記である『蜻蛉日記』においては、仮名という表音文字で書き記すことが音声的世界の発見につながっているのではないかというのが第一点である。そして『蜻蛉日記』における音声の位相をみていくことで引歌論を捉え直すことができるのではないかというのが第二点である。以下できるだけ本文に密着して論じていくが、そこから『蜻蛉日記』の傑出したノイズへの感性とでもいうべきものが明らかになるはずである。なお、本文の引用は日本古典集成『蜻蛉日記』（犬養廉校注、一九八二年）による。

一　「声」の現象

平安朝文学における音声の特権性を根拠づけている言説は、『古今集』の仮名序ではないだろうか。

　やまとうたは、人の心を種として、万の言の葉とぞなれりける。世の中にある人ことわざ繁きものなれば、心に思ふことを見るもの聞くものにつけて、言ひ出せるなり。花に鳴く鶯、水に住む蛙の声を聞けば、生きとし生けるもの、いずれか歌をよまざりける。力をも入れずして天地を動かし、目に見えぬ鬼神をもあはれと思はせ、男女の中をも和らげ、猛き武士の心も慰むるは歌なり。（引用は新編日本古典文学全集による、仮名序）

ここでは「人の心」「心に思ふこと」が重視されている。と同時に「声」が重視されている。「心」が「声」として表出されたのが歌だというのだが、ここにみられるのは音声中心主義であり、内面と音声を一体のものとみなす「声」の形而上学というべきものである。鶯や蛙の声を聞いて「生きとし生けるもの」が発するのは、「声」としての歌であろう。天地を動かし鬼神を感動させ男女の仲を和らげ武士の心を慰めるのも、「声」としての歌であろう。ではなぜこのように音声が重視されるのか。そこには仮名という表記の問題がかかわっているように思われる。次に『古今集』の真名序をみてみよう。

自大津皇子之初作詩賦。詞人才子。慕風継塵。移彼漢家之字。化我日域之俗。民業一改。和歌漸衰。（真名序）

これによれば漢字こそ和歌衰退の元凶ということになる。しかしいま仮名によって和歌が復興されるのである。

陛下御宇。于今九載。仁流秋津洲之外。恵茂筑波山之蔭。渕変為瀬之声。寂々閉口。砂長為巌之頌。洋々満耳。思継既絶之風。欲興久廃之道。（真名序）

天皇の慈愛が日本列島を覆い和歌の歌声が満ちたとあるが、それを定着させるのが仮名であろう。和歌の復興には表音文字としての仮名が大いに寄与しているのである。こうして音声が特権化され、和歌においては内面と音声が一体のものとなるわけである。

『古今集』仮名序の執筆者は紀貫之だとされるが、そこで強調されていた「心」と「声」の一体性は『土佐日記』によく表されている。

舵取りのいふやう、「黒鳥のもとに白き波を寄す」とぞいふ。このことば、なにとにはなけれども、ものいふやうにぞ聞こえたる。

舵取り、船子どもにいはく、「御船よりおほせたぶなり。朝北の、出で来ぬさきに、綱手はや曳け」といふ。このことばの歌のやうなるは、楫取りのおのづからのことばなり。楫取りは、うつたへに、われ歌のやうなることといふとにもあらず。聞く人の、「あやしく、歌めきていひつるかな」とて、書きいだせば、げに三十文字あまりなりけり。

（引用は日本古典集成による）

ふと口にした何げない言葉、作為のない自然の言葉がそのまま歌になっているが、これこそ和歌が内面の表出であることの証しであろう。まさしく「生きとして生けるもの、いずれか歌をよまざりける」という状態である。その際、音数が重視されていることからもわかるように、歌とは何よりも音声なのである。

大陸の文明から圧倒的な影響を受けて律令国家を建設した時代においては文字が絶対的に優位であったはずである。音声は文字に従属するしかない。だが、表音文字である仮名の発明によってその従属関係が逆転することになるだろう。そうした仮名による価値の転倒を通じて音声的な世界が見出されていったのではないかというのが、こ

こでの仮説である。(1)

『土佐日記』にみられた「声」の現象は、『蜻蛉日記』にもみられる。

さて、車かけて、その崎にさしいたり、車引きかへて、祓しに行くままに見れば、風うち吹きつつ波高くなる。行きかふ舟ども、帆引き上げつついく。浜づらにをのこども集まりゐて、「歌つかうまつりてまかれ」といへば、いふかひなき声引き出でて、うたひてゆく。（中巻）

唐崎祓いの場面だが、歌を歌う男たちはまるで『土佐日記』の楫取りのように素朴さに満ちている。祓いが終わった後に次のような場面が続く。「ふりがたくあはれと見つつゆき過ぎて、山口にいたりかかれば、申の果てばかりになりにたり。ひぐらしさかりと鳴きみちたり。聞けば、かくぞおぼえける／なきかへる声ぞきほひて聞こゆなる待ちやしつらむ関のひぐらし」。こうした風景と音声の密接な関係をさらに石山詣での場面に探ってみよう。

夜うち更けて、外のかたを見出だしたれば、堂は高くて、下は谷と見えたり。片崖に木ども生ひこもりて、いと木暗がりたる、二十日月、夜更けていとあかければ、木陰にもりて、ところどころに来しかたぞ見えわたりたる。見おろしたれば、麓にある泉は、鏡のごと見えたり。高欄におしかかりて、とばかりまもりゐたれば、片崖に、草の中に、そよそよ、しらみたるもの、あやしき声するを、「こはなにぞ」と問たれば「鹿のいふなり」といふ。などか例の声には鳴かざらむと思ふほどに、さし離れたる谷のかたより、いとうら若き声に、はるかにながめ鳴きたなり。聞くここち、そらなりといへばおろかなり。思ひ入りて行なふここち、ものおぼえでなほあれば、見やりなる山のあなたばかりに、田守のもの追ひたる声、いふかひなく情けなげにうち呼ばひ

たり。かうしもとり集めて肝を砕くこと多からむと思ふに、はてはあきれてぞゐたる。（中巻）

堂に上って外をみると、鬱蒼とした木々の暗がりがあり、登ってきた道があり、そして鏡のようにみえる麓の池がある。実に印象的な風景であり作者はしばらくじっと見つめているが、そこに不思議な声がする。物音に敏感に反応する道綱母。鹿の鳴き声らしいが、遥か遠くから聞こえてくるその声にしだいに引きこまれていく（『蜻蛉日記』上巻の始めにある兼家と道綱母の鹿をめぐる贈答歌を想起させる）。さらに田の番人が何かを追い払う声が聞こえてくる。様々な物音に取り囲まれた作者はどうしたらいいかわからなくなる。こうして『蜻蛉日記』における風景は決まって音声へと収斂していくのである。一夜明けた次の場面もみてみよう。

空を見れば、月はいと細くて、影は湖の面にうつりてあり。風うち吹きて湖の面いと騒がしう、さらさらと騒ぎたり。若きをのこども、「声細やかにて、面痩せにたる」といふ歌をうたひ出でたるを聞くにも、つぶつぶと涙ぞ落つる。いかが崎、山吹の崎などいふところどころ見やりて、葦の中より漕ぎゆく。まだものたしかにも見えぬほどに、遥かなる楫の音して、心細くうたひ来る舟あり。ゆきちがふほどに、「いづくのぞや」と問ひたれば、「石山へ、人の御迎へに」とぞ答ふなる。この声もいとあはれに聞こゆるは、言ひおきしを、おそく出でくれば、かしこなりつるして出でぬればたがひていくなめり。とどめて、をのこどもはかたへは乗り移りて、心のほしきにうたひゆく。瀬田の橋のもとゆきかかるほどにぞ、ほのぼのと明けゆく。千鳥うち翔りつつ飛びちがふ。もののあはれに悲しきこと、さらに数なし。（中巻）

細い月が湖面に映り、風がその映像を乱していく。若い男たちが歌う歌声に作者は思わず涙する。葦の間を縫って湖面を進んでいく。物の形はさだかには見えないが、遠くから楫の音がそして歌声が聞こえてくる（「遥かなる」物音に道綱母は敏感である）。二艚の舟はすれ違うとき声を交し、それが迎えを命じておいた舟であることに気づく。作者はまずその声に反応している。男たちの一部は迎えの舟に乗り移ると、解放されたかのように思う存分歌を歌う。やがて夜がしらみ始め、千鳥が飛び違うのが見える。「もののあはれに悲しきこと、さらに数なし」と書き記す作者は音声と風景のすべてを全身で感受しているかのようだ。こうした『蜻蛉日記』における音声と風景の共鳴現象は『土佐日記』以上に繊細で豊饒なのものであるといえるだろう。

さて、『蜻蛉日記』における音声的世界の発見についてみてきたが、それは必ずしも甘美で親密な閉鎖空間ではない。むしろノイズに満ちた空間である。『蜻蛉日記』の音声の起源に位置するのは一つのノイズ、すなわち兼家の「たたく」音ではないだろうか。

二　「たたく」音またはノイズ

『蜻蛉日記』はいわゆる序文的部分に続いて、次のように始まっている。

さて、あはつけかりしすきごとどものそれはそれとして、柏木の木高きわたりより、かくいはせむと思ふことありけり。例の人は、案内するたより、もしは、なま女などして、言はすることこそあれ、これは、親とおぼしき人に、たはぶれにもまめやかにも、ほのめかししに、「びなきこと」といひつるをも知らず顔に、馬にはひ乗りたる人して、うちたたかす。「たれ」など言はするには、おぼつかなからず、騒いだればもてわづらひ、取り入れてもて騒ぐ。（上巻）

「うちたたかす」音、そしてそれが「騒ぎ」を引き起こす。『蜻蛉日記』はこの「たたく」音から始まるのである。そして、『蜻蛉日記』は次のように終わる。

今年いたう荒るるとなくて、斑雪ふたたびばかりぞ降りつる。助のついたちのものども、また白馬にものすべきなど、ものしつるほどに、暮れはつる日にはなりにけり。明日のもの、をりまかせつつ、人にまかせなどして、思へば、かうながらへ、今日になりにけるもあさましう、御魂など見るにも、例のつきせぬことにおぼほれてぞはてにける。京のはてなれば、夜いたう更けてぞ、たたき来なる。（下巻）

夜ふけて訪れるのは追儺をする舎人たちなのであろうが、また魂祭に再来する死者たちの霊のようにもみえ、さらにまた兼家のたたく音が回帰しているようにもみえる。驚くべきことに、『蜻蛉日記』は「たたく」音で始まり「たたく」音で終わる作品なのである。(2) では、その間に何が起っているか、しばらく「たたく」という語に着目して『蜻蛉日記』を辿り直してみよう。

まず、上巻の「嘆きつつ」の歌の場面である。

これより、夕さりつかた、「うちのがるまじかりけり」とて出づるに、心得で、人をつけて見すれば、「町の小路なるそこそこになむ、とまりたまひぬる」とて来たり。さればよと、いみじう心憂しと思へども、いはむやうも知らであるほどに、二三日ばかりありて、あかつきがたに、門をたたく時あり。さなめりと思ふに、憂くて、開けさせねば、例の家とおぼしきところにものしたり。つとめて、なほもあらじと思ひて
嘆きつつひとり寝る夜の明くる間はいかに久しきものとかは知（上巻）

兼家が町の小路の女のところに通っているらしいということを知った作者は兼家を門前払いする。しかしやはり気になって作者は兼家に歌を届ける。それがよく知られた「嘆きつ」の歌である。ここで注目すべきは兼家の「たたく」音に対する反応としてすべてが生起していることである。その意味で道綱母における歌とは「たたく」音の反響だといえるかもしれない。

次に、中巻の鳴滝参籠の場面である。

木蔭いとあはれなり。山蔭の暗がりたるところを見れば、蛍は驚くまで照らすめり。里にて、昔、物思ひうすかりし時、「二声と聞くとはなしに」と腹立たしかりしほととぎすも、うちとけて鳴く。くひなはそこと思ふまでたたく。いといみじげさまさる物思ひの住みかなり。（中巻）

作者は兼家の迎えを拒み鳴滝の寺に籠もり続ける。「里」とはすべてが一変している。だが、「くひなはそこと思ふまでたたく」というように「たたく」音はすぐそこに感じられる。この「たたく」音は、兼家の訪れを作者に連想させるのではないか。作者はいつまでも兼家の「たたく」音から逃れられないのである。だからこそ、一層わびしさが募ってくるのであろう。

かくてあるは、いと心やすかりけるを、ただ涙もろなるこそ、いと苦しかりけれ。夕暮の入相の声、茅蜩の音、めぐりの小寺のちひさき鐘ども、われもわれもとうちたたき鳴らし、前なる岡に神の社もあれば、法師ばら読経奉りなどする声を聞くにぞ、いとせむかたなくものはおぼゆる。（中巻）

兼家から遠く離れた山寺の暮らしで心もなごむ。だがまたしても「たたく」音が打ち寄せる。「めぐりの小寺のちひさき鐘ども」がわれがちにうち鳴らされるが、その音は作者の耳には幻聴のように聞こえるのではないか。作者はどうしようもない憂鬱に襲われている。

次は中巻終わり、二度目の初瀬詣での場面である。

さる用意したりければ、鵜飼ひ、数を尽くして、ひとかはうきて騒ぐ。「いざ、近くて見む」とて、川づらにもの立て、榻など取りもていきて、おりたれば、足の下に鵜飼ひちがふ。魚どもなど、まだ見ざりつることなれば、いとをかしう見ゆ。来困じたるここちなれど、夜の更くるも知らず、見入れてあれば、これかれ、「いまは帰らせたまひなむ。これよりほかに、いまはことなきを」などいへば、「さは」とてのぼりぬ。さても、あかず見やれば、例の夜一夜、ともしわたる。いささかまどろめば、舟端をごほごほとうちたたく音に、われをしもおどろかすらむやうにぞさむる。（中巻）

作者はいったいなぜこうも熱心に見入っているのだろうか。鵜飼が珍しいからだろうか。単にそれだけではないだろう。作者はひたすら見入ることで現実から逃れようとしているのではないか。移動で疲れているにもかかわらず、侍女たちが静止するにもかかわらず、それでも作者は見ることを止めない。作者は疲労困憊することで眠りへと逃避しようとしているようにみえる。ようやく作者に眠りが訪れる。だがたちまち「うちたたく音」に目を覚まさざるをえない。その音は作者だけが敏感な物音であろう。ほかの人は気にも留めないであろう。「うちたたく音」は作者だけを揺り起こすように聞こえてくるのである。

下巻に入ると、兼家の訪れはほとんど途絶えてしまう。

かかれど、いまはものともおぼえずなりにたれば、なかなかいと心やすくて、夜もうらもなううち臥して寝入りたるほどに、門たたくに驚かれて、あやしと思ふほどに、ふと開けてければ、心さわがしく思ふほどに、妻戸口に立ちて、「とく開け、はや」などあなり。前なりつる人々も、みなうちとけたれば、逃げかくれぬ。見苦しさに、ゐざり寄りて、「やすらひにだになくなりにたれば、いとかたしや」とて開くれば、「さしてのみまゐり来ればにやあらむ」とあり。さて、あかつきがたに、松吹く風の音、いと荒く聞こゆ。ここらひとり明かす夜、かかる音のせぬは、もののたすけにこそありけれとまでぞ聞こゆる。（下巻）

兼家の訪れがないのでかえって気が楽になっている。だが油断していると「たたく」音がする。「あかつきがたに、松吹く風の音、いと荒く聞こゆ」というのはどうだろう。いまや逆に兼家がいると孤独感が増してくるのである。次の記事も、そうした点を証言している。

十日、賀茂へ詣づ。「忍びて、もろともに」といふ人あれば、なにかはとて、詣でたり。いつも、めづらしきここちするところなれば、今日も心のばふるここちす。田かへしなどするも、かうしひけるはと見ゆらむ。さきのとほりに、北野にものすれば、沢にもの摘む女わらはべなどもあり。うちつけに、ゑぐ摘むかと思へば、裳裾思ひやられけり。船岡うちめぐりなどするも、いとをかし。暗う家に帰りて、うち寝たるほどに、門いちはやくたたく。胸うちつぶれて覚めたれば、思ひのほかにさなりけり。心の鬼は、もし、ここ近きところに障りありて、帰されてにやあらむと思ふに、人はさりげなけれど、うちとけずこそ思ひ明かしけれ。（下巻）

いっしょにと誘う人がいるので作者は賀茂詣でに出かける。新鮮な感じがして心がのびのびする。「田かへし」

をする農夫の姿や「ものを摘む」女子供の姿に共感と同情を覚える。「うちつけに」という素早い反応に作者の感受性が瑞々しく蘇っているのがわかる。船岡山の麓をめぐり家に着いたのは暗くなってである。久々の外出を満喫して心地よい眠りについたことであろう。だが「たたく」音に目を覚まさせられる。兼家の来訪である。しかし別の通い所に差し障りがあってこちらに来ただけではないかという疑惑が生じ、そのこだわりが一晩中消えない。兼家の訪れはかえって作者を不安にさせるのである。

下巻には火事の記事が多いことが指摘されているが（白井たつ子「『かげろふの日記』下巻の構成――火事に関する記事の続出」『古典研究』九、一九八二年、後に研究資料新集『かげろふ日記』有精堂出版）、次の一節は隣家で火事が起き兼家がその見舞いにやってくるところである。

このわたりならむやのうかがひにて、急ぎ見えし世々もありしものを、ましてもなりはてにけるあさましさかな、「さなむ」と語るべき人は、さすがに、雑色や侍やと聞きおよびけるかぎりは、語りつと聞きつるを、あさましあさましと思ふほどにぞ、門たたく。人見て、「おはします」といふにぞ、すこし心おちゐておぼゆる。（下巻）

かつて兼家は火事があるとすぐに作者のところに駆け付けてくれたという。だが今は冷淡になって雑色や侍がとうに報告しているはずなのになかなかやってこない。突然「たたく」音がする。ようやく兼家がやってきたらしい。作者はほっと安心する。作者を不安にさせる「たたく」音だが、しかしまた作者はその音なしでもいられないのである。このアンビヴァレンツな「たたく」音こそが作者に『蜻蛉日記』を書き続けさせた原動力だといってもよいだろう。道綱母は書く人である限りこの「たたく」音から逃れることができない。もちろん「たたく」音は必ずしも兼家のたたく音に限らない、それはむしろ非人格的で、非人称的な物音であろう。『蜻蛉日記』とはそうしたノイズとしての「たたく」音に対する反応の記述なのである。おそらく、そうしたノイズが存在するがゆえに、『蜻蛉日記』は作者の内面や心理にたやすく解消されるような内面主義の文学作品にならずにすんでいるのである。

このようにみてくると、『蜻蛉日記』冒頭、いわゆる序文的部分の驚くべき曖昧さが理解できるように思われる。

かくありし時過ぎて、世の中にいとものはかなく、とにもかくにもつかで、世に経る人ありけり。かたちとても人にも似ず、心魂もあるにもあらで、かうものの要にもあらであるも、ことわりと思ひつつ、ただ臥し起き明かし暮らすままに、世の中におほかる古物語の端などを見れば、世におほかるそらごとだにあり。人にもあらぬ身の上まで書き日記して、めづらしきさまにもありなむ。天下の人の、品高きや、問はむためしにもせよかし、とおぼゆるも、過ぎにし年月ごろのことも、おぼつかなかりければ、さてもありぬべきことなむおほかりける。（上巻）

「とにもかくにもつかで」というのは実人生における道綱母という一女性の状況を述べているわけが、それはまた「たたく」音に対するアンビヴァレンツな態度を意味することにもなるだろう。それはノイズに対する態度であり、またテクストに対する態度でもある。「心魂もあるにもあらで、かうものの要にもあらである」という屈曲した叙述。「めづらしきさまにもありなむ。天下の人の、品高きや、問はむためしにもせよかし」という誇らしげな宣言と、それに続く「おぼつかなかりければ、さてもありぬべきことなむおほかりける」という卑下の言葉。自負と謙遜の入り混じる屈曲したありようは書く人としての道綱母がテクストに対してとる姿勢そのものではないか。『蜻蛉日記』の冒頭が示しているのは主体の確固とした自明性ではない。むしろテクストに浮かんでは消える主体の危うさなのである。書く人としての危うさといってもよい。『蜻蛉日記』序は女性道綱母の実人生における状況以上に、作家道綱母のテクストに対する危うげな姿勢を示しているのである。書く人となった以上、誰も自己を確固たるものとして提示することなどできはしない。まして、和文で書く場合にはなおさらであろう。同一の語彙が何度も繰り返され稚拙な印象を与えるが、道綱母はノイズを受け止めつつ危うげに手探りで書き始めるのである。

おわりに――ノイズとしての引歌

『蜻蛉日記』におけるノイズの重要性についてみてきたが、それは引歌の問題にもかかわっているのではないだろうか。

さて、昼は日一日、例の行なひをし、夜は主の仏を念じたてまつる。めぐりて山なれば、昼も人や見むのうたがひなし。簾巻き上げてなどあるに、この時過ぎたる鶯の、鳴き鳴きて、木の立ち枯れに、「ひとくひとく」とのみ、いちはやくいふにぞ、簾おろしつべくおぼゆる。そもうつし心もなきなるべし。（中巻）

鶯の鳴き声「ひとくひとく」が「人来人来」と聞こえてくる。『古今集』歌による引歌表現だが、しかしこれは連想といったのんびりしたものではないだろう。「ひとくひとく」はまず鋭いノイズとして響いている。それが「人来人来」と分節され「梅の花見にこそ来つれ鶯のひとくひとくと厭ひしもをる」という古歌と結びつく（『古今集』一〇一一）。するとその後に「厭ひしもをる」といった残響効果が残ることになる。ここには作者の意図や心理を超えて言葉の効果が刻印されているのである。

ところで、『うつほ物語』『落窪物語』と『蜻蛉日記』では引歌の用法が異なることが指摘されている（鈴木日出男「引歌の成立――古今集規範意識から仮名散文へ」『文学』一九七五年八月号、後に『古代和歌史論』東京大学出版会）。鈴木論文は「前者ではあたかも今日の諺のように、あるいは隠された言葉を言い当てる言語遊戯として機知を楽しむ趣向を示すものであった。（中略）他方『蜻蛉日記』では、引歌がその独自な文脈形成に積極的に関わっている。多く、歌語でもあり引歌提示部分にもなる物象叙述が、風景をかたどる言葉として機能し、他の語句と有機的にひびきあって独自な文脈を形成しようとする」と述べているのだが、両者の相違をここではノイズという観点から捉え直してみよう。前者では引歌が機知として透明に消費され何の痕跡も残さない。それに対して、後者では引歌がノイズと不可分であり残響効果を生み出す。「引歌がその独自な文脈形成に積極的に関わっている」のは、そのためなのである。確かに引歌には便利な心理表現という一面があるが、しかしそこからはみ出すものを常にもっている。引歌はいつも内面にぴったりと一致するわけではない。むしろ耳にそして筆にまとわりつくノイズである。内面とのずれを浮き彫りにし余剰を生み出すのも引歌なのである。だからこそ無意識を露呈させたりもするのであろう。われわれは引歌をノイズとして捉え直してみる必要がある。

『古今集』の仮名序が根拠づける音声中心主義はきわめて閉鎖的な言説空間を生み出しかねない（実際、近世の歌論にはそうした面が否定できない）[3]。しかし、『蜻蛉日記』はそのノイズへの感性において開かれたテクストたりうるのである。『蜻蛉日記』が真に貴重なのはそれなりに感動的な女の一生が描かれているからではなく、傑出したノイズへの感性において手探りで和文が書き綴られているからであろう（その意味で、和文の形成はノイズと不可分であったはずである）。中古から中世に至る女流日記文学の系譜をみるとノイズへの感性は徐々に低下し、和文は単なる美文になっていくように思われる[4]。

注

（1）鈴木日出男「仮名言葉の文学」（『日本文学』一九八二年三月号、後に『古代和歌史論』東京大学出版会、一九九〇年）では「仮名で表記することによって、かえって言葉の口頭性が強調されてくる」ことが指摘されている。また仮名の出現によって引き起こされた価値の転倒については拙稿「平安朝文学史の諸問題――和文の創出と文学の成立」（本書所収）を参照されたい。

（2）「たたく」という表現については前掲の沢田論文や神尾暢子「蜻蛉日記の素材物音」（『学大国文』四〇、一九九七年）でも触れられているが、本稿はその主題論的な一貫性を重視し、『蜻蛉日記』を「たたく」音に対する反応の記述として捉えようとするものである。また三田村論文では蜻蛉日記下巻における「驚かす声」が論じられているが、本稿は『蜻蛉日記』全体に鳴り響いているノイズに着目したものである。なお、ノイズについてはミシェル・セール『生成』（及川馥訳、法政大学出版局、一九八三年）を参照。

（3）近世の言説における音声の特権化はしばしば指摘されている。たとえば村井紀『文字の抑圧』（青弓社、一九八五年）や百川敬仁『内なる宣長』（東京大学出版会、一九八七年）など。

（4）ただし、中世の『とはずがたり』だけはノイズに敏感である。「上臥に参りたるに、夜中ばかりに下口の遣戸をうち叩く人あり」など『とはずがたり』には「たたく」音が頻出する。『太平記』における「敲く」場面も興味深い。「持仏堂ノ妻戸ヲホトホトト敲音シケレバ…」（巻十二）、「東ノ木戸ヲ荒ラカニ敲ク人アリ」（巻二九）、「頼光ノ母義ヲハシテ門ヲゾ敲セケル」（巻三二）。

Ⅲ　枕草子と差別化の戦略——文芸の社会学

今日、文学研究は隣接科学との関連なしには成り立たないという状況に置かれている。ある場合には表象文化研究へ、ある場合には地域文化研究、比較文化研究へと解体吸収されてさえいるのである。国文学研究も例外ではない。「想像の共同体」（ベネディクト・アンダーソン）の創出に貢献してきた国文学研究もまた変容を迫られている。以下は文学研究と隣接科学をつなげてみようとする一つの試みである。

一　清少納言の戦略

『枕草子』における清少納言の言動は、サロンの論理にふさわしいもののように思われる。清少納言の言動はいつも人と違っていて注目を浴びるのだが、そのことよって清少納言の価値は高まりサロン自体の活性化されるからである。それは社会学者ピエール・ブルデューのいうディスタンクシオン（差別化＝卓越化）にほかならないだろう(1)。つまり、差別による卓越化において清少納言はたえずサロンを活性化しサロンの維持再生産に貢献しているのである。『紫式部日記』のなかで清少納言は「人にことならむと思ひこのめる人」と批判されているが、『枕草子』にまず読み取るべきは他と異なろうとする差別化の戦略ではないか。

春は曙

（引用は角川文庫、石田穣二訳注による、初段）

この簡潔な断言は、差別化の戦略の誇らしげな宣言というべきものであろう。「春」の一語に結びつくのは「曙」しかない。清少納言はたた二つの言葉を結びつけるだけで、他とは異なる自らのセンスを決定的に打ち出してみせるのである。たとえば春には朧月夜というものがあり（「てりもせずくもりもはてぬ春の夜のおぼろ月夜にしく物ぞなき」大江千里『千里集』）、夏には明け方のすばらしさがある（「夏の夜はまだよひながらあけぬるを雲のいづこに月やどるらむ」清原深養父『古今集』）。秋には秋の月のすばらしさがあり（「いく世へてのちかわすれんちりぬべきのべの秋はぎみがく月よを」深養父『後撰集』）、冬には冬の月のすばらしさがある（「いざかくてをりあかしてん冬の月春の花にもおとらざりけり」清原元輔『拾遺集』）。しかし、そうしたものをきっぱりと切り捨てるのである。「春は曙」「夏は夜」「秋は夕暮」「冬はつとめて」、この裁断の見事さが『枕草子』の魅力ということになるだろう。「ぬるくゆるびもていけば…わろし」とあるが、曖昧な手緩い表現では不十分なのである。

三段「同じことなれども聞き耳異なるもの」にみられるように微妙な違いを聞き分けること、二二段「昼ほゆる犬、春の網代、三、四月の紅梅の衣」にみられるように意外なものを分類し配列すること、四段「思はむ子を法師になしたらむこそ、心苦しけれ」や二一段「生ひ先なく、まめやかに、えせざいはひなど見てゐたらむ人は、いぶせくあなづらはしく思ひやられて」にみられるように他の階層をからかい、自らの立場を優越させること、⑵ 一二一段「むとくなるもの、えせ者の、従者かうがへたる」や二九〇段「うちとくまじきもの、えせ者」にみられるように「えせ者」を貶めること、こうしたことはすべて差別化の戦略と考えられる。『枕草子』に「ねたし」という語が頻出するのも、競争意識のせいであろう。そうした点で、最も注目されるのは一二六段である。

すこし日たけぬれば、萩などのいと重げなるに、露の落つるに、枝うち動きて、人も手触れぬにふと上様へあがりたるも、いみじうをかし、と言ひたることどもの、人の心には、つゆをかしからじと思ふこそ、またをかしけれ。（一二六段）

「人の心には、つゆをかしからじと思ふこそ、またをかしけれ」とあるように、清少納言は人の気づかないところに強く興味を感じている。したがって、清少納言の感覚の鋭さと呼ばれるものは、他と異なろうとする戦略の一環なのである。『枕草子』に音声や身体の生き生きとした現前がみられるとしても、それは差別化の戦略の結果でしかないだろう。

二　人間関係と戦略

ところで、清少納言は歌人として著名な清原元輔の娘であり、いわば親の七光という文化資本をもって定子後宮に入っている。(3)「されど、歌詠むと言はれし末々は、すこし人よりまさりて、そのをりの歌は、これこそありけれ、さは言へど、それが子なればなど言はればこそ、甲斐あるここちもしはべらめ」（九五段）。歌人の娘である以上、他の人よりも優れた歌を詠まなければならないという。他人とは異なることに関して清少納言はきわめて意識的なのである。それゆえ、中途半端に歌を詠むことはしない。むしろ、歌を詠まないことによって目立つ道を選ぶ。

元輔が後と言はるる君しもや今宵の歌にはづれてはをる

とあるを見るに、をかしきことぞ、たぐひなきや。いみじう笑へば、「なにごとぞ、なにごとぞ」と、大臣も問ひたまふ。

「その後と言はれぬ身なりせば今宵の歌をまづぞ詠ままし
つつむことさぶらはずは、千の歌なりとこれよりなむ出でまうで来まし」と啓しつ。
（九五段）

「その後と言はれぬ身なりせば」とあるように、元輔の娘であることを逆手に取って清少納言は歌を詠もうとしない。だが、そのことで逆に人目を引きつけるのである。元輔の娘であるにもかかわらず歌を詠まない、そうした戦略で自らの存在価値を高める清少納言は父親からの文化遺産を二重に活かしているといえる。遺産は食い潰すだけでは目減りするばかりで、戦略的に活用する必要があることをよく知っている。
父との関係だけでなく、夫との関係においても清少納言には特異性がみられる。

この、いもうと、せうと、といふことは、上まで皆しろしめし、殿上にも、司の名をば言はで、せうととぞ付けられたる。
（七八段）

清少納言と橘則光は夫婦であるにもかかわらず、「いもうと」「せうと」と呼び合ってたという。この稀薄な夫婦関係もまた差別化の戦略の一環とみなせないであろうか。その特異な呼称を通して清少納言の言動はますます知れ渡っていくからである。「せうと、こち来。これ聞け」、「言加へよ、聞き知れとにはあらず。ただ、人に語れとて、聞かかるぞ」、「いもうとのあらむ所、さりとも知らぬやうあらじ。言へ」などとあるように、「いもうと」「せうと」の呼称は夫婦二人の間で用いられる以上に周囲の人々が用いているのである。
さらに男性貴紳との関係も、他人には真似できない特異なものがある。そのとき頻繁に口にされるのが漢詩文だが、漢詩文こそ清少納言が他の女房たちとは違うことを示す切り札にほかならない。差別化の戦略における特権的な武器が漢詩文なのである（だからこそ、紫式部はまっさきにそれを攻撃することになるだろう、「さばかりさかしだち、真名書きちらしてはべるほども、よく見れば、まだいとたらぬこと多かり」『紫式部日記』）。行成は「女のすこし我はと思ひたるは、歌詠みがましくぞある。さらぬこそ、かたらひよけれ」と歌の贈答を嫌っているが、清少納言については次のように語っている。

かく、ものを思ひ知りて言ふが、なほ人には似ずおぼゆる。（一三一段）

行成は他の女房たちとは異なる清少納言の知的な側面を評価しているのである（漢詩文がこの時代の知にほかならない）。もちろん、清少納言の差別化の戦略を支えているのは漢詩文だけではない。なんでもその道具になりうる。たとえば、碁石の暗号がそれである。一五六段の宣方は斉信と清少納言しか知らない暗号を一生懸命真似しており、清少納言の知的優越感を増長させている。清少納言は詩句を口ずさむ斉信を誉め讃えるのみで、それ以上の関係になろうとはしない。この点も、他の女房たちには真似できないところである。

わざと呼びも出で、あふ所ごとにては、「などか、まろを、まことに近くかたらひたまはぬ。さすがににくしと思ひたるにはあらずと知りたるを、いとあやしくなむおぼゆる。かばかり年ごろになりぬる得意の、うとくてやむはなし。殿上などに明暮なきをりもあらば、何ごとをか思ひ出でにせむ」と、のたまへば、「さらなり。かたかるべきことにもあらぬを、さもあらむ後には、えほめたてまつらざらむが、くちをしきなり。上の御前などにても、役とあづかりてほめきこゆるに、いかでか。ただおぼせかし。かたはらいたく、心の鬼出で来て、

言ひにくくなりはべりなむ」と言へば…（一三〇段）

現実的な恋愛を遠ざけることによって、より雅やかな擬似恋愛の雰囲気に浸ろうとするのが宮廷サロンの特色にちがいない。宮廷サロンでは雅びを生み出すために、様々な差別化が行使されている。[4]

雅やかなサロンの中心にいるのは中宮定子である。「すべて人に一に思はれずは、なににかはせむ。ただいみじう、なかなかにくまれ、あしうせられてあらむ。二、三にては、死ぬともあらじ。一にてを、あらむ」（九七段）というが、清少納言が差別化を行使して自らの価値を高めるのは中宮定子に認められたいからなのである。機知に富む会話や仕草はそのためだけにあるといってよい。「香炉峰の雪」の一言が名高い二八四段で、まわりの女房たちは「さることは知り、歌などにさへ歌へど、思ひ寄らざりつれ。なほこの宮の人には、さべきなめり」と清少納言の機知にすっかり感心している。人々の思いも寄らないことを実践するのが清少納言である。

二六一段「うれしきもの」をみてみよう。「よき人の御前に人々あまたさぶらふをり、昔ありけることにもあれ、今きこしめし、世に言ひけることにもあれ、語らせたまふを、我に御覧じあはせてのたまはせたるいとうれし」。「御前に、人々、所もなく居たるに、今のぼりたるは、すこし遠き柱もとなどに居たるを、とく御覧じつけて、こちと、おほせらるれば、道あけて、いと近う召し入れられたるこそ、うれしけれ」。清少納言が「うれしきもの」に挙げているのは、自らの卓越性を示す事例が多い。

もっとも、初宮仕えの頃の清少納言はずいぶん控え目であるようにみえる。「宮にはじめてまゐりたるころ、もののはづかしきことの数知らず、涙も落ちぬべければ、夜々まゐりて、三尺の御几帳の後にさぶらふに、絵など取り出でて見せさせたまふを、手にてもえさし出づまじう、わりなし」（一七九段）。しかし、この緊張を通して実は定子後宮のすばらしさと自己のすばらしさがともども強調されるのである。定子後宮に参入することがいかに困難であったかを語ることは、結果として定子後宮の卓越性を示し、そこに受け入れられた自己の卓越性を示すことになるからである。

差別化の戦略の典型は、雪山の賭けの段にみられる。他の女房たちがみな十日ぐらいしかもたないと口にするのに、清少納言だけひと月は雪山が残ると断言する。

「これ、いつまでありなむ」と、人々にのたまはするに、「十日はありなむ」「十よ日はありなむ」など、ただこのごろのほどをある限り申すに、「いかに」と、問はせたまへば、「正月の十よ日までは、はべりぬべし」と申すを、御前にも、えさはあらじと、おぼしめしたり。（八三段）

実際は清少納言のいう通りになるのだが、清少納言は他の女房たちと違うことを主張し、自らの卓越化を図っているのである。紫式部であれば、こうした競い合いに進んで参加したりはしないだろう（『源氏物語』朝顔巻に光源氏が「ひと年、中宮の御前に雪の山作られたりし」と語る場面が設定されるが、『枕草子』とは異なる情動的次元が開かれている）。しかし、「物合、なにくれといどむことに勝ちたる、いかでかはうれしからざらむ。また、我はなど思ひてしたり顔なる人、はかり得たる。女どちよりも、男は、まさりてうれし」と記すように、清少納言は勝つことに熱心である（二六一段「うれしきもの」）。とりわけ男に勝つことに喜びを感じている。

『枕草子』の笑いは多分に攻撃的な面を有するが、それは差別化の一環だからであろう。生昌や方弘を容赦なく笑うことで、清少納言はサロンを活性化しているのである（五段、五三段、一〇四段）。ただし、『枕草子』の笑いの攻撃的な側面だけを強調するのは当たらないだろう。生昌邸に赴くことになったときすでに定子の華やかなサロンは崩れかけていた。したがって、清少納言たちの笑いは卓越したサロンの存在を前提にした余裕のあるものではなかったはずである。むしろ、笑うことで必死にサロンの存在を守ろうとしていたように思われる。その意味で『枕草子』の笑いは防御的な側面にも目を向けるべきかもしれない。攻撃による防御もまた『枕草子』における笑いの役割なのである。(5)

三　跋文の戦略

差別化の戦略という点では『枕草子』の跋文も興味深い。跋文において清少納言はたえず読者のことを気にしている。意識していなかったとわざわざ断るのが、すでに意識している証拠であろう。

この草子、目に見え、心に思ふことを、人やは見むとすると思ひて、つれづれなる里居のほどに書き集めたるを、あいのう、人のために便なき言ひ過ぐしもしつべき所々もあれば、よう隠し置きたりしと思ひしを、心よりほかにこそ、もり出でにけれ。（跋文）

「人やは見む」と反語表現が用いられているが、人が見る可能性を十分意識しているのではないか。わざわざ隠すというのは人に見られる可能性を意識してのことであろう。「心よりほかにこそ、もり出でにけれ」とあるが、その事態を望んでいたにちがいない。

宮の御前に、内の大臣のたてまつりたまへりけるを、「これは、なにを書かまし。上の御前には、史記といふ書をなむ書かせたまへる」など、のたまはせしを、「枕にこそははべらめ」と申ししかば、「さは、得てよ」と賜はせたりしを、あやしきを、こよやなにやと、尽きせず多かる紙を書き尽さむとせしに、いとものおぼえぬことぞ多かるや。（跋文）

「史記」に対して「枕」というように、すでに『枕草子』は競合関係に入っているのであり、既成のものとは違う何かを書くことが最初から清少納言には課せられていたのである。

おほかた、これは、世の中にをかしきこと、人のめでたしなど思ふべきなほ選りいでて、歌などをも、木、草、鳥、虫をも、言ひいだしたらばこそ、思ふほどよりはわろし、心見えなりと、そしられめ、ただ心一つにおのづから思ふことを、たはぶれに書きつけたれば、ものに立ちまじり、人なみなみなるべき耳をも聞くべきものかはと、思ひしに、「はづかしき」なんどもぞ、見る人はしたまふなれば、いとあやしうぞあるや。げに、そもことわり、人のにくむをよしと言ひ、ほむるをもあしと言ふ人は、心のほどこそ、おしはからるれ。ただ人に見えけむぞ、ねたき。（跋文）

当たり前のことを書いていたのでは「思ふほどよりはわろし、心見えなり」と非難されるだろうと危惧する清少納言は、すでに人に読まれることを意識していたことになる。だから、清少納言は当たり前ではないことを書き続けなければならない。書いたものは意外にも評判がよかったというのだが、清少納言は謙虚なようでいて、誇らしげである。逆に読者に対して攻勢に出る。「人のにくむをよしと言ひ、ほむるをもあしと言ふ人」、そんな読者の心理はお見通しだという。なぜなら、それに近い戦略を多用してきたのはほかならぬ清少納言自身だからである。先回りして手を打ちさえする、その戦略は完璧である。清少納言の言葉はすべて差別化の戦略のもとに読まれなければならない。とすれば、次の言葉もまた、それにふさわしく逆に読む必要があるだろう。「ただ人に見えけむぞ、ねたき」。この「ねたし」という語には清少納言の強い競争意識が露呈している、人に見られたのは策略通りだったのではないか。

左中将、まだ伊勢の守ときこえし時、里におはしたりしに、端の方なりし畳をさし出でしものは、この草子、乗りて出でにけり。まどひ取り入れしかど、やがて持ておはして、いと久しくありてぞ、かへりたりし。それよりあるきそめたるなめりとぞ、本に。（跋文）

清少納言はついうっかり見られてしまったのではなく、見せるためにわざとしたのであろう（「畳」と「紙」は清少納言の好物にほかならない）。作者が不本意だったと語っている流布が実は作者の本意だったのであり、こうした跋文を付すこと自体が他と異なろうとする差別化の戦略として機能しているのである。

四　サロンの競合

これまで述べてきたように、『枕草子』にみられる裁断の美学、感覚の鋭さ、分類配列の意外性、漢詩文の引用、会話や仕草の機知などはすべて自らの価値を高めサロンを活性化しようとする清少納言の差別化戦略として位置づけることができる。清少納言たちが夢中になっている仲忠・涼優劣論も、その一環とみなしうるだろう（このゲームに参加しえない者は排除される）。清少納言たちの理想は、『古今集』をすべて暗記した女御である。

村上の御時に、宣耀殿の女御と聞えけるは、小一条の左の大臣殿の御女におはしけると、誰かは知りたてまつらざらむ。まだ姫君と聞えける時、父大臣の教へきこえたまひけることは、「一には、御手を習ひたまへ。次には、琴の御琴を、人より異に弾きまさらむとおぼせ。さては、古今の歌廿巻を皆うかべさせたまふを、御学問にはせさせたまへ」となむ、聞えたまひける…（二〇段）

「人より異に」という点に注目したい。書、琴、歌、こうした教養を洗練させる者は優位に立てると大臣は考えていたのであろう。文化資本というべき教養は差別化の最も基本的な部分であり、サロンはそれに磨きをかける。差別化こそサロンという場の力学なのである。サロンでとりわけ重視されるのが会話と手紙である。会話はいうまでもなく、手紙にも工夫が凝らされる。定子後宮と斎院サロンの手紙のやりとりをみてみよう。

「それは、いづこのぞ」と問へば、「斎院より」と言ふに、ふとめでたうおぼえて、取りてまいりぬ。（中略）「斎院より御文のさぶらはむには、いかでか急ぎ上げはべらざらむ」と申すに、「げに、いととかりけり」とて、起きさせたまへり。（中略）斎院には、これより聞えさせたまふも、御返りも、なほ心異に、書きけがし多う、御用意見えたり。（八三段）

斎院の中将君が「文書きにもあれ、歌などのをかしからんは、わが院よりほかに、たれか見知りたまふ人のあらん。世にをかしき人の生ひ出でば、わが院のみこそ御覧じ知るべけれ」と手紙に記していたことが『紫式部日記』に出てくるが、斎院サロンはもちろん定子後宮もそうした自負をもって挑んでいたのであろう。斎院にも定子後宮にも華やかな社交場といった雰囲気があり、そこでは差別化の戦略が繰り広げられていたのである。斎院については「いとをかしう、よしよししうはおはすべかめる所のやうなり」、「斎院などやうの所に、月をも見、花をも愛づる、ひたぶるの艶なることは、おのづからもとめ、思ひても言ふらむ」と『紫式部日記』に記されている。(6)

五　戦略の破綻

清少納言は差別化の戦略によって自らの価値を高めサロンを活性化する。しかし、差別化の戦略はあくまでも共同体内部のゲームにとどまっていなければならない。共同体の許容度を越えると、自らの価値は一気に低下するからである。

殿などおはしまさで後、世の中に事出で来、騒がしうなりて、宮もまゐらせたまはず、小二条殿といふ所におはしますに、なにともなく、うたてありしかば、久しう里にゐたり。（中略）「いさ、人のにくしと思ひたりしが、またにくくおぼえはべりしかば」と、答へきこゆ。（中略）御けしきにはあらで、さぶらふ人たちなどの、「左の大殿方の人、知る筋にてあり」とて、さし集ひものなど言ふも、下よりまゐるを見ては、ふと言ひやみ、放ち出でたるけしきなるが、見ならはず、にくければ、「まゐれ」など、たびたびあるおほせ言をも過して、げに久しくなりにけるを、また、宮の辺には、ただあなた方に言ひなして、そら言なども出で来べし。

（一三八段）

定子後宮の中で道長方とみられた清少納言はサロンから仲間はずれにされてしまう。差別化の戦略を実践し続けた清少納言は、越えてはならない一線を越えてしまったことになる。そのとき共同体は露骨に差別を行使する。清少納言はいわば自らの戦略によって敗北していくのである。その意味で、清少納言は差別化の戦略の犠牲者といえるかもしれない(7)。

共同体に従属するほかない差別化の戦略には二つの危険性が存在する。一つはいま見たように共同体の限界を越えてしまう場合であり、もう一つはその共同体自体が消滅してしまう場合である(8)。『紫式部日記』には名高い清少納言批判の一節があるが、紫式部は差別化の戦略の危険性をよく理解していたというべきであろう。

かく、人に異ならむと思ひ好める人は、かならず見劣りし、行末うたてのみはべれば、艶になりぬる人は、いとすごうすずろなる折も、もののあはれにすすみ、をかしきことも見過ぐさぬほどに、おのづからさるまじくあだなるさまにもなるにはべるべし。そのあだになりぬる人の果て、いかでかはよくはべらん。

(『紫式部日記』)

差別化というのは共同体内部のゲームであるから、その共同体が消滅したときには何の支えもないことになる。待ち受けているのは、悲惨な末路である(9)。ただ一つ残されたものがあるとすれば、それは書くことであろう。失われた共同体の記憶を書き続けること、それが清少納言の仕事になる。

こうした差別化の戦略という観点からみると、『枕草子』という作品の特質も清少納言という人物の言動も一貫して理解できるように思われる。機会があれば、さらに卓越化のレトリックを分析してみたい。

注

（1）『ディスタンクシオン』Ⅰ・Ⅱ（石井洋二郎訳、藤原書店、一九八〇年）や石井洋二郎『差異と欲望』（藤原書店、一九九三年）を参照。貴族の行動様式、思考様式についてはノベルト・エリアス『宮廷社会』（波田節夫ほか訳、法政大学出版局、一九八一年）を参照。そのほか『後宮のすべて』（『国文学』別冊）、『クラブとサロン』（NTT出版、一九八九年）などがある。

（2）平安女流文学の担い手の多くが受領の娘であることはしばしば強調される。二一段で清少納言は宮仕えすることを勧めているが、天皇家や摂関家と婚姻できない状況においては女房になることが上昇するための選択肢だったのであろう。しかし、紫式部は清少納言とは異なる方法を選択したかったのではないか。清少納言は女房になることを積極的に意味づけているが、紫式部はそうではない。「口惜しう、男子にてもたらぬこそ幸なかりけれ」と父親を嘆かせた紫式部は、むしろ律令的な官人として出仕することを理想としていたはずである。

（3）藤原公任『新撰髄脳』には「是は深養父が元輔に教へける歌なり」として一首が掲げられているが、そうした教えは清少納言にも伝えられていたにちがいない。

（4）「みやび」を支えているのは、こうした差別化の戦略ではないだろうか。「昔人は、かくいちはやきみやびをなむ、しける」という『伊勢物語』初段の用例でも、すでに他との競合が前提とされているし、『伊勢物語』では「ひなび」との区別を通して「みやび」が浮かび上がってくるからである。「みやび」に関する論文は少なくないが、いずれも審美的な観点から論じているため「みやび」の戦略を捉え損なっているように思われる。「みやび」は実体として存在したものというより、他と異なろうとする戦略と考えるべきである。『万葉集』の「梅の花夢に語らくみやびたる花と我思ふ」という用例では、他と異なるものという自己規定がみられる（八五二）。『源氏物語』若菜上巻の「三日がほど、かの院よりも、主の院方よりも、いかめしくめづらしきみやびを尽くしたまふ」という用例でも他との競合がみられる。興味深いのは宇治十帖、東屋巻の用例である。「もはら顔容貌のすぐれたらむ女の願ひもなし。品あてに艶ならん女をば願はば、やすくえつべし。されど、さびしう事うちあはぬみやび好める人のはてはては、ものきよくもなく、人にも人ともおぼえたらぬを見れば、すこし人に譏らるとも、なだらかにて世の中を過ぐさむことを願ふなり」と語る左近少将は際限のない「みやび」の競争から脱落し、むしろ物質的な安定を求めている。

（5）『枕草子』の笑いについては原岡文子「『枕草子』日記的章段の「笑い」をめぐって」（『源氏物語両義の糸』有精堂出版、一九九一年）、三田村雅子「〈語り〉と〈笑ひ〉」（『枕草子　表現の論理』有精堂出版、一九九五年）を参照。

（6）よく知られているように、『大斎院前の御集』には「かくつかつづかさなりてのち、ものがたりののかみうたのすけはうたづかさこそかくへけれとて、ものがたりのかみうたのすけに／うちはへてわれぞくるしきしらいとのかかるつかさはたえもしななむ／かへし／しらいとのおなじつかさにあらずとておもひわくこそくるしかりけれ」（九四、九五）とあって、斎院が一種の文芸サロンを形成していたことがわかる。なお、同サロンについては三田村雅子「女性たちのサロン大斎院」（『国文学』一九八九年八月号）を参照。

（7）このあたりの論述は拙稿「平安朝文学の断面」（『源氏物語のエクリチュール』笠間書院、二〇〇六年）と重なるところがある。

（8）共同体の同一性に従属するものを差別化、共同体の同一性に従属することのないものを差異化というように、とりあえず用語を区別しておく。『大鏡』には隆家が大斎院選子を「追従深き老ぎつねかな」と罵る場面があるが、帝四代にわたり斎院として雅やかなサロンを維持し続けた選子にも実は越えてはならない限界が存在していたといえる。選子は一定の枠の中にいたからこそ、華麗な差別化を実践しえたのである。

（9）よく知られているように、『赤染衛門集』には「元輔が昔住みける家のかた原に、清少納言住みし頃、雪のいみじく降りて、隔ての垣もなく倒れて見わたされしに／跡もなく雪ふるさとのあれたるをいづれ昔の垣根とか見る」（一五八）とあって、清少納言の晩年の落魄をうかがわせる。卓越化に失敗した清少納言は「へだてのかきね」を失っている。

Ⅳ　来るべき枕草子研究のために——機械の詩学

Le rire n'a pas de plus grand ennemi que l'émotion.
Henri Bergson

『枕草子』研究の現在にもっとも大きな影響を与え続けているのは、異論なく三田村雅子『枕草子　表現の論理』（有精堂出版、一九九五年）であろう。同書はより若い世代を枕草子研究へと導く魅力を有しているからである。ここでは三田村氏の論著を手がかりとしながら、来るべき（だが、ありうべくもない）『枕草子』研究を素描してみたいと思う。なお以下、引用は石田穣二訳注『枕草子』角川文庫による。

一　似すぎたもの——名著

『枕草子』については様々な論じ方が考えられるが、二つの方向に単純化できるだろう。一つは『枕草子』を通して清少納言を論じる方向であり、もう一つは『枕草子』の言葉のありようを論じる方向である。すなわち作品を通して人間を論じる方向と、作品における言語を論じる方向ということになる。『枕草子』は類聚章段、随想章段、回想章段に分けて考えられるが、前者の立場からすると回想章段が重視される。そこには清少納言の個性的な体験が描かれているからである。後者の立場からすると類聚章段が重視される。そこには「〜は」や「〜もの」といった特異な言語形式がみられるからである。

三田村氏の論著の最大の功績は人間清少納言を魅力的に論じた点にあるだろう。清少納言はいつも紫式部と比較され、その軽さがもっぱら否定的に論じられてきたが、三田村氏は清少納言の魅力を十分すぎるほど明らかにしたのである（その際、三田村氏の才気はしばしば清少納言にたとえられた）。しかし、清少納言を紫式部同様の人間として論じることで、清少納言に不必要な重みを付け加えてしまったのではないだろうか。確かに清少納言も人間であり、「をかし」だけでなく「あはれ」を抱え込んでいたかもしれない。しかし、そう指摘することで『枕草子』という軽やかな作品に、『枕草子』にふさわしくない重みを付け加えたように思われるのである。とすれば、来るべき『枕草子』研究はそうした余計な重みを一掃してみる必要があるだろう。

もちろん、三田村氏は類聚章段についても魅力的に論じている。「いわば枕草子という場は、シニフィアンとシニフィエの様々なレベルでのずれ感覚がとりあげられ、意識にのぼらせるような、言葉それ自体に関わる場であった」というのは実に的確な指摘であろう（三章）。しかし、その言語的な場がもっぱら清少納言のほうに引き寄せられ、最終的には才気あふれる個性に回収されていくように思われる。三田村氏にとっての『枕草子』はあくまでも「清少納言という主体の創造した文学作品」なのである。いくら強調されても、そこから「裂目」や「ほころび」が目立つことはない。主体の統一性のもとで「ずれ」はいつも消し去られてしまう。不当な言いがかりになることを承知でいえば、三田村氏の『枕草子』論はあまりに清少納言に似すぎている。

では、来るべき『枕草子』研究の立場とはどのようなものか。それは類聚章段に力点を置く立場になると思う。清少納言という人間は歴史的に限定された存在でしかないが、類聚や列挙といった言語形式はそうした限定をはみ出すものである。類聚や列挙は言語にとっていわば普遍的な形式であり、その機能を検討することは興味深い課題となるだろう。類聚や列挙によって文脈が形成されるが、個々の言葉はそうした文脈とどのような葛藤を演じるのか、またどのように文脈から飛び出してしまうのか。

その点で、ジャクリーヌ・ピジョー『物尽し』（平凡社、一九九七年）は日本文学にみられる列挙について魅力的な考察をしており、興味深い。しかし、列挙を日本的伝統に回収してはならないだろう。日本的伝統と名づけた途端に、列挙のもつ意外性が失われてしまうからである。同書は中世歌謡や御伽草子の物尽しを取り上げるが、それらは甘美な旋律に近づいている点で『枕草子』的列挙からは遠い。『枕草子』的列挙のほうは容易な連想や甘美な旋律を切断しているからである[1]。

三田村氏は「共同性から逸脱してくる個的な体験性を内包しつつ、しかも最終的に〈名〉という共同性に回帰しようとする矛盾にみちた営為こそ、枕草子の類聚章段を成り立たせているものであった」と述べているが、『枕草子』の言葉を共同性からも個性からも弾き飛ばしてみたい。そのためには清少納言への共感にもとづいて『枕草子』を読むのではなく、清少納言への共感をあえて絶って『枕草子』を読む必要があるだろう。『源氏物語』の存在しない平安朝文学史を想定してみることが有効な作業仮説になるとすれば、清少納言のいない『枕草子』を想定してみることも興味深い思考実験となる。そのとき立ち現れるのは、人間的魅力に富んだ文学表現としての『枕草子』ではなく、非情な言語機械としての『枕草子』であろう。『枕草子』はいまだ来るべき作品である。

二　弾けるもの――言葉

八八段には「宮の女房の、二十人ばかり、蔵人をなにともせず、戸を押しあけて、さめき入れば、あきれて、いと、こは、ずちなき世かな、とて立てるもをかし」とみえるが、『枕草子』のいたるところにざわめき、立ち騒いでいるものがある。

にくきもの（中略）もの聞かんと思ふほどに泣くちご。烏の集まりて飛び違ひ、さめき鳴きたる。（二五段）

池は、勝間田の池。磐余の池。贄野の池、初瀬に詣でしに、水鳥のひまなく居て、立ち騒ぎしが、いとをかしう見えしなり。（三五段）

ざわめき、無方向に飛び散っていくもの、それが『枕草子』における言葉の運動ではないだろうか（一段には「螢の多く飛びちがひたる」とあった）。実際、『枕草子』の列挙は決まって意外なものへと弾けているからである。作者の好悪にかかわらず、「にくきもの」は言葉の弾け方という点でもっともすばらしい章段の一つにちがいない。このことは、すぐさま次の章段に飛び移るように促す。

月のいと明きに、川を渡れば、牛の歩むままに、水晶などのわれたるやうに水の散りたるこそ、をかしけれ。（二一八段）

月の光を受けた水滴の輝きが「水晶のわれたるやうに」無方向に飛び散っているが、この場面もまた重要であろう。『枕草子』における言葉の列挙とは、こうした硬質な言葉の迸りにみえるからである。そして、この章段は次の章段に関連している。

五月ばかりなどに、山里にありく、いとをかし。草葉も水もいとあをく見えわたりたるに、上はつれなくて、草生ひ茂りたりを、長々と縦ざまに行けば、下はえならざりける水の、深くはあらねど、人などの歩むに走りあがりたる、いとをかし。

（二〇九段）

深い水は不動性を湛えているのであろうが、浅い水は節操なくあちこちに飛び散るのである。重要なのは「人」ではなく「水」の迸りである。「人など」とあるように、ここに出てくる「人」は容易に「牛」と置き換えられるものにすぎず、その人間の意志などは全く問題ではない。この点は後段にも関連してくるだろう。

左右にある垣にあるものの枝などの、車の屋形などにさし入るを、急ぎてとらへて折らむとするほどに、ふと過ぎてはづれたるこそ、いとくちをしけれ。蓬の、車に押しひしがれたりけるが、輪のまはりたるに、近ううちかかへたるも、をかし。

（二〇九段）

人間の意図的な行為は空振りしている。むしろ意図的な行為から「はづれ」ていくところに力点が置かれている。重要なのは人間の意図よりも機械の効果のほうなのである。「輪のまはりたるに」とあって、車の車輪こそが意外な効果を生み出しているからである。人間の関与しない自動機械的なものへの関心は次の一節にもみられるだろう。「すこし日たけぬれば、萩などのいと重げなるに、露の落つるに、枝うち動きて、人も手触れぬに、ふと上様へあがりたるも、いみじうをかし」（一二六段）。『枕草子』にはこうした非人情の美学とでもいうべきものが存在しているが、ここでは感性よりも言葉の機械的な仕組みを強調するために非人間的な詩学と呼んでおきたい。その意味で、『枕草子』を主観的な連想の文学とする考え方は正しくないと思う。『枕草子』における言葉の運動は決まって主観的な連想を裏切ってしまうからである。

非人間的な詩学は人間よりももっとミクロなものの知覚に向かっている。

蝿こそ、にくきもののうちにいれつべく、愛敬なきものはあれ。人々しう、かたきなどにすべき物の大きさにはあらねど、秋など、ただよろづの物に居、顔などに濡れ足して居るなどよ。人の名につきたる、いとうとまし。夏虫、いとをかしう、らうたげなり。火近う取り寄せて物語など見るに、草子の上などに飛びありく、いとをかし。蟻は、いとにくけれど、軽びいみじうて、水の上などをただ歩みに歩みありくこそ、をかしけれ。（四〇段）

『枕草子』は「人々し」き「大きさ」ではないものを捕捉しようとしているのである。それらは無数に飛び回り、草子の上を飛び歩き、水の上を滑っていく。さらには人の名にまで張り付く。これらの運動は『枕草子』における言葉のありようにそのまま当てはまるにちがいない。『枕草子』の言葉もまた飛び跳ねる虫のようなものだからである。

ねぶたしと思ひて臥したるに、蚊の細声にわびしげに名のりて、顔のほどにとびありく。羽風さへ、その身のほどにあるこそ、いとにくけれ。きしめく車にのりてありく者。［鼠の走りありく、いとにくし——能因本］蚤もいとにくし。衣の下に躍りありきて、もたぐるやうにする。（二二五段）

雑音・移動という点で生物と機械は等価なのだが、『枕草子』ではいたるところで「ありくもの」が蠢いている。虫ではないけれども、五段の女房は「頭もたげて見やりて、いみじう笑ふ」のだし、二二五段では良きにつけ悪しきにつけ「もたぐる」ものが頻出するのである（「老ばみたる者こそ、火おけの端に足をさへもたげて、もの言ふままに押しすりなどはすらめ」、「遣戸を、荒くたてあくるも、いとあやし。すこしもたぐるやうにしてあくるは、鳴りやはする」）。山里を「ありく」女房たちも虫の一形態なのかもしれない。(2)『枕草子』の言葉は「走り火」（二四一段）や「走り井」（三〇一段）のようにどこに跳ね飛ぶかわからず、単一の美意識には収まりがたいのである。

これまでの『枕草子』論では、すべてを清少納言という統一的な個性（美意識）に回収するため、多方向に弾ける言葉が軽視される結果になっていたように思われる。清少納言の意図を重視する立場では意図をすり抜けて動き回るものを捕捉することができない。意図をすり抜けて動き回るのは、たとえば虫であり、ちごである。

二つ三つばかりなるちごの、急ぎ這ひ来る道に、いと小さき塵のありけるを目ざとに見つけて、いとをかしげなる指にとらへて、大人などにみせたる、いとうつくし。（一四六段）

突発的な行為によってなぜ捕捉したのか、それは本人にも説明できない。意図することなく目ざとく見つけて提示したもの、それが『枕草子』の言葉の数々であろう。「頭は尼そぎなるちごの、目に髪のおほへるを、かきはやらで、うち傾きてものなど見たるも、うつくし」と続くが、なぜ傾けるのかは説明できない。

三つばかりなるちごの、寝おびれてうちしはぶきたるも、いとうつくし。乳母の名、母、うち言ひいでたるも、誰ならむと、知らまほし。（一一六段）

つれづれなぐさむもの。碁。双六。物語。三つ四つのちごの、ものをかしう言ふ。まだいと小さきちごの物語し、たがへなどいふわざしたる。（一三五段）

幼児の言葉とは突拍子もないものであろうが、『枕草子』の言葉もまた次に何が出てくるかわからない「ちご」の言葉なのである。『枕草子』に語りの要素があるとしても、それは幼児の「物語」のようなものである。ちごの物語のように脈絡のない言葉、それが『枕草子』にほかならない。そんなとき、意図に何の意味があるだろう。二五段「にくきもの」に「もの聞かんと思ふほどになくちご」とあったが、ものを尋ねようと思っても裏切られる。突然、身体が弾けるからである。「もの言はぬちごの泣き入りて、乳も飲まず、乳母の抱くにもやまで、久しき」（一四五段）、「をかしげなるちごの、あからさまに抱きて、遊ばしうつくしむほどに、かいつきて寝たる」（一四六段）とある通り、ちごは大人の意図を裏切り続ける。だが、それがちご自身の意図だともいえない。二八五段には「見ならひするもの、欠伸、ちごども」とあるが、「あくび」同様、ちごの「見ならひ」は確固とした意図にもとづくものではないだろう。それらは不意を打つ。ちごの模倣ぶりは次の章段にもみられる。

> ちごは、あやしき弓、しもとだちたる物などささげて遊びたる、いとうつくし。車など、とどめて、抱き入れて見まほしくこそあれ。また、さて行くに、薫き物の香、いみじうかかへたるこそ、いとをかしけれ。
> （五六段）

枝状のものがあり、車がすれ違い、香りが漂ってくるという点で、この五六段は「ものの枝などの、車の屋形などにさし入るを、急ぎてとらへて折らむとする」とあった二〇九段に驚くほどよく似ている。その意味で、このちごは意図することなく二〇九段の「枝」を模倣しているのである。「あやしき弓」や「しもとだちたる物」は思いがけないところに弾けている。そんなふうに言葉が弾けるとき、美意識は無力であろう。

読者論は多くの場合、読者と作者の人間的共感に依拠しているが、それは美しい夢でしかない。いたるところで意図は裏切られるからである。そのことを繰り返し提示しているのが『枕草子』という作品であろう。「端の方なりし畳をさし出でしものは、この草子、乗りて出でにけり」とある跋文によれば、『枕草子』自体が意図することなく流布してしまった作品なのである。言語作品とは、作者の意図も読者の意図もともに裏切ってしまうものではないか。作者の自由な連想を重視する立場と読者の自由な読解を重視する立場はともに錯覚という鏡に自らを映し出す。われわれが必要としているのは、作者と読者の安易な人間的共感に依拠するような読者論を廃棄してしまう苛酷な詩学である。

ところで、三田村氏は『枕草子』について「当時新たに提供された最新の辞書・事典による観念連合の体系のパロディであった」という見方を提出し、「文人達の事大主義的な言語意識への批判」をそこに認めている。確かに「反辞書」なのかもしれない。しかし、清少納言という才気あふれる女性の作った特殊な辞書（中宮と女房の慈愛に満ちた問いと答えの集積）としてではなく、普遍的な辞書として活用してみるべきだろう。『枕草子』という辞書は開かれているのである。(3)

かつての『枕草子』研究は『枕草子』を通して清少納言の研究をしていれば安心していられたし、平安時代の研究をしていれば安心していられた。しかし、これからはそうではないと思う。来るべき『枕草子』研究は『枕草子』という特権的な固有名を捨てて、人間や時代によりかかることのない匿名的な言葉の研究となるのではないか。それはもはや名づけられない研究である。

注

（1）拙著『枕草子・徒然草・浮世草子——言説の変容』（北溟社、二〇〇一年）では快楽の言説から自己の言説、そして欲望の言説への変容を論じたが、諸言説を通して一つの言語機械が作動していると考えることもできる。それが列挙という言語形式であろう。それぞれの言説に応じて突然変異的に出現する言語機械が列挙なのである。そのとき清少納言は、清少納言という名前を捨てて、連歌師、俳諧師になったり、写真家になったりしているのではないだろうか。

（2） 大洋和俊「随想的章段」（『枕草子大事典』勉誠出版、二〇〇一年）が枕草子にみられる「ありく」群像に着目している。

（3） 拙稿「身体・しぐさの枕草子」（『国文学』一九九六年一月号）は枕草子という辞書に「突発的なもの」と「表層的なもの」を登録しようとした試みである。

V　うつほ物語と三宝絵──知の基盤

『うつほ物語』は成立年、作者ともに未詳だが、天禄から長徳にかけて成立し、源順のかかわっていた可能性が考えられている。また源順の弟子である源為憲には『三宝絵』という著述があり、永観二年の成立とされる。したがって、同時代の文学（文字表現）として『うつほ物語』と『三宝絵』を比較してみることができるだろう。一方は長篇物語、他方は仏教解説書だが、そこには同時代の文学として共通点があるのではないかというのが本章の見通しである。よく知られているように、『三宝絵』序には物語に言及した一節がある。

又物ノ語ト云テ女ノ御心ヲヤル物、オホアラキノモリノ草ヨリモシゲク、アリソミノハマノマサゴヨリモ多カレド、木草山川鳥獣モノ魚虫ナド名付タルハ、物イハヌ物ニ物ヲイハセ、ナサケナキ物ニナサケヲ付タレバ…

（引用は新日本古典文学大系、馬淵和夫・小泉弘校注による、『三宝絵』序）

仏教解説書を書き始めるにあたって、物語に言及せずにはいられないという点に、物語の繁栄ぶりがうかがえるだろう。さらに物語から絵に話題が転じていくところに、物語と絵の緊密な関係がうかがえるように思われる。

…昔シ竜樹菩薩ノ禅陀迦王ヲオシヘタル掲ニ云ク、モシ絵ニカケルヲ見テモ、人ノイハムヲ聞テモ、或ハ経ト書ミトニ随テ自ラ悟リ念へ、ト云ヘリ。此レニヨリテ、アマタノ貴キ事ヲ絵ニカカセ、又経ト文トノ文ヲ加へ副ヘテ令奉ム。其名ヲ三宝ト云…

（『三宝絵』序）

冷泉天皇の第二皇女尊子内親王に奉るため「女ノ御心」を無視しえない『三宝絵』は、絵をともなっているという。『うつほ物語』のほうも、『枕草子』によれば女性たちの話題になっていたし、『源氏物語』絵合巻によれば絵を伴っていたと推定される（後補かもしれないが「絵詞」「絵解」と呼ばれる部分もある）。「女ノ御心ヲヤル物」という点で、また絵を伴っているという点で、『うつほ物語』と『三宝絵』には共通点が存在するのである。

作品の構成についても、『三宝絵』序は示唆を与えてくれる。

初ノ巻ハ昔ノ仏ノ行ヒ給ヘル事ヲ明ス種々ノ経ヨリ出タリ。中ノ巻ハ中来法ノココニヒロマル事ヲ出ス家々ノ文ヨリ撰ベリ。後ノ巻ハ今ノ僧ヲ以テ勤ル事ヲ、正月ヨリ十二月ニ至ルマデノ所々ノ態ヲ尋タリ。

（『三宝絵』序）

これに倣って、『うつほ物語』の作品構造を考えてみると、まず昔の事を明かす種々があり（俊蔭漂流譚）、次に家々の話があり（あて宮求婚譚、立太子争い）、そして様々な年中行事がある。物語群をどのように分節するかという点で、『うつほ物語』と『三宝絵』には共通のフレームがあるのではないだろうか。以下、そうした点を探りつつ、『うつほ物語』の特質を明らかにしてみたいと思う。

一　捨身と救済——三宝絵上巻を媒介として

『三宝絵』上巻には釈迦の本生譚がみられ、苦行と捨身が強調されているが、それは俊蔭漂流譚に共通する部分である。船が難破し波し国の渚に打ち寄せられた俊蔭は、観音を念じるやいなや天竺的な風景のなかに入っていく。

観音の本誓を念じ奉るに、鳥・獣だに見えぬ渚に、鞍置きたる青き馬、出で来て、踊り歩きていななく。俊蔭七度伏し拝むに、「馬走り寄る」と思ふほどに、ふと首に乗せて、飛びに飛びて、清く涼しき林の梅檀の陰に、虎の皮を敷きて、三人の人、並び居て、琴を弾き遊ぶ所に下ろし置きて、馬は消え失せぬ。

（引用は室城秀之校注『うつほ物語　全』改訂版による、俊蔭）

「梅檀」とは天竺的景物であろう（『三宝絵』上巻八にも「梅檀ヲ集メ積テ」とみえる）。ここで琴の演奏を習い、琴を作る木を求めてさらに西の方角に進むと、三年たって険しい山に辿り着く[1]。すでに注釈書などで指摘されているように、俊蔭が対面する阿修羅は『三宝絵』上巻、雪山童子の挿話にみられる羅刹そっくりである。

頭の髪を見れば、剣を立てたるがごとし。面を見れば、焔を焚けるがごとし。足・手を見れば、鋤・鍬のごとし。眼を見れば、金椀のごとくきらめきて、いみじき媼・翁、子ども・孫など率て、頭を集へて、木を切りこなす。俊蔭、「さだめて知りつ、わが身は、この山に滅ぼしつ」と思ふものから、いしきなき心をなして、阿修羅の中に交じりぬ。

（俊陰）

羅刹近ク立テリ。其ノ形猛ケク恐ソロシクシテ、頭ノ髪ハ焔ホノ如ク、口歯ハ剱ノ如シ。目ヲ瞋カラカシテ普ク四方ヲ見廻ラス。（中略）其ノ身ヲ見レバ罪ノ報ノ形ナリ。

（『三宝絵』上巻・雪山童子）

雪山童子は「我レ今日フ身ヲ捨テ此ノ解ヲ聞キ畢テム」と捨身を決意するのだが、俊蔭もまた自らの最期を決意している。「吾レ替テ死ナムトスル也」という鹿王や「我ガ身ヲ捨テム事今正シク此ノ時也リ」という薩埵王子など『三宝絵』では捨身のモチーフが強調されるが、俊蔭の場合も捨身なのである。だが、捨身を決意したとき救済が訪れることになる。

阿修羅、「我ら、昔の犯しの深さによりて、悪しき身を受けたり。しかあれば、忍辱の心を思ふ輩にあらず」（中略）阿修羅、ますますに怒りて言はく、「汝が累代の命をとどむとても、この木一寸を得べからず（中略）」と言ひて、ただ今食まむとする時に、大空かい暗がりて、車の輪のごとなる雨降り、雷鳴り閃きて、龍に乗れる童、黄金の札を阿修羅に取らせて上りぬ。

（俊蔭）

「願ハ後ニ来ラム人必ズ此ノ文ヲ見ヨ」ト云ヒテ、即高キ木ニ上テ羅刹ノ前ニ落ツ。未ダ地ニ不至ヌ程ニ、羅刹俄カニ帝尺ノ形ニ成テ其身ヲ受ケ取リツ。（中略）天人来テ、「善哉善哉、真ニ是菩薩」ト唱フ。

（『三宝絵』上巻・雪山童子）

高所からの降下が救済に結びつくところに共通点を見出すことができるが、一方の「文」と他方の「札」は文字通り切り札となっている。捨身を代償として手に入れる琴はいわば偈に相当するだろう。そして偈が受け継がれるように、琴は継承されるべきものとなる。俊蔭巻ではもっぱら漂流が注目され俊蔭漂流譚と呼ばれたりするが、俊蔭捨身譚というべきものであろう。その点が『竹取物語』との相違であって、『竹取物語』の求婚者たちは捨身の行為がないので、何一つ獲得できないわけである。
仲忠孝養譚にも『三宝絵』上巻と共通する部分を見出すことができる。母を亡くし父を亡くした後、俊蔭女は困窮する。その窮状を耐え忍び母に尽くすのが息子の仲忠である。

…厳しき牝熊・牡熊、子生み連れて住むうつほなりけり。出で走りて、この子を食まむとする時に、この子の言はく、「しばし待ち給へ。まろが命断ち給ふな。まろは、孝の子なり。親・はらからもなく、使ふ人もなくて、荒れたる家に、ただ一人住みて、まろが参る物に懸かり給へる母持ち奉れり。里にはすべき方もなければ、かかる山の木の実・葛の根を取りて、親に参るなり（中略）」と、涙を流して言ふ…（俊陰）

施无二人リノ祖ヲ将テ行テ、深キ山ノ中ニ据ヱツ。草ノ庵ヲ結ビ構へ、蓬ギノ筵ヲ重ネ敷テ、滝ノ水ヲ尋汲ミ、山ノ木ノ実ミヲ求メ拾フ。朝ニ出テ木ノ実ヲ取テ、未ダ先ヅ自ラ不食ズ。（『三宝絵』上巻・施无）

山中で困窮しつつ親に孝養を尽くすという点で、施无と仲忠はよく似ている。山中で修行する役行者のイメージと重なり合うところもある（「三十余年、窟中ニヰテ、藤皮ヲキ給、松葉ヲクヒ物トシテ、清泉ヲアミテ身心ノアカヲアラヒ、孔雀王呪ヲナラヒ行ジテ、霊験ヲアラハシエタリ」『三宝絵』中巻）。さらに、仲忠が体の一部を差し出すところも『三宝絵』上巻の挿話によく似ている。

「足なくは、いづくにてか歩かむ。手なくは、何にてか、木の実・葛の根をも掘らむ。口なくては、いづこよりか、魂通はむ。腹・胸なくは、いづくにか、心のあらむ。この中にいたづらなる所は、耳の端・鼻の峰なりけり。これを、山の王に施し奉る」と、涙を流して言ふ時に、牝熊・牡熊、荒き心を失ひて、涙を落として、親子の愛しさを知りて、二人の熊、子どもを引き連れて、この木のうつほをこの子に譲りて、異峰に移りぬ。（俊陰）

又一ツノ臂ヲ延ベサセテ切リツ。「能ク忍ヤ不ヤ」ト問フニ、「能ク忍ブ」ト答フ。又二ツノ足シ、二ツノ耳ミ、鼻ヲ切テ、度ビ毎ニ問フニ、皆、「前ノ如シ」ト答フ。（『三宝絵』上巻・忍辱波羅蜜）

もちろん、ここで論じたいのは両者の直接的な影響関係などではない。『うつほ物語』と『三宝絵』が共通の知の基盤を有していることを主張したいのだが、その点は上述の通り明らかだと思われる。(2) 仲忠が熊に食われようとする場面は俊蔭の捨身に似ている。そして捨身を決意した瞬間、仲忠は救われる。捨身と救済という点で、仲忠孝養譚は俊蔭漂流譚を反復しているのである。兼雅の振る舞いにも捨身譚の要素を見て取ることができるだろう。琴の声に誘われて、獣に充ち満ちた山中に入っていくとき、兼雅が「深き山に獣住まずは、何をか、山と言はむ。檀特山に入るとも、兼雅ら、獣に施すべき身かは」と語っているからである。檀特山については『三宝絵』上巻に「空常ニ雲入暗クシテ神鳴ナリ。雨降ル事不絶ズ。虎狼ノ諸ノ猛ケキ種ノ満テ、毒ノ虫多ク住ム也。石厳山ニ満チ、荊棘道ニ滋テ、惣テ心ノ不恐ヌ時キ無シ。安ラカニ歩ム所無カナリ」と記されている（須太那太子）。こうして俊蔭、兼雅、仲忠と続くわけで、俊蔭巻の主題は捨身だといってもよい。

『三宝絵』上巻には「鳥獣飛ビ走テ、其音喜ビ楽シブ。風止ミ、雲晴レテ、日明ラカニ、花鮮也」といった奇瑞の場面もみられるが（施无）、『うつほ物語』にみられる奇瑞の場面に通じるものであろう（「かうめでたきわざをするに、たまたま聞きつくる獣、ただこのあたりに集まりて、あはれびの心をなして、草木も靡く中に、尾一つを越えて、厳しき牝猿、子ども多く引き連れて聞く」俊蔭）。

二　結婚・出産・養育――三宝絵中巻を媒介として

「昔、式部の大輔左大弁かけて清原の大君ありけり」と「昔、上宮太子ト申聖イマシキ」など、『うつほ物語』の冒頭表現と『三宝絵』中巻挿話の冒頭表現の類似は明らかであろう。そうした書き出しから家々の挿話が記されることになるのだが、ここではもっと別の点に注目してみたい。「女ノ御心」に配慮した『三宝絵』は女性についての挿話を中巻に収めており、結婚・出産・養育といったモチーフを見出すことができるからである。それらはいずれも家々の再生産にかかるものにほかならない。まず「置染郡臣鯛女」の話には結婚のモチーフがみられる。

「我汝ガ妻トナラム。猶ユルセ」ト云時ニ、蛇タカクカシラヲモタゲテ、女ヲマモリテ蝦ヲハキイダシテユルシツ。

（『三宝絵』中巻）

この女性は異類と結婚しそうになりながら、辛くも逃れている。受戒と放生によって助かったのである。次に「肥後国シシムラ尼」の話には出産のモチーフがみられる。

肥後国八代郡豊服郷、豊服ノ君ガ妻ハラミテ、宝亀二年辛亥十一月十五日寅時ニ、一ノ肉団ヲムメリ。ソノカタチヲミレバ、明月ノゴトトシ。夫妻ヲモハク、「コレヨキ事ニハアラジ」ト思テ、桶ニ入テ山ノイハノ中ニカクシヲキツ。

（『三宝絵』中巻）

山中に捨てられるというところは俊蔭女のうつほ住みを思わせるが、こうして誕生した女性が仏教の教えを広めているのである。そして「大和国山村郷女人」の話には養育のモチーフがみられる。

女コヲヒキヰテソノ国ニイタリテ二年アルニ、女ノ母アリテ、娘ノタメニアシキ夢ヲミテ驚サメテ、ヲソレナゲク。誦経セムトヲモフニ、家マヅシクシテ物ナシ。ミヅカラキタルキヌヲヌギテ、アラヒキヨメテ、誦経ヲシツ。

（『三宝絵』中巻）

母親は惜しむことなく子供のため祈っているが、切実な養育の姿がうかがえるだろう。皇女のために書かれた『三宝絵』からは女性に対する教訓が読み取れるのである。

『うつほ物語』の俊蔭女の挿話にも結婚・出産・養育のモチーフを見出すことができる。兼雅と出会うがすぐに離れ離れとなってしまう異常結婚（「深き契りを、夜一夜、心の行く限り明かし給ふも、会い難からむことを、今より、いみじう悲しう思さるる…」俊蔭）。誰にも庇護されることなく仲忠を産む異常出産（「女君は、草の生ひ凝りて、家の荒るるままに、夜昼、涙を流して、子生まむことも思はであるほどに、嫗、よろづにし歩きて、その折のことの皆し出でつ。かくて、六月六日、この子生まるべくなりぬ」）。困窮し「うつほ」のなかで仲忠に琴を伝授する異常養育（「かかる草木の根を食物にして、岩木の皮を着物にし、獣を友として、木のうつほを住みかとして生ひ出でたれど、目もあやなる光添ひてなむありける」）。いずれも通常とは異なった形になっているが、その反転形があて宮の場合である。

長大な求婚譚を経て華々しく東宮と結婚し（「かくて、あて宮春宮に参り給ふこと、十月五日と定まりぬ」あて宮）、華々しく皇子を出産する（「かくて、あて宮の御産屋の設け、候ふ大人・童、皆白き装束をし、大宮なども、皆こなたにおはして待ち給ふに、十月ついたちに、男宮生まれ給ひぬ」）。そして皇子を大切に養育し皇太子にする（「かくて、世の中定まりけり」国譲・

下）。『うつほ物語』はあて宮求婚譚と立太子争いに分けて考えられることが多いが、当然のことながら、そこには結婚・出産・養育というモチーフの連続性があるわけである。

俊蔭巻は「昔、式部大輔、左大弁かけて、清原の大君、皇女腹に男子一人持たり」と始まり、藤原君巻は「昔、藤原の君と聞こゆる、一世の源氏おはしましけり」と始まって、うつほ物語は二つの冒頭をもつことが指摘されているが(3)、二つの冒頭に提示された家系はそれぞれ対照的な形で家の再生産を行うのである。

ところで、『枕草子』「物語は」の段に「国譲はにくし」と記されている。清少納言がそのように記すのは、『うつほ物語』の国譲巻に定子中宮の状況を重ね合わせ見ていたからではないだろうか。東宮との華々しい結婚（正暦元年一月二五日）。皇子を出産するが（長保元年十一月七日）、養育する間もなく翌年十二月十六日には亡くなってしまう。後見に当たるはずの道隆はすでに亡く定子の皇子が即位することはなかった。「仲忠が童生ひのあやしさ」にもかかわらず上昇するところに物語の構成力があるとすれば、清少納言は物語とは異なる現実に苦々しい思いをしていたのかもしれない。いずれにしても、清少納言は「にくきもの」を書き逃さないのである。

三　寺社と年中行事――三宝絵下巻を媒介として

『三宝絵』下巻は主として寺院で行われる仏教行事を記しているが、それらの寺院は『うつほ物語』の中に出てくるものが多い。藤原君巻であて宮求婚者の一人、上野宮は「難きを得むずるやうは、比叡の中堂に常燈を奉り給へ。また、奈良・長谷の大悲者、人の願ひ満て給ふ龍門・坂本・壺坂・東大寺、かくのごとく、すべて仏と申す物、土をまろがして、これを、仏と言はば、御燈明奉り、神と見むには、天竺なりとも、大幣帛奉らせ給へ。百万の神・七万三千の仏に、御燈明・御幣帛奉り給はば、仏神おのおの与力し給はむ」と語っている。

『三宝絵』という仏教解説書において比叡の位置が高いのは当然だが（「比叡懺法」「比叡舎利会」「比叡受戒」「比叡不断念仏」「比叡灌頂」「比叡霜月会」）、『うつほ物語』にも比叡が出てくる。後妻の讒言を信じてしまった右大臣橘千蔭が後悔して、失踪した息子忠こそのために誦経をさせるのが比叡である。

『三宝絵』下巻において高い位置を占めるのは比叡と奈良だが（「山階寺涅槃会」「山階寺維摩会」「東大寺千花会」「法花寺花厳会」など）、『うつほ物語』にも奈良を舞台とする巻がある。正頼一族が出かける春日詣巻である。そこに忠こそも登場する。「暗部をばさる修行したる所にて、六十余国を巡りて、神に読経奉りて、近き所に詣づるに、この春日にも詣でて、夜一夜、大般若おほぞうに読みつつ奉りて、今は、熊野にと思ひて出づる…」。

忠こそは熊野に向かおうとしているが、『三宝絵』下巻では「熊野八講会」が紹介されている。また、『うつほ物語』には紀伊国を舞台とする巻がある。神南備種松の登場してくる吹上・上巻である。

かくて、紀伊国牟呂郡に、神南備種松といふ長者、限りなき財の王にて、ただ今、国のまつりごと人にて、かたち清げにて、心つきてあり。（中略）吹上の浜のわたりに、広く面白き所を選び求めて、金銀・瑠璃の大殿を造り磨き、四面八町の内に、三重の垣をし、三つの陣を据ゑたり。（吹上・上）

『三宝絵』下巻には「紀伊国牟呂郡ニ神イマス。（中略）紀伊国ハ南海ノキハ、熊野郷ハ奥ノ郡ノ村也。山カサナリ、河多シテ、ユクミチハルカナリ。春ユキ秋来テ、イタル人マレ也」とみえるが、紀伊国は「南海ノキハ」であり異郷のイメージがあるわけで、それが種松という「限りなき財の王」を作り出すヒントになったと思われる（紫式部は種松から明石入道のイメージを作り出している）。

寺社を網羅している点で、とりわけ興味深いのが菊の宴巻であろう。求婚者たちが、実に様々な神仏に祈願しているからである。兼雅は金峰山に、仲忠は越の白山に、仲頼は宇佐八幡宮にそれぞれ詣で、実忠は「龍門・比蘇・高間・壺坂・御獄まで、忍びて詣で」、さらに「七大寺より始めて、香華所・比叡・高雄に誦経」している。また楼の上・上巻には石作寺が登場する（「石作寺の薬師仏現じ給ふとて、多くの人詣で給ふ」）。『うつほ物語』はあたかも寺社の総覧となっているのである。なお『枕草子』にも寺社の一覧がみえるし（「寺は」一九七段、「神は」二七二段）、『新猿楽記』にも寺社の一覧がみえる（「熊野・金峰・越中の立山・伊豆の走湯・根本中堂・伯耆の大山・富士の御山・越前の白山・高野・粉川・箕尾・葛川」）。

さて、『三宝絵』下巻でもっとも注目すべきは行事を正月から十二月まで順に記している点である。正月から十二月までのサイクルは月次の屏風歌とも共通する。『うつほ物語』のなかにも登場してくるので、一部省略して引用しておく。

正月。子の日したる所に、岩に、松生ひたり。てうに、鶴遊べり。

岩の上に鶴の落とせる松の実は生ひにけらしな今日に会ふとて　右大将（中略）

七月。七夕祭りたる所に。

彦星の帰るにいく代会ひぬれば今朝来る雁の文になるらむ　侍従仲澄

八月。十五夜したる所あり。「かり」と言へり。

秋ごとに今宵の月を惜しむとて初雁の音を聞き馴らしつる（中略）

十二月。仏名したる所。

かけて祈る仏の数し多かれば年に光や千代もさすらむ　中将仲忠

（菊の宴）

月次屏風歌はいわば『うつほ物語』の雛型であり、『うつほ物語』はこうした月次屏風歌を物語化したものといえる。事実、七夕、八月十五夜などは『うつほ物語』において重要な場面となっているからである。すでに指摘されているように、『うつほ物語』では様々な年中行事が描かれるが、[4]とりわけあて宮求婚譚において重要な役割を担っている。たとえば藤英の登場してくるのが七夕であり、涼の登場してくるのが重陽の宴である。それらは晴れの場面となっている。しかし晴れ場面だけでなく、それらをつなぐ日常の時間が必要であろう。『うつほ物語』には祝祭の時間と日常の時間のあることが指摘されているが、[5]月次屏風歌の物語化と考えるとよくわかる。『伊勢物語』や『大和物語』、『平中物語』など短篇物語には一年のサイクルが存在しない。一年のサイクルを取り込むことで長篇物語ははじめて成立するのであり、そこから晴れの時間と日常の時間が出てくるのである。

『うつほ物語』のいたるところに一年のサイクルを見て取ることができる。なかでも蔵開・上巻の一年は興味深い。仲忠の妻となった女一宮が懐妊し出産する一年は、ちょうど仲忠が蔵開をして学問の家の復興を自覚する一年と重なり合うからである。

かくて、返る年の睦月ばかりより、一の宮孕み給ひぬ。（中略）かくて、その年は、立ち去りもし給はず。かつは書どもを見つつ、夜昼、学問をし給ふ。かかるほどに、子生み給ふべき期近くなりぬれば…　（蔵開・上）

蔵開巻を進めているのは産養の行事だといってもよい。そして、『うつほ物語』のクライマックスとなるのは楼の上の一年である。物語は「正月一日には、内裏・院・春宮・大后の宮などに参りたまふ」、「二月つごもり方よりは、なほ、楼にて習はし奉り給ふ」、「三月、節供、例の、いと清らにて参り給ふ」、「四月、祭の日、葵・桂、いと厳しう麗しき様にて、禰宜の大夫、尚侍の殿の御方に持て参りたり」、「五月、節供、右の大殿よりあり」、「六月、暑けれど、楼の上は、山高き木どもの風、いみじう涼し。いぬ宮、白き薄物の一重襲着給へり」、「七月七日、いぬ宮御髪洗まさせ奉り給ふとて、楼の南なる山井の尻引きたるに、浜床、水の上に立てて、尚侍もろともにおはす」、「十五夜の月の、明らかに隈なく、静かに澄みて、面白し」と進展していく（その先に亡き俊蔭のための「大法会」が予定されている）。あて宮求婚譚だけでなく、仲忠の琴の物語においても一年のサイクルは重要なのである。

様々な年中行事のうち、ここでは特に『三宝絵』下巻に出てくる仏名に注目しておきたい。

凡仏名ヲ行フニハ必ズ導師ヲ請ズ。公家ニハヒロキ綿ヲカヅケタマフ。私ニハヌヘル衣ヲカヅクル恒例ノ事也。（中略）スベテ衣服ヲ人ニアタフルニ、果報カロカラズ。イハムヤ僧ニ施バ功徳イヨイヨアツシ。

（『三宝絵』下巻）

結願の夜、御仏名、今日は、比叡の座主・ただ今の逸物をなむ。読経の禅師たちも僧綱たちも、比叡の、奈良の東大寺の、やむごとなき限り、請文ども贈る。かくて、陸奥国守種実がもとより、銭万そく奉れり。

（嵯峨院）

ここからは、『うつほ物語』の物量的な誇張ぶりがよくわかるだろう。さらには仏名が時間の経過を示すことにもなる。「集ども日記どもなどをなむ、読ませて聞くべき。それは、仏名過ぐしてせむ」（蔵開・中）、「仏名過ぐして、必ず、今二、三日ものせられよ。年の初めには、え読むまじき書なめるを」、「内裏に、御仏名過ごして参れと仰せられしを、え参り侍らぬかな」（蔵開・下）とあって、蔵開で発見された俊蔭の日記はようやく国譲・上巻に入って、帝に講じられるからである（「去年仕うまつりさしし御書、今日仕うまつれと仰せらるればなむ。皆御覧じてけり」）。

琴の物語にかかわって描かれる相撲の節会に注目しておきたい。

年返りて、八月に、この殿に相撲の還饗あるべければ、おとど、北の方に聞こえ給ふ、（中略）饗二十二日なれば、その日になりて、いとになく設けさせ給ふ。（俊蔭）

今は、皆、相撲始まりて、左、右の気色、祝ひそして、勝ち負けのかつきには、四人の相撲人出だして、勝つ方、一、二の相撲、方人に取られ給へる親王たち・上達部、大将、中、少将、楽し給ふ。（内侍督）

なぜ仲忠の物語には相撲の節会がことさら描かれるのだろうか。それは琴の物語が相撲の節会と類縁性をもっているからだと思われる。いずれも競技しつつ王権を寿ぐものである。つまり、「才」による王権への奉仕という点で、音楽と相撲には共通性が存在するのである。

ところで、『うつほ物語』は「順」の物語といえる。そこに作家の署名を読み取りたいという誘惑に抗しきれないが、ほとんどの場面が順に従って、秩序に従って進行していくからである。

左のおとど、「この順の舞は、知りたらむに従ひて、子ならむをもあまさじ。ただ人もせさせむ」とのたまへば、御太郎の大納言、立ちて、万歳楽を舞ひ給ふ。（蔵開・上）

かくて、順の和歌、行正の中将の書きつくる御硯の近きを、さらぬやうにて、筆を取り給ひて、御菓物の下なる浜木綿に、かく書き給ふ。（同）

御時よきほどにて、御遊び盛りて、大将・源中納言などに笙の琴賜ひて、皆人々も物の音仕うまつり合はせて、順の舞し、歌歌ひ、猿楽せぬはなし。（国譲・下）

「順の和歌」や「順の舞」など「順」こそすぐれて『うつほ物語』的な形象なのである。(6)『紫式部日記』の場合は

「順」に恐れ抱いているが（「さかづきの順のくるを、大将はおぢたまへど、例のことなしびの、千歳万代にて過ぎぬ」寛弘五年十一月一日）、これは紫式部自身の感性でもあろう。もちろん、『源氏物語』にも年中行事が種々描かれる。しかし、それを年中行事への従属とみなしてはならない。むしろ、年中行事からの離脱を『源氏物語』に読み取るべきである。『うつほ物語』には様々な年中行事が描かれ、「円居」の歌が頻出するが[7]、『源氏物語』はまさにその点を批判しているからである（「さらに一筋にまつはれて、今めきたる言の葉にゆるぎたまはぬこそ、妬きことははたあれ。人の中なることを、をりふし、御前などのわざとある歌詠みの中にては、円居離れぬ三文字ぞかし」玉鬘巻）。『源氏物語』では年中行事を中心とした聖俗二元論が無効になっている。

『源氏物語』の『うつほ物語』批判は蛍巻にもみられる。「うつほの藤原の君のむすめこそ、いと重りかにはかばかしき人にて、過ちなかめれど、すくよかに言ひ出でたる、しわざも女しきところなかめるぞ」（蛍巻）。「すくよか」なあて宮への批判である。玉鬘求婚譚はあて宮求婚譚に対する批判として読むことができるわけだが、「重りかではかばかしき」ばかりの男性的＝官僚的な物語に対して、『源氏物語』はあえて「過ち」を選び取ったといえるだろう。しかしながら、散文的な「円居」の羅列と「すくよか」な人物造型によって、かろうじて長篇物語が成立したことは認めておかなければならない。

『三宝絵』下巻には「年ノ中ニハタウトキワザヲ行ヒ、ユクスヱノヨキミチヲシフルコト、ミナ声聞ノ徳ニアラヌハナシ」と記されている。仏教行事は何のためにあるのか、それは「ユクスヱノヨキミチヲシフル」ためであるという。ここから、われわれは作品による教育学を構想することができるだろう。『三宝絵』は一種の仏教教育学の試みであり、仏教事典の性格を備えている。同様に、『うつほ物語』が描く年中行事にも教育学的な機能を認めることができるのではないだろうか。われわれは『うつほ物語』に教育学と社会学を探ってみる必要がある。

たとえば、祭の使巻の一節など競馬を学ぶために役立つだろう。「今日、脚御覧ぜむとて、職事より始めて、乗尻、装束して、御馬、左、右と引かせて参りたり。おとど、男ども、這ひ乗りて試みよとのたまふ。御婿ども、数のごとおはします。君達聞こえ給ふ、この御馬ども、同じくは、手番にして比べばやとのたまひて、一番に、式部卿の宮・右のおとど比べ給ふ。おとど勝ち給ふ」とあって、さらに十番まで続くのだが、競馬のプログラムを見ているかのようだ。吹上・上巻には種松の屋敷の様子が政所、御厩、牛屋、大炊殿、酒殿、作物所、鋳物師の所、鍛冶屋、織物の所、染殿、打ち物の所、張り物の所、縫物の所、寝殿とひたすら列挙されているのだが、建物の総覧といってよい。ちなみに『新猿楽記』にもそうした建物の一覧がみえる（「対・寝殿・廊・渡殿・曹司町・大炊殿・車宿・御厩・叉倉・甲蔵」）。

また蔵開・中巻には「俊蔭のぬしの集、その手にて、古文に書けり。今一つには、俊蔭のぬしの父式部大輔の集、草に書けり」とあり、「唐の色紙を、中より押し折りて、大の冊子に作りて、厚さ三寸ばかりにて、一つには、例の女の手、二行に一歌書き、一つには、草、行同じごと、一つには、片仮名、一つは、葦手」とあるが、書体の総覧になっている。国譲・上巻には若宮のための手本が出てくる。「見給へば、黄ばみたる色紙に書きて、山吹につけたるは、真にて、春の詩。青き色紙に書きて、松につけたるは、草にて、夏の詩。赤き色紙に書きて、卯の花につけたるは、仮名」とあり、さらに「男手」「女手」「片仮名」「葦手」と続くのである。こうしてみると、『うつほ物語』は『雲州往来』、『新猿楽記』など往来物の先駆として位置づけられるだろう。『うつほ物語』はいわば平安朝社会に関する百科事典（類聚）である。[8]『うつほ物語』の正頼家には子供が多く、作品に多様性を与えているが、その点も『新猿楽記』に似ている。往来物が社会の様々な階層を描き、社会史、芸能史の資料となる点でも、『うつほ物語』は劣っていない。[9]方法からみると『雲州往来』はいわば編年体であり、『新猿楽記』は紀伝体だが（前者は一種の対話体であり、後者は記録体である）、『うつほ物語』は両者を兼ね備えている。

『うつほ物語』の文体は歌合の仮名日記に近いとされるが、なぜ歌合で仮名日記が書かれたかについてはいくつかの理由が挙げられるだろう。一つは記録として残すという機能であり、もう一つはそれを読む人を教育するという機能である。漢文日記とは異なるけれども、仮名日記にもしかるべき実用性があると考えられる。源順が判者を勤め源為憲が書き留めた歌合があるので、冒頭部分を引用してみよう。「斎宮に、男女房分きて、御前の庭の面に、薄・荻・蘭・紫苑・芸・女郎花・刈萱・撫子・萩などを植ゑさせ給ひ、松虫・鈴虫を放たせ給ふ。人々に、やがてそのものにつけて、歌を奉らせ給ふに、おのが心ごころ我も我もと、あるは由ある山里の垣根に小男鹿の立ちより、あるは限りなき洲浜の磯づらに蘆田鶴の下り居る方をつくりて、草をも生ほし、虫をも鳴かせたり」（天禄三年八月二八日規子内親王前栽歌合）。ここにみられる「薄・荻・蘭…」は単なる描写ではない、「やがてそのものにつけて、歌を奉らせ給ふ」とある通り歌題でもある。つまり、ここでの言葉は歌題を検索するための言葉、いわば辞典の言葉になっているのである。一文のなかに種々の言葉を網羅しているのはそのためだが、『うつほ物語』の言葉にもそうした側面を指摘できるように思う。『うつほ物語』のなかには歌題を含んだ序さえ出てくるのである（春日詣）。こうして用いられた多様な言葉が、『うつほ物語』に即物的で叙事的な魅力を与えている。

四　「才」の問題——漢文の才から多様な才へ

「女ノ御心」に届けるため必要とされるのは表記の工夫であろう。源順も源為憲も漢文を学んだ文章学生だが、漢文ではなく和文に力を入れざるをえない。順の『倭名類聚抄』は漢語に和名を付したもので、序文によれば醍醐天皇の第四皇女勤子内親王の命によって編纂され、「流俗人之説」や「街談巷説」も採用し「世俗の疑を決する」ために作られたという。為憲の『三宝絵』が冷泉天皇の第二皇女尊子内親王に奉られたこと、貴族の子弟のために『口遊』『世俗諺文』なども書いていることを考え合わせると、共通の時代相が浮かび上がってくる。それは女子供を対象とした作品が必要とされる時代であり、いわば「類聚」と「口遊」と「世俗」の時代である。幼学書としての『うつほ物語』も想定してみなければならない。

『三宝絵』下巻には、為憲自身も参加していた「比叡坂本勧学会」のことが出てくる。

又居易ノミヅカラツクレル詩ヲアツメテ、香山寺ニオサメシ時ニ、「願ハコノ生ノ世俗文字ノ業、狂言綺語ノアヤマリヲモテカヘシテ、当来世々讃仏乗ノ因、転法輪ノ縁トセム」トイヘル願ノ偈誦シ…（『三宝絵』下巻）

仏説に反しかねない「世俗文字ノ業」をかえって仏縁にしたいという白居易の言葉を誦している。もちろん白居易にとって「世俗文字ノ業」は漢詩文を作ることであった。しかし、為憲たちの場合は別の文脈で考えることができる。そうした逆転の論理は真名と仮名にかかわるレトリックとしても有効だからである。仮名を使うことは真名から遠ざかることだが、逆に真名に近づく契機となるだろう。仏教にかかわる白居易の言葉は文字のレトリックとして読み換えられるのである。(10) 漢文であれ和文であれいずれにしても、為憲たちが「世俗文字ノ業」によって新しい成果を生み出したいと願っていたことは間違いない。「村上ノ御代康保ノ初ノ年、大学ノ北ノ堂ノ学生ノ中ニ、心ザシヲオナジクシ、マジラヒヲムスベル人アヒカタラヒテ」とあるので、これは学生たちのイデオロギーともいえる。

『三宝絵』下巻に「凡夫ノ僧イマサザラマシカバ、誰カハ仏法ヲツタヘマシ、衆生ノタノミトハナラマシ。三宝ハスベテ同ジケレバ、ヒトシクミナ敬ヒタテマツルベシ。ヒトヘニ仏ト法トヲタウトウシテ、僧ト尼トヲカロムルコトナカレ」とあるが、これも注目されるレトリックであろう。仏や聖に対して凡夫の僧とは何か、それは漢文に対する和文に相当する。いちだん劣っているが、しかしそれなしには伝達が不可能なものだからである。

漢文こそ正統であるとする意識を漢文コンプレックスと呼ぶとすれば、『うつほ物語』にもそうした意識を見出すことができる。『うつほ物語』が冒頭から強調しているのは「才」の問題である。

昔、式部大輔、左大弁かけて、清原の大君、皇女腹に男子一人持たり。その子、心の聡きこと限りなし。（中略）俊蔭が、かたちの清らに、才のかしこきこと、さらに譬ふべき方なし。父母、「眼だに二つあり」と思ふほどに、俊蔭十六歳になる年、唐土船出だし立てらる。こたみは、殊に才かしこき人を選びて、大使・副使と召すに、俊蔭召されぬ。（俊蔭）

では、この学問（漢文）の才はどのように継承されるのか。俊蔭の後継者が女性であるため、学才は継承されない。しかし音楽の才は継承される。『うつほ物語』においては学才が楽才に変換されているといえるだろう。吹上・下巻に「仲忠、俊蔭が後と言へども、俊蔭隠れて三十年、仲忠、世間に悟りありと言へども、かれが時に会はず。琴に於きては、娘に伝ふ。娘、仲忠に伝ふ。それだにありがたし。書の道さへやは、俊蔭、女子に教へけむ」とみえるが、女性に音楽の才は受け継がれるが学問の才は受け継がれない。「琴」の継承物語とみられる『うつほ物語』は、実は「才」の継承という劇を抱えている。確かに漢文の才こそ正統である。しかし、継承し広めていくためには別の何かに変換する必要があるだろう。それは漢文から和文への変換にも相当する事態である。『うつほ物語』は漢文から和文への変換劇を、琴の継承物語として形象化したと考えることができる。なお兼雅や仲忠は「通辞なくとも承りなむ」と口にしているが（蔵開・上、国譲・下）、そこに漢文から和文への変換劇としての『うつほ物語』の一面がよく現れているのではないか。

殿上許されて、東宮の学士仕まつるべきよし仰せらるるほどに、「道のことは、俊蔭に預く。序残さず、才に従ひて出だし立て、世に従ひ、人沈め、憂へあらすな」とのたまはす。（俊蔭）

俊蔭は学才の持ち主だったはずである。しかし、帰国した俊蔭に期待されるのは学問の才ではなく音楽の才のほうである。『うつほ物語』において音楽は外部からもたらされるものだが、外部性という点でも音楽は漢文のメタファーとなる。

この国には、まだ見ぬことを。あやしうめづらしき人の才かな。昔、二度試みせしにも、その道のめづらしうすぐれたりしかば、官をもその道に賜ひ、学士をも仕うまつらするに、書の道は、少したぢろくとも、その筋は多かり、この琴は、この国に俊蔭一人こそありけれ、学士を変へて、琴の師を仕うまつれ。（俊陰）

ここでは、重視すべき才が学才から楽才へと移行しているのである（なぜこの作品が琴の物語であって、書の物語ではないかはここから推測できる。書の名人は相対的に数が多いからである）。俊蔭は学士ではなく琴の師を命じられる。

仲忠があて宮との結婚の権利を手に入れるのも、学問の才によってではなく音楽の才によってなのである。「才の徳に、戯れにても、大将の君ののたまはぬことなり、春宮ののたまはするにも出だし立てられぬ娘、取らせむとのたまふぞありがたき」。

仲忠と並ぶ「才」の持ち主である涼には、学才とともに音楽の才が備わっていなければならない。

かく仕まつりありく源氏の君のおはしますほどに、この世には生まれ生ひ立つ人もあらず、顔かたちより始め奉りて、様・心・才にいたるまで、相手なし。書を読み、遊びをし給へど、習はす師に多くしまし給ふ。都の物の師といふ限りは迎へ取りつつ、かれが才をば習い取り、わが才をばかれに教へつつ、かしこき琴の上手、朝廷を恨みて、山に籠れるを迎へ取りて、さながら習ひ取りなどして経給ふほどに、二十一なり、御妻なし、よき人の娘ども奉れども、思ふ心ありて、得給はず。（吹上・上）

仲頼、「いと不便なる人から、仲忠の朝臣と等しくなむ、かたち・心・身の才侍る。」おとど、「琴ばかりは、こよなからむに」。仲頼、「それも、感じたる手侍るなり。侍従の朝臣と糸競べして、それをなむ弾き侍らずなりにし」。（同）

涼があて宮との結婚の権利を手に入れるのも、学問の才によってではなく音楽の才によってなのである[11]（「涼にはあてこそ、仲忠には、そこに一の内親王ものせらるらむ、それを賜ふ」吹上・下）。

さらに、『うつほ物語』は多様な才に関心を寄せていく。

かくて、皆、才名告りなどす。あるじのおとど、「仲頼の朝臣、何の才か侍る」。「山臥の才なむ侍る」。「いで、仕うまつれ」。「いで、松臭の香や」。また、「行正の朝臣、何の才か侍る」。「筆結の才なむ侍る」。「いで、仕うまつれ」。「渡りがたく、からきものは、ただ毛結ふことなり」。「仲忠の朝臣、何の才か」。「和歌の才なむ侍る。人にあらずのみや」。「仲澄、何の才か侍る」。「渡し守の才なむ侍る。あな風早」とて、被きわたり、皆入りぬ。（嵯峨院）

これは神楽で行われた才名乗りの場面である。才名乗りは物真似的な芸能と考えられているが、こうした芸能が描かれるのもうつほ物語が「才」に関心を払っているからであろう。

才名乗りは祭の使巻にもみられる。「夜に入りて、御神楽始まりて、夜一夜遊ぶ。御神楽果てて、才の男など取るに、兵部卿の親王、好き者の才侍るなどのたまひて…」。また、菊の宴巻にもみられる。


「物奉る人を、片去りて奉れ。そのなにがし、面を」と言ふ。式部卿の親王、「源中将の朝臣、何の才か侍る」。「鍛冶仕うまつる才なむ」。「いで、仕うまつれ」。「うちよげのきんだちや」。古屏風のあるを押し倒して、入りぬ。「藤中将の朝臣、何の才か侍る」。「和歌の才なむ侍る」。あるじのおとど、「難波津かや」。「あな、冬籠りの頃や」とて、被き渡して、奥へ入りぬ。「祐澄の朝臣、何の才か侍る」。「渡聖の才なむ侍る。あな、風早の世や」。「仲頼の朝臣、何の才か侍る」。「樵夫の才なむ侍る。人にあらずのみや」。「仲澄の朝臣、何の才か侍る」。「山臥の才なむある。あな、松臭の香や」。「行正の朝臣、何の才か侍る」。「筆結の才なむ侍る。渡りがたき物は、冬げなりや」など言ひ立てたるに、源宰相、垣下の所より入りいまするを、右のおとど、「かの君は、何の才かおはするや」。「藁盗人の才なむ侍る」。（菊の宴）

周知のように、『うつほ物語』の嵯峨院巻と菊の宴巻には重複箇所が存在するが、それは「才」を強調する効果をもたらしている。才名乗りへの拘泥、それゆえ『うつほ物語』は重複を厭わなかったとも考えられる。あるいは才名乗りのもつ反復的性格にテクスト自体が影響されてしまったのかもしれない。いずれにしても、『うつほ物語』は一義的な学才から多様な才へと展開していくのである。「才」の多様性、これこそ『うつほ物語』の主題と考えられる。

俊蔭一族が学才の一族ではなく、もっぱら音楽の一族となったとき、学才の問題は取り残される。それを引き受けるのが藤英である。

かくて、勧学院の西曹司に、身の才もとよりあるうちに、身を捨てて学問をしつつ、はかりなく迫りて、（中略）はかりなく便りなき学生、字藤英、さくな季英、歳三十五、かたちこともなく、才かしこく、心かしこき学生なり。（中略）ある衆、藤英、かく、はかりなく迫るを見て、「こともなき男なりや。右の大将殿も、かばかりの婿は、え取り給はじかし。容面・才はありがたしや」など、これかれうち笑ふ…

（祭の使）

藤英については別の機会に論じてみたいが、しかし所詮、戯画にすぎない[12]。物語は再び学才の問題に復帰することになる。そこに蔵開上・中・下巻の意義がある。吹上・下巻に「仲忠、俊蔭が後と言へども、俊蔭隠れて三十年、仲忠、世間に悟りありと言へども、かれが時に会はず」とあったが、確かに仲忠は俊蔭の「時」に合うことができなかった。しかし、俊蔭の書を読むことで、俊蔭の「時」に合うことに成功し、学才の継承を成し遂げるのである。蔵開・上巻について「物語は、仲忠に学問の家を継ぐべき者としての自覚を促し、琴の家を継ぐべき役割を仲忠からいぬ宮へとずらしてゆく」という指摘があるが（『うつほ物語　全』梗概）、その通りであろう。楼の上・下巻で俊蔭女は不運であった父親について回顧している。

「世の中を見れば、言ひ知らぬ人も、しかあれば、才も、時に合ひ、人々しければこそ、めでたう効あれ。人より殊に才ものし給ひけれど、ここにして効あることもなく、知らぬ世界に、歳若うして行き伝はりつつ、悲しき目の限りを見給ひて、多くの年を経給ひて帰り給ひて、うち阻め、世の中のこと飽かぬことを嘆きて、年月を明かし給ひける…」

（楼の上・下）

「才」が「時」に合へば幸福であろう。しかし、俊蔭の「才」は「時」に合うことがなかった。その「才」を今は仲忠が継承し「時」に合致している。そして音楽の才はいぬ宮が継承することになる。楼の上巻でついに「才」の問題は解決がついたのである。

琴の奇瑞は、楼の上巻の意義をよく示している。

「この音を聞くに、愚なる者は、たちまちに、心聡く明らかになり、怒り、腹立ちたらむ者は、心やはらかに静まり、荒く激しからむ風も、静かになり、病に沈み、いたく苦しからむ者も、たちまちに病怠り、動きがたからむ者も、これを聞きて驚かざらむやは」とおぼゆ。「いみじき岩木・鬼の心なりとも、聞きては、涙落とさざらむや」と聞こゆ。（楼の上・下）

ここにみられる琴の奇瑞が和歌の理想と一致することに注目するべきだろう。『古今集』仮名序には「力をもいれずして、天地をうごかし、目に見えぬ鬼神をもあはれとおもはせ、男女のなかをもやはらげ、たけきもののふの心をもなぐさむるは歌なり」と記されていたからである。自然を融和させる点で、音楽と和歌には共通するところがあり、『うつほ物語』の琴は和歌のメタファーともみなしうるのである。さらに、『うつほ物語』の琴は物語のメタファーとなるのかもしれない。『三宝絵』序によれば「琴」と「物語」は人を惑わす点において等価だからである（「琴ハ復夜ヲ通ス友ナレド、音ニメヅル思ヒ発ヌ可シ。又物ノ語ト云テ女ノ御心ヲヤル物」）。『うつほ物語』の経過を反復するかのように、やがて文学史においては『うつほ物語』から『源氏物語』への継承が実現している。

琴の奇瑞が起こる場所が「楼の上」だという点も注目される。[13]『三宝絵』の説話によれば、楼は世俗の栄華の頂点のようにみえる。「流水夜ル高キ楼ノ上ニ寝タリ。十千ノ天子来テ」（流水長者）、「母后キ宮ニ留リテ高キ楼ノ上へニ寝タリ。三ツノ夢ヲ見ル」(薩埵王子)とあるが、それは天に通じる場所であろう。そうした場所で音楽の奇瑞が起こっているのである(しかしながら『源氏物語』はもはや高楼に頼ることがない、これは決定的な相違である)。

時代は下るが、楽書の『教訓抄』には「凡ソ舞曲ノ源ヲタヅヌルニ、仏世界ヨリ始テ、天上人中ニ、シカシナガラ妓楽雅楽ヲ奏デ、三宝ヲ供養シ奉テ、娯楽快楽スル業ナルベシ」と記されている(巻七)。音楽は仏教と密接なかかわりがあるわけである。

『古今著聞集』「管絃歌舞」は音楽の役割について次のように記す。「讃仏敬神の庭、礼義宴食の筵も、このこゑなければ、その儀をととのへず。かるがゆゑに興福寺の常楽会、百花匂ひをおくり、石清水の放生会、黄葉衣におつ」。音楽が儀式に不可欠なものであるとすれば、『うつほ物語』における年中行事の重要性もそこに由来しているといえる。同書はさらに音楽の政治的な機能について述べる。「清涼殿の御遊びには、ことごとく治世の声を奏し、姑射山の御賀には、しきりに万歳のしらべをあはす。心を当時にやしなひ、名を後代に留むる事、管絃にすぎたるはなし」。音楽は王権の支配を支えるものであり、名を重んじる文人たちが音楽に関心を寄せるのも当然である。

では、「才」の観点からみると、国譲巻の意義はどこにあるのだろうか。それは政治能力としての「才」にほかならない。

世をば、左大臣、仲忠の朝臣となむまつりごつべき。太政大臣、いとよき人なれども、才なむなき。才なき人は、世の固めとするになむ悪しき。(国譲・上)

朱雀院の語った言葉だが、「世の固め」となる人には「才」が必要だという。その点で正頼と仲忠はふさわしく忠雅は不的確とされる（皮肉にも、たびたび「老い学問」を口にする忠雅は実のところ学問が欠けている）。蔵開巻は学問、国譲巻は政治、楼の上巻は音楽、それぞれ「才」の三つの側面を描いていたのである。国譲・下巻には「世の中、まつりごともいとかしこうせさせたまふ。御学問に心を入れて、御遊びも常にせさせたまひて、いと面白し」と理想的な天皇の姿が記されているが、「学問」と「まつりごと」と「遊び」がともに重要なのである。『うつほ物語』は学問イデオロギーの書であり、政治イデオロギーの書であり、音楽イデオロギーの書ということになる。すでに藤原君巻冒頭に「心魂、身の才、人にすぐれ、学問に心入れて、遊びの道にも入り立ちたまへり」と記されていたが、それらは『うつほ物語』の重視する三能力にほかならない。

以上、『うつほ物語』にみられる「才」の多様化をみてきたが、最後にもう一度、国譲上巻に出てくる若宮のための手本を引用しておきたい。「見給へば、黄ばみたる色紙に書きて、山吹につけたるは、真にて、春の詩。青き色紙に書きて、松につけたるは、草にて、夏の詩。赤き色紙に書きて、卯の花につけたるは、仮名」。『三宝絵』同様、皇族に献上されている点が興味を引く。ここからは『うつほ物語』の百科事典（類聚）的な性格が指摘できるわけだが、才の多様化という歴史的観点からも説明できるだろう。『うつほ物語』が百科事典的性格をもつというのは単に一般的、抽象的な事柄ではなく、歴史的な状況にかかわっていたのである。『源氏物語』絵合巻では「文才をば、さるものにていはず、さらぬことの中には、琴弾かせたまふことなん一の才にて、次には横笛・琵琶・筝の琴をなむ、次々に習ひたまへる」と多様な才が語られている。

おわりに

これまで『うつほ物語』は貴族社会の叙事詩として評価されたり（国民文学論とリアリズム信仰の時代）、祝祭の物語、疎外からの復権の物語として評価されたりしてきた（反体制的物語論と疎外論の時代）。しかし、知の事典、知のデータベースとして評価することができるのではないかというのが本章の主張である（インターネットとテクスト論の時代にふさわしく）。そう考えると、物語的な矛盾や重複が何ほどでもないことがわかる。石母田正「宇津保物語についての覚書」（『戦後歴史学の思想』法政大学出版局、初出一九四三年）を受けて西郷信綱『日本古代文学史』（岩波書店、改稿版一九六三年）は「一つの作品のなかで、神仙譚からリアリズムまでの道程が踏破されている」と述べていた。しかし、『うつほ物語』とは神仙譚からリアリズムまで並べた作品ではないだろうか。そこには進化よりも、並列があるといってよい。『うつほ物語』はいわば知のホールであり知のベースである。(14)『三宝絵』との比較が、そのことをいくらかでも明らかにしてくれたように思う。

注

（1）木から琴を作ってうつほで演奏するところには仏教的な想像力が働いているのだろう。『三宝絵』下巻には霊木で観音を造って洞窟に安置する説話がみえるが（「長谷菩薩戒」）、琴はいわば仏像のメタファーである。忠こそ巻には琴を仏像を造り変えようとする挿話がみえる。楼の上・下巻で俊蔭女は「提婆品・最勝王経、ここにして、日々に、かの御ために読ませむ」と語っているが、『うつほ物語』は求法の旅という側面ももつ。西郷信綱『日本古代文学史』（岩波書店、改稿版一九六三年）は「けちという性格は日常性をはなれてはありえない。貧乏もまた日常性の雄なるものである」として、『うつほ物語』における日常性の発見を指摘している。しかし、吝嗇や貧乏が見出されるのは理念を通してではないか。『日本霊異記』などにみられるように、仏法の理念こそが吝嗇や貧乏の発見をもたらしたのであろう。三奇人の造型は仏法を媒介としている。

（2）『古今著聞集』には「身の沈める事を恨みて、異国へ思ひたちける」文人の詩句を源為憲が鋭く察知する説話がみえる（文学一三九）。沈倫の嘆きと異国への関心は文人たちにとって共通した意識だったのであろう。『源順集』一六一番歌の詞書には「今は、草の庵に、難波の海のあしのけに悩み患ひこもり侍れば、すべて破れ舟のひく人もなぎさに棄てられておかれたらむ心ちなむしける」とあって、難破船のレトリックがみられる（新国歌大観）。

（3）『うつほ物語』にみられる二つの冒頭については、室城秀之『うつほ物語の表現と論理』（若草書房、一九九六年）の序章を参照。

（4）『うつほ物語』にみられる年中行事については、豊島秀範「宇津保物語における場面と時間」（『物語史研究』おうふう、一九九四年）を参照。なお小原仁「摂関時代における「日本仏教」の構想」（『源氏物語の背景　研究と資料』武蔵野書院、二〇〇一年）は三宝絵について「年中行事は、多様に展開する「日本」の仏教のあれこれを括る、整理の枠組みであった」と述べている。

（5）三田村雅子「宇津保物語の論理」（『初期物語文学の意識』笠間書院、一九七九年）。その後、『うつほ物語』の祝祭性について論じた論文は少なくない。芦田優希子「『うつほ物語』主要研究文献目録」（『講座平安文学論究一二』風間書房、一九九七年）を参照。しかしながら、『うつほ物語』を無限定に祝祭の文学と呼ぶことはできない。祝祭は必ず何らかの苦行を伴っているからである。

（6）『古今著聞集』には「勧学院の学生ども集まりて酒宴しけるに、おのおの議しける。年歯座次をもいはず、才の次第に座には着くべしと定めてけり」とあり（文学一二三）、文人たちが「才」の順序に敏感であったことがわかる。『江談抄』第五には「順・在列・保胤・以言等の勝劣の事」などもみえる。本稿で知の基盤というのは源順の双六盤歌、碁盤歌を念頭においているのだが、一定の基盤があるからこそ順序の問題が生じるのであろう。ちなみに『源順集』一六三番歌の詞書には「おほせごとにしたがふなり」とあって、順の名前が書き込まれている。

（7）「円居」の用例については、中野幸一『うつほ物語の研究』（武蔵野書房、一九八一年）の第四章を参照。「円居」は『うつほ物語』の特権的な言語形象といえるだろう。『源順集』一六三番歌の詞書にも「かかるまとゐにさぶらふことさへまばゆけれど、さもあらばあれ」とみえる。拙稿「うつほ物語論」（『地域文化論叢』一八）を参照。

（8）高橋亨「祭の幻想と宇津保物語」（『物語文芸の表現史』名古屋大学出版会、一九八七年）はあて宮の「結婚が引き延ばされ、涼のような紀の国の源氏さえ探し出されてくるのは、男の類型を書き尽くさねば気のすまない百科全書（類書）的発想といえるだろう」と述べるが、知的類聚性よりも「祭の幻想」を優先させている。しかし、本稿では『うつほ物語』の祝祭性よりも知的類聚性を重視したい。『うつほ物語』に知識人の祝祭願望を読み取ることは間違いではないが、そのために必要以上の感情移入をすると誤ってしまうのではないだろうか。『うつほ物語』は感情的な物語というよりも知的な構築物だからである。それはむしろ無味乾燥な代物であり、同じ高橋による別のうつほ物語論「歳時と類聚」（『源氏物語の詩学』名古屋大学出版会、二〇〇七年）のほうが興味深い。三上満「うつほ物語の思惟」（『講座平安文学論究』一二、風間書房、一九九七年）は『うつほ物語』の主題を象徴秩序からの解放と捉えている。しかし、『うつほ物語』は飽きることなく言語による象徴秩序の構築に勤しんでいるのであって、言語を超えたものを性急にめざしているわけではない。むしろ散文的なのである。宗雪修三「宇津保物語、その離散的構造」（同書）は『うつほ物語』について「幻想と現実を、安易に有機的統一へとまとめあげることだけは、徹底して拒否しようとした」と述べているが、拒否したのではなく、有機的にまとめあげることができなかったのである。そこにみられるのは、秘教的な「言葉の霊力」などではなく、無機的な言葉の分散性である。それこそ「離散的構造」であろうが、本稿では『倭名類聚抄』を念頭において辞書的構造と呼んでみたい。

（9）『うつほ物語』の芸能史的側面については、佐藤厚子「仲忠はなぜ検非違使別当をかけなかったか」（『講座平安文学論究』一二、風間書房、一九九七年）を参照。なお佐藤「うつほ物語の「学問」」（『椙山女学園短期大学部二十周年記念論集』一九八九年）は『うつほ物語』にみられる「才」の家産化、家業化を指摘しているが、本稿では「才」の多様化に注目しておきたい。

（10）狂言綺語については高橋亨「狂言綺語の文学」（『源氏物語の対位法』東京大学出版会、一九八二年）が参考になるが、「竹取物語も宇津保物語も、仏教とかかわった文人たちの、疎外された心から表現された」という点には疑問が残る。作品創造を可能にするのは疎外意識だけではないからである。『平家物語』には「狂言綺語の理といひながら、つひに讃仏乗の因となるこそあはれなれ」（巻九、敦盛最期）とみえるが、その場合はまた異なった文脈で考えることができるだろう。平曲を語ることは仏説から遠ざかることだが、逆に仏縁につながる契機となる。白居易の言葉が『平家物語』においては語りにかかわるレトリックとして読み換えられるのである。『和漢朗詠集』にも収録されているが、その場合は朗詠にかかわるレトリックとして読み換えられるはずである。また能の場合は芸能にかかわるレトリックとなっている。

(11) 種松の長者ぶりを記したところに「栴檀交じらぬばかりなり」とあるが、種松に育てられた涼に欠けているのは、天竺的な異国の要素であろう。涼が仲忠に劣るとすれば、それは苦行と捨身といった異国的な要素を欠いているためである。涼は異国に渡った弥行の琴によって補完される必要があったといえる。吹上・下巻で涼は「宮人涼む陰」と自ら歌に詠んでいるが、「すずし」の命名は「避暑殿（すずしきとの）ニ幸シテ奏楽」（日本書紀顕宗元年六月）などからの連想であろうか。

(12) 藤英については拙稿「うつほ物語論」（『地域文化論叢』一八）を参照。『古今著聞集』には「以言すなはち講師にてよみあげたるを、為憲朝臣、その座に侍りけるが聞きて、書嚢に頭を入れて涙を流しけり。見る人、或いは感じ、或いはわらひけり」という説話がみえる（文学一一四）。文人の奇矯さを笑ったのであろうが、文人において感動と滑稽が紙一重であることがわかる。

(13) 坂本信道「「楼の上」巻名試論」（『国語国文』一九九一年六月号）は「楼の上」について「音楽と仏教のかかわりを示す、きわめて象徴的な巻名」と述べている。『教訓抄』をみると、巻一には「楼ニ立セ御若君被仰云、蒙仰ヌ、イソギマカリ出デ候ヌト、被仰候御音ノ、深山ニ響以外ニ高クキコヘ候キ」、巻七には「朱雀門ノ辺ニシテ、笛ヲ吹シカバ、楼ノ鬼高声ニシテ、カムジテ…」とある。なお『続日本紀』宝亀八年九月には「太師押勝起宅於楊梅南宮、東西構楼、高臨内裏、南面之門、便以為櫓。人士側目、稍有不臣之譏」という記事があるが、宮殿外の「楼」は内裏に対立するイメージを含んでいるように思われる。

（14）「うつほ舟」にたとえてみてもよいが、漂流から始まって、その巨大さと百科事典的な博識ぶりにおいて、『うつほ物語』は平安朝の白鯨と呼ぶべき作品かもしれない（『倭名類聚抄』によれば「久知良」）。興味深いのは『今昔物語集』巻五第二八である。「楼ノ上」から眺めたとき、「アナ」を見ることになるのだが、それは巨大な「摩竭大魚」だったのである。

Ⅵ うつほ物語と栄花物語――情の様相

本章では、『うつほ物語』と『栄花物語』を比較してみたい。一方は平安朝中期の長篇物語、他方は平安朝後期の歴史物語ということになるが、そこには共通点をすぐに指摘できる。いずれも、「かくて」「かかるほどに」という接続詞を多用し、儀式を記録しているからである。「連続時間法」とも名づけられているが[1]、「かくて」「かかるほどに」の多用が平板で単調な印象を与えることは否定できないだろう。しかし、その単調さの印象が『栄花物語』と『うつほ物語』では異なっているように思われる。

一　基調とリズム

『栄花物語』で際立つのは、人の死の連続であり悲しみの感情である。

かかる程に、太政大臣殿、月頃悩しくおぼしたりつるに、天暦三年八月十四日うせさせ給ぬ。

（引用は日本古典文学大系、松村博司、山中裕校注による、巻一・月の宴）

かくて東宮四つにおはしましし年の三月に、元方大納言なくなりしかば、そののち、一の宮も女御もうち続きうせ給にしぞかし。

（同）

かかる程に、重明式部卿の宮日頃いたくわづらひ給ふといふ事聞ゆれば、九条殿もいかにいかにとおぼし歎く程にうせ給ひにければ…　（同）
かかる程に、九条殿悩しうおぼされて（中略）天暦四年五月二日出家せさせ給て、四日うせさせ給ぬ。（同）
かかる程に、おほかたの御心地よりも、例の御事のけはひさへ添ひて苦しがらせ給へば（中略）いみじう、宮は息だにせさせ給はず、なきやうにておはします。（同）
かかる程に、小一条の左大臣日頃悩み給ける、十月十五日御年五十にてうせさせ給ひぬとののしる。（同）

ここでは人が次々と亡くなり、それが悲哀の感情を生み出している。『栄花物語』は編年体で記されているが、注目すべきは時間に対するひたすらな受動性であろう。『栄花物語』において人はなすすべもなく死んでいき、人々は嘆くのみである。死は個人的なものだが、誰もが同じようにそれを受け入れる。個別的な死が周囲に同調的な動きを生み出しているのであって、いたって単調である。(2)

それに対して、『うつほ物語』で際立つのは儀式の連続であり喜びの感情である。

かくて、皆着き渡り給ひぬ。上達部・親王たちの御前には、紫檀の机に、綾の表参れり。中、少将には、蘇枋の机、官人には、皆ほどにつけてし給ふ。（引用は室城秀之校注『うつほ物語　全』改訂版による、俊蔭）
かくて、御箸下し給ふ。御かはらけ始まり、相撲出でて、五手六手ばかり取りて、最手出で来て、布引きなどする…　（同）
かかるほどに、仲忠の侍従、被け物取りて、今ぞ出で来たる。左大将、引きとどめ給ひて、度々強ひ給ふ。（同）

かくて、これかれ遊びののしりて、夜いたう更けて、皆帰り給ひぬ。あるじのおとど、北の方に聞こえ給ふ…（同）

ここでは祝宴における贈与が喜悦の感情を生み出しているのである。賭けものと被けものが『うつほ物語』を特徴づけている。「御前に砂子蒔かせ、前栽植ゑさせ、幄新しく打ちて、寝殿の南の庇に御座装はす。打敷・褥、皆新しくせられたり。めでたき四尺の屏風・几帳ども、方々に立てられたり」と始まっていたように、注目すべきは祝宴の空間性である。そして頻出する「皆」という語が祝宴の同調性を強調している。では、同調的な祝宴のなかで仲忠の個別性が際立つはなぜであろうか。それは祝宴に先立って仲忠の苦行が描かれていたからだと思われる。

かくて、泣き暮らし、嘆き明かす月日、はかなく過ぎゆく。（俊蔭）
かくて、この子、三つになる年の夏頃より、親の乳飲まず。（同）
かかるほどに、この子五つになる年、秋つ方、嫗死ぬ。（同）
かかるほどに、東国より、都に敵ある人、「報いせむ」と思ひて、四、五百人の兵にて、人離れたる所を求むるに、この山を見占めて、恐ろしげに厳き者ども、一山に満ちて…（同）

こうした苦行があるからこそ、仲忠に対してことさらの贈り物が与えられるのであろう。うつほ物語には苦行と祝宴が交互に描かれるようにみえるが、それが『うつほ物語』のリズムということになる（『うつほ物語』の拍子といってもよい）。たとえば、春日詣巻である。「色々の幄を鱗のごと打ち渡して、立ち騒ぐ人、うち混ぜたる花のごと見ゆ。風に競ひて、千々の物の音、交じりて聞こゆ」と華やかな春日詣の様子が記されているが、そこに出家した忠こそが登場する。忠こそは母と死別した後、継母の讒言によって苦しい目に遭ってきた。「歳若くして、忍辱のおもとにまかり遅るること、一生の悲しびにおぼえ侍りしかば、前世の罪業をも滅ぼさむ、かの母刀自をも供養せむとて、麻蹉・穀を断ちて、行ひまかり歩く」と語っているが、ここにも苦行と祝宴のリズムを見て取ることができる。

全く似たような場面が吹上・下巻にもみえる。重陽の宴に現れた忠こそは「親を害する罪よりまさる罪や侍らむと、魂静まらずして、すみやかにまかり籠りて、山・林を住みかとし、熊・狼を友とし、木の実・松の葉を供養とし（中略）木の皮・苔を衣として、年ごろになり侍りぬ」と帝に語っているからである。

祭の使巻で藤英が出現するところにも苦行と祝宴のリズムを見て取ることができるだろう。正頼邸の七夕の宴に現れた藤英は「入学して、今年二十余年、いまだ左右の念に預からず」と自らの苦しみを語っているからである。藤英は貧しい、しかし、それこそ本当の学生だという論理が提出され、祝宴への参加が許される。「冠畳なはり、橡の衣破れ崩れ、下沓破れて、憔悴したる人の、身の才あるをなむ、学生と言ふ。これ、さここそ出で立ちもすれ。親ある人の、身の才もなくて、高家を頼み、財を尽くして、下に潜りをしつつはなやぐ人は、学生にはあらず」。苦行と祝宴のリズムからみると、藤英の出現はうつほ物語的な必然なのである。『うつほ物語』には「緑・賭物」の論理があると指摘されているが[3]、『栄花物語』にはそれが欠けている。『栄花物語』にみられるのはひたすらな喪失の論理だからである。

以上、『栄花物語』の時間装置、『うつほ物語』の空間装置の特徴をみてきた。すなわち、前者の受動的主情性であり、後者の苦行―祝宴のリズムである。ともに「かくて」「かかるほどに」という言葉で挿話が結びつけられていたが、『栄花物語』の場合は喪失の連鎖であり、『うつほ物語』の場合は贈与の連鎖なのである。前者は喪失によってとめどない言葉が繰り返され、後者は贈与によってとめどない言葉が繰り返されている。一方は主情的で湿った言葉の連なりであり、他方は知的で乾いた言葉の連なりである。

ここで、『うつほ物語』における音楽の役割について考えてみる必要があるだろう。秘琴を弾く一族の物語という点で物語内容において重要なことはいうまでもないが、物語形式においても音楽は重要である。たとえば神楽である。『うつほ物語』は神楽を繰り返し描いている。「御神楽の日になりて、多くの幄ども打ちて、寝殿の御前にになく設けたり」（嵯峨院）、「夜に入りて、御神楽始まりて、夜一夜遊ぶ」（祭の使）、「かくて、霜月の神楽し給ふべきこと…」（菊の宴）。まさに繰り返しによってリズムを作り出す点に音楽の重要性があるように思われる。しかし、『栄花物語』には神楽の占める位置がほとんどない。とりべ野巻の用例は屏風歌のものであり、ひかげのかづら巻の用例は悠紀・主基歌のものであり、神楽についての記述は乏しい。うつほ物語が神楽の反復性を強調しているのに対して、冷たさの感覚を介して神楽に接近するのは『枕草子』である。「賀茂の臨時の祭は、還立の御神楽などにこそ、なぐさめらるれ。庭燎の煙の細くのぼりたるに、神楽の笛のおもしろくわななき吹き澄まされてのぼるに、歌の声もいとあはれに、いみじうおもしろし。寒く冴えこほりて、打ちたる衣もつめたう、扇持ちたる手も冷ゆともおぼえず。才のをのこ召して、声引きたる人長のここちよげさこそ、いみじけれ」と『枕草子』は神楽に強い関心を示す（一三七段）。『源氏物語』の場合は明石一族の挿話に限定して神楽を描いている点が特徴である（若菜下巻）。

二　音楽と建築の交差

もちろん、『栄花物語』に祝宴が描かれないわけではない。月の宴巻には清涼殿で行われた月の宴のことが記されている。しかし、村上天皇の譲位に関する記事と病気、崩御の記事にはさまれることで、すっかり悲しみに覆われてしまうのである（「花蝶につけても、今はただ、下りゐなばやとのみぞおぼされける」巻一）。「さまざまのよろこび」巻には一条天皇の円融院への行幸が描かれているが、円融院の病気と崩御の記事で閉じられる（「あはれにかなしともおろかなり。内には一日の行幸の御有様おぼし出でて恋ひきこえさせ給」巻三）。

かがやく藤壺巻は彰子入内の記事を中心としているが、後見のいない定子皇后の悲しみで閉じられる（「月日過行ままに、皇后宮はいとど物をのみおぼし歎くべし」巻六）。「はつはな」巻は敦成親王誕生の記事を中心としているが、一条天皇の譲位に関する記事で閉じられる（「この頃となりては、いかでいかで疾くおりなばやとおぼし宣はすれば、中宮物を心細うおぼしたり」巻八）。

たまのむらぎく巻には即位した後一条天皇の大嘗会が描かれているが、譲位した三条院の病気の記事で閉じられる（「三条院、御心地猶おどろおどろしう在しますを、殿も上もいみじくおぼし歎かせ給ふとぞ」巻十二）。ゆふしで巻は藤原道雅が前斎宮に歌を贈った記事で始まるが、前斎宮は出家し、三条院崩御と続く（「御なやみ重らせ給て、院源僧都召して御髪下させ給ふ程は、宮々・中宮を始め奉りていみじう世になう悲しき事におぼしめして、涙に沈ませ給へり」巻十三）。

あさみどり巻には藤原長家と行成女の結婚が記されているが、三条院四宮の出家の記事で閉じられる（「美しかりし御髪を剃がせ給てしこそ、口惜しかりしかとぞ」巻十四）。御賀巻は倫子六十賀の記事を中心としているが、源経房の死で閉じられる（「親子の契のあはれなる事、かの君のわづらはせでさやうにもものし給はましかば、いかにいとをしからましと、いみじうあはれにこそきき侍しか」）。こまくらべの行幸巻は関白頼通の高陽院で行われた駒競べを中心としているが、内大臣教通の亡くなった北の方の法事で閉じられる（「大殿も大納言殿もいみじう泣かせ給ふ、理なりや」）。いわば悲しみが『栄花物語』の主調低音なのである。

花山たづぬる中納言巻は花山院の出家を描き、みはてぬゆめ巻は円融院の葬送、関白道兼の死を描く。浦々の別れ巻は伊周、隆家の流罪を描き、とりべ野巻は皇后定子の崩御を描き、いはかげ巻は一条院の崩御を描く。もとのしづく巻は小一条院女御の延子の死を描き、後くゐの大将巻は内大臣教通の北の方の死を描く。みねの月巻は皇后成子の崩御を描き、「楚王のゆめ」巻は尚侍嬉子の死を描き、ころものたま巻は彰子の出家を描き、たまのかざり巻は皇太后の死を描く。時間に追われるようにして、人々は病気となり出家し死ぬのである。

時間に対する受動性という点では、権力者道長も例外ではありえない。うたがひ巻冒頭には「とのの御前、世を知り初めさせ給ひて後、みかどは三代にならせ給ふに…かかる程に、御心地例ならずおぼされ、人々も夢騒しく聞こゆるに、我御心地もよろしからずおぼしめさるれば、この度こそは限なめれとおぼさるるにも、物心細くおぼさる」とみえる。道長もまた時間の流れによって消し去られようとする。そのとき計画されるのが御堂の建立である。それは時間に抗して空間を導入しようとする試みにほかならない。道長の仏事が、次のように列挙される。

正月より十二月まで、年のうちのことどもに、一事はづれさせ給ふ事なし。この折節急ぎあたりたるさるべき僧綱達・寺でらの別当・所司を始めて、限りなくよろこび、祈り申す。（巻十五・うたがひ）

これに続く部分は『三宝絵』から引用となっているが、空間性の導入というべきだろう。一年間の仏事が羅列されているからである。無常の「うたがひ」があるにしても、道長の栄華だけは永遠だという。続くおむがく、たまのうてな、とりのまひ巻がそのことを証明している。

東の大門に立ちて、東の方を見れば、水の面の間もなく筏をさして、多くの榑・材木を持て運び、おほかた御寺の内をばさらにもいはず、院の廻まで、世の中の上下立ちこみたり。よろづに磨きたてさせ給ままに、院の内も金剛不壊の勝地と見えてめでたし。（巻十七・おむがく）

もっぱら空間性が強調されるが、それは時間に対する勝利を意味しているといってよい。そして、その空間を満たすようにして音楽が鳴り響く。

かの天竺の祇園精舎の鐘の音、諸行無常・是生滅法・生滅滅已・寂滅為楽と聞ゆなれば、病の僧この鐘の声きて、皆苦しみ失せ、或は浄土に生るなり。その鐘の声に、今日の鐘の音、劣らぬさまなり。

（巻十七・おむがく）

楽所のものの音どもいといみじくおもしろし。これ皆法の声なり。或ハ天人・聖衆の妓楽歌詠するかと聞ゆ。香山大樹緊那羅の瑠璃の琴になずらへて、管絃歌舞の曲には、法性真如の理を調ぶと聞ゆ。

（同）

音楽は空間を浄土に変容させるのだが、興味深いのは建築に導かれるようにして音楽が鳴り響いている点であろう。音楽は簡単には鳴り響かない。その理由は簡単に鳴り響いてしまえば、音楽の価値が半減してしまうからである。もう一つの理由は音楽が簡単には表象不可能だからであろう。だから、音楽が鳴り響くためには建築イメージによる補強が不可欠となる。舞台が整えられたときはじめて鳴り響くのが音楽なのである。続く、たまのうてな巻も空間の強調から始まっている。

御堂あまたにならせ給ままに、浄土はかくこそはと見えたり。例の尼君達、明暮参り拝み奉りつつ世を過す尼法師多かる中に、心ある限り四五人契りて、この御堂の例時にあふわざをなんしける。うち連れて、御堂に参りて見奉れば、西によりて北南ざまに東向に十余間の瓦葺の御堂あり。榱の端々は黄金の色なり。

（巻十八・たまのうてな）

この尼君達は諸堂を廻って、『栄花物語』に次々と空間性を導入していくのである[4]（「ある所を見れば…」「又ある所を見れば…」）。しかし、音楽なしの建築は空虚であろう。音楽が鳴り響かなければ、建築は廃墟に等しい。建築が荘厳さを増すためには音楽イメージによる装飾が不可欠なのである。そして、とりのまひ巻では音楽が響き渡る。

楽の声・大鼓の音、げに六種に大地も動きぬべし。池に色々の蓮花並みよりて、風涼しう吹けば、池の浪苦空無我の声を唱へ、諸波羅蜜を説くと聞ゆ。院のうち、道俗男女涙を流し、喜び拝み奉る。

（巻二二・とりのまひ）

金・銀・瑠璃の笙や、琵琶や、簫の笛、篳篥など吹き合せたるは、この世の事とゆめに覚えず、ただ浄土と思なされて、えもいはずあはれに尊くかなし。

（同）

繰り返していえば、空間を浄土に変容させるのが音楽の役割なのである。『栄花物語』正編の末尾つるのはやし巻は道長の死去を描くため特別の位置を占めている。

釈迦入滅後は世間皆闇になりにけり。世の燈火消えさせ給ぬれば、長き夜の闇をたどる人、いくそばくかはある。あるじ去らせ給へる御堂急がせ給、御はてにやがて供養とぞおぼしめしたる。

（巻三十・つるのはやし）

釈迦は入滅したけれども不滅である。道長は釈迦にたとえられるが、それは道長が釈迦同様に不滅だということであろう。うたがひ巻の末尾には次のように記されていた。「一切世間に生ある物は皆滅す。…ただこのとのの御前の御栄花のみこそ、開けそめにし後、千年の春霞・秋の霧にも立ち隠されず、風も動きなくして、枝を鳴らさねば、薫勝り、世にありがたくめでたき…」。『栄花物語』においては道長の栄華だけが不滅なのである。『栄花物語』はその構成からみると、時間が推移するだけの前半の巻々を空間が優位を占める後半の巻々によって補完する必要があったといえる（中間に「調子の移りかわりめ」がある）。

こうして、音楽と建築が交差する地点において『うつほ物語』と『栄花物語』は互いに接近するように思われる。楼の上巻にみられる通り、『うつほ物語』でも建物と音楽は不可分だからである。『うつほ物語』はいわば男性版栄花物語、『栄花物語』は女性版うつほ物語である。ただし、ここでジェンダーを分割しているのは空間と時間にほかならない。したがって、『うつほ物語』は空間性に力点を置いた栄花物語、『栄花物語』は時間性に力点を置いたうつほ物語と呼べるだろう。

ところで、『うつほ物語』における空間の重要性は巻名からも読み取れる。「嵯峨院」は藤原正頼たちがしばしば訪れる場所であり、「吹上」は涼が住んでいた場所である。「蔵開」は俊蔭の住んでいた場所を示し、「楼の上」は俊蔭一族が秘琴を伝授する場所である。そのほかの巻名も空間的な移動を示すものが多い。春日詣巻は春日神社への参詣を描き、祭の使巻は賀茂神社への使者の出立を描き、菊の宴巻は東宮が主催した菊の宴への参入を描いている。

国譲巻もまた空間的な移動と無縁ではない。その冒頭は、正頼邸に集まっていた婿たちがそれぞれの屋敷に移り住むところだからである。

右の大殿には、御婿の殿ばら・宮ばら、御子どもも、上達部にものし給ふは、広き殿、面白く清らに造りて、よろづの調度・宝置きつつ、殿の許し給はねば、え渡り給はで、「狭き住まひをすること」とむつかり給ふ。（中略）「げに。年ごろもむつかり給ふなるを、今は、さらば、殿々に渡り給へかし」とのたまふと聞こし召し

て、殿ばら・宮ばら喜び給ふ。（国譲・上）

この国譲巻冒頭は、国譲巻の展開を予告しているようにみえる。簡単に決着が着くはずの問題を渋滞させるのが、国譲巻の展開だからである。空間的な移動がうつほ物語を支えているはずなのに、それが一時的に停滞するところに国譲巻の特徴があるのだろう。空間的な移動が喜びをもたらすことはいうまでもない。

『枕草子』に「物語は、住吉。宇津保。殿うつり。国譲はにくし」と記される「殿うつり」は蔵開巻に相当するという説があり、また国譲巻に相当するという説がある。(5) たとえ『枕草子』の「殿うつり」が『うつほ物語』とは無関係であっても、それは『うつほ物語』にとって示唆的な言葉であろう。振り返ってみれば、俊蔭巻は俊蔭や仲忠の「殿うつり」を描いていたし、吹上巻は涼の「殿うつり」を描いていたからである。蔵開巻は仲忠の「殿うつり」、楼の上巻はいぬ宮の「殿うつり」である。国譲巻は正頼一族の「殿うつり」である。「殿うつり」という言葉は『うつほ物語』が空間移動の物語であることを教えてくれるのである。

三　情動の次元

『栄花物語』の基調と『うつほ物語』のリズム、音楽と建築の交差などをみてきたが、最後に情動を問題にしてみたい。そもそも「音楽」とは天上の楽である。(6) それが鳴り響くとき人間的な感情は消え失せ、非人間的な世界が出現する。『竹取物語』ではかぐや姫が「衣着せつる人は心異になる」という衣を着せられるが、「音楽」はそうした「天の羽衣」に等しい。したがって音楽奇瑞譚は羽衣伝説と通底しているといってよい。音楽が鳴り響くとしたら、それは作品を切断するものであって、最初の一回か最後の一回でなければならないだろう。「音楽」は日常生活の楽器演奏とは異質の機能をもっているのである。

『うつほ物語』において音楽は始まりと終わりを区切る決定的な役割を担っているが（俊蔭巻と楼の上巻の秘琴伝授）、その間にあっても物語を活気づける機能をもつ。祝宴を活気づけリズムを生み出しているからである。とはいえ、単調さはまぬがれがたい。表象不可能な音楽の抽象性が情動の動きを止め、言葉の動きを止めてしまうのである。音楽に頼った多くの言語作品が退屈なのは、結局のところ音楽は言葉ではないからである。音楽は理想世界の様相を表しているにすぎず、むしろ言葉の動きを停止させてしまう。『うつほ物語』とは比較にならない『源氏物語』のすばらしさがあるとすれば、それは『源氏物語』が音楽に頼ることなく、もっぱら言葉に賭けている点にあるだろう。(7)「空の日星を動かし、時ならぬ霜雪を降らせ、雲雷を騒がしたる例、上がりたる世にはありけり」と限定して、『源氏物語』は琴の奇瑞を退けるからである（若菜下巻）。

『源氏物語』の帚木巻で語られる諸芸についての論はよく知られている。工芸論、絵画論、書道論と続くが、とりわけ注目されるのが絵画論である。

また絵所に上手多かれど、墨書きに選ばれて、次々に、さらに劣りまさるけぢめふとしも見え分かれず。かかれど、人の見及ばぬ蓬莱の山、荒海の怒れる魚のすがた、唐国のはげしき獣の形、目に見えぬ鬼の顔などのおどろおどろしく作りたる物は、心にまかせてひときは目おどろかして、実には似ざらめど、さてありぬべし。世の常の山のたたずまひ、水の流れ、目に近き人の家居ありさま、げにと見え、なつかしくやはらいだる形などを静かに描きまぜて、すくよかならぬ山のけしき、木深く世離れて畳みなし、け近き籬の内をば、その心しらひおきてなどをなむ、上手はいと勢ひことに、わろ者は及ばぬところ多かめる。

（引用は新編古典文学全集による、帚木）

この絵画論が興味深いのは、自己言及的に言語作品についても語っているからである。『うつほ物語』のほうは「人の見及ばぬ蓬萊の山、荒海の怒れる魚のすがた、唐国のはげしき獣の形、目に見えぬ鬼の顔などのおどろおどろしく作りたる物」に相当するだろう。それに対して、「世の常の山のたたずまひ、水の流れ、目に近き人の家居ありさま、げにと見え、なつかしくやはらいだる形などを静かに描きまぜ」たほうは『源氏物語』に相当する。結局、批判されたところはすべて『うつほ物語』に当てはまり、肯定的なところはすべて『源氏物語』に当てはまるのである。前者は激しい情動を喚起し、後者は穏やかな情動を喚起する。だが、激しい情動はすぐに収束して知的な理解に堕し、穏やかな情動のほうが持続していくように思われる。その意味で、真に情動的な動きを生み出しているのは後者のほうである。

しかし、清少納言であれば前者を評価するのではないだろうか。(8)『うつほ物語』を賛美していたのは誰よりも清少納言であった。そのことを確認するために工芸論と書道論にも目を向ける必要がある。

よろづのことによそへて思せ。木の道の匠のよろづの物を心にまかせて作り出だすも、臨時のもてあそび物の、その物と跡も定まらぬは、そばつきされぱみたるも、げにかうもしつべかりけりと、時につけつつさまを変へて、いまめかしきに目移りて、をかしきもあり。大事として、まことにうるはしき人の調度の、飾りとする定まれるやうある物を難なくし出ることなむ、なほまことの物の上手はさまことに見え分かれはべる。(帚木)

工芸論の一節だが、「時につけつつさまを変へて、いまめかしきに目移りて、をかしきもあり」というのは『枕草子』に当てはまるところであろう。

手を書きたるにも、深きことはなくて、ここかしこの、点長に走り書き、そこはかとなく気色ばめるは、うち見るにかどかどしく気色だちたれど、なほまことの筋をこまやかに書き得たるは、うはべの筆消えて見ゆれど、いま一たびとり並べて見れば、なほ実になむよりける。はかなきことだにかくこそはべれ。（帚木）

書道論の一節だが、「そこはかとなく気色ばめるは、うち見るにかどかどしく気色だちたれ」というのは『枕草子』に当てはまるところである。工芸論も書道論も絵画論と同型の論理を有している点は明らかだろう。人目を引く奇抜なものが批判され、穏やかだが実質のあるものが評価されるからである。その意味で、これらの芸道論は『紫式部日記』にみられる清少納言批判に通じるものを有している。

平安朝文学史において情動の次元を切り開いたのは歌物語であり、それを長篇化したのが『源氏物語』と考えられる。知的構築物としては巨大だが、情動という点からみると、『うつほ物語』はなんとも平板で単調にみえる。求婚譚にしても饗宴和歌にしても間延びしていて、弛緩した印象しか与えない。そんな『うつほ物語』を批判しつつ、『源氏物語』は新たに情動の次元を組織化したのである。『浜松中納言物語』、『夜の寝覚』、『狭衣物語』など平安後期物語も、もっぱら『源氏物語』のそうした側面を受け継いでいる。しかしながら、その弊害も指摘しておかなければならない。

今日の文学史的観点からは『源氏物語』の余情に富む省略の美学が評価されることが多いが、『源氏物語』のせいで後続の物語から『うつほ物語』的な即物性や叙事性などの「賦」的側面が失われてしまったことも事実である。後期物語衰退の原因をそこに求めることができるかもしれない。『うつほ物語』的な知が失われ、もっぱら情に流されることになったからである。『栄花物語』の場合それがはなはだしいが、それでもかろうじて記録のもつ即物性や叙事性をとどめていた。美文の連なりとなって衰弱する物語が活気を取り戻すには、再び生硬さや読みにくさが必要なのかもしれない。物語が再び即物性や叙事性を取り戻すのは、後の『平家物語』においてである。

おわりに――大鏡を媒介として

『うつほ物語』の重点は情動よりも知的な構築性に置かれている。それに対して、『栄花物語』の重点は受動的な主情性に置かれている。しかし、両者ともに単調であり、音楽と建築のイメージに頼らざるをえない。たえず祝宴のリズムを作り出すのが『うつほ物語』における音楽と建築の役割であり、最後に悲哀の基調を浄土へと反転させるのが『栄花物語』における音楽と建築の役割といえるだろう。情の様相に関してまとめると、以上のようになる。

では、同じく歴史物語と呼ばれる『大鏡』の場合はどうか。『大鏡』において重要なのは、情動というよりも人物の動きである。『栄花物語』の場合、空間を満たすのは抽象的な音楽であって、人物はいささかも具体的ではなかった。しかし『大鏡』の場合、空間を満たすのは具体的な人物であって、抽象的な音楽は必要とされない。

空間性の優位という点で、『大鏡』は『うつほ物語』と共通する（「雲林院の菩提講にまうでて…」）。多様な人物の並列という点でも共通する（「あまたの帝王・后、また、大臣・公卿の御上を続くべきなり」）。そうした点で両者は説話集に近づいているといってよい。しかし、両者は説話集とは一線を画している。両者には説話集と異なる枠組みがあるからである。多様な人物の並列、ばらばらの人物を統一しているのは『うつほ物語』の場合、物語内容である。『うつほ物語』は物語の筋によってばらばらの人物たちをまとめている。それに対して、『大鏡』の場合は語りの形式である。『大鏡』は語り手を設定することでばらばらの人物伝をまとめているのである。

『栄花物語』が法成寺造営に到り着くのに対して、『大鏡』は語りの場としての雲林院に回帰してくる。その間、『大鏡』は様々な場所について語っていた。『栄花物語』が単一の空間に収束してしまうのに対して、『大鏡』は多様な場所を抱え込んでいるといってよい。その中で、もっとも重大な場所は内裏であろう。『大鏡』は内裏に起こったトラウマを語る。それが菅原道真の挿話である。

筑紫におはします所の御門固めておはします。大弐の居所は遙かなれども、楼の上の瓦などの、心にもあらず御覧じ遣られけるに、またいと近く観音寺といふ寺のありければ、鐘の声をきこし召して作らしめたまへる詩ぞかし。

（引用は日本古典集成による、第二）

「不出門」という詩に「都府楼讒看瓦色、観音寺只聞鐘声」と記した道真にとって「楼」は憎しみの対象となったであろう。だからこそ、内裏の焼亡が出来するのである。

内裏焼けて、度々造らせたまふに、円融院の御時の事なり、工ども、裏板どもを、いとうるはしく鉋かきて、まかり出でつつ、またの晨に参りて見るに、昨日の裏板に煤けて見ゆる所のありければ、梯に登りて見るに、夜の中に虫の食めるなりけり。その文字は、
作るともまたも焼けなむ菅原やむねのいたまの合はぬ限りは

（第二）

『栄花物語』には邸宅の焼亡がほとんど出てこない。しかし、『大鏡』には内裏の焼亡が出てくる（「火の宮」の挿話もある）。また、『うつほ物語』では三春高基の挿話に邸宅の焼亡がみられる（「七条の家、四条の家をはじめて、片端より火をつけて、片時に焼き滅ぼして、山に籠りぬ」あて宮巻）。『源氏物語』にも邸宅焼亡の挿話が出てくるだろう。これらの作品は道真のトラウマを刻み込んでいるのである（文字はトラウマのしるしである）。ここで改めて建築の問題

が浮上してくる。

注

（1）中野幸一「うつほ物語における長篇構築の方法」（『うつほ物語の研究』風間書房、一九八一年）を参照。

（2）拙稿「栄花物語の方法、大鏡の方法」（本書所収）で論じたように、編年体をとる『栄花物語』は時間に対して受け身である。ただし、もののけの場合は例外である。「かくて東宮四つにおはしましし年の三月に、元方大納言なくなりしかば、そののち、一の宮も女御もうち続きうせ給にしぞかし。そのけにこそはあめれ、東宮いとうたて御もののけにて、ともすれば御心地あやまりしけり」（巻一）とあるように、もののけはいわば時間的受動性に対する反逆にほかならない。

（3）「禄・賭物」の論理については、三田村雅子「宇津保物語の論理」（『初期物語文学の意識』笠間書院、一九七九年）を参照。なお、『うつほ物語』に辞書の論理を見出そうとしたのが拙稿「うつほ物語と三宝絵」（本書所収）である。

（4）『栄花物語』における尼君たちの役割については渡瀬茂「世界の尼、花の尼」（『新栄花物語研究』風間書房、二〇〇二年）を参照。

（5）室城秀之「「国譲・上」の巻の冒頭について」（『うつほ物語の表現と論理』若草書房、一九九六年）を参照。

（6）坂本信道「「楼の上」巻名試論」（『国語国文』一九九一年六月号）や『日本国語大辞典第二版』（小学館、二〇〇二年）の項目「音楽」を参照。天上の楽であった「音楽」が具体性をもつためにはもっと卑俗になる必要があるだろう。『新猿楽記』で「声は頻伽の如く、貌は天女の若し」と記されるのは十六番目の娘だが、「遊女夜発の長者、江口河尻の好色なり」と続く。そうしたときはじめて音楽は具体性を帯びるのである。

（7）神田龍身「エクリチュールとしての〈音楽〉」（『源氏研究』八、二〇〇三年）は『うつほ物語』が結末に至って音楽の表象不能という限界を明らかにしたと述べているが、音楽はもともと言語によっては表象不可能なものではないだろうか。『うつほ物語』は離散的な言語によって音楽を知的に組み立てているだけなのである。『うつほ物語』の結末は建築の完成儀礼のようにみえる。

(8)『枕草子』七七段には地獄絵の恐ろしかったことがわざわざ記されている。いったん部屋に逃げ込むが、再び出てくる清少納言は地獄絵に恐怖しつつ、また魅了されているのではないだろうか。

Ⅶ　うつほ物語と今昔物語集——建築への意志

構造的美観は云ひ換へれば建築的美観である。従ってその美を恣にする為めには相当に大きな空間を要し、展開を要する。

谷崎潤一郎「饒舌録」

一　建築への意志

人が建築を必要とする以上、言語作品もまた建築との関係において規定できるのではないだろうか。[1] たとえば、『うつほ物語』の場合、その始まりには「うつほ」があり、その終わりには「楼の上」がある。『うつほ物語』は「うつほ」から「楼の上」に至る物語と考えられるはずである。『源氏物語』では六条院という理想的な建物が作られるが、そこに建築への意志を見て取ることができる。そして、六条院を捨て去る「宇治十帖」には脱構築的な作用を指摘できるだろう。

『伊勢物語』や『大和物語』など歌物語では建築への意志がほとんどみられない。だが、『竹取物語』や『落窪物語』では建築的意志の萌芽がみられる。それが竹の使用であり（「竹をとりつつ、よろづのことにつかひけり」）、落窪の空間である（「おちくぼなる所…」）。

『栄花物語』では道長の作り上げる法成寺に建築への意志を見て取ることができるだろう。編年体をとる『栄花物語』はもっぱら時間の推移に従って叙述しているが、最後に「浄土」として法成寺という建物が建立される。そこで時間に対する受動性がはじめて空間的な能動性に転じるのである。一見して構築性が低いようにみえるが、大部の『栄花物語』は法成寺に見合っているといってよい。

『方丈記』という作品はまさに住居を主題としており、その小冊子は方丈にふさわしいサイズである（『閑居友』も同様であろう）。鴨長明の住居に対する逆説的な関心は『発心集』にもうかがえるが、その冒頭には大僧都でありながら寺院を捨てた玄賓の挿話がみえる。とりわけ印象的なのは家の設計図ばかりを描く貧しい男の挿話である。「彼の男があらましの家は、走り求め、作りみがく煩ひもなし。雨風にも破れず、火災の恐れもなし。なす所はわづかに一紙なれど、心をやどすに不足なし」（巻五第十三）。この男は『方丈記』作者の自画像にちがいない。

「花は盛りに、月は隈なきをのみ、見るものかは」という考え方を記した『徒然草』は建築への意志を脱構築しているといえる（「おのづから」なる自然成長性を重んじる本居宣長にとっては、それがひねくれているとしかみえない）。『徒然草』は「家の作りやうは夏をむねとすべし」と記しており、堅固な閉鎖性からはほど遠い。後述するように建築への意志の明瞭な作品として説話集があるとすれば、そうした説話集を脱構築した作品として『徒然草』を位置づけることができる。

勅撰集はどうか。それは宮殿という建築と不可分である。「色好みの家に埋もれ」ていたものを「まめなる所」に引き出したのが勅撰集だからである（『古今集』仮名序）。平安朝において内裏はしばしば焼亡し再建が企てられたが、それは勅撰集がたびたび編纂されたことに重ね合わせられるかもしれない。勅撰集はいわば何度でも立て替えられる宮殿なのである。隠岐の島に流された後鳥羽院にとっては、勅撰集の切り継ぎが理想の宮殿を作るに等しかったであろう。また武士の時代にあって、十三代集の選定は宮廷権威の復活を意図していたはずである。勅撰集において整然たる部立は宮殿の配置を思わせる（四方四季の町といってもよい）。『千載集』になると釈教歌・神祇歌の部立が加わるが、それは文字通り寺社の重要性を示すものにほかならない。

さて、とりわけ建築への意志が明瞭な作品として『今昔物語集』をあげることができる。天竺・震旦・本朝に及ぶ整然たる構成、二話一類と呼ばれる連鎖的な編集。『今昔物語集』の編者が大寺院の出身かどうかにかかわらず、その作品は大寺院の建築に匹敵する。

『古今著聞集』の場合はどうか。全二十巻の整然たる構成はまさしく勅撰集の形式に倣っているが、それは失われた王宮の再現に相当するものであろう(2)（『十訓抄』による増補はいわば増築部分である）。巻一「神祇」の序に続いてまず「内侍所焼亡の事」が記されるのは偶然ではない。内裏の焼亡にもかかわらず変わることのない鏡は『古今著聞集』の理念というべきものである。巻一の末尾に記される東大寺再建の説話は編者にとっても無縁ではないはずである。もしかすると「汝つくるべきものなり」という声が聞こえていたかもしれない。巻二「釈教」もまた内裏の焼亡から始まっているが（「伽藍を焼き払はれにけり。然るあひだ、空より火くだりて内裏焼けにけり」）、編者の執着が見て取れるだろう。このほか内裏焼亡に言及する説話は少なくない（巻三第八三、巻四第一四一など）。しかも編者は編集を終えると勅撰集完成の際と同様の祝宴を行っているのである（跋文）。

雑纂的な『宇治拾遺物語』は『今昔物語集』に比べると、明らかに建築的意志が低い。和文に近いという点も含めて脱構築的側面がみられる（「家の焼くるを見て悦ぶ」絵仏師の話、「家に火をつくる」狐の話、「応天門を焼く」大納言の話などが出てくるは偶然ではない）。『宝物集』、『古事談』、『十訓抄』などは整然と分類されているので、建築的意志が高いといえる（『古事談』巻六は「亭宅諸道」と題されている）。それに対して『江談抄』、『沙石集』などは雑然としている。雑然としているのは対象に入り込んでいるからであろう。現場のただ中で、整理している暇はない。建築的意志が明瞭なものは現場から距離をおいているともいえる。

では、『うつほ物語』において建築への意志はどうか。はじめのうちは「うつほ」のように低かったといえる。重複がみられるし、明らかに弛緩していた。しかし、「蔵開」を経て「楼の上」に至ると建築への意志が高くなっている。荒削りなものにとどまるであろうが、本章では『うつほ物語』と『今昔物語集』を建築への意志という観点から論じてみたい。それによって、『うつほ物語』の特質がいくらか明らかになると思われるからである。

二　「うつほ」から「楼の上」へ

『うつほ物語』の場合は物語的な統一を必要とする。しかし、説話集の場合はそれが必要ではない。説話的断片の編集だけで十分である。『うつほ物語』は「かくて」によって時間をつないでいる。それによって継起性がはかられる。それに対して、『今昔物語集』は全体としての継起性が必要ない。各説話は「今は昔」によって始まり「となむ語り伝へたるとや」と終わるが、それによって複数の時間の並列が可能となるのである。

『うつほ物語』の出発点は、次のような場所である。

いと深き山道のほど、堪へ難く聞きしかど、うつほともおぼえず、前一町ばかりのほどは明らかに晴れて、同じ岡といへど、人の家の作れる山のやうにて、木立ちをかしう、所々に、松・杉、花の木ども、菓物の木、数を尽くしてなき物なく、椎・栗、森を生やしたらむごとく、巡り生ひ連なれり。すべて、仏の現じ給へる所なれば、かからざらむ人も住ままほしげに見えたり。（引用は室城秀之校注『うつほ物語　全』改訂版による、俊蔭）

「うつほ」は仏典によって理想化されているが、民俗学的にいえば「魂の這入るべき空洞」なのであろう。(3)　しかし「うつほ」にとどまっている限り、『うつほ物語』は長篇たりえない。『うつほ物語』は建物を必要とする。それが兼雅の家ということになる。俊蔭女とその息子は兼雅に迎えられ、そこで暮らすわけだが、それと類似した説話が『今昔物語集』にあるので、まず検討してみよう。兼雅の物語との関係が指摘されている高藤の説話である。

中時許ニ俄掻暗ガリテ霙降リ、大キニ風吹キ、雷電霹靂シケレバ、共ノ者共モ各ノ馳散テ行キ分レテ、「雨宿ヲセム」ト皆ナ向タル方ニ行ヌ。主ノ君ハ西ノ山辺ニ、「人ノ家ノ有ケル」ト見付テ、馬ヲ走セテ行ク。共ノ舎人男一人許ナム有ケル。其ノ家ニ行着テ見給ヘバ、檜垣指廻シタル家ニ、小サキ唐ラ門屋ノ有ル内ニ、馬ニ乗乍ラ馳入ヌ。（中略）二月ノ中ノ十日ノ程ノ事ナレバ、前ナル梅ノ花、所々散テ、鶯木末哀ニ鳴ク、遣水ニ散落テ流ルルヲ見ルニ、極ク哀也。馬ニ乗乍ラ前ニ有シ様ニ打入テ下ヌ。

（引用は新日本古典文学大系による、巻二二第七）

暗い天候と明るい気候の対比がみられ、一度目に女の家を訪れる場面と二度目に女の家を訪れる場面が対比されているのがわかる。しかし、そのなかを馬で入っていく主人公の姿だけは変わらない。興味深いのは、女の家を細かく記している点であろう。結末で語られるのも、もっぱら女の家のことなのである。

其ノ弥益ガ家ヲバ寺ニ成シテ、今ノ勧修寺此也。向ノ東ノ山辺ニ其ノ妻、堂ヲ起タリ。其ノ名ヲバ大宅寺ト云フ。此ノ弥益ガ家ノ当ヲバ、哀レニ睦シク思食ケルニヤ有ケム、醍醐ノ天皇ノ陵、其ノ家ノ当ニ近シ。此レヲ思フニ、墓無カリシ鷹狩ノ雨宿ニ依テ、此ク微妙キ事モ有レバ、此レ皆前生ノ契ケリトナム語リ伝ヘタルトヤ。

（巻二二第七）

「墓無」い雨宿りが契機になっており、その結果「陵」が近くに作られたというところには機知さえ感じられる。いずれにしても、『今昔物語集』の説話は女の家に力点を置いている（『勧修寺縁起』なども同様）。しかし、俊蔭巻では男の家に力点が置かれる。「うつほ」に移らざるをえなかった俊蔭女は、すでに家を失っているからである。そして家を失った俊蔭一族の仮の基盤がそこに据えられることになる（俊蔭の家の復興がはかられるのは蔵開巻に至ってからである）。

この殿は、檜皮のおとど五つ、廊・渡殿、さるべきあてあての板屋どもなど、あるべき限りにて、蔵町に御蔵いと多かり。（俊蔭）

この部分は絵解、絵詞などと呼ばれ、絵画制作の指示とも考えられるところだが（新古典文学全集は「絵指示」とする）、そうした箇所の初出である。たとえ絵解が後補であるとしても、『うつほ物語』が主題論的に招き寄せたと考えることができるのではないだろうか。『うつほ物語』は一貫して建物に興味を示しているからである。つまり絵解は『うつほ物語』の空間的な特質をもっともよく示す部分なのである（屏風絵的特質といってもよい）。これ以後、物語はより日常的な世界に向かうが、そこには必ず絵解的な部分が出てくる。

ここは、大将殿の宮住み給ふおとど町。池広く、前栽・植木面白く、おとどども・廊ども多かり。曹司町・下屋ども、皆檜皮なり。（藤原君）

ここは、上野の宮。おとど四つ、板屋十、蔵あり。池広し。山高し。これ、寝殿。宮おはし、男ども十人ばかり。松原・植木・前栽あり。（同）

ここは、七条殿。四面に、蔵立てり。寝殿は、端はつれたる小さき茅屋、編み垂れ蔀一間上げて、葦簾懸けたり。御座所、九幅なる筵敷きたり。（同）
ここは、致仕の大臣殿の四条殿。寝殿、対四つ、渡殿あり。寝殿に、帳立てたり。蒔絵の厨子、覆ひして立てたり。綾の屏風、褥・上筵敷きたり。（同）
ここは、帥殿。檜皮屋・御蔵どもあり。（同）

このように絵解はほとんどの場合、建築にかかわる空間的な指定をしているのである。吹上巻で種松の屋敷を指示する長大な絵解などは、『うつほ物語』の空間的な特質を最もよく示している。そして「蔵開」へ、「楼の上」へ、『うつほ物語』の建築的意志は明らかに高くなっていくのであり、そうしたところにこの作品の物語的統一があるといえる。

さて、「楼」は次のように差図・差配されている。(4)

四面に垣巡り、白き壁塗らすべかんめり。この西の対の南の端に、未申の方にかけて、昔墓ありける跡のままに、念誦堂建てたり。南の山の花の木どもの中に、二つの楼、丈よきほどに、こちたからぬほどに、たちまちに造るべし。西、東に並べて、楼の二つが中に、いと高き反橋をして、北、南には、格子構くべし。それに、我は、居給はむとす。「これ造らむには、なべての工匠には寄せじ。修理職の中にすぐれたらむ者二十人を選りて、方分きて、心殊に造らすべきなり」とて、絵師召して造るべきやうあらせ給ふ。（楼の上・上）

注目されるのは「二つの楼」である。実際に誰がそこに座るかはともかくとして、これは「俊蔭」と「藤原君」

という二つの家のピークを描く『うつほ物語』の構成と一致するものではないだろうか。ここみられる建築への意志は、『うつほ物語』全体の構築と無縁ではないように思われる。とはいえ、それは超越的な垂直性に至るわけではない。

「東の対の端には、広き池流れ入りたり。その上に、釣殿建てられたり。その水の様、洲浜のやうにて、御前の南には中島あり。それに、楼は建つべきなり。御前の丈の高きを、そよりは南なる岸繁ければ、透きてはつかに見ゆべし。西、東のそばよりは見えたらむは、柳の木どもの中より、木高く面白からむこと限りなからむ」など、人々興じ申す。（楼の上・上）

この想像図はまさに屏風絵の世界にほかならない。「楼」が作られるとはいえ、『うつほ物語』は屏風絵の平面性に収まってしまうからである。そこに「州浜」の一語が登場する点に注目しよう。「州浜」とは入り江のことだが、その形をした作り物のことでもある。『うつほ物語』にしばしば登場する作り物としての「州浜」、あたかもそれに還元されるかのように現実の景物が似てしまうのである。『うつほ物語』を特徴づけているのは、自然の崇高さというよりも作り物の卑俗さである。

三　今昔物語集の「高楼」

『今昔物語集』にも「楼」が登場してくる。多くは「高楼」や「楼閣」という語なのだが、興味深いのはそれが一定のイメージを構成している点である。結論を先取りしていえば、『今昔物語集』において高楼や楼閣は世俗のイメージ、地獄のイメージ、極楽のイメージを形成しているのである。以下、その三つのイメージをみていこう。

其ノ時ニ、外道、高楼ニ登テ見ニ、仏ノ家家ニ追レ給テ、日高ク成マデ供養モ不受デ疲極シテ返給ニ、女ノ棄ツル菸水ヲ受テ呪願シ給ヲ見テ（中略）嘲リ咲フ。（巻一第十一）

これは、仏陀が婆羅門城に入って乞食をする説話である。仏陀を嘲る外道が登っている「高楼」は、仏教にとっては否定すべき世俗のイメージにほかならない。「汝、其ノ譬ヲ以テ可心得シ。芥子ヨリモ小サキ種ヨリ生タル木、五百ノ車ヲ隠スニ尚影余ル。仏ニ少モ物ヲ供養スル功徳無量也」という仏陀の逆説によって外道は改宗してしまうので、高楼の体現している物質世界に対して精神世界のほうが優位にあることがわかる。

今昔、仏、「羅候羅ヲ迎ヘテ出家セシメム」ト思シテ、目連ヲ以テ使トシテ迎ヘニ遣サムト為ル程ニ、羅候羅ノ母耶輪陀羅此ノ事ヲ聞テ、高楼ニ登テ門ヲ閉テ、守門ノ者ニ仰セテ云ク、「努力、門ヲ開ク事無カレ」ト。（中略）耶輪陀羅高キ楼ニ登テ、門ヲ閉テ心静ニ有ル程ニ、目連空ヨリ飛来ヌ。（巻一第十七）

これは、仏陀が息子の羅候羅を出家させる説話である。したがって、息子の出家を阻止しようとする母親が登る「高楼」も否定的なイメージに収まっている。仏陀の使者を拒む門は仏教に対して世俗を守る門ということになるが、仏陀の使者が軽々と越えるところに仏教の優位性が示される。

難陀高キ楼ニ昇テ遙ニ見ルニ、仏鉢ヲ以乞食シ給フ。難陀此ヲ見テ、高楼ヨリ忽下テ仏ノ御許ニ至テ…

（巻一第十八）

これは、仏陀が弟の難陀を出家させる説話である。したがって、難陀が登っている「高楼」は世俗の象徴といえる。難陀がすぐさま高楼から降りて来るところに、かえって乞食する仏陀の優位性が示される。仏陀は弟に天の世界を見せているが（「諸天ノ宮殿共ヲ見セ給フニ、諸ノ天子、天女ト共ニ娯楽スル事無限シ。一ノ宮殿ノ中ヲ見ルニ、衆宝荘厳不可称計ズ」）、天の世界のほうが世俗の高楼より勝るのである。

今昔、天竺ニ仏、阿難ト共ニ城ニ入テ乞食シ給ケル時ニ、城ノ中ニ一人ノ王子有リ。鞞羅羨那ト云フ。諸ノ采女ノ共ニ高楼ノ上ニ有テ娯楽ス。仏其ノ楽シブ音ヲ聞給テ、阿難ニ告テ宣ハク、「此王子ハ此ヨリ後七日有テ可死シ。此人若シ不出家ズハ、地獄ニ堕テ苦ヲ可受シ」ト。阿難此事ヲ聞、即チ高楼ニ行テ王子ヲ教化シテ出家ヲ勧ム。

（巻一第二二）

これは、仏陀が鞞羅羨王子を出家させる説話である。世俗の最高の快楽が「高楼」にあるわけだが、それが否定される。興味深いのは、高楼の音が天に通じている点である。

其ノ時ニ、富那奇、美那ト共ニ高楼ニ昇テ香ヲ焼テ、遙ニ仏ノ御方ニ向テ仏ヲ請ジ奉ル。仏空ニ其ノ心ヲ知リ給テ、諸ノ御弟子等ヲ引具シテ神通ニ乗ジテ来給テ、金ノ床ニ坐シ給ヘリ。

（巻二第四十）

これは、長者の息子と奴が出家する説話である。「高楼」は世俗の富を象徴するものだが、ここでも高楼から天へと祈りが通じているようである。

夜ニ臨ニ琴ヲ曳ク。大王高楼ニ在マシテ髣ニ此ノ琴ノ音ヲ聞給フニ、我ガ子ノ拘那羅太子ノ引給ヒシ琴ニ似タリ。然レバ使ヲ遣シテ、「此ノ琴引クハ、何コノ誰人ノ引クゾ」ト問給フニ、使象ノ厩ニ尋ネ至テ見レバ、一人ノ盲人有テ琴ヲ引ク。（巻四第四）

これは、継母の愛欲と讒言によって王子が追放される説話である（『うつほ物語』忠こそ巻を連想させる）。大王のいる「高楼」は世俗の権力を象徴するものとなっているが、そこで追放した王子の音楽を耳にするのである。「速ニ太子ノ二ノ眼ヲ抉リ捨テ、太子ヲ国ノ境ノ外ニ可追却シ」という偽の宣旨で王子は盲目にされ追放されてしまった。にもかかわらず仏教の力で回復するのだが、興味深いのは盲目と音楽の関係であろう。追放された者が音楽をきっかけとして蘇るところは盲目の芸能者たちを励ます要素を含んでおり、この伝説は蝉丸説話の原拠になったとも考えられる（『三国伝記』巻七では二つの説話が並んでいる）。

国王嘆キ給テ、「若シ其レヤ取ツラム」ト疑ハシク思ヒ給ケレバ、只問ムニ可云キ様無ケレバ、此ヲ云スベキ構ヘヲ謀カリ給ケル様、高楼ヲ七宝ヲ以テ荘リ、玉ノ幡ヲ懸ケ錦ヲ以テ地ニ敷キ、荘厳無量ニシテ（中略）其ノ後、蜜ニ掻テ、彼ノ飾レル楼ノ上ニ将上テ臥セツ。（巻五第三）

これは夜光玉を盗まれた国王が、盗人に白状させるため天の世界を偽装する説話である。したがって、ここでの「高楼」は天のイメージを仮構した世俗のイメージということになる。罪を白状しなかった盗人は大臣に取り立てられるが、「然レバ、悪シキ事ト善キ事トハ、差別有ル事無」とする結語は興味深い。高楼のイメージの二重性がそのまま善悪差別無しという結語につながってくるからである。

西時ニ至テ、鼓打チ、角ヲ吹ク。其ノ音、三百余里振テ、地動キ山響ク。二日ヲ経タリ。此レニ依テ、大石康等ノ五国ノ軍皆逃ゲ散ヌ。（中略）亦、此ノ間、城ノ楼ノ上ニ光明有リ。人怪テ此レヲ見レバ、毘沙門天形ヲ現ジ給。（巻六第九）

これは、不空の祈祷によって毘沙門天が出現し敵軍を撃退する説話だが、興味深いことに音楽と高楼が関係している。音楽には敵を滅ぼす力があり、高楼は天に通じる場所なのである。

恵鏡即チ鉢ノ内ヲ見ルニ、「鉢ノ内ゾ」ト思フ程ニ、遙ニ広キ世界ニテ有リ。仏ノ浄土也ケリ。黄金ヲ以テ地トセリ。宮殿楼閣重々ニシテ、皆衆宝ヲ以テ荘厳セリ。（巻六第十五）

これは、恵鏡という僧が夢のなかで浄土を見る場面である。「宮殿楼閣」は世俗のイメージではなく極楽のイメージとなっている。その後、恵鏡は極楽往生する。「百千ノ菩薩・聖衆、西ヨリ来テ恵鏡ガ房ニ来テ、恵鏡ヲ迎テ西へ去ヌ。其ノ時、微妙ノ音楽空ニ聞エ、香シキ匂ヒ室ニ満タリト。空ノ音楽ヲバ聞ク人、世ニ多カリケリトナム語リ伝ヘタルトヤ」。ここでの音楽は極楽に通じるものとなっている。

其ノ後、亦、夢ニ一ノ人、白銀ノ楼台ニ乗テ来テ、道珍ニ語テ云ク、「汝ヂ浄土ノ業既ニ満テリ。必ズ西方ニ

可生シ」ト告グト見テ、夢覚ヌ。（巻六第四十）

これは、道珍という僧が夢のなかで極楽往生を約束される場面である。使者の乗っている「楼台」は極楽のイメージであろう。

二十余日ヲ経テ即チ忽ニ見ルニ、一人ノ人青衣ヲ着シ、麗シク花ヲ飾テ高楼ノ上ニ在テ、手ニ経巻ヲ取テ法蔵ニ告テ云ク、「汝ヂ、今、三宝ノ物ヲ誤用シテ罪ヲ得ル事無限シ…」（巻七第九）

これは、法蔵という僧が夢のなかで罪を咎められる場面である。使者の出現する「高楼」は極楽のイメージに結びついている。

此ノ児、既ニ、村ノ門ヲ出デテ見レバ、道ノ右ニ当テ一ノ小キ城有リ。四面ニ門楼有リ。柱・桁・梁・扉等、皆赤ク染テ、甚ダ事々シ気也。例、更ニ不見ヌ所也。（中略）此ノ城ノ内ノ地、皆、熱キ灰ニシテ、焼ケ砕タル火深シ。足ヲ踏ミ入ルルニ、踝ヲ隠ス程也。児、忽ニ呼ヒ叫ムデ、走テ南ナル門ニ趣テ出ムト為ルニ、其ノ門閉ヅ。亦、東・西・北ノ門ニ至ルニ、皆、南ノ門ノ如ク閉ヅ。未ダ不行ザレバ開タリ。至レバ即チ閉ヅ。如此クシテ走リ迷ヒ出ル事ヲ不得ズ。（巻九第二四）

これは鶏の卵を盗んだ少年が報いを受ける説話だが、この建物は地獄のイメージを構成しているようにみえる。『今昔物語集』にとって建物は脱出不可能な何かなのである。

音楽ヲ調ベ、供養ノ儀式不可云尽。其後、追々ニ、諸ノ堂舎・宝塔造リ加ヘ、廻廊・門楼・僧坊ヲ造リ重テ、多ノ僧徒ヲ令住メテ、大乗ヲ学シ、法会ヲ修ス。惣ベテ仏法繁盛ノ地、此所ニ過タルハ無シ。本、山階ニ造リタリシ堂ナレバ、所ハ替レドモ山階寺トハ云也ケリ。亦、興福寺ト云フ、是也トナム…　（巻十一第十四）

これは、藤原鎌足が蘇我入鹿殺しの罪を謝するために山階寺を造った説話である。ここでの大伽藍は極楽のイメージに近づいている。

而ル間、道乗夢ニ、法性寺ヲ出デテ比叡ノ山ニ行クニ、西坂ノ柿ノ木ノ本ニ至テ、遙ニ山ノ上ヲ見上グレバ、坂本ヨリ初メテ大嶽ニ至ルマデ多ノ堂舎・楼閣ヲ造リ重ネタリ。瓦ヲ以テ葺キ金銀ヲ以テ荘レリ。　（巻十三第八）

これは道乗という僧が夢のなかで、条件つきながらも極楽往生を約束される場面である。ここでの「楼閣」は浄土のイメージが重ね合わされている。

寺ノ門ヲ入テ見レバ、金堂・講堂・経蔵・鐘楼・僧坊・門楼、極テ多ク造リ重テ、荘厳セル事実ニ微妙也。（中略）我レ此ヲ見テ思フ様、「若シ此ハ極楽ニヤ有ラム。亦ハ兜率天上ニヤ有ラム」ト。　（巻十三第三六）

これは、源兼澄の娘が絶命して浄土を見る場面である。これらの建物は極楽のイメージを構成している。

而ル間、玄海、夢ニ、我ガ身左右ノ脇ニ忽チ羽生ヌ。西ニ向テ飛ビ行ク。千万ノ国ヲ過テ飛ビ行テ微妙ナル世界ニ至ヌ。皆七宝ノ地也。其ノ所ニシテ我ガ身ヲ見レバ、大仏頂真言ヲ以テ左羽トシ、法花経ノ第八巻ヲ以テ右羽トシタリ。此世界ノ宝樹、様々ノ楼閣・宮殿共ヲ廻り見ルニ、一人ノ聖人出来レリ。（巻十五第十九）

これは、玄海という僧が夢のなかで極楽往生を約束される場面である。ここでの「楼閣」も極楽のイメージとなっている。

而ル間、我レ独リ広キ路ニ向テ西北ノ方ニ行ク、即チ門楼ニ至ル。其ノ内ニ器量キ屋共有リ。此ヲ見ルニ、検非違使ノ庁ニ似タリ。其ノ所ニ官人其ノ数有テ、庭ノ中ニ着並タリ。多ノ人ヲ召シ集メテ、其ノ罪ノ軽重ヲ定ム。（巻十七第十八）

これは、阿清という僧が絶命して閻魔庁に行った場面である。「門楼」のある閻魔庁には現世の検非違使庁のイメージが借用されている。『延喜式』四二「東西市司」に「凡決罰罪人者、官人与使相対楼前罰之」とあるが、そのイメージであろう。

而ル間、高楼ノ官舎ノ有ル庭ニ到リ着ヌ。数検非違使・官人等、東西ニ次第ニ着並タリ。我ガ朝ノ庁ニ似タリ。（巻十七第二二）

これは、賀茂盛孝が絶命して閻魔庁に落ちた場面である。ここでも「高楼」のある閻魔庁には現世の検非違使庁のイメージが借用されている。

我レ死シ時、頭ハ牛ノ頭ナル者ノ身ハ人ナル、七人出来テ、我ガ髪ニ縄ヲ付テ、其ヲ捕テ、我レヲ立チ衛テ将行キシニ、道ノ前ヲ見レバ、器量ク造タル楼閣有リ。「此ハ何ナル宮ゾ」ト問ヘバ、此七人ノ者眼ヲ瞋ラカシテ、我レヲ睨テ云事無シ。（巻二十第十五）

これは、牛を殺した男が絶命して閻魔庁に連行される場面である。「楼閣」のある閻魔庁には世俗の宮殿のイメージが重ね合わされている。

心ニ思ハク、「此ハ玄象ヲ人ノ盗テ□楼観ニシテ、蜜ニ弾ニコソ有タレ」ト思テ、急ギ行テ□楼観ニ至リ着テ聞クニ、尚南ニ糸近ク聞ユ。然レバ、尚南ニ行ニ、既ニ羅城門ニ至ヌ。門ノ下ニ立テ聞クニ、門ノ上ノ層ニ、玄象ヲ弾也ケリ。（巻二四第二四）

これは玄象という琵琶の名器が盗まれる説話だが、「楼」は音楽を演奏するにふさわしい場となっている。音楽は天に通じているのである。

尼ノ云ク、「抑モ、殿原ノ、「月ハ長安ノ百尺ノ楼ニ上レリ」ト詠ジ給ツル、古ハ故宰相殿ハ、「月ニ依テ百尺ノ楼ニ上ル」トコソ詠ジ給シカ。此ハ不似侍。月ハ何シニ楼ニハ可上キゾ」ト、「人コソ月ヲ見ムガ為ニ楼ニハ上レ」ト云ヲ、此人々聞テ、涙ヲ流シテ尼ヲ感ズル事無限リ。（巻二四第二七）

これは、大江朝綱の家に仕えていた尼が詩句の読みを訂正する場面である。もっぱら朝綱の「家風」と「文花」を讃える説話だが、白居易の「百尺ノ楼」は中国文明の象徴として機能しているように思われる。月が自然に楼に上るだけでは詩にならない。月を愛でるという詩的観念とともに楼に上るところにはじめて詩が成立するのである（たとえば『凌雲集』には「君若欲老腸断処、高楼名月暁孤懸」という詩がみられる）。八月十五夜、楼の上で詩を朗詠する行為はほとんど音楽を演奏するに等しいものとなっている。『うつほ物語』楼の上巻の演奏もまさに八月十五夜だったからである。ちなみに『作庭記』は「唐人が家にかならず楼閣あり。高楼はさることにて、うちまかせてハ、軒みじかきを楼となづけ、軒長を閣となづく。楼ハ月をみむがため、閣ハすずしからしめむがためなり」と記している(5)。

翁、此レヲ取テ家ニ返ヌ。然レバ、翁忽ニ豊ニ成ヌ。居所ニ宮殿楼閣ヲ造テ、其レニ住ミ、種々ノ財庫倉ニ充チ満テリ。眷属衆多ニ成ヌ。（中略）而ル間、天皇、此ノ女ノ有様ヲ聞シ食シテ、「此ノ女、世ニ並無ク微妙シト聞ク。我レ、行テ見テ、実ニ端正ノ姿ナラバ、速ニ后トセム」ト思シテ、忽ニ大臣百官ヲ引将テ彼ノ翁ノ家ニ行幸有ケリ。既ニ御マシ着タルニ、家ノ有様微妙ナル事、王ノ宮ニ不異ズ。（巻三一第三三）

よく知られた竹取説話である。竹取翁の家は極楽のイメージ、王宮のイメージを伴っている。しかし女が天に帰ることで、一挙にその意味を失うのである。なぜなら翁と嫗は子供をなくし、帝は后をなくしたことになるからである。愛の対象を失ったとき建築は意味をもたないだろう。『竹取物語』には「かくて翁やうやう豊かになり行く」としか記されていないが、その豊かさを建築で表現したところに『今昔』説話の特徴があるといえる。

以上、『今昔物語集』の「高楼」や「楼閣」についてみてきた。さらに建築技術という点で注目されるのが巻二四第五である。この説話からは建築と表象という二つの技術が読み取れる。

互ニ挑乍ラ、中吉クテナム戯レケレバ、「此ク云事也」トテ、川成、飛騨ノ工ガ家ニ行ヌ。行テ見レバ、実ニ可咲気ナル小サキ堂有リ。四面ニ戸皆開タリ。飛騨ノ工、「彼ノ堂ニ入テ、其内見給ヘ」ト云ヘバ、川成延ニ上テ南ノ戸ヨリ入ラムト為ルニ、其戸ハタト閉ヅ。驚テ廻テ西ノ戸ヨリ入ル。亦其ノ戸ハタト閉ヌ。亦南ノ戸ハ開ヌ。然レバ北ノ戸ヨリ入ルニハ其戸ハ閉テ、西ノ戸ハ開ヌ。亦東ノ戸ヨリ入ルニ、其戸ハ閉テ、北ノ戸ハ開ヌ。如此廻々ル数度入ラムト為ルニ、閉開ツ入ル事ヲ不得。侘テ延ヨリ下ヌ。其時ニ飛騨ノ工咲フ事無限リ。川成、「妬」ト思テ返ヌ。（中略）工、川成ガ家ニ行キ此来レル由ヲ云入レタル、「此方ニ入給ヘ」ト令云ム。云ニ随テ、廊ノ有ル遣戸ヲ引開タレバ、大キナル人ノ黒ミ脹臭タル臥セリ。臭キ事鼻ニ入様也。不思懸ニ此ル物ヲ見タレバ、音ヲ放テ愕テ去返ル。川成、内ニ居テ、此ノ音ヲ聞テ咲フ事無限リ。（巻二四第五）

表象と建築は説話内容のレヴェルにとどまってはいない。「大キナル人ノ黒ミ脹臭タル臥セリ。臭キ事鼻ニ入様也」というところはまさに表象的な再現が実践されているからである。「南ノ戸ヨリ入ラムト為ルニ、其戸ハタト閉ヅ。驚テ廻テ西ノ戸ヨリ入ル。亦其ノ戸ハタト閉ヌ。亦南ノ戸ハ開ヌ。然レバ北ノ戸ヨリ入ルニハ其戸ハ閉テ、西ノ戸ハ開ヌ。亦東ノ戸ヨリ入ルニ、其戸ハ閉テ、北ノ戸ハ開ヌ」というところはまさに建築的な配置が実践されているからである。つまり、説話内容のみならず説話叙述自体においても表象と建築にかかわる技術が行使されているのである。二つの技術はこの説話だけに限定されるものではないだろう。表象と建築は『今昔物語集』の二つの武器なのである。表象的な再現と構築的な編成が際立つように、『今昔』はそれらによって自らの叙述を押し進めているからである。そして、その背後で無限の哄笑が鳴り響いているのが『今昔』の世界にほかならない（「限リ無シ」は頻出する『今昔』用語である）。

とりわけ迷路のような建築は注目される。読み手もまた『今昔物語集』の世界に入っていこうとして、次の話へ次の話へと先送りされるからである。そこに『今昔』編者の企みがあるだろう。巻九第二四の説話には脱出不可能な空間が描かれていたが、『今昔』の読み手は次の話へ次の話へと先送りされ、ついには抜け出せなくなるのである。堂々巡りの魅力といってもよい。

四　仏教・音楽・建築

『今昔物語集』の編者にとって、編集の作業はどのような行為だったのであろうか。ここでは「高楼」と関連づけてまとめてみたい。編者にとって、『今昔』を編集する作業は仏教の荘厳さを示す「高楼」を作り出す営みと考えることができる。逆にいえば、それは世俗の「高楼」を否定する営みとなる。しかし、世俗の「高楼」への関心なしに編集は不可能であろう。世俗の「高楼」を反転させることでしか仏教の荘厳さを示す「高楼」は作り出せないからである。こうして仏法部を機軸とする『今昔』も世俗部に依拠せざるをえないのである。その両義性ゆえに『今昔』は未完性を余儀なくされたともいえる。いずれにしても、天竺の材料、震旦の材料、本朝の材料を使って作り上げられた未完の「高楼」が『今昔』である。『今昔』は未完の仏教建築といってもよい（対比していえば、造営を勧める『法華経』は建築仏教であろう）。材料の加工具合からみれば、『今昔』の編者はきわめて杓子定規な工匠である。しかも、炎上を恐れるかのように道真の怨霊説話は登場してこない。

小峯和明『今昔物語集の形成と構造』（笠間書院、一九八五年）は『今昔』の基底に仏法王法相依思想を見出しているが、それは高楼イメージの二重性に対応するものであろう。また森正人『今昔物語集の生成』（和泉書院、一九八六年）は『今昔』の原動力を表現の矛盾に求めているが、それは高楼イメージの矛盾に対応するものであろう。『今昔』の特質があるとすれば、それは「高楼」のように矛盾したイメージの二重性のうちに存するはずである。『今昔物語集』（角川文庫、二〇〇二年）は『今昔』の高楼に登って当時の全世界が眺望できると述べている。しかし、その高楼が矛盾したイメージに収まっていることは強調しておきたい。小峯和明『今昔物語集の世界』（岩波書店、二〇〇二年）は『今昔』を切り倒された巨樹にたとえているが、『今昔』は自然の巨木ではなく人工的な建造物である。だからこそ、二重性と未完性を帯びるのである。池上洵一「今昔物語集の成立をめぐって」（『文学』一九七三年九月号）によれば、「一話一話が各資料から取るべきは取り捨てるべきは捨てて成った寄木細工」ということになる。そのような『今昔』の上で天上の楽としての「音楽」が鳴り響くのである。周知のように芥川龍之介は『今昔』に「野生の美しさ」を指摘しているが（「今昔物語集に就いて」）、それは人工的な構築性を通して見出されたものにほかならない（「羅生門」を書いた芥川は『今昔』の構築物を利用していたわけである）。

では、『うつほ物語』の作者にとって書くとはどのような行為だったのであろうか。それは「うつほ」から「楼の上」に至る営みと考えることができる。『うつほ物語』の作者は仏教や音楽や建築に関する知識を組み合わせて、それなりの知的構築物を作り上げたのである。(6)

楼の香ばしき匂ひ、限りなし。御方々を御覧じ回すに、をかしくなまめかし。見所ある楼の中の有様御覧じて、「いみじくをかしくめでたくもしたるかな」と仰せらる。まして、嵯峨の院は、らうらうじくはなやかに愛でさせ給ひて、「琴の音を聞くと、ここの有様を見るとこそ、天女の花園も、かくやあらむとおぼゆれ」とのたまふ。朱雀院、細かに御覧ずるに、飽かずめでたければ、「げに、ここにかたちよろしからざらむ人の居るべき所の様にはあらざりけり」とのたまはす。（楼の上・下）

『うつほ物語』は琴のすばらしさをたびたび記している。しかし、いくら言葉を尽くしても言葉から音楽が響いてくるわけではない。そこで頼ることになるのが建築のイメージであり仏教のイメージである。排他的特権的な「楼の上」のイメージによって、また「天女の花園」という仏説のイメージによって、かろうじて琴の奇瑞に超越性が与えられるからである。(7) その意味で、『うつほ物語』という作品はいささか散漫な音楽建築にたとえることができる（対比していえば、『栄花物語』はなんとも主情的な建築音楽であろう）。知のホールに音楽が響き渡らなければ、『うつほ物語』は空虚なままである。

『うつほ物語』を散漫な構築物と呼ばざるをえないのは、あちこちに緩みが生じているからだが、それはまた「州浜」のような紛い物でもある。ここで、「州浜」に関連する「砂」の主題系を辿っておかなければならない。(8) 俊蔭巻には「この木の前には、よろづの木なつかしう、苔を敷き、砂子を蒔きて、清げなる蔭に立ち寄りて、声作り給へば、このうつほの人、琴を弾きやみて、あやしがりて見給へば、いと清げなる人立てり」とあったが、「うつほ」は砂が蒔かれている点で「州浜」に近いものだったのである。藤原の君巻頭には「葦鶴の移る千歳の宿りには今や砂子の岩となるらむ」という歌が出てくる。それによれば、「藤原の君」と呼ばれる「一世の源氏」の栄華は「砂」が「岩」に成長するものとして寿がれていたのである。忠こそ巻頭には忠こそ母の「すべて、わが子のため悪しからむことをば、水の上に降る雪、砂の上に置く露となし給へ」という遺言が出てくるが、その一節は『うつほ物語』の特質を語っているようにも思われる。『うつほ物語』の言葉は、「砂の上に置く露」のごとく乾いているからである。『伊勢物語』や『源氏物語』と違って、『うつほ物語』には印象的な雪の場面がみられない。

こうして、『うつほ物語』の三つの冒頭にはいずれも「砂」が登場してくる。いわば、『うつほ物語』の基盤は「州浜」のように砂で覆われているのである。吹上の宮は「満つ潮は、御垣のもとまで満ち、干る潮は、花の林の東を限れり。潮満てば、花の木は、海に立てるごと見ゆ。砂子、麗し。木の根しるからず」と記されているし、種松の北の方は「黄金の砂子」を配っている。砂は金銀にもなる。そのとき「君がため思ふ心は荒磯海の浜の真砂子に劣らざりけり」という歌が詠まれるが、『うつほ物語』の「心」とはもっぱら砂の数によって表されるものなのである。実忠の溺愛する息子が「真砂君」と名づけられているのも偶然ではないだろう。実忠が家族を見捨ててあて宮に夢中になると、衰弱し亡くなってしまうのが真砂君である。悲しんだ母親は「黄なる泉に下り立ちて砂子の波をうち背き悲しき岸に着きにけり」と長歌に詠んでいるが、『うつほ物語』の「娑婆」が「砂」の世界であることがわかる。菊の宴巻には「花の林、浦のままに植ゑ並べ、同じき砂子・同じき岩、ありがたくをかしき姿に調じて、よろづの御設けをして待ち候ふ」という場面もみえるが、たちまちに「砂」の光景が作り上げられるのである。そして蔵開上巻では「源氏の中納言、同じ被け物、とく取りて、舞する中将に、砂子の上を下りて被け給ふ様、いとなまめきてめでたし」という場面が目を引く。『うつほ物語』に何度も登場した「被け物」が、実は「砂」の上でやりとりされていたことがわかるからである。いずれにしても、『うつほ物語』が超越的な垂直性に至ることなく、紛い物としての平板さを帯びてしまうのは、その「州浜」的特質ゆえだと考えることができる。

おわりに

最後に、『うつほ物語』を念頭におきつつ『今昔物語集』の音楽説話を分析してみたい（往生を示す天上の「音楽」は説話の終止機能を果たすだけなので、ここでは管絃の音楽を取り上げる）[9]。まず巻二四第二三である。源博雅が逢坂の関で盲目の蝉丸から秘曲を伝授される説話だが、興味深いのは音楽と建築に対する認識である。

世中ハトテモカクテモスゴシテムミヤモワラヤモハテシナケレバ　（巻二四第二三）

この蝉丸の歌からは建築に対する認識がうかがえる。仏教の立場からすれば当然であろうが、壮麗な宮殿も粗末な藁屋も等価なのである（百人一首「これやこのゆくもかへるもわかれては知るも知らぬも逢坂の関」にみられるように、蝉丸の歌は分岐と等価を特徴としている）。蝉丸の歌は『和漢朗詠集』にも収められているが、その意味で仏教説話集たる『今昔物語集』にふさわしい一首といえる。そして次の蝉丸の歌からは音楽に対する認識がうかがうことができる。

アフサカノセキノアラシノハゲシキニシヒテゾヰタルヨヲスゴストテ　（巻二四第二三）

博雅には月夜が見えるのだろうが、盲目の蝉丸はそれが見えない。嵐を感じるのみである。この歌を詠じながら琵琶を鳴らしているが、音楽は激しい嵐と無縁ではない。音楽はまさに外部と通じ合っているといえる。「シヒテ」は「盲ひて」と「強ひて」を掛けているが、後者の「強ひて」は「強ニ此道ヲ好ム」の「強」に通じるものであろう。蝉丸は盲目のまま音楽の道に没入するしかない。それが「シヒテゾヰタルヨヲスゴストテ」という蝉丸の生き方なのである。

この説話には様々な対立項が見出せる。博雅の住む王城と蝉丸の住む逢坂、宮殿と藁屋、晴眼と盲目などである。そして断絶と継承の対立が付け加わる。『江談抄』では秘曲が断絶したと語られている（「問云、件曲近代アリヤ。被答曰、不然」）。しかし、『今昔物語集』では秘曲の継承に力点が置かれる。『今昔物語集』には「末代ニハ諸道ニ達者ハ少キ也」とあって、決して断絶しているわけではない。しかも蝉丸は盲琵琶の始祖と位置づけられる。その意味で、確実に音楽は継承されているのである。

続く第二四は源博雅が鬼に盗まれた琵琶を取り戻す説話である。興味深いことに、二つの博雅説話は喪失と回復という点で共通しており、変換可能な要素を含んでいると考えられる。すなわち、一方における失われた秘曲は他方における失われた楽器と対応するのである。前者は「関」という境界で奪い返されるが、後者は「楼」という境界で奪い返されるのであって、水平軸か垂直軸かの差異とみなしうる。そして二つの音楽説話はいずれも断絶よりも継承を語っている。

其玄象迁今、公財トシテ、世ニ伝ハリ物ニテ内ニ有り。（中略）或ル時ニハ内裏ニ焼亡有ルニモ、人不取出ト云ヘドモ、玄象自然ラ出テ庭ニ有リ。此奇異ノ事共也トナム語リ伝ヘタルトヤ。（巻二四第二四）

建築が焼けても楽器は焼けない。ここには建築に対する音楽の優位を見て取ることができるだろう。音楽は必ず継承されるというのが音楽説話の一貫した主題となっているが[10]（「語リ伝ヘタルトヤ」と語られる以上、断絶があってはならない）、『今昔物語集』では音楽と建築が背反したままである。それに対して、『うつほ物語』では音楽と建築が最終的な調和をめざす。それが『うつほ物語』の展開といえる。そのために高藤説話などが活用されていたわけである。

『うつほ物語』が様々な話型を組み合わせ、『今昔物語集』が様々な類話を組み合わせるのも建築への意志によるものであろう（逆にいえば、建築への意志によってはじめて話型や類話が見出せるのである）。本章では、荒削りながら『うつほ物語』と『今昔物語集』にみられる建築への意志を浮き彫りにしてきたが、それぞれの作品の特徴をいくらか明らかにしえたのではないかと思う。すなわち、『うつほ物語』の「うつほ」から「楼の上」への高まりと緩みであり、『今昔物語集』の「高楼」イメージの矛盾した二重性である。それぞれに音楽の位置と役割が異なっていたといえる。

「うつほ物語と三宝絵——知の基盤」、「うつほ物語と栄花物語——情の様相」から続く本試論を締め括る形でいえば、『うつほ物語』は砂上の楼閣と呼ぶことができる。砂のように非情な知の上に建てられている点で、砂のように無数にある物語の上に建てられている点で、砂上の楼閣なのである。作り物としての「州浜」がしばしば登場する『うつほ物語』は、擬似的な「砂」の上に作られた人工物にほかならない。

注

（1）西和夫『紫式部すまいを語る』『兼好法師すまいを語る』『小林一茶すまいを語る』（TOTO出版、一九八九年）はわかりやすく興味深い。

（2）「この集のおこりは、予そのかみ、詩歌管絃のみちみちに、時にとりてすぐれたる物語をあつめて絵にかきとどめむがためにと、いそのかみふるきむかしのあとより、浅茅がすゑの世のなさけにいたるまで、ひろく勘へ、あまねくしるすあまり、他の物語にもおよびて、かれこれ聞きすてず書きあつむるほどに、夏野の草ことしげく、もりのおちばかずそひ侍りにけり」とある跋文によれば、『古今著聞集』はむしろ絵画にたとえるべきかもしれない。源為憲の説話をいくつか含むところからみると、『古今著聞集』は『三宝絵』を受け継いでいるともいえる。

（3）折口信夫「石に出で入るもの」（『折口信夫全集』一五、中公文庫、初出一九三二年）を参照。「うつほ」と「楼の上」の民俗学的な同一性を重視する見解もあるが（三苫浩輔「俊蔭・蔵開・楼の上論」『宇津保物語研究』桜楓社、一九七六年）、『うつほ物語』という作品を構成しているのは、むしろ両者の差異であろう。なお『今昔物語集』において「ほら洞」は龍蛇か獅子、もしくは仏者のいる場所である。「此レ、我ガ仏道ヲ可修行キ所也ト喜テ、此ノ洞ニ籠居テ、偏ニ法花経ヲ読誦シテ年月ヲ経ル」（巻十三第四）。

（4）『うつほ物語』の「楼」については、竹原崇雄「「楼の上」の構造」（『宇津保物語の成立と構造』風間書房、一九九〇年）や坂本信道「「楼の上」巻名試論」（『国語国文』一九九一年六月号）を参照。坂本論文に学ぶところは多いが、本稿は視点を異にしている。不十分ながら、作品全体の構築原理を考えようとしているからである。また網谷厚子「うつほ物語の自然」（『平安文学研究』七八、一九八七年）は楼の上巻の自然を強調しているが、それもアーティフィシャルな自然であろう。

（5）　吉備真備の説話には楼が出てくるが（『江談抄』第三）、そこには二重の必然性があるといえる。なぜなら、それは中国の象徴としての楼であり、鬼の棲む空間としての楼だからである。また『江談抄』第四の一八には白居易が小野篁のために望海楼を作ったという説話がみえる。深沢徹「羅城門の鬼、朱雀門の鬼」（『中世神話の煉丹術』人文書院、一九九四年）は楼の上を権力産出装置として捉えているが、言説産出装置とも呼びたい。芥川龍之介「羅生門」はその再利用である。

（6）　『うつほ物語』とは違って、『源氏物語』は高楼のイメージを捨てている。その点で、西洋画の優位を確信し大和絵を批判する佐竹曙山の言説は興味深い。「画家者流宮殿楼閣ヲ描スル壁障アツテ内ヲ隔ツ、イカントモシカタキヲ以テ悉ク天井ヲ画カス、外国ノ人コレヲ見ハ倭朝ノ宮楼宇ノナキカト疑フヘシ、皆カクノ如ク何ヲ以テ雨雪ヲ防カント」（『画法綱領』）。この発言に倣って絵巻から見れば、『源氏物語』とは進入自在な吹抜屋台の空間であって、堅固に密閉された空間ではないのである。「楼」が存在せず吹抜屋台で筒抜けになっているのが物語であり、「楼」が聳え立っているのが漢詩文であるとすれば、「楼」が炎上するのは軍記である。『陸奥話記』には「飛焔風に随って、矢の羽に着く。楼櫓屋舎、一時に火起る。城中の男女、数千人同音に悲泣す」とみえる。

（7）　『十訓抄』第十の博雅説話に「われもものをもいはず、かれもいふことなし」にある通り、音楽の伝授において言葉は排除されるべきものであろう。「梁塵」という語が示すように、音楽は建築と共振することでしか出来しない。そのことは『平家物語』における師長の挿話をみてもわかる、「秘曲を引給へば神明感応に堪へずして宝殿大に震動す」（巻三、大臣流罪）。また『古事談』巻六は「亭宅諸道」と題され、建物の説話と音楽の説話が連続している。「音楽類」が冒頭に来る『東斎随筆』は音楽説話の重要性を示すものであろう。

（8）　『源氏物語』若紫巻には「庭の砂子も玉を重ねたらむやうに見えて」とあるが、『源氏物語』の「砂」は完璧な「玉」にみえる。しかし、『源氏物語』の文章はむしろ砂をうち破る植物の生命力に満ちているというべきだろう（「ここかしこの砂子薄きものの隠れの方に蓬も所得顔なり」柏木巻）。『枕草子』は「女の一人住む所」について「所々、砂の中より、青き草うち見え、さびしげなるこそ、あはれなれ」と記すが（一七三段）、必ずしも魅力的ではない。むしろ「臨時の祭」のときの「掃部司の者ども畳取るや遅きと、主殿寮の官人、手ごとに箒取りて、砂ならす」（一三七段）という一節のほうが生き生きしている。きびきびとして、時には滑稽なほどの狂騒性が『枕草子』のリズムだからである。清少納言は「いみじうきたなきもの」に「なめくぢ、えせ板敷の帚の末、殿上の合子」を挙げている（二四八段）。なめくじは粘着的で気持ち悪いし、なめくじが這うような腐った板敷を掃く箒の先も気持ち悪い。殿上で使う椀も汚れていて気持ち悪いだろう。そうしたものを嫌悪する清少納言は乾いた言葉でさっとブラッシングするのである。

（9）『今昔物語集』における「音楽」の用例で興味深いのは、それを乱した者が罰されるという点である（巻二十第三五）。また新しい「音楽」の創設が困難な点である。平将門は「速ニ音楽ヲ以テ此ヲ迎へ可奉シ」と託宣を受け新皇になるが、敗北しているし（巻二五第一）、財豊かな老尼は新宮を作り「微妙キ音楽」の放生会を行うが、棄却されている（巻三一第一）。

（10）『今昔物語集』における音楽の名手が男性に限られているのは、明らかにジェンダーによる差別である（『文机談』巻二には「いかにいみじき器量なれども女子などのつたふる事はなき」とみえる）。しかし『無名草子』では女性の名手が語られる。「兵衛の内侍と言ひける琵琶弾き」である。だが、「男も女も、管絃の方などは、その折にとりてすぐれたる例多かれど、いづら末の世にその音の残りてやは侍る」とあるように、音楽は時とともに消え失せてしまうものでしかない。『梁塵秘抄口伝集』にも「声わざの悲しきことは、わが身亡れぬるのち、留まることの無きなり」とあるが、『今昔物語集』は断絶の危機を介して音楽の継承を語るのである。なお、博雅三位については磯水絵『院政期音楽説話の研究』（和泉書院、二〇〇三年）を参照。

Ⅷ　平安後期物語論――熱狂と鬱屈

本章では、『浜松中納言』『夜の寝覚』『狭衣物語』など平安後期の物語が一様に鬱屈して生気のない世界であることを論じてみたいと思う。すなわち、それは「胸ふたがり」、「屈んじ」、「結ぼほ」る世界である。誰もが眠りなき寝覚の君であり、「しをれ暮らす」ほかない。あらかじめ概要を示しておこう。まず第一節では『浜松中納言』『夜の寝覚』の作者とされる菅原孝標女、『狭衣物語』の作者とされる六条斎院宣旨がともに鬱屈した魂の持ち主であることを指摘する。続く第二節では『浜松中納言』『夜の寝覚』『狭衣物語』が鬱屈して生気のない世界を描いていることを明らかにする。そして第三節では孝標女の『更級日記』を取り上げ、平安後期物語の精神を再確認することになる。

なお、原文の引用は池田利夫校注『浜松中納言物語』（新編日本古典文学全集、二〇〇一年）、鈴木一雄校注『夜の寝覚』（同、一九九六年）、小町谷照彦・後藤祥子校注『狭衣物語』一・二（同、一九九九・二〇〇一年）、鈴木一雄校注『狭衣物語』上・下（日本古典集成、一九八五・一九八六年）、秋山虔校注『更級日記』（同、一九八〇年）、桑原博史校注『無名草子』（同、一九七六年）などによる。

一　菅原孝標女と六条斎院宣旨

1　菅原孝標女

『栄花物語』のなかで道長の死は釈迦入滅にたとえられ、「釈尊入滅後は世間皆闇になりにけり。世の灯火消えさせ給ぬれば、長き世の闇をたどる人、いくそばくかはある」と記されていた（巻三十）。したがって息子の時代は「闇」の時代、偉大な父親不在の時代といえるが、これから検討していく菅原孝標女も六条斎院宣旨もそうした頼通の時代に属している。孝標女は祐子内親王に仕え、宣旨は禖子内親王に仕えていたからである。祐子内親王と禖子内親王は後朱雀天皇を父とし嫄子中宮を母とする姉妹であり、ともに頼通を後見役としている。

周知のように御物本『更級日記』の藤原定家自筆奥書には「ひたちのかみすがはらのたかすゑの日記也。母倫寧朝臣女。傅のとののは、うへのめひ也。よはのめざめ、みつのはままつ、みづからくゆる、あさくらなどは、この日記の人のつくられたるとぞ」とあって、『浜松中納言』『夜の寝覚』の作者は孝標女である可能性が高いと考えられる。ここではまず孝標女の日記を検討してみたいのだが、その特徴は何であろうか。結論を先取りしていえば、『更級日記』を特徴づけているのは熱狂と鬱屈である。たとえば『源氏物語』への熱中ぶりはよく知られている。

はしるはしる、わづかに見つつ心も得ず心もとなく思ふ源氏を、一の巻よりして、人もまじらず几帳の内にうち臥して、引き出でつつ見るここち、后の位も何にかはせむ。昼は日ぐらし、夜は目の覚めたるかぎり、灯を近くともして、これを見るよりほかのことなければ、おのづからなどは、そらにおぼえ浮かぶを、いみじきことに思ふ…（『更級日記』）

ここからは高揚感が伝わってくる。物語を読む喜びに満たされ「后の位」よりも高く舞い上がっているかのようだ。しかし、それは裏切られていく。「物語のことのみ心にしめて、われはこのごろわろきぞかし、さかりにならば、かたちもかぎりなくよく、髪もいみじく長くなりなむ、光の源氏の夕顔、宇治の大将の浮舟の女君のやうにこそあらめと思ひける心、まづいとはかなくあさまし」。『源氏物語』への熱中にもかかわらず、孝標女は夕顔や浮舟になることができない。あれほど物語に熱中したにもかかわらず、物語への同一化は失敗に終わるのである。熱狂とともに、それが裏切られてしまった鬱屈もまた『更級日記』の基調となっている。熱狂が高まれば高まるほど鬱屈は深まるであろう。孝標女は夢のなかで何度も叱責されている。

…青き織物の衣を着て、錦を頭にもかづき、足にもはいたる僧の、別当とおぼしきが寄り来て、「ゆくさきのあはれならむも知らず、さもよしなし事をのみ」と、うちむつかりて、御帳のうちに入りぬと見ても…

（『更級日記』）

清水寺に参籠したとき見た夢だが、抑圧的な青色の僧に咎められるのである。『更級日記』における僧は、いつも「別当」のごとき威厳を備えている。

「この鏡には文や添ひたりし」と問ひたまへば、かしこまりて、「文もさぶらはざりき。この鏡をなむ奉れとはべりし」と答へたてまつれば、「あやしかりけることかな。文添ふべきものを」とて、「この鏡を、こなたにうつれる影を、見よ。これ見れば、あはれに悲しきぞ」とて、さめざめと泣きたまふを、見れば、伏しまろび泣き嘆きたる影うつれり。「この影を見れば、いみじう悲しな。これ見よ」とて、いま片つ方にうつれる影を見せたまへば、御簾ども青やかに、几帳押し出でたる下より、いろいろの衣こぼれ出で、梅桜咲きたるに、鶯、木づたひ鳴きたるを見せて、「これを見るはうれしな」とのたまふとなむ見えし…

（『更級日記』）

鏡を奉納するため初瀬に代参した僧の夢だが、願文が添えられていないので、「あやしかりけることかな」と咎められている。『更級日記』における夢はいつも問答の形になっており、詰問されるかのようだ。そして、夢中の鏡に映っているのが、打ちひしがれた姿と華やかな姿である。華やかな光景が物語世界のそれであるとすれば、打ちひしがれた光景とは華やかな物語を見失ってしまった世界であろう。結局のところ、物語への同一化は果たされない。それゆえ愛着の対象を喪失せざるをえない。物語の死といってもよいが、物語への熱狂の裏側には対象喪失の鬱屈が貼り付いているのである（それは『更級日記』における母親の不在とも対応している）。孝標女作とされる物語の題名が「みづからくゆる」というのも偶然ではないだろう。(1)

2　六条斎院宣旨

さて藤原定家『僻案抄』や御伽草子『調度歌合』の記事から、『狭衣物語』の作者は六条斎院禖子内親王に仕えていた宣旨（源頼国女）と考えられるが、その周辺にも鬱屈した空気が漂っていたと思われる。実際、内親王は父母と早くに死別し、しかも病気がちであった。生まれたのは長暦三年（一〇三九）八月十九日だが、生後十日で母と死別している。父の後朱雀天皇が亡くなったのは内親王七歳のときである。八歳で斎院に卜定されるが、十四歳の夏は背中の腫瘍で発熱し、十九歳のときの賀茂祭は病により欠席した。二十歳で斎院を退下し、五八歳で亡くなっている。(2) 晩年は「狂病」に責められていたというが（『中右記』永長元年九月条）、『栄花物語』では次のように語られている。

先代をば後朱雀院とぞ申める。その院の高倉殿の女四宮をこそは斎院とは申すめれ。稚くおはしませど、歌をめでたく詠ませ給。候ふ人々も、題を出し歌合をし、朝夕に心をやりて過させ給。物語合とて、今新しく作りて、左右方わきて、廿人合などせさせ給て、いとをかしかりけり。明暮御心地を悩ませ給て、果は御心もたがはせ給て、いと恐ろしき事をおぼし嘆かせ給。一条院の焼けにし事だにあるに、内裏・大極殿一夜に焼けぬ。いといとあさまし。これは天喜六年といふ。（中略）かくあさましき事のみ多かれば、御心のうちに殿もあさましくおぼしめして、斎院おろし奉らせ給て、麗景殿の姫宮居させ給ぬ。おりさせ給ても、御心地治らせ給事なし。

（引用は日本古典文学大系による、巻三七・けぶりの後）

ここからは、華やかさとその裏面が浮かび上がってくる。[3]「明暮御心地を悩ませ給て」とあって、とても溌剌とした環境であったとは思われない。頼通の後見があったはずだが、鬱屈した環境であったからこそ、たびたび歌合を催し和歌や物語に熱中していたのであろう（『平安朝歌合大成』によれば斎院時代に一五回、その後一〇回）。

斎院という環境にも注目してみたい。それも鬱屈の原因にちがいない。世俗との交わりを避け非婚を通さざるをえない斎院とはいわば喪の状態を強いられる環境だからである。斎院としては十年にわたってそれを勤めた大斎院選子のことがよく知られているが、選子が「歌司」や「物語司」を女房たちに割り当て歌や物語に熱中していたのは閉鎖的な環境のなかで気を紛らわすためであったと思われる。仏事を忌む立場にあったことも鬱屈を深めるだろう。神に仕える身でありながら、仏道に帰依していった選子は斎院を退下するや出家しているが、斎院は神と仏の矛盾を顕在化させる場であったといえる。六条斎院周辺の人々も同様の矛盾を感じていたのではないか。最終的に拠り所としたのは神ではなく仏だからである。『治暦四年十二月廿三日庚申禖子内親王歌合』に出てくる宣旨の歌をみてみよう。

年のうちにつもれる罪を残さじと三世の仏の名をぞ唱ふる　宣旨

（引用は『平安朝歌合大成』三による）

かつて斎院に勤めていたにもかかわらず、宣旨は「仏の名」を唱えている。仏事を忌む斎院は決して理想的な環境などではなかったのである。

六条斎院内親王歌合は庚申待ちの際に行われたものが多いが（一〇回に及ぶ）、そのことも鬱屈した状況と関連があるだろう。腹中にいる三戸虫が天に昇って天帝に罪過を告げるのを防ぐため、庚申の夜は眠ってはならないとされていた。それゆえ遊戯に熱中する必要があったのが庚申待ちである。確かに、単なる遊戯にすぎない。しかし、単なる遊戯が緊張状態をもたらすことは『枕草子』にもみられたところである。「庚申せさせたまふとて、内の大臣殿、いみじう心まうけせさせたまへり。夜うちふくるほどに、題出だして、女房に歌詠ませたまふ。皆けしきばみ、ゆるがしいだす…」（九五段、角川文庫）。「五月の御精進のほど」の段だが、遊戯だからこそいっそう緊張を増しているといってよい。

『堤中納言物語』所収の「逢坂越えぬ権中納言」は、天喜三年（一〇五五）五月三日庚申の夜に物語合の場で小式部という女房が提出したことがわかっている(4)（『天喜三年五月三日庚申物語歌合』）。その結末は次の通りである。

宮は、さすがにわりなく見えたまふものから、心強くて、明けゆくけしきを、中納言も、えぞ荒だちたまはざりける。心のほども思し知れとにや、わびしと思したるを、立ち出でたまふべき心地はせねど…

（引用は新編日本古典文学全集、稲賀敬二訳注による）

中納言も姫宮も困惑したまま夜が明けていく場面だが、これはそのまま庚申の夜の現場に重なり合うものであろう。華やかな根合や歌合がいつの間にか苦しいものに転じている。いずれにしても、庚申待ちの遊戯には鬱屈したものがあったのではないか。

以上のように、菅原孝標女と六条斎院宣旨に共通するものとして、熱狂と鬱屈を指摘しておきたいと思う。(5)

二　平安後期物語の世界

ここでは『浜松中納言』『夜の寝覚』『狭衣物語』を取り上げ、それぞれ建築・音楽・仏教という観点から分析を開始してみたい。なぜ、そうした分析視点が設定されるかはそれぞれの作品が正当化してくれるはずである。

1　『浜松中納言』と建築──同一性の鬱屈

『浜松中納言』には建築から入っていきたい。(6)後述する通り、建築が『浜松中納言』の特質をよく示しているからである。主人公の中納言は、亡父が唐土の第三皇子に転生したことを知って渡唐し対面する。

三の御子は、内裏の辺近く、河陽県といふ所に、おもしろき宮造りして、そこをぞ御里にし給へる。母后もももろともに住み給ふ。皇子の御消息あり。かぎりなくうれしくて参り給へり。ところのさま、ほかよりもいみじくめでたく、水の色、石のたたずまひ、庭のおも、梢のけしきもいみじうおもしろし。（巻二）

第三皇子が住む宮殿の様子だが、ほとんど異国であることを感じさせない。十月に入って再び訪れ琴を弾奏する場面をみてみよう。

辰巳の方に、大きなる山より滝高く落ちたるを、湧きかへり待ち受けたる岩のたたずまひ、世のつねならず。たぎりて流れ出たる水のほとりに、いろいろうつろひわたれる菊の花の、いとおもしろきをもてあそばるるなるべし。そなたのつまの御簾捲きあげて、いみじうしやうぞきたる女房、うるはしく髪あげ、裙帯、領巾などして、いろいろ団扇をさし隠しつつ、錦を敷ける縁に、十余人ばかりならびゐたり。上手の書きたりし唐絵にたがはず。上げたる御簾のほどに、紫の唐の裾濃の御几帳うち上げて、唐組の紐、長やかにうるはしきを押しやりて、琴弾き給なり。（巻一）

何とか異国らしくみせようとしているけれども、具体的な描写は乏しく、ただ「唐絵にたがはず」と記されるだけなのである。このとき中納言は美しい唐后を垣間見て、恋に落ちる。夢告に従って結ばれると唐后は懐妊、出産するのだが、三年が経過して中納言は唐を離れざるをえない。唐后は「胸ふたがりて、顔の色もたがふ心地」となる。巻一の末尾、「屈じにける心」が強調されている別れの宴の場面をみてみよう。

深き夜の月、浮雲だになびかず澄めるに、はるかに広き池の中島に作りかけたる楼台に、三四五の君、琴どもかき合はせて、月をながむるほどなり。やがて、「こなたに」とて入れたてまつれば、中島の汀より横たはれ生ひ出でて、楼台の上にさしおほひたる紅葉の、着てもまことに夜の錦かと見えたるに、御簾捲き上げて、几帳ばかりをうちおろして入れたてまつれり。つねはいかがあらむ、おもしろき池の上、紅葉の影にて、いとうるはしくしやうぞき、髪上げてゐたる、月かげともいづれともなく、絵にかきたるやうなり。三の君琴、四の君笙の琴、五の君琵琶、かき合はせたる声々、いづれとなくおもしろし。（巻一）

「楼台」が異国らしさを示してはいるけれども、結局は「絵にかきたるやうなり」の一言で、具体的な描写が回避されてしまうのである。巻一の冒頭近くにも「この関に御迎への人々参りたり。そのありさまども、唐国といふ物語に絵にしるしたる同じことなり」とあったが、絵画への同化が異国を描く『浜松中納言』のレトリックである。「楼台」は日本を舞台にした巻二にも登場して、やや異国らしさを減じている。しかも巻二では逆に大和が唐国に似てしまうのである。「ところのさま、山と海と帯びたり。みぎは見えていとおもしろきも、蜀山の大臣の御住まひ、まづ思ひ出でらる」。

巻三の冒頭、唐から戻った中納言は唐后の手紙を届けるため、唐后の母を世話する吉野の聖のもとを訪れる。

かくておはし着きたれば、山のかたに堂いとをかしう建てて、わがゐどころは、廊だつものを、いとかりそめに造りて住まひたるありさま、鳥の音だに、世のつねなるは聞こゆべうもあらぬ世界に、呉竹を隔ててぞ人の家は見ゆる。たれかはかかるすまひする人のあらむと、見つつ入り給へば、聖思ひも寄らず、あさましげに思ひおどろきたるさまかぎりなし。（巻三）

山奥らしく描いてはいるけれども、吉野に関しても具体的な描写は乏しい。唐土にも似たような場所はあった。「山のさま高くはげしくて、滝の落つる水の流れ、草木のなびきも世のつねならぬさまに、大臣の御すみか、いといみじくおもしろくめでたし」と記された蜀山である（巻一）。また都にも似たような場所ができる。「山かたかけ池に作りかけて、えも言はぬ堂のめでたき、別に建て添へて、たてまつり給はむことをおぼし急ぎて」造られるからである（巻二）。そこでは親に知られることなく懐妊し出産した尼姫君が「罪深く、さのみ親によからぬものを思はせ聞こえさすべきことかは」と悩みながら暮らすことになる（巻三）。こうして『浜松中納言』は複数の場所を描きながら、いずれも具体性に乏しい曖昧な空間しか設定できないのである。それは異なろうとしつつも同一でしかない空間である。同一でしかないにもかかわらず異なろうとする空間である。鎌倉時代の物語評論『無名草子』は『浜松中納言』について「余りに唐土と日本と一つに乱れ合ひたるほど、まことしからず」と評しているが、空間設定の曖昧さも否定しようがない。

吉野の聖から主人公は、唐后の母にもう一人の娘がいることを知らされる。それが吉野の姫君である。吉野の姫君は主人公に託されるが、式部卿宮に盗み出されてしまう。そのきっかけとなるのは、建物の造営である。「大将殿の造り給ふべきところありければ、つごもりに、式部卿の宮の上、みな引き連れて、中納言殿に渡り給ふ」と記されるが（巻四）、造営にかこつけて二つの家を混じり合わせているといってよい。吉野の姫君は盗み出されたものの主人公のもとに舞い戻り、東宮となる式部卿宮のもとに入内する。しかし誰とも契ることなく懐妊しており、夢によって唐后の転生することが告げられる。吉野の姫君と結ばれず、東宮妃として世話をしなければならない中納言は苦しむ。ここで注目したみたいのは、巻五の末尾近くにある次の一節である。

…おぼろけならぬ御こころざしにこそは、と見知る心はさまざまなるに、行く手におぼし棄ててあらば、心やすく心にまかするかたはありとも、また、いかに心苦しからましなど、かたがたに思ひつづけられて、打つ墨縄にあらぬぞ苦しかりけるに、年もはかなくかへりぬ。（巻五）

「打つ墨縄にあらぬぞ」には古歌が踏まえられており（「とにかくに物は思はず飛騨たくみ打つ墨縄のただ一筋に」『拾遺集』恋五・人麻呂）、ただ一筋に思慕することができないという。唐后にも吉野の姫君にも一途になれない主人公の特質をよく表しているが、(7) それは唐にも大和にも一本化できない『浜松中納言』の特質でもある。しかし、二者の間にどれほど違いがあるかというとほとんど差異はない。二つの世界を描いても、転生を描いても結局は同一であるしかない、そうした鬱屈した物語が『浜松中納言』である。

ここで「墨縄」の語誌を一瞥しておこう。まず『万葉集』である。

かにかくに物は思はず飛騨人の打つ墨縄のただ一道に　人麻呂

（引用は新日本古典文学大系による、巻十一、二六四八）

『律令』によれば飛騨の匠は毎年かなりの数が都に上ったようだが（「凡斐陀国、庸調倶免。毎里点匠丁十人」賦役令）、飛騨の匠が木材に印をつけるため用いた「墨縄」は都の建設にとって不可欠のものであろう。条理を示す「墨縄」は律令制に見合うものといってよい。『日本書紀』には次のような歌謡がみえる。

あたらしき　韋那部の工匠　懸けし墨縄　其が無けば　誰か懸けむよ　あたら墨縄

（引用は日本古典文学大系による、雄略十三年九月）

「韋那部」は木工を専業とする部民だが、朝鮮半島の出身で造船技術も備えていたようである（「多船見焚。由是、責新羅人。新羅王聞之、然大驚、乃責能匠者。是猪名部等之始祖也」『日本書紀』応神三一年）。その腕前は卓越しており、手元が狂うのは女性の裸体に心を乱したときだけである。天皇は「墨縄」のごとく厳密な技術者を抱えていたわけである。『万葉集』の「好去好来歌」には次のような一節がみえる。

…墨縄を　延へたるごとく　あぢかをし　値嘉の崎より　大伴の　御津の浜びに　直泊てに　み船は泊てむ…
（巻五・八九四）

「墨縄」を打ったような直線の航路、それは様々な技術を背景とした天皇の力を示すものであろう。「御津の浜び」が浜松中納言の物語と呼応することはいうまでもない。また『今昔物語集』には次のような説話がみえる。

木ノ本ニ米散シ幣奉テ、中臣祓ヲ令読テ、杣立ノ者共ヲ召テ、縄墨ヲ懸テ令伐ルニ、一人モ死ヌル者無シ。木漸ク傾ク程ニ、山鳥ノ大サノ程ナル鳥五六許、木末ヨリ飛立テ去ヌ。其後ニ木倒レヌ。皆伐リ揮テ御堂ノ壇ヲ築ク。
（引用は新日本古典文学大系による、巻十一第二二）

推古天皇の時代に本元興寺が建立されたときの霊験譚である。槻の大木を伐ろうとするたびに死者が出るが、僧が神木の秘密を聞き出し、「縄墨」を掛けて伐採し寺を造営する。「縄墨」によって古い信仰が切断され、新しい建物が打ち立てられているのである。

『拾遺集』にみえる歌「とにかくに物は思はず飛騨匠打つ墨縄のただ一筋に」は『万葉集』歌の異伝だが、前後をみると、それぞれの位置づけが異なっていることがわかる。『万葉集』では「寄物陳思」に分類されていたが（すぐ後ろに続くのは「あしひきの山田守る翁が置く鹿火の下焦れのみ我が恋ひ居らく」という歌であり、「寄物」が目を引く）、『拾遺集』では「恋」に分類されているからである（すぐ前に置かれたのは「かくばかりうと思ふに恋しきは我さへ心二つ有りけり」という歌であり、「心」が目を引く）。寄物陳思から恋の歌へといってもよいが、「物」よりも「心」の比重が高まっているように思われる。次に藤原定家『拾遺愚草』の歌をみてみよう。

建久七年、内大臣殿にて、文字を上におきて廿首歌よみしに、恋五首、かたおもひ
ひだたくみうつ墨縄を心にて猶とにかくに君をこそ思へ　（引用は『藤原定家全歌集』下による、二四五八）

ここでは「打つ墨縄」が「心」のあり方を示すものとなっている。もはや物質世界は問題ではない。こうした中世和歌の観念的な世界を『浜松中納言』は先取りしているといえるだろう（『松浦宮物語』を著した定家が『浜松中納言』に関心を寄せるのも当然である）(8)。『文机談』には「これかならず師説のすみなわをただすべきにあらず」という一節がみえるが、「墨縄」は精神の規範となっているのである。なお、『六条子内親王物語歌合』には「打つ墨縄の大将」といった物語が提出されており、時代状況に見合う言葉でもあったようである（『とりかへばや』巻二に「宰相はうち別れぬればいみじき文書をしつつ、打つ墨縄にはあらず」とみえる）。

次に、『浜松中納言』に特徴的にみられる「本体」という言葉に注目しておきたい。「この后の本体は、唐の太宗と申しけるが御子孫の末にて」とあるが、唐土に渡った主人公の行為は「本体」の探求といった様相を呈している。「本体も知らぬ国に、われはかりそめのほかの人にて、夢のうちにも、かやうのことにつけて、いささかも、すきずきしき、なん人ぞと言はれじと思ふに、たづぬべきかたもなし」（巻二）。唐土のことを「本体も知らぬ国」と呼んでいるが、契りを結んだ相手が唐后であるということさえわからないのである。その唐后の素性は巻三の冒頭で「本体は、おのづから聞かせ給ふやうもはべらむ」と吉野の聖によって語り出される。唐の大臣と上野宮の娘の間に生まれたのが唐后であり、唐后にとっては異父妹に当たる姫君が吉野にいるという。「本体」の一語は姫君との出会いの場面にもみえる。

人より先に、かかる人を見つけたるわが契りのうれしさも、あはれなるにつけては、河陽県の御ゆかりをたづ

ねまことにかかる人をも見ましやと、ただひとりの御ゆかりの本体を思ひ出づるに、あはれにかなしう…　（巻四）

唐后の母親が「ゆかり」であり、唐后本人は「ゆかりの本体」であると中納言は認識している。それに対して、吉野の姫君を盗み出したものの、式部卿宮はその素性がわからず苦慮している（「その本体をたづぬべきやうもなく…」、「なほ本体をたづねて…」巻五）。「本体」を探し求める式部卿宮の姿は、唐后を探し求めた中納言自身のかつての姿に似ているが、現在の中納言ははるかに優位にある。「この人の本体をばこの宮もえ知り給はじ」（巻五）と考える中納言は「本体」の何たるかを確信しているからである。確かに唐后と吉野の姫君は別々の個体である。しかし、『浜松中納言』における唐土と日本が曖昧で区別しがたいように、唐后と吉野の姫君も曖昧な同一性に収まってしまうように思われる。しかも夢告によれば、唐后は転生という形で吉野の姫君の腹に押し入っていくのである。唐后と吉野の姫君の曖昧な同一性、それが『浜松中納言』の本体にほかならない(9)。

最後に、現存『浜松中納言』の冒頭と結末に注目しておこう。

孝養の心ざし深く思ひ立ちにし道なればにや、恐ろしう、はるかに思ひやりし波の上なれど、荒き波風にもあはず思ふかたの風なむことに吹き送る心地して、もろこしの温嶺といふところに、七月上の十日におはしまし着きぬ。そこを立ちて、杭州といふ所に泊り給ふ。その泊り、入江のみづうみにて、いとおもしろきにも、石山の折の近江の海思ひ出られて、あはれに恋しきことかぎりなし。　（巻一）

巻一の冒頭だが、ここでの航海は技術の厳格さによるものでもなければ、天皇の力によるものでもない。強いていえば「孝養のこころざし」という観念的な力によるものであろう。「心ざし」ゆえに移動の障害は何も存在しない。そして異国の風景はすぐさま自国の風景と同一視させられてしまう。『うつほ物語』俊蔭巻の漂流譚と比べてみれば違いは明らかだが、ここからすでに『浜松中納言』が同一性の物語であることが垣間見えてくる。[10]巻五の末尾はどうか。

その年、もろこしより人多く渡れるよし、大弐の申したるをうち聞くより、胸、心さわぎまどふに、送りに来たりし宰相のもとより消息あり、あはれにいみじきことども日記にして（中略）見るに、見し夢は、かうにこそ、とおぼし合はするにも、いとどかきくらし、たましひ消ゆる心地して、涙に浮き沈み給ひけり。（巻五）

唐后が亡くなったことを知らされた中納言は、過去の夢の意味をはじめて悟る。夢が符合し、同一性が回帰するといってもよいが、夢告と転生の末に魂は消え、活力を失い、涙に浮き沈みするだけになってしまう。生気を失った世界がここにはある。「やうやう夢さめて、こはいかなることぞと思ひまどひ給ひて、やがて、たましひもなく、ものもおぼえず、消え入るけしきなる…」とあって、吉野の姫君も一度、魂を消している（巻五）。『源氏物語』においても魂は離れるものではあっても消えるものではなかった（「物思ふ人の魂はげにあくがるるものになむありける」葵巻、「魂はまことに身を離れてとまりぬる心地す」若菜下巻）。しかし平安後期物語の魂は活発に活動するものではなく、不活発で消え入るものなのである。[11]

2　『夜の寝覚』と音楽——懐妊の鬱屈

『夜の寝覚』には音楽から入っていきたい。[12]八月十五日の夜、主人公の女君が琴を弾いていると、夢の中に天人が現れ琵琶を教えてくれる。

…夜いたく更けて、みな御琴にやがて傾きかかりて御殿籠り入りたるに、小姫君の御夢に、いとめでたきよらに、髪上げうるはしき、唐絵の様したる人、琵琶を持て来て、「今宵の御箏の琴の音、雲の上まであはれに響き聞こえつるを、訪ね参で来つるなり。おのが琵琶の音弾き伝ふべき人、天が下には君一人なむものしたまひける。これもさるべき昔の世の契りなり。これ弾きとどめたまひて、国王まで伝へたてまつりたまふばかり」とて、教ふるを、いとうれしと思ひて、あまたの手を、片時の間に弾きとりつ。「この残りの手の、この世に伝はらぬ、いま五つあるは、来年の今宵下り来て教へたてまつらむ」とて失せぬと見たまひて、おどろきたまへれば、暁がたになりにけり。（巻一）

「髪上げうるはしき、唐絵の様したる人」と記されているので、天人には中国人のイメージがあるといえる。(13)「つねにならひし箏の琴よりも、夢にならひし琵琶は、いささかとどこほらず、たどらるべき調なく思ひつづけらる」と続くが、この作品は音楽のように停滞しない物語を予想させる。夢の楽器のごとき自動演奏が開始されるからである。

翌年の八月十五夜になると、約束通り再び天人が現れる。

…残りの手いま五つを教へて、「あはれ、あたら、人のいたくものを思ひ、心を乱したまふべき宿世のおはするかな」とて、帰りぬと見たまふに、この手どもを、覚めて、さらにとどこほらず弾かる。（巻一）

「いたくものを思ひ、心を乱したまふべき宿世」が予言されているが、音楽のほうは滑らかな演奏が続いている。しかし、音楽と物語の調和が続くのはここまでである。翌年はもはや天人が現れない。

　またかへる年の十五夜に、月ながめて、琴、琵琶弾きつつ、格子も上げながら寝入りたまへど、夢にも見えず。うちおどろきたまへれば、月も明けがたになりにけり。あはれに口惜しうおぼえ、琵琶を引き寄せて、
　天の原雲のかよひ路とぢてけり月の都のひとも問ひ来ず　（巻一）

「天の原雲のかよひ路とぢてけり」とあるように、天上との交通は断たれてしまった。この後、姉の夫となった男君と契りを結び物語は屈曲した展開を辿るが、『夜の寝覚』は天人が迎えに来ないかぐや姫の物語といった様相を呈するのである（寝覚の君は見捨てられたかぐや姫といってもよい）。女房たちは「おのおのみな屈じいたげに」思い（巻一）、「胸ふたがりて夜昼嘆かしく」なり、男君は「思ひ屈じたる心地」を抱き、「結ぼほれ」ている（巻二）。女君はその関係を兄に知られることを恐れ（「胸ふたがりて、我も涙をとどめやらで、また沈み臥したまひぬ」巻二）、姉に知られることを恐れ（「胸ふたがる心地すれば…」巻二）、抑鬱を深めていく。父親にはそんな娘の姿が「世を屈じしめりたまひつるなつかしさ」と映っており、「いといたく屈じたまへる御心」を慰めようとする。姉もまた「心に結ぼほれてのみありわたりたまふ」、「世に思ひ結ぼほれたる気色にながめたまへば」という状態である（巻二）。

　音楽への熱狂は失われてしまった。代わって訪れるのは鬱屈した睡眠障害であり、その連続が『夜の寝覚』の世界なのである[14]。作品の冒頭で「人の世のさまざまなるを見聞きつもるに、なほ寝覚の御仲らひばかり、浅からぬ契りながら、よに心づくしなる例は、ありがたくもありけるかな」と語られていたが、「心づくし」とは抑鬱的な事態にほかならない。

天人出現という非日常的な出来事の後には、鬱屈した現実が訪れる。天人の来訪が理想化された異性の来訪であったとすれば、その熱狂に対する反動が次にやって来るのである。それはマタニティ・ブルーのような抑鬱だといってよい[15]。平安後期物語の強迫的な主題の一つは正体不明の男と契りを結ぶというものだが、一夜の契りの結果、何が生まれるかわからないという不安を抱えることになる。平安後期物語に漂っているのは、そうした出産恐怖の不安である。

角生ひたりけむ児のさましておはせむだにも、飽かず夢のやうなる契りの形ともうち見むあはれは、浅からじを、押し量りおぼしつるよりもめでたく、うつくしげなる…（巻三）

これは出産する側の女君の感慨ではなく、子供を目にした男君の感慨だが、『夜の寝覚』の作者が女性と推定される以上、そこには産む性の感慨が混じっていると考えてよい（男君自身も十分抑鬱的にみえる、「ものをいみじと思ひ入り、屈んじしをれたまへる」、「胸ふたがりて」巻一）。角を生やした鬼を産んでしまうという不安を作者は抱えていたのではないだろうか。それは自らが鬼になる危険性を孕んだ不安でもある。

…いと角生ひ、目一つあらむが、なほ品ほどもあなづらはしからざらむ人聞きこそ、深き心ざしなくとも、用ゐらるべきものにははべれ。（巻一）

女はなぞ、かたちは角生ひても、心こそいるべきものなれ。かたちよからむ女子は、捨てぞしつべき。かたじけなく、親の面伏せなる類を見るに、いと心憂し…（巻三）

女性の容貌がたびたび話題になっており、容貌よりも心を重視するべきだとも語られているが、それは自分自身が鬼になるかもしれない不安の裏返しであろう。鬼を産んだ者は自らが鬼ということにならざるをえないからである。平安後期物語でしばしば言及される「夷」が同時代の合戦を意識した表現だとすれば（古典大系『狭衣物語』補注八七）、物語は外部の「夷」と内部の「鬼」にともに脅かされていたといえる。平安後期物語に母性愛の単純な賛美を認めることはできない。

『夜の寝覚』の女君は正体不明の異性と契りを結んでしまうが、『浜松中納言』の主人公もまた正体不明の異性と契りを結んでいた。相手はわざと正体を隠した唐后である。「后も、かかるべうてや、おどろおどろしきさとしもありて、おぼえぬところに来にけるにこそ。宮のうちならましかば、いみじうとも、かからましやは、とおぼしまどはるれど、またおしかへし、思ひかけず、さるべき契りにてこそあらめ、今はいかがはせむ。いかにしてわれとだに知られでやみなむ、とおぼしつづくれば、みづからもおぼしさわぐけしきも見せ給はず」（巻一）。

ここで興味深いのは唐后のほうが行動の主体、中納言のほうが行動の客体にみえる点である。中国と日本の力関係が反映しているのかもしれないが、唐后のほうが意志的に行動しているのである。「心迷ひして、胸ふたがりて…」、「そののち、いといたう思ひ沈めり。屈じ面痩せて…」と語られる中納言のほうが懐妊し衰弱しているようにさえみえる。もちろん、懐妊した唐后も「むなしうなりなむかなしさを、おぼし入るほど堪えがたき」状態に陥ってしまう。

唐后の異父妹に当たる吉野の姫君は、唐后に代わって中納言の思慕の対象になるという点で唐后の子供のような位置を占めている。

ただ言ひ知らず恐ろしげにて、角など生ひたりとも、うとましう思ひのがるべきにもあらぬに、つくづくと見

つつ（中略）めでたうらうたげにをかしきけしき、かぎりなき人ざまなる…（巻四）

これは吉野の姫君を目にした主人公の感慨だが、『浜松中納言』の作者もまた鬼を産むかもしれないという不安に取り憑かれているのである。吉野の姫君自身もまた、そうした不安を共有するだろう。誰とも契ることなく懐妊する吉野の姫君は、真に正体不明の異性と契りを結んだともいえるからである。[16]「二十がうちに妊じ給はば、過ぐしとほしがたうおはします人と見え給ふこそ、いとたいだいしけれ」という吉野の姫君に対する警告にも出産への恐怖がうかがえる。

唐突に日本人の生まれ変わりを出産した唐后、唐突にその唐后の生まれ変わりを出産することになる吉野の姫君、そうした人物を登場させる『浜松中納言』には不可解なものを出産せざるをえない女性の恐怖と魅惑といったものを見て取ることができる。それは女性に限らず物を作り出す作家の不安でもあろうが、メアリー・シェリーの小説に倣って、フランケンシュタイン・コンプレックスといってもよい。[17]

『夜の寝覚』は巻二も巻五も懐妊の苦しみから始まっている。注目されるのは巻五の冒頭である。「かしこには、五月つごもりごろより、御心地例ならず苦しうおぼさるれど…斎宮の御有様を、あはれにうらやましくも行ひすませたまふかな…」。女君は前斎宮の境遇に憧れているが、出家した状態こそ懐妊の苦しみからもっとも遠い状態なのである。

男君はすぐさま女君の妊娠を見抜き（「四月ばかりになりたまひにたる御乳の気色など、紛るべくもあらぬさまなる…」）、女君以上に抑鬱的になり（「月日の過ぐるままに、胸ふたがりてこそわびしくおぼゆれ」）、自ら出産に携わっている（「生まれ落ちたまふすなはちより、抱き上げて、臍の緒なども我が御手づから、他人に手触れさせたまはで…」）。男君の従妹に当たる督の君が懐妊し「まいて異御方々胸ふたがりて」とある。女君と督の君という妊娠した女性同士を対面させるところも、妊娠と出産に拘る『夜の寝覚』にふさわしい設定である。[18]

時代に取り残されつつ作品を生み出す作家の不安にも重なるが、妊娠したまま置き去りにされる姫君の状況ほど抑鬱的なものはないだろう。すなわち、『浜松中納言』の尼姫君（「あながちに隔てむすぼほれ」巻二）、『夜の寝覚』の女君（「あるにもあらず沈み入りてのみ臥したまひたる」巻二）、『狭衣物語』の女二宮（「ものをのみ思しくづほれて臥し沈みたまへる」巻二）である。『更級日記』で乳母出産の際に孝標女が驚くほど落ち込んでいたことが想起される（「いとあはれに見捨てがたく思へど、いそぎ率て行かるるここち、いとあかずわりなし。おもかげにおぼえて悲しければ、月の興もおぼえず、くんじ臥しぬ」）。孝標女は姉が出産後まもなく亡くなった際もひどく落ち込んでいた（「五月のついたちに、姉なる人、子うみて亡くなりぬ。よそのことだに、幼くよりいみじくあはれと思ひわたるに、まして言はむかたなく、あはれ悲しと思ひ嘆かる」）。いずれの場面も荒れ果てた仮屋に月光が射し込む点で共通しており、不吉さを増している。

姉が亡くなったとき、探し求めていた物語が届けられるのだが、その題名は「かばねたづぬる宮」だったという。この挿話は象徴的であろう。欲望と物語のずれや物語と死の一致を示しているからである。いずれにしても物語を尋ねると必ず死が訪れるのである。[19]孝標女は「うづもれぬかばねを何にたづねけむ」と後悔しているが、『更級日記』には「物語たづぬる」という題名こそふさわしいのかもしれない。『夜の寝覚』に重ねていえば、中間欠巻部分で女君の姉が出産直後に亡くなっている点が想起される。

『夜の寝覚』の一文が長くなるのは妊娠を契機としてである。巻三に入ると、それが異様な長さに達する。たとえば巻三の冒頭は「なになり袖の氷とけず」と得意の表現で始まった朝から、年末、年始、初子の日に及び、「いとはなばなとうつくしげなり」と姫君の顔で結んでいる。「胸ふたがりながら、我が心をも執念く念じつつ」一文が持続するのである。長文に身を投じるのは男君だけではない、女君を垣間見た帝もまた一文を長く引き伸ばし続ける。それが「面影は身に添ひぬるやうに、わりなうおぼしめさるれば、つくづくと端近うながめさせたまひて…しほしほとうち濡らさせたまへるや」の一文であり、「さやかなりつる火影に、やがて魂は立ち添ひぬる心地して、我は我ならぬやうにおぼしめされつつ…昼などもおはします」の一文である。帝を見守る中宮は、当然「結ぼほれたる心地」になる。

帝が母宮に訴える場面も長い一文で構成されているが（「内の上は、同じ御垣のうちながらも…」）、帝が部屋に侵入して女君をかき口説く場面も長大である。「人の聞き思はむさまもうち思ひつづけられず…いみじく屈じ卑下せられて…思ひまどはるるや」、「せむかたなければ…言ひ知らずなつかしう、らうたうぞあるや」、「さるは、いささか、ひきつくろひ、世のつねなる有様にて御覧ぜられむとはおぼえず…さすがにいと執念くて、靡くべくもあらず」。長い一文のなかで女君は魂を失い、自分の心が自分から遠ざかっていくのである（「昨夜に心は尽き果てて、身に添ふ魂もなくなりけるにや、二つにとりては、さはいかが、それをば、今はじめて、口惜し、いみじとあきるべきにもあらずかしと、うち鎮むる心も、我ながら他人なりけりと見ゆる」）。男君のほうは、当然「他事なく思ひ結ぼほれつつ」日々を送っている。

特に注目したいのは巻四冒頭近くの一文である。長いので、ところどころ省略して引用する。

> 人々の見思ひ、督の君などの、さまざまにもと思ひたまふらむほどの、これも、なのめならぬ恥づかしさに（中略）わりなくおぼいたれど（中略）尽きせずくねくねしき御気色に、つつましうて、せめても言はれず（中略）尽きせず悲しう思ひ入るに、まことに心地もかき乱るやうになりて、いといみじう心苦しげなる御気色を、我もうち泣きたまひて、慰めわびたまふに、ことと明くなりぬめり。（巻四）

「くねくねし」は男君の性格を言い得ているというが（新古典全集頭注）、単に男君の性格を示すだけの言葉ではないだろう。『夜の寝覚』の文章自体が「くねくねし」だからである。相手の思いを先取りして自らの思いを募らせる、相手の「気色」を察し自らの言葉を封じ思いだけを「尽きせず」募らせる、これが『夜の寝覚』の抑鬱的な文章の特徴なのである（「気色」「尽きせず」がそれぞれ繰り返されている）。夜明けの時間だけが「くねくね」とした長い一文をかろうじて停止に追い込むことができる。巻三には「色に出で、きこえ寄りたまはぬほどなれば、ただあれにもあらず、ものくねくねしう結ぼほれ、おほかたなるさまにて過ぐしたまふ」とあったが、「くねくね」とした鬱屈だけが残る文章といってもよい[20]。女一宮と結婚した男君は後悔し（「また引き返し胸ふたがりて、なぞせしわざぞといみじううち嘆かれぬる」巻四）、帝に迫られた女君は鬱々としている（「しをれ暮らすよりほかのことはなかりつる…飽かず心苦しとのみ思ひ結ぼほれて」）。

巻四では生き霊となって現れたと噂され、女君の鬱屈を増している。「あることも枝葉をつけ、なきことをもつきづきしう、かかる折は言ひ出づるを、くはしう人告げ申すに、いとあさましう、胸ふたがりたまひぬ」。男君も気に病み（「胸ふたがり涙落ちて」、「胸ふたがりて、ゆゆしう涙のこぼれぬべき」、「胸ふたがりて」）、女君に逢えない娘たちも塞ぎ込んでいる（「いみじく恋ひ屈じ入りたまひつれば」、「忍び音がちに屈んじたまへる…」）。女一宮のことを思う男君は鬱屈し（「またいとほしく胸ふたがりつつ」）、女君を陥れようとして失敗した大皇の宮も鬱屈するほかない（「くねりさいなみつつ」巻四、「世を恨みくねらせたまふ」巻五）。

巻五で女君は出家を思い詰めるが、父親に反対されることを考えたり（「胸ふたがりて心地悪しく、例の寝られぬままに…」）、実際に男君に反対されたりして意気消沈している（「あさましきに、胸ふたがりまさり…」）。男君は「艶に結ぼほれたまひたりや」と恨む。出家の気配を察知した男君はすべての事情を女君の父親に打ち明けるが、その場面が興味深い。

…かき崩し、うち泣きうち泣ききこえたまふ気色の心深うあはれげなるに、入道殿、すべてすべて目も口も一つになる心地したまひて、あさましきに、とばかりものも言はれたまはず。（巻五）

「目も口も一つになる」というのは開いた口が塞がらないような強い驚きの表現である。類型的な表現として片づけることもできるが、しかし『夜の寝覚』の場合はそれに収まりがつかないように思われる。事実を聞かされた者は絶句の直後、饒舌な語りと心中表現を始めるからである。そこでは視線が停止され口での語りや心中での語りが饒舌をきわめ、まさに「目も口も一つになる」事態が生起しているのである。(21) 父親は女君を入内させなかったことを後悔してもいる（「心細くあり果てぬる御身と、生ひ先なくおぼし屈ぜられて…」）。男君は女君に寄り添うことができたが、それでもかつての鬱屈が思い出されるという（「その折りの心尽くし、今さへ胸ふたがりつつ…」）。

『無名草子』は「寝覚こそ、取り立てていみじきふしもなく、また、さしてめでたしと言ふべき所もなけれども、はじめよりただ人ひとりのことにて、散る心もなくしめじめとあはれに、心入りて作り出でけむほど思ひやられて、あはれにありがたきもの」と評している。「散る心もなく」と述べるところは、ひたすら思い詰めていく『夜の寝覚』の鬱屈した物語にふさわしいといえる。主体的に生きたいというのが女君の願いであるとしても、むしろ主体ならざるものに規定された主体の構造を陰鬱に浮き彫りにしているのが『夜の寝覚』という作品であろう（「我が身ながら我が身とはおぼえぬ」巻一、「心のほかの心」巻四）。同時進行のプロセスを示す「つつ」が多用されていたが、まさに書きつつある作者や読みつつある読者は、主体が主体ならざるものに規定されていることを陰鬱な楽しみとともに確認するのである。

『無名草子』は『夜の寝覚』の欠点にも言及している。それは末尾欠巻部分で女君が生き返るところらしい。「返す返す、この物語、大きなる難は、死にかへるべき法のあらむは、前世のことなればいかがはせむ、そののち殿に聞きつけられたるを、いと浅ましなども思ひたらで、事もなのめになべてしくうち思ひて、子ども迎へて見などするをいみじきことにして、さばかりなりにし身の果て、幸福・幸ひもなげにて隠れゐたる、いみじくまかまがしきことなり」。魂が活発に動き回る世界であれば死者が蘇ることもあるわけだが、『夜の寝覚』はそうではないがゆえに不自然にみえるのであろう。『夜の寝覚』巻四では女君の生き霊が出るけれども、偽物でしかない[22]。『夜の寝覚』において魂の動きは決して活発ではないようである。『風葉集』によれば中間欠巻部分では女君が男君の夢に現れて「物思ふにあくがれいでて憂き身には添ふたましひもなくなくぞふる」と歌を詠むらしいが、「物思ふにあくがれいでて」という熱中の後に残されるのは「たましひ」を失った不活発で鈍重な身体である。

3　『狭衣物語』と仏教――引用の鬱屈

『狭衣物語』は書名の通り衣の物語といえる。あやうく身につけそうになった「天の羽衣」から始まって「紫の身のしろ衣」「さ夜衣」「濡れ衣」「苔のさむしろ」「片敷きに重ねし衣」、さらには華麗な修辞、華麗な引歌など様々なレヴェルで衣をまとうのが『狭衣物語』だからである。冒頭で主人公は「いかにせん言はぬ色なる花なれば心の中を知る人はなし」という歌を詠んでいるが、『狭衣物語』は華麗な引用なしには「心の中」を提示できないのである。『狭衣物語』に異本が多いのも様々な衣をまとった結果であるかにみえる。『狭衣物語』における仏典の引用もまた華麗な衣の一つといえるだろう[23]。巻一から順番にみていくが、原文引用の際は二つの本文を併記する。新古典全集は巻三まで深川本、巻四は平出本を底本とし、古典集成は流布本系を底本としている。

…世の中の人も、うち見たてまつる際は、あやしう、この世のものとも思ひきこえさせたらず、これやこの末のために現れさせたまへる第十六我釈迦牟尼仏とて、押し擦り、涙をこぼすも多かり。（新古典全集、巻一）

〔「第十六我が釈迦牟尼仏と、この世の光のためと、げに顕はれたまへる」と、かたじけなくあやふきものに思ひきこえさせたまひて、雨風の荒きにも、月の光のさやかなるにもあたりたまふを、痛はしくゆゆしきものに思ひきこえたまひつつ、覆ふばかりの袖のいとまなげに、あまりこちたき御心ざしどもを、大人びたまふままに、あり苦しくおぼす折々もあるべし。古典集成〕

『法華経』「化城喩品」に拠って主人公の美質を強調した表現だが、狭衣大将は『法華経』という華麗な衣裳をまとっているのである。

…いかなるにか、この世はかりそめに、「世界不牢固」とのみ思さるるぞ、げに、世の人の言ぐさに思ひきこえさせたるやうに、いかにも変化の現れたまへるにや。人よりはものすさまじげに、口惜しき方も思ひきこえさせたまへる人もあるべし。（巻一）

『法華経』「随喜功徳品」の偈の一節で、「世ハ皆、牢固ナラザルコト水ノ沫・泡・焔ノ如シ」と続く（引用は岩波文庫による）。主人公は仏教に関心を持ち、「世の男のやうに、おしなべて乱りがはしくあはあはしき御心さへぞなかりける」という。しかし、仏典は主人公の行動を決定的に規制するものではありえない。

梵網経にかや、「一見於女人」といふことを思し出づれば、御車の簾うち下ろしたまへれど、側の広き開きたるは、え立てたまはざるべし。さだに、いかでかおはさざらん。男といふものは、あやしきだに、身のほど知らず、あらぬ思ひを付くるものとかや。（巻一）

〔いかなる折にか、梵網経にや、「一見於女人」とのたまへるとおぼし出づれば、車の簾うち下ろしつれど、そばの広うあきたるは、えたてたまはぬなめりかし。さだには、いかでかはおはせざらむ。男といふものはあやしきだに、身の程も知らず人に心をつくるわざなめりかし。〕

里村紹巴『さごろも下紐』（続群書類従一八下）によれば「一タビ女人ヲ見レバ能ク眼ノ功徳ヲ失フ」の句というが（現存の『梵網経』にはない）、ここでは仏典が主人公を異性へと誘惑する働きをしている。『狭衣物語』において仏典は主人公の深遠な認識を示すために引用されるのではない、むしろ主人公の表層を飾るために引用されるのである。「いろいろに重ねては着じ人知れず思ひそめてし夜の狭衣」という歌を詠んでいるが、主人公は「いろいろに重ねて」着てしまう。その一つが仏典である。

兜率天の内院かと思はましかば留らざらまし、と思ひ出で、「即往兜率天上」といふわたりをゆるらかにうち出だしつつ、押し返し「弥勒菩薩」と読み澄ましたまふ。まことにかなしくて、また兜率天の弥勒の迎へや得たまはんずらん、と聞こゆ。（巻二）

〔「身色如金山、端厳甚微妙」とゆるるかにうちあげてよみたまへる、いみじう心細う尊きを、母宮、大臣など聞きたまひて、「なほさまざまにあまりなる有様かな。などかうしも生ひ出でけむ。また天人の迎へもこそ得たまへ」とゆゆしくおぼされて…〕

深川本、内閣文庫本などでは「即チ兜率天上ノ弥勒菩薩ノ所ニ往ク」（「普賢菩薩勧発品」）の部分だが、流布本では「身ノ色ハ金山ノ如ク端厳ニシテ甚ダ微妙ナルコト」（「序品」）の部分が引用されている。主人公が唱える『法華経』の文句はそれぞれの本文で異なっており、適当に入れ替え可能なものにみえる。

「経も高くな読みたまひそ」といみじうゆゆしと思ひきこえたまへれば、「『令百由旬内』とこそあんなれ。なでうおどろおどろしものか参で来ん」とてうち笑ひたまへり。（巻一）

『法華経』「陀羅尼品」の「ワレモ亦、自ラ当ニ是経ヲ持タラム者ヲ擁護リテ百由旬ノ内ニ諸ノ衰患ナカラシムベシ」の一節である。仏が擁護してくれるというが、主人公はいわばこうした引用によって守られているのである。心配する両親に対して主人公は笑って答えており、『狭衣物語』の仏教認識は「おどろおどろしきもの」に達するような深遠なものではない。次に巻二はどうか。

「若無比丘と、仏のせちに戒めたまへるほどこそ、思ひいたらぬ隈もありがたからめ。人も許し、我も見まくには、えこそ強からぬわざにや」とて、笑みたまへる御顔の、近くては若ううつくしげに、愛敬の我が顔にもこぼれかかるやうにおぼえたまへば…（巻二）

〔「若無比丘と、仏のせちに戒めたまへるよ。げにとこそ思ひあはせらるれ」とて、笑みたまへる御顔の、近くてはいとど若くうつくしげにて、あやしげなる我が顔にも移りやすらむとおぼゆる御にほひ…〕

『法華経』「安楽行品」の偈の一節で「若シ比丘無クンバ、一心ニ仏ヲ念ゼヨ」と続く。女色を戒める部分だが、むしろ主人公の美貌を強調している。

思ひ続くるに、行ひも懈怠して、「我見灯明仏」と思すも心憂くて、「南無平等大慧法花経」としのびやかにのたまひつるも、なべてならず尊く聞こゆるに、人々見やりて…　（巻二）

〔思ひつづくるほどは、行ひも懈怠するは、思へばいと心憂くて、「南無平等大慧一乗妙法」と忍びやかにのたまへる、なべてならず尊く聞こゆる…〕

『法華経』「序品」の一節で「ワレ灯明仏ヲ見奉リシニ、本ノ光瑞ハカクノ如シ」と続くが、仏典は主人公の美質を装飾しているだけなのである。その意味では、『狭衣物語』にしばしばみられる朗詠と全く変わらない。『白氏文集』の引用もまた孤独を美化するもので、唯美的審美的だからである（巻一に二例、巻二に二例、巻三に一例、巻四に一例みられる）。

「是人命終当生忉利天上」とうちあげたまへるも、山の鳥獣といふらんものも、耳立つらむかしと尊くいみじきに、あるかぎり賤の男もうちしほれぬべきに、いとど三位中将はしほしほとうち泣きたまひけるける。　（巻二）

〔「是人命終当生忉利天上」とうちあげたまへるは、「四方の山の鳥獣も耳立つらむかし」と尊くいみじきに、三位中将物めでする人にて、涙をほろほろとぞこぼしける。〕

「コノ人ハ命終ニシテ当ニ忉利天ノ上ニ生ルベシ」というのは『法華経』「普賢菩薩勧発品」の一節である。入水した飛鳥井姫君の往生を願って経文を読誦しているところだが、ここでも仏典が主人公の美質を装飾している。とりわけその美声は何度も強調される。

「薬王汝当知　如是諸人等」と読みたまふに、深山おろしあらあらしきに吹きまがひて、我が心にも心細く悲しきことかぎりなし。「我爾時為現　清浄光明身」など、心にまかせて読みすましたまへるを、聞く人みなしみ入りて悲しくいみじきに、さばかりのあらあらしき修行者どもも涙を流したり。（中略）いといとも心澄みまさりて、うち休まんとも思されねば、やがて作礼而去まで通し果てたまふに、御堂の中しめじめとして、行ひの声々もやめ、各々の所作どももうち忘れつつ聞き入りたるに、暁にもなりぬ。（巻二）

［「薬王汝当知如是諸人等」といふわたりを心細くうちあげつつ読みたまふに、深山颪さへ荒々しく吹き迷ひつつ、我が御心のうちにも心細く悲しきこと限りなし。「我爾時為現清浄光明身」など心にまかせて読みながしたまへるに、聞くかぎりの人々、何事も聞き知らぬあやしき修行者まで涙を流したる…（中略）いとど心も澄みわたりて、うち休まむともおぼされねば、やがて「作礼而去」まで通し果てたまふに、御堂の内しづしづとしてのどかなるに、行ひの声もやめ、おのおの所作どもうち忘れつつ聞き入りたるに、暁かたにもなりぬ。」］

『法華経』「法師品」の偈の一節で、「薬王ヨ、汝ハ当ニ知ルベシ、カクノ如キ諸ノ人等ニシテ…」、「ワレハソノ時、為ニ清浄ナル光明ノ身ヲ現サン」と続く。粉川寺で主人公が夜通し勤行しているところだが、主人公の美声に感応して普賢菩薩が現れるほどである。

…三昧堂の方に、いみじう功入りたる声の少し嗄れたるして、千手経をぞ読むなる。「菩提の因とならむ」といふところの、中にも耳とどまりたまふに、宮の中将、谷に向ひたる高欄に押しかかり思ひ澄ましたるに、いみじうあはれがりて、「いかやうなる僧ぞ」と見せにやりたるに、「片目悪しき僧の、いみじくあはれげなるにさぶらひけり」と申せば、呼びにやらせたまへり。（巻二）

仏典さえ装飾として利用する『狭衣物語』はきわめて唯美的審美的な物語だが、そこに変化をもたらすのはむしろ美の欠損である。この「片目悪しき僧」を通して主人公は飛鳥井姫君の生存を知ることになるからである。次に巻三はどうか。

「云何女身速得成仏」と、忍びやかに、わざとならずすさみたまへる御けしき、いとあはれなるに、まして御袖は引き放したまはざりけり。かかる御けはひを聞きて、物言ひつる人々、「まだおはしけるものを。かかるけはひ聞きたまひつらん」とわび合ひたり。（巻三）

〔「云何女身速得成仏」などいふわたりを、いとみそかに口ずさみたまへるが、鼻声なりしも、いますこしあはれにめでたきを、声しつる人々、「いまだ出でたまはざりけるものを。聞きやしたまへらむ」と言ふ。〕

「イカンゾ、女身、速ヤカニ成仏スルコトヲ得ン」は『法華経』「提婆達多品」の偈の一節である。女人往生の一節を唱えることで女房たちの関心を誘っているのであろう。仏典は主人公の美質を際立てており、女房がそのことを証明している。仏典を唱える主人公を危惧するのが両親の役割で、賛美するのが女房の役割である。

「皆如金色従阿鼻獄」など、物のいみじう心細く思さるるままに、うち上げつつ読みたまふは、言ひ知らず悲しきに、寝たりつる人々も皆おどろきて、鼻うちかみつつ、仏も現れたまひし御声なれば、道季などは、「いかなる事かあらん。物心細く思したるよ」など、恐ろしうて、人々に言ひ合せけり。（巻三）

〔「皆如金色従阿鼻獄」といふわたりを心細げに読み流したまへる、言ひ知らずかなしきに、寝たりける人もおどろきけるにや、ここかしこに、鼻うちかむものあり。仏だに現はれたまへりし御声なれば、人はまして忍び

がたかりけり。〕

『法華経』「序品」弥勒菩薩の偈の一節で、「皆金色ノ如クニシテ、阿鼻獄ヨリ上、有頂ニ至ルマデ…」と続く。主人公の美声は普賢菩薩を出現させるほどであったが、ここでも仏典は主人公の美質を際立たせている。

…など、独りごちたまひて、「及見仏功徳」と読みたまへるは、日ごろ聞きつる尊さにも優れて、身にしむ心地ぞしける。　（巻三）

〔…などひとりごちたまひて、「我所有福業今世若過世及見仏功徳尽廻向仏道」とうちあげて読みたまへる、日ごろ聞きたまへるさまざまの尊さにも似ず、身にしむ心地ぞしける。〕

『法華経』「譬喩品」の偈の一節で「ワガ有スル所ノ福業ノ今世、若シクハ過世ナルト及ビ見仏ノ功徳トヲ尽ク仏道ニ廻向セン」と続く。仏典引用の長さが諸本によって異なるが、すでに述べた通り、仏典が一種の装飾にほかならないことをよく示している。法華八講における僧たちの集団的な誦経とは異なる独白的な誦経が主人公の孤独を美しく彩り、周囲の人々がそのことを証明する役割を担っている。

「仏の、世皆不牢固と勧めたまへるものを」とのたまへば、「まろが侍らざらん後の事は知らず、見きこえんほどばかり、かかる事なのたまひそ」　（巻三）

〔「世皆不牢固とすすめたまへるものを」とのたまふを、「まろが侍らずなりなむのちのことは知らず、見たてまつらむほどばかり、かかることはなたはぶれにてものたまひそ」〕

再び『法華経』「随喜功徳品」の偈の一節だが、仏典を介して主人公と両親の関係が浮かび上がってくる。両親の存在は主人公が仏教の深みにはまることを抑え、たえず表層に留めておく役割を担っているのである。次に巻四はどうか。

なほ、げに劫濁乱の時は、諸仏以方便もかひなくもありけるかなと、返す返す、悲しうも恥づかしうも、思し知られけり。（巻四）

〔なほ「げに劫濁乱時諸仏方便もかひなくありけるかな」と、返す返すもかなしくも恥づかしくもおぼし知られけり。〕

『法華経』「方便品」の一節「劫ノ濁乱ノ時ニハ、衆生ハ垢重ク、慳貪・嫉妬ニシテ、諸ノ不善根ヲ成就スルガ故ニ、諸仏ハ方便力ヲモッテ…」に拠った表現である。ここでも仏典を介して親子関係が浮かび上がってくる。親は子が遠ざかることにとまどい、子は親から遠ざかることにとまどうのだが、そのことを浮かび上がらせるのが仏典だからである。仏教は抑鬱的なディレンマをもたらすのである。

「昔よりして、今日今にも、この方様につけては、生きながら仏になりぬべかりけるものを。見たてまつり初めしよりこそは、この世を捨てがたいものに思ひなりにしか。あはれに味気ないことなりや。かかればこそ、仏も『止々不須説』とのたまひけれ」とてぞ、涙ぐませたまひぬる。（巻四）

〔「昔よりして、今日今にも、この方様につけては、生きながら仏になりぬべかりけるものを。見たてまつりそめしよりこそは、この世を捨てがたきものと思ひなりにしか。あはれにあぢきなきことなりや。かかればこそは、仏も止止不須説とのたまひけれ」とてぞ、涙ぐませたまひぬる。」

同じく「方便品」の一節「止ミナン、止ミナン、説クベカラズ、ワガ法ハ妙ニシテ思ヒ難シ」に拠った表現である。出家するべきであったが、恋のためにできなくなってしまったという。そのことをうまく説明できないので仏典を引用しているのだが、ここにみられるのも仏典の審美的な利用であろう。出家へのためらい、そこで営まれるのはもっぱら審美的生活である。その意味で、美とは仏教の深みにはまることを阻止する一つの方策であったといえるかもしれない。

しかしながら、審美的生活は空虚なものでしかないだろう。結ばれることのない狭衣大将と源氏宮の関係が示すように、実質を欠いているのが審美的生活だからである。そして審美的生活の空虚さは斎院生活の空虚さでもある。斎院生活こそ男と女が露わに結ばれることのない生活だからである。そこで実践されていたのは、いわば不毛の美学である。巻三で狭衣大将は「かつ見るもあるはあるにもあらぬ身を人は人とや思ひなすらん」という歌を詠んでいるが、空虚な「あるにもあらぬ身」が狭衣大将の身体にほかならない。

ところで、『無名草子』は『狭衣物語』の欠点を次のように記していた。

大将の笛の音めでて、天人の天降りたること。
粉河にて普賢のあらはれ給へる。
源氏の宮の御もと、賀茂大明神の、御懸想文つかはしたること。夢はさのみこそ、と言ふなるに、余りに厳重なり。
斎院の御神殿鳴りたること。

何事よりも何事よりも、大将の、帝になられたること。返す返す見苦しく浅ましきことなり。めでたき才・才覚すぐれたる人、世にあれど、大地六反震動することやはあるべき。いと恐ろしくまことしからぬことどもなり。

（『無名草子』）

「さらでもありぬべきことども」として列挙されているのだが、こうした超自然現象によってもはや熱狂がもたらされないこと、かえって空々しく虚しいことを『無名草子』作者はよく知っている（ただし後の御伽草子では、こうした超自然的な要素が多用されることになる）。『無名草子』は別のところで「など、源氏とてさばかりめでたきものに、この経の文句の一偈一句おはせざるらん」と『源氏物語』に不満を表していた。仏典を引用する点で『狭衣物語』のほうが優っているかにみえるが、しかし、それはもっぱら装飾的な引用にとどまっている。しかも、それは抑鬱的な効果しか生まないのである。華麗な装飾とみえたものがきわめて抑鬱的なものに転じてしまう。それは豪華で華麗な織物かもしれないが、そもそも虚しいのである。平安後期物語のマニエリスム的側面といってもよい。

狭衣大将は源氏宮に向かって「室の八島の煙にも問へ」と恋心を告白している(24)（巻一）。しかし、その「煙」は冷え切っているのではないだろうか。巻二の雪山を作る場面で狭衣大将は「燃えわたる我が身ぞ富士の山よただ雪にも消えず煙たちつつ」と歌を詠んでいるが、その「富士の山」は雪で作られた人工物でしかないからである。「燃えわたる我が身」は実は冷え切っている。「煙」は冷たい雪山から立ち上るものでしかなく、情熱の炎も実は冷えきっているのである。冷たいのは、その場面に限らない。高野・粉河詣での場面もみてみよう。

…水際いたく凍りて、浅瀬は舟も行きやらず、棹さしわたるを見たまひて、
吉野川浅瀬白波たどりわび渡らぬ仲となりにしものを

思しよそふる事やあらん。妹背山のわたりは見やらるるに、なほ過ぎがたきに御心を汲むにや、舟いでえ漕ぎやらず。

わきかへり氷の下にむせびつつさもわびさする吉野川かな　（巻二）

凍りついて「渡らぬ仲」となったのが狭衣大将と源氏宮の関係なのである。凍りつき身動きできない。それに対して、「流れても逢ふ瀬ありや」の歌を詠み入水する飛鳥井女君は「流れ」を体現しているといえる。『狭衣物語』の抑鬱的な状況に速度と変化を与えるのが飛鳥井女君の役割であろう（女車の速さが登場のきっかけとなっている）。その挿話は御伽草子にもっとも近い。飛鳥井女君の死は竜女成仏としても読めるからである[25]。

では、道化的な今姫君の役割は何か。今姫君の母代は「吉野川何かは渡る妹背山人だのめなる名のみ流れて」と早口に詠んでいるが（巻二）、それは「名のみ」の空転した「流れ」である。源氏宮のように不動でも、飛鳥井女君のように流転するのでもない。ただひたすら空転する。そのため狭衣大将は「吉野川渡るよりまた渡れとやかへすがへすもなほ渡れとや」と強制される（巻三）。今姫君はきわめて狂騒的だが、抑鬱を払い除けようとしているかのようだ。「人々あまたありける限り重なりて、衣の裾おのおの踏みつつ、すぎすぎに倒れ伏したるは、弾碁の馬の心地したりける」（流布本は「牧の馬の心地」）というところなどスラップスティクにほかならない（巻三）。華麗な引用の物語にふさわしい重ね過ぎのドタバタである。巻三では「いとどはやされて」とあるように、母代と今姫君の掛け合いが狂騒性を増している。

結ばれることのない狭衣大将と源氏宮の関係はいうまでもなく、狭衣大将と一品宮の関係にしても、狭衣大将と式部卿宮の姫君の関係にしても奇妙なものである。狭衣大将が年上の一品宮のもとに通うのは、そこに飛鳥井女君の遺児がいるからでしかないし、狭衣大将が式部卿宮の姫君と結婚するのは、その姫君が源氏宮に似ているからでしかない（「ふと思ひ出でられさせたまふ片つかたは、まづ胸ふたがりたまひて」巻四）。つまり、本来の情熱の対象は別のところにあって、熱すれば熱するほど冷えていく関係がそこにはある。

冷たさは平安後期物語のマニエリスム的な側面を表しているが（『浜松中納言』で吉野の姫君は「吉野の山の雪にならひて」と詠み、『夜の寝覚』の女君は「雪降る里はなほぞ恋しき」と詠む）、それは読者と作品の関係にもみられる。平安後期物語の読者もまた熱すれば熱するほど冷えていくからである。『三宝絵』や『枕草子』には物語に熱中する女子供の姿が描かれていたが、それらと違って鬱屈した平安後期物語の読者はもはや単純に熱狂することができない。「少年の春とうちはじめたるより、言葉遣ひ何となく艶に、いみじく上衆めかしくなどあれど、さしてそのふしと取り立てて心にしむばかりの所などは、いと見えず」と語る『無名草子』はひどく冷静である。狭衣大将は「過ぎぬるかた悔しき御宿世」（流布本では「御癖」）の持ち主だが[26]（巻三）、『狭衣物語』の読者が熱心に読み耽っていたのは狭衣大将の姿などではなく、「後悔」の姿そのものなのかもしれない。

ありし天稚御子に後れたまひけん悔しさも、このごろぞ思ひ出でたまふ。ありしやうにて試みましとも、おぼえたまふ。（巻三）

一品宮と虚しい生活を送る狭衣大将が、結婚を後悔しているところである。音楽に魅せられた天人が現れ狭衣大将を連れ去ろうとする場面が巻一にあったが、そのときの陶酔が忘れがたいのであろう。『狭衣物語』のいたるところに後悔を見出すことができるのであり、『狭衣物語』の主人公は「後悔」であるとさえいえる。内閣文庫本（古典大系）の結末には「男も女も、心深きことは、この物語に侍るとぞ本に」とあるが、「心深き」とはそのように鬱屈した状態のことであろう。

ここで六条斎院の母親が出産の際に亡くなっていた点を想起するならば、『狭衣物語』はあらかじめ喪失を抱えていたといえる。『狭衣物語』の後悔に根源があるとすれば、その点であろう。華麗な修辞とみえたものも、必死の方法であったことになる。誕生と同時の死去、生と同時の死。何ら支えがないがゆえに引用を積み重ねるほかないというのが『狭衣物語』の方法だったのである。『狭衣物語』において出産は心的外傷として遠ざける必要があったはずである。(27)

六条斎院宣旨が作った物語としては『玉藻に遊ぶ権大納言』と『狭衣物語』が知られている。両者に共通するのは冒頭の構造である。『玉藻』はすでに散逸しているけれども、『無名草子』によれば「親はありくとさいなめど」と始まるという。催馬楽を踏まえつつ逆接で始まっているわけだが、親に叱られるとは抑鬱的な事態であろう。『狭衣物語』は朗詠(白楽天の漢詩)を踏まえつつ「少年の春惜しめども」と逆接で始まっている。時間を惜しむことも抑鬱的な事態でありうる。いずれも巧みに先行する語句を踏まえつつ、抑鬱的な事態を逆接で受けるところから始まるのである。(28)しかも、それはいっそうの抑鬱の昂進をもたらしている(「少年の春惜しめども留らぬものなりければ…」)。『天喜四年閏三月六条斎院内親王歌合』で宣旨の詠んだ歌「惜しむにもとまらぬものと知りながら心砕くは春の暮かな」との類似が指摘されているが(古典全書解説)、「惜しむにもとまらぬものと知りながら心砕く」のが『狭衣物語』の主人公なのである。

以上、『浜松中納言』における建築の抑鬱的な同一性、『夜の寝覚』における天上の音楽以後の抑鬱的な状況、『狭衣物語』における仏教の抑鬱的な利用といったものをみてきたが、歴史的所産として抑鬱的状況の出現を指摘できるのではないだろうか。それこそが平安後期物語の鬱屈した新しさである。

『浜松中納言』巻三の歌「一声にあかずと聞きしみじか夜も秋の百夜の心地こそすれ」と『更級日記』の歌「明くる待つ鐘の声にも夢さめて秋の百夜のここちせしかな」の類似はすでに指摘されているが(中西健治『浜松中納言

物語全注釈』和泉書院、二〇〇五年)、終わることのない抑鬱的な時間に注目してみなければならない。

三　更級日記と物語の精神

Ⅰ　神か仏か

物語を見失った後、代わりに個人の魂を救ってくれるものは何であろうか。それが宗教ということになる。しかし『更級日記』の場合、神か仏か揺れていた。

物語のことを、昼は日ぐらし思ひつづけ、夜も目の覚めたるかぎりは、これをのみ心にかけたるに、夢に見ゆるやう、「このごろ、皇太后宮の一品の宮の御料に、六角堂に遣水をなむ造る」と言ふ人あるを、「そはいかに」と問へば、「天照御神を念じませ」と言ふと見て、人にも語らず、なにとも思はでやみぬる、いと言ふかひなし。（『更級日記』）

「六角堂」は仏寺らしいが、夢の中では天照御神への信仰を命じられている。それは神なのか仏なのか。なかなか人にも言えないままであった。

ものはかなき心にも、つねに、「天照御神を念じ申せ」と言ふ人あり。いづこにおはします神仏にかはなど、さは言へど、やうやう思ひわかれて、人に問へば、「神におはします。伊勢におはします。紀伊の国に、紀の国造と申すはこの御神なり。さては内侍所にすくう神となむおはします」と言ふ。伊勢の国までは、思ひかくべきにもあらざなり、内侍所にも、いかでかは参り拝みたてまつらむ、空の光を念じ申すべきにこそはなど、浮きておぼゆ。

（『更級日記』）

孝標女には天照御神が神か仏かわからない。人に尋ねてようやく神であることが判明するが、祈る手立てはない。ただ「空の光」を念じるばかりである。『更級日記』において天照御神は「光」の明るさに通じているようである。「内裏の御供に参りたるをり、有明の月いと明かきに、わが念じ申す天照御神は内裏にぞおはしますなるかし、かかるをりに参りて拝みたてまつらむと思ひて、四月ばかりの月の明かきに、いと忍びて参りたれば…」。これは内裏に参上した際に垣間見るところだが、「月」の明るさと「内裏」の華やかさが天照御神を特徴づけている。次に夢解きの場面をみてみよう。

年ごろ「天照御神を念じたてまつれ」と見ゆる夢は、人の御乳母して、内裏わたりにあり、みかど后の御かげにかくるべきさまをのみ、夢解きもあはせしかども、そのことは一つ叶はでやみぬ。ただ悲しげなりと見し鏡の影のみたがはぬ、あはれに心憂し。

（『更級日記』）

「天照御神を念じたてまつれ」という夢が説明されるが、そうすれば乳母として内裏に出仕し「みかど后」の庇護を受けるはずだったという。「天照御神」は天上への憧憬に通じており、物語の世界に近づくことでもあっただろう。しかし、夢はかなえられることなく鬱屈が生じている。それが、あの打ちひしがれた「鏡」の姿である。

ここから、『更級日記』という書名について考えてみることができるだろう。夫の死後、甥が訪ねて来たとき、孝標女は次のような歌を詠んでいる。

月も出でで闇にくれたる姨捨になにとて今宵たづね来つらむ　（『更級日記』）

いうまでもなく『古今集』の「わが心慰めかねつ更級や姨捨山に照る月を見て」（雑上、読人しらず）を本歌としているが、この歌は「月」も出ていない。ここにあるのは物語への熱狂から醒め夢を果たせず夫を失った女の鬱屈した闇であろう。光源氏の「光」からもっとも遠い世界といってよい。母なるものを捨てた「姨捨」、その月の光からも見捨てられている様子がこの歌を通して読み取れるのである。『更級日記』という書名は、逆説的に鬱屈した闇を示しているように思われる。自らを生み出したものを捨てる、あるいは自らが生み出したものに捨てられる、そうした抑鬱的な事態がそこには貼り付いている。

「姨捨」の表現が『浜松中納言』にみられ（巻四）、『夜の寝覚』にみられ（巻一、二、四、五に一例ずつ）、『狭衣物語』にみられるのも（巻二）、鬱屈と無縁ではないだろう（『栄花物語』巻三六、『とりかへばや』巻四にもみえる）。この時代の流行語といってもよい。特に注目されるのは『夜の寝覚』巻五、末尾の贈答歌である。「かきくらし昔を恋ひし月影に我中空に泣く泣くぞ来し／なかなかに見るにつけても身の憂さの思ひ知られし夜半の月影」。男君と女君の贈答歌は姨捨山伝説をなぞるものになっている。

2　逡巡の消滅

『更級日記』には冒頭から救済の可能性として仏教が存在していた。しかし、そこにも熱狂と鬱屈のテーマを見て取ることができる。

年ごろあそび馴れつる所を、あらはにこほち散らして、たちさわぎて、日の入り際のいとすごく霧りわたりたるに、車に乗るとてうち見やりたれば、人まには参りつつ額つきし薬師仏の立ちたまへるを、見捨てたてまつる悲しくて、人知れずうち泣かれぬ。（『更級日記』）

東国から京に向けて出発する場面である。長年遊び馴れた所が壊されているところからは熱狂の喪失が読み取れるし、祈願の対象を見捨ててしまうところからは鬱屈した悲しみが読み取れるだろう。また孝標女は旅の途中、関寺でも仏像を見捨てるかのような思いに囚われている。

…関近くなりて、山づらにかりそめなる切懸といふものしたる上より、丈六の仏の、いまだ荒造りにおはするが、顔ばかり見やられたり。あはれに、人はなれていづこともなくておはする仏かなと、うち見やりて過ぎぬ。（『更級日記』）

もっぱら仏像の顔だけに視線が向かうのは、顔が情動を表出する部分だからであろう。仏像が人里離れたところにあることを気にせずにはいられない孝標女は、作品冒頭における仏像との痛切な離別を反復しているのである。ところで仏像はなぜ未完成なのか。次の挿話がそれを説明してくれる。

…はかばかしからぬここちに、夢に見るやう、清水の礼堂にゐたれば、別当とおぼしき人出で来て、「そこは、前の生に、この御寺の僧にてなむありし。仏師にて仏をいと多く造りたてまつりし功徳によりて、ありし素性まさりて人と生れたるなり。この御堂の東におはする丈六の仏は、そこの造りたりしなり。箔をおしさして亡くなりしぞ」と。（『更級日記』）

清水寺の僧によれば、孝標女は前世において仏師であったが、仏像が未完成のまま亡くなったという。仏師としての孝標女、この概念は重要であろう。なぜなら、そう思い込まされた結果、孝標女自身の行動を規制する原理となるからである。「いと多く造りたてまつりし」と語られる多作、「こと人箔おしたてまつりて、こと人供養もてし」と語られる他者による補作、「ねむごろに参りつかうまつらましかば…おのづからようもやあらまし」という後悔と鬱屈、これらはそのまま孝標女の作家活動を示すものではないだろうか（『浜松中納言』で主人公が唐后と結ばれる家も「造りさしたるけしき」であった）。

石山詣での際、関寺に立ち寄った孝標女は再び「荒造りの御顔」を思い出している。未完成の「箔」が貼られたとき仏像は完成するわけだが、「天喜三年十月十三日」の阿弥陀仏の夢はそれに相当するといえる[29]。

天喜三年十月十三日の夜の夢に、居たる所の家のつまの庭に、阿弥陀仏立ちたまへり。さだかには見えたまはず。霧ひとへ隔たれるやうに透きて見えたまふを、せめて絶え間に見たてまつれば、蓮華の座の土をあがりたる高さ三四尺、仏の御たけ六尺ばかりにて、金色に光り輝きたまひて、御手、片つ方をばひろげたるやうに、いま片つ方には印を作りたまひたるを、こと人の目には見つけたてまつらず、われ一人見たてまつるに、さすがにいみじくけおそろしければ、簾のもと近くよりてもえ見たてまつらねば、仏、「さは、このたびは帰りて、のちに迎へに来む」とのたまふ声、わが耳一つに聞こえて、人にはえ聞きつけずと見るに、うちおどろきたれば、十四日なり。この夢ばかりぞ後の頼みとしける。　（『更級日記』）

ここには強烈な視覚性がうかがえるが（未完成の「箔」が完成したかのように）、「さすがにいみじくおそろしければ」という逡巡もみられる。「さは、このたびは帰りて、のちに迎へに来む」という阿弥陀仏の声は期待を抱かせるが、しかしその期待が本当に叶うのかどうか鬱屈を生じさせるようにも思われる（救済を祈念する仏師の期待と鬱屈であろう）。「天照御神」の夢が裏切られた後、孝標女にとってはこの「阿弥陀仏」が唯一の頼みとなる。神か仏かようやく結論が出たわけだが、『更級日記』はその逡巡の行程だったといえる。もっとも、それにすがっての救済も容易ではないだろう。「世のつねの宿の蓬を思ひやれそむきはてたる庭の草むら」というのが『更級日記』の最終歌だが、「そむきはてたる」身の上も決して安定したものではないからである。

斎院を退下してから出家した選子内親王の例が示すように、神と仏は対立したまま容易には一致しがたいものであったと思われる。(30)『拾遺集』巻二十には「業尽す御手洗河の亀なれば法の浮木に逢はぬなりけり」という選子の歌が収められているが、斎院は「法の浮木」に出会うことができないのである（『発心和歌集』序文にみえる「定有誹謗者」という弁解も選子の困難な立場を示しているかのようだ）。『詞花集』巻十にも「思へども忌むとていはぬことなればそなたにむきて音をのみぞ泣く」という選子の歌が収められている。『夜の寝覚』は斎宮について「浅くはあらざりけむ御罪」と記し（巻四）、『狭衣物語』は斎院について「ただ仏の御方ざまを背きたまへるのみぞ、後の世のため口惜しきことに侍る」と語っている（巻四）。狭衣大将の出家を阻止したのは賀茂明神である。神と仏は容易に調和してくれそうもない。

平安朝物語文学とは神仏対立から神仏習合への過渡期の産物といえるだろう。『無名草子』には『源氏物語』が大斎院選子の依頼によって書かれたとする説があるが、(31)神と仏の間を埋めてくれるのが物語文学であったのかもしれない。そこにあるのは中世的な神仏習合思想によってあっさりと救済される世界ではない。神か仏か逡巡する世界であり、焦点が定まらず鬱屈する世界である。そんな世界にあって文学は救済の手段となるのではない。むしろ救済を遅延させる装置として機能していたのである。その意味で、『狭衣物語』結末の「天照神」の出現はあまりに唐突で、逡巡を消し去り物語に終止符を打ってしまったようにみえる。(32)だからこそ、『無名草子』は『狭衣物語』

に抗議していたのではないか（とはいえ『狭衣物語』最終歌が示すように、狭衣大将はいつまでも女の住む「霧の籬」に立ち止まる）。

『今物語』などにみられる紫式部堕地獄説話は、そうした逡巡の消滅をよく示している。

ある人の夢に、その正体もなきもの、影のやうなるが見えけるを、「あれは何人ぞ」と尋ねければ、「紫式部なり。そらことをのみ多くし集めて、人の心をまどはすゆゑに、地獄におちて苦を受くる事、いとたへがたし。源氏の物語の名を具して、なもあみだ仏といふ歌を、巻ごとに人々に詠ませて、我が苦しみをとぶらひ給へ」と言ひければ、「いかやうに詠むべきにか」と尋ねけるに、

きりつぼに迷はん闇も晴るばかりなもあみだ仏と常にいはなん

とぞ言ひける。（引用は講談社学術文庫、三木紀人訳注による、『今物語』三八）

物語は「人の心をまどはす」ものであり、作者は「地獄におちて苦を受くる事」になる。だから仏教によって救済されなければならない。それが仏教優位の中世的な思考であろう。だが、かつて物語はそれほど単純に規定されてはいなかったのである。大斎院選子の執筆依頼説は『河海抄』にもみえる。

大斎院より上東門院へめつらかなる草子や侍ると尋申させ給けるにうつほ竹とりの古物かたりはめなれたれはあたらしくつくりいたしてたてまつるへきよし式部におほせられけれは石山寺に通夜してこの事いのり申けるにおりしも八月十五夜の月湖水にうつりて心のすみわたるままに物かたりの風情空にうかひけるをわすれぬさきにとて仏前にありける大般若の料紙を本尊に申うけてまつすまあかしの両巻をかきはしめけり

（引用は『紫明抄　河海抄』角川書店による、『河海抄』料簡）

執筆を依頼された紫式部は石山寺に参籠し、「大般若の料紙」に須磨・明石両巻から書き始めたという。『狭衣物語』末尾で主人公は飛鳥井姫君の絵日記を漉き返し経を書写し供養していたが（「皆細々となして、経紙に加へて漉かせさせたまひて、金泥の涅槃経、御手づから書かせたまひけり」）、それと符号するだろう。いささか図式的にいえば、神の領域から要請された物語がいつの間にか仏の領域に移動させられているのである。ここではすでに神か仏かといった逡巡が消滅している。(33)

『礼記』月令には「季春之月…生気方盛陽気発泄」とあるが、万物を成長させる自然の気が平安後期物語には乏しい。馬や蛇は生気に満ちたものといえようが、物語文学はそれらを回避している。生気に満ちたものを扱っているのは、軍記や説話のほうである。『徒然草』一七二段には「老いぬる人は、精神衰へ、淡く疎かにして、感じ動く所なし」とみえるが、物語文学の精神は確実に衰弱する方向に向かっている。

『堤中納言物語』所収の「虫めづる姫君」には熱狂と鬱屈の鮮明な対比を見て取ることができるように思われる。

蝶めづる姫君の住みたまふかたはらに、按察使の大納言の御むすめ、心にくくなべてならぬさまに、親たちかしづきたまふこと限りなし。この姫君ののたまふこと、「人々の、花、蝶やとめづるこそ、はかなくあやしけれ。人は、まことあり、本地たづねたるこそ、心ばへをかしけれ」とて、よろづの虫の、恐ろしげなるを取り集めて、「これが、成らむさまを見む」とて、さまざまなる籠箱どもに入れさせたまふ。

明らかに蝶めづる姫君とは熱狂の一面であり、虫めづる姫君とは鬱屈の一面なのである。鬱屈の一面としては毛虫の黒こそがふさわしいだろう。同じく『堤中納言物語』所収の「はいずみ」には「白き物をつくると思ひたれば、取りたがへて、掃墨入りたる畳紙を取り出でて、鏡も見ず、うちさうぞき…」とみえる。短編であれば容易に拭い落とせるかもしれないが、長篇となった平安後期物語には陰鬱さがどうしようもなく貼り付いている。

もちろん、そうした鬱屈の背後には当時の状況というものがあったはずである。『更級日記』には「世の中いみじうさわがしうて、まつさとの渡りの月かげあはれに見し乳母も、三月ついたちに亡くなりぬ。せむかたなく思ひ嘆くに、物語のゆかしさもおぼえずなりぬ」と記されている。疫病の流行があり、乳母が亡くなり、物語への興味も鈍っていく。災害によってもたらされた抑鬱である。「かくのみ思ひくんじたるを、心もなぐさめむと心苦しがりて、母、物語などもとめて見せたまふに、げにおのづからなぐさみゆく」とあるように、そうした抑鬱を払うためにもたらされたのが物語だったはずである（『狭衣物語』の場合は主人公を帝位につけることで一気に災害の抑鬱を払おうとする）。しかし、その物語がさらに抑鬱を昂進させてしまったのである。『更級日記』の主題については物語から信仰へと単線的に理解されることが多いが、必ずしもそうではない。揺り戻しがあり、抑鬱のいっそうの昂進があるといえる。

男女が入れ替わる『とりかへばや』は男性文化と女性文化の混交を示す物語だが、そこには取り替えることへの逡巡が見て取れる。取り替えたいが、取り替えることはできない、そんな「とりかへばや」の鬱屈は『浜松中納言』『夜の寝覚』『狭衣物語』にも共通するのではないだろうか。「とりかへばや」の逡巡と鬱屈が物語の精神なのである。

注

（1）　孝標女作とされる『朝倉』はすでに散逸しているが、『物語二百番歌合』によれば、その題名は「名のるとも木の丸殿のくもゐなる朝倉まではたれかたづねむ」という歌によっているらしい。「名のるとも」という逆接に鬱屈を指摘できるだろう。

(2) 六条斎院禖子内親王および宣旨については、萩谷朴『平安朝歌合大成　増補新訂』二・三（同朋舎出版、一九九五・六年）、神野藤昭夫「斎院文化圏と物語の変容」（『散逸した物語世界と物語文学』若草書房、一九九八年）、所京子「六条斎院の事績」（『斎王和歌文学の史的研究』国書刊行会、一九八九年）、小町谷照彦「六条斎院宣旨論」（『平安時代の作家と作品』武蔵野書院、一九九二年）などを参照。久下裕利「狭衣物語六条斎院宣旨略伝考」（『狭衣物語の人物と方法』新典社、一九九三年）が指摘するように宣旨が内親王の乳母だったとすれば、そこには乳房を介した母子関係を見て取ることができる。内親王の実母はすでに不在であり、病気の内親王を見守る宣旨の鬱屈は増したはずである。

(3) 『春記』永承三年四月十二日条に「日没之間斎王渡給、女房装束如花、過差無極而已」、同七年四月十九日条に「斎王申終許渡給、諸衛前駈…雖有過差之制、不能糺弾也、太鳴許也」と記されているが（史料大成）、六条斎院の華麗さとは単純に賞賛を浴びるようなものではない。むしろ非難を浴びてもそうせざるをえない鬱屈したものが認められる。なお、『栄花物語』三七「けぶりの後」は斎院受難の巻にみえる。秘かに俊房と結婚した前斎院娟子は非難を受け、東宮后となって出産した前斎院馨子は若宮をまもなく失っているからである。

(4) 『狭衣物語』巻一にみえる「うき沈みねのみなかるる菖蒲草かかるこひぢと人も知らぬに」や『逢坂越えぬ権中納言』にみえる歌「昨日こそ引きわびにしかあやめ草深きこひぢにおり立ちしまに」などは明らかに『源氏物語』六条御息所の歌を踏まえている。また六条斎院の歌「神垣にかかるとならば朝顔もゆふかくるまでにほはざらめや」（『詞花集』巻三）は明らかに『源氏物語』朝顔の姫君を踏まえている。つまり、代々の斎院が生み出した文事には『源氏物語』に登場する朝顔の斎院の影響を見て取ることができるのであり、娘の斎宮とともに伊勢に赴き仏事を忌む環境に身を置いた六条御息所の影響を見て取ることができるのである。斎院世界において朝顔の姫君と六条御息所はモデルとして機能しているように思われる。

(5) 『四条宮下野集』は後冷泉天皇皇后四条宮寛子（頼通の女）に仕えた女房による私家集だが、そこにも熱狂と鬱屈を見て取ることができるのではないだろうか。「めでたくをかしき事どもを、見てのみ止むが飽かずおぼえしかば、いと事ゆかずあやしう物に書きつけてありしを、たびたびの火に失せにしかば、のちのちは、年つもり、もの憂くなりて止みぬる…」、「世中変はりて、哀れにいみじき事多かりしほどの事ども、われも人もあまたありしかど…」。『讃岐典侍日記』は堀河院に仕えた女房による日記だが、その抑鬱も付け加えておきたい。「五月の空もくもらはしく、田子のもすそもほしわぶらんもことわりと見え、さらぬだにものむつかしきころしも…かきくらさるるここちぞする」。この冒頭部分にも「姨捨」の一語がみえる。

（6）新編日本古典文学全集『浜松中納言物語』に研究文献一覧があり、近年の研究としては中西賢治『浜松中納言物語論考』（和泉書院、二〇〇九年）、辛島政雄『御津の浜松一言抄』（九州大学出版会、二〇一五年）、諸家による『平安後期物語の新研究』（新典社、二〇〇九年）、『源氏以後の物語を考える』（武蔵野書院、二〇一二年）などがある。神田龍身「『浜松中納言物語』幻視行」（『文芸と批評』五の五、一九八〇年）は憧憬という点を強調するが、本稿は抑鬱的な同一性を指摘するものである。したがって、異郷論・異界論的な視点はとらない。

（7）「横目」とは他に心を奪われ、二心をもつことである。『浜松中納言』では「中納言は、大将殿の姫君の、世をそむき給ひにしに定まり給ひて、横目なくありつき給ひにたると聞く」と語られているけれども、実際は「横目」をしている（巻三）。『夜の寝覚』の男君は「片時横目すべくもあらず、年月を経て恋わびわたりつるも、誰ゆゑならむ」（巻五）と語っているにもかかわらず、「横目」していないわけではない。「しばし横目堪へがたかべきに、さすがに…」（巻四）、「横目なからむにてだに、飽く世のあるまじきを、限りあれば…」（巻五）という状況だからである。「横目」すべくもないにもかかわらず「横目」してしまうところに平安後期物語主人公の鬱屈があるのかもしれない。『宇治拾遺物語』一〇八話には「そののち、思ひかはして、また横目することなく住みければ、子ども産み続けなどして、この敦賀にも常に来通ひて、観音にかへすがへすつかまつりけり」とあるが、そうした説話のように単純な構造には収まらないのである。なお『狭衣物語』の歌をみると、一筋ならぬ恋といったカテゴリーが設定できそうである（「我が恋の一筋ならず悲しきは逢ふをかぎりと思ひだにせず」巻二、「我もまた益田の池の浮きぬなはひとすぢにやは苦しかりける」巻三）。『堤中納言物語』「ほどほどの懸想」にも「ひとすじに思ひもよらぬ青柳は風につけつつさぞみだるらむ」とみえる。

(8)『浜松中納言』と『松浦宮物語』に相違があるとすれば、それは後者が阿修羅の力を導入しているという点であろう(「宇文会と言ひし、まことは阿修羅の身の生まれきて、すでに我が国を滅ぼすべき時至れりし…」巻三)。

(9)『今昔物語集』巻二十第一話はインドの天狗が法文を唱える「水ノ本体」を探し求めて中国から日本に渡り、親王の子に転生する話である。「本体」の探求は渡海、転生と不可分なのかもしれない。『とりかへばや』巻一には「はかなくかき鳴らし給琴の音も、唐国の本体おぼえて人にすぐれ給へる」とあり、『東関紀行』熱田の記事には「宮の本体は、草薙と号し奉る神剣なり」とある。

(10)石川徹「夜半の寝覚は孝標女の作と思う」(『王朝小説論』新典社、一九九二年)は『朝倉』『浜松中納言』『夜の寝覚』『更級日記』に「変らざりけり」と結ぶ歌がみられることを指摘しているが、そこにも抑鬱的な同一性を見て取ることができる。

(11)『心高き宣旨』はすでに散逸した物語だが、そこに「嘆くまにたましひもみななくなりて今はむなしき骸と知らずや」という歌があったことが知られている(『物語二百番歌合』七八番詞書)。魂が消え果てて、不活発な屍だけが残されているというのは平安後期物語にふさわしい状況であろう(散逸して歌だけが残された物語とは「むなしき骸」の状態なのかもしれない)。

(12)新編日本古典文学全集『夜の寝覚』に研究文献一覧があり、『夜の寝覚』の心理主義を分析した永井和子『寝覚物語の研究』『続寝覚物語の研究』(笠間書院、一九六八・九〇年)、野口元大『夜の寝覚研究』(同、一九九〇年)が参考になる。近年の研究としては宮下雅恵『夜の寝覚論』(青簡社、二〇一一年)、大槻福子『『夜の寝覚』の構造と方法』(笠間書院、二〇一一年)などがある。神田龍身「『夜の寝覚』論」(『文芸と批評』五の七、一九八二年)は『夜の寝覚』を「自閉者のモノローグ」として捉えているが、本稿は抑鬱的なスタイルを強調するものである。『夜の寝覚』の鬱屈した文章は明快な話型論の限界を明らかにしているといってよい。

(13)音楽は王権にとっては外部のものであり、王権とは異質なものといえる。『うつほ物語』は王権にとって外部の存在を三つ例示しているが、それは学問(儒教)であり仏教であり音楽である。この点については拙稿「うつほ物語と三宝絵――知の基盤」（本書所収）を参照。

(14) 高橋文二『王朝まどろみ論』（笠間書院、一九九五年）は平安朝文学における「まどろみ」の重要性を論じている。しかし重要なのは無時間的な微睡みというよりも、覚醒という出来事ではないか。

(15) 木村敏『時間と自己』（中公新書、一九八二年）に倣っていえば、祭の後の抑鬱である。なお津島佑子『夜の光に追われて』（講談社、一九八六年）は『夜の寝覚』を踏まえた小説だが、そこにも鬱屈した状況が描かれている。子供を見失った母親の鬱屈とは作品の届け先を見出しえない作家のそれでもあろう（さらにいえば、それは高名な作家の娘であるがゆえの鬱屈かもしれない）。

(16) ジュリア・クリステヴァ『黒い太陽』（西川直子訳、せりか書房、一九九四年）は女性の抑鬱の様々な形の一つとして「処女なる母」を挙げている。なお、同書に引用されているネルヴァルの詩の一節「私の琵琶には憂鬱の黒い太陽が刻まれた」は寝覚の君にこそふさわしい。

(17) 女性の文学におけるゴシック的怪奇的要素の意味についてはエレン・モアズ『女性と文学』（青山誠子訳、研究社、一九七八年）やエレイン・ショウォールター『姉妹の選択』（佐藤宏子訳、みすず書房、一九九六年）などを参照。なお宮下雅恵「病と孕み、隠蔽と疎外」（『日本文学』二〇〇一年五月号）が『夜の寝覚』の妊娠について論じているが、認識論的な構図を問題にしており、本稿のような指摘はみられない。

(18) 平安後期物語は「乳」に拘泥しているが、出産不安の反映ではないだろうか。『浜松中納言』巻一に「さるべき人の乳あゆるなど求めて」とあり、巻二の冒頭部分に「道のほど、乳参らざらむかはりに、この薬をくめたてまつれ」とある。『夜の寝覚』巻一では女君について「おのづからとれて見ゆる御乳の気色」と記され、『狭衣物語』巻二では女二宮について「御乳の例ならず黒う見ゆる」と記されている。懐妊した飛鳥井女君は「子生むには、土公といふもの、必ず出で来かし。大忌の方にてさへあるよ」と乳母から外出を強要されるが、そこで煽り立てられているのは出産不安である。

(19) 『扶桑略記』治安三年十月十九日条によれば、菅原孝標は道真の書跡のある吉野龍門寺の扉に「仮手之文」を書き付けたが、道長に抹消されたという（国史大系一二）。その前年、孝標は書家として名高い藤原行成の女が書いた「とりべ山」という歌を書の手本として娘に与えている。しかし孝標女が学んでしまったのは、書の美しさというよりも書の不吉な内容のほうであろう。孝標女のまわりに次々と死が襲ってくるからである。書き留めたいと思ったものが消去され、遠ざけたいと思ったものが成就してしまう。そうしたすれ違いこそ欲望と文字の関係であろう。

(20) 『狭衣物語』巻三には「いと堪へがたくて、くねくねしうわびしき目を見つつ長らふるよりは、かくてこそあるべけれと思されて、この御猫、しばし預けさせたまへかし…」とある。この場合は、猫に夢中になることで「くねくねし」き結婚生活から逃れようとするのである。

(21) 同様の表現は女君の兄に関しても「語りつづくるを聞きたまふに、目も口も一つになる心地して、爪弾きをはたはたとして…」とみられた(巻二)。関白父子はともに同じ反応を示しているわけである。『苔の衣』(古典文庫)はその冒頭から『夜の寝覚』の影響を強く受けているが、表現も「めもくちもひとつに成たる心地して、ただそのことと打ころしつばかりのたまへば…」と学んでいる(巻二)。

(22) 関根慶子「「寝覚」の生霊をめぐって」(『平安文学研究』二九、一九六二年)を参照。身体から魂が分離し「心のほかの心」を露わにするところは、分離不安という点で出産恐怖に通じるものがある。さらにいえば、「世に苦しかるべきことは、二方に心分くるに増すことこそなかりけれ」と考える男君の不安とも通じている(巻四)。

(23) 豊島秀範「〈衣〉の系譜」(『物語史研究』おうふう、一九九四年)が「衣」を題名とする物語に着目している。『狭衣物語』の仏典引用については、小峯和明「狭衣物語と法華経」(『国文学研究資料館紀要』一三、一九八七年)があり、示唆に富む。しかし、本稿は仏典引用がもたらす抑鬱的状況を明らかにしようとするものである。異同を問題にする点で引用論と諸本論は相互変換可能なのだが、そうした引用論=諸本論そのものの鬱屈も明らかになるだろう(研究のマニエリスム的な段階といってもよい)。近年の研究としては倉田実『狭衣の恋』(翰林書房、一九九九年)、中城さと子『流布本狭衣物語と下紐の研究』(新典社、二〇〇三年)、鈴木泰恵『狭衣物語/批評』(翰林書房、二〇〇七年)、川崎佐知子『『狭衣物語』享受史論究』(思文閣出版、二〇一〇年)、後藤康文『狭衣物語論考』(笠間書院、二〇一一年)、久下裕利『王朝物語文学の研究』(武蔵野書院、二〇一二年)、片岡利博『異文の愉悦』（笠間書院、二〇一三年）、須藤圭『狭衣物語受容の研究』（新典社、二〇一三年）、諸家による『狭衣物語全註釈』Ⅰ～（おうふう、一九九九年～）、『論叢狭衣物語』一～四（新典社、二〇〇〇年～二〇〇四年）、『狭衣物語の新研究』（同、二〇〇三年）、『狭衣物語空間／移動』（翰林書房、二〇一一年）、『狭衣物語の斜行』（同、二〇一七年）などがある。

(24)『狭衣物語』の主題体系は火と高さに向かうもの、水と深さに向かうものに分けて考えることができるだろう。前者は源氏宮の挿話であり、そこでは「煙」や「月」が歌に詠まれる。女二宮の挿話にそれに近い。巻四の末尾で狭衣大将は女二宮に向かって「消えはてて屍は灰になりぬとも恋の煙はたちもはなれじ」という歌を詠んでいるからである。それに対して後者は飛鳥井女君の挿話であり、女君は入水し「水」や「底」が歌に詠まれる。巻四で飛鳥井女君の絵日記が発見されるが、「消えはてて煙は空にかすむとも雲のけしきを我と知らじな」という女君の歌は自らが火と高さの主題と無縁であることを告げている。巻一で詠まれた歌「我が心かねて空にや満ちにけん行く方知らぬ宿の蚊遣火」の通り、煙は低く地を這う。『狭衣物語』における煙と川の歌はすでに注目されているが（井上眞弓『狭衣物語の語りと引用』笠間書院、二〇〇五年）、上方に昇る煙にも下方に流れる川にも思い通りにならない鬱屈がある。

(25)『金葉集』に「竜女成仏」を詠んだ「わたつ海の底のもくづと見し物をいかでか空の月と成らん」という歌があるが、その表現論理に従えば、「早き瀬の底の水屑」となった飛鳥井女君も竜女になりうるといえる。

(26) 石川徹「解説」（『狭衣物語』上、日本古典全書、一九六五年）は「悔恨の物語」と指摘し、関根賢司「狭衣物語の世界」（『國學院雑誌』一九六八年六月号）は狭衣大将を「後悔しき大将」と呼んでいる。

(27)『浜松中納言』『夜の寝覚』と『狭衣物語』に相違があるとすれば、前者のほうが懐妊・出産のテーマにおいてより直接的だという点が挙げられる。女二宮は「寝覚めたる人」と呼ばれているので『夜の寝覚』の女君を想起させるが、「冬の夜のつがはぬ鴛鴦の浮き寝」の冷たさを秘めている（巻二）。『狭衣物語』の特徴は、女二宮の出産を母親のことにして隠蔽してしまうような華麗なカモフラージュにあるだろう。女二宮の身体については土井達子「『狭衣物語』女二宮の身体をめぐって」（『岡大国文論稿』二九、二〇〇一年）が論じている。

(28) 萩野敦子「「狭衣物語」の発端」(『国語国文学研究』九四、一九九三年)が発端における憂愁の構造を論じている。なお『風葉集』によれば、『玉藻に遊ぶ権中納言』では主人公が「越えて後静心なき逢坂をなかなかの関のこなたなりせば」という歌を詠んだらしいが(『王朝物語秀歌選』岩波文庫)、そこには「越えて後」の鬱屈を指摘できる。

(29) 天喜三年十月十三日の阿弥陀仏の夢は、天喜元年の平等院阿弥陀堂供養に触発されたものかもしれない。孝標女は永承元年の十月に頼通の宇治殿を訪れ『源氏物語』の女君に思いをはせていたが、その場所が全く別のものに変容してしまったからである。また、天喜三年五月三日の六条斎院内親王物語歌合に参加できなかった代償的な夢と考えることもできる。

(30) 斎院と仏教のかかわりについては岡崎知子「大斎院選子における神と仏」(『平安朝女流作家の研究』法蔵館、一九六七年)、所京子「大斎院選子の仏教信仰」(『斎王和歌文学の史的研究』前掲)を参照。ただし、神も仏も同一視していたという点には従えない。

(31) 物語文学は宮廷の「みやび」によって洗練されたわけだが、斎院の非仏教的なスタイルによっても洗練されたのであろう。すなわち、『枕草子』に「斎院、罪深かなれどをかし」と記され(一本の二四段)、『紫式部日記』に「所のさまはいと世はなれ神さびたり。またまぎるることもなし」と記されているスタイルである。『伊勢物語』斎院関係章段や『源氏物語』賢木巻を考えると、物語文学の斎宮・斎院起源説を提出できるかもしれない。『今昔物語集』巻二四第五七話には紫式部の兄弟が斎院に通う説話がみえるが、紫式部も斎院の内情に詳しかったはずである。「斎院わたりの人も、これをおとしめ思ふなるべし。さりとて、わがかたの、見どころあり、ほかの人は目も見しらじ、ものをも聞きとどめじと、思ひあなづらむぞ、またわりなき」と紫式部は斎院を強く意識しているからである(『紫式部日記』)。

(32) 『夜の寝覚』には中村本という改作本があり、『狭衣物語』には御伽草子になった『狭衣』がある。総じて改作本は鬱屈した表現を明快なストーリーに置き換えているように思われる。『無名草子』は今本『とりかへばや』について、古本と比べながら「これは、かたみにもとの人になり代りて出で来たるなど、かかること思ひ寄る末ならばかくこそすべかりけれ、とこそ見ゆれ」と評するが、そこでは鬱屈したものが明快なものに置き換えられているのではないか。

（33）　石山は『夜の寝覚』の女君が極秘裏に出産する場所であり、『更級日記』の作者が「双葉の人をも思ふさまにかしづきおほしたて、わが身もみくらの山に積み余るばかりにて、後の世までのことを思はむと思ひはげみて」訪れる場所である。そこで紫式部が作品を生み出していたというのは興味深い一致であろう。なお三谷栄一「物語の行方」（『物語史の研究』有精堂、一九六七年）は中村本『夜寝覚物語』に石山寺縁起のごとき一節が挿入されていることを指摘する。改作本では石山について仏教的な意味づけがなされるわけである。

IX　栄花物語の方法、大鏡の方法——時間と空間

『栄花物語』と『大鏡』はともに藤原道長の栄華を描いた歴史物語だが、両者の方法は大きく異なる。ここで注目してみたいのは、その方法である。方法の相違によって、内容も大きく違ってくるようにみえるからである。『栄花物語』が編年体という形式をとり、『大鏡』が紀伝体という形式をとることはよく知られている。しかし、そのことが内容とどのように関連しているかについては十分に論じられることがなかったように思う。本章では『栄花物語』と『大鏡』を具体的に比較し分析することによって、それぞれの方法と内容の相関関係を明らかにしてみたい(1)。冒頭部をめぐって、花山院をめぐって、道長をめぐって、中関白家をめぐって検討する。

一　冒頭部をめぐって

まず『栄花物語』の冒頭部をみてみよう。「世始まりて後、この国のみかど六十余代にならせ給にけれど、この次第書きつくすべきにあらず。こちよりての事をぞ記すべき」とあるように、これは起源を語る言説ではない。記紀神話や『愚管抄』『神皇正統記』などの歴史論とは異なるところであろう。『栄花物語』は出来事の起源ではなく出来事の推移を語る言説である。

その基経の大臣、男君四人おはしけり。太郎は時平と聞えけり。左大臣までなり給て、三九にてぞうせ給ける。二郎は仲平と聞えける、左大臣までなり給て、七十一にてうせ給にけり。三郎兼平と聞えける、三位までぞおはしける。四郎忠平の大臣ぞ、太政大臣までなり給て、多くの年頃過させ給ける。その基経の大臣の御女の女御の御はらに、醍醐の宮達あまたおはしましける。

（引用は日本古典文学大系、松村博司・山中裕校注による、巻一・月の宴）

興味深いのは「おはしけり」に続いて必ず「うせ給にけり」と語られることである。逆に「うせ給にけり」に続いては必ず「おはしけり」が語られなければならない。『栄花物語』を持続させているのは、こうした「おはしけり」と「うせ給にけり」の繰り返しであろう。「うせ給にけり」を埋め合わせるのはもちろん女性の力である。したがって、『栄花物語』の持続においては女性の役割が重要となる。『栄花物語』に出産場面が頻出するのも「おはしけり」と「うせ給にけり」の繰り返しが導き出す必然である。女性がしかるべき役割を果たさないときは「素腹の后」といった差別的な名称が与えられるのであり（月の宴）、道長が頼通に「男は妻は一人のみやは持たる、痴の様や。いままで子もなかめれば、とてもかうてもただ子を設けんとこそ思はめ」と説教するのも『栄花物語』の語りを持続させるためなのである（たまのむらぎく）。

そうした「うせ給にけり」と「おはしけり」の繰り返しに着目していくと、「もののけ」の正体が明らかになるように思われる。

かくて東宮四つにおはしましし年の三月に、元方大納言なくなりにしかば、そののち、一の宮も女御もうち続きうせ給にしぞかし。そのけにこそはあめれ、東宮いとうたてき御もののけにて、ともすれば御心地あやまりしけり。

（巻一・月の宴）

「もののけ」とは何か。それは「うせ給にけり」が「おはしけり」によって補完されなかったときに起こる現象なのである。語りの持続を乱すことによって活気づける存在といってもよい。中宮安子の出産場面にも元方の霊が現れている。

さまざま耳かしがましきまでの御祈ども、験見えず、いといみじき事におぼし惑ふ。御もののけどもいと数多かるにも、かの元方大納言の霊いみじくおどろおどろしく、いみじきけはひにて、あへてあらせ奉るべきけしきなし。

（巻一・月の宴）

出産とは「うせ給にけり」から「おはしけり」への円滑な移行ということになるだろう。それを阻止するのが「もののけ」の役割なのである。ここに限らず『栄花物語』における「もののけ」は時間的な役割を担っている。「たまのむらぎく」巻の頼通が病気になる場面は「さらにこの御物のけまことと覚ゆる事なし。験見えず。かくて一七日過ぎぬ。今七日延べさせ給へるに、こたびぞいとけ恐ろしげなる声したるもののけ出で来たる」と語られるが、「もののけ」は時間に関係しているのである。それに対して、『大鏡』における「もののけ」は空間的な役割を担っているといえる。たとえば、物の怪が行成の参内を阻止しようとする場面を参照されたい。そこには「この物の怪の家は、三条よりは北、西洞院よりは西なり。今に一条殿の御族、あからさまにも入らぬ所なり」とある（伊尹伝）。

次に『大鏡』の冒頭部をみてみよう。

さいつころ雲林院の菩提講にまうでて侍りしかば、例人よりはこよなう年老い、うたてげなるおきな二人、おうなといきあひて、同じ所に居ぬめり。「あはれに同じやうなる者のさまかな」と見侍りし…
（引用は日本古典集成、石川徹校注による、第一）

興味深いのは「雲林院の菩提講」というように場所が明確に提示されていることである。大鏡の人物が登場するためには場所の提示が不可欠なのである。彼らはそこで遭遇し場所を定める。時間性に対する空間性の優位といってもよいが、場所の提示こそ『大鏡』の特徴であろう。

誰も少しよろしき者どもは、見おこせ居寄りなどしけり。年三十ばかりなる侍めきたる者の、せちに近く寄りて（中略）おきな二人見かはしてあざ笑ふ。「幾つといふ事覚えずと言ふめり。このおきなどもは、覚えたぶや」と問へば…
（第一）

このように空間的な運動こそが時間への言及を導いているのである（後述するように、こうした接近運動は『大鏡』の挿話にしばしばみられる）。

「父が生学生に使はれたいまつりて、下臈なれども、都ほとりといふ事侍れば、目を見たまへて、産衣に書き置きて侍りける、いまだ侍り。丙申の年に侍り」と言ふも、「げに」ときこゆ。
（第一）

「主の御使に市へまかりしに（中略）「これ、人に放たむとなむ思ふ」と言ひ侍りければ、この持ちたる銭に換へて来にしなり。「姓は何とか言ふ」と問ひ侍りければ、「夏山」とは申しける。さて、十三にてぞ、おほきお

ほい殿には参り侍りし」など言て。（第一）

大宅世次の発言においても夏山重木の発言においても、「都のほとり」、「市」といった空間的な規定が時間への言及を導いているのである。また、世次は次のように語っている。

世間の、摂政・関白と申し、大臣・公卿ときこゆる、いにしへ今の、「みな、この入道殿の御有様のやうにこそはおはしますらめ」とぞ、今様の児どもは思ふらむかし。されども、それ、さもあらぬ事なり。言ひもていけば、同じ種、一つ筋にぞおはしあれど、門別れぬれば、人々の御心用ゐも、またそれに従ひて異々になりぬ。（第一）

「同じ種、一つ筋にぞおはしあれど、門別れぬれば、人々の御心用ゐも、またそれに従ひて異々になりぬ」とは『大鏡』の主題を語っているところであろう。『大鏡』の関心は起源の同一性よりも、むしろ空間的な多様性にある。

すべからくは、神武天皇を始め奉りて、次々の帝の御次第を覚え申すべきなり。然りといへども、それはいと聞き耳遠ければ、「ただ、近きほどより申さむ」と思ふに侍り。（第一）

『栄花物語』と同じように『大鏡』もまた起源を語る言説ではない。『大鏡』は人物の起源ではなく人物の挿話を語る言説だが、「聞き耳遠」きものを遠ざけ、「ただ、近きほどより申さむ」という言葉にも時間感覚よりは空間感覚が強くうかがえるのである。

天皇について語った部分でも、場所の提示は際立っている。

これを五条の后と申す。伊勢物語に、業平の中将の、「宵々ごとに、うちも寝ななむ」と詠みたまひけるは、この宮の御事なり。「春や昔の」なども。（文徳天皇）

…母方の御祖父、おほきおとどの小一条の家にて、父帝の位に即かせたまへる五日といふ日、むまれたまへりけむこそ、いかに折さへ華やかにめでたかりけむと覚え侍れ。

世を保たせたまふ事、十八年。同じ貞観十八年十一月二十九日、染殿の院にて、おりさせたまふ。（清和天皇）

この帝、貞観十年戊子、十二月十六日、染殿の院にてむまれたまへり。

世を知らせたまふ事、八年。位おりさせたまひて、二条の院にぞおはしましける。（陽成院）

この帝、淳和天皇の御時の天長七年庚戌、東六条の家にてむまれたまふ。

世を知らせたまふ事、四年。「小松の帝」と申す。「この御時に、藤壺の上の御局の黒戸はあきたる」と聞き侍るは、まことにや。（光孝天皇）

次の帝、「亭子の帝」と申しき。

熊野にても、日根といふ所にて、「旅寝の夢に見えつるは」とも詠むぞかし。

位に即かせたまひて後、陽成院を通りて行幸ありけるに、「当代は家人にはあらずや」とぞ仰せられける。（宇多天皇）

同じ九年丁巳七月三日、御年十三。やがて今宵、夜の御殿より、にはかに御かぶり奉りて差し出でおはしましたりける。（醍醐天皇）

次の帝、「朱雀院天皇」と申しき。（朱雀院）
この帝、延長四年丙戌六月二日、桂芳坊にてむまれさせたまふ。（村上天皇）
次の帝「冷泉院天皇」と申しき。
この帝、天暦四年庚戌五月二十四日、在衡のおとど未だ従五位下にて、備前介ときこえける折の五条の家にて、むまれさせたまへり。（冷泉院）
次の帝、「円融院天皇」と申しき。（円融院）
…母方の御祖父の一条の家にてむまれさせたまふとあるは、世尊寺の事にや。
…あさましくさぶらひし事は、人にも知らせさせたまはで、みそかに花山寺におはしまして、御出家入道せさせたまへりしこそ。御年十九。（花山院）

どんなに短い記述においても『大鏡』は場所に言及しているし、場所に由来する名前に必ず言及している。つまり、場所を特定することなしには書き継がれえないのが『大鏡』という作品なのである。したがって、建物の所有関係に関心が強い(2)（「冷泉院も献らせたまひけれど…返し申させたまひてけり。されば、代々の渡り物にて、朱雀院の同じ事に侍るべきにこそ」第二）。「鏡を懸けたまへる」ように語られる『大鏡』には何よりもまず場所が映し出されている。場所を見定めることで始まった『大鏡』が閉じられるのは、場所を見失うときである（「居所も尋ねさせむとし侍りしかども、ひとりびとりをだに、え見付けずなりにしよ」第六）。

二　花山院をめぐって

次に、花山院をめぐって『栄花物語』と『大鏡』を比較してみたい。『栄花物語』においては「うせ給ふ」というのが最大の出来事であろう。

一条殿の女御は、月頃はさてもありつる御心地に、こたみ出でさせ給て後は、すべて御ぐしもたげさせ給はず、あさましう沈ませ給て、ただ時を待つばかりの御有様なり。大納言殿泣く泣くよろづに惑はせ給へど、かひなくて、妊ませ給て八月といふにうせ給ぬ。（巻二・花山たづぬる中納言）

「ただ時を待つばかり」とあるが、これこそ『栄花物語』の時間に対する姿勢にほかならない。女御が亡くなった。しかし、その喪失を補完してくれるものは何もない。そこから天皇の出家という出来事が生れる。

内にはさべき御心よせの殿上人・上達部の睦じき限は、皆かの御送に出したてさせ給。我よそに聞く事の悲しさを、返々おぼし惑はせ給。夜一夜御殿籠らでおぼしやらせ給。（巻二・花山たづぬる中納言）

かくあはれあはれなどありし程に、はかなく寛和二年にもなりぬ。（第二「花山たづぬる中納言」）

このように、『栄花物語』の語りにおいて優位にあるのは空間ではなく時間である。逆に、見失われるのは空間にほかならない。

中納言なども御宿直がちに仕うまつり給程に、寛和二年六月廿二日の夜俄に失せさせ給ぬとののしる。内のそこらの殿上人・上達部、あやしの衛士・仕丁にいたるまで、残る所なく火をともして、到らぬ隈なく求め奉るに、ゆめおはしまさず。

（巻二・花山たづぬる中納言）

『栄花物語』における花山院の挿話はもっぱら天皇を見失った側から記されており、そのため場所の喪失が強調されるのである。巻名となった「花山たづぬる中納言」の視点から「いづこにかはおはしまさん」、「我宝の君はいづくにあからめさせ給へるぞや」と語られる。そして、時間の推移とともに失踪した天皇が発見される。

山々寺々に手を分かちて求め奉るに、さらにおはしまさず。女御達涙を流し給。「あないみじ」と思ひ歎き給程に、夏の夜もはかなく明けて、中納言や惟成の弁など花山に尋ね参りにけり。そこに目もつづらかなる小法師にてついゐさせたまへるものか。

（巻二・花山たづぬる中納言）

「失せさせ給ぬ」の後に「おはしけり」という発見が続くのは『栄花物語』の語りの必然であろう。「女御達涙を流し給」と記される女性たちの役割は重要であり、時間は女性たちとともにあるといってよい。こうした時間的な秩序の安定ぶりに比べると、空間的な秩序の不安定さは際立っている。

かの御事ぐさの「妻子珍宝及王位」も、かくおぼしとりたるなりけりと見えさせ給。「さても法師にならせ給はいとよしや。いかで花山まで道を知らせ給て徒歩よりおはしましけん」と見奉るに、あさましう悲しうあはれにゆゆしくなん見奉りける。

（巻二・花山たづぬる中納言）

天皇がなぜ出家したかという理由は時間の推移によって明確だが、天皇がどのようにして空間の移動をとげたかは最後まで不明確なままである。そして、花山たづぬる中納言巻は「あさましき事どもつぎつぎの巻にあるべし」という言葉で閉じられる。『栄花物語』は空間を見失ったまま、ひたすら時間の流れを辿り続けるのである。続く、さまざまのよろこび巻では「かの花山院は、去年の冬、山にて御受戒せさせ給て、その後熊野に詣らせ給ひて、まだ帰らせ給はざんなり。いかでかかる御ありきをしならはせ給ひけんと、あさましうあはれにかたじけなかりける御宿世と見えたり」と語られるが、花山院は行方不明扱いに等しい。『栄花物語』の語り手にとって空間的な移動は途方にくれるしかないものであり、考慮の外にあるといえる。

『栄花物語』とはきわめて対照的だが、『大鏡』における花山院の挿話は天皇の側から記されており、そのため特定の場所が強調されることになる。

あはれなる事は、おりおはしましける夜は、藤壺の上の御局の小戸より出でさせたまけるに、在明の月のいみじく明かりければ、「顕証にこそありけれ。いかがすべからむ」と仰せられける…　（第一）

まず場所が提示され、それから言葉が発せられる。その意味で、『大鏡』の言葉は場所の提示と不可分である。天皇は出発をためらうが、道兼は「さりとて、とまらせたまふべきやう侍らず。神印・宝剣渡りたまひぬるは」と制止する。行きつ戻りつする空間的な揺れが、本挿話の主題というべきものであろう。

「我が出家は成就するなりけり」とおぼされて、歩み出でさせたまふほどに、弘徽殿の御文の、日比破り残して御目もえ放たず御覧じけるをおぼし出でて、「暫し」とて、取り入らせおはしましかし。　（第一）

天皇は女御の手紙を取りに戻っている。天皇にとっては神印や宝剣よりも女御の手紙が大事なわけである。道兼は「空泣き」をして天皇を急がせる。そして、晴明の家の前を通っていく。

さて、土御門より東ざまに率て出だし参らせたまふに、晴明が家の前を渡らせたまへば、みづからの声にて、手をおびたたしくはたはたと打つなる。「帝おりさせたまふと見ゆる天変ありつるが、すでに成りにけりと見ゆるかな。参りて奏せむ。車に装束せよ」と言ふ声を、聞かせたまひけむ、さりともあはれにおぼしめしけむかし。（第一）

晴明は天皇の退位を断言しているが、それがすでに変更不可能な事態であることを強調する点において、ここでの晴明は天皇の躊躇を制止していた道兼とよく似た役割を果たしているといえる。この反復によって、そうした事態に直接関与した道兼の「手」の卑劣さと、そうした事態を予見し告知する晴明の「声」の神秘が対比される。

「かつがつ、式神一人、内裏へ参れ」と申しければ、目には見えぬものの、戸を押しあけて、御うしろをや見参らせけむ、「ただ今、これより過ぎさせおはしますめり」といらへけるとかや。その家は、土御門町口なれば、御道なりけり。（第一）

『栄花物語』において天皇の行方を知る者は誰一人いなかったが、『大鏡』においては特別の力をもった者が天皇の行方を知っているのである。『栄花物語』と違って『大鏡』では、花山寺に至る道筋が明確である。

花山寺におはしましつきて、御髪下させたまひて後にぞ、粟田殿は、「まかり出でて、大臣にも、変らぬ姿今一度見え、斯くと案内申して、必ず参り侍らむ」と申したまひければ、「我をば謀るなりけり」とてこそ、泣かせたまひけれ。（第一）

道兼は父のもとに戻ろうとするが、ここでの道兼はもとに戻ろうとした天皇とよく似た身振りをしているといえる。本挿話において決定的に重要なのは、こうした空間的な身振りの反復であろう。その反復によって「空泣き」をした道兼の虚偽と、「我をば謀るなりけり」といって泣く花山院の真実が対比され明らかになるからである。「日ごろよく御弟子にてさぶらはむと契りて、すかし申したまひけむが恐ろしさよ」と続くが、道兼が非難されるべきだとする視点は、もっぱら空間的な身振りの反復から導き出されるわけである。

天皇を見守っていたのが晴明だとすれば、道兼を見守っていたのは兼家である。「東三条殿は、もし、さる事やしたまふと危ふさに、さるべく大人しき人々、なにがしかがしといふいみじき源氏の武者たちをこそ、御送りに添へられたりけれ。京のほどは隠れて、堤の辺よりぞ、打ち出で参りける。寺などにては、もし、押して、人などやなし奉るとて、一尺ばかりの刀どもを抜きかけてぞ目守り申しける」。興味深いことに、ここでももっぱら空間的な配慮がなされていたのである。(3)

「内劣りの外めでた」と評される花山天皇の政治もまた空間的な観点から評価されているといえる。「朝向の壺」という狭い場所で殿上人たちを馬に乗せ、自らも馬に乗ろうとする挿話はいかにも花山天皇にふさわしい。「冷泉院の狂ひよりは、花山院の狂ひこそ術なきものなれ」と評される花山院の狂気とは空間に関するものなのである。花山院は空間の狂者である。『大鏡』のなかで花山院が際立っているのはそのためであろう。『栄花物語』のなかの花山院はこれほど魅力的ではない。『栄花物語』では時間を乱す冷泉院のほうが頻繁に登場する。(4)

実際、花山院の空間的な力はすさまじい。

…御験いみじう付かせたまひて、中堂に登らせたまへる夜、験競べしけるを、「こころみむ」とおぼしめして、御心の中に念じおはしましければ、護法付きたる法師、おはします御屏風のつらに引き付けられて、ふつと動きもせず。（第三）

花山院は空間を自在に制御できる法力を備えている。その力の行使は異様にみえるが、『大鏡』の語り手が花山院について語り続けるのは、こうした空間的な力に引き付けられているからであろう。また、火災の際に行方不明となった父親を探し出す不思議な挿話もある。

この院は御馬にて、頂に鏡入れたる笠、頭光に奉りて、「いづくにかおはします、いづくにかおはします」と、御手づから人毎に尋ね申させたまへば、「そこそこになむ」と聞かせたまひて、おはしまし所へ近く降りさせたまひぬ。（第三）

奇怪な恰好をして、「いづくにおはします、いづくにおはします」と人に会うたびに質問し空間を見定めようとする花山院の姿には狂気に近いものが感じられる。乱闘事件のあった翌日に外出する挿話も、花山院の狂気じみた側面を伝えている。

何よりも、御数珠のいと興ありしなり。小さき柑子を大方の珠には貫かせたまひて、達磨には大柑子をしたる

御数珠、いと長く御指貫に具して出ださせたまへりしは、さる見物やはさぶらひしな。（第三）

花山院は空間の注目を一身に集めるのである。異様な言動の多い花山院は空間のデザイナーといえる。それを証明する挿話は枚挙にいとまがない。「この花山院は、風流者にさへおはしましけるこそ。御所造らせたまへりしさまなどよ。御車宿りには、板敷を奥には高く、端はさがりて、大きな妻戸をせさせたまへる、故は、御車の装束をさながら立てさせたまひて、おのづから頓の事の折に、取り敢へず戸押し開かば、からからと、人も触れぬ先に、差し出ださむが料と、面白くおぼしめし寄りたる事ぞかし」。「あて御絵遊ばしたりし、興あり。さは、走り車の輪には、薄墨に塗らせたまひて、大きさのほど、輻などの印には、墨をにほはさせたまへりし。げに、斯くこそ描くべかりけれ。あまりに走る車は、いつかは黒さのほどやは見え侍る」。「からからと、人も手に触れぬ先に」走り出す車、「走る車」の回転する車輪の表現、こうした創意工夫は空間の狂者だけに可能な振舞いというべきであろう。[5]『栄花物語』にみられる花山院の賀茂祭見物も華々しいが（はつはな巻）、そちらのほうは「ただの年ならばかからでも」という時間的な規定が優位を占めている。

三　道長をめぐって

次に、道長をめぐって『栄花物語』と『大鏡』を比較してみたい。『栄花物語』の道長は時間のなかにある。『栄花物語』正編の掉尾「つるのはやし」では死に至る道長が時間とともに語られる。

ついたち四日巳時ばかりにぞうせさせ給ぬるやうなる。されど御胸より上は、まだ同じ様に温かにおはします。

猶御口動かせ給は、御念仏せさせ給と見えたり。
（巻三十・つるのはやし）

道長もついに「うせさせ給」。しかし「されど」と逆接が続くことからもわかるように、道長の死だけは特別である。念仏を唱え続ける道長はその往生が疑いないからである。道長は他の死者たちのように時間とともに消えていくのではない。往生することによって時間を超え不滅となるのである。したがって道長は時間の勝利者といえるだろう。『栄花物語』のなかで時間に対して勝利するのは道長だけである。

亡くなった道長は何度も釈迦にたとえられている。

かの釈迦入滅の時、かの拘戸那城東門より出でさせ給けんに違ひたることなし。
（巻三十・つるのはやし）

「煙絶え雪降りしける鳥辺野は鶴の林の心地こそすれ」となんありける。かの娑羅林の涅槃の程を詠みたるなるべし。
（同）

しかも、道長が往生したことは夢告によって証明されるのである。道長は釈迦のように時間を超えた存在となる。編年体で記される『栄花物語』のなかで道長の仏事に関する巻だけは例外的に時間の流れを追っていない。「うたがひ」「おむがく」「たまのうてな」などだが、それらの巻々は仏事を営む道長がまさに時間に対する勝利者であることを示しているのである。『栄花物語』において編年体という時間の秩序から逸脱できるのは道長だけの特権である。

うたがひ巻には病気になった道長が出家し、法成寺を造営する様が記されている。「摂政殿国々までさるべき公事をばさるものにて、先づこの御堂の事を先に仕ふまつるべき仰言給ひ、とのの御前も、この度は生きたるは異事ならず、我願の叶ふべきなりと宣はせて、異事なくただ御堂におはします」。こうした仏寺建立の結果、道長は弘法太子や聖徳太子の生まれ替りとみなされる。道長は時間を超えて生きる存在となるわけである。

うたがひ巻には道長の仏道事業が一月から十二月まで記されている。

正月より十二月まで、年のうちのことどもに、一事はづれさせ給ふ事なし。（中略）正月の御斎会の講師仕うまつるとて八省にある講師をとぶらひあへり。（中略）二月には、山階寺の涅槃会に参らせ給て、よろづのことどもを残なく知り行はせ給ふ。（中略）三月、志賀の弥勒会に参らせ給ふ。

（第十五・うたがひ）

以下は省略するが、道長は月ごとの仏事を通して時間を支配しているようにみえる。仏事の結果、道長は釈迦のような不滅の存在となるのであり、その意味でも道長にとっての仏事は時間を支配するための手段なのであろう。うたがひ巻末には『栄花物語』の主題というべきものが提示されている。

一切世間に生ある物は皆滅す。寿命無量なりといへども、必ず尽くる期あり。盛あるものは、必ず衰う。会ふものは、離別あり。果報として常なる事なし。あるひは昨日栄へて、今日衰へぬ。春の花、秋の紅葉といへども、春の霞たなびき、秋の霧立ち籠めつれば、こぼれて匂も見えず。ただ一渡りの風に散りぬれば、庭の塵・水の泡とこそはなるめれ。ただこのとのの御前の御栄花のみこそ、開けそめにし後、千年の春霞・秋の霧にも立ち隠されず、風も動きなくして、枝を鳴らさねば、薫勝り、世にありがたくめでたきこと、優曇花の如く、水に生ひたる花は、青き蓮世に勝れて、香匂ひたる花は並なきが如し。

（第十五・うたがひ）

時間のなかではすべてが消滅していく。しかし、道長の栄華だけは不壊不滅なのである。「大殿は、世は変らせ給へど、御身はいとど栄へさせ給ふやうにて、河ぞひ柳風吹けば動くとすれど根は静かなりといふ古歌のやうに、動きなくておはしますも、えもいはずめでたき御有様なりし」と語られていたように、世の中は変転するが道長の根は不動である。そこに美しい花々が咲くことになる（「東宮の生れ給へりしを、殿の御前の御初孫にて、栄花の初花と聞えたるに、この御事をば蕾み花とぞ聞えさすべかめる。それはただ今こそ心もとなけれど、時至りて開けさせ給はん程めでたし」つぼみ花）。

おむがく、たまのうてな巻には法成寺の様子が記されているが、それは時間を超えた存在である（「御堂あまたにならせ給ままに、浄土はかくこそはと見えたり」たまのうてな）。法成寺の空間が語られるとき、時間は全く流れていない。そうした点からみると、『栄花物語』においては時間のナラトロジーと仏教のレトリックが抗争しているといえるかもしれない(6)。

『栄花物語』の道長が時間のなかにあるのに対して、『大鏡』の道長は空間のなかにある。道長は他の兄弟たちとは異なっていたらしい。

…中関白殿・粟田殿などは、「げに、さもとやおぼすらむ」と恥づかしげなる御気色にて、物ものたまはぬに、この入道殿は、いと若くおはします御身にて、「影をば踏まで、面をやは踏まぬ」とこそ仰せられけれ。まことにこそさおはしますめれ。（第五）

三人の兄弟は公任の影さえ踏むことができないと父親に評価される。道隆や道兼は黙ったままだが、道長は影ではなく面を踏んでやると答えたという。踏むとは足で押さえつけて空間を支配する身振りにほかならないが、そうした道長の力強さが顕著に現れるのは空間的な移動の挿話においてであろう。すなわち、よく知られた肝試しの挿話である。花山天皇の命令で道隆、道兼、道長はそれぞれ夜の闇のなかを進んでいく。

「道隆は右衛門の陣より出でよ。道長は承明門より出でよ」と、それをさへ分たせたまへば、しかおはしましあへるに、中関白殿、陣まで念じておはしましたるに、宴の松原のほどに、そのものともなき声どものきこゆるに、術なくて帰りたまふ。粟田殿は、露台の外まで、わななくわななくおはしたる（中略）各々立ち帰り参りたまへれば、御扇をたたきて笑はせたまふ…　（第五）

天皇は大笑いするが、道隆や道兼は震えている（花山院出家の挿話は、こうして他者に空間移動を強制して楽しんだ報いのようにみえる）。震えているのはその空間を支配できなかったということである。(7)しかし「心魂の猛」き道長は違う。

入道殿は、いと久しく見えさせたまはぬを、「いかが」とおぼしめすほどにぞ、いとさりげなく、事にもあらずげにて、参らせたまへる。　（第五）

約束通り、道長は「高御座の南面の柱の元」から削り屑を持ち帰ってきた。翌朝、現場でその削り屑が照合される。

なほ疑はしくおぼしめされければ、つとめて、「蔵人して、削り屑を番はして見よ」と仰せ言ありければ、持て行きて、押し付けて見たうびけるに、露違はざりけり。その削り痕は、いとけざやかにて侍めり。　（第五）

空間的な痕跡が鮮明に残されているが、これこそ『大鏡』がめざす人物造型であろう。『大鏡』において最も鮮明に造型されているのは道長なのである。道長に比べると、伊周の造型は空間的視覚的に弱い。

「雷の相なむおはする」と申しければ、「雷はいかなるぞ」と問ふに、「一際はいと高く鳴れど、後遂げの無きなり。されば御末いかがおはしまさむと見えたり（中略）」と、他人を問ひ奉る度には、この入道殿を必ず引き添へ奉りて申す。（中略）「第一の相には、虎の子の深き山の峰を渡るが如くなるを申したるに、いささかも違はせたまねば、かく申し侍るなり。この喩ひは、虎の子の険しき山の峰を渡るが如しと申すなり」。（第五）

伊周には雷の相があるという。しかし雷は一時的な音声にすぎず、痕跡を残すことなく消え失せてしまう。それに対して、道長には山の峰を渡る虎の相があるという。道長は空間的な移動能力において優れているのである。伊周は落下する隕石にもたとえられるが、それはまさに自ら動く能力を欠いているわけである（「雷は落ちぬれど、また も揚がるものを。星の隕ちて石となるにぞ喩ふべきや。それこそ、返り揚がる事なけれ」）。だが、道長は違う。

高名のなにがしと言ひし御馬、いみじかりし悪馬なり。あはれ、それを奉り鎮めたりしはや。三条の院も、その日の事をこそ、おぼしめしいでおはしますなれ。（第五）

賀茂行幸の雪の日の光景だが、人々の脳裏に鮮明に刻まれているのは空間的な移動の手段を制御し支配する道長の姿なのである。(8)

道長と伊周の競射の挿話も、空間支配の観点から読み解くことができる。

「道長が家より、帝・后立ちたまふべきものならば、この矢あたれ」と仰せらるるに、同じものを中心にはあたるものかは。次に帥殿射たまふに、いみじう臆したまひて、御手もわななくけにや、的のあたりにだに近く寄らず、無辺世界を射たまへるに、関白殿色青くなりぬ。また入道殿射たまふとて、「摂政・関白すべきものならば、この矢あたれ」と仰せらるるに、初めの同じやうに、的の破るばかり、同じ所に射させたまひつ。（第五）

矢を意のままに的中させるとはどういうことか。それは空間を思い通りに支配できるということであろう。道長は空間の勝利者なのである。それに対して、伊周は空間の敗者である。伊周は空間を思い通りに支配できない。震えるのは空間に対して敗北しているということである。伊周の没落が花山院への誤射を契機とするのは偶然ではない。

石山詣での挿話にも、同様の対比がみられる。

入道殿は御馬を押し返して、帥殿の御項の許にいと近う打寄せさせたまひて、「疾く仕うまつれ。日の暮れぬるに」と仰せられければ、怪しくおぼされて、見返りたまへれど、驚きたる御気色もなく、頓にも退かせたまはで、「日暮れぬ。疾く疾く」とそそのかせたまふを、いみじう安からずおぼせど、いかがはせさせたまはむ。やはら立ち退かせたまひにけり。（第五）

道長の無遠慮な接近ぶりに注目したい。冒頭、語りの場において侍が「せちに近く」寄っていたが、『大鏡』においては接近の動きが決定的に重要だといえる。道長はその動きを反復しているかのようだ。道長は自ら動くこと

ができるが、伊周は自ら動くことができないのである。(9)

三月上巳の祓えの挿話も、そうした対比に関連があるにちがいない。

御車を近く遣れば、「便なき事。かくなせそ。遣りのけよ」と仰せられけるを、なにがし丸と言ひし御車副の、「何事のたまふ殿にかあらむ。斯くきうしたまへれば、この殿は不運にはおはするぞかし。災ひや災ひや」とて、いたく御車牛を打ちて、今少し平張の許近くこそ、仕うまつり寄せたりけれ。（第五）

ここでの道長は伊周に遠慮がちである。しかし、従者が道長を盛り立てている。無遠慮な接近を試みることによって、従者は道長の運動能力を鼓舞していたといえるだろう。道長が「辛うもこの男に言はれぬるかな」と言いつつも従者に目をかけるのはそのためである。

四　中関白家をめぐって

最後に、中関白家をめぐって『栄花物語』と『大鏡』を比較してみたい。『栄花物語』の道長が時間の支配者であり勝利者であるとすれば、中関白家の人々は時間の敗者であろう。

「あすは知らず、今はかうなめり」とさべき殿ばら、胸走り恐しうおぼさるるに、関白殿の御心地いと重し。四月六日出家せさせ給ふ。あはれに悲しき事におぼし惑ふ。北方やがて尼になり給ひぬ。さるは内大臣殿、昨日ぞ随身など様々えさせ給へる。かくて「あはれにいかにいかに」と殿の内おぼし惑ふに、四月十日、入道殿

うせさせ給ひぬ。あないみじと世ののしりたり。（巻四・みはてぬゆめ）

道隆は流行り病が広がる最悪の時に亡くなっている。道長とは違って、時間を超えた存在となりえない。道隆は時間の敗者である。それを受け止めるのは女たちであって、男たちではない。後継となった伊周の政治は頼りない。

内大臣は、ただ我のみよろづにまつりごちおぼいたれど、大方の世にはかなううち傾きいふ人々多かり。大とのの御葬送、賀茂の祭過してあるべし。その程もいと折悪しういとをしげなり。かかる御思ひなれども、あべきことども皆おぼし掟て、人の衣袴の丈伸べ縮め制せさせ給ふ。「ただ今はいとかからでもと、知らず顔にてもまづ御忌の程は過させ給へかし」と、もどかしう聞え思ふ人々あるべし。（巻四・みはてぬゆめ）

伊周の政治はもっぱら時間の観点から批判されている。葬送の時期が良くないし、父親の喪中であるにもかかわらず、衣服に関する細かい規則を定めたりしている。要するに、伊周は間が悪いのである。政権はあっけなく道兼の手に移ってしまう。

内大臣殿には、万うちさましたるやうにて、あさましう人笑はれなる御有様を一殿の内思ひ歎き、掻膝とかいふ様にて、「あないみじの業や。ただもとの内大臣にておはしまさまし、いかにめでたからまし。何の暫の摂政、あな手づつ。関白の人笑はれなる事を、何れの児かはおぼし知らざらん」と、理にいみじうなん。（巻四・みはてぬゆめ）

「搔膝」をする様はまさに時間に敗北し逼塞している姿であろう。[10] 伊周は政権についた時間の短さを嘆いている。では、そうなってしまった原因は何か。

内大臣殿はただにも御忌の程は過させ給はで、世のまつりごとのめでたき事を行はせ給ひ、人の袴のたけ・狩衣の裾まで伸べ縮め給けるを、安からず思ひけるものどもは、「伸べ縮めのいと疾かりし故ぞや」とぞきこえける。（巻四・みはてぬゆめ）

伊周の政権が短命に終わったのは時間に対する処置の仕方を誤ったからである。そこに伊周の短慮がある。伊周の失政は時間に関するものであり、伊周もまた時間の敗者なのである。

道兼がわずか七日間の関白で亡くなると、伊周はその後継となることを期待する。しかし期待は裏切られ、後継となったのは道長である。

この粟田どのの御事の後より、五月十一日にぞ、左大将天下及び百官施行といふ宣旨下りて、今は関白殿と聞えさせて、又並ぶ人なき御有様なり。女院も昔より御心ざしとりわききこえさせ給へりし事なれば、「年頃の本意なり」とおぼしめしたり。この内大臣殿は、粟田どのの御有様にならひて、「この度もいかが」とおぼすぞ痴なりける。（巻四・みはてぬゆめ）

「年頃の本意なり」とあるように道長が政権を手にしたのは詮子の長年の好意による。その意味で道長は時間の勝利者といってよい。時間に敗北した伊周は、それでも虚しく時間に期待するほかない（定子も「年頃かかる事やはぁりける。故とのの一所おはせぬけにこそはあめれ」と時間の推移を嘆いている)。

そんなときに花山院誤射事件が起こる。花山院が自分の恋人のところに通っていると誤解して矢を射た伊周方はなんとも間が悪い。その結果、伊周が臣下には禁じられていた秘法を行っているという噂が立つ。「ただ人はいみじき事あれど行ひ給はぬ事なりけり。それをこの内大臣殿忍びてこの年頃行はせ給ふといふ事この頃聞えて、これよからぬ事のうちに入りたなり」。問題なのは「この年頃」「この頃」という時間である。詮子が病中にあるとき発覚したタイミングが問題なのである。

続く、浦々の別巻は中関白家の嘆きの時間から始まる。「かくて祭果てぬれば、世中にいひさざめきつる事共のあるべきさまに人々いひ定めて、恐しうむつかしう内大臣殿も中納言殿も覚し歎く。殿には、御門をさして、御物忌しきり也。宮の御前もただにもおはしまさねば、大方御心地さえ悩しく苦しう覚さるれば、臥しがちにて過させ給」。伊周・隆家は配流となる。その間に母親は病気となり、伊周は都に舞い戻り発見される。ここでも伊周は間が悪いのである（ただし「玉しゐはおはする君ぞかし」と評される隆家は舞い戻って間の悪さを露呈したりしない）。ついに母親は亡くなってしまう。こうした間の悪さは定子に関しても指摘できる。

しはすの廿日の程に、わざとも悩ませ給はで、女御子生れさせ給へり。「同くは男におはしまさましかば、いかに頼しく嬉しからまし」と覚す物から、又押し返し「いと嬉し。煩しき世中を」とぞ、おぼしめされける。（巻五・浦々の別）

いみじき御願の験にや、いと平かに男御子生れ給ぬ。（中略）「世の中にはかくこそ有けれ。望めど望まれず、逃るれど逃れず」といふは、げに人の御幸にこそ」と、聞きにくきまで世にののしり申。（同）

定子は女皇子を出産し次に男皇子を出産するが、周囲から必ずしも歓迎されてはいない。「望めど望まれず、逃るれど逃れず」という通り、中関白家はどこまでも間が悪いのである。しばらく経って伊周は帰京を許される。

彼筑紫には、赤瘡かしこにもいみじければ、帥殿急ぎたたせ給へ共、大弐の、「此比過して上らせ給へ。道の程いと恐しう侍。御送に参らむ下人などもいと不便に侍らむ」など申ければ、げにと覚しめして、心もとなくおぼしながら、立どまらせ給て、世の人少し病みさかりて上らせ給。この程に二位、此瘡にてうせにけり。いみじう哀なる事共也。（第五・浦々の別）

帰京を許されるが、流行り病のためにそれを延期せざるをえない伊周は、またしても間が悪い。史実によれば赤瘡の流行や伊周の祖父の死は帰京後のことだが(11)、ここに記されることで伊周の間の悪さを際立たせている。帰京してみると、屋敷は荒れ果てている。「殿の有様など、昔にあらず哀に荒れはてにけり」。中宮御所を訪れ成長した皇子たちを抱こうとするが、不吉さが漂う。「宮達さまざまにいみじう美しうおはしますを、一宮をまづ抱き奉らまほしげに覚せど、いまいましうのみ物の覚え侍てと、聞えさせ給程も、猶いと世は定がたし、平かに誰も御命を保たせ給のみこそ、世に目出度事なりけれとのみぞ見えさせ給。故上の御事を返々聞えさせ給つつ、誰もいみじう泣かせ給。万一涙といふ様に見えさせ給も、哀に見えさせ給」。ここに「いと世は定がたし」「誰もいみじう泣かせ給」とあるが、『栄花物語』には記されているのはまさに時間に敗北した中関白家の姿にほかならない。

『大鏡』の道長が空間の支配者であり勝利者であるとすれば、中関白家の人々は空間の敗者であろう。道隆は車中で泥酔しており、道長は起こそうとする。

轅の外ながら、高やかに、「やや」と扇を鳴らしなどせさせたまへど、さらにおどろきたまはねば、近く寄りて、表の御袴を荒らかに引かせたまふ折ぞ、おどろかせたまひて、さる御用意は慣らはせたまへれば、御櫛・笄具したまへりける、取り出でて、繕ろひなどして、降りさせたまひけるに、いささかさりげなくて、清らかにてぞおはしましし。されば、さばかり酔ひなむ人は、その夜は起き上るべきかは。それに、この殿の御上戸は、よくおはしましける。（第四）

大酒飲みの道隆が空間を支配する能力において道長に劣っていることはいうまでもない（道長は「近く寄」る）。しかし、酔っていたにもかかわらずたちまち威儀を正すところに道隆の美質が存するのである。病気中であっても変わらない。

御かたちぞ、いと清らにおはしましし。（中略）こと人のいとさばかりなりたらむは異様なるべきを、なほいとかわらかに、貴におはせしかば、「病づきてしもこそ、かたちはいるべかりけれ」となむ見えし…（第四）

こうしたところをみると、道隆の美質は空間の支配力を犠牲にして成り立っているように思われる。したがって、中関白家の輝きとはきわめて危ういものだといえる。空間を支配する能力がなければ美質は長続きしないが、逆に空間を支配する能力があれば美質が損なわれてしまうからである。中関白家は実際的な力を発揮する点においてすぐれているのではない。表象の能力を発揮する点においてすぐれているのである。政権として短命に終わったにもかかわらず後世に語り継がれるのは、そのためであろう。清少納言を擁した中関白家は表象として優位にある（打臥の巫女、時姫の夕占、道綱母の和歌など、兼家の挿話にも表象の能力が顕著にみられた）。

表象の能力、それはたとえば漢文の才能である。「二位の新発の御流にて、この御族は、女も皆、才のおはしたるなり」というように、高階成忠の血統は漢文の才能において優れていた。道隆の妻、貴子の「才」はよく知られている（「それはまことしき文者にて、御前の作文には、文献られしはとよ。少々の男子には勝りてこそきこえ侍りしか」）。その子、伊周も「才」にすぐれていた（「御才日本には余らせたまへり」）。しかし、空間を支配する能力においては明らかに劣っていた。「大臣に准ふる宣旨被らせたまひてありきたまひし御有様も、いと落ち居ても覚え侍らざりき。いと見苦しき事のみ、いかにきこえ侍りしもの」として、次のような挿話が語られる。

某と言ひし御随身の、空知らずして、荒らかにいたく払ひ出だせば、また外様に、いと乱がはしく出づるを、帥殿の御供の人々、この度はえ払ひ敢へねば、太りたまへる人にて、すがやかにもえ歩みのきたまはで、登花殿の細殿の小蔀に押し立てられたまひて、「やや」と仰せられけれど、狭き所に雑人いと多く払はれて、押し掛けられ奉りぬれば、頓にえのかで、いと不便に侍りけれ。それはげに御罪にあらねど、ただ華やかなる御ありき、振舞をせさせたまはずは、さやうに軽々しき事おはしますべき事かはとぞかし。（第四）

道長を補完する従者の役割にも注目したいが、「華やかな」振舞いの結果、伊周は押し付けられ身動きできなくなっているのである。双六という空間のゲームにおいても伊周は道長に敗北せざるをえない。

いみじき御賭物どもこそ侍りけれ。帥殿は、古き物どもえも言はぬ、入道殿は、新しきが興ある、をかしきさまにしなしつつぞ、かたみに取り交させたまひけれど、かやうの事さへ、帥殿は常に負け奉らせたまてぞ、まかでさせたまひける。（第四）

空間のゲームに負けた結果、中関白家はその権威の表象までも道長方に奪われてしまうのである（実際、中関白家を表象する『枕草子』は『源氏物語』に凌駕されることになる）。「才」のすぐれた中関白家にあって、「いみじう魂おはす」と評された隆家だけは例外的な人物であり、空間を支配する能力にすぐれている。

…公信卿うしろより「解き奉らむ」とて寄りたまふに、中納言御気色悪しくなりて、「隆家は不運なる事こそあれ、そこたちにかやうにせらるべき身にもあらず」と、荒らかにのたまふ…（第四）

遊宴での接近を拒絶する隆家は、明らかに空間を制しているのである。こうした隆家だからこそ一条天皇の言葉を耳にして「人非人」と批判し、道長方に媚る大斎院選子の和歌を耳にして「追従深き老狐」と批判できるのであろう。もっとも、「今日は、かやうの戯れ言侍らでありなむ。道長解き奉らむ」と語り隆家を武装解除する道長のほうが一枚上手といってよい。道長は近く「寄」るのである。
隆家が力を発揮するのは、道長がいない場所においてである。

…大弐殿弓矢の本末も知りたまはねば、「いかが」とおぼしけれど、大和心かしこくおはする人にて、筑後・肥前・肥後、九国の人を発したまふをばさるもの事にて、府の内に仕うまつる人をさへ押し凝りて戦はせたまひければ、彼奴が方の者どもいと多く死にけるは。さはいへど、家高くおはしますけに、いみじかりし事、平らげたまへる殿ぞかし。（第四）

隆家は異国からやってきた侵入者を撃退しているが、こうした空間支配の能力は「才」によっていたのではない。「大和心」によっているのである。『栄花物語』では時間に同調する伊周のほうが魅力的だが、『大鏡』では空間を支配する隆家のほうが魅力的だといえる（もとのしずく巻に「裳瘡は大弐の御供に筑紫より来るとこそいふめれ」とあるように、『栄花物語』は空間的な外部を恐れている）。

花山院と隆家の意地の張り合いはまさに空間をめぐるものである。その「あらがひ事」は花山院の門の前を隆家が車で通ることができるかどうかという他愛のないものだが、二人は真剣である。

中納言の御車一時ばかり立ちたまて、勘解由小路よりは北に、御門近うまでは遣り寄せたまへりしかど、なほえ渡りたまはで還らせたまふに、院方にそこら集ひたる者ども、一つ心に目を固め目守り目守りて、遣り返したまふほど、「は」と一度に笑ひたりし声こそ、いと夥しかりしか。さる見物やは侍りしとよ。王威はいみじきものなり。え渡らせたまはざりつるよ。（第四）

こうした空間をめぐるゲームに打ち興じている点において、『大鏡』の花山院や隆家ははなはだ魅力的なのである。したがって、『大鏡』の「王威」を王権論一般に還元したくはない。それは無条件に提示される一般的な形象ではなく、空間をめぐるゲームから導き出されるきわめて限定的な形象だからである。『大鏡』の「王威」とは空間の勝利者に与えられるとりあえずの名前にすぎないように思われる。

時平伝には道真の怨霊を鎮める挿話があるが、そこには「かの大臣のいみじうおはするにはあらず。王威の限りなくおはしますによりて、理非を示させたまへるなり」と記されている。また道隆伝には将門と純友が反乱を企てて失敗する挿話があるが、[12] そこには「王威のおはしまさむ限りは、いかでかさる事あるべき」と記されている。

『大鏡』における「王威」とは空間を制する力なのである。

おわりに

冒頭部をめぐって、花山院をめぐって、道長をめぐって、中関白家をめぐって『栄花物語』と『大鏡』を比較してきたが、そこから浮かび上がってきたのは両者の方法の相違であろう。編年体をとる『栄花物語』には時間の技法とでもいうべきものを指摘できる。『栄花物語』を特徴づけていたのは時間に対する受動性である（「後くゐの大将」という巻名にみられるように、『栄花物語』の時間は後悔に染まっている）。また紀伝体をとる『大鏡』には空間の技法とでもいうべきものを指摘できる。『大鏡』を特徴づけていたのは空間に対する能動性である（「うれしくたいめしたるかな」と語っているように、『大鏡』の語りは空間的な遭遇から始動している）。そうした方法の相違によって同一の人物ではあっても全く異なった形象が与えられていたといえる。『栄花物語』の主情性は時間に対する受動性と不可分であり、『大鏡』の批判性は空間に対する能動性と不可分なのである。『栄花物語』は女房の視点をもつので主情的で、『大鏡』は男性の視点をもつので批判的であるという見方もあるかもしれない。しかし、ここではそうした考え方をとらない。性差があるとしても、それは時間の技法、空間の技法というそれぞれの方法の問題に従属していると考えておきたい。『大鏡』の登場人物は行動的であると評されることが多い[13]が、それは何よりも空間にかかわっていたのである。

『大鏡』においてしばしば強調される「魂」は空間的な変容の能力と深く関連しているのではないだろうか。たとえば守平親王が東宮になる場面には「御舅たちの魂、深く非道に、御弟をば引き越し申させ奉らせたまへるぞかし」とみえる[14]が、「魂」が空間の移動を制御しているのである（師輔伝）。また「御魂の深くおはして、らうらうじうしなしたまひける御根性にて」と語られる行成は、黄金・銀などで「風流」を尽くす人々とは違って、空間を移動する独楽一つによって帝の興味を独占してしまうのである（伊尹伝）。また「大和魂などはいみじくおはしましたる」と語られる時平は、自らを蟄居に追い込むことで世間の「過差」を禁じているのである（時平伝）。時平は表象の華美を認めない。だが、道真は漢文という表象の能力によって傑出した存在である。したがって、時平の「魂」と道真の「才」の対立とは、空間的な実行力と表象の能力の対立とみなすことができるだろう。保忠は「所謂、宮毘羅大将」を「我をくびる」と聞き違えて死んでしまうが、時平の一族は表象の錯誤によって短命となるわけである。このようにみてくると、『大鏡』における「魂」と「才」の重要性が改めて確認される。『大鏡』は「魂」と「才」の対立という観点から読み解くことができるが、それは空間に関する実行的な能力と表象的な能力の対立なのである。「今行末も、九条殿の御末のみこそ、とにかくにつけて、拡ごり栄えさせたまはめ」と語られる師輔もまた空間的な実行力にすぐれている。「百鬼夜行」を回避し、「双六」に勝利するからである。ただし、夢の解釈では失敗しており、その意味では表象の能力において劣っていたことになる。『大鏡』の末尾に登場する清範という僧も注目されるだろう。「なほかやうの魂ある事は、傑れたる御房ぞかしとこそ褒めたまひけれ。実に承けたまはりしに、をかしうこそさぶらひしか。これまた、聴聞衆ども、さざと笑ひて、まかりにき」と語られる清範はその感化する能力によって聴衆の間にどよめきを起こしているのだが、『大鏡』の語り手自身、そうした空間的な変容を聴衆の間に引き起こそうとしていたのではないだろうか。「魂ある事」にすぐれた清範は、『大鏡』の語り手にとって一つの理想でありモデルであるようにみえる。

「帝王の御次第は、申さでもありぬべけれど、入道殿下の御栄花も何により開けたまふぞと思へば、まづ、帝・后の御有様を申すなり。植木は、根をおほしてつくろひおほし立てつればこそ、枝も茂り、木の実をも結べや。然れば、まづ帝王の御続きを覚えて、次に大臣の続きは明かさむとなり」と語る『大鏡』が『栄花物語』を意識していることは疑いをえない(15)。とすれば、「翁が家の女どもの許なる櫛箱鏡の、影見え難く、研ぐ別きも知らず、打挟めて置きたる」という部分は女房によって記された『栄花物語』に対する批判と考えることができるのではないか。

すべらぎのあとも次々隠れなくあらたに見ゆる古鏡かも

今様の葵八花形の鏡、螺鈿の箱に入れたるに向かひたる心地したまふや。いでやそれはさきらめけど、曇りやすくぞあるや。いかにいにしへの古体の鏡は、かね白くて人手触れねど、かくぞ明き」など、したり顔に笑ふ顔付き、絵に描かまほしく見ゆ。あやしながら、さすがなる気付きてをかしく、まことに珍らかになむ。（第一）

『栄花物語』は華やかな記述ではあるが、歴史としては曖昧である（「曇りやすくぞある」）。だが、『大鏡』は「古体」ではあるけれども自ら輝いて歴史を明らかにする。「人手触れねど」自ら動き出すのが『大鏡』の歴史叙述である、そう語り手は主張しているようにみえる。「あやしながら、さすがなる気付けてをかしく」というのが『大鏡』の魅力であろう。

『栄花物語』や『大鏡』のような和文の歴史書が現れたのは、和文の使用が拡張されたからである。漢文から脱コード化された和文、それによってこれまでとは全く異なった時間感覚と空間感覚を備えた歴史書が生れたのである。本章ではその特異な時間感覚と空間感覚のありようをいくらか明らかにしたつもりである。もちろん、編年体をとるといっても、六国史と『栄花物語』ではそれぞれ時間の技法が違っているだろう。六国史には時間に対する受動的な感覚はみられず、したがって主情的なところもないからである(16)。

方法の問題に一言しておくと、本章は新しい資料を付け加えたわけではないし、新しい語釈を試みたわけではない。しかし、本章の読み方を通して『栄花物語』と『大鏡』という二作品の論理と方法がよりいっそう明確になったのではないかと思う。本試論に多少なりとも意義があるとすれば、その点に存している。[17]

注

（1）『栄花物語』や『大鏡』に関する近年の研究成果として『歴史物語講座』二・三（風間書房、一九九七年）があり、それ以降のものとしては中村康夫『栄花物語の基層』（同、二〇〇二年）、加藤静子『王朝歴史物語の生成と方法』（同、二〇〇三年）、同『王朝歴史物語の方法と享受』（竹林舎、二〇一一年）、桜井宏徳『物語としての大鏡』（新典社、二〇〇九年）、福長進『歴史物語の創造』（笠間書院、二〇一一年）、中村成里『平安後期文学の研究』（早稲田大学出版部、二〇一一年）、山中裕『栄花物語・大鏡の研究』（思文閣出版、二〇一二年）、諸家による『栄花物語の新研究』（新典社、二〇〇七年）、『王朝歴史物語史の構想と展望』（同、二〇一五年）などがある。とりわけ勝倉壽一『大鏡の史的空間』（風間書房、二〇〇五年）は参考になるが、本稿は歴史的空間に還元されない形象を読み取ろうとしたといえるかもしれない。

（2）建物に言及した箇所を列挙しておく。「堀河院は地形のいみじきなり」（基昭伝）、「先祖の御物は何もほしけれど、小一条のみなむ要に侍らぬ」（忠平伝）、「世の中に手斧の音する所は、東大寺とこの（小野）宮とこそは侍るなれ」（実頼伝）、「法興院におはします事をぞ、快からぬ所と、人は承け申さざりしか…さて、遂に殿原の領にもならで、斯く御堂にはなさせたまへるなめり」（兼家伝）。栄花物語でも建物が問題になっているが、それはもっぱら相続という時間的な観点からである。「もとのしづく」巻には「この堀河の院の御事をば、今に論ぜさせ給ける」とあるが、「今」の時間的な状況が問題なのである。

（3）花山院の出家が『栄花物語』では自然なものとして語られ、『大鏡』では作為によるものとして語られる。それに対して、『愚管抄』では花山院の出家が「道理」によるものとして語られるだろう。「粟田殿ノ同心シテ申ススメラレケンモアラハナリ。一定カク申サレケルトハキカネドモ、カヤウノコトハ道理キハマリテ、ソノコトバヲツクルコトハ、…カノ国々ノコトバニテハナケレドモ、道理ノ栓ノタガハヌホドノコトハ、ゲニゲニトイフヲコソハ正説トハ申コトナレバ、サコソ申サレケメ」（巻三）。道兼が花山院に対して行ったことは全くの自然ではないが、かといって全くの作為でもなく、いわば「道理ノ栓ノタガハヌホドノコト」なのである。

（4）「あたらみかどの御もののけいみじくおはしますのみぞ、よに心憂きことなる。今年は御禊・大嘗会なくて過ぎぬ」（第一）、「みかど御もののけいとおどろおどろしうおはしませば…今日おりさせ給ふ、明日下りさせ給とのみ、ききにくく申思へるに、みかどど申物は、一度はのどかに、一度は疾く下りさせ給ふといふことも、必ずあるべき事に申思へる」（第一）、「冷泉院は猶例の御心は少くて、あさましくてのみ過させ給に、はかなくて永観二年になりぬ」（第二）などと語られるように、『栄花物語』における冷泉院の狂気は時間に関するものである。為尊親王が亡くなったことを聞いた冷泉院は「よにうせじ。よう求めばありなんものを」と口にするが（第七）、それは空間を見失っているということであろう。そして冷泉院は子供たちが亡くなった後も生き続けるのであり、自らが亡くなるときは三条帝の大嘗会を延期させるのである。「冬などもいと寒げにておはします」（第三）という冷泉院のみすぼらしさも、花山院の華麗さとは対照的である。明らかに冷泉院の狂気と花山院の狂気は異なっている。『大鏡』が冷泉院にほとんど興味を示さないのは、その狂気がもっぱら時間にかかわり、なんら空間的な変容をもたらさないからであろう。ついでながら、永平親王の狂気にもふれておきたい。冷泉院が何度も短く言及される存在であるのに対して、永平親王は一度だけ大きく取り上げられる存在である（第一末尾）。冷泉院が時間とともにあるとすれば、永平親王は時間と全く無縁だといってよい。「おぢの宰相の、去年の御心地の折、参りしかばかう申せといひしことを、今日は言へば、などこれがおかしからん」という発言にみられるように、その狂気はほとんど無時間的なものであり、『栄花物語』の編年体を狂わせるような位置を占める（『栄花物語』の秩序を逸脱しかねない点で、永平親王は道長の対極にあるだろう）。『大鏡』の永平親王は「とみにえ打ち出でさせたまはず、物も仰せられで、にはかに怯ゆるやうに、おどろおどろしく荒らかに、人々の上の衣の、片袂落ちぬばかり、取り懸らせたまふ」と記されており、無言の荒々しい行為によって特徴づけられる（師尹伝）。

（5）『今昔物語集』巻二八第一三話によれば花山院が「銀鍛冶」を出入りさせていたことがわかる（「吉ク戒ヨ」と命

じるのも花山院の空間的な力の行使である)。また巻二八第三七話の花山院は馬の空間的な動きに夢中になっている(馬の空間的な動きを制するのは「魂有ラム」と評される東人である)。いずれの挿話でも花山院は空間的に優位を占めるが、興味深いのは花山院が空間的な優位を自ら放棄し、そのことを楽しんでいる点である。その点において花山院は空間の狂者と呼ぶにふさわしい。残念ながら本文を欠いているが、『江談抄』三の「花山院、御幘に犬を乗せて町を馳せらるる事」という表題も興味深い。

(6)『栄花物語』の仏教的といえる巻々の特質については松村博史「栄花物語における仏教――音楽・玉の台・鳥の舞の三巻について」(『栄花物語の研究第三』桜楓社、一九六七年)や渡瀬茂「「うたがひ」の巻の時間について」(『栄花物語新攷』和泉書院、二〇一六年)を参照。

(7)他の用例を掲げておく。「職事は、いかなる事にかと恐れ思ひけれど、参りて、わななくわななく、しかじかと申しけれ…」(時平伝)、「女房の、わななくわななく、いかに斯くはせさせたまへるぞと、声も変りて申しつる…」(師尹伝)、「恐ろしさにわななかれしかど、今日、さばかりの事はありなむやと思ひて、見参らする…」(藤氏物語)。このように「わななく」ことはいずれも空間的な劣位を意味している。とりわけ三条天皇の挿話は興味深い。「凍りふたがりたる水を多く掛けさせせたまけるに、いといみじくふるひわななかせたまひて、御色も違ひおはしましたりける…」。三条天皇の眼病は空間的な支配力が劣っているということを意味する。「御頸に乗り居て、左右の羽根をうち蔽ひ申したるに、打ち羽振き動かす折に、少し御覧ずるなり」とあるように、『大鏡』の三条天皇は「もののけ」によって支配されている(それに対して、『栄花物語』の三条天皇は「もののけ」によって急がされる、「御物のけさまざまに起らせ給へば、静心なくおぼしめされて、内裏を夜昼に急がせ給ふは、下りゐさせ給はんの御心にて…」たまのむらぎく)。

(8)小峰和明「大鏡の語り――菩提講の光と影」(『文学』一九八七年一〇月号)が指摘するように、三条天皇の挿話における道長の役割と道長の挿話における三条天皇の役割は興味深い。前者の挿話において三条天皇は空間を見失っているのだが、そのことを証言しているのは道長である(「思ひかけぬに、この院は向かせたまへりしに、怪しとは見奉りしものをとこそ、入道殿は仰せらるなれ」)。後者の挿話において道長は空間を制圧しているのだが、そのことを証言しているのは三条天皇である（「御病ひのうちにも、賀茂行幸の日の雪こそ忘れ難けれと仰せられけむ」）。対立する立場にある三条天皇と道長は、それゆえに相手の特質を際立たせるのである。『御堂関白記』長和四年閏六月十九日条には「落北屋打橋間、損左方足、前後不覚」とあって道長が大怪我をしたことがわかるが（同様の記事は小右記にもみえる）、道長の空間的な失策は『大鏡』の語るところではない。なお、この点については河北騰「栄花物語の虚構とその特質――巻十二「玉の村菊」を例として」（『栄花物語論攷』桜楓社、一九七三年）を参照。

（9）『小右記』長徳元年二月二八日の条には「内大臣乗車候御共、於粟田口下自車、属御車轅中帰洛之由、此間中宮大夫騎馬進立御牛角下、人人属目、似有其故」と記されているが、空間的な緊迫感が全く伝わってこない。そこに『大鏡』との違いがある。『大鏡』の道長が無遠慮な接近によって空間を制する様は、尚侍の懐妊を確かめる場面にもみられる（「御胸を引きあけさせたまひて、乳を捻りたまへりければ、御顔にさと走り懸るものか」兼家伝）。道長に関係するので、小一条院の挿話にもふれておきたい。道長の圧迫に耐えかねて敦明親王は東宮を退位し小一条院となるのだが、『栄花物語』と『大鏡』では表現の方法が異なっている。『栄花物語』では親王も道長もともに受け身に描かれる（ゆふしで）。親王は「猶身の宿世の悪きにや侍らん」と「宿世」のせいにしているし、道長は「さらにあるまじき御心掟におはします」と反対しているのであって、二人とも東宮退位という事態を必ずしも望んではいないのである。しかし、『大鏡』では親王も道長も行為の主体として描かれる（師尹伝）。「ひたぶるに取られむよりは、我とや退きなまし」というのが親王の考え方であるし、「斯く責めおろし奉りたまひて」と評されるように道長がそうした事態を望んでいたことはいうまでもない。この挿話は親王と道長の主導権争いとして描かれており（まず退位をめぐる攻防があり、続いて寛子をめぐる攻防がある）、そのために『大鏡』のなかでも長大で生彩ある挿話となっているのである。『栄花物語』のなかにこうした目まぐるしい攻防戦はない。すべては時間とともに流れていく。『栄花物語』に依拠しつつも、『大鏡』は独自の世界を形作っているといえる。「ただ疾く疾くせさせたまふべきなり。何か、吉日をも問はせたまふ。少しも延びば、おぼし返して、さらで在りなむとあらむをば、いかがはせさせたまはむ」という発言があるが、こうした即断即決は『栄花物語』にはみられない。『栄花物語』で強調されているのは東宮の退位によって打撃を受けた側の動静である。「例よりも動かぬ馬悲しとて、扇してしとしとと打ち奉らせ給ふを、女御見やり奉らせ給うて、いとど目くるる心地せさせ給へば、いとど御心のやみもまさらせ給て、御衣を引き被きて臥させ給へり」というが、『大鏡』の生動する馬に対して、この「動かぬ馬」こそ『栄花物語』的な植物性を体現しているのかもしれない。「こまくらべの行幸」巻でも馬は「出でてはひき入りひき入りする」ばかりであり、競馬は植物的な永遠性を言祝ぐ後宴の和歌に従属しているようにしかみえない。

(10) 他の用例も掲げておく。「父大臣は、七日やむと云ふらむやうにあさましういみじきに、掻膝といふことをせさせ給て、空を仰ぎて、夢さめたらむ心地してゐさせ給へり」(浦浦の別)。「御堂御堂の僧などさし集まりて、掻膝をして、空を仰ぎて、いかで御身にかかるものの数にもあらぬ身を替り奉らん替り奉らんと思ひ、涙を流すもいみじうあはれなり」(つるのはやし)。『栄花物語』において「掻膝」とは失望あるいは感動のあまりに放心した状態なのである。

(11) 伊周帰京の時期が史実と異なることについては松村博司『栄花物語全注釈』二(角川書店、一九七一年)を参照。

(12) 将門と純友が共謀したというのは空間的配置に関心をもつ『大鏡』にふさわしい脚色である(「この世界に、我と政事をし、君となりて過ぎむといふ事を契り合ひて、ひとりは東国に軍を調へ、ひとりは西国の海に…」道隆伝)。その他著名な歌人の挿話にもふれておく。好忠の挿話が『大鏡』にみえて『栄花物語』にみえないのは、それが空間の占有と排除に関する挿話だからであろう(「座にただ着きに着きたりし…引き立てよ引き立てよと掟させたまひし」昔物語)。道綱母が「嘆きつつ独り寝る夜のあくるまはいかに久しきものとかは知る」という歌を詠んだことは『大鏡』にも記されている。しかし、「夕さりつ方」「二三日ばかりありて、暁方に」「つとめて」という時間の推移とともに記される『蜻蛉日記』の場合とは違って、「この殿の通はせたまひけるほどの事、歌など書き集めて、かげろふの日記と名付けて、世に弘めたまへり」というように空間的な出来事として切り取られるのである(兼家伝)。『大鏡』の和泉式部はいわば恋の人として登場し男性と組み合わされるが、『栄花物語』では女房として登場し女性と組み合わせられることが多い。また『大鏡』の和泉式部はいずれの挿話においても空間にかかわる役割を担っているが、『栄花物語』では時間にかかわる役割を担っている(「小式部の母和泉式部、子どもを見て／とどめおきて誰をあはれと思ふらん子はまさりけり子はまさるらん／と詠みけり」ころものたま）。

（13）小松茂人「『大鏡』の人間」（『文学』一九四三年五月号）、保坂弘司『大鏡研究序説』（講談社、一九七九年）、河北騰「大鏡作者の感受性について」（『歴史物語論考』笠間書院、一九八六年）、渡辺実『大鏡の人びと』（中公新書、一九八七年）など。

（14）兄の為平親王は弟の守平親王に越されてしまうのだが、『大鏡』はもっぱら行為の主体に関心を向ける。「次第のままにこそはと、式部卿宮の御事をば思ひ申したりしに、俄に、若宮の御髪掻い削りたまへなど、御乳母たちに仰せられて、大入道殿、御車に打ち乗せ奉りて、北の陣よりなむおはしましけるなどこそ、伝へ承けたまはりしか」（師輔伝）。「次第のまま」を否定し、「引き越す」側の能動的な行為を記すのが『大鏡』といえる。だが、『栄花物語』は異なる。「宮はあはれにいみじとおぼしめしながら、くれやみにて過させ給にも、昔の恩有様恋しう悲しうて、御直衣の袖もしぼり敢えさせ給はず、生きながら身をかへさせ給へるぞ、あはれにかたじけなき」（月の宴）。こうして受動的な状態を記すのが『栄花物語』なのである。流罪となった高明や伊周に関心をもつのは『栄花物語』的な必然であろう。能動的な行為と受動的な状態、前者が空間にかかわり後者が時間にかかることはいうまでもない。『大鏡』が為平親王について語るのは敗者としての姿ではなく、その晴れがましい一瞬である（「まこと、この式部卿宮は、世に合はせせたまへるかひある折、一度おはしましたるは」）。だが、『栄花物語』ではその晴れ姿がたちまちに暗転してしまう（「四宮みかどがねと申思ひしかど、いづらは。源氏のおとどの御婿になり給しに、事違ふと見えしものをや」）。ついでながら、顕信出家の挿話にもふれておきたい。『大鏡』において印象的なのは行為主体の空間的な移動の場面である（「鴨河渡りしほどの、いみじうつめたく覚えしなむ」道長伝）。しかし『栄花物語』では取り残された側の動静がひたすら記される。顕信本人の言葉にしても時間に関する発言である（「ただ稚く侍し折より、いかでと思ひ侍りし」ひかげのかづら）。

（15）『大鏡』が『栄花物語』を踏まえることについては平田俊春「大鏡と栄花物語との関係及び大鏡の著作年代について」（『日本古典の成立の研究』日本書院、一九五九年）を参照。

（16）関根賢司「話素と時間――栄花物語・大鏡の方法」（『物語史への試み』桜楓社、一九九二年）は六国史と『栄花物語』の相違点として日付表現の位置に注目している。

(17) これまでの歴史物語研究は人間道長を前提として作品を解釈してきたように思われる。道長という固有名を人間主義的に解釈してきたといってもよい。しかし、ここではそうした前提をいったん括弧にくくっている。あくまでも匿名的な言葉の戯れを解読すること、それが本稿の方法である。匿名的な言葉の戯れを読み解くことではじめて、そこから道長という固有名が産出される様子を記述できるのではないだろうか。そのとき『栄花物語』的な時間の技法と『大鏡』的な空間の技法が分節されてくるのである。

第三部　中世文学論のために：享楽と不気味なもの

承平・天慶の乱を記した漢文資料である『将門記』は、軍記文学の先駆として分厚い研究史を有している。Ⅰは『将門記』に出てくる「雷」というメタファーに注目し、将門が雷神であるかのように描かれていることを指摘したものである。また、「雷」の文学誌とでもいうべきものを掘り起こし、表象の問題から「雷」の崇高性と喜劇性について論じている。

Ⅱは日付表現に着目することによって、『平家物語』の叙事詩としての特質を明らかにしようとしたものである。日付表現こそ『平家物語』に叙事詩的な性格を与えているのではないだろうか。『日本書紀』の日付表現や『源氏物語』の日付表現と比較するが、日付の問題は名前の問題とともに『平家物語』において最も重要なものだからである。

Ⅲは「みどり子」をキーワードとして中世の日記文学『とはずがたり』を読み解いたものである。これまで、その作者はもっぱら性的に奔放な女性としてみなされてきた。しかし、「みどり子」という言葉を手がかりにして『とはずがたり』を読み解いていくと、日記作者の不安定な幼児性を指摘できる。また、そこから作者と時代のかかわり、作者と仏教のかかわりも浮かび上がってくる。

Ⅳ・Ⅴは『太平記』の知の形態を明らかにしようとしたものである。未来記や座談が示す通り、『太平記』は歴史を解釈し続ける装置だが、逆に解釈を拒む享楽を露呈させる。道誉や師直はどのような教訓も語りはしない。カラカラ笑いを響かせるが、それは死を恐れぬ享楽そのものである。それに対して、『平家物語』は歴史を情動化し続ける装置といえる。「見るべき程の事は見つ」という知盛の言葉が示すように、個人の運命を共同体の運命と同一化しているからである。

Ⅵは能に関する試論である。これまで能は鎮魂の劇として解釈されることが多かった。しかし、別の見方もできるのではないか。修羅物の分析を通して、能は戦いの劇として捉えることができるだろう。また『景清』や『蝉丸』の分析を通して、能作品には武者や芸能民の不安定な力が走っていることを論証する。本論文は能に対する見方を逆転させ、新しい演劇論を提示しようとしている。

Ⅶは説経節の諸作品にみられる不気味なものに着目することで、その構造を明らかにしようとしたものである。説経節では決まって主人公が不気味なものとなったり不気味なものと交わったりした後、元に戻っている。つまり、自己が不気味な他者となり、不気味な他者が再び自己に回帰するというのが説経節の構造なのである。本論文は説経節の構造を新しい観点から捉え直そうとしている。

中世文学なるものは王権の遠心的な力学と不可分であろう。「中世文学論のために」と題した第三部は平安朝文学とは異なる表象、異なる強度を捉えようとした。とりあえず、それを享楽と不気味なものと名づけておく。

I　将門記のメタファー——雷の文学誌

一　将門記のメタファー

『将門記』は承平・天慶の乱を記した漢文資料である。軍記文学の先駆として分厚い研究史を有しているが、本章では『将門記』に出てくる「雷」というメタファーに注目してみたいと思う。興味深い特徴がみられるからである。

〈用例一〉 以其四日、始自野本・石田・大串・取木等之宅、迄至与力人々之小宅、皆悉焼巡。（中略）如員焼掃。哀哉、男女為火成薪。珍財為他成分。三界火宅財有五主、去来不定、若謂之歟。其日火声論雷施響。其時煙色争雲覆空。

其の四日を以て、野本・石田・大串・取木等の宅より始めて、与力の人々の小宅に至る迄、皆悉く焼き巡る。（中略）員の如く焼き掃へり。哀しき哉、男女は火の為に薪と成りぬ。珍財は他の為に分かつところと成りぬ。三界火宅の財に五主有り、去来不定なりといふは、若しくは之を謂ふか。其の日の火声は雷を論じて響きを施す。其の時の煙色は雲と争ひて空を覆ふ。

（引用は新編日本古典文学全集、矢代和夫ほか訳注による）

承平五年二月四日の戦闘場面である。炎の音が響きわたったというが、将門の合戦とは「雷」の響きのごときものなのである。

〈用例二〉其以廿二日、将門帰於本郷。爰良正并因縁伴類、下兵恥於他堺、上敵名於自然。（中略）然而依会稽之深、尚発敵対之心。仍勒不足之由、挙於大兄之介。其状云、雷電起響、是由風雨之助。鴻鶴凌雲只資羽翔之用也。羨被合力鎮将門之乱悪。然則国内之騒自停、上下之動必鎮者。

其の廿二日を以て、将門は本郷に帰る。爰に良正并びに因縁や伴類は、兵の恥を他堺に下し、敵の名を自然に上ぐ。（中略）然れども会稽の深きに依りて、尚し敵対の心を発す。仍て不足の由を勒して、大兄の介に挙ぐ。其の状に云はく、「雷電の響きを起すは、是れ風雨の助けに由る。鴻鶴雲を凌ぐはただ羽翔の用に資る。羨はくは合力を被り将門の乱悪を鎮めむと。然れば則ち国内の騒ぎ自から停まり、上下の動き必ず鎮まらむ」てへり。

承平五年十月二一日の一節である。「雷」に打ち克つには、「雷」の力によるほかないだろう。良正たちは将門を鎮めるべく、「風雨の助け」を得て「雷電の響き」を引き起こそうとしているのである。

〈用例三〉以同月十七日、同郡下大方郷堀越渡固陣相待。件敵叶期、如雲立出、如雷響致。其日、将門急労脚病、毎事朦朦。未幾合戦、伴類如算打散。所遺民家為仇皆悉焼亡。

同月十七日を以て、同郡の下大方郷堀越渡に陣を固めて相待つ。件の敵期に叶ひて、雲の如く立ち出で、雷の如く響きを致す。其の日、将門急に脚病を労りて、事毎に朦々たり。未だ幾も合戦せざるに、伴類算の如く打ち散りぬ。遺る所の民家仇の為に皆悉く焼け亡びぬ。

承平八年八月十七日の一節である。相手に「雷」の響きを引き起こされたときは、将門自体が弱体化してしまうのだが、これは興味深い点であろう。『将門記』とはいわば「雷」のメタファーを争奪し合うテクストなのである。「将門は馬に羅りて風の如くに追ひ攻む」ともみえる。そして八幡大菩薩のお告げと亡霊道真の力添えで新皇を名乗ることになる。

〈**用例四**〉新皇、揚声已行、振剣自戦。貞盛、仰天云、私之賊則如雲上之雷。公之従則如厠底之虫。然而私方無法。公方有天。三千兵類、慎而勿帰面者。日漸過於未剋、臨於黄昏。（中略）公従者自常強、私賊者自例弱。
新皇は、声を揚げて已に行き、剣を振るひて自ら戦ふ。貞盛は、天を仰ぎて云はく、「私の賊は則ち雲の上の雷の如し。公の従は則ち厠の底の虫の如し。然れども私の方には法なし。公の方には天有り。三千の兵類は、慎みて面を帰すこと勿れ」てへり。日は漸く未の剋を過ぎて、黄昏に臨みぬ。（中略）公の従は常よりも強く、私の賊は例よりも弱し。

天慶三年二月一日の一節である。本人が意図しているどうかにかかわらず、貞盛の発言は明らかに良正の書状に関連づけられるだろう。「雷」のメタファーで飾れるとき、将門は圧倒的に強いようにみえる。しかし、将門は「私の賊」としかみなされないという限界がある。「昨日の雄は今日の雌なり」とある通り、すべては逆転される。それは次の場面に見て取ることができる。「十四日の未申の剋を以て彼此合戦す。時に、新皇は順風を得て、貞盛、秀郷等は不幸にして咲下に立つ。其の日、暴風枝を鳴らし、地籟塊を運ぶ。…此等が方を失ひ立ち巡るの間、還りて順風を得つ。時に、新皇、本陣に帰るの間、咲下に立つ」。天慶三年二月十四日の一節だが、「順風」を失った将門は鉄身をもった「蚩尤」のごとく敗北しているのである。最後に勝者たちの論功行賞が行われる。

〈**用例五**〉如雲従暗散於霞外、如影之類空亡於途中。（中略）方今、雷電之声尤響百里之内、将門之悪既通於千里之外。将門常好大康之業、終迷宣王之道。仍作不善於一心競天位於九重。過分之辜、則失生前之名、放逸之報、則示死後之媿。

雲の如きの従は暗に霞の外に散り、影の如きの類は空しく途の中に亡ぶ。（中略）方に今、雷電の声は尤も百里の内に響き、将門の悪は既に千里の外に通れり。将門は常に大康の業を好みて、終に宣王の道に迷ふ。仍て不善を一心に作して天位を九重に競ふ。過分の辜、則ち生前の名を失ひ、放逸の報い、則ち死後の媿を示す。

これに続いて冥界における将門の消息が告げ知らされるが、冥界消息とは「雷電」のごとく響き渡った将門の評判が生み出したものであろう。『将門記』に続く軍記は、こうした「雷の響き」の余波といえる。「雷」のメタファーが書状の中で用いられていたが、『将門記』自体が一種の書状であり、「風雨の助け」を募っていたのではないか。いずれにしても、将門の鉄身とは「雷」を帯びているように思われる。

『将門記』は「天下に謀反有りて、之と競ふに日月の如し。然れども公は増し私は減ぜり」と結論づけている。メタファーに着目してみれば、それは日月という光の闘争であったと同時に、「雷」の闘争でもあったのである。

もちろん、戦闘場面における「雷」の比喩は『日本書紀』に先例を見出すことができる[1]。

連戦不能取勝。時忽然天陰而雨氷。乃有金色霊鵄、飛来止于皇弓之弭。其鵄光曄煜、状如流電。由是、長髄彦軍卒皆迷眩、不復力戰。

連に戦ひて取勝つこと能はず。時に忽然にして天陰けて雨氷ふる。乃ち金色の霊しき鵄有りて、飛び来りて皇弓の弭に止れり。其の鵄光り曄煜きて、状流電の如し。是に由りて、長髄彦が軍卒、皆迷ひ眩えて、復力め戦はず。

（引用は日本古典大系による、神武紀即位前紀戊午年十二月）

可分命将軍、百道倶前。雲会雷動、倶集沙喙、剪其鯨鯢、紓彼倒懸。

将軍に分ち命せて、百道より倶に前むべし。雲のごとくに会ひ、雷のごとくに動きて、倶に沙喙に集らば、其の鯨鯢を剪りて、彼の倒懸を紓べてむ。

（斉明紀六年十月）

即以前の神武が長髄彦を撃つ場面であり、斉明天皇が百済への援軍を命じた場面である。しかし、『日本書紀』の場合は「雷」の比喩が特定の人物に集中しているわけではない。ここで注目しておきたいのは、『将門記』における「雷」のメタファーが将門に集中し、その結果、雷神のごとき将門イメージを作り上げているのではないかという点である。(2) そうした点を検証するためには、もう少し視野を広げてみる必要があるだろう。

二　雷の文学誌

I　『古事記』と雷

ここでは「雷」の文学誌とでもいうべきものを掘り起こしてみたい。(3) まず注目するのは『古事記』の一節である。イザナキが黄泉の国にイザナミを訪ねる場面だが、「雷」は表象の問題を提起しているように思われる。

莫視我。如此白而、還入其殿内之間、甚久、難待。故、刺左之御美豆良、湯津々間櫛之男柱一箇取闕而、燭一火入見之時、宇士多加礼許呂々岐弖、於頭者大雷居、於胸者火雷居、於腹者黒雷居、於陰者析雷居、於左手者若雷居、於右手者土雷居、於左足者鳴雷居、於右足者伏雷居、并八雷神成居。於是伊耶那岐命、見畏而逃還之時、其妹伊耶那美命言、令見辱吾。即遣予母都志許売令追。

「我を視ること莫れ」と、如此白して、その殿の内に還り入る間、甚久しくして、待つこと難し。故、左の御みづらに刺させる湯津々間櫛の男柱を一箇取り闕きて、一つ火燭して入り見し時に、うじたかれころろきて、頭には大雷居り、胸には火の雷居り、腹には黒雷居り、陰には析雷居り、左の手には若雷居り、右の手には土雷居り、左の足には鳴雷居り、右の足には伏雷居り、并せて八くさの雷の神、成り居りき。是に、伊耶那岐命、見畏みて逃げ還る時に、其の妹伊耶那美命の言はく、「吾に辱を見せしめつ」といひて、即ち予母都志許売を遣して、追はしめき。

（引用は新編日本古典全集による、上巻）

興味深いのは「我を視ること莫れ」という禁忌が働いている点である。「雷」とは見てはならないものであり、容易に表象できるものではないだろう（容易に表象できないからこそ、見てはならないのだ）。いわば表象の限界である。直後にイザナキは逃亡しているが、表象不可能なものに出会ったときは逃亡するほかない。ヨモツシコメとは表象不可能なものの形象なのである。

火の役割にも注目しておきたい。イザナミは火の神を生んで黄泉の国に行くわけだが、火は生と死にかかわる両義的な記号であろう。イザナミは火を見た瞬間に死が訪れるのである。イザナキが見てはならないものを見てしまうとき、必要とされるのも火である。その意味で火は表象不可能なものの出現を意味している。

では、『日本書紀』の場合はどうか。

請勿視吾矣。言訖忽然不見。于時闇也。伊奘諾尊、乃挙一片之火而視之。時伊奘再尊、腫満太高。上有八色雷公。伊奘諾尊、驚而逃還。是時、雷等皆起追来。時道辺有大桃樹。故伊奘諾尊、隠其樹下、因採其実、以擲雷者、雷等皆退走矣。此用桃避鬼之縁也。

「吾をな視ましそ」とのたまふ。言訖りて忽然に見えず。時に闇し。伊奘諾尊、乃ち一片之火を挙して視す。時に伊奘再尊、腫満れ太高へり。上に八色の雷公有り。伊奘諾尊、驚きて逃げ還りたまふ。是の時に、雷等皆起ちて追ひ来る。時に、道の辺に大きなる桃の樹有り。故、伊奘諾尊其の樹の下に隠れて、因りて其の実を採りて、雷に擲げしかば、雷等、皆退走きぬ。此桃を用て鬼を避く縁なり。（神代上）

「雷等皆起ちて追ひ来る」とあるが、『古事記』のヨモツシコメの正体は、『日本書紀』によれば「雷」だったことになる。雷はすなわち鬼であり、表象不可能なものなのである。『日本書紀』における少子部の記事も表象の問題にかかわっているようにみえる。

七年秋七月甲戌朔丙子、天皇詔少子部連蜾蠃曰、朕欲見三諸岳神之形。汝膂力過人。自行捉来。蜾蠃答曰、試往捉之。乃登三諸岳、捉取大蛇、奉示天皇。天皇不斎戒。其雷虺々、目精赫々。天皇畏、目蔽不見、却入殿中。使放於岳。仍改賜名為雷。

七年の秋七月の甲戌の朔丙子に、天皇、少子部連蜾蠃に詔して曰はく、「朕、三諸岳の神の形を見むと欲ふ。汝、膂力人に過ぎたり。自ら行きて捉て来」とのたまふ。蜾蠃答へて曰さく、「試に往りて捉へむ」とまうす。乃ち三諸岳に登り、大蛇を捉取へて、天皇に示せ奉る。天皇、斎戒したまはず。其の雷ひかりひろめきて、目精赤々く。天皇、畏みたまひて、目を蔽ひて見たまはずして、殿中に却入れたまひぬ。岳に放たしめたまふ。

仍りて改めて名を賜ひて雷とす。

（引用は古典文学大系による、雄略紀）

「汝、膂力人に過ぎたり。自ら行きて捉て来」と命じられているが、強力によって表象不可能なものを捕獲するのが少子部の役割にほかならない。直前の記事の「蚕」も、スガルにとっては表象不可能なものであっただろう。

三月辛巳朔丁亥、天皇欲使后妃親桑、以勧蚕事。爰命蜾蠃、聚国内蚕。於是、蜾蠃、誤聚嬰児、奉献天皇。天皇大咲、賜嬰児於蜾蠃曰、汝宜自養。蜾蠃即養嬰児於宮垣之下。仍賜姓、為少子部連。

三月の辛巳の朔丁亥に、天皇、后妃をして親ら桑こかしめて、蚕の事を勧めむと欲す。爰に蜾蠃に命せて、国内の蚕を聚めしめたまふ。是に、蜾蠃、誤りて嬰児を聚めて、天皇に奉献る。天皇、大きに咲ぎたまひて、嬰児を蜾蠃に賜ひて曰はく、「汝、自ら養へ」とのたまふ。蜾蠃、即ち嬰児を宮垣の下に養す。仍りて姓を賜ひて、少子部連とす。

（雄略紀）

「蚕」を集めるように命じられて、スガルは「子」を集めてしまう。これは取り違えの喜劇だが、考えてみれば、「蚕」こそ表象の驚異であろう[4]。それ自体は変態することで安定した表象を拒みつつ、絹として見事な表象を生み出すのが蚕だからである（「一度は匐ふ虫と為り、一度は殼と為り、一度は飛ぶ鳥と為りて、三色に変る奇しき虫」仁徳記）。少子部は養蚕の技術に深くかかわっているが、それは表象の問題と無縁ではないはずである。

『日本霊異記』でも「雷」は表象の問題と結びついている。

天皇住磐余宮之時、天皇与后寝大安殿婚合之時、栖軽不知而参入也。天皇恥輟。当於時而空電鳴。即天皇、勅栖軽而詔、「汝鳴雷奉請之耶」。
天皇、磐余の宮に住みたまひし時に、天皇、后と大安殿に寝て婚合したまへる時に、栖軽知らずして参ゐ入りき。天皇恥ぢて輟みぬ。時に当りて、空に電鳴りき。即ち天皇、栖軽に勅して詔はく、「汝、鳴雷を請け奉らむや」とのたまふ。

（引用は新編日本古典全集による、上巻第一）

天皇の共寝と「雷」の共通点は何か。それはいずれも表象できないという点にある。だからこそ、共寝を見られた天皇は同じく見てはならないもの、見ることのできないものとして「雷」の捕獲を命じたように思われる。

緋縵著額、擎赤幡桙、乗馬従阿倍山田前之道与豊浦寺前之路走往。（中略）走還時、豊浦寺与飯岡間、鳴電落在。栖軽見之呼神司、入轝籠而持向大宮、奏天皇言、「電神奉請」。時電光放明炫。天皇見之恐、偉進幣帛、令返落処者。今呼電岡。
緋の蔓を額に着け、赤き幡鉾を擎げて、馬に乗りて、阿倍の山田の前の道と豊浦寺の前の路とより走り往きぬ。（中略）走り還る時に、豊浦寺と飯岡との間に、鳴神落ちて在り。栖軽見て即ち神司を呼び、轝籠に入れて大宮に持ち向ひ、天皇に奏して言さく、「電神を請け奉れり」とまうす。時に、電、光を放ちて明り炫けり。天皇見て恐りたまひ、偉しく幣帛を進り、落ちし処に返さしめたまひきと者へり。今に電の岡と呼ぶ。

（上巻第一）

幡や籠の役割に注目してみよう。招き寄せたり閉じ込めたりすることで、雷という表象不可能なものを表象するのが、その役割なのである。「雷」そのものは恐ろしいほどの光を放つので、誰も見つめることができず、そのまま返すほかない。かろうじて「雷」の痕跡を表象できるとすれば、それは地名にとどめることでしかない。

永立碑文柱言、「取電栖軽之墓也」。此電悪怨而鳴落、踊践於碑文柱、彼柱之析間、電揲所捕。天皇聞之放電不死。雷慌七日七夜留在。天皇勅使樹碑文柱言、「生之死之捕電栖軽之墓也」。所謂古時名為電岡語本是也。

永く碑文の柱を立てて言はく、「雷を取りし栖軽が墓なり」といへり。この電、悪み怨みて鳴り落ち、碑文の柱を踊ゑ践み、彼の柱の析けし間に、雷揲まりて捕へらゆ。天皇聞して、電を放ちしに死なず。雷慌れて、七日七夜留まりて在り。天皇の勅使、碑文の柱を樹てて言はく、「生きても死にても雷を捕れる栖軽が墓なり」といひき。所謂古時、名づけて電の岡と為ふ語の本、是れなり。

（上巻第一）

「雷」がスガルの墓に拘泥するのは、そこに「雷」の痕跡が表象されているからであろう。だから怒っているのだが、再び捕まってしまう。いわば、文字が表象不可能な「雷」を捕獲しているのである。「取」は単に連れてきたことを意味し、「捕」は逃げ去ったものを再び捕まえたことを意味しているのだろうか、二度目の反復は喜劇的な様相を帯びている。『日本霊異記』全体のテーマを先取りしているようにもみえるのだが、第一話に読み取るべきは表象不可能なものと文字の葛藤にほかならない。「雷の岡」という名前を通して、表象不可能な「雷」の一部は確実に捕獲されている。

「雷」は捉えがたいシニフィアンとして閃き轟くといってもよい。そんな浮遊するシニフィアンが第一話で地名に結びつくのに対して、第三話では子供の存在に結びつく。

時電鳴。即恐驚擎金杖而立。即電堕於彼人前、成小子。（中略）時電言、「莫近依」、令遠避。即愛霧登天。然後所産児之頭纏蛇二遍、首尾垂後而生。

時に電鳴りき。即ち恐り驚き金の杖を擎げて立てり。即ち、電、彼の人の前に堕ちて、小子と成り（中略）時に、電言はく、「近依ること莫れ」といひて、遠く避らしむ。即ち、愛り霧ひて天に登りぬ。然る後に、産れし児の頭は、蛇を二遍纏ひ、首・尾と後に垂れて生る。

（上巻第三）


ここでは「即」という言葉に注目しておきたい。「即」が表象不可能なもののすばやい動きをかろうじて示しているからである。そして表象不可能であったものが「小子」として明瞭な表象となる点も注目される。かぐや姫も同様であろうが、柳田國男のいう「小さ子神」とは表象できないものを表象する形なのである。


王見跡、念是居小子之投石、将捉而依、即少子逃。王追少子逃。王追少子通墟而逃。少子亦返。王踰墟上而追、自墟亦通而迯走。力王終不得捉。

王、跡を見て、是に居る小子の石を投げたるなりけりと念ひ、捉へむとして依れば、即ち少子逃ぐ。王追へば少子逃ぐ。王追へば、少子墟より通りて逃ぐ。少子亦返る。王墟の上より踰えて追へば、墟より亦通りて迯げ走る。力ある王も、終に捉ふること得ず。

（上巻第三）


このように小さ子は捉えがたい存在である。たとえ「王」であっても捕獲することはできないのである。


鬼亦後夜時来入。即捉鬼頭髪而別引。鬼者外引、童子内引。

鬼、亦後夜の時に来り入る。即ち鬼の頭髪を捉へて別に引く。鬼は外より引き、童子は内より引く。

このように鬼と童子は互いに鏡像的であり、いずれも捉えがたい存在である。都良香「道場法師伝」（『本朝文粋』）もそうだが、逃げ去るがゆえに文章に留めようとするのである。[5]不可視のものをいかに表象するか、それが『日本霊異記』の課題であるといってもよい。下巻三八話の冒頭に「夫れ善と悪との表相の現れむとする時には、彼の善厲の表相に、先づ兼ねて物の形を作す」と記しているが、編者景戒は不可視なるものの表象を捉えようとするのである。第二話では「走疾如鳥飛」を描き、第四話では「隠身」の聖を描く。興味深いのは、落雷を受けた木によって仏像が造られる第五話である（「有当霹靂之楠」）。落雷の挿話とともにはじまる『日本霊異記』は、いわば落雷を受けることで仏像となるべき書物なのである。第三八話で景戒が火に焼かれる夢を見るのは偶然ではない。

『風土記』の場合はどうか、山背国風土記の逸文をみてみよう。

玉依日売、於石川瀬見小川、川遊時、丹塗矢、自川上流下。乃取挿置床辺、遂孕生男子。（中略）「汝父将思人、令飲此酒」。即挙酒杯、向天為祭、分穿屋甍、而升於天。乃因外祖父之名、号可茂別雷命。所謂丹塗矢者、乙訓郡社坐、火雷命在。

玉依日売、石川の瀬見の小川に川遊びしたまひし時、丹塗矢、川上ゆ流れ下りき。乃ち取りて床辺に挿し置き、遂に孕みて男子生れませり。（中略）「汝の父と思はむ人にこの酒を飲ましめよ」といふ。即ち、酒杯を挙げ天に向きて祭らむとして、屋の甍を分き穿ち天に升りたまひき。乃ち外祖父の名に因りて、可茂の別雷の命と号く。謂ゆる丹塗矢は乙訓の郡の社に坐せる火の雷の命なり。

（引用は新編日本古典全集による、山背国逸文）

いわゆる丹塗矢伝説だが、「雷」は正体不明の矢であり、酒杯を捧げるという身振りによってしか明示できないものである。次は『塵袋』にみえる常陸国風土記の逸文である。

妹カ田ヲヲソクウヘタリケリ、其ノ時イカツチナリテ妹ヲケコロシツ兄大ニナケキテ、ウラミテ、カタキヲウタントスルニ其ノ神ノ所在ヲシラス一ノ雌雉トヒ来リタカタノウヘニヰタリヘソヲトリテ、雉ノ尾ニカケタルニキシトヒテ伊福部岳ニアカリヌ又其ノヘソヲツナギテ、ユクニイカツチノフセル石屋ニイタリテ、タチヲヌキテ、神雷ヲキラントスルニ神雷ヲソレ、ヲノノキテ、タスカラン事ヲコフ。（常陸国逸文）

「所在ヲシラス」とあるよう、この挿話でも「雷」はどこにいるかわからない。逆に「雷」の正体が明らかになるとき、その力は失われる。

至山覓船材。便得好材、以将伐。時有人曰、「霹靂木也。不可伐。河辺臣曰、其雖雷神、豈逆皇命耶、多幣帛祭、遣人夫令伐。則大雨雷電之。爰河辺臣案剣曰、雷神無犯人夫。当傷我身、而仰待之。雖十余霹靂、不得犯河辺臣。即化少魚、以挟樹枝。即取魚焚之。遂修理其船。

山に至りて船の材を覓ぐ。便に好き材を得て、伐らむとす。時に人有りて曰はく、「霹靂の木なり。伐るべからず」といふ。河辺臣曰はく、「其れ雷の神なりと雖も、豈皇の命に逆はむや」といひて、多く幣帛を祭りて、人夫を遣りて伐らしむ。則ち大雨ふりて雷電す。爰に河辺臣、剣を案りて曰はく、「雷の神、人夫を犯すこと無。当に我が身を傷らむ」といひて、仰ぎて待つ。十余霹靂すと雖も、河辺臣を犯すこと得ず。即ち少き魚に化りて、樹の枝に挟れり。即ち魚を取りて焚く。遂に其の船を修理りつ。（推古紀二六年）

『日本書紀』の挿話だが、「雷」が魚の姿になったとき、それはもはや力をもちえない、むしろ喜劇的な様相を帯びる。「雷」は表象化されると力を失ってしまうのである。

以上、捉えがたい雷の表象不可能性を強調してきた。とはいえ、雷が一つの表象であることもまた事実であろう。突然の閃光と轟きが何を意味しているのか、古代社会においてその究明が必死になされたことはいうまでもない。

夏四月癸卯朔壬申、夜半之後、災法隆寺。一屋無余。大雨雷震。五月、童謡曰…

夏四月の癸卯の朔壬申に、夜半之後に、法隆寺に災けり。一屋も余ること無し。大雨ふり雷震る。五月に、童謡して曰はく…

（天智紀九年四月）

『日本書紀』が雷について記すのは、雷の意味を探るためであったはずである。それは雷というシニフィアンにふさわしいシニフィエを結びつけることであろう。その解読は雷を制御するに等しい。

皇后召武内宿禰、捧剱鏡令祷祈神祇、而求通溝。則当時、雷電霹靂、蹴裂其磐、令通水。

皇后、武内宿禰を召して、剱鏡を捧げて神祇を祷祈りましめて、溝を通さむことを求む。則ち当時に、雷電霹靂して、其の磐を蹴み裂きて、水を通さしむ。

（神功紀）

此夜、雷電雨甚。天皇祈之曰、天神地祇扶朕者、雷雨息矣。言訖即雷雨止之。

此の夜、雷電なりて雨ふること甚し。天皇祈ひて曰はく、「天神地祇、朕を扶けたまはば、雷なり雨ふること息めむ」とのたまふ。言ひ訖りて即ち雷なり雨ふること止みぬ。

（天武紀元年六月）

いずれも『日本書紀』の挿話だが、表象不可能な雷を制御できれば、天皇の力を誇示することになる。雷を制御しようとする書物、それが『日本書紀』なのである。『万葉集』巻三の「大君は神にしいませば天雲の雷の上に廬りせるかも」（二三五）、巻一九の「天雲をほろに踏みあだし鳴る神も今日にまさりて畏けめやも」（四二五九）によれば、天皇は雷以上の存在である。ところで、『仏足石歌』には「雷の光の如きこれの身は死の大王常に偶へり畏づべからずや」とみえる。『涅槃経』を踏まえるものだが、電光と死の大王を関係させるところに神話的な論理が働いているのであろう。

2　軍記と雷

さて軍記文学に目を向けてみたい。まず『平家物語』である。

…賀茂の上の社に、ある聖をこめて、御宝殿の御うしろなる杉の洞に壇をたてて、拏吉尼の法を百日おこなはせられけるほどに、彼大椙に雷落ちかかり、雷火緩うもえあがて、宮中既にあやふく見えけるを、宮人どもおほく走り集まて是をうち消つ。

（引用は新日本古典文学大系による、巻一・鹿谷）

藤原成親は大将になろうとして上賀茂神社に祈願するが、賀茂別雷の神は受け付けない。それが「雷」によって示されているのである。自撰歌集の末尾に「鳴神の夕立にこそ雨は降れみたらし川の水まさるらし」を据える能因の場合も、神の納受を祈念していたはずである（『能因集』二五六）。

同八月十二日の午刻計、白山の神輿、既に比叡山東坂本につかせ給ふと云程こそありけれ、北国の方より雷緩く鳴て、都をさしてなりのぼる。白雪くだりて地をうづみ、山中・洛中おしなべて、常葉の山の梢まで、皆白妙になりにけり。（巻一・鵜川軍）

白山の神輿が到着すると同時に、雷が響き渡り白雪が降り積もる。「雷」によって神威が示されているのである。

島のなかには、たかき山あり、鎮に火燃ゆ。硫黄と云物みちみてり。かるがゆゑに硫黄が島とも名付たり。いかづち常になりあがり、なりくだり、麓には雨しげし。一日片時人の命たへてあるべき様もなし。（巻二・大納言死去）

成親は亡くなり、その息子成経たちは鬼界が島に流される。「雷」によってこの世の果てであることが強調されているのである。

いかづちの落かかりたりしか共、雷火の為に狩衣の袖は焼ながら、その身はつつがもなかりけり。上代にも末代にも有がたかりし泰親也。（巻三・法印問答）

陰陽頭安倍泰親が地震を占うところである。「雷」をはねのけることで神の子の力が示されているのである。

その夜の夜半ばかり、富士の沼に、いくらもむれゐたりける水鳥どもが、なににかおどろきたりけん、ただ一どにばと立ける羽音の、大風いかづちなどの様に聞えければ、平家の兵ども（中略）とる物もとりあへず、我さきにとぞ落ゆきける。（中略）あくる廿四日の卯刻に、源氏大勢廿万騎、富士河におしよせて、天もひびき大地もゆるぐ程に、時をぞ三ケ度つくりける。（巻五・富士川）

富士川の合戦場面では、「雷」の響きに驚いて逃げる平家軍と響きを立てて押し寄せる源氏軍が対比されているのである。滑稽な様相への転化といってもよい。『海道記』には「合戦ノ戦士ハ夷国ヨリ戦フ。暴雷雲ヲ響カシテ、日月光ヲ覆ハレ、軍虜地ヲ動シテ、弓剣威ヲ振フ」とあるが、雷は化外の地からやって来るといえる。

…夜半ばかり俄に大風吹大雨くだり、雷おびたたしうなて、天霽て後、雲井に大なる声のしはがれたるをもて、「南閻浮提金銅十六丈の盧遮那仏焼きほろぼしたてまつる平家のかたうどする物ここにあり。召しとれや」と三声さけんでぞ通りける。城太郎をはじめとして、是を聞くものみな身の毛よだちけり。（巻六・嗄声）

大仏を焼いた平家に味方する者が懲罰を受ける。「雷」は恐ろしい声と等価であり、天の告げなのである。

彼広嗣は、肥前の松浦より都へ一日におりのぼる馬を持たりけり。追討せられし時も、みかたの凶賊落ちゆき、皆亡て後、件の馬にうち乗て、海中へ馳入けるとぞ聞えし。その亡霊あれて、おそろしき事どもおほかりけるなかに、天平十六年六月十八日、筑前国御笠の郡太宰府の観世音寺、供養ぜられける導師には、玄房僧正とぞ聞えし。高座にのぼり、敬白の鐘うちならす時、俄に空かき曇、雷ちおびたたしう鳴て、玄房の上に落ちかかり、その首をとて雲のなかへぞ入りにける。（巻七・還亡）

る龍馬なのである。
龍馬に乗った広嗣の亡霊が現れ、かつて己を調伏した者に報復しているが、「雷」はいわば瞬時にして千里を走

…惣じて源平乱あひ、入れかへ入れかへ、名のりかへ名のりかへ、をめきさけぶ声、山をひびかし、馬の馳ちがふおとは、いかづちの如し。射ちがふる矢は、雨の降るにことならず。（巻九・坂落）

一の谷における合戦場面だが、「雷」が轟くというのは修羅道の特徴である。『往生要集』阿修羅道のところにも「雲雷若鳴、謂是天鼓、怖畏周章、心大戦悼」とみえる。

皇居をはじめて、人々の家々、すべて在々所々の神社・仏閣、あやしの民屋、さながらやぶれくづる。くづる音はいかづちのごとく、あがる塵は、煙のごとし。天暗うして、日の光も見えず。（巻十二・大地震）

『平家物語』末尾の巻では「雷」のごとき大地震が起こる（『方丈記』には「地ノウゴキ家ノヤブルル音、雷ニコトナラズ」とある）。建礼門院徳子は生きているうちに六道をへめぐったというが、修羅道こそ雷と地震によって特徴づけられた世界なのである。『平治物語』の場合はどうか。

昔、北野の天神は、配流のうらみに雷をおこして、本院の大臣を罰し給ふ。これは、権化の世に出て、讒佞の臣をしりぞけられ、忠臣を賞ずべき政をしめさんが為也。今の悪源太、廃官の将となりて、白昼に誅せられしを憤、雷となりて難波をけころしぬ。「しらず、いかなる根性にて、遺恨を死の後に散ずらん」と、おそるる

人も多かりけり。

（引用は新日本古典文学大系による、下巻・悪源太雷となる事）

突然の閃光と轟きはきわめて表象化しにくいものであろう。とりあえず浮遊するシニフィアンと呼んでおくが、それを他の要素と結びつけたときはじめて物語は完成する。道真や義平はその一例なのである。官人の典型が道真であり、武者の典型が義平であろう。『平治物語』において「悪源太雷となる事」は増補部分とみられているが[6]、軍記物語として整備されるときには不可欠の細部となったのである。『曾我物語』の場合はどうか。

さる程に、はれたる空、にはかにかきくもり、なる神おびたたしくて、雨かきくれてふりければ、鎌倉殿をはじめとして、みなみなとどこほり、興をうしなひ、花やかなりし姿ども、おもひのほかにひきかへて、茅草の蓑、菅の小笠、かはりはてたるむら雨に、袂はしほれ、裾はぬれ、上下ともに露けき色、無興といふもあまりあり。

（引用は古活字本を底本とした日本古典文学大系による、巻五）

この「雷」場面は、続く敵討ちの場面を予告するものになっている。曽我兄弟の「自害して、悪霊死霊にもなりて、本意をとげん」（巻八）という凄まじい覚悟に対応するからであり、実際「まつこうにさしかざし、雷のごとくに、とんでかかる」「つかまんつかまんとおもひけるよそほひは、ただ、てんまの雷のおちかかるかとぞおぼえける」（巻九）と語られるからである。巻五の当該箇所は古態を示すとされる真名本にみらず、後出とされる仮名本にみられるのみだが、軍記自体に「雷」を呼び寄せる環境が存在していたというべきである。

『太平記』における雷をみていこう。巻七、船上合戦事では「雷ノ鳴事山ヲ崩スガ如シ」、巻八、山徒寄京都事では「甲冑ニ映ゼル朝日ハ電光ノ激スルニ不異」といった表現がみえるが、興味深いのは巻十、鎌倉兵火における長崎父子の奮戦場面である。

鳴神ノ落懸ル様ニ、大手ヲハダケテ追ケル間、五十余騎ノ者共、逸足ヲ出シ逃ケル間、勘解由左衛門大音ヲ揚テ、「何クマデ逃ルゾ。蓬シ、返セ」ト罵ル声ノ、只耳本ニ聞ヘテ、日来サシモ早シト思シ馬共、皆一所ニ躍ル心地シテ、恐シナンド云許ナシ。（引用は日本古典文学大系による、巻十・長崎父子武勇事）

「其後ハ生死ヲ不知成ニケリ」という息子の突進ぶりはまさに雷にふさわしい。その大音を耳にした者は逃げようとしても逃げることができないのだが、逃亡の不可能性は「雷」の表象不可能性と響きあっているかのようだ。いくら速く走っても同じ場所にとどまる、そんな不可能な空間を出現させている。

冒頭部分に「中華懼軌若履刃而戴雷霆」とある巻十二は、とりわけ雷と関連深い。「声ノ内ヨリ雷シテ、其光御簾ノ内へ散徹ス」という鵺が出てくるし（巻十二・広有射怪鳥事）、菅公説話が出てくるからである。

其後、菅丞相座席ヲ立テ天ニ昇ラセ玉フト見ヘケレバ、軈雷内裡ノ上ニ鳴落鳴騰、高天モ落地大地モ如裂。一人・百官縮身消魂給フ。七日七夜ガ間雨暴風烈シテ世界如闇、洪水家々ヲ漂ハシケレバ、京白河ノ貴賤男女、喚キ叫ブ声叫喚・大叫喚ノ苦ノ如シ。（巻十二・大内裏造営事）

絵巻『北野天神縁起』や謡曲『雷電』でよく知られた内容だが[7]、解脱上人の前に天魔が現れる場面もこれに近い。「俄ニ空掻曇雨風烈吹テ、雲ノ上ニ車ヲ轟、馬ヲ馳ル音シテ東西ヨリ来レリ（俄ニ空陰り、風烈クテ、電光ノ激遮スル間――天正本）」（巻十二・解脱上人事）。こうして現れた天魔は天神に限りなく近いわけである。とはいえ、風雨が全くない世界では困り果ててしまう。それが「内海・外海ノ竜神共、悉守敏ノ以呪力、水瓶ノ中ニ駆籠テ可降雨龍神無リケリ」という状況である（巻十二・神泉苑事）。したがって、雷は両義的である。一方では恐れられ、他方では待ち望まれているからである。

義貞夙ニ起テ、此夢ヲ語リ給ニ、「龍ハ是雲雨ノ気ニ乗テ、天地ヲ動ス物也。高経雷霆ノ響ニ驚テ、葉公ガ心ヲ失シガ如クニテ、去ル事候ベシ、目出キ御夢ナリ」トゾ合セケル。（巻二十・義貞夢想事）

夢合わせでも、雷に驚くのは敗者の側とされる。新田義貞は稲村ガ崎で黄金の太刀を海中に投げ入れ龍神に祈っていたが（巻十）、それゆえ、このような夢を見るのであろう。

黒雲ノ中ニ電光時々シテ、只今猿楽スル舞台ノ上ニ差覆ヒタル森ノ梢ニゾ止リケル。見物衆ミナ肝ヲ冷ス処ニ、雲ノ中ヨリ高声ニ、「大森彦七殿ニ可申事有テ、楠正成参ジテ候也」トゾ呼リケル。（巻二三・大森彦七事）

大森彦七の前に楠正成の亡霊が現れたところだが、正成はいわば雷である。演劇における登場とは一種の電光なのかもしれない。

夜半過ル程ニ、雨荒風烈吹過テ、大山ノ如動ナル物来ル勢ヒアリ。電ノ光ニ是ヲ見レバ、八ノ頭ニ各二ノ角有テ、アハイニ松柏生茂タリ。（巻二五・自伊勢進宝剣事）

神器の由来を語っているところだが、「雷」は表象不可能なものを表象へともたらすのである。ここでは雷が大蛇となり剣になるといってもよい。

又閏六月五日戌刻ニ、巽方ト乾方ヨリ、電光耀キ出テ、両方ノ光寄合テ如戦シテ、砕ケ散テハ寄合テ、風ノ猛火ヲ吹上ルガ如ク、余光天地ニ満テ光ル中ニ、異類異形ノ者見ヘテ、乾ノ光退キ行、巽ノ光進ミ行テ互ノ光消え失ヌ。此妖怪、如何様天下穏ナラジト申合ニケリ。（巻二七・天下妖怪事）

もちろん、これらの電光は戦いを表象するものである。「魚鱗鶴翼ノ陣、旌旗電戟ノ光、須臾ニ変化シテ、万方ニ相当レバ、野草紅ニ染テ、汗馬ノ蹄血ヲ蹴タテ、河水派セカレテ、士卒ノ尸忽流レヲタツ」（巻二九・越後守自石見引返事）という場面も同様であろう。

先木ヲ以テ人ヲ作テ、是ヲ天神ト名ケテ帝自是ト博奕ヲナス。神真ノ神ナラズ、人代ハテ賽ヲ打チ石ヲ使フ博奕ナレバ、帝ナドカ勝給ハザラン。勝給ヘバ、天負タリトテ、木ニテ作レル神ノ形ヲ手足ヲ切リ頭ヲ刎ネ、打擲蹂躙シテ獄門ニ是ヲ曝シケリ。（中略）加様ノ悪行身ニ余リケレバ、帝武乙河渭ニ狩セシ時、俄ニ雷落懸リテ御身ヲ分々ニ引裂テゾ捨タリケル。（巻三十・殷紂王事）

『史記』にみえる殷王の挿話である。武乙は天神に対する陵辱によって身を滅ぼすが（『将門記』の「賊人形像着於棘楓之下」というところに似ている）、これは天神と雷の関係を明示する起源譚になっている。「雷」は天神の意志であり、儒教的な名分論にかなうものといえる。

…俄ニ雷火落懸リ、入間河ノ在家三百余宇、堂舎・仏閣数十箇所、一時ニ灰燼ト成ニケリ。是ノミナラズ義興討レシ矢口ノ渡ニ、夜々光物出来テ往来ノ人ヲ悩シケル間、近隣ノ野人村老集テ、義興ノ亡霊ヲ一社ノ神ニ崇メツツ、新田大明神トテ、常盤堅盤ノ祭礼、今ニ不絶トゾ承ル。不思議ナリシ事共ナリ。

（巻三三・新田左兵衛佐義興自害事）

討たれた新田義興が御霊として祭られるところであり、御霊信仰の生成を語るものとして興味深い。そこには火と水が不可欠であり、両者を結びつけるのが雷なのである。『太平記』においては楠正成、新田義貞、義興などが「雷」の系譜を形作っている。

…鉄炮トテ鞠ノ勢ナル鉄丸ノ迸ル事下坂輪ノ如ク、霹靂スル事閃電光ノ如クナルヲ、一度ニ二三千投出シタルニ、日本兵多焼殺サレ、関櫓ニ火燃付テ、可打消隙モ無リケリ。（中略）風烈ク吹テ逆浪天ニ漲リ、雷鳴霆テ電光地ニ激烈ス。大山モ忽ニ崩レ、高天モ地ニ落ルカトヲビタタシ。異賊七万余艘ノ兵船共或ハ荒礒ノ岩ニ当テ、微塵ニ打砕カレ、或ハ逆巻浪ニ打返サレテ、一人モ不残失ニケリ。

（巻三九・自太元攻日本事）

蒙古襲来について記すところである。鉄炮によって危機に瀕するものの、神風と雷によって日本は外敵から守られたわけで、雷の一撃は神国として日本を誕生させる重要な出来事なのである。これを語る『太平記』は『日本書紀』以上に日本の枠組みを堅固にする正典となる。(8)『太平記』における「雷」は儒教的な名分論からも神話的な論理からも要請されているといってよい。『太平記』における正成の重要性があるとすれば、それは道真を受け継いでいる点にあろう。御霊となった道真は神話的論理と儒教的名分論をつないでいるが、道真の軍事的異本が正成なのである（梅に対して楠）。ところで、『方丈記』と違って『徒然草』には「雷」の一語が登場しない。兼好は「雷」の喚起する大仰なイメージを回避しているようにみえる。

3　和歌・物語と雷

では和歌において「雷」はどのように詠まれているのであろうか。三代集から掲げてみるが、その数はいたって少ない。

逢ふことは雲居はるかになる神のおとにききつつ恋ひわたるかな　（『古今集』四八二、貫之）
天の原踏みとどろかし鳴る神も思ふなかをばさくるものかは　（同七〇一、読人知らず）
鳴神の音にのみ聞く巻向の檜原の山を今日見つる哉　（『拾遺集』四九〇、人麿、万葉一〇九二番歌の異伝）
天雲の八重雲隠れ鳴る神の音にのみやは聞き渡るべき　（同六二八、人麿、万葉二六五八番歌の異伝）
鳴神のしばし動きて空くもり雨も降らなん君とまるべく　（同八二六、人麿、万葉二五一三番歌の異伝）

「雷」の和歌は『万葉集』に数首あるだけであり、それを受け止めているのは貫之ただ一人である（和歌の引用は新日本古典大系による）。和歌において「雷」とは何か。見るものというよりも音として聞くものであり（「音にのみ聞く」）、それゆえ見たくなるものである。また関係を引き裂くものであり（「なかをばさくるもの」）、それゆえ関係を強化したくなるものである。したがって、表象の問題と欲望の問題を提起しているといってもよい。『万葉集』巻七の譬喩歌に「天雲に近く光りて鳴る神し見れば恐し見ねば悲しも」とあるが（一三六九番）、雷は見ることにおいて矛盾した感情を引き起こしている。

『枕草子』をみてみよう。

…かきくらし雨降りて、雷いと恐しう鳴りたれば、ものもおぼえず、ただ恐しきに、御格子まゐりわたしまどひしほどに、このことも忘れぬ。（引用は角川文庫による、九五段）

「五月の御精進のほど」で始まる章段の一節である。清少納言は詠歌を要求されるが、雷の騒ぎですっかり忘れてしまう。雷の激しさは歌の表出を失念させるのである。『古今集』五四八番歌には「秋の田の穂の上をてらすいなづまの光の間にも我やわするる」とあるが（恋一・詠み人知らず）、電光と失念の危険性は密接に結びついている。

名恐ろしきもの、青淵。谷の洞。鰭板。鉄。土塊。雷は、名のみにもあらず、いみじう恐ろし。（一四八段）

表象やイメージ以上に、雷の実態は恐ろしいということであろう。二四九段には「せめて恐ろしきもの、夜鳴る神」とあり、二八一段には「神のいたう鳴るをりに、神鳴の陣こそ、いみじう恐ろしけれ」とある。(9) 二四三段「言葉なめげなるもの」に「雷鳴の陣の舎人」を挙げるのは、雷の激しさが言葉に伝染しているということかもしれない。「神いたく鳴り侍けるあしたに、宣耀殿の女御のもとに遣はしける」という詞書をもつ村上天皇の歌「君をのみ思やりつつ神よりも心の空になりし宵哉」（『拾遺集』一二四一）からは、女御を守ろうとする天皇の姿勢が伝わってくる。「雷壺に、人々集まりて、秋の夜惜しむ歌よみけるついでに、よめる」という詞書をもつ躬恒の歌「かく許をしと思夜をいたづらに寝であかすらむ人さへぞうき」（『古今集』一九〇）の場合は、むしろ緊張感の解けたゆったりした雰囲気を漂わせている。『伊勢物語』はどうか。

神さへいといみじう鳴り、雨もいたう降りければ、あばらなる蔵に、女をば奥におし入れて、男、弓、胡籙を負ひて戸口にをり。はや夜も明けなむと思ひつつゐたりけるに、鬼はや一口に食ひてけり。「あなや」と言ひけれど、神鳴るさわぎに、え聞かざりけり。やうやう夜も明けゆくに、見れば、率て来し女もなし。

（引用は角川文庫による、六段）

弓、胡籙を背負って戸口に立つ男は、宮中の「神鳴りの陣」であるかのように振舞っている。だが、雷のために女の声は男に届かない。盗み出した女は雷とともに消えてしまう。男は「白玉かなにぞ人の問ひし時露とこたへて消えなましものを」と詠んでいるが、女の消滅は露のようにゆっくりと消えるものではなく、雷の閃光のように一瞬にして消えるものだったといえる。雷と鬼は表象の不可能性において相同の関係が認められるのである。『蜻蛉日記』の作者が「いなづまのひかりだに来ぬ家がくれは軒ばの苗もの思ふらし」と詠むのは、自らを盗み出してくれる男を待っているからであろう（引用は日本古典集成）。

稲妻の歌は『古今集』五四八番歌を受けるものが多い。

いとかくて止みぬるよりはいなづまの光の間にも君を見てしが

（『後撰集』八八三、大輔）

秋の夜は山田の庵に稲妻の光のみこそもりあかしつれ

（『後拾遺集』三六八、伊勢大輔）

経にける年を数ふれば五の十になりにけり今行く末は稲妻の光のまにも定めなし…（『千載集』一一六〇、俊頼）

男性歌人のほうがより観念的といえるが、「世の中を何にたとへむ秋の田をほのかに照らすよひのいなづま」と詠む源順にとっては雷の瞬間性こそ世間の姿であり（『後拾遺集』一〇一三）、「此身雷のごとし」と題して「稲妻の照す程には入息の出るまつ間にかはらざりけり」と詠む公任にとっては自身の姿なのである（『公任集』三〇〇）。
『うつほ物語』で興味深いのは、雷の歌がいくつも出てくることである。

…ただ今食まむとする時に、大空かい暗がりて、車の輪のごとなる雨降り、雷鳴り閃きて、龍に乗れる童、黄金の札を阿修羅に取らせて上りぬ。（引用は室城秀之校注『うつほ物語　全』による、俊陰）

夕暮れに、稲光りのするを見て、
　稲妻の影をもよそには見るものを何に譬へむわが思ふ（同）

持てわづらひ給ふ程に、大空かき暗して、雨降り、雷鳴りて、この琴を巻き上げつ。（忠こそ）

兵部卿の宮より、夕立ちのいたうする折に、
　年経れどいとどつれなくなる神の響にさへや驚かぬ（祭の使）

…心細く思しつつ詣で給ふを、肘笠雨降り、神鳴り閃きて落ちかかりなむとする時に、右大将のぬし、三条の北の方・藤中将よりも、「あて宮に聞こえさしてやみなむずること」と思すに、涙とどまらず思ほさる。（菊の宴）

大空のだにあるものを。今日の御泔こそ。
　鳴る神も離くとは聞かぬ会ふ事を今日あらはるるかみは何ぞも（蔵開・中）

「さらずとも、いぬ宮と等しく教へ奉らむ」。「な弄じ給うそ」。「雷神にも打ち殺され奉らむ。まことぞとよ」。（楼の上・下）

雷の光と音は琴をめぐる神話的な挿話を活気づけているが、恋の挿話では無力のようである。求婚者たちを拒む

あて宮は「なるかみの響きにさへや驚かぬ君」とされる。そして神＝髪という掛詞にみられるように、雷は超自然的な場面から日常的な冗談事へと位置を転じ落下していくのである。『竹取物語』の大伴大納言は「竜は鳴る神の類にこそあれ…かぐや姫てふ大盗人の奴が、人を殺さむとするなりけり」と逆上して大笑いされるが、そこにも喜劇への転化を見出すことができる。

『源氏物語』において雷鳴は二度轟く。まず賢木巻、光源氏と朧月夜の密会が露見するところである。

雨にはかにおどろおどろしう降りて、雷いたう鳴りさわぐ暁に、殿の君達、宮司など立ちさわぎて、こなたかなたの人目しげく、女房どもも怖ぢまどひて近う集ひまゐるに、いとわりなく出でたまはん方なくて、明けはてぬ。（引用は新編日本古典文学全集による、賢木）

この「雷」の場面で重要なのは見つかるかどうかであり、いわば表象の問題である。『伊勢物語』六段を踏まえれば、厳重な警護のなか女を盗み出すサスペンスが漂ってくる。次は須磨巻、光源氏が暴風雨に会うところである。

海の面は、衾を張りたらむやうに光り満ちて、雷鳴りひらめく。落ちかかる心地して、からうじてたどりきて、「かかる目は、見ずもあるかな」「風などは、吹くも、気色づきてこそあれ。あさましうめづらかなり」とまどふに、なほやまず鳴りみちて、雨の脚、あたる所徹りぬべく、はらめき落つ。（須磨）

『源氏物語』において雷の場面が興味深いのは、光源氏を都から須磨へ、須磨から明石へと押し出すように機能している点である。そこにあって不可視のものとは何か。それは藤壺の存在である。藤壺との関係が断たれたからこそ光源氏は朧月夜のもとに向かい、それが発覚すると須磨に下向せざるをえなくなるからである。もう一つ不可視のものがあるとすれば、それは道真の存在であろう。光源氏は道真のように都から追放されるからである。「日本紀の御局」と呼ばれた紫式部が歴史の苛酷さを知らないはずがない。

紫式部に関しては琵琶湖の月を眺めながら須磨巻を書きはじめたという伝説があるが（『河海抄』）、水面に映る光が必ずしも優美とは限らない。『源氏物語』には、このように苛烈な水面も存在するからである。それはまさにテクストという白紙の強度であり、表象の可能性をことごとく廃棄するような強烈さを秘めているのではないか。とはいえ、雷をあまり具体的に描いてしまうと、滑稽な様相を帯びることにもなる（「ごほごほと鳴神よりもおどろおどろしく、踏みとどろかす唐臼の音も枕上とおぼゆる…」夕顔巻）。

『狭衣物語』の場合、その本文は揺れている。

げに、にはかに風あらあらしく吹て、空の気色も、「いかなるぞ」と見えわたたるに、神なりの、二度ばかり、いと高く鳴りて、言ひ知らず芳しき匂ひ、世の常の薫りにはあらず、さと薫り出でたるに、まことに、頭の髪逆さまになる心地して、物恐ろしきこと限りなし。（引用は内閣文庫本を底本にした日本古典文学大系による、巻三）

…げに風にはかに荒々しう吹きて、村雨おどろおどろしう降りたる空のけしき、いかなるぞとものむづかしきに、神殿の内三たびばかりいと高う鳴りて、言ひ知らずかうばしき匂ひ、世の常の薫りにはあらず、さとくゆり出でたるに、まことに頭の髪さかさまになる心地して、もの恐ろしきこと限りなし。（引用は流布本を底本とした日本古典集成による、巻三）

内閣文庫本には「神なり」とみえるが、流布本は「神殿」である。雷の表象としての不安定性に通じているかのようだが、『狭衣物語』で興味深いのは鳴動が薫りと結びついている点であろう。崇高や美といった観念を援用していえば、崇高の領域に踏み込まざるをえないのが神話や軍記であり、美の領域にとどまろうとするのが物語なのである。

ついでながら、御伽草子の『御曹司島わたり』もみておく。「嶋の王出る、其せいは十六丈、三十の角をふりたて、眼のひかり、いなづまのごとく、いかれるこゑは、いかづちのごとく…」。これは定型的な恐ろしい鬼のイメージといえる。

去程に、大りに、火の雨ふり、いかづちなり、くらやみに成りけれは、大王、しはらく念じみれは、こくうより、白紙の巻物、三巻ふりくだる

（引用は『室町時代物語大成』三による）

これは『平家物語』でみた鬼界が島に共通する、この世の果てのイメージである。御曹司は島から兵法の書を盗み出そうとするのだが、この白紙こそ表象の不可能性を示すものであろう。雷の超越性が表象できないように、兵法の絶対性も表象できないのである。

4　『今昔物語集』と雷

最後に『今昔物語集』における「雷」についてみていきたい。まず巻五第四は、竜王を閉じ込めた一角仙人のもとに女性が遣わされる話である。

聖人ノ云ク、「少シ触レバヒ申サムトナム思フ」ト、糸強々シ気ニ月無気ニ責メ云フニ、女、且ハ怖シキ者ノ

心不破ラジト思フ、且ハ角生テ疎マシケレド、国王態ト然カ可有シトテ遣タレバ、終ニ怖々聖人ノ云フ事ニ随ヒヌ。其ノ時ニ、諸ノ竜王喜ビヲ成シテ、水瓶ヲ蹴破テ空ニ昇ヌ。昇ヤ遅キト虚空陰リ塞ガリテ、雷電霹靂シテ大雨降ヌ。女可立隠キ方無ケレドモ可還キ様無ケレバ、怖シ乍ラ日来ヲ経ル程ニ、聖人此ノ女ニ心深ク染ニケリ。

（引用は新日本古典文学大系による、巻五第四話）

僧にとって女の肉体は魅惑的なものであるがゆえに表象不可能なものとなるだろうし、女にとっては僧の肉体が不気味なものであるがゆえに表象不可能なものとなるだろう。両者は「雷」の表象不可能性とみごとに共鳴しているのである。女に触れたとき喜悦をなすところをみると、一角仙人にとって竜王とは抑圧すべき性的なエネルギーを意味しているようだ。「世ノ中ニ雨ノ降レバカク道モ悪ク成テ倒ルル也…然レバ雨ヲ降ス事ハ竜王ノ為ル事也」とある通り、それはすでに一度、一角仙人に道を誤らせていたのである。したがって、これは二度目の雨であり、二度目の雷であろう。

巻十二第一は、神融聖人が雷を縛って塔を建てる話である。

而ルニ、其ノ国ニ住ム人有ケリ。専ニ心ヲ発シテ此ノ山ニ塔ヲ起タリ。供養セムト為ル間ニ、俄ニ雷電霹靂シテ此ノ塔ヲ蹴壊テ、雷空ニ昇ヌ。願主泣キ悲テ歎ク事無限シ。（中略）聖人塔ノ下ニ来リ居テ、一心ニ法花経ヲ誦ス。暫許有テ、空陰リ細ナル雨降テ雷電霹靂ス。願主此レヲ見テ、恐ヂ怖レテ、「此レ、前々ノ如ク塔ヲ可壊キ前相也」ト思テ、歎キ悲ム。聖人ハ誓ヒヲ発シテ、音ヲ挙テ法花経ヲ読奉ル。其ノ時ニ、年十五六許ナル童、空ヨリ聖人ノ前ニ堕タリ。

（巻十二第一）

最初、塔の建立は「雷」のために失敗するが、二度目には法華経の「音」で成功する。いわば音声の角逐であり、結果として雷鳴が遠ざけられる。ここで注目しておきたいのは、あたかも雷鳴が繰り返されるように、「雷」の挿話が反復される点である。『日本霊異記』第一話にも落雷の反復がみられたが、たった一回限りのカタストロフであるにもかかわらず必ず反復されるという点が「雷」の文学誌の特異性なのである（承久本『北野天神縁起』にも落雷場面は二度ある）。したがって、「雷電ノ音ヲ不成ジ」という誓いが守られるかは疑わしい。そうなれば「雷」の文学誌が途絶てしまうからである。

巻十三第三三は法華経を聴聞した竜が、自己を犠牲にして大雨を降らせる話だが、先にみた一角仙人の説話（巻五第四）と対比するべき説話であろう。いずれも勅命によって雨を降らせる話だからである。ただし、一角仙人の場合は女が派遣され、この説話の場合は僧が派遣されている。

然レバ、三日ノ雨ヲ可降シ。其ノ後、我レ必ズ被殺レナムトス。願クハ聖人我ガ死骸ヲ尋テ、埋テ、其ノ上ニ寺ヲ起テヨ。（中略）僧此ノ事ヲ聞テ歎キ悲ムト云ヘドモ、勅命ヲ恐ルルニ依テ、竜ノ遺言ヲ皆受テ、泣々ク竜ト別レヌ。（中略）竜ノ契シ日ニ成テ、俄ニ空陰リ雷電霹靂シテ、大ナル雨降ル事三日三夜也。然レバ、世ニ水満テ五穀豊カニ成ヌレバ、天下皆直テ、天皇感ジ給ヒ、大臣百官及ビ百姓、皆喜ブ事無限シ。其ノ後、聖人竜ノ遺言ニ依テ、西ノ山ノ峰ニ行テ見レバ、実ニ一ノ池有リ。其ノ水紅ノ色也。池ノ中ニ、竜ヲ断々ニ切テ置ケリ。其ノ血ノ池ニ満テ紅ノ色ニ見ユル也ケリ。（巻十三第三三）

叙述の上で「雷」の出来と竜の死は別々に描かれている。一方には喜悦があり、他方には悲哀がある。とはいえ、両者は一体のものである。光っては消え轟いては消える「雷」、その出現と同時に消滅せざるをえない竜、ここには二重の表象不可能性があるだろう。竜の死骸の上に寺が建てられることで、「寺」はかろうじて表象不可能なものの表象となるのである。

巻二十第十一は、洞窟に幽閉されていた竜が、僧の持ってきた水瓶の一滴に力を得て脱出する話である。

僧又喜テ、水瓶ヲ傾ケテ、竜ニ授クルニ、一滴許ノ水ヲ受ツ。竜喜テ、僧ニ教テ云ク、「努々怖ル事無シテ、目塞テ我レニ負レ可給シ。此恩更ニ世々ニモ難忘シ」ト云テ、竜忽ニ小童ノ形ト現ジテ、僧ヲ負テ、洞ヲ蹴破テ出ル間、雷電霹靂シテ、空陰リ雨降ル事甚ダ怪シ。僧身振ヒ肝迷テ、「怖シ」ト思フト云ヘドモ、竜ヲ睦ビ思フガ故ニ、念ジテ被負テ行ク程ニ、須臾ニ比叡ノ山ノ本ノ坊ニ至ヌ。僧ヲ延ニ置テ、竜ハ去ヌ。彼ノ房ノ人、雷電霹靂シテ房ニ懸ト思程ニ、俄ニ坊ノ辺暗ノ夜ノ如ク成ヌ。暫許有テ晴タルニ見バ、一夜俄ニ失ニシ僧、延ニ有リ。（巻二十第十一）

「目塞テ」、「暗ノ夜ノ如ク」というところに「雷」の表象不可能性がよく現れている。「実ニ此レ、竜ハ僧ノ徳ニ依テ命ヲ存シ、僧ハ竜ノ力ニ依テ山ニ返ル。此モ皆前生ノ機縁ナルベシ」と僧と竜の出会いが結論づけられるが、雷の閃光や轟きのように表象不可能な何かが「前生ノ機縁」であろう。ここで「雷電」が二度描かれている点にも注目しておきたい。一度目は僧一人の視点から捉えられ、二度目は僧坊の人たちの視点から捉えられている。

巻二二第七は、鷹狩りに出た藤原高藤が、雨宿りをした家の娘と契りを結び子供を授かる話である。

而ル間、年十五六歳許ノ程ニ、九月許ノ比、此ノ君鷹狩ニ出給ヒニケリ。南山階ト云フ所渚ノ山ノ程ヲ仕ヒ行キ給ケルニ、申時許ニ俄掻暗ガリテ霖降リ、大キニ風吹キ、雷電霹靂シケレバ、共ノ者共モ各ノ馳散テ行キ分レテ、「雨宿ヲセム」ト皆ナ向タル方ニ行ヌ。主ノ君ハ西ノ山辺ニ、「人ノ家ノ有ケル」ト見付テ、馬ヲ走セテ行ク。（中略）其ノ程、風吹キ雨降テ、雷電霹靂シテ、怖シキマデ荒レドモ、可返キ様無ケレバ、此テ御ス。（巻二二第七）

ここでも「雷電」は二度描かれるが、一度目は共の者どもの行動を呼び起こし、二度目は主人公の行動を呼び起こしているのである。雨宿りの家で主人公は「独リ寝タルガ怖シキ」と口にし、女と一夜の契りを結ぶ。主人公の親は「其ノママニ見エ不給ネバ」心配している。主人公は無事帰還したものの、共の者どもとは別行動をとったために雨宿りの家がどこにあったかわからない。独りの恐怖、危ぶまれた帰還、不可知の場所など、いずれも安定した表象を拒むものであり、表象の不可能性を示している。

高藤に雷神の面影を探ることさえできる。『世継』の類話によれば主人公の年齢は「二十ばかり」だが、ここでは「年十五六歳許」である。これは巻十二第一話の「年十五六歳許ナル童」であった雷神と重なっている。主人公が雨宿りの家に形見として置いていく「大刀」は雷神説話に不可欠の持物であろう（高藤の孫である朝成が怨霊になるのは偶然ではないのかもしれない）[10]。

この説話は「墓無カリシ鷹狩ノ雨宿ニ依テ、此ク微妙キ事モ有レバ、此レ皆前生ノ契ケリトナム語リ伝ヘタルトヤ」と結ばれているが、雷の閃光や轟きは表象不可能なものであり、だからこそ「前生ノ契」となる。

おわりに

こうして「雷」の文学誌を見てきたとき、『将門記』における「雷」はどのように位置づけることができるのであろうか。

「雷」は表象不可能なものと表象可能なものの接点にあるといってよい。もちろん「雷」の表象可能性を強調すれば、道真の存在が画期をなす。雷すなわち天神というイメージが確立するからである（『北野天神縁起』にみられる雷神のイメージが広く流通するようになる）。軍記はそうした雷のイメージを生かしつつ表象不可能な戦闘を表象化したきたのである（雷の崇高）。しかし、表象化された雷が喜劇的なものに変容することも確かである[11]（雷の喜劇）。緊張と弛緩といってもよいが、それを確認して締めくくりたい。藪医者が落下してきた雷神に針治療を施す、よく知られた狂言をみてみよう。

はあ、どこやら雷の鳴る音もする、さればこそ夕立がしてきた、雷もしきりに鳴るは、落ちはせまいか、くはばらくはばらくはばら、ひつかりひつかりひつかり（中略）はつしはつし、あ痛あ痛、やれやれ、痛ひは痛ひは、早ふ抜いてくれ抜いてくれ

（引用は新日本古典文学大系による、「針立雷」『続狂言記』巻一）

不可視の雷は恐怖の対象だが、表象化された雷は笑いの対象でしかないのである。前半では神鳴りが医者を怯えさせ（「ひっかりひっかり」）、後半では医者が神鳴りを怯えさせ（「はっしはっし」）、この反復と逆転が笑いを生み出す。医者はかつて雷神を調伏していた僧侶の後身であろう（人間の身体よりも雷神の身体のことをよく知っているので、針を使う医者は落下したまま天上に戻れなかった雷神のようにもみえる）。結末は「ひつかりひつかりひつかり、くはばらくはばらくはばら」と締めくくられるが、もはや威嚇と恐怖の言葉ではなく、ともに祝言の言葉になっている。

『大鏡』の占いの挿話はぜひとも引用する価値があるだろう。

権中納言を問ひ奉れば、「それもいとやむごとなくおはします。雷の相なむおはする」と申しければ、「雷はいかなるぞ」と問ふに、「一際はいと高く鳴れど、後遂げの無きなり。されば、御末いかがおはしのまさむと見えたり」。（中略）「雷は落ちぬれど、またも揚がるものを。星の隕ちて石となるにぞ譬ふべきや。それこそ、返り揚がる事なけれ」。（引用は日本古典集成による、巻五）

最初出世するけれども後の続かない伊周には「雷の相」があったとされる。[12] 落下した雷は滑稽な様相を呈するのである（悲劇的なものが天上に上昇するのに対して、喜劇的なものは地上にとどまる）。しかし、雷には再浮上のチャンスがあり、伊周はそれ以下だという。厳粛、滑稽、再生、雷をめぐってはそうした要素を確かめることができる。

注

（1）『万葉集』巻二、人麻呂の長歌には「御軍士をあどもひたまひ整ふる鼓の音は雷の声と聞くまで吹きなせる…」とあり（一九九）、『陸奥話記』は源義家について「雷奔風飛、神武命世」と記す。

（2）時代は下るが、御伽草子『俵藤太物語』をみると、興味深い細部が浮かび上がる。それは将門の表象不可能性であり（「いづれを将門と見分けたる者はなかりけり」）、鉄身としての将門である（「御身体悉く黄金なり」）。そんな将門も、龍神に庇護された俵藤太には勝てないのである（「電光石火のごとくにて、光と共に失せにけり」）。

（3）中野猛「雷神信仰」（『日本文学と仏教』八、岩波書店、一九九四年）は古代から近世に至る雷神信仰を取り上げ、基盤となった在地信仰について論じている。また佐谷真木人「日本古典文学の中の雷」（『雷文化論』慶応義塾大学出版会、二〇〇七年）は軍記物語を中心に雷の場面を取り上げ、御霊信仰との関連などを指摘している。いずれも示唆に富むが、本稿は「雷」を実態的な信仰によって根拠づけようとするものではない。むしろ不安定な表現のレヴェルにとどまって表象可能性と不可能性の問題を論じ、いわば散種状態、放電状態の「雷」を記述しようとするものである。雷神はまず王権に屈服し次に仏教に屈服したけれども水の神、農耕神としての性格は変わらないと中野論文は結論づけている。しかし、言葉としての「雷」は王権や仏教を揺るがし続けるようにみえる。

（4）養蚕の表象については、拙稿「養蚕説話の構造分析」（『沖縄国際大学日本語日本文学研究』七、二〇〇〇年）を参照されたい。

（5）戦いは表象不可能な領域に属しているといってもよい。たとえば相撲である。『古事談』巻六には「或時於塗籠ノ中ニ取合ケリ、板敷ノ鳴ヲトヲヒタタシクテ、雷ノ落ルヤウニ顛音シケレト、勝負ハ敢人不知」とみえる。

（6）悪源太雷化話については、日下力『平治物語の成立と展開』（汲古書院、一九九七年）を参照。金刀比羅本『平治物語』（古典大系）では雷死した者に美しい竜宮城が約束されているが、そうすることで悲惨さを救済するのであろう（同様の挿話は『長門本平家物語』巻一、『源平盛衰記』巻一一にもみられる）。なお、高橋昌明『酒呑童子の誕生』（中央公論社、一九九二年）は源頼光が雷公に重なることを指摘している。その養女が「稲妻は照らさぬよひもなかりけりいづらほのかに見えしかげろふ」という歌を詠んでいるのは興味深い（『新古今集』一三五三、相模）。

（7）『北野天神縁起』にみられる日蔵上人の地獄巡りとはイザナキに続く二度目の冥界訪問であり、そこに雷が充満しているのも当然なのである（絵巻における雷の火と地獄の火は明らかに照応している）。ところで、道真が天神とみなされるようになると、『菅家文草』『菅家後草』の「雷」をめぐる表現は事後的に特別な意味を帯びるのではないだろうか（「初疑碧落留飛雹」四番、「雷声在晦甚寛舒」五九番、「天下笑雷同」二三六番、「莫言墐戸不驚雷」二七八番、「疑雷撥夏雲」四一五番、「目見震雷之能作解」五七二番、「顛覆急於流電」六三一番、「其急急於電火」六三九番）。後世の偽作とされるが、『菅家遺誡』巻二には「凡震雷、有朝家者、左右之侍臣近席之侍女、以火炉之香煙、可供主上之尊耳也」とみえる。もっとも、「一気龍に変じ雲雷章を成す」と評されているのは空海の詩文のほうである（『性霊集』序）。平明な道真の詩文と違って、装飾的な空海の詩文はいわば雷同し震動しているのである（「譬如震霆発響、蟄蚑開封」『三教指帰』下）。『和漢朗詠集』に「雷」の部立がみられないのは、そこに収まりのつかない危険な主題だからであろう。

(8)『日本書紀』や『太平記』は知の基盤となり、いわばデータベースとして活用されるのである。なお、未来記の問題については小峯和明『「野馬台詩」の謎』(岩波書店、二〇〇三年)、『中世日本の予言書』(同、二〇〇七年)を参照。多数の未来記を含みもする『太平記』はそれ自体を未来記として読むことができるだろう。『太平記秘伝理尽鈔』の序には「夫太平記ハ異国本朝往昔ノ是非ヲ顕シテ後昆ノ戒メトセリ」とみえるが(平凡社東洋文庫)、過去を描いた『太平記』も現在未来に通じる「戒メ」を含むことで未来記となるからである。

(9)神鳴りの陣は印象深く記憶に刻みつけられるのであろう。『高倉院升遐記』には「なる神の音を聞きても雲井へと急ぎしことの忘られぬかな」という歌が記されている。また『中外抄』上・一一でも話題に出ている。

(10)「雲火」という楽器をもった朝成は、怨霊になる(『古事談』巻二、巻六)。

(11)崇高はいつも表象不可能性という危険に接している。いささか恣意的な引用になるが、用例を掲げておきたい。『文華秀麗集』一二四の詩句「石上に雲無くして鎮に雷を聴く」は瀑布を詠んだもので、崇高の定義に当てはまりそうだ。「電光影裏春風を斬る」(無学祖元「偈」)というのは雷の崇高性であり、「飽後睡魔駆れども去らず／鼾雷殷殷として枕凹に吼ゆ」(野村篁園)というのは雷の喜劇性であろう。なお「電光影裏春風を斬る」の詩句は『岷峨集』にもみえ、『空華集』には「聞雷戯作」と題された詩がある。

(12)「雷の相」の伊周に対して、道長は「虎の子の深き山の峰を渡る」相とされる。ちなみに『中外抄』上・七四には「雷するに恐れなき物は三つなり。人界には転輪聖王、獣には獅子、鳥には孔雀なり。雷と孔雀とは一つ物なり」とある。新古典大系脚注によれば舶来の孔雀は火事を引き起こし不吉なものとみなされたようだが、雷もまた外部からやって来るものといいえる。

Ⅱ　平家物語と日付の問題——叙事詩論

La date n'arrive qu' á s'effacer,
sa marque l'effacе a priori.
Jacques Derrida, *Schibboleth*.

本章では日付表現に着目することによって、『平家物語』の叙事詩としての特質を明らかにしてみたいと思う。結論を先取りしていえば、日付表現こそ『平家物語』に叙事詩的な性格を与えているのではないだろうか。日付の問題は名前の問題とともに『平家物語』において最も重要なものであろう。だが、『平家物語』について論じる前に、『日本書紀』の日付表現や『源氏物語』の日付表現についてみておくことにする。

一　日本書紀と日付——律令制の刻印

まず日本書紀の日付表現についてみていこう。日付表現がみられるのは神武紀に入ってからである。神武に至ってはじめて年齢表現がみられるという点も興味深い（「年十五にして…」「年四十五歳に及びて…」）。「神代」には時間表現がみられなかったが、『日本書紀』は神武紀とともに時間の世界に入るのである。

是年、太歳甲寅。其年冬十月丁巳朔辛酉、天皇親師諸皇子舟師東征。至速吸之門。
十有一月丙戌朔甲午、天皇至筑紫国岡水門。
十有二月丙辰朔壬午、至安芸国、居于埃宮。
（引用は日本古典文学大系による、神武紀）

日付表現は神武東征とともに始まる。つまり時間による分節は支配と不可分である。あるいは時間は制度と不可分だといってもよい。神武に征服された者たちは「時間」という制度に従わざるをえない。

六月乙未朔丁巳、軍至名草邑。則誅名草戸畔者。
秋八月甲午朔乙未、天皇使徴兄猾及弟猾者。
九月甲子朔戊辰、天皇陟彼兎田高倉山巓、瞻望域中。
十有一月癸亥朔己巳、軍師大挙、将攻磯城彦。
十有二月癸巳朔丙申、皇師遂撃長髄彦。
（神武紀）

こうした記事をみると、時間という権力を握った者がその力によって世界を支配していくようにみえる。実際、『日本書紀』の書記者はまさにいま時間という権力を握っており、世界をその秩序のなかに平定しようとしているのである。(1)

年号が始まるのは孝徳紀に入ってからである。

乙卯、天皇・々祖母尊・皇太子、於大槻樹之下、召集群臣、盟曰。改天豊財重日足姫天皇四年、為大化元年。

（神武紀）

割注によれば「君は二つの政無く、臣は朝に貳心あること無し」と誓っているのだが、制度の強化とともに時間は制定されるのである。八月には東国の国司等に対して「今よく人に制の始たることを見さむ」と詔している。大化二年の正月には「改新之詔」を宣言している。三月には「旧俗、一に皆悉に断めよ」と詔している。三年には「七色の一十三階の冠を制る」。四年二月には「冠十九階を制る」。さらに同月の条には「八省・百官を置かしむ」とある。『日本書紀』の書記者は確実に時間という制度を強固なものにしている。

『日本書紀』における日付表現でもっとも注目されるのはいわゆる壬申紀であろう。(2) そこでは日付表現が軍記物語のような緊迫感を形作っている。

四年冬十月庚辰、天皇臥病、以痛之甚矣。

壬午、入吉野宮。（中略）発未、至吉野而居之。

十二月、天命開別天皇崩。

（天武紀・上）

十月から十二月にかけては太陽が最も弱まる時期だが、天皇の生命も弱まっている。そんな中で大海人皇子が迅速な動きをみせる。「虎に翼を着けて放てり」と評されるように、生命力が漲っているのは大海人皇子のほうなのである。天智天皇が崩御するやいなや、皇子が「天皇」と呼ばれることになる。

六月辛酉朔壬午、詔村国連男依・和珥部臣君手・身毛君広曰、今聞、近江朝庭之臣等、為朕謀害。（中略）朕今発路。

（天武紀・上）

いまや「天皇」と呼ばれるにふさわしいのは大海人皇子のほうなのである。したがって、日付表現は大海人皇子の側を指示することになる。

甲申、将入東。
丙戌、旦、於朝明郡迹太川辺、望拝天照太神。
秋七月庚寅朔辛卯、天皇遣紀臣阿閉麻呂・多臣品治・三輪君子首・置始連菟、率数万衆、自伊勢大山、越之向倭。
丙申、男依等、與近江軍、戦息長横河破之。
壬寅、男依等戦于安河浜大破。
丙午、討栗太軍追之。

（天武紀・上）

いわば日付表現によって時間を味方に付けた側が次々に相手を撃破していくのである。そして、瀬田の橋合戦に至る。

辛亥、男依等到瀬田。時大友皇子及群臣等、共営於橋西、而大成陣。不見其後。旗幟蔽野、埃塵連天。鉦鼓之声、聞数十里。列弩乱発、矢下如雨。其将智尊率精兵、以先鋒距之。仍切断橋中、須容三丈、置一長板。設有蹋板度者、乃引板将堕。是以、不得進襲。

（天武紀・上）

『後漢書』光武帝紀の一節「旗幟蔽野、埃塵連天。鉦鼓之声、聞数百里…積弩乱発、矢下如雨」を踏まえることが指摘されているが（古典大系頭注）、漢文というシニフィアンにからめ取られることなしには内容を表せないのである。いずれにしても、このあたりは軍記物語に近づいているといってよい。「是に、大友皇子、走げて入らむ所無し。乃ち還りて山前に隠れて、自ら縊れぬ」と続くが、大友皇子は時間を味方に付けることができなかったがゆえに敗北したようにみえる。大海人皇子は以上の一連の経過を経て時間の支配を確実なものにしていく。

八月庚申朔甲申、命高市皇子、宣近江群臣犯状。（中略）九月己丑朔丙申、車駕還宿伊勢桑名。丁酉、宿鈴鹿。戊戌、宿阿閉。己亥、宿名張。庚子、詣于倭京、而御嶋宮。発卯、自嶋宮移岡本宮。是歳、営宮室於岡本宮南。即冬、遷以居焉。是謂飛鳥浄御原宮。（天武紀・上）

緊迫した戦いに勝利した今、ここ記される日付表現には時間を支配する者の余裕さえ感じられるのである。振り返って考えれば、すべては大海人皇子の勝利から始まるといえる。神武東征にみられた時間による分節と支配も、大化の改新にみられた時間の制度的な確立もすべては天武天皇の事績を事後的に投影したものにすぎないからである。日付表現によって示される時間は単に空虚な形式でしかない。年代記という『日本書紀』の空虚な形式に内実を与えていたのは実は壬申の乱という戦争だったのである。

とはいえ、『日本書紀』においては依然として内容よりも形式が優位にあると考えられる。『日本書紀』が国家としての体裁を整えるための記録にしかみえないのも事実だからである。空虚な形式としての日本紀は克服されなければならない。その試みの一つが『源氏物語』だったのではないだろうか(3)。

二　源氏物語と日付——日付の消去

『源氏物語』蛍巻の物語論に出てくる「日本紀などはただかたそばぞかし」という言葉はよく知られている。

「骨なくも聞こえおとしてけるかな。神代より世にあることを記しおきけるななり。日本記などはただかたそばぞかし。これらにこそ道々しくくはしき事はあらめ」とて笑ひたまふ。

（引用は新編日本古典文学全集による、蛍）

物語を貶めていた光源氏は、一転して日本紀を批判している。では、日本紀に欠けているのは何であろうか。それは「見るにも飽かず、聞くにもあまること」である。

その人のうへとてありのままに言ひ出づる事こそなけれ、よきもあしきも、世に経る人のありさまの、見るにも飽かず聞くにもあまることを、後の世にも言ひ伝へさせまほしきふしぶしを心に籠めがたくて言ひおきはじめたるなり。

（蛍）

年代記の形をとる日本紀は、要するに形式的な羅列にすぎない。日本紀には「心に籠めがた」き内容が欠けているのである。制度はあっても情動が欠けているといってもよい。日本紀の形式的な羅列を避けるためにはどうすればよいのか。そのためには日付表現をできるだけ消し去らなければならない。日付の消去、それが『源氏物語』の方法であろう(4)。

いづれの御時にか、女御更衣あまたさぶらひたまひける中に、いとやむごとなき際にはあらぬが、すぐれて時めきたまふありけり。（桐壺）

『源氏物語』の冒頭部分だが、年号月日は消し去られている（と同時に、名前が消し去られている）。中国文明から借り受けるのは制度的形式としての時間表記ではなく、情動的内容としての長恨歌である（「楊貴妃の例も引き出でつべくなりゆく…」）。年を表すのは国家の時間ではなく、主人公の年齢である。

この皇子三つになりたまふ年、御袴着のこと、一の宮の奉りしに劣らず、内蔵寮、納殿の物を尽くしていみじうせさせたまふ。それにつけても世の譏りのみ多かれど（中略）その年の夏、御息所はかなき心地にわづらひて、まかでなむとしたまふを、暇さらにゆるさせたまはず。（桐壺）

光源氏の袴着の場面だが、それは公的な儀式にはとどまらない。まわりの情動的な反応がまとわりつくからである。しかも主人公の成長は母親の死と引き換えであるかのように語られるのである。月日の経過を表すのは国家の時間ではなく、作中人物の意識である。

はかなく日ごろ過ぎて、後のわざなどにもこまかにとぶらはせたまふ。（桐壺）

ここでは「はかなく」とともに時間が推移している。時間は作中人物の意識と不可分なのである。

野分だちて、にはかに肌寒き夕暮のほど、常よりも思し出づること多くて靫負命婦といふを遣はす。（桐壺）

年月にそへて、御息所の御事を思し忘するるをりなし。（同）

ここでは思い出とともに時間が存在している。亡くなった桐壺更衣についての意識が時間を刻んでいるといってもよい。

この君の御童姿、いと変へまうく思せど、十二にて御元服したまふ。（桐壺）

「十二にて御元服したまふ」という公的な事態よりも、「御童姿いと変へまうく思せど」という私的な意識のほうが優先されるのが、『源氏物語』の世界なのである。さらにいくつかの巻の冒頭部分をみてみよう。

朱雀院の帝、ありし行幸の後、そのころほひより例ならずなやみわたらせたまふ。（若菜上巻）

年月日が記されることはない。時間の推移を示しているのは病まいの意識である。

光隠れたまひにし後、かの御影にたちつぎたまふべき人、そこらの御末々にありがたかりけり。（匂宮）

年月日が記されることはない。時間の推移を示しているのは亡くなった主人公についての意識である。

そのころ、世に数まへられたまはぬ古宮おはしけり。（橋姫）

そのころ、横川になにがし僧都とかいひて、いと尊き人住みけり。（手習）

『源氏物語』においては日付表現とともに名前までが消去されているのである。(5) 固有名の存在しない情動的世界、それが『源氏物語』の世界である（あるいは光源氏というただ一つの固有名しかもたない世界といってもよい）。だが逆に『平家物語』では日付表現とともに名前が強調されるだろう。次はその点について検討してみたい。

三　平家物語と日付——叙事詩の誕生

1　シニフィアンとしての日付

『平家物語』で興味深いのは、人物によって時間との関係がそれぞれ異なっているという点である。日付にもっとも近い立場にいるのは天皇である。天皇が代わるとき日付の表記も活発になる。

さる程に、永万元年の春の比より、主上御不豫の御事と聞えさせ給しが、夏のはじめになりしかば、事の外に重らせ給ふ。（中略）同六月廿五日、俄に親王の宣旨下されて、やがて其夜受禅ありしかば、天下なにとなうあわてたるさま也。其時の有職の人々申あはれけるは、本朝に童躰の例を尋ぬれば、清和天皇九歳にして、文徳天皇の御禅をうけさせ給ふ。（中略）鳥羽院五歳、近衛院三歳にて、践祚あり。かれをこそ、いつかなりと申しに、是は二歳にならせ給ふ。先例なし。物さわがしともおろかなり。さる程に同七月廿七日、上皇つひに崩御なりぬ。（引用は新日本古典文学大系による　巻一・額打論）

仁安三年三月廿日、新帝大極殿にして御即位あり。此君の位につかせ給ぬるは、いよいよ平家の栄花とぞ見えし。（巻一・東宮立）

さるほどにことしも暮ぬ。あくれば嘉応三年正月五日、主上御元服あッて、同十三日、朝覲の行幸ありけり。（巻一・鹿谷）

国家の時間は律令に定められた儀礼によって分節されるが、天皇はいわば時間と一体である（天体の運行が時間を作り出しているといっても、それは国家に従属している）[6]。侍や僧は、そうした国家の時間に登録される存在ということになる。

巻一には平家の台頭する様子が記されているが、それは国家の時間に平家が同調していく過程にほかならない。「おごれる人も久しからず」「たけき者も遂にはほろびぬ」という一般的な命題を記すことで始まった『平家物語』は、「天承元年三月十三日」という日付とともに時間的な世界に入るが、その日付は重要である。それを契機として平家が台頭していくからである。

しかるを忠盛備前守たりし時、鳥羽院の御願、得長寿院を造進して、三十三間の堂を建て、一千一体の御仏をすゑ奉る。供養は天承元年三月十三日なり。（中略）上皇御感のあまりに、内の昇殿をゆるさる。忠盛三十六にて始て昇殿す。雲の上人是を猜み、同き年の十二月廿三日、五節豊明の節会の夜、忠盛を闇打にせむとぞ擬せられける。（巻一・殿上闇打）

「天承元年三月十三日」という得長寿院供養の日付は決定的な日付なのである。それを起点として日付は平家の嫡男、清盛の昇進を刻み付けていく。

かくて忠盛、刑部卿になッて、仁平三年正月十五日、歳五十八にて失せにき。清盛嫡男たるによッて其跡をつぐ。保元元年七月に、宇治の左府代を乱り給し時、安芸の守とて、御方にて勲功ありしかば、播磨守に移ッて、同三年太宰大弐になる。次に平治元年十二月、信頼卿が謀叛の時、御方にて賊徒を討ちたひらげ、「勲功一にあらず、恩賞是おもかるべし」とて、次の年正三位に叙せられ、うちつづき、宰相、衛府督、検非違使別当、中納言、大納言に経あがッて、剰へ宰相の位にいたり、左右を経ずして内大臣より太政大臣従一位にあがる。

（巻一・鱸）

巻一には大衆の狼藉する様子も記されているが、それは国家の時間に大衆が逆らう過程にほかならない。「賀茂河の水、双六の賽、山法師。是ぞわが心にかなはぬもの」という白河院の有名な言葉にみられる通り、国家といえども自然と偶然と宗教を完璧に飼い慣らすことはできないのである。

安元三年四月十三日辰の一点に、十禅師・客人・八王子、三社の神輿、賁り奉て、陣頭へ振奉る。（中略）是によッて、源平両家の大将軍、四方の陣頭をかためて、大衆をふせぐべき由仰せ下さる。

（巻一・御輿振）

日付が示しているのは神輿が振られる一点であり、まさに事件の先端である。大衆が神輿を振り上げて突入する、それを防ぐのが武者の役割である。戦闘が始まる。すでに見たように国家の時間は儀礼的で形式的なものにすぎない。時間という形式を充当するのは実は戦闘という内容なのである。したがって、日付はシニフィアンであり戦闘はシニフィエとなる。

夕におよんで、蔵人左少弁兼光に仰せて、殿上にて俄に公卿僉議あり。保安四年七月に神輿入洛の時は、座主に仰て赤山の社へいれ奉る。又保延四年四月に神輿入洛の時は、祇園別当に仰て祇園の社へいれ奉る。今度は保延の例たるべしとて…

（巻一・内裏炎上）

「保安四年七月に神輿入洛の時」、「保延四年四月に神輿入洛の時」とあるように、日付はそれぞれの事件のシニフィアンなのである。そして巻一は次のように閉じられる。

大極殿は、清和天皇の御宇、貞観十八年に始而焼けたりければ、同十九年正月三日、陽成院の御即位は、豊楽院にてぞありける。元慶元年四月九日、事始あッて、同二年十月八日にぞつくり出されたりける。後冷泉院の御宇、天喜五年二月廿六日、又焼けにけり。治暦四年八月十四日、事始ありしかども、作りも出されずして、後冷泉院崩御なりぬ。後三条院の御宇、延久四年四月十五日作り出して、文人詩を奉り、伶人楽を奏して遷幸なし奉る。今は世末になッて、国の力も衰へたれば、其後は遂につくられず。

（巻一・内裏炎上）

内裏炎上の先例が列挙されている。確かに時間は国家によって打ち立てられたものである。しかし、そうした時間のなかに国家の消滅もまた登録される可能性がある。自らが打ち立てた時間によって滅ぼされること、そこに時間の残酷さがあるといえるだろう。時間を支配することは誰にもできないからである。栄華の絶頂にあった平家は時間を支配したかにみえる。しかし、平家は時間に裏切られ、孤立し、滅亡するのである。そこに『平家物語』の悲劇性がある。

ところで、日付からもっとも遠い立場にいるのは女たちである。『平家物語』の女たちは無時間的な境位にいる。

たとへば其比、都に聞えたる白拍子の上手、祇王・祇女とておとといあり。とぢといふ白拍子がむすめなり。（巻一・祇王）

かくて三年と申に、又都に聞えたる白拍子の上手一人出で来たり。加賀国の者なり。名をば仏とぞ申ける。（同）

「たとへば其比」とあるように日付が明示されているわけではない。「かくて三年と申すに」という表現も、「かくて清盛公、仁安三年十一月十一日、年五十一にて、病にをかされ、存命の為に忽ちに出家入道す」という日付とは異質のものであろう。この後「かくて今年も暮れぬ。あくる春の比」、「かくて春過ぎ夏闌けぬ。秋の初風吹きぬれば」と時間の経過が示されるが、いずれも年代記の上に明示できない時間である。

清盛の寵愛を受けていた祇王、祇女は、仏御前が現れると見捨てられる。しかし、仏御前にも同じ仕打ちが待っているだろう。その意味で、時間は循環しているのである（祇王は「いづれか秋にあはではつべき」と歌に詠み、仏御前は「いつかわが身のうへならん」と不安を感じている）。そして、この挿話は次のように閉じられる。

…四人一所にこもりゐて、あさゆふ仏前に花香をそなへ、余念なくねがひければ、遅速こそありけれ、四人のあまども、皆往生の素懐をとげけるとぞ聞えし。されば後白河の法皇の長講堂の過去帳にも、「祇王・祇女・

仏・とぢらが尊霊」と、四人一所に入られけり。あはれなりし事どもなり。

（巻一・祇王）

過去帳には当然、死亡年月日が記されていたのであろうが、ここには記されていない。もちろん「遅速こそありけれ」とあるように四人同時に往生したわけではない。しかし、それぞれの死期が日付によって明示されていないので、あたかも四人同時に往生したかのような印象を与えるのである。母と子という世代差も消し去られて、四人はあたかも一体であるかのようだ。『平家物語』の女たちは無時間的な性格をもっているといえる。

固有な日付が消し去られるように、女たちの名前も決して固有名ではありえない。祇王、祇女の名前は神祇に由来するもので、仏御前と対になっている。その意味で、祇王、祇女も仏御前も普通名詞のような呼称である。「いざ我等もついて見む」と誰もがその名前をたやすく模倣しているが、むしろ匿名的な名前なのである。

小督の段もみてみよう。

「まことやらん、小督は嵯峨のへんに、かた折戸とかやしたる内にありと申もののあるぞとよ。あるじが名をば知らずとも、尋てまゐらせなんや」と仰せければ、「あるじが名をば知り候はでは、争かたづねまゐらせ候べき」と申せば、「まことにも」とて、竜顔より御涙を流させたまふ。

（巻六・小督）

「主の名」がなければ女性は特定されない。「主の名」があってはじめて女性は個体化されるのである。そして葵前や小督の無時間的な挿話が終わると、年代記的な時間が押し寄せてくる。

法皇はうちつづき御歎きのみぞしげかりける。去る永万には、第一の御子二条院崩御なりぬ。安元二年の七月には、御孫六条院かくれさせ給ぬ。天に住まば比翼の鳥、地に住まば連理の枝とならんと、漢河の星をさして、御契あさからざりし建春門院、秋の霧にをかされて、朝の露と消えさせ給ひぬ。（中略）治承四年五月には、第二の皇子高倉宮討たれさせ給ひぬ。

（巻六・小督）

男性が亡くなった日付は厳密に示されるのだが、女性が亡くなった日付は示されることなく曖昧なままである。男たちは年代記的＝律令制的な時間に登録される存在であり、女たちは年代記的＝律令制的な時間から逃げ去る存在といえる（男たちが主体たりうるのは、日付というシニフィアンの連鎖に巻き込まれることによってである）。巴にしても男たちの固有名の世界からは排除されてしまう。

木曾殿、「おのれはとうとう、女なれば、いづちへもゆけ。我は打死せんと思ふなり。もし人手にかからば、自害をせんずれば、木曾殿の最後のいくさに、女を具せられたりけりなど、言はれん事もしかるべからず」とのたまひけれ…

（巻九・木曾最期）

登録されるのは固有名をもった男だけであり、固有名をもたない女は登録されないのである（男と女を分割しているのは固有名である）。先帝身投の段もみてみよう。

女房達、「中納言殿、いくさはいかにや、いかに」と口々にとひ給へば、「めづらしきあづま男をこそ御らんぜられ候はんずらめ」とて、からからとわらひ給へば、「なんでうのただいまのたはぶれぞや」とて、声々にをめきさけび給ひけり。

（巻十一・先帝身投）

戦闘は男たちだけにかかわるものである。戦闘の状況を心配する女たちに知盛が冗談を口にしてはぐらかすのもそのためであろう。

『平家物語』における男性原理と女性原理について考えるとき、灌頂巻はきわめて興味深い。

かぎりある御事なれば、建久二年きさらぎの中旬に、一期遂にをはらせ給ひぬ。（中略）此女房達は、むかしの草のゆかりもかれはてて、よるかたもなき身なれ共、をりをりの御仏事営給ふぞあはれなる。遂に彼人々は竜女が正覚の跡を追ひ、韋提希夫人の如に、みな往生の素懐をとげけるとぞ聞えし。（灌頂巻・女院死去）

建礼門院が亡くなったのは「建久二年きさらぎの中旬」である。国母ということで年号が付されているのであろうが、二月ではなく「きさらぎ」であり、特定の日ではなく「中旬」と曖昧に記されている。まわりにいた女房たちも往生したとあるが、名前やそれぞれの亡くなった日付は記されていない。ここでも『平家物語』の女たちは匿名性と集団性を特徴としているのである。『平家物語』の最後に位置づけられる潅頂巻は漢文脈と和文脈、男性原理と女性原理を結びつける巻といえるだろう。

時間の観点からみたとき、俊寛の挿話は興味深い。流罪となった俊寛は国家の時間からは外れたところにいる。

さる程に、法勝寺の執行俊寛僧都、平判官康頼、この少将相ぐして、三人薩摩潟鬼界が島へぞ流されける。彼島は都を出てはるばると、浪路をしのいで行所也。おぼろけにては舟も通はず、島にも人まれなり。（巻二・大納言死去）

都から遠ざかることは、暦から遠ざかることであったといえる。俊寛は「此島へながされ後は、暦もなければ、月日のかはり行くをも知らず。ただおのづから花の散り、葉の落つるを見て、春秋をわきまへ、蝉の声麦秋を送れば、夏と思ひ、雪のつもるを冬と知る。白月、黒月のかはり行くをみて、三十日をわきまへ、指を折てかぞふれば、今年は六つになると思ひつるをさなき者も、はや先立ちけるごさんなれ」と語っている。暦のない世界で俊寛がなんとか時間を知ろうとしたのは子供のためであった。しかし子供が死んでしまった以上、もはや時間を知る必要はない。妻子を失ったがゆえに、俊寛は無時間的な世界に埋没していくのである。それに対して、島からの帰還を許された康頼や成経は暦の世界に復帰することになる。

明れば治承三年正月下旬に、丹波少将成経・平判官康頼、肥前国鹿瀬庄をたッて、都へと急がれけれ共、余寒猶はげしく、海上もいたく荒れければ、浦づたひ、島づたひして、きさらぎ十日比にぞ、備前児島に着給ふ。（中略）「人の形見には、手跡に過たる物ぞなき。書おき給はずは、いかでかこれを見るべき」とて、康頼入道と二人、ようではなき、ないてはよむ。「安元三年七月廿日、出家、同廿六日信俊下向」とかかれたり。

（巻三・少将都帰）

成経と康頼が感涙にむせんでいるのはまさに日付の世界に帰ってきたからなのである。

石母田正は『平家物語』（岩波新書、一九五七年）のなかで「平家の合戦記が文学の歴史にもたらした最大の功績は、それが集団の行動を描く手法を発見したことにある」と述べているが、『平家物語』が集団の行動を描けたのは「日付」によるのではないだろうか。日付というシニフィアンが様々な存在を繋留していたからである。石母田は「内乱は、地方々々の孤立した事件を一点に集中してゆくとともに、平穏の時代には互に無関係な諸階級の人間を同じ事件の発展のるつぼのなかに投げこんでしまう」とも述べているが、それこそ日付の役割であったといえる。シニフィアンとしての日付は「地方々の孤立した事件を一点に集中してゆく」とともに、「互に無関係な諸階級の人間を同じ事件の発展のるつぼのなかに投げこんでしまう」からである。(7) 説話集と『平家物語』の相違も日付の問題として考えることができる。『今昔物語集』などは「今は昔」と始まるのであって、『平家物語』のように「一点に集中してゆく」日付をもたないのである。

2　日付と名前

『平家物語』において日付の効果とともに重要なのは名前の効果である。公卿揃、源氏揃、大衆揃、朝敵揃など揃い物の段には名前が列挙されている。また平家山門連署の段には嘆願する平家一門の署名がなされているし、一門都落の段には都落ちしていく平家一門の名前が列挙されている。

落行平家は誰々ぞ。前内大臣宗盛公・平大納言時忠・平中納言教盛・新中納言知盛・修理大夫経盛…
（巻七・一門都落）

『平家物語』の男たちは決まって名乗っている（それに対して、女は名乗らない）。

あぶみふんばり立ちあがり、大音声をあげて名のりけるは、「昔は聞きけん物を、木曾の冠者、今は見るらん、左馬頭兼伊予守朝日の将軍源義仲ぞや。甲斐の一条次郎とこそ聞け。たがひによいかたきぞ。義仲討ッて兵衛佐に見せよ」とて、をめいてかく。
（巻九・木曾最期）

義仲が名乗っているのは最期の場面においてである。その意味で、名前の固有性は時間の固有性と不可分なのである。(8) 義仲が「日来はなにともおぼえぬ鎧が、けふはおもうなたるぞや」と口にしているように「今日」の時間が際立つ（鎧はその持ち主の状況を指し示すシニフィアンである）。そして「木曾殿は只一騎、粟津の松原へかけ給ふが、正月二一日、入相ばかりの事なるに、うす氷ははたりけり、ふか田ありとも知らずして、馬をざとうち入れたれば、馬の頭も見えざりけり。あふれどもあふれども、うてどもうてどもはたらかず」と続く。鎧から深田へと義仲はまさに重苦しさのなかに埋没していくのだが、振り向いた瞬間に射抜かれる。その瞬間に日付は固有性を獲得するといえるだろう（その瞬間に知と無知が分節され、事後的に「ふか田ありとも知らず」という無知が明らかになる）。

日付も名前も固有名だが、『平家物語』が進行していくのはそうした固有名の効果によってなのである。盛俊最期の段も同様である。

…太刀のさきにつらぬき、たかくさしあげ、大音声をあげて、「この日来鬼神と聞えつる平家の侍、越中前司盛俊をば、猪股の小平六則綱が討ッたるぞや」と名のッて、其日の高名の一の筆にぞ付にける。

（巻九・越中前司最期）

この一節からわかるように、名前も日付もともに登録されるものである。登録されなければ何の意味ももちえないのである。また名前が後から判明する場合もある。

忠教とかかれたりけるにこそ、薩摩守とは知りてンげれ。太刀のさきにつらぬき、たかくさしあげ、大音声をあげて、「この日来、平家の御方に聞えさせ給ひつる薩摩守殿をば、岡部の六野太忠純が討ちたてまッたるぞや」と名のりければ…
（巻九・忠教最期）

忠教最期の段だが、岡部が名乗るのは討ち取った相手の正体が明らかになってからである。相手の正体がわからなければ岡部は名乗らなかったかもしれない。名前が判明することによってはじめて事態が変化している（忠教都落の段はまさに固有名をめぐる挿話だったといえる）。

後に聞けば、修理大夫経盛の子息に大夫篤盛とて、生年十七にぞなられける。それよりしてこそ熊谷が発心の思ひはすすみけれ。
（巻九・敦盛最期）

敦盛最期の段だが、熊谷が出家するのは討ちとった相手の正体が明らかになってからである。相手の正体がわからなければ熊谷も出家しなかったかもしれない（二人の争いはいわば固有名をめぐる戦いであり、二人が争っていた波打ち際は固有名の戦いの場であったといえる）。名前が判明することによってはじめて事態は変化する。その意味で『平家物語』を動かしているのは名前の効果なのである。維盛入水の場面もみてみよう。

三位中将維盛、法名浄円、生年廿七歳、寿永三年三月廿八日、那知の奥にて入水すと書つけて、又奥へぞこぎ出給ふ。
（巻十・維盛入水）

この一節からもわかるように、名前と日付はしばしば緊密に結びつく。そして、名前と日付が結びついたとき事件が構成されるのである。嗣信最期の場面もみてみよう。

源平の御合戦に、奥州の佐藤三郎兵衛嗣信と言ひける者、讃岐国八島のいそにて、主の御命にかはりたてまッて、討たれにけりと、末代の物語に申されむ事こそ、弓矢とる身には、今生の面目、冥途の思出にて候へと申もあへず…

（巻十一・嗣信最期）

この一節からもわかるように、名前の効果が後々にまで残ることが『平家物語』の男たちの名誉なのである。したがって、固有名が消えるときは男たちの危機となる。

落書どもおほかりけり。都の大将軍をば、宗盛といひ、討手の大将をば権亮といふ間、平家をひら屋によみなして、

ひらやなる宗盛いかにさわぐらんはしらとたのむすけをおとして

（巻五・五節之沙汰）

宗盛という名前が和歌のなかに消え入ろうとしているが、これは宗盛が武将として失格だということをよく示している。平家が「ひら屋」に読み換えられるとき、平家は武家ではなく貴族に近づくのである。猫間や鼓判官の段もみてみよう。

郎等ども、「猫間殿の見参にいり、申べき事ありとて入らせ給ひて候」と申しければ、木曽大にわらッて、「猫は人に見参するか」。

（巻八・猫間）

天下にすぐれたる鼓の上手でありければ、時の人、鼓判官とぞ申ける。木曽、対面して、先御返事をば申さで、「抑わとのを鼓判官と言ふは、よろづの人にうたれたうたか、はられたうたか」とぞとうたりける。

義仲は猫間という固有名をわざと普通名詞とみなしてからかい、鼓判官という通称をわざと曲解してからかうのである。では、清盛の場合はどうか。

夜なきすただもりたてよ末の代にきよくさかふることもこそあれ
さてこそ清盛とはなのられけれ。（巻六・祇園女御）

和歌のなかから清盛という名前が立ち現れてくるが、これは清盛が高貴な女性から生れたことをよく示している。白河院は「女子ならば朕が子にせん。男子ならば忠盛が子にして、弓矢とる身にしたてよ」と語っていたが、女子であればそのまま仮名のなかに埋もれてしまったであろう。男子だからこそ漢字の名前をもつにいたったわけである（男と女を分割するのは文字の役割である）。こうして清盛という固有名が成立する。

ところで、事件はそうした固有名と切り離せない。橋合戦や宇治川先陣の場面をみてみよう。

大音声をあげて名のりけるは、「日ごろはおとにもききつらむ、いまは目にも見給へ。三井寺にはそのかくれなし、堂衆のなかに、筒井の浄妙明秀といふ、一人当千の兵物ぞや。われと思はむ人々はよりあへや、見参せむ」とて、廿四さいたる矢を、さしつめひきつめさんざんに射る。（巻四・橋合戦）
佐々木、あぶみふンばり立ちあがり、大音声をあげて名のりけるは、「宇多天皇より九代の後胤、佐々木秀義が四男、佐々木四郎高綱、宇治河の先陣ぞや。われと思はん人々は、高綱にくめや」とてをめいてかく。

単に名前を口にすれば、どんな名前でも残るわけではない。事件と不可分になったときはじめて、名前は固有なものとなるのである。

（巻九・宇治川先陣）

つらぬきぬいではだしになり、橋のゆきげたを、さらさらさらとはしりわたる。

（巻四・橋合戦）

宇治河はやしといへども、一文字にざッとわたいて、むかへの岸にうちあがる。

（巻九・宇治川先陣）

通行不可能なところを渡ること、あるいは先端を切り開くこと、これが事件というものであろう（事件は不意の間隙で起こる）。それがあることによって浄妙明秀や佐々木高綱の名前は残る。一二之懸、二度之懸の段でもそうだが、誰もが先陣をめざして名乗る。なぜなら、事件の先端だけが登録されるからである（「日記をひらいて御覧ずれば、宇治河の先陣佐々木四郎高綱、二陣梶原源太景季とこそ書かれたれ」）。したがって、固有名はその持ち主に帰属しているのではない。持ち主がどんなに努力しようと固有名にならない場合もあるだろう。固有名はむしろ事件に属している。固有名は個人の所有物ではない。ある主体を表象しているのではなく、ある出来事と一体である。その意味では、集団的なものだといえる(9)。

鵺の段に注目してみたい。怪物を射止めなかったならば頼政は死なざるをえないだろうし（「これを射そんずる物ならば、世にあるべしとは思はざりけり」）、怪物を射止めたならば頼政はもはや以前の頼政ではないだろう。これはやり直しのきかない一回限りの事件である。「一の矢に変化の物を射そんずる物ならば、二の矢には雅頼の弁の、しや頚の骨を射んとなり」という強い決意は恐怖すら与える。怪物を射止める瞬間、頼政自身が異形の怪物となるといってもよい（頼政から怪物への生成変化）。事件は決まって何らかの生成変化を含んでいるが、それは頼政という固有名と不可分なのである。

那須与一の段にも注目してみたい。扇を射落とさなかったならば与一は死なざるをえないだろうし（「これを射損ずる物ならば、弓きり折り自害して、人に二たび面をむかふべからず」）、扇を射落としたならば与一はもはや以前の与一ではないだろう。これはやり直しのきかない一回限りの事件である。「与一鏑をとてつがひ、よぴいてひやうどはなつ。小兵といふぢやう十二束三伏、弓は強し、浦ひびく程長鳴して、あやまたず扇のかなめぎは一寸ばかりおいて、ひふつとぞ射きたる」と記されているが、矢が放たれるとき与一は後に消えて矢だけが残る。扇を射落とす瞬間、与一は矢そのものになるといってもよい（与一から矢への生成変化）。事件は決まって何らかの生成変化を含んでいる。怪物を射止めた頼政は敗北し、扇を射落とした与一は勝利するというように『平家物語』における頼政の挿話と与一の挿話は正反対の意味をもつが、いずれにしても事件は固有名とともにある。事件が固有名を産出するといってもよいし、固有名が事件を産出するといってもよい。事件と固有名には不可分な関係がある。それが『平家物語』の意味するところであろう。

したがって、『平家物語』を鎮魂の演劇として民俗学的に読むことは必ずしも正しくない。それは『平家物語』を匿名的な農耕儀礼に還元すること（あるいは出来事を構造に還元すること）であって、戦士の固有名の効果を見失うことだからである。『平家物語』を民俗学的に読んだとき、叙事詩的な日付と名前の効果は消えてしまうのである。

事件の一回性という観点からみたとき、嗄声の段には興味深い一節がある。

…大納言拍子とッて、「信乃にあんなる木曾路川」といふ今様を、是は見給ひたりしあひだ、「信乃に有し木曾

路川」とうたはれけるぞ、時にとっての高名なる。（巻六・嗄声）

嗄声の段には天に響く不気味な嗄声とこの美声の対比がみられるが、ここで注目してみたいのは「信濃にありし木曾路川」という替え歌である。「あんなる」から「ありし」への変更には単に個人的な体験が刻印されているのではないだろう。むしろ、集団的な事件が刻印されていると考えるべきである。「高名」になるのはそのためである。しかも、「木曾路川」はこれから出来する木曾義仲という事件＝固有名を刻印している。個人的な体験があれば必ず事件が出現するというわけではない。固有名がなければ体験は事件にならない。

「あんなる」から「ありし」へ、この決定的な移行こそが『平家物語』の真の主題であるように思われる。それは単に個人的な体験の一回性ではない。むしろ事件の一回性であり固有名の一回性である。義仲は「昔は聞きけん物を、木曾の冠者、今は見るらん、左馬頭兼伊予守朝日の将軍源義仲ぞや」と名乗っていたが、「昔は聞きけん」から「今は見るらん」への移行といってもよい。そこにも事件＝固有名の一回性が鋭く露呈している。『平家物語』がすばらしいのは単に事実や体験にもとづいた作品だからではない。日付や名前など固有名の反復によって情動を産出しているから『平家物語』はすばらしいのである。重要なのは個人的な事実や体験ではなく、集団的な事件や情動である（知盛の「見るべき程の事は見つ」という名高い言葉も決して個人的なものではないだろう）。

3　日付のパラドクス

『平家物語』は年代記的に進行していく。たとえば巻三は「年さり年来て、治承も四年になりにけり」と締め括られ、巻四は「治承四年正月一日、鳥羽殿には、相国もゆるさず、法皇もおそれさせましましければ、元日元三の間参入する人もなし」と始まっている。巻五は「あさましかりつる年も暮れ、治承も五年になりにけり」と締め括られ、巻六は「治承五年正月一日、内裏には東国の兵革、南都の火災によて、朝拝とどめられ、主上出御もなし」と始まっている。巻八は「あぶらながらとし暮れて、寿永も三年になりにけり」と締め括られ、巻九は「寿永三年正月一日、院の御所は大膳大夫業忠が宿所、六条西洞院なれば、御所のていしかるべからずとて、礼儀おこなはるべきにあらねば、拝礼もなし」と始まっている。巻十は「只国のつひえ、民のわづらひのみあて、今年もすでに暮れにけり」と締め括られる。

石母田正は『平家物語』の年代記的形式について論じる際、次のように述べている。

「寿永二年七月二五日に、平家都を落ち果てぬ」というこれ以上簡潔にしようもない文章のなかには、ほかの年でもなく、ほかの月でも日でもあってはならないところのこの日という意味がふくまれている。

（『平家物語』第三章）

石母田は日付の一回性を指摘しているが、こうした日付の一回性ないし固有性はどのようにして生み出されるのであろうか。それは「平家都落ち果てぬ」という内容と不可分だと思われる。都からの逃亡という事態こそが、日付に一回的な性格を付与しているのである。あるいは都からの追放といってもよい。平家は場所を失う。場所を失った平家は時間を失うに等しいだろう。以後の平家には以前と同じ時間が訪れないからである。時間は矢のごとく進む筈である。日付は日々、過ぎ去り、忘れ去られる。だが、ある決定的な変容や断絶とともに一回的で固有なものとなる。日付が固有性を獲得するためには、ひとたび消去されることが決定的に重要なのである。これは日付のパラドクスとでもいうべきものであろう。名虎の段には「天に二つの日なし。国に二人の王なし」という言葉が出てくるが、そうした原理の厳密さと苛酷さが日付の一回性に対応している。

『平家物語』において日付が意味をもつのは実はたった一つの消去に関係しているのではないか。それは次の一文に要約される。

それよりしてこそ、平家の子孫はながくたえにけれ。

（巻十二・六代被斬）

平家は断絶する、したがってもはや同じ時間はありえない。だからこそ日付が一回的で固有な性格をもつことになる。意味の逆流といってもよいが、この結末から遡ってはじめて『平家物語』の日付は意味をもつのである。平家がいつまでも存続すれば『平家物語』の日付は全く何の意味ももたないはずである。『平家物語』は将門と平家を区別して「百官をなしたりしには、暦の博士ぞなかりける。これはそれには似るべからず」（三草勢揃）と記すが、『将門記』に欠けていたのは厳密で苛酷な日付の論理である。

それにしても、「平家の子孫はながくたえにけれ」とは奇妙な表現ではないだろうか。[10]「たえにけれ」とは一回限りの事件である。しかし、それが「ながく」と語られる。一回限りの事件が永続的な物語として語り継がれる、この点に『平家物語』の逆説的な特質があるといえるかもしれない。それは断絶でありながら、持続するからである。こうした事態もまた消去されることで定着される日付のパラドクスと関連しているように思われる。

哲学者ジャック・デリダは、ある詩人論のなかで次のように述べている。[11]

日付とは、ただ己れを消去することによってのみ到来＝生来するものであり、その刻印がそれをアプリオリに消去しているのである。

（『シボレート』Ⅵ）

日付は日々、自らの固有性を消し去られるだけである。しかし、自らの固有性を消去することによって逆に固有な「日付」にもなりうるのである。こうした日付のパラドクスは名前に関しても指摘できるだろう。名前の持ち主もまた死ぬことによってしか固有性を獲得できないからである（死は最大の生成変化である）。確かに名前は固有であるようにみえる。しかし誰もが名前をもっている以上、それはいささかも固有ではない。では、名前が真に固有になるためにはどうすればよいのか。そのためには死ぬしかない。名前の持ち主が死ぬことによってはじめて名前は固有となるのである。

「いざうれ、さらばおのれら、死途の山のともせよ」とて、生年廿六にて海へつッとぞ入り給ふ。（巻十一・能登殿最期）

新中納言、「見るべき程の事は見つ。いまは自害せん」とて、（中略）海へぞ入りにける。（巻十一・内侍所都入）

教盛と知盛は自ら死を選択することで名前を後に残す。それは消え去ることによって後に残る日付のパラドクスをそのまま実現しているようにみえる。「見るべき程の事は見つ」という言葉は様々な内容を指示するシニフィアンとしての日付の役割にみごとに対応している（運命が露呈するのはパラドクスとともにである）。ところで、『平家物語』における炎上とは何か。それは固有名の産出である。建物は炎上することによってはじめて固有なものとなるからである。清水寺炎上、内裏炎上、善光寺炎上、三井寺炎上、奈良炎上と炎上は反復されるが、それは固有名の反復にほかならない。そして炎上は「身の内のあつき事、火をたくが如し」と記される清盛において最高の強度となる。「王法つきんとては、仏法まづ亡ずと言へり。さればにや…平家の末になりぬる先表やらん」（善光寺炎上）、「かかる天下の乱、国土のさわぎ、ただ事ともおぼえず。平家の世末になりぬる先表やらん」

（三井寺炎上）と語られるように、炎上は清盛の死につながっていくからである。清盛の熱死とは固有名の最高の強度なのである。[12] 烽火之沙汰の段に「この后、一たびゑめば、百の媚ありけり。幽王うれしき事にして、其事となう、常に烽火をあげ給ふ」と語られる「后の火」のように『平家物語』の火は何度も燃え上がり、そのたびに強度を増している。

おわりに――叙事詩とは何か

『日本書紀』、『源氏物語』、『平家物語』における日付の問題についてそれぞれみてきたが、最後に叙事詩とは何かまとめてみよう。これまで叙事詩はもっぱら民族や国民の創生という観点から定義されてきたように思われる。しかし、ここでは民族や国民という用語を使用することなく叙事詩を定義してみたい。なぜなら、民族や国民こそ逆に叙事詩によって作り出されるものだからである。ここで着目するのは日付と名前という形式的な特徴だが、その際、年代記と叙事詩を区別しておくとわかりやすいだろう。日付と名前の羅列によって進行するものをとりあえず年代記と呼ぶことにする（たとえば『日本書紀』、『吾妻鏡』）。それに対して、日付と名前によって進行する年代記が情動性を獲得したものが叙事詩である。『平家物語』の分析を通して、ここでは叙事詩をそのように定義しておきたいと思う。『平家物語』においては日付と名前の力学によって情動的なものが喚起されていたからである（その情動は時に崇高であり、時に卑俗である）。小林秀雄は『平家物語』について「一種の哀調は、この作の叙事詩としての驚くべき純粋さからくるのであって、仏教思想というようなものからくるのではない」と述べているが（「平家物語」『無常という事』一九四二年）、それは日付と名前の効果によってもたらされるのではないか。「叙事詩としての驚くべき純粋さ」とは日付と名前が形作る出来事の属性である。[13] 石母田正は『うつほ物語』を貴族社会の叙事詩として捉えようとしたが（「宇津保物語についての覚書――貴族社会の叙事詩としての」『戦後歴史学の思想』法政大学出版局、一九七七年）、「昔…男子一人持たり」「昔…一世の源氏おはしましけり」と始まる『うつほ物語』は日付をもたず、物語でしかない。その点では『栄花物語』のほうが貴族社会の叙事詩と呼ぶにふさわしいのかもしれない。しかし、『栄花物語』は日付や名前の効果をむしろ消そうとしている（『栄花物語』に頻出するのは、日付も名前も消し去った「はかなくて、年も返りぬ」という表現である）。

『平家物語』には多数の先例が出てくるが、そうした先例主義は日付と名前の力学にもとづいているといえる。たとえば大地震の段をみてみよう。

昔、文徳天皇の御宇、斉衡三年八日の大地振には、東大寺の仏の御ぐしを振り落したりけるとかや。又天慶二年四月五日の大地振には、主上御殿をさッて、常寧殿の前に五丈の帳屋をたてて、ましましけるとぞうけ給はる。其は上代の事なれば申に及ばず。今度の事は、是より後もたぐひあるべしともおぼえず。（巻十二・大地震）

日付と名前によって構成されるのが事件であり、『平家物語』ではそうした事件がたえず参照されているのである。

『平家物語』には多数の書状が出てくるが、そうした書状主義も日付と名前の力学にもとづいているといえる。たとえば腰越の段をみてみよう。

源義経恐ながら申上候意趣者、御代官の其一に撰ばれ、勅宣の御使として、朝敵をかたむけ、会稽の恥辱をすすぐ。（中略）義経恐皇謹言。

元暦二年六月五日　　　　源義経　　　（巻十一・腰越）

日付と名前によって署名されるのが手紙であり、『平家物語』ではそうした手紙が数多く収録されているのである。

ところで、『源氏物語』と『平家物語』はきわめて特徴的な二つの表現形式といえる。『源氏物語』は日付や名前など固有名を消し去ることで情動的な世界を出現させる。それに対して、『平家物語』は日付や名前など固有名を強調することで情動的な世界を出現させるのである。ここから、和文と和漢混淆文の差異について考えることもできるだろう。漢字のもつ外部性を消去しようとする和文は、日付や名前など固有名も消し去ろうとする。しかし、すべての固有名を消去できるわけではない。どうしても消去できないものが残る、それが最小限度の日付や名前である。日付とは和文からはみ出してしまうもの、和文化しきれない残余である。そこにシニフィアンとしての日付の効果がある（外部からもたらされた漢字はシニフィアンとして機能するのである）。そうした日付や名前の効果を組織化したものが和漢混淆文ということになる。

周知のように『平家物語』は琵琶法師によって語られたものである。永積安明『中世文学の可能性』（岩波書店、一九七七年）は当道要集の一節を引用して「彼らの語りが単に内乱の昔語りを客叙するだけでなく、自ら事件の中に踏みこんで、その中で格闘する人間のドラマを再体験する、きわめて主体的な語りを志向していたこと」を指摘しているが、そこには想像の共同体が出現していたといえる。しかし、そうした共同体を可能にしたのは想像の共有というよりもシニフィアンの効果だったのではないか。日付や名前というシニフィアンの効果があるからこそ、そのまわりに語りの空間が生み出されるだろう。そこでは難解な漢語など理解できないものも語られることで理解可能なものになっていく。その結果、自らの声を聞いているかのように錯覚する語りの共同体が出現するわけである。それは自らの声に導かれて死に誘われる死の共同体であるかもしれない。だが繰り返していえば、自らの声を聞く語りの共同体や自らの死を覚悟する死の共同体が生み出されるのは、日付と名前の力学によってであったのである。(14)

注

（1）古代の文学における時間の問題については永藤靖『古代日本文学と時間意識』（未来社、一九七九年）や真木悠介『時間の比較社会学』（岩波書店、一九八一年）を参照。

（2）壬申紀の諸問題については西郷信綱『壬申紀を読む』（平凡社選書、一九九三年）を参照。

（3）『源氏物語』は『日本書紀』に対する一つのレスポンスだが、『平家物語』もまた『日本書紀』に対する別のレスポンスとみることができる。『日本書紀』に形式の優位があり、『源氏物語』に内容の優位があるとすれば、『平家物語』にあるのは形式と内容の一致であろう。形式と内容の一致から語りの共同体が創出され、民族ないし国民なるものが誕生するのである。石母田正は『平家物語』が語り物である点を重視して「従来の如く狭い貴族社会のためのみでなく、それをも包含した広汎な読者と聴衆のために創作されるということは文学にとって決定的な転換をなした」と指摘し、「国民文学」と規定している（『中世的世界の形成』岩波文庫、初出一九四六年）。それに対して、『日本書紀』は語られることがない、講読されるのみである。

（4）『源氏物語』における日付表現の問題については清水好子『源氏物語論』（塙選書、一九六六年）を参照。ところで、柳田国男が固有名詞に対して反発したことはよく知られている。「巫女考」には「僻見かも知らぬが自分は事々しい固有名詞を信ずるだけの勇気がない」という一節があるが（『柳田国男全集』一一、ちくま文庫、初出一九一三年）、柳田が構想していたのは固有名も事件もない歴史ということになるだろう。

（5）『伊勢物語』の章段の多くは「昔、男ありけり」と始まっている。主人公は「男」としか呼ばれていない。東下りの話が『今昔物語集』にも収められるが、そちらでは「今昔、在原業平中将ト云人有ケリ」となっている（巻二四第三五話）。匿名的なものが固有名に置き換えられるとき、物語は説話となるのである。物語と説話の相違は明らかである。

（6）国家が安定しているとき、天体の運行は国家に従属し埋没しているが、国家が揺らぎ出すとき、天体の動きは露出する。たとえば巻三冒頭部分には「彗星東方にいづ。蚩尤気とも申す。又赤気とも申す。十八日光をます」とあるし、平家が滅亡するとき天体の動きに呼応して潮流は平家に味方しない。木下順二『子午線の祀り』（河出書房新社、一九七九年）の感動はまさに天体の動きが露出する点にある。「月をこそながめなれしか星の夜の深きあはれをこよひ知りぬる」と詠んだ建礼門院右京大夫の「星の夜」もそこに通じるものであろう。

（7）ジェルジ・ルカーチはその小説論で「大叙事文学は生の外延的な総体性を形象化し、ドラマは本質性の内包的な総体性を形象化する」と述べているが（『小説の理論』原田義人、佐々木基一訳、ちくま学芸文庫、原著一九一五年）、叙事の外延性は日付によって提示されるのである。なお、石母田の『平家物語』論を再検討したものに山下宏明「叙事詩論の課題」（『軍記物語の方法』有精堂、一九八三年）や佐倉由泰「『平家物語』の年代記性の考察――巻第六最終部の叙述の検討を中心に」（『文芸研究』一一八、一九八八年）がある。叙事詩論は研究史的にはすでに下火だが、「叙事詩」という死語を蘇らせたいというのが本稿の意図である。

（8）座主流の段には興味深い一節がある。「伝教大師、未来の座主の名字を、兼ねて記しおかれたり。我名のある所まで見て、それより奥をば見ず、もとのごとくにまき返しおかるる習なり」。ここでも重要なのは名前であり、そして時間である。『平家物語』において時間とは巻き物のごときものだといえる。名前が順番に記されたもの、それが『平家物語』の時間秩序なのである（未来記に決まって古人の名前が冠されている点も注目される）。『平家物語』には顕の世界と冥の世界があると指摘されたりするが（生形貴重『平家物語の基層と構造』近代文芸社、一九七九年）、冥の世界とは固有名が生み出す可能世界のことであろう。

（9）出来事が非人称的で前個体的であることについてはジル・ドゥルーズ『意味の論理学』（岡田弘、宇波彰訳、法政大学出版局、一九八七年）の第二一セリーを参照。小林秀雄の言葉を借りていえば、出来事は無私である。またドゥルーズ／ガタリ『千のプラトー』（宇野邦一、小沢秋広、田中敏彦、豊崎光一、宮林寛、守中高明訳、河出書房新社、一九九四年）の第四プラトーでは日付の重要性が指摘されている。日付は歴史であると同時に、生成なのである。

（10）この一句は諸本で多少の異同がある。冨倉徳次郎『平家物語全注釈』下二（角川書店、一九六八年）を参照。

（11）ジャック・デリダ『シボレート』（飯吉光夫、小林康夫、守中高明訳、岩波書店、一九九〇年）。

（12）清盛の死以上に、義仲の死、義経の死には悲劇性が強く感じられる。梶原景時は逆櫓をめぐって「片趣なるをば、猪のしし武者とて、よきにはせず」と義経のことを批判しているが、単純で直線的な「猪武者」たるところに義経の魅力と悲劇性があるといえるだろう。「猪武者」であるがゆえに、義経は戦いに勝利し、また敗北していくからである。叙事詩とはそうした直進性によって特徴づけられるものかもしれない。義仲もまた単純で直線的である。「大勢の中にとりこめて、我うとらんとぞすすみける…そこをやぶてゆくほどに、土肥の二郎実平二千余騎でささへたり。其をもやぶてゆくほどに、あそこでは四五百騎、ここでは二三百騎、百四五十騎、百騎ばかりが中をかけわりかけわりゆく」。大勢の輪に取り囲まれながら、義仲は直線的にそこを突破していくのである。義仲が敗北するのは直線的に進むのをやめたときである。義仲と乳母子の間には同性愛にも似た感情が漂っているが（巴はここから排除されている）、最愛の対象を振り返ってしまったとき義仲に死が訪れるのである。「今井がゆくゑのおぼつかなさに、ふりあふぎ給へる内甲を、三浦石田の次郎為久おかかてよぴいてひやうふつと射る」。ここには義仲の愛するがゆえの弱さが例外的に露呈している。乳母子である今井四郎兼平が「太刀のさきを口にふくみ、馬よりさかさまにとび落ち、つらぬかてぞうせにける」という壮絶な死を遂げるのは義仲の直線的な動きに殉じるためであろう。

（13）川田順造「叙事詩と年代記」（『口頭伝承論』河出書房新社、一九九二年）は叙事詩をもっぱら語られるものとして捉えているが、本稿の視点はそれとは異なる。またアリストテレスの視点から叙事詩について考える立場もあるが（たとえば小川正広「西洋叙事詩論の観点から見た『平家物語』」『平家物語　批評と文化史』汲古書院、一九九八年）、本稿の視点はそれとも異なる。したがって、叙事詩などという借り物の概念にこだわる必要はないと反論されるかもしれない。しかし、本稿ではあえて「叙事詩」という語を使用しておきたい。シニフィアンとして機能させるためである（軍記物語において中国の故事はそうした位置を占めている）。兵藤裕己『平家物語』（ちくま新書、一九九八年）は「年代記的な時間は、平家物語の時空のあやうさをきわだたせるしかけのレベルでしか機能しない」と否定的に述べている。「元号で表示される時間は、その陰画として不可避的に王権にまつわる疎外の構図を内在させてしまう。王朝の歴史が持続する向こう側には、王朝からの敗北者・疎外者たちの昔が抑圧されつつ、しかしつねにこちら側に無言の威圧をあたえながら実在している」という点を重視するからである。だが、そうした疎外や抑圧を反作用として生じさせるのもまた日付の役割だと思われる。安藤淑江「半井本『保元物語』における崇徳院の暦日付からの疎外について」（『軍記と語り物』二八、一九九二年）は崇徳院が日付から疎外されていることを論じていて、興味深い。

(14) 永積安明「『平家物語』と『太平記』——口誦文学の可能性」（『中世文学の可能性』前掲）が引いている当道要集の一節を掲げておく。「平家物語は我朝の史記、真俗清規とも申侍れハ、文讃に均くして諸人の耳にとゞくやうに語るへし。返々尊く殊勝なる所をは我れ随喜の思をなし、（中略）軍場ハ我も合戦の思をなし、哀なる処をは我も袖をうるほし、狂言綺語の所をは我も其身になつて、似せつかハしく語りなせるを以て上手とす」（史籍集覧二七）。こうした語りによって生み出される想像の共同体は、「矢の放たれた瞬間は考慮や批判を超越する。その批評はその瞬間に成立した血の体系だけが描くのである」といった決断主義を介したとき、容易に死の共同体に転化することになる（保田與重郎「木曽冠者」『保田与重郎選集』二、講談社、初出一九三七年）。口承の語りにこそ真実があるとするロマン主義的＝音声中心主義的な発想は批判されるべきであろう。なお、松尾葦江「語りとは何か」（『軍記物語論究』若草書房、一九九六年）は語りの問題を批判的に検証している。

補論　シニフィアンとしての馬

『平家物語』における馬の役割は何であろうか。興味深いのは馬もまた固有名をもつことである（「いけずき・する墨といふ名馬あり」巻九）。召し使われるという点で馬と侍と同じ存在なのだが、馬のほうが侍の位置を顕著に指し示す。たとえば主君の馬が与えられるかどうかで、主君に思われているかどうかがわかる。馬は主君の欲望を知らせるシニフィアンとして機能するのである。所望の馬に佐々木が乗っていることを知った景季は「やすからぬ物なり。同じやうに召しつかはるる景季を佐々木におぼしめしかへられけるこそ遺恨なれ」と恨むのはそのためである。「いけずき」の活躍と佐々木の活躍は一体だが、馬というシニフィアンが佐々木というシニフィエをもつといってもよい（「いけずきといふ世一の馬には乗たりけり、宇治河はやしといへども、一文字にざとわたいて、むかへの岸にうちあがる」とあるように、馬は鮮やかな一文字を記す）。老馬の段には次のような教えが語られている(1)。

「…深山にまよひたらん時は、老馬に手綱をうちかけて、さきに追ッたててゆけ。かならず道へ出づるぞとこそをしえ候ひしか」。御曹司、「やさしうも申したる物かな。雪は野原をうづめども、老たる馬ぞ道は知るといふためしあり」とて…（巻九・老馬）

つまり、馬とは侍を導くシニフィアンなのである。また坂落の段には次のように記されている。

御曹司、城廓はるかに見わたいておはしけるが、「馬ども落いてみむ」とて、鞍おき馬を追落す。或は足をうちをッてころんで落つ。或は相違なく落ちてゆくもあり。（中略）御曹司是を見て、「馬どもは、ぬしぬしが心得て落さうには損ずまじいぞ。くは落せ。義経を手本にせよ」とて、まづ三十騎ばかり、まッさきかけて落されけり。大勢みなつづいて落す。（巻九・坂落）

ここでも馬が侍の導き役となっているのである（「大夫黒」というこの馬は後に嗣信のために贈与される）。「井上黒」という馬も主人を救っている。「新中納言に預けられたりしを、中納言あまりに此馬を秘蔵して、馬のいのりのためにとて、毎月ついたちごとに泰山府君をぞまつられける。其ゆゑにや、馬の命ものび、ぬしの命をもたすけけるこそめでたけれ」とあるように、馬のおかげで主人は助かるのである（知章最期）。燕丹の帰還を決定するのも馬にほかならない（咸陽宮）。

平家打倒が企てられたのも馬のせいだといえる。

「あッぱれ馬や。馬はまことによい馬でありけり。されどもあまりに主がをしみつるがにくきに、やがて主が名のりを、金焼にせよ」とて、仲綱といふ金焼をして、むまやにたてられけり。（巻四・競）

馬はシニフィアンとしての役割を担っており、馬に加えられた恥辱はそのまま主人に対する恥辱となるのである。「馬ゆゑ仲綱が、天下のわらはれぐさとならんずるこそやすからね」と仲綱の父である頼政は憤っており、謀反を起こすに至る。

大将急ぎいでて見たまへば、「昔は煖廷、今は平の宗盛入道」といふ金焼をぞしたりける。大将（中略）をどりあがりをどりあがりいかられけれども、煖廷が尾髪もおひず、金焼も又うせざりけり。（巻四・競）

頼政の家来である競は、馬を盗み出して仕返しをするが、名前を刻印された馬はシニフィアンとしていつまでも残り続けるのである。橋合戦の段の冒頭には「宮は宇治と寺とのあひだにて、六度までおん落馬ありけり」とあるが、主人の状況を指し示していて印象的である。

次に早馬の役割をみてみよう。

同九月二日、相模国の住人、大庭三郎景親、福原へ早馬をもッて申しけるは、「去八月十七日、伊豆国流人右兵衛佐頼朝、しうと北条四郎時政をつかはして、伊豆の目代和泉判官兼高を、山木が館で夜討に討ち候ぬ（中略）」とこそ申たれ。（巻五・早馬）

同三月十日、美乃目代都へ早馬をもッて申けるは、「東国源氏ども、すでに尾張国まで攻めのぼり、道をふさぎ人を通さぬよし」申したりければ、やがて打手をさしつかはす。（巻六・祇園女御）

ここから明らかなように、馬は日付と名前によって構成された事件の内容をもたらすシニフィアンなのである。物怪之沙汰の段には大庭三郎景親の献上した馬の尾に鼠が巣くっていたことが語られており、水原一はその点に着目して景親の早馬に不吉な馬蹄音を聞き取っているが、その読みは鋭い(2)。

馬の状態が持ち主の状況を指し示すこともある。一二之懸の段には「平家の馬は乗る事はしげく、かふ事はまれなり。舟にはひさしうたてたり、よりきたる様なりけり」とあるが、疲れきった馬はそのまま疲弊した平家の状況にほかならない。千手前の段には「つひには項羽たたかひまけてほろびける時、騅といふ馬の、一日に千里をとぶに乗て、虞氏と云后と共に逃さらんとしけるに、馬いかが思ひけん、足をととのへてはたらかず」とあるが、動かなくなった馬はそのまま運の尽きた項羽の状況にほかならない。義仲が滑稽なさまはシニフィアンによって示される。

されども車にこがみ乗んぬ。鎧とッて着、矢かき負ひ、弓もて馬に乗ッたるには、似も似ずわろかりけり。牛車は、八島の大臣殿の牛車なり。牛飼もそなりけり。（巻八・猫間）

牛車に乗る義仲は滑稽そのものであって、馬に乗る姿こそ義仲にふさわしい。義仲の滑稽さは間違ったシニフィアンから浮かび上がってくるわけである。富士川の合戦における「人の馬にはわれ乗り、わが馬をば人に乗らる。或はつないだる馬に乗てはすれば、くひをめぐる事かぎりなし」という混乱ぶりも興味深い。ところで、『平家物語』における源氏の馬と平家の舟の対比は注目される。水島合戦の段をみてみよう。

同閏十月一日、水島がとに小船一艘出できたり。あま人舟、釣舟かと見る程に、さはなくして、平家方より朝の使舟なりけり。是を見て、源氏の舟五百余艘ほしあげたるを、をめきさけむでおろしけり。（巻八・水島合戦）

単に釣舟が浮かんでいるのであれば、日付は付与されないであろう。平家の舟であるからこそ日付が付与されるのであり、戦闘が始まるのである。平家のシニフィアンは馬ではなく舟である。内侍所都入の段には「主もなきむなしき舟は、塩にひかれ、風に従て、いづくをさすともなくゆられゆくこそ悲しけれ」とあるが、漂う舟は滅亡した平家の姿をもっともよく示している。とすれば、大地震の段の次の一節は注目されるだろう。

汀こぐ船はなみにゆられ、陸ゆく駒は足のたてどを失へり。（巻十二・大地震）

シニフィアンとしての舟や馬を大きく揺さ振ることで、この大地震は治承・寿永の戦乱のアレゴリーとなっているのである。

もちろん、シニフィアンは馬や舟だけに限定されない。三種の神器などもシニフィアンといえる。興味深いのは剣が失われてしまうことである（「千いろの海の底、神竜の宝となりしかば、ふたたび人間にかへらざるもことわりとこそおぼえけれ」剣の段）。剣は再び返らないことでかえって強い象徴性を帯びるのであって、『太平記』にまで至る関心の的である。また義朝の頭蓋骨もシニフィアンといえる。興味深いのはそれが本物ではないという点である（「まことの左馬頭のかうべにはあらず、謀反をすすめ奉らんためのはかりことに、そぞろなるふるいかうべを、しろい布につつんでたてまたりける」紺掻之沙汰の段）。シニフィアンは実体を備えている必要がない。実体を欠くがゆえに次々と転移していくのである。『源平盛衰記』巻二四で言及される秦の趙高の故事では鹿が馬にみなされたりしている。

振り返ってみれば、『将門記』で将門が死ぬ場面には「馬は風のごとく飛ぶ歩みを忘れ、人は梨老が術を失へり。新皇は暗に神鏑に中りて、終に託鹿の野に戦ひて、独り蚩尤の地に滅びぬ」とあった。『保元物語』中巻で頼長が死ぬ場面には「馬ハイサミハヤル、左府ハ弱セ給フ、終ニ馬ヨリ落シ奉リヌ」とあり、『平治物語』上巻で信西の死骸が発見される場面には「たれが馬ぞと問へば（中略）少納言入道の馬にて候を、京へひきてのぼり候といふ」とあり、中巻で信頼が死んだ場面には「軍の日、馬より落て、鼻の先少しかけて候」とあった。日付や名前も重要だが、馬というシニフィアンもまた一貫して軍記物語を導いていたわけである。

注

（1）老馬の段について論じたものに尾崎勇「老馬のいる風景――故事説話と延慶本」（『愚管抄とその前後』新典社、一九九三年）がある。
（2）水原一『平家物語』中（日本古典集成、一九八〇年）の解説。

Ⅲ　とはずがたり論――「みどり子」と言葉

『とはずがたり』については、阿部泰郎「『とはずがたり』の王権と仏法」（『王権の基層へ』新曜社、一九九二年）や三田村雅子「『とはずがたり』の贈与と交換――メディアとしての衣装」（『物語とメディア』有精堂出版、一九九三年）など魅力的な論が提出されているが[1]、本章では「みどり子」という言葉に着目して『とはずがたり』を分析してみたいと思う。これまで『とはずがたり』作者は性的に奔放な女性とみなされることが多かった。しかし、「みどり子」という言葉を手がかりにして『とはずがたり』を読み解いていくと、作者の不安定な幼児性とでもいうべきものを指摘できるように思われる。また、そこから作者と時代のかかわり、作者と仏教のかかわりも浮かび上がってくるように思われる。「みどり子」がどのようにして言葉と出会い、どのようにして書くことを選び取っていったか、そうした過程を明らかにしてくれる点で『とはずがたり』はきわめて貴重な作品といえるだろう。

一　「みどり子」の存在感覚

まず、後深草院が作者を御所に伴ってきたところに注目してみたい。

角の御所の中門に御車引き入れて、降りさせ給ひて、善勝寺大納言に、「あまりに言ふ甲斐なきみどり子のやうなる時に、うち捨てがたくて伴ひつる。しばし人に知らせじと思ふ。後見せよ」と言ひ置き給ひて、常の御所へ入らせ給ひぬ。

（引用は日本古典集成、福田秀一校注による　巻一）

後深草院と作者の関係がよく表れている場面である。院は作者との関係を他の人に知られたくないと思っている。世話をしろと言ったまま、院は作者を置き去りにしてしまう。置き去りにされた作者は不安におののいている。

幼くより候ひ慣れたる御所ともおぼえず、恐ろしくつつましき心地して、立ち出でつらん事もくやしく、何となるべき事にかと思ひ続けられて、また涙のみ暇なきに、大納言の音するは、おぼつかなく思ひてかと、あはれなり。

（巻一）

ここでの作者はまさに「あまりに言ふ甲斐なきみどり子」の姿であろう。かろうじて父の声に作者は安堵を覚えるが、その父も実は頼りにはならない。「音」によって救われた作者が、今度は「音」によって裏切られる。

「今さら、かくなかなかにてはあしくこそ。ただ日頃のさまにて召し置かれてこそ。忍ぶにつけて、洩れん名もなかなかにや」とて出でられぬる音するも、げにいかなるべき事にかと、今さら身の置き所なき心地するも悲しきに…

（巻一）

父の出ていく音がして「身の置き所」を失っているが、このような無力な幼児ごとき作者の姿は『とはずがたり』に一貫しているように思われる。「言ふ甲斐なし」という語はしばしば用いられており、『とはずがたり』のキイワードともいえる。結論を先取りしていえば、『とはずがたり』とは「あまりに言ふ甲斐なきみどり子」のありようを綴った日記なのである。おそらく『とはずがたり』を読むとは無力な幼児のごとき存在のありように触れることであろう。

ちなみに、『とはずがたり』との関連が指摘される『豊明絵草子』の絵詞にも「こころもしらぬみどりごの、もとめかねてなくこゑ、昨日まで栄花にほこりて、うれへをよそに見しいゐのうちの気しきには、ひきかへたるかなしみなり」とあり、興味深い(2)。

二　日記と出産

『とはずがたり』は出産がしばしば描かれる点で特徴的だが、そうした場面も「みどり子」の無力さや寄る辺なさを際立たせている。そのことを論じるためにまずまず日記文学における出産の場面を振り返っておきたい。

『紫式部日記』や『栄花物語』を見ればわかるように、和文は戦いの記述は不得手だが出産の記述は得意としている。そんな和文によって書き記された日記に出産の場面が存在するかどうかは重要な点だと思われる。出産の場面があるかどうかはその日記の世界がどのようなものであるかを明示することになるからである。

『土佐日記』に出産の場面はない。子供の誕生を描くのではなく逆に亡くなった子供を追懐する日記になっている。

『蜻蛉日記』には「なほもあらぬことありて、春、夏、なやみ暮らして、八月つごもりに、とかうものしつ。そのほどの心ばへはしも、ねんごろなるやうなりけり」とあるが、懐妊と出産は決して直接的に表現されていない。懐妊と出産は詳しく叙述されるものではなく、兼家との関係において触れられるだけなのである。作者は兼家との関係を強固なものにするために子供を望むが、かなえられない。それ以後、出産の不在は作者にとって大きな意味をもつことになる。

『和泉式部日記』にも出産の場面はない。日記に子供との関係をみることはできないが、家集からは子供との関係をうかがうことができる。和泉式部は一人娘である小式部内侍に先立たれている。

『紫式部日記』には盛大な出産の場面がある。しかしそれは紫式部自身の出産ではない、主人である彰子中宮の出産である。

御いただきの御髪下ろしたてまつり、御忌むこと受けさせたてまつりたまふほど、くれまどひたる心地に、こはいかなることと、あさましうかなしきに、たひらかにせさせたまひて、後のことはまだしきほど、さばかり広き身屋・南の廂・高欄のほどまで立ちこみたる僧も俗も、いま一よりとよみて、額をつく。（中略）午の時に、空晴れて、朝日さし出でたる心地す。たひらかにおはします嬉しさの、たぐひもなきに、男にさへおはしましけるよろこび、いかがはなのめならむ。（引用は講談社学術文庫、宮崎荘平訳注による、寛弘五年九月十一日）

道長が待望していた皇子誕生の場面である。皇子の誕生には僧侶がかかわり女房がかかわっているが、おそらく紫式部はこの盛事を書き記すよう命じられていたにちがいない。[3] とすれば、『紫式部日記』は皇子誕生の記録であると同時に作家誕生の記録であると考えることができるだろう。『紫式部日記』は皇子誕生を記録するというなかば公的な役割を担っている。しかしまた紫式部の個人的な感想が記されてもいる。公的な役割を担いつつそれを裏切って別の作品たりえているところに、まさしく作家の誕生を認めることができるのである（日記には御冊子作りのことも記されている）。

『更級日記』には出産の場面はない。作者には子供がいるが、その誕生については記されていない。『讃岐典侍日記』にも出産の場面はない。人の誕生を描くのではなく逆に人の死を描く日記になっている。

東二条院の出産に際してだが、『とはずがたり』の作者は皇子誕生のすばらしさに目を奪われ、出産こそ女の幸福だと記している。(4)「人間に生を享けて女の身を得る程にてはかくてこそあらめと、めでたくぞ見え給ひし」（巻一）。『とはずがたり』という作品は出産という主題をめぐって書き続けられているといってもよいだろう。実際、『とはずがたり』前半部は出産篇と呼ぶことができる。巻一、二、三の作者は妊娠と出産を繰り返している。そしてそこに出家の思いが兆してくることになる。「ただとくして世の常の身になりて静かなる住まひをして、父母の後生をも弔ひ、六趣を出づる身ともがなとのみおぼえて、またこの月の末には出で侍りぬ」（巻一）。「よきついでに憂き世を遁れんと思ふに、十二月の頃より只ならずなりにけりと思ふ折からなれば、それしもむつかしくて、しばしさらば隠ろへゐて、この程過ぐして身二つとなりなば、と思ひてぞゐたる」（巻二）。こうして『とはずがたり』には二つの世界が存在するのである。一方には妊娠と出産の世界があり（巻一、二、三）、他方には出家と遍歴の世界がある（巻四、五）。

『とはずがたり』は唯一具体的に作者自身の出産が描かれた日記である。だが、その出産は華麗な盛事となることはない。逆に作者自身の「みどり子」のごとき無力さや寄る辺なさを際立たせてしまうのである。

夜中ばかりより、ことにわづらはしくなりたり。叔母の京極殿、御使とておはしなど、心ばかりはひしめく。兵部卿もおはしなどしたるも、あらましかばと思ふ涙は、人に倚りかかりてちとまどろみたるに、昔ながらに変らぬ姿にて、心苦しげにて後の方へ立ち寄るやうにすと思ふ程に、皇子誕生と申すべきにや、事故なくなりぬるはめでたけれども、それにつけてもわが過ちの行く末いかがならんと、今始めたる事のやうにいとあさま

しき…　（巻一）

父の不在を嘆いていると、亡くなったはずの父が現れる。父に後から支えられている作者の姿はまさに「みどり子」のようなものであろう。「皇子誕生」と言いながら、なんともわびしい状況であり、作者は「昔ながらにてあらましかば」ということばかり考えている。

生まれた子供はまもなく亡くなってしまうが、そのことがますます作者の寄る辺なさを募らせることになる。「神無月の初めの八日にや、時雨の雨の雨そそぎ、露と共に消え果て給ひぬと聞けば、かねて思ひまうけにし事なれども、あへなくあさましき心の内、おろかならんや。前後相違の別れ、愛別離苦の悲しみ、ただ身一つにとどまる。幼稚にて母に後れ、盛りにて父を失ひしのみならず、今またかかる思ひの袖の涙、かこつ方なきばかりかは」（巻一）。

作者が「西行が修行の記」に言及するのはこのときである。自らの寄る辺なさを確認することで、作者は出家を願うようになるのである。そして西行のように「修行の記」を書くことを思い立つのである。

有明の遺児を生んだときも、作者は自らの寄る辺なさを思い知らされることになる。「わが身こそ二つにて母に別れ、面影をだにも知らぬことを悲しむに、これはまた、父に腹の中にて先立てぬるこそ、いかばかりか思はん、など思ひ続けて、かたはら去らず置きたるに、折節、乳など持ちたる人だになしとて、尋ねかねつつ、わがそばに臥せたるさへあはれなる…」（巻三）。

『とはずがたり』の作者はいたるところで他者の「面影」を執着しているが、母の「面影」の不在こそ作者の寄る辺なさの根源であろう[5]。そうした体験があるからこそ、作者は子供に寄り添っているのである。子供は「乳」さえ奪われているが、その点にも作者は心を痛めている。

とにかくに思ふもあぢきなく、世のみ恨めしければ、底の水屑となりやしなましと思ひつつ、何となき古反古などとりしたたむるほどに、さても二葉なるみどり児の行く末を、われさへ捨てなば、誰かはあはれをもかけんと思ふにぞ、道のほだしはこれにやと思ひ続けられて、面影もいつしか恋しく侍りし。（巻三）

「底の水屑となりやしなまし」と思っている作者の姿はなんとも痛ましい。この直後に作者は御所を追放されてしまうが、その意味では作者自身が見捨てられた「みどり子」の立場にあるといえる。

三　日記と遊女

「みどり子」のごとく寄る辺ない作者の姿は遊女に限りなく近い。御所を追放された作者は旅に出るが、そこで出会うのが遊女である。

…関の清水に宿るわが面影は、出で立つ足許よりうち始め、ならはぬ旅の装ひいとあはれにて、休らはるるに（中略）鏡の宿といふ所にも着きぬ。暮るる程なれば、遊女ども契り求めてありくさま、憂かりける世のならひかなとおぼえて、いと悲し。（巻四）

作者は拠り所としての「面影」を追い求めていたが、出会うのは寄る辺ない自己の面影にすぎない。「鏡の宿」で出会った遊女も同様の存在であろう。次の宿でも遊女に出会うが、作者は遊女に共感を覚えているのである。「宿のあるじに、若き遊女姉妹あり。琴・琵琶など弾きて情あるさまなれば、昔思ひ出でらるる心地して、九献などとらせて遊ばするに、二人ある遊女の姉とおぼしきが、いみじく物思ふさまにて、琵琶の撥にて紛らかせども、涙がちなるも、身のたぐひにおぼえて目とどまる」。

武蔵国の川口でも遊女に出会っている。「かやうの物隔たりたる有様、前には入間川とかや流れたる、向へには岩淵の宿といひて遊女どもの住みかあり」。孤立した地形は遊女の孤立した生き方と響き合っているが、作者が自らを顧みるのはこの直後である。「つらつら古へをかへりみれば、二歳の年母には別れければ、その面影も知らず。やうやう人となりて、四つになりし九月二十日余りにや、仙洞に知られ奉りて御簡の列に連なりてこのかた、かたじけなく君の恩眷を承りて身を立つるはかりことをも知り、朝恩をもかたぶけてあまたの年月を経しかば、一門の光ともなりもやすると、心の中のあらましも、などか思ひ寄らざるべきなれども、棄てて無為に入るならひ…」。つまり、その孤立ぶりにおいて遊女と作者はきわめて似通っているのである。「みどり子」のごとく寄る辺ない作者がかつて頼りにしていたのが後深草院である。作者は「御簡の列」に加わることでようやく「身を立」てることができたが、今は「御簡」を削られ寄る辺ない境遇に逆戻りしているわけである（「御入立も放たれ、御簡も削られなどしぬれば、いとど世の中も物憂けれ…」巻二）。

巻四の冒頭と同じように、巻五の冒頭でも作者は遊女に言及している。「何となく賑はしき宿と見ゆるに、たいが島とて離れたる小島あり。遊女の世を遁れて、庵並べて住まひたる所なり」。そして「ありがたく」、「うらやまし」と記している。「とはずがたり」の作者と遊女の類似関係は明らかであろう。

『更級日記』の遊女を描いた場面はよく知られている。「遊女三人、いづくよりともなく出で来たり」。日記作者と遊女の間には親密な関係が存在するといえる。遊女は「無縁の原理」（網野善彦）を体現した存在とみなされるが[6]、とすれば、無縁の原理と書くことには本質的な関連があるのではないだろうか。日記作者たちは書くことを通して無縁の原理に触れている。あるいは逆にいうこともできるだろう。日記作者たちは無縁の原理に触れているからこそ書き続けるのである。遊女たちを疎外された者としてロマン主義的に美化することは間違っている。それは無縁の原理を我有化し植民地化することでしかない。それは無縁の原理を固定化し抑圧することにしかならないだろう。もちろん、遊女たちがいつも無縁の原理を体現しているとは限らない。時として遊女たち自身が無縁の原理を囲い込むことがあるかもしれない。重要なのは遊女を実体化して美化することではなく、無縁の原理を肯定することであろう。ここでは次の点を強調しておきたい。無縁の原理に触れることなしに人は書くことはできないということである。人が自分の所有している声で話すのではなく、誰のものでもない文字で書くという営みを開始するのは無縁の原理に触れてしまったからなのである。

こうした視点から初期和文を再検討してみることもできるはずである。『土佐日記』の舵取や『伊勢物語』の渡守は「もののあはれ」を解さない者として貴族的な立場から低くみられている。しかし実は彼らこそ無縁の原理を体現しているのであり、彼らに接することなしには『土佐日記』や『伊勢物語』は書かれなかったのではないだろうか。『土佐日記』は「男もすなる日記といふものを、女もしてみむとて、するなり」と始まっていた。男がすでに秩序に組み込まれた有縁の存在だとすれば、女はいまだ秩序に組み込まれていない無縁の存在であろう。女が書くのは真名ではなく、仮名である。真名がすでに所有された有縁の文字だとすれば、仮名はいまだ所有されざる無縁の文字であろう（土地の所有を証明するのは漢文の文書である）。『伊勢物語』は「むかし、男、初冠して、奈良の京春日の里に、しるよしして、狩にいにけり。その里に、いとなまめいたる女はらからすみけり。この男かいまみてけり。思ほえず、ふる里にいとはしたなくてありければ、心地まどひにけり」と始まっている。「しるよしして」とあるが、そうした所有の原理を裏切って「思ほえず」女が現れるのである。男は女を所有することができない。『竹取物語』のかぐや姫もまた無縁の存在であろう。かぐや姫は誰のものでもない。

さて、『とはずがたり』に戻ろう。讃岐の白峯を訪れた作者はその後、兄弟争いに巻き込まれる（崇徳院が流された白峯は兄弟争いを喚起する)。「この主、事のやう言ひて、由なき物参り人故に、兄弟違ひぬと言ふを聞きて、いと不思議なることなりと言ひて、備中国へ、人をつけて送れなど言ふもありがたければ、見参して、事のやう語れば、能はあだなる方もありけり。御能故に、欲しく思ひ参らせて、申しけるにこそと言ひて…」(巻五)。この兄弟争いは後深草院と亀山院のそれを反復している。『とはずがたり』の前半部と同じように、後半部でも作者は兄弟争いに巻き込まれるのである。では作者が争いに巻き込まれるのはなぜか。それは作者が「主」なき境遇にいるからであろう。「主にてなしと言ふとも、誰か方人もせまし」という不安を作者は抱いている。主なき者を所有しようとして争いが起こるのである。

四　僧侶・上皇・将軍

寄る辺なさという点で作者と遊女が似ていることを述べてきたが、『とはずがたり』の登場人物はいずれも「みどり子」のような存在だといえる。

たとえば、有明も「みどり子」であろう。有明はその起請文において自らの幼年期を何度も強調している。「われ七歳よりして、金口等覚の沙門の形を汚してより以来…」、「そもそも生を享けて以来、幼少の昔、むつきの中にありけん事は、おぼえずして過ぎぬ。七歳にて髪を剃り、衣を染めて後、一つ床にも居、もしは愛念の思ひなど、思ひ寄りたる事なし。この後またあるべからず」ともあるが(巻二)、「愛念の思ひ」にまみれることは出家以前の「幼少の昔」に逆戻りしてしまうことではないか。有明の愛欲の念は幼児的ですらある。そこでは性のエネルギーと聖のエネルギーが混じり合っている。作者が院の目の前で「鼻血」を垂らしたりするのは、有明の起請文のせいである。

院もまた「みどり子」であろう。「わが新枕は、故典侍大にしも習ひたりしかば、とにかくに人知れずおぼえしを、いまだ言ふ甲斐なき程の心地して、よろづ世の中つつましくて明け暮れしほどに、冬忠・雅忠などに主づかれて、暇をこそ人わろくうかがひしか」（巻二）。この弱々しさは幼児そのものにみえる。「腹の中にありし折も、心もとなく、いつかいつかと、手の中なりしより、さばくりつけてありし」という執着ぶりも幼児的である。「ましていかなる道に一人迷ひおはしますらん」と作者は心配しているが（巻五）、院はなんとも頼りないのである。

したがって、作者と男性たちの関係はきわめて無垢であるように思われる。作者が何人の男と契ろうと、それは子供の戯れのようにしかみえないのである。「さても、広く尋ね深く学するにつきては、男女の事こそ罪なき事に侍れ。逃れがたからざらん契りぞ、力なき事なり」（巻三）と院が語っている通りであろう。誰もがその戯れにおいては無力であるほかない。

ところで、低人と院はともに「片輪」であるという点において、作者のなかで類似した位置を占めているように思われる。作者は低人に関しても院に関しても同じような感想をもらしているからである。「石見国の者とて低人の参るを行き連れて、いかなる宿縁にてかかる片輪人となりけんなど、思ひ知らずやと言ひつつ行く…」（巻四）。「十善の床を踏みましましながら、いかなる御宿縁にて、御片輪は渡らせおはしますぞ」（巻五）。作者は低人に出会った直後に院と再会するが、低人は院の登場を招き寄せるような役割を果していたわけである（『増鏡』「内野の雪」は後深草院について「あまりささやかにて、又御腰などのあやしくわたらせ給ぞ、口惜しかりける」と記す、引用は古典大系）。

天皇や上皇と同じように、将軍も幼児的な存在である。「鎌倉に事出で来べしとささやく。誰が上ならんと言ふほどに、将軍都へ上り給ふべしと言ふ」（巻四）。京から迎えられた将軍は成人すると邪魔になり送り返されてしまう。鎌倉の将軍もまた子供なのだが、これは当時の権力のありようを象徴するような挿話であろう。

『増鏡』第五・内野の雪で興味深いのは、まさに幼き天皇の姿と幼き将軍の姿が交互に記されている点である。

たとえば後深草院の誕生については「大臣、年たけ給までも、その折の嬉しうかたじけなかりしを思ひ出づれば、見奉るごとに涙ぐまるるとぞ、後深草院をば常に申されける」と記されるが、御深草院にはいつも幼い姿が重なり合っていたことになる。また「御門、まして幼くおはしませば、はかなき御遊びわざより外の御いとなみなし」と強調されている。幼き将軍も同様で、「きびはにうつくしげにて」という姿で東国に下っていたのである。

五　「みどり子」と形見

「みどり子」という言葉を手がかりに『とはずがたり』を辿り直してきたが、さらに注目すべき用例がある。両親の形見まで無力な幼児とみなされている。

一期は尽くるとも、これをば失はじと思ひ、今はの煙にも友にこそと思ひて、修行に出で立つ折も、心苦しきみどり子を跡に残す心地して、人に預け、帰りては先づ取り寄せて、二人の親に会ふ心地して、手箱は四十六年の年を隔て、硯は三十三年の年月を送る。（巻五）

こうして『とはずがたり』における「みどり子」は次々に転移していくのであり、そこから様々な関係が浮かび上がってくるのである。それはまず院と作者の関係であり、次に作者と子供の関係であり、最後に作者と両親の関係である。『とはずがたり』のいたるところに「みどり子」を見出すことができるといってよい。「みどり子」のごとき形見については「伝ゆべき子もなきに似たり」と記されてもいて、いっそう寄る辺なさが際立っている。

ところで、もう一つ「あまりに言ふ甲斐なきみどり子」のようなものがないであろうか。それは『とはずがたり』という作品それ自体である。『とはずがたり』は「かやうのいたづら事を続け置き侍るこそ。後の形見とまでは、おぼえ侍らぬ」と終わっている。この作品は明確な「後の形見」とまではいえないが、しかしそれでも一つの形見ではあろう。それはまるで「言ふ甲斐なきみどり子」のように不安定ではないか。

作者が「修行の記」を「後の形見」にしたいと記していたのは子供を亡くした直後であった（「かかる修行の記を書き記して、なからん後の形見にもせばやと思ひし」）。したがって、『とはずがたり』という「修行の記」は亡くなった子供の身代わりと考えることもできる。しかも、『とはずがたり』末尾には「ここよりまた刀して切られて候。おぼつかなう、いかなる事にかとおぼえて候」という注記がある。これは作者の出産の場面に酷似していないだろうか。

さても何ぞと、火ともして見給へば、生髪黒々として、今より見開け給ひたるを、ただ一目見れば、恩愛のよしみなればあはれならずしもなきを、そばなる白き小袖に押し包みて、枕なる刀の小刀にて臍の緒うち切りつつ、かき抱きて、人にも言はず外へ出で給ひぬと見しよりほか、また二度その面影見ざりしこそ。（巻二）

刀によって切り分けられたものという点で、子供と作品は等価なのである。作品の執筆を出産にたとえるというのは通俗的な比喩としていくらでも可能であろうが、ここではそれが物質的に実現している。驚くべきことに日記に出てくる出産の記事と切り取り注記はともに四回であり、回数まで一致している。『とはずがたり』にみられる切り取りは後人の手になるのかもしれないが、たとえそうであっても、それはこの作品の主題論的な必然性が招き寄せたものと考えることができるだろう。赤ん坊の臍の緒を切るのは母親であっても第三者であってもかまわない。

子供と作品はともに取り替え可能だという点でも類似している。「北の方、折節産したりけるが、亡くなりにける代りに、取り出でてあれば、人は皆ただそれとのみ思ひてぞありける。天子に心をかけ、禁中にまじらはせん事を思ひ、かしづく由聞くも、人の宝の玉なればと思ふぞ、心わろき」（巻二）とあるのによれば、作者の子供が別の子供に成り代わっていることがわかるが、これは『とはずがたり』が『増鏡』という別の作品の一部になっているのにきわめてよく似ている。子供も作品もともに交換可能なのである。『とはずがたり』は日記文学なのか紀行文学なのか、物語文学なのか和歌文学なのか。こうした作品の帰属の不安定性は子供の帰属の不安定性に通じる。『とはずがたり』の作者にとって書くことは新しい出産ではないか。作者の性的なエネルギーは出産から執筆へと転位している。

六　「みどり子」と言葉

『とはずがたり』において書くことがはらんでいる問題を探ってみよう。次の場面は、後深草院がはじめて作者のもとを訪れたところである。

> これは、障子の内の口に置きたる炭櫃に、しばしは倚りかかりてありしが、衣ひきかづきて寝ぬる後の、何事も思ひわかであるほどに、いつの程にか寝おどろきたれば、灯火もかすかになり、引き物も降してけるにや、障子の奥に寝たるそばに、慣れ顔に寝たる人あり。こは何事ぞと思ふより、起き出でて去なんとす。起し給はで、いはけなかりし昔よりおぼしそめて、十とて四つの月日を待ち暮しつる、何くれ、すべて書き続くべき言の葉もなき程に仰せらるれども、耳にも入らず、ただ泣くよりほかの事なくて…　（巻一）

「ただ泣くよりほかの事なく」というのはまさに無力な「みどり子」の姿にほかならない。「書き続くべき言の葉もなき」とあるように、幼児はまだ言葉を知らない。では、泣きじゃくる幼児はどのようにして言葉を獲得するのか。「されば」とうなずき、「さらば」と反発しているが、「みどり子」はそうした過程を通して言葉を獲得していくのであろう。言葉の獲得においては受容と抵抗、一致とずれの反復が決定的に重要だと思われる。

「すべて書き続くべき言の葉もなき程に仰せらるれども」とあるように、この場面には書くことの意識が露呈しているが、『とはずがたり』という作品における書くことの契機はこうしたところに探り当てることができるはずである。作者が書き始めるのは院の言葉に対する反応として、あるいは抵抗としてなのである[7]（院と父親は時として同一視される）。翌朝、院は帰り、その後「御文」が届く。しかし、作者は返事を書こうとしない。作者が返事を書くのは院に対してではなく、雪の曙に対してだが、この点は書くことの問題をきわめて興味深い形で提出しているといえる。

　知られじな思ひ乱れて夕煙なびきもやらぬ下の心は
とばかり書きて遣ししかども、とは何事ぞと、われながらおぼえ侍りき。　（巻一）

作者が院を裏切ることになるのは、別の人に返事を書くからである。いわば文字の介入が院と曙というように対象を分裂させてしまうのである。しかも、これは対象の分裂であると同時に、言表主体と言表行為主体の分裂でもある。自分を見つめる、もう一人の自分がいる。当時の自分と今の自分に分裂しているといってもよい。こうして書くことは様々な分裂を不可避的に伴うのである。「下の心」はわからないでしょうと曙に言っているが、その「下の心」は実は作者にもわからないのである。「下の心」は文字に書くことによってはじめて浮かび上がってくるものであろう。

かやうの二心ありとも、露知らせおはしまさねば、心より外にはとおぼしめすぞ、いと恐ろしき。（巻二）

こうした「二心」が顕在化するのはエクリチュールのせいなのである。書くことはたえず裏切りを招き寄せてしまう。『とはずがたり』の作者は「思い悩みあるいは動転している時にも、そうした自分を見つめ時にはそれを批評する第二の自分がいたように記すことが多い」と古典集成の頭注で指摘されているが、それは言表主体と言表行為主体の分裂を指すものであろう。そうした分裂がみられるところが『とはずがたり』において最も興味深い瞬間にほかならない。たとえば『とはずがたり』冒頭の部分である。

…御所の御土器を大納言に賜はすとて、「この春よりはたのむの雁もわが方によ」とて賜ふ。ことさらかしまりて、九三返し給ひてまかり出づるに、何とやらん、忍びやかに仰せらるる事ありとは見れど、何事とはいかでか知らん。（巻一）

知らないと書くことは実は知らないということだけは知っているわけであり、すでに分裂があるといってよい。

…大夫将監といふ者伺候したるが、道芝して、夜昼たぐひなき御心ざしにて、この御所ざまの事はかけ離れ行くべきあらましなり、と申さるる事どもありけり。いかでか知らん。（巻三）

このように書いているところをみると、その当時は知らなかったことを今は知っているということになるが、これも登場人物と書き手の分裂、言表主体と言表行為主体の分裂といってよいだろう。書くことはいつも分裂をはらんだ営みなのである。

書くことに伴う分裂は出産の主題ともかかわるであろう。出産もまた一種の分裂にほかならないからである。出産という分裂の場面もまた『とはずがたり』において最も興味深い瞬間だといえる。おそらく『とはずがたり』においては性的な営みと言葉の営みが通じ合っているのである。作者は妊娠し出産するように、書くことによって別の何かをはらみ生み出す。しかし出産がそうであるように、執筆も拠り所とはならない。それら分裂は寄る辺なさをいっそう募らせるだけである。

もう一度、後深草院がはじめて作者のもとを訪れた場面を振り返ってみよう。「何とやらん、うるさきやうにて、炭櫃のもとに寄り臥して寝入りぬ。その後の事いかがありけん、知らぬ程にすでに御幸なりにけり」とあり、「その後の事いかがありけん」というところには言表行為主体と言表主体の分裂を見て取ることができるが、暗闇のなかに未知のものが不意に現れる点で、出産の場面に呼応しているといえるだろう。「あら、言ふ甲斐なや」、「言ふ甲斐なく寝入りにけり」、「あまりに言ふ甲斐なげにおぼしめして」など「言ふ甲斐なし」という言葉が何度もそこには登場してくる。「夜もすがら、終に一言葉の御返事だに申さで」とある作者の姿はまさに「あまりに言ふ甲斐なきみどり子」そのままであろう。院からの文にも返事をしようとしない作者は「いかなる言ふ甲斐なさぞ」と父親に叱られる。そして、父親は「言ふ甲斐なく、同じさまに臥して侍るほどに、かかるかしこき御文をもいまだ見侍らで」と使者に弁解している。

七　「みどり子」と名前

さて、「みどり子」は社会のなかにどのように位置づけられているのであろうか。それは名前にもっともよく表れている。

…面々に袂をしぼりてまかり出で、御出家あるべしとて人数定められしにも、女房には東の御方、二条とあそばされしかばは、憂きはうれしき便りにもやと思ひしに…　（巻二）

作者は「二条」と呼ばれていることがわかる。しかしその呼び名に満足しているわけではない。院の手紙には次のように記されている。

大納言、二条といふ名をつきて候ひし返し参らせ候ひし事は、世にかくれなく候ふ。されば呼ぶ人候はず、呼ばせ候はず。「われ、位浅く候故に、祖父が子にて参り候ひぬる上は、小路名をつくべきにあらず候ふ。詮じ候ふ所、ただしばしはあが子にて候へかし。何さまにも大臣は定まれる位に候へば、その折一度につけ候はん」と申し候ひき。　（巻一）

父大納言は「二条」という女房名を返上し、しばらくは「あが子」という呼ぶよう院に懇願していた。「あが子」というのは、他に適当な呼び名がないので暫定的に用いられるものでしかなく、なんとも不安定な名前である。院が呼ぶ場合は差支えないかもしれないが、他の人は使えない名前だからである。こうした名前の不安定さのうちにも作者の不安定な存在を見て取ることができるだろう。父は作者を永遠に「みどり子」のままにしておきたいかのようだ。実際に、院のもとにおける作者はいつまでも「みどり子」のままである。

あのあが子が、幼くより生し立てて候ふほどに、さる方に宮仕ひも物慣れたるさまなるにつきて、具し歩き侍るに、あらぬさまに取りなして、女院の御方ざまにも御簡削られなどして侍れども、われさへ捨つべきやうもなく、故典侍大と申し、雅忠と申し、心ざし深く候ひし形見にもなど、申し置きしほどに…　（巻二）

院は作者のことを「あが子」と呼び、子供扱いしているのである。だが、周囲にとってはあくまでも二条にすぎない。「二条殿が振舞のやう、心得ぬ事のみ候ふ時に、この御方の御伺候をとどめて候へば、殊更もてなされて、三つ衣を着て御車に参り候へば、人の皆、女院の御同車と申し候ふなり。これ、詮なくおぼえ候ふ」と非難されている。「二条」と呼ばれるにすぎない者が「三つ衣」を着たことが問題になっているのだが、その意味で着物の問題と名前の間には共通性があるといえる。いわば名前とは着物であり、着物とは名前である。

「あが子」と呼ばれている限り、作者には院との私的な関係しか存在しないことになる。だが、宮廷のなかで作者がどのような位置を占めているか明らかになる事件が起こる。それが巻二冒頭の粥杖事件である。肉体を棒で打つこの事件にはきわめて性的なものがあるが、そこから言葉の問題が浮上してくる。

「さてもこの女房の名字は誰々ぞ。急ぎ承りて、罪科のやうをも、公卿一同にはからひ申すべし」と申さるる折、御所、「一人ならぬ罪科は、親類累るべしや」と御尋ねあり。「申すに及ばず候ふ。六親と申して皆累り候ふ」など面々に申さるる折、「まさしくわれを打ちたるは、中院大納言が女、四条大納言隆親が孫、善勝寺大納言隆顕卿が姪と申すやらん、また随分養子と聞ゆれば、御女と申すべきにや、二条殿の御局の御仕事なれば、まづ一番に人の上ならずやあらん」と仰せ出されたれば、御前に候ふ公卿、皆一声に笑ひののしる。（巻二）

このとき作者は「あが子」という親密な呼び名から「中院大納言が女、四条大納言隆親が孫、善勝寺大納言隆顕卿が姪」という疎遠な名称へと突き放されるのである。粥杖事件を契機として作者の係累が次々に明らかになっていくが、まっさきに責任を問われているのは善勝寺大納言隆顕である。そして最後に院自身の責任が追求されることになる。

「とは何事ぞ。わが御身の訴訟にて贖はせられて、また御所に御贖ひあるべきか」と仰せあるに、「上として咎ありと仰せあれば、下としてまた申すもいはれなきにあらず」と、さまざま申して、また御所に御勤めあるべきになりぬ。（巻二）

こうして院によって責任の追求が始まり、最後には院の責任が問われるというようにユーモラスな展開を遂げる。そのことを「をかしくも堪へがたかりし事どもなり」と記しているが、「あが子」という親密な座から突き落とされた作者は、院自身が懲罰を受けることに秘かな喜びを感じているのかもしれない。いずれにしても、この事件は「あが子」が客観的にどのような位置を占めているかを示している点で興味深い。法制度の縮図を垣間見せてくれるのが、この事件なのである。

『増鏡』第十一・さしぐしには雅忠女に言及している箇所がみえるが、それも名前の問題にかかわる。「久我大納言雅忠の女、三条とつき給ふを、いとからい事に歎き給へど、皆人さきだちてつき給へれば、あきたるままとぞ慰められ給ひける」。ここで『とはずがたり』作者は暫定的な名前をしぶしぶ受け入れている。「みどり子」はとりあえずの名前を受け入れることによってしか歴史に浮上しえないのである（建礼門院右京大夫は新勅撰集入首の際、撰者から「いづれの名を」と問われており、名前は重要である）。

八　日記と夢

『とはずがたり』における出産の主題の重要性を指摘してきたが、それに関連して検討すべきは夢の問題である。懐妊しやがて出産することを予告しているのは夢だからである。そして夢は執筆の問題にもかかわっている。夢は書かれたものとしてしか存在しないからである。

さても今宵、塗骨に松を蒔きたる扇に銀の油壺を入れて、この人の賜ぶを、人に隠して懐に入れぬと夢に見て、うちおどろきたれば、暁の鐘聞ゆ。（巻一）

夢がどのような意味をもっているかはすぐには判明しない。夢の意味が明らかになるのは、決まって後からである。「さるほどに、二月の末つ方より心地例ならずおぼえて、物も食はず。しばしは風邪など思ふほどに、やうやう見し夢の名残にやと思ひ合せらるるも、何と紛らはすべきやうもなき事なれば、せめての罪の報いも思ひ知られて、心の内の物思ひやる方なけれども、かくともいかが言ひけん」。夢は書かれたものとして存在する。夢は事後的に解明されることで作品に時間を導入する。しかも、書かれたものとしての夢は決して読み尽くされるというこ

とがない。つまり、夢はエクリチュールとして機能するのである。(8)

さても今宵不思議なる夢をこそ見つれ。今の五鈷を賜びつるを、われにちと引き隠して懐に入れつるを、袖をひかへて、「これほど心知りてあるに、などかくは」と言はれて、わびしげに思ひて涙のこぼれつるを払ひて、取り出でたりつるを見れば、銀にてありける。故法皇の御物なれば、「わがにせん」と言ひて、立ちながら取ると思ひて、夢さめぬ。今宵必ずしるしある事あらんとおぼゆるぞ。（巻二）

この懐妊を告げる夢を見たのは作者自身ではなく後深草院だが、前のものと驚くほどよく似ている。何かを与えられて、それを懐に入れている。しかも、それは銀製のものである（ひんやりとしたものだが、おそらく懐に入れられて温められるのであろう）。もう一つの夢も見ておこう。

わが身が鴛鴦といふ鳥となりて、御身の中へ入ると思ひつるが、かく汗のおびたたしく垂るは、あながちなる思ひに、わが魂や袖の中留まりけんなど仰せられて…（巻三）

この懐妊を告げる夢を見たのは有明だが、ここにも懐のなかに入るという要素が現れている。そして、「鴛鴦」という言葉は別の文脈と結びつくことになる。

「鴛鴦といふ鳥になると見つる」と聞きし夢のままなるも、げにいかなる事にかと悲しく、わが身こそは二つにて母に別れ、面影をだにも知らぬことを悲しむに、これはまた、父に腹の中にて先立てぬるこそ、いかばか

りか思はん、など思ひ続けて…　（巻二）

「鴛鴦」という言葉が「母」という言葉を導き出している点に注目したい。「鴛鴦」が母の記憶に結びついていることは次の記述から明らかである。

さても大集経、いま二十巻、いまだ書き奉らぬを、いかがしてこの御百日の中にと思へども、身の上の衣なければ、これを脱ぐにも及ばず、命をつぐばかりの事持たざれば、これを去りてとも思ひ立たず。思ふばかりなく嘆きゐたるに、われ二人の親の形見に持つ、母に後れける折、「これに取らせよ」とて、平手箱の鴛鴦の丸を蒔きて、具足・鏡まで同じ文にてし入れたりしと、また梨地に仙禽菱を高蒔に蒔きたる硯蓋の、中には「嘉辰令月」と手づから故大納言の文字を書きて、金にて彫らせたりし硯となり。　（巻五）

母にかかわり有明にかかわる「鴛鴦」とは何であろうか。それは不在の「面影」の代替物である。母は先立ち、有明も先立つ。その不在の「面影」を「鴛鴦」のイメージが埋めるのである。おそらく、作者は母の「面影」の代わりに形見の「鴛鴦」の文様を記憶し続けていたはずである。作者が父母から遺された形見は「鴛鴦」の手箱と「文字」の書かれた硯であったが、一つは「みどり子」を支えるイメージであり、もう一つは「みどり子」を作家へと促すものだったのである。『とはずがたり』においてこの二つの形見は決定的に重要である。

夢と出産の密接な関係は夢が出産を予告しているというだけにとどまらない。出産の場面で作者は夢を見てもいたのである（「あらましかばと思ふ涙は、人に寄りかかりてちとまどろみたるに、昔ながらに変らぬ姿にて、心苦しげにて後の方へ立ち寄るやうにすと思ふ」）。『とはずがたり』終末部で作者はたびたび父の夢を見ている。

かやうに口説き申して帰りたりし夜、昔ながらの姿、われも古への心地にて、相向ひてこの恨みを述ぶるに（中略）立ちざまに、

なほもただかきとどめてみよ藻塩草人をも分かず情ある世に

とうち詠めて、立ちのきぬと思ひて、うちおどろきしかば、空しき面影は袖の涙に残り、言の葉はなほ夢の枕にとどまる。（巻五）

これは父の歌が勅撰集から漏れてしまったところだが、夢のなかに現れた父親は「なほもただかきとめてみよ」と作者に書くことを促している。

形見の残りを尽して、唱衣いしいしと営む心ざしを、権現も納受し給ひにけるにや、写経の日数も残り少なくなりしかば、御山を出づべき程も近くなりぬれば、御名残も惜しくて、夜もすがら拝みなど参らせて、うちまどろみたる暁方の夢に、故大納言のそばにありけるが、「出御の半ば」と告ぐ。（巻五）

熊野詣でをしたときのものだが、作者は父母の形見を売って写経させているところである。(9) このようにみてくると、夢を見ること、出産すること、書くことの間には相互に密接な関係があるといえるだろう。夢を見ることから出産することへ、出産することから夢を見ることへ、夢を見ることから書くことへ、書くことから夢を見ることへとそれぞれ移行している。では、夢を見ること、出産すること、書くことの間にはどのような共通点があるだろうか。すでに述べたように、それは分離であり出現である。分離と出現において三者は共通しているのである。夢を見ること、出産すること、書くことの相互関係を明らかにしたという点で『とはずがたり』はきわめて重要な作品

といえるかもしれない。

他の日記作品における夢についてもみておこう。まず『蜻蛉日記』である。

二十日ばかり行なひたる夢に、わが頭をとりおろして、額を分くと見る。悪し善しもえ知らず。七八日ばかりありて、わが腹のうちなる蛇ありきて、肝を食む、これを治せむやうは、面に水なむいるべきと見る。これも、悪し善しも知らねど、かく記しおくやうは、かかる身の果てを見聞かむ人、夢をも仏をも、用ゐるべしや、用ゐるまじやと、定めよとなり。（引用は日本古典集成、犬養康校注による、中巻）

『蜻蛉日記』の作者は夢それ自体よりも夢を「記しおく」ことのほうを重視している。「かかる身の果てを見聞かむ人、夢をも仏をも、用ゐるべしや、用ゐるまじやと、定めよとなり」とあるが、「かかる身の果てを見聞かむ人」とはすなわち『蜻蛉日記』を読む人のことであろう。夢が『蜻蛉日記』という作品のなかでどのような意味をもつことになるのかを問うているのである。

「疑ひ添ひて、をこなる心ちすれば」と述べてもいるように、『蜻蛉日記』の作者は夢を全面的に信用してはいない。

また、みづからの一昨日の夜見たる夢、右のかたの足のうらに、男、門といふ文字を、ふと書きつくれば、驚きて引き入ると見しを問へば、「このおなじことの見ゆるなり」といふ。これもをこなるべきことなれば、ものぐるほしと思へど、さらぬ御族にはあらねば、わがひとりもたる人、もしおぼえぬさいはひもやとぞ、心のうちに思ふ。（下巻）

「わが一人持たる人、もしおぼえぬ幸もや、とぞ心のうちにおもふ」と夢に期待しているようにみえるが、その後には次のような記述が続いている。「かくはあれど、ただいまのごとくにては、ゆくすゑさへ心細きに、ただひとり男にてあれば、年ごろも、ここかしこに詣でなどするところには、このことを申し尽くしつれば、いまはましてかたかるべき年齢になりゆくを、いかで、いやしからざらむ人の女子ひとり取りて、後見もせむ、ひとりある人をもうち語らひて、わが命のはてにもあらせむと、この月ごろ思ひ立ちて、これかれにも言ひ合はすれば…」。つまり、作者は夢を全面的に信頼することなく、具体的な手立てを講じているのである。

次に、『更級日記』における夢についてみてみよう。

物語のことを、昼は日ぐらし思ひつづけ、夜も目の覚めたるかぎりは、これをのみ心にかけたるに、夢に見ゆるやう、「このごろ、皇太后宮の一品の宮の御料に、六角堂に遣水をなむ造る」と言ふ人あるを、「そはいかに」と問へば、「天照御神を念じませ」と言ふを見て、人にも語らず、なにとも思はでやみぬる、いと言ふかひなし。（引用は日本古典集成、秋山虔校注による、『更級日記』）

『更級日記』の作者は「神」につながっているわけではない。むしろ神とのつながりは切れている。「いづこにおはします神仏」か作者には全くわからないからである。

それにも、例のくせは、まことしかべいことも思ひ申されず。（中略）うちおどろきても、「かくなむ見えつる」とも語らず、心にも思ひとどめでまかでぬ。（『更級日記』）

日記作者は夢について語ることをしないし、心に思い留めることもしない。それにもかかわらず、というよりもそれゆえに夢について書くのである。日記作者にとって夢は書かれたときはじめて意味をもつものであろう。

…これを見るはうれしなとのたまふとなむ見えしと語るなり。いかに見えけるぞとだに耳もとどめず。

（『更級日記』）

僧が夢について語っているが、作者は語られた夢を耳に留めようとはしていない。

清水にねむごろに参りつかうまつらましかば、前の世にその御寺に仏念じ申しけむ力に、おのづからようもあらまし、いと言ふかひなく、詣でつかうまつることもなくてやみにき。

（『更級日記』）

夢は反実仮想の形において存在する。事後的にしか夢は意味をもたないのであり、前世が意味をもつのも後からである。日記作者たちは夢と直接につながっているのではない。日記作者たちは夢から切断されているがゆえに、書くのである。そして書くからこそ、夢が意味をもつのである。このように、日記文学と夢との間には屈折した関係が存在している。蛇神と一体化することはなく、記紀神話にみられる夢の直接性とは異なるだろう。

おわりに――着物と神仏

「あまりに言ふ甲斐なきみどり子」が生れ落ちた場所はどこか。それは色とりどりの様々な着物が交換され流通する領域である。

呉竹の一夜に春の立つ霞、今朝しも待ち出で顔に花を折り、匂ひを争ひてなみゐたれば、われも人なみなみにさし出でたり。蒼紅梅にやあらん七つに、紅の袿、萌黄の表着、赤色の唐衣などにてありしやらん。梅唐草を浮き織りたる二つ小袖に、唐垣に梅を縫ひて侍りしをぞ着たりし。（巻一）

華やかな着物の世界に、作者は生れ落ちているのである。そうした問題については三田村論文を参考にしてさらに分析してみる必要があるだろうが、ここで注目しておきたいのは『とはずがたり』では前半の華やかな着物の世界が後半に至って裏返されているという点である。

「あまりに言ふ甲斐なきみどり子」が生れ落ちた場所はどこか。それはまた王法と仏法が相依し競合する領域である。

八月にや、東二条院の御産、角の御所にてなるべきにてあれば、御年も少し高くならせ給ひたる上、さきざきの御産もわづらはしき御事なれば、皆肝をつぶして、大法・秘法残りなく行はる。七仏薬師、五壇の御修法、普賢延命、金剛童子、如法愛染王などぞ聞えし。五壇の軍荼利の法は、尾張国にいつも勤むるに、この度はことさら御心ざしを添へてとて、金剛童子の事も大納言申し沙汰しき。（巻一）

荘厳な仏事の世界に、作者は生れ落ちているのである。そうした問題については阿部論文を参考にしてさらに分析してみる必要があるだろうが、ここで注目しておきたいのは『とはずがたり』では崇高な仏法の世界が裏返されているという点である。

さりながら、心の中に忘るる事は、生々世々あべからざれば、われ定めて悪道に堕つべし。されば、この恨み尽くる世あるべからず。両界の加行より以来、潅頂に至るまで、一々の行法、読誦大乗、四威儀の行、一期の間修するところ、皆三悪道に回向す。この力をもちて、今生永く空しくて、後生には悪趣に生れあはん。（巻二）

「魔縁」のせいで有明は「悪道」に堕ちるほかないのである。「かこつ方なかりしままに、五部の大乗経を手づから書きて、おのづから水茎の跡を一巻に一文字づつを加へて書きたるは、必ず下界にて今一度契りを結ばんの大願なり。いとうたてある心なり。この経、書写は終りたる、供養を遂げぬは、この度一所に生れて供養をせんとなり」とあるように有明は写経を続けるが（巻三）、それは邪悪な意志以外の何ものでもない。

こうして、『とはずがたり』は二重のエクリチュールによって書かれた作品となる。「ありし文どもを返して法華経を書きゐたるも、讃仏乗の縁とは仰せられざりしことの罪深さも悲しく案ぜられて、年も返りぬ」（巻三）とある点に注目しよう。[10] 恋文の裏にお経が書き記されているが、それは『とはずがたり』という作品の構成に関連していると思われる。いわば『とはずがたり』の表には恋のことが記され（巻一、二、三）、裏には仏のことが記されているのである（巻四、五）。しかも、それは「讃仏乗の縁」を裏切っている。

着物は性の領域にかかわり、神仏は聖の領域にかかわるが、それらの領域はそれぞれ裏返されて重なり合う。『とはずがたり』には性的なものと聖的なものの未分化な領域が存在する。それは「みどり子」の領分とでもいうべきであろう。大きく前篇と後篇に分かれる『とはずがたり』だが、作品を通して一貫しているのは「みどり子」

の寄る辺なさにほかならない。『とはずがたり』においては権力の問題や言葉の問題もまた「みどり子」の属性と不可分である。『とはずがたり』の権力と言葉の接点にいたのは「あまりに言ふ甲斐なきみどり子」としての作者だったのであり、「みどり子」としての作者は誰に問われることなくまた意図することなく権力と言葉について語っていたのである。

注

（1）近年のものとして西田正宏「『とはずがたり』研究文献目録」（『とはずがたり』の諸問題』和泉書院、一九九六年）がある。

（2）『豊明絵草子』と『とはずがたり』の関連については中村義雄「豊明絵草子と『とはずがたり』――絵巻作者二条試論」（『美術研究』二四七、一九六六年）、「豊明絵草子の詞書と『とはずがたり』」（『新修日本絵巻物全集』一七、角川書店、一九八〇年）や松本寧至『とはずがたりの研究』（桜楓社、一九七一年）などを参照。なお、『豊明絵草子』の引用は新古典大系『とはずがたり』の参考資料による。

（3）『大鏡』に『蜻蛉日記』作者が登場するのは兼家の妻妾だからである。その意味で道綱母は兼家の妻妾として歴史と交差しているのだといえる。それに対して、紫式部は道長娘の女房として歴史と交差している。『紫式部日記』は中宮出産の記録として『栄花物語』に取り込まれているからである。『とはずがたり』の作者は後深草院の女房として歴史と交差することになるだろう。『とはずがたり』の一部は『増鏡』に取り込まれ、かつ作者自身も『増鏡』に登場している。

（4）東二条院の出産の年月は史実と異なることが指摘されている。史実に従えば『とはずがたり』の冒頭以前の出来事となるわけだが、それを『とはずがたり』の内部に配置したのはまさに『とはずがたり』における出産の主題の重要性を明示するものであろう。なお、中世物語の『木幡の時雨』は双子の出産を描いた点で興味深い。出産儀礼について検討したものとして小嶋菜温子『源氏物語の性と生誕』（立教大学出版会、二〇〇四年）がある。

（5）面影、視線に言及している箇所を列挙しておく。「隈なき月の影に、見しにもあらぬ面影は、映るも曇る心地して、いまだ二葉にて明け暮れ御膝の下にありし昔より、今はと思ひ果てし世の事まで、数々承る」（巻四）。「幼少の昔は、二歳にして母に別れて、面影を知らざる恨みを悲しみ、十五歳にして父を先立てし後は、その心ざしを思ひ、恋慕懐旧の涙はいまだ袂を潤し侍る中に、わづかにいとけなく侍りし頃は、かたじけなう御まなじりをめぐらして憐愍の心ざし深くましましき。その御蔭に隠されて、父母に別れし恨みも、をさをさ慰み侍りき」（巻四）。『とはずがたり』における人丸講式の重要性はまさにこの面影にかかわっている。「この時、一人の老翁、夢に示し給ふ事ありき。この面影を写しとどめ、この言の葉をしるし置く。人丸講の式と名づく」（巻五）。「この面影を写しとどめ、この言の葉をしるし置く」という人丸講式は「とはずがたり」作者の営みに限りなく近いのである。なお、佐々木浩「『とはずがたり』の人麿影供――二条の血統意識と六条有房の通光影供をめぐって」（『国語と国文学』一九九三年七月号）も参照。

（6）網野善彦『無縁・公界・楽』（平凡社、一九七八年）は「無縁の原理」を人類に普遍的な原始以来の原理とみなしているが、われわれはそれをテクストの原理として読み換えてみたい。無縁の力は実体として存在するわけではないだろう。無縁の力を所有することは誰にもできない。その力を引き出すのは非人称的なテクストなのである。テクストこそが無縁の力を顕在化させるのである（研究とはいわばテクストを独占しようとする所有競争だが、テクストを所有することは誰にもできない）。同書は「文学・芸能・美術・宗教等々、人の魂をゆるがす文化は、みな、この「無縁」の場に生れ、「無縁」の人々によって担われている」と述べているが、われわれはその「無縁」の場をテクストと呼びたい。おそらくそれは「文化」に属しているのではないだろう。むしろ非＝文化そのものである。なお、『とはずがたり』作者がしばしば遊女に言及していることについては加賀元子「『とはずがたり』における遊女――その意義」（『武庫川国文』四二、一九九三年）も参照。

（7）篠田浩一郎「贖罪としての旅――〈けぶり〉と〈夢〉のテーマ」（『仮面・神話・物語――ふたたび中世への旅』朝日新聞社、一九八三年）や河添房江「女流日記における父親像――『とはずがたり』を中心に」（『女流日記文学講座』一、勉誠社、一九九一年）がすでに指摘しているように、後深草院の傾く姿と父親の傾く姿は呼応している

（「左の方へ傾くやうに見ゆる」巻一）。したがって、作者が自ら「傾城」と名乗るのも偶然ではないのかもしれない。『とはずがたり』の作者は王権、そして仏法を傾ける存在だからである。

（8）西郷信綱『古代人と夢』（平凡社、一九七二年）は「蜻蛉日記の作者は、夢のことを鵜呑みにしていない、さもなければ芯の強いあのような散文の書ける道理がない」と述べているが、にもかかわらず西郷論文には夢をエクリチュールとして捉える視点が稀薄であるように思われる。書かれた夢はもはや神との閉ざされた回路のなかにだけあるのではない。書かれてしまった夢は言語表現として開かれた回路のなかに置かれているのである。

（9）『とはずがたり』の夢には「白銀」がしばしばみられる。また有明の形見として「かの箱の中は、包みたる金一はた入れられたりけるなり」と記されている。金属は冷ややかなものだが、作者の懐のなかで温められて懐妊を告げるものとなるのであろう。しかし、那智での夢はそれらと異なっている。「白き箸のやうに、本は白々と削りて、末には梛の葉二つづつある枝を、二つ取り揃へて賜はると思ひて、うちおどろきたれば、如意輪堂の懺法始まる。何となくそばを探りたれば、白き扇の桧の木の骨なる、一本あり。夏などにてもなきに、いと不思議にありがたくおぼえて、取りて道場に置く」（巻五）。ここには金属の要素が現れないのである。「熊野での夢はまことに宗教的である」と指摘されるが（松本寧至『中世宮廷女性の日記』中央公論社、一九八六年）、それは欲望としての金属が削ぎ落とされ白々としているからであろう。

（10）『とはずがたり』には「昔の御手をひるがへして」「御手のうらに」（巻五）などの表現もみられる。一度使った紙を漉返して書いたり、裏返して書いたりしているのである。

Ⅳ　太平記と知の形態——享楽・座談・解釈

『太平記』については流布本の注釈が日本古典文学大系（後藤丹治、釜田喜三郎、岡見正雄）や日本古典集成（山下宏明）でなされ、天正本の注釈が新編日本古典文学全集（長谷川端）、西源院本の注釈が岩波文庫（兵藤裕己）でなされた。また諸家による研究として『太平記の成立』（汲古書院、一九九八年）、『太平記の世界』（同、二〇〇〇年）、『論集太平記の時代』（新典社、二〇〇四年）、『太平記を読む』（吉川弘文館、二〇〇八年）、『『太平記』をとらえる』一～三（笠間書院、二〇一四～六年）などがある。それらの成果に学びつつ、本章では『太平記』における知の形態というべきものを『平家物語』と比較することで浮き彫りにしてみたいと思う。(1)『太平記』引用は古典大系によるが、古典集成を参照して読みやすくした。

一　冒頭部の比較——運命と国家

『平家物語』と『太平記』、まず名高い冒頭部分を比較してみよう。

祇園精舎の鐘の声、所行無常の響あり。娑羅双樹の花の色、盛者必衰のことわりをあらはす。奢れる人も久しからず、唯春の夜の夢のごとし。たけき者も遂にはほろびぬ、偏に風の前の塵に同じ。

蒙竊採古今之変化、察安危之所由、覆而無外天之徳也。明君体之保国家。載而無棄地之道也。良臣則之守社稷。若夫其徳欠則雖有位不持。所謂夏桀走南巣、殷紂敗牧野。其道違則雖有威不久。曾聴趙高刑咸陽、禄山亡鳳翔。是以前聖慎而得垂法於将来也。後昆顧而不取誡於既往乎。（覚一本『平家物語』、引用は新日本古典文学大系による）

蒙ヒソカニ古今ノ変化ヲ採ツテ安危ノ来由ヲミルニ、覆ツテ外無キハ天ノ徳ナリ。明君コレニ体シテ国家ヲ保ツ。載セテ棄ツルコト無キハ地ノ道ナリ。良臣コレニノツトツテ社稷ヲ守ル。モシソレソノ徳欠クルトキハ、位有リトイヘドモ持タズ。イハユル夏ノ桀ハ南巣ニ走リ、殷ノ紂ハ牧野ニ敗ラル。ソノ道違フトキハ威有リトイヘドモ久シカラズ。カツテ聴ク、趙高ハ咸陽ニ刑セラレ、禄山ハ鳳翔ニ滅ブ。ココヲ以ツテ、前聖慎ンデ法ヲ将来ニ垂ルルコトヲ得タリ。後昆顧ミテ誡ヲ既往ニ取ラザランヤ。（流布本『太平記』、引用は日本古典文学大系による）（日本古典集成の書下し文による）

『平家物語』で問題となるのは盛者という個体である（そこには清盛の固有名が織り込まれている）。それに対して、『太平記』で問題となるのは国家であり社稷である。この相違は重要だと思われる。『平家物語』は平家という盛者の物語であり、『太平記』は君臣による国家の物語なのである。前者は単数の家の物語、あるいは源平という双数の家の物語に留まる。しかし、後者は複数の家の物語であり、しかも一つの家が内部分裂している（そのため「蒙」は秘かに覗いて見るだけである）。

『平家物語』が仏教的世界に位置づけられ、『太平記』が儒学的世界に位置づけられていることは、冒頭部分の比較から明らかであろう。前者にみられるのは運命論であり、滅亡はただ甘受するほかない。しかし、後者にみられるのは歴史論であり、歴史の教訓を守れば滅亡が回避できるのである。運命論の中の盛者は植物のように一箇所に留まって滅亡するほかない（都落ちはひたすら情動化される）。それに対して、歴史論の中の人物は漢籍という典拠に従い駒のように移動している。

『平家物語』は人間の運命を描き、『太平記』は国家というゲームを描く。近松門左衛門「碁盤太平記」の題名は『太平記』の特質を言い当てた言葉であろう。『太平記』は碁盤の上で展開しているに等しいからである。「碁ノ手ニツイテ、截レト仰セラレケルヲ伝奏聞キ誤リテ、コノ沙門ヲ截レトノ勅定ゾト心得テ、禁門ノ外ニ出ダシ、スナハチ沙門ノ首ヲ刎ネテンゲリ」(巻二・三人僧徒関東下向事)とあるように、囲碁の言葉が人の命を奪ってしまう。「四蹄ヲ縮ムレバ双六盤ノ上ニモ立チ、一鞭ヲ当ツレバ十丈ノ堀ヲモ越ツベシ」という龍馬が示唆するのは盤上から飛び出す存在ではないだろうか(巻十三・龍馬進奏事)。「主ヲイヅクヘモ落チ延ビサセンタメニ少シモ騒ギタル気色ヲ見セズ、碁・双六・十服茶ナンド呑ミテ、サリゲナキ体ニテ笑ヒ戯レテヰタリケレ…」とあるが(巻三八・畠山兄弟修善寺城立籠事)、小さな遊戯が行われるとき、実はもっと大きなゲームが展開しているのである。以下、特徴的な局面とキャラクターに注目しつつ、そうした点を明らかにしてみたい(2)。

二　無礼講と談義——解釈の場

『太平記』という作品の仕組みについて考えるとき、注目するべきは無礼講であろう。「能々ソノ心ヲ窺ヒ見ンタメ」に始まった無礼講は、いわば『太平記』の「心」を垣間見せてくれるからである。

ソノ交会遊宴ノ体、見聞耳目ヲ驚カセリ。献盃ノ次第、上下ヲイハズ、男ハ烏帽子ヲ脱イデ髻ヲ放チ、法師ハ衣ヲ着ズシテ白衣ニナリ、年十七、八ナル女ノ、眄形優ニ、膚殊ニ清ラカナルヲ二十余人、褊ノヒトヘバカリヲ着セテ、酌ヲ取ラセケレバ、雪ノ膚スキ通ツテ、大液ノ芙蓉新タニ水ヲ出デタルニ異ナラズ。山海ノ珍物ヲ尽シ、旨酒泉ノゴトクニ湛テ、遊ビ戯レ舞ヒ歌フ。ソノ間ニハ、タダ東夷ヲ亡ボスベキ企テノホカハ他事ナシ。

（巻一・無礼講事）

淫らな誘惑と強い意志というか、体裁と企てのずれが『太平記』の特質なのである。無礼講と倒幕運動は無関係とする見解もあるが（河内祥輔『日本中世の朝廷・幕府体制』吉川弘文館、二〇〇六年）、『太平記』は両者を結びつける。バサラ狼藉と王道思想を描く『太平記』の二面性といってよい。「褊」の一語はこの後、藤房の発言に出てくるけれども（「政道ノ不正ヲ褊シテ…」）、行動は衣装と関連するようにみえる。(3)

ソノ事ト無ク常ニ会交セバ、人ノ思ヒ咎ムル事モヤ有ラントテ、事ヲ文談ニ寄センガタメニ、ソノ頃才覚無双ノ聞エアリケル玄恵法印トイフ文者ヲ請ジテ、昌黎文集ノ談義ヲゾ行ハセケル。カノ法印、謀反ノ企テトハ夢ニモ知ラズ、会合ノ日毎ニ、ソノ席ニ臨デ玄ヲ談ジ、理ヲヒラク。

（巻一・無礼講事）

企てを偽装するために談義が催されるが、こうした偽装は恥辱を理由に籠居し諸国を廻った藤原俊基の挿話にもみられたところである。(4) しかし、偽装であったはずの談義が真実を示しかねないことに気づく。

カノ文集ノ中ニ、「昌黎潮州ニ赴ク」トイフ長篇有リ。コノ所ニ至ツテ、談義ヲ聞ク人々、「コレ皆不吉ノ書ナリケリ。呉子・孫子・六韜・三略ナンドコソ、シカルベキ当用ノ文ナレ」トテ、昌黎文集ノ談義ヲ止メテンゲリ。

（巻一・無礼講事）

偽装でしかないものが解釈によって真実になる。これが『太平記』の厄介な魅力であり、『太平記』は解釈をし続ける装置なのである。巻二七・雲景未来記事、巻三五・北野通夜物語事を見れば、『太平記』が座談の文学であることは明らかであろう。未来記に対する正成の解釈や編者の解釈が記されている点で、巻六・正成天王寺未来記披見事もまた一種の座談といえる。

『平家物語』は座談の文学ではない。俊寛の挿話のように座談はたちまち抑圧されてしまう（巻一・鹿谷）。座談の論理よりも女性との縁戚関係のほうが重視される。俊寛の帰還が話題になるのも安産祈願のためでしかない（巻三・赦文）。巻三・医師問答をみると、重盛は医師を拒んで死去している。「未来の事をも、かねてさとり給けるにや」と評される重盛だが、決して論理を徹底させはしない。

『平家物語』における女性の役割は大きい。祇園女御は清盛を出産し、建礼門院徳子は出産と鎮魂という大きな役割を担う（「過去精霊、一仏浄土へといのらせ給ふこそ悲しけれ」灌頂巻）。『太平記』における女性の役割は小さい。後醍醐天皇の寵愛を受け阿波の内侍廉子は准后と呼ばれるが、出産や鎮魂が特筆されるわけでもない。「御前ノ評定、雑訴ノ御沙汰マデモ、准后ノ御口入トダニイヒテンゲレバ、上卿モ忠ナキニ賞ヲ与へ、奉行モ理有ルヲ非トセリ」（巻一・三位殿御局事）。これをみると、『太平記』の女性は評定に口出しする役割にとどまる。

『平家物語』における安産祈願は文字通りのものだが、『太平記』における安産祈願は謀反の企てを意味する。女性の占める位置の大きな『平家物語』が情動優位だとすれば、解釈優位の『太平記』においては女性の占める位置が小さいのであろう。「コノ事アナカシコ人ニ知サセタマフナ」と土岐頼員は妻に語るが、密事は漏れてしまう（巻一・頼員回忠事）。直義室の出産は天狗の所為と解釈される（巻二五・医師評定事）。「此女性ヲ生テ置テハ叶マジトテ…差殺シテ堀ノ中ニゾ沈メケル」（巻三二・新田左兵衛佐義興自害事）、「ハタシテ陣中ニ女隠レテ三千余人交ハリヰタリ。サレバコソコノユヱニ兵気ハ上ラザリケリトテ、コトゴトクコノ女ヲ捕ヘテ、アルイハ水ニ沈メ、アルイハ追ヒ失

ヒテ、後マタ高キ山ニウチ上ツテ御方ノ陣ヲ見ルニ、兵気盛ンニ立ツテ敵ノ上ニ覆ヘリ」（巻三八・李将軍陣中禁女事）

とあるように、女性の存在は合戦における障害とみなされる。

談義における昌黎の話は「昌黎悦ンデ馬ヨリ下リ、韓湘ガ袖ヲ引イテ、涙ノ中ニ申シケルハ、先年碧玉ノ花ノ中ニ見エタリシ一聯ノ句ハ、汝ワレニアラカジメ左遷ノ愁ヘヲ告ゲ知ラセルナリ。今マタ汝ココニ来タレリ。ハカリ知ンヌ、ワレツヒニ謫居ニ愁死シテ、帰ル事ヲ得ジト。再会期無ウシテ、遠別今ニアリ。アニ悲シミニ堪ヘンヤトテ、前ノ一聯ニ句ヲ継イデ、八句一首ト成シテ、韓湘ニ与フ」と続く。『平家物語』で和歌が情動を掻き立てるのに対して、『太平記』では漢詩が知的な解釈を導くのである。平曲が「あはれなり」という情動を掻き立てるとすれば、太平記読みは知的な解釈を導く。

三　田楽と闘犬――解釈の対象

北条氏滅亡の前兆とみなされるのは田楽と闘犬だが、田楽は天の領域、闘犬は地の領域に位置づけられている。一方は星や鳥と結びつき、他方は人や犬と結びつくからである。

イヅクヨリ来タルトモ知ラヌ新座・本座ノ田楽ドモ十余人、忽然トシテ座席ニ列ナツテゾ舞ヒ歌ヒケル。ソノ興ハナハダヨノツネニ越エタリ。暫ク有ツテ拍子ヲ替ヘテ歌フ声ヲ聞ケバ、「天王寺ノヤヨウレボシヲ見バヤ」トゾハヤシケル。アル官女コノ声ヲ聞イテ、アマリノオモシロサニ、障子ノ隙ヨリコレヲ見ルニ、新座・本座ノ田楽ドモト見エツル者一人モ人ニテハナカリケリ。アルイハ嘴カガマツテ鵄ノゴトクナルモアリ、アルイハ身ニ翅在ツテ、ソノ形山伏ノゴトクナルモアリ。（巻五・相模入道弄田楽并闘犬事）

どこから来たかわからない田楽師たちが突然、出現し消失する。「ヨウレボシ」は儒学者によって妖霊星と解釈され、不吉な前兆となる。しかも「天王寺ハコレ仏法最初ノ霊地ニテ、聖徳太子自日本一州ノ未来記ヲ留メタマヘリ。サレバカノ媢者ガ天王寺ノ妖霊星ト歌ヒケルコソ怪シケレ」として未来記に関連づけられる。『平家物語』巻一で吉兆とされたのは「鱸」だが、その場合、解釈するというよりも直接食べることで出世が実現していた。ここでは声を放つ田楽師たちと噛み合う犬たちの対比が興味深い。

月ニ十二度、犬合ハセノ日トテ定メラレシカバ、一族大名、御内・外様ノ人々、アルイハ堂上ニ座ヲ列ネ、アルイハ庭前ニ膝ヲ屈シテ見物ス。時ニ両陣ノ犬ドモヲ、一二百疋ヅツ放シ合セタリケレバ、入リ違ヒ追ヒ合ヒテ、上ニ成リ下ニ成リ、カミ合フ声、天ヲ響カシ地ヲ動カス。心ナキ人ハコレヲ見テ、「アラオモシロヤ。タダ戦ヒニ雌雄ヲ決スルニ異ナラズ」ト思ヒ、智アル人ハコレヲ聞イテ、「アナイマイマシヤ。ヒトヘニ郊原ニ尸ヲ争フニ似タリ」ト悲シメリ。

（巻五・相模入道弄田楽并闘犬事）

闘犬をめぐる人々の動きはまさに下剋上を思わせるが、ある人は「アラオモシロヤ」という享楽を見出し、ある人は「ヒトヘニ郊原ニ尸ヲ争フニ似タリ」と解釈する。ここからも『太平記』における解釈の重要性が見て取れるだろう。

田楽の記事は巻二七に再び登場し、その不吉さを強調している。「今年多ノ不思議打チ続ク中ニ、洛中ニ田楽ヲ翫ブ事法ニ過ギタリ」。そして桟敷の崩壊が記される。

大物ノ五六ニテ打チ付ケタル桟敷傾キ立チテ、アレヤアレヤトイフ程コソアレ、上・下二百四十九間共ニ将碁倒シヲスルガゴトク、一度ニドウトゾ倒レケル（中略）修羅ノ闘諍、獄率ノ呵責、眼ノ前ニアルガゴトシ。梶井宮モ御腰ヲ打チ損ゼサセタマヒタリト聞エシカバ、一首ノ狂歌ヲ四条川原ニ立テタリ。

　釘付けケニシタル桟敷ノ倒ルルハ梶井ノ宮ノ不覚ナリケリ

マタ二條関白殿モ御覧ジタマヒタリト申ケレバ、

　田楽ノ将碁倒シノ桟敷ニハ王バカリコソアガラザリケレ　（巻二七・田楽事）

「将碁倒」とあるように、まさに世界がゲームとみなされている点に注目したい。千劔破城合戦でも「将碁倒」がみられた。「コノ時、城ノ中ヨリ、切岸ノ上ニヨコダヘテ置イタル大木十バカリ切ツテ落シカケタリケルアヒダ、将碁倒シヲスル如ク、寄手四、五百人圧ニ討タレテ死ニニケリ」（巻七・千剣破城軍事）。合戦と田楽には転倒という共通点が存在している。正成の作る藁人形は田楽の演出のようにみえる。城中で話題にしているのは双六ゲームの結末であり、その結果、途方もない事態に立ち至る（「アル時遊君ノ前ニテ双六ヲ打タレケルガ、賽ノ目ヲ論ジテ、イササカ詞ノ違ヒケルニヤ、伯叔・甥二人突キ違ヘテゾ死ナレケル」）。巻二十「八幡炎上事」にも「将棋倒」がみられるだろう。「寄手数万ノ兵ドモ、コノ大石ニ打タレテ将棋倒シヲスルガ如ク、一同ニ谷底ヘコロビ落ケレバ、オノレガ太刀・長刀につき貫カレテ、命ヲ落シ傷ヲ蒙ル者、幾千万トイフ数ヲ知ラズ」。

　騒然たる田楽が『太平記』の音を代表するとすれば、『平家物語』の音を代表するのは優美な笛ではないだろうか。敦盛最期の挿話には「あな、いとほし。この暁、城の内にて管弦したまひつるは、この人々にておはしけり。当時、味方に東国の勢何万騎かあるらめども、いくさの陣へ笛持つ人はよもあらじ。上臈はなほもやさしかりけり」と語られていた。盲人の琵琶よりも貴人の笛である。「狂言綺語の理といひながら、つひに讃仏乗の因となるこそあはれなれ」と語るように、『平家物語』の狂言綺語は仏教によって救済される。しかし、『太平記』のバサラ狼藉は救済されることがない。

四　後醍醐天皇と大塔宮――清盛・重盛との比較

『太平記』の後醍醐天皇は『平家物語』の平清盛と比較できる。ともに作品の中心人物だからである。しかし、清盛は運命を体現する盛者だが、後醍醐天皇は国家と一体ではありえず、国家の一部にすぎない。

> 訴訟ノ人出来ノ時、モシ下ノ情上ニ達セザル事モヤアラントテ、記録所ヘ出御成ツテ、直ニ訴ヘヲ聞コシメシ明ラメ、理非ヲ決断セラレシカ（中略）誠ニ理世安民ノ政、モシ機巧ニツイテコレヲ見レバ、命世亜聖ノオトモ称ジツベシ。タダ恨ムラクハ、斉桓覇ヲ行ヒ、楚人弓ヲ遺レシニ、叡慮少シキ似タル事ヲ。コレスナハチ草創ハ一天ヲアハストイヘドモ、守文ハ三載ヲ越エザルユヱンナリ。（巻一・関所停止事）

後醍醐天皇の治世では裁判が重視される。後醍醐天皇は独裁の人というよりも裁判の人であり、議論を巻き起こすのである。『太平記』作者も「タダ恨ムラクハ」と議論に加わっている。清盛が独裁者として振る舞うのに対して、後醍醐はいつも不如意に振る舞わざるをえない。「サシテ行ク笠置ノ山ヲ出デシヨリアメガ下ニハ隠レ家モナシ」と詠んでいる（巻三・主上笠置御没落事）。「イカニセンタノム陰トテ立チヨレバナホ袖ヌラス松ノ下露」と詠む藤房は後醍醐に仕えたばかりに混乱に巻き込まれる。誰も議論に終止符を打つことができないというのが『太平記』の世界であろう。

藤房コレヲウケ取リ、忠否ヲタダシ、浅深ヲ分カチ、各申シ与ヘントシタマヒケルトコロニ、内奏ノ秘計ニヨツテ、タダ今マデハ朝敵ナリツル者モ安堵ヲ賜リ、更ニ忠無キ輩モ五箇所・十箇所ノ所領ヲ賜リケルアヒダ、藤房諫言ヲイレカネテ病ト称シテ奉行ヲ辞セラル。（巻十二・公家一統政道事）

鎌倉幕府を倒し「公家一統政道」が始まるが、早速、恩賞をめぐって混乱が起こる。決断所を設置しても混乱は止まない。「サレドモコレナホ理世安国ノマツリゴトニアラザリケリ。アルイハ内奏ヨリ訴人勅許カウムレバ、決断所ニテ論人ニ理ヲ付ケラレ、マタ決断所ニテ本主安堵ヲ賜レバ、内奏ヨリソノ地ヲ別人ノ恩賞ニ行ハル。カクノ如ク互ヒニ錯乱セシアヒダ、所領一所ニ四、五人ノ給主付イテ、国々ノ動乱更ニヤム時無シ」。巻一・関所停止事にあった通り、後醍醐は流通を開いてしまったのであり、そのことが下剋上を進展させる。

後醍醐天皇と大塔宮の関係においては親子の情愛よりも国家経営のほうが優先されている。大塔宮は重盛と違って、父親を制止するような息子ではない。天台座主でありながら、軍事教練に熱中し、父親に逆らって征夷大将軍となる。後醍醐が解釈を掻き立てる存在だとすれば、大塔宮は解釈を断ち切る存在といえる。もっぱら武力を行使しようとするからである。「御心ノママニ奢リヲ極メ、世ノ譏リヲ忘レテ淫楽ヲノミ事トシタマシカバ、天下ノ人皆再ビ世ノ危フカラン事ヲ思ヘリ（中略）アマツサヘカヤウノソラガラクル者ドモ、毎夜京白河ヲ廻ツテ、辻切リヲシケル程ニ、路次ニ行キ合フ児法師・女童部、ココカシコニ切リ倒サレ、横死ニアフ者止ム時無シ。コレモタダ足利治部卿ヲ討タントオボシメサレケル故ニ、兵ヲ集武ヲ習ハセラレケル御振舞ヒナリ」（巻十二・兵部卿親王流刑事）。大塔宮はバサラ的でゲリラ的な一面を有している。「宮は熊野にもおはしましけるが、大峯を伝ひて、吉野にも高野にもおはしまし通ひつつ、さりぬべきくまぐまにはよく紛れものし給て、たけき御有様をのみあらはし…」と神出鬼没の様子を記すのは『増鏡』巻十六である。

尊氏の讒言によって大塔宮は馬場殿に閉じ込められ、鎌倉に送られることになるが、巻五の挿話と対比できるだろう。すなわち、大塔宮が経箱に隠れ危機を脱出する挿話である。

御経ヲ皆ウチ移シテ見ケルガ、カラカラトウチ笑ウテ、「大般若ノ櫃ノ中ヲヨクヨク捜シタレバ、大塔宮ハイラセタマハデ、大唐ノ玄奘三蔵コソオハシケレ」トタハムレケレバ、兵皆一同ニ笑ツテ、門外ヘゾ出デニケル。

（巻五・大塔宮熊野落事）

櫃の中に入っていたのは大塔宮ではなく経典であった。兵士たちは意味を解釈することなく、音を短絡させ「カラカラ」と笑っている。最初、兵士たちは閉じられた櫃に目を奪われるが、大塔宮は開けられた櫃の経典に紛れていた（これは大塔宮が天台座主だったことに対応する）。次に兵士たちは開いていた櫃を確認する。しかし、大塔宮はすでに閉じられた櫃に移動しているのである。こうして見事な機敏さで熊野へと脱出する(5)。

解釈の箱においては生と死、意味と享楽が入れ替わるが、そんな箱＝櫃のテーマは『太平記』に幾度も垣間見られる。地頭の幼児は何も知らず「鎧唐櫃」に入れられ淵に身を沈める（巻十一・越前牛原地頭自害事）。本物かどうか何度も確認された後、「朱ノ唐櫃」に入れられるのは義貞の首である（巻二十・新田自害事）。「走リ寄ツテ、唐櫃ノ緒ヲ引キ切ツテ、鎧ヲ取ツテ肩ニウチ懸ケケル」上山は若党に阻止されるが、鎧を許された喜びに満たされ師直に代わって討たれる（巻二六・上山討死事）。渡辺綱は恐ろしい鬼の腕を切り落としている。「綱コノ手ヲ取リテ頼光ニ奉ル。頼光コレヲ秘シテ、朱ノ唐櫃ニ収メテ置カレケル後、夜ナ夜ナオソロシキ夢ヲ見タマヒケル…」、こうして唐櫃に隠された腕を鬼は奪いにやって来るのである（巻三二・鬼丸鬼切事）。見つからぬよう「長唐櫃ノ底ニ穴ヲアケテ気ヲ出ダシ、ソノ櫃ノ中ニ臥セサセテ」脱出するのは畠山兄弟の弟である（巻三八・畠山兄弟修禅寺城楯籠事）。

「両使スデニ京着シテ、イマダ文箱ヲモ開カヌ先ニ、何トカシテ聞エケン、今度東使ノ上洛ハ、主上ヲ遠国へ遷シマヰラセ、大塔宮ヲ死罪ニ行批判的思考力や課題探求力テマツランタメナリ」というところから始まって大塔宮にとって箱は危ういものなのだが（巻二・天下怪異事）、大塔宮が殺されるのは、移動が不可能になったときである。直義は大塔宮がどの土籠にいるかすでに知っており、鎌倉の混乱に乗じて殺害してしまうのである。「牢ノ前ニ走リ出デテ明キ所ニテ御首ヲ見タテマツルニ、食ヒ切ラセタマヒタリツル刀ノ鋒、イマダ御口ノ中ニ留マツテ、御眼ナホ生キタル人ノ如シ。淵辺コレヲ見テ、サル事アリ、カヤウノ首ヲバ、主ニハ見セヌ事ゾトテ、カタハラナル藪ノ中へ、投ゲ捨テテゾ帰リケル」（巻十三・兵部卿宮薨御事）。この投げ捨てられた首こそ不気味であろう。誰のものかわからない匿名の首になってしまったからである。ゲリラ化された首といってもよいが、もはや貴種の首ではなく『太平記』に出てくる無数の首と混じり合う。巻二五は子供の首を銜えた犬の挿話から始まっている。

巻八には首が増えていく挿話が出てくる。「軍モセヌ六波羅勢ドモ、ワレ高名シタリトイハントテ、洛中・辺土ノ在家人ナンドノ首ヲ仮首ニシテ、様々ノ名ヲ書キ付ケテ、出シタリケル首ドモナリ。ソノ中ニ、赤松入道円心ト札ヲ付ケタル首五ツアリ。イヅレモ見知ツタル人無ケレバ、同ジヤウニゾ懸ケタリケル。京童部コレヲ見テ、首ヲ借リタル人、利子ヲ付ケテ返スベシ、赤松入道分身シテ、敵ノ尽ヌ相ナルベシト、口々ニコソ笑ヒケレ」（巻八・持明院殿六波羅行幸事）。首の増加は利子とみなされており、この笑話は流通の発達、商工業の発達と対応している。「赤松、中院中将貞能ヲ取リ立テテ、聖護院宮ト号シ、山崎・八幡ニ陣ヲ取リ、川尻ヲサシ塞ギ、西国往反ノ道ヲウチ止ム。コレニヨツテ、洛中ノ商売止マツテ、士卒皆転漕ノ助ケニ苦シメリ。両六波羅コレヲ聞イテ、赤松一人ニ洛中ヲ悩マサレテ、今士卒ヲ苦シムル事コソ安カラネ」とある通り、赤松と流通のかかわりは深い。

日野資朝の息子、阿新が佐渡を脱出する物語は流通の挿話として読み解くことができる。「堀ヲ飛ビ越エントシケルガ、口二丈、深サ一丈ニ余リタル堀ナレバ、越ユベキ様モ無カリケリ。サラバコレヲ橋ニシテ渡ランヨト思ヒテ、堀ノ上ニ末ナビキタル呉竹ノ梢へ、サラサラト登ツタレバ、竹ノ末、堀ノ向ウヘナビキ伏シテ、ヤスヤスト堀ヲバ越エテンゲリ」（巻二・阿新殿事）。これは永積安明『太平記』が示唆するようにゲリラ的な世界に近いが（自ら武器を持たず相手の武器を利用するのはゲリラの身振りであろう）、脱出した話がまさに流通している。「サラサラ」「ヤスヤス」はそうした流通に対応する言葉である。

後醍醐天皇は裁判の人であり、議論を掻き立てる存在だと述べたが、その「横言」によって世の中は上下に混乱する。次の落首が示すように、後醍醐の言葉は虚言としてしか機能しない。

賢王ノ横言ニ成ル世中ハ上ヲ下ヘゾ返シタリケル（巻十四・諸国朝敵蜂起事）
カクバカリタラサセタマフ綸言ノ汗ノ如クニナドナカルラン（巻十四・将軍御進発）

網野善彦『異形の王権』（平凡社、一九八六年）は後醍醐を異形の王権と名付けている。しかし、むしろ議論を呼び起こす「横言」の王権である。八幡大菩薩、天照皇大神、春日大明神を並べた肖像画をみると、それぞれの関係をめぐって議論を呼び起こさずにはいない。『梅松論』に「今の例は昔の新儀也、朕が新儀は未来の先例たるべし」という後醍醐の言葉が出てくるが、「先例」の根拠を掘り崩している。「先例」も所詮は「新儀」にすぎず、何ら根拠をもたないことが明らかになるからである。「未来の先例たるべし」という意志だけが唯一の根拠であり、「未来」とは現在の意志が思い描く願望に等しい。

「船上ノ皇居ニ壇ヲ立タテラレ、天子ミヅカラ金輪ノ法ヲ行ハセタマフ」とあるが（巻八・主上自修金輪法事）、修法の火が燃え広がっていく。「風」を旗印とした千種忠顕の攻撃は「天魔波旬」の所為とされ、「谷堂炎上」をもたらす。『増鏡』も「六月ばかりいみじう暑き程に、壇ども軒をきしりて、護摩の煙みちみちたるさま、いとおどろおどろしきまでけぶたし」と強調していた（巻十五）。火は後醍醐の手印の鮮やかな「朱」と共鳴している（『四天王寺御手印縁起』）。『徒然草』一三八段に「紫の朱奪ふことを悪む」の一文に執着する挿話がみえるが、「朱」への拘泥こそ後醍醐天皇そのものにほかならない。

足利方の策略に乗せられ京都に帰還しようとする後醍醐天皇を描くのが巻十七である。細切れにして兵士たちに配布する「紅ノ御袴」が印象的であろう。「シカレドモ今洛中数箇度ノ戦ヒニ、朝敵勢ヒ盛ンニシテ、官軍シキリニ利ヲ失ヒ候フ事、全ク戦ヒノ咎ニアラズ、タダ帝徳ノ欠クルトコロニ候フカ。ヨッテ御方ニ参ル勢ノ少ナキユヱニテ候ハズヤ。詮ズル所当家累年ノ忠義ヲ捨テラレテ、京都へ臨幸成ルベキニテ候ハバ、タダ義貞ヲ始メトシテ、当家ノ氏族五十余人ヲ御前ヘ召シ出ダサレ、首ヲ刎ネテ、伍子胥ガ罪ニ比シ、胸ヲ割イテ、比干ガ刑ニ処セラレ候フベシ」と新田方の武将が血涙を流し抗議しているが（巻十七・山門還御事）、ここでも後醍醐は議論を引き起こす。

『平家物語』における清盛の最期は悪人の運命にふさわしい。だが、「清盛公は悪人とこそ思へども、まことは慈恵僧正の再誕なり」と救済が用意されていた（巻六）。それに対して、左手に法華経、右手に刀剣をもった後醍醐の最期は救済を拒むものである。崩御の挿話は道誉と師直のバサラ挿話に挟まれ、炎上と猛火の挿話の間で「燈」が消えているが（巻二一）、その余燼は止むことがない。「二年二月四日、ニハカニ失火出デ来テ院ノ御所持明院殿焼ケニケリ。回禄ハ天災ニテ世ノツネ有ル事ナレドモ、近年ウチ続キ京中ノ堂社・宮殿残リ少ナク焼ケ失セヌル事タダ事トモ覚エズ、タダ法滅ノ因縁、王城ノ衰微トゾ見エタリケル。元弘・建武ノ乱ヨリコノカタ、回禄ニ逢ヌル所々ヲ数フレバ、マヅ内裏・馬場殿・准后ノ御所…」と続いている（巻三二・院御所炎上事）。

五　藤房と正成——重盛・知盛との比較

『太平記』の万里小路藤房は『平家物語』の平重盛と比較できるだろう。ともに教訓や諫言を述べる人物だからである。しかし、重盛の教訓はもっぱら恩愛にかかわるものであって、政治にかかわるものにはみえない。清盛が後白河院を幽閉しようとするので、重盛は涙を流す。

…大臣聞きもあへず、はらはらとぞ泣かれける。入道、いかにいかにとあきれ給ふ。大臣涙をおさへて申されけるは、此仰承候に、御運ははや末になりぬと覚候。人の運命の傾かんとては、必悪事を思ひ立ち候也。（巻二・教訓状）

清盛と血縁にある重盛の発言では、親子の問題や孝行の問題が重視される。「まづ世に四恩候、天地の恩、国王の恩、父母の恩、衆生の恩、是也。其なかに尤重きは朝恩也」と語っているように、政治でさえも朝恩という恩義の問題なのである。だが、藤房が問題とするのは政道であって、恩愛ではない。

…今政道正カラザルニヨツテ、房星ノ精、化シテコノ馬ト成ツテ、人ノ心ヲ蕩カサントスルモノナリ。（中略）イマダ恩賞ヲ賜ツタル者アラザルニ、申状ヲ捨テテ訴ヘヲ止メタルハ、忠功ノ立タザルヲ恨ミ、政道ノ正シカラザルヲ褊《さみ》シテ、皆オノガ本国ニ帰ル者ナリ。（中略）今ノ政道、タダ抽賞ノ功ニ当タラザル譏リノミニアラズ、兼ネテハ綸言ノ掌ヲカヘス憚リアリ。（中略）ソモソモ天馬ノ用キルトコロヲ案ズルニ、徳ノ流行スル事ハ、郵

ヲ置イテ命ヲ伝フルヨリモ早ケレバ、コノ馬必ズシモ用ヰルニ足ラズ。（巻十三・龍馬進奏事）

藤房は天皇に進上された龍馬を凶悪と解釈している。徳の流行に比較すれば、龍馬は無用の長物だという。馬はまさに国家経営のゲームを左右しかねない齣である。

巻三に「藤房卿勅ヲウケタマハツテ、急ギ楠正成ヲゾ召サレケル」と記されるが、藤房が出自の明解な人物であるのに対して、正成は出自の不明な人物である。どこから来たかわからないように『太平記』は書いている（その意味では「イヅクヨリ来タルトモ知ラヌ」とあった田楽師に似ている）。藤房は有縁の人物であり、正成は無縁の人物である。無縁の正成は夢の解釈を通して現れる。

「…天下草創ノ功ハ、武略ト智謀トノ二ニテ候フ（中略）合戦ノ習ヒニテ候ヘバ、一旦ノ勝負ヲバ、必ズシモ御覧ゼラルベカラズ。正成一人イマダ生キテ有リト聞コシメサレ候ハバ、聖運ツヒニ開カルベシト、オボシメサレ候へ」ト、タノモシゲニ申シテ、正成ハ河内へ帰ニケリ。（巻三・主上御夢事）

一度では決着が付かず何度でも戦い続けなければならない、それが『太平記』の世界である。生きているという噂さえあれば勝利できると断言している。赤坂城で熱湯を注ぎかける正成は灼熱の男だが（「熱湯ノ湧キカヘリタルヲ酌ンデカケタリケル…熱湯身ニ徹ツテ焼ケタダレケレ…」）、単純な武力の人ではなく、知謀の人である。(6)

「去年赤坂ノ城ニテ自害シテ焼死ンダル真似ヲシテ落チタリシ」と偽装が記されている（巻六・楠天王寺出張事）。湯浅氏の城を陥落させた作戦も興味深い。「兵ヲ二、三百人、兵士ノヤウニイデタタセテ、城中へ入ラントス。楠ガ勢コレヲ追ヒ散ラサントスル真似ヲシテ、追ツツ返シツ、同士軍ヲゾシタリケル。湯浅入道コレヲ見テ、ワガ兵粮入ルル兵ドモガ、楠ガ勢ト戦フゾト心エテ、城中ヨリウッテ出デ、ソゾロナル敵ノ兵ドモヲ城中ヘゾ引キ入レケル」。合戦を偽装することで、城内潜入を果たすのである。巻六・正成天王寺未来記披見事にみえる通り、正成は未来記さえ解釈できる。

巻十五では律僧を派遣し、自らの死を演出している。「アマリニアラマホシサニ、ココニ面影ノ似タリケル首ヲ二ツ、獄門ノ木ニ懸ケテ、新田左兵衛督義貞・楠河内判官正成ト書キ付ケヲセラレタリケルヲ、イカナルニクサウノ者カシタリケン、ソノ札ノ側ニ、コレハニタ首ナリ、マサシゲニモ書ケル虚事カナト、秀句ヲシテゾ書キ添ヘテ見セタリケル」（巻十五・将軍都落事）。正成の偽首は言葉を短絡させ秀句を呼び寄せるのである。

巻十六、湊川の合戦で敗北した正成が切腹する場面をみてみよう。

正成座上ニ居ツツ、舎弟ノ正季ニ向ツテ、「ソモソモ最期ノ一念ニ依ツテ、善悪ノ生ヲ引クトイヘリ、九界ノ間ニ何カ御辺ノ願ナル」ト問ヒケレバ、正季カラカラトウチ笑テ、「七生マデタダ同ジ人間ニ生レテ、朝敵ヲ滅サバヤトコソ存ジ候ヘ」ト申ケレバ、正成ヨニ嬉シゲナル気色ニテ、「罪業深キ悪念ナレドモワレモカヤウニ思フナリ。イザサラバ同ジク生ヲ替ヘテコノ本懐ヲ達セン」ト契テ、兄弟トモニ差シ違ヘテ、同ジ枕ニ臥シニケリ。（巻十六・正成兄弟討死事）

何度でも同じことを繰り返すというのが正成の本懐である。「カラカラ」笑いに注目したい。これは解釈を突き放すような笑いであり、北条一門自害の場面に通じるものがある。「思ヒ指シ申スゾ。コレヲ肴ニシタマヘトテ、左ノ小脇ニ刀ヲ突キ立テテ、右ノ傍腹マデ、切リ目長ク掻キ破ツテ、中ナル腸手繰リ出ダシテ、道準ガ前ニゾ伏シタリケル。道準盃ヲ取ツテ、アツパレ肴ヤ、イカナル下戸ナリトモ、コレヲ呑マヌ者アラジトタハムレテ、ソノ盃ヲ半分バカリ呑ミ残シテ、諏訪入道ガ前ニ指シ置キ、同ジク腹切ツテ死ニニケリ」（巻十・高時併一門以下自害東勝寺事）。こうした自死は生命を快く保存する快楽ではない。むしろ生命を失うほど激しい享楽というべきものであろう。「疑ヒハ人ニヨリテゾ残リケルマサシゲナルハ楠ガ首」の歌によれば、正成が亡くなったかどうかは疑わしい（巻十六・正成首送故郷事）。巻二三では大森彦七の前に正成の亡霊が現れる（正成は「七頭ノ牛」に乗っており、「七」の論理がすべてを導く）。猿楽の場面は亡霊出現にふさわしいようにみえる。

猿楽ハコレ遐齢延年ノ方ナレバトテ、御堂ノ庭ニ桟敷ヲ打ツテ舞台ヲ布キ、種々ノ風流ヲ尽サントス。近隣ノ貴賤コレヲ聞キテ、群集スルコトオビタタシ。（巻二三・大森彦七事）

猿楽に加わろうとした彦七の前に美女が現れ、彦七が背負うと、鬼に変貌する。(7) まさに目の前で猿楽が演じられる趣があり、『太平記』と猿楽の同時代性がうかがえる。

…彦七聞キモアヘズ、庭へ立チ出デテ、今夜ハ定メテ来タリタマヒヌラント存ジテ、宵ヨリ待チタテマツテコソ候へ。始メハ何トモナキ天狗・化物ナンドノ化シテ候フ事ゾト存ゼシアヒダ、委細ノ問答ニモ及ビ候ハザリキ。今タシカニ綸旨ヲ帯シタルゾト奉候ヘバ、サテハ子細ナキ楠殿ニテ御座候ヒケリト、信ヲ取テコソ候へ。事長々シキヤウニ候ヘドモ、不審ノ事ドモヲ尋ヌルニテ候フ。（巻二三・大森彦七事）

問答の一夜に続くのは囲碁、双六の一夜である。つまり、囲碁や双六は問答の等価物になっている。

ソノ次ノ夜モ、月曇リ風荒ウシテ、怪シキ気色ニ見エケレバ、警固ノ者ドモ大勢、遠侍ニ並ミヰテ、夜モスガラ眠ラジト、碁・双六ヲ打ツテゾ遊ビケル。（巻二三・大森彦七事）

巻七・千劒破城軍事の「大将ノ下知ニ従ヒテ、軍勢皆軍ヲ止メケレバ、慰ム方ヤ無カリケン、アルイハ碁・双六ヲ打ツテ日ヲ過ゴシ、アルイハ百服茶・褒貶ノ歌合ナンドヲモテアソンデ夜ヲ明カス」という一節によれば、囲碁は合戦の等価物にみえる。城を囲む軍勢は「見物相撲ノ場ノ如ク」であった。

もちろん、善人とされる重盛が亡霊になることはない。『平家物語』の知盛は「見るべき程の事は見つ」の言葉で名高いが（巻十一）、こうした言葉を『太平記』の人物は誰も口にできない。なぜなら、何一つ終わりが訪れないからである。『平家物語』と違って終わりは存在せず、『太平記』の正成は永遠に戦い続けなければならない。

六　カラカラ笑い――享楽と物

『平家物語』の平知盛にも豪放で享楽的な一面を見て取ることができる。「女房達、中納言殿、いくさはいかにや、いかにと口々にとひ給へば、めづらしきあづま男をこそ御らんぜられ候はんずらめとて、からからとわらひ給へば、なんでうのただいまのたはぶれぞやとて、声々にをめきさけび給ひけり」（巻十一・先帝身投）。合戦とは東男を見ることだというのは一瞬、虚を突くような発言であり、この後、感情の爆発がやってくる。しかし、覚一本『平家物語』を見る限り、「からから」笑いの用例はこれだけである。

それに対して、『太平記』の用例は多く、いずれも共通するところがある。それは短絡による享楽であり、物への同化である。からから笑いに共通するのは意味の解釈ではなく、むしろ言葉の短絡であろう。「快実コレヲ見テ、カラカラト打笑ウテ、心エヌモノカナ、御辺タチハ、敵ノ首ヲコソ取ランズルニ、御方ノ首ヲホシガルハ、武家自滅ノ瑞相顕レタリ、ホシカラバ、スハ取ラセントイフママニ、持チタル海東ガ首ヲ敵ノ中ヘガバト投ゲカケ、坂本様ノ拝ミ切リ、八方ヲ払ツテ火ヲ散ラス」(巻二・唐崎浜合戦事)。敵ではなく味方の首を欲しがっているというのは一瞬、意味を宙吊りにする不意打ちであり短絡である。そして、感情の爆発とともに投げつけられた首が物質として現前する。(8)

「武部七郎、妻鹿ガ鎧ノ上帯ヲ踏ンデ肩ニ乗リアガリ、一刎ネ刎ネテ向ヒノ岸ニゾ着キケル。妻鹿カラカラト笑ツテ、御辺ハワレヲ橋ニシテ渡ツタルヤ、イデソノ屏引キ破ツテ捨テントイフママニ…」(巻九・六波羅攻事)。自らを橋にして渡るというのも一瞬、意味を宙吊りにする短絡である。そして、感情の爆発とともに倒された塀が物質として突出する。

「野伏ドモ、カラカラト笑ウテ、イカナル一天ノ君ニテモ渡ラセタマヘ、御運スデニ尽キテ、落チサセタマハンズルヲ、通シマヰラセントハ申スマジ、タヤスク通リタクオボシメサバ、御伴ノ武士ノ馬・物具ヲ皆捨テサセテ、御心安ク落チサセタマヘトイヒモハテズ、同音ニ時ヲドツト作ル」(巻九・主上、上皇御沈落事)。天皇でいらっしゃるけれども(「渡ラセ給」)、渡らせないというのは一瞬、意味を宙吊りにする短絡である。欲望を剥き出しに武具を所望している。だが、中吉弥八は銭の隠し場所を教えると称し、野伏を六波羅の焼け跡に連れ出し「空笑」を返すのである。

「大手ヲハダケテ馳セ懸カル。長崎ハルカニ見テカラカラト打チ笑ウテ、党ノ者ドモニ組ムベクバ、横山ヲモ何カハ嫌フベキ、アハヌ敵ヲ失フ様、イデイデオノレニ知ラセントテ、為久ガ鎧ノ総角ツカンデ中ニヒツサゲ、弓杖五杖バカリ、ヤスヤスト投ゲ渡ス」(巻十、長崎高重最期合戦事)。わざわざふさわしくない相手と戦うというのも一瞬、意味を宙吊りにする短絡である。そして、感情の爆発とともに武器が物質として突出する。

第二部の用例をみてみよう。「命惜シクハ、弓ヲハヅシ物具脱イデ降人ニ参レトゾカケタリケル。備後守コレヲ聞イテ、カラカラトウチ笑ヒ、聞キモナラハヌコトバカナ、降人ニナルベクハ、筑紫ヨリ将軍ノサマザマノ御教書ヲ成シテスカサレシ時コソ成ンズレ」（巻十六・備中福山合戦事）。降参するはずがないのに、とっくに降参していただろうというのは解釈を拒絶し、まさに「物具」と一体になる。ここでは「聞キモナラハヌコトバカナ」と言葉の一瞬、意味を宙吊りにする短絡である。「時ニ道過グル人コレヲ聞キテ／将門ハ米カミヨリゾ斬ラレケル俵藤太ガ謀ニテ／ト読タリケレバ、コノ首カラカラト笑ヒケルガ、眼タチマチニ塞ガッテ、ソノ尸ツヒニ枯レニケリ」（巻十六・日本朝敵事）。米と俵という言葉の短絡が意味を笑い飛ばし、屍を物質として際立たせている。

「熊野ノ人ドモノ真黒ニツツミツレテ攻メ上リケルヲ、遙カニ直下シカラカラトウチ笑ヒ、今日ノ軍ニ、御方ノ兵ニ太刀ヲモ抜カセ候フマジ、矢一ツヲモ射サセ候フマジ、ワレ等二人マカリ向ツテ、一矢ツカマツテ奴原ニ肝ツブサセ候ハント申シ、イトシヅカニ座席ヲゾ立ツタリケル」（巻十七・山攻事）。わざと味方に戦闘をさせないというのは一瞬、意味を宙吊りにする短絡であり、本間と相馬は静かに座席を立って物質的な沈黙をもたらすのである。「コノ童カラカラトウチ笑ウテ、ワレ和光ノ塵ニ交ハル事久シクシテ、三世了達ノ智モ浅ク成リヌトイヘドモ、如来出世ノ御時、会座ニ列ナツテ聞キシ事ナレバ、アラアライヒテ聞カセントテ、大衆ノ立テツルトコロノ不審一々ニコトバニ花ヲサカセ理ニ玉ヲ連ネテ答ヘケル」（同）。ここでは童子が高度な理論を語ることで、常識的な解釈を笑い飛ばしている。

瀕死の老人も常識的な解釈を笑い飛ばす。「コノ入道スデニ目ヲ塞ガントシケルガ、カツパトハネ起キテ、カラカラトウチ笑ヒ、ワナナイタル声ニテイヒケルハ、ワレスデニ齢七旬ニ及ンデ、栄花身ニアマリヌレバ、今生ニオイテハ一事モ思ヒ残ス事候ハズ、タダ今度マカリ上ツテ、ツヒニ朝敵ヲ亡ボシエズシテ、ムナシク黄泉ノタビニオモムキヌル事、多生広劫マデノ妄念トナリヌト覚エ候フ…ト、コレヲ最後ノコトバニテ、刀ヲ抜イテ逆手ニ持チ、歯噛ミヲシテゾ死ニニケル」（巻二十・結城入道堕地獄事）。吉野から奥州に向かったものの難破し重病となった結城入道は善意の解釈を拒絶し、悪相によって享楽を尽くすのである（地獄に堕ちた結城入道の苦患を旅僧が語るところは夢幻能のようだ）。土岐頼遠の狼藉も同様であろう。「頼遠酔狂ノ気ヤキザシケン、コレヲ聞キテカラカラトウチ笑ヒ、ナニ院トイフカ、犬トイフカ、犬ナラバ射テ落サントイフママニ、御車ヲ真中ニ取リ籠メテ、馬ヲ懸ケ寄セテ、追物射ニコソ射タリケレ」（巻二三・土岐頼遠参合御幸致狼藉事）。院と犬という言葉の短絡で意味や解釈を笑い飛ばし、犬追物のごとく光厳院に矢を射るのである。頼遠の挿話は年次を乱しているようだが、狼藉は時間感覚まで狂わせている。

第三部の用例をみてみよう。「キタナクモ敵ニ後ヲ見セラルルモノカナト、言葉ヲ懸ケテ恥ヂシメケレバ、長山キツトフリ返ツテカラカラトウチ笑テ、問フハタソトヨ、赤松弾正少弼氏範ヨ、サテハヨイ敵、タダシタダ一打チニ失ハンズルコソカハユケレ、念仏申シテ西へ向ヘトテ、クダンノ鉞ヲ以ツテ開キ…」（巻三二・山名右衛門佐為敵事）。恥かしめる言葉に敏感に反応しているが、解釈を笑い飛ばし鉞の一撃へと全身を籠めるのである。「互ヒニキツト眼クバセシテ、南部ニ組マント相近付ク。南部尻目ニ見テカラカラトウチ咲ヒ、モノモノシノ人々カナ、イデ胴切ツテ太刀ノ金ノ程見セントテ、五尺六寸ノ太刀ヲ以ツテ開イテ、片手打チニシトト打ツ」（巻三三・京軍事）。ここでは相手の意図を笑い飛ばし、金属の一撃にすべてを托すのである。「楠ハイマダ川ヲ越サズ、和田ガ勢バカリワヅカニ五百騎ニモ足ラジト見エテ候フト牛飼童部ドモノ語リケレバ、吉田肥前カラカラト笑ウテ、アハレアサマシヤ、敵ノ種ヲバココニテ尽サスベシ、同ジクハ楠ヲモ川ヲ越サセテ打チ殺セトテ、イトシヅカニ馬ヲ飼ウテ、ノサノサトシテゾキタリケル」（巻三六・秀詮兄弟討死事）。吉田厳覚は道誉の家臣にふさわしく牛飼い童の解釈を笑い飛ばし、「敵ノ種ヲバココニテ尽サスベシ」と短絡させるのである。平然として馬と一体になっている。

短絡による解釈の拒絶と物への同化、これこそ死を厭わぬ享楽である。名高い『太平記』の落首もまた享楽の一種であろう。落首には文字通り、首が落ちる覚悟さえ見て取れる。「無キ人ノシルシノ卒塔婆掘リ棄テテ墓ナカリケル家作リカナ」（巻二六・執事兄弟奢侈事）。実際、この落首の作者は師直に殺害されている。「無キ人ノシルシ」が我が身に降りかかってしまうのである。逆に落首によって追われる大名もいる。「御敵ノ種ヲ蒔キ置ク畠山ウチ返スベキ世トハ知ラズヤ」、「イカ程ノ豆ヲ蒔キテカ畠山日本国ヲバ味噌ニナスラン」、これらは畠山道誓を揶揄したものだが、短絡が感情の爆発を生んでいる（巻三五・南方蜂起事）。

「ヱツボ」に入った笑いにも注目しておきたい[9]。「コノ聖ソノ文ヲヤ知ラザリケン、汝是畜生発菩提心トゾ唱ヘタリケル。三河守友俊モ、同ジクココニテ出家セントテ、スデニ髪ヲ洗ヒケルガ、コレヲ聞イテ、命ノ惜シサニ出家スレバトテ、ナンヂハコレ畜生ナリト唱ヘタマフ事ノ悲シサヨト、ヱツボニ入ツテゾ笑ヒケル」（巻九・主上上皇被囚為五宮事）。生命が危機にさらされる、そのとき思わず笑いが吹き出すのである。敵の軍隊に囲まれたときの笑いも同様であろう。

　アル夜、東寺ノ軍勢ドモ、楼門ニ上ツテコレヲ見ケルガ、「アラオビタタシ、阿弥陀ガ峯ノ篝ヤ」ト申シケレバ、高駿河守トリモアヘズ

　　多クトモ四十八ニハヨモ過ギジ阿弥陀峯ニトモス篝火

　ト一首ノ狂歌ニトリ成シテ戯レケレバ、満座皆ヱツボニ入ツテゾ笑ヒケル。（巻十七・山門牒南都送事）

無数の火は敵の勢いを示す。宮方が勢いを増し武家方は疲れ果てている、そんな中で絶望的な笑いが生まれるのである。罰当たりな笑いといってもよい。

コノ時覚鑁、「サレバコソナンヂ等ガ打ツトコロノ飛礫全クワガ身ニアタル事アルベカラズ」ト少シ憍慢ノ心起サレケレバ、一ツノ飛礫上人ノ御額ニアタツテ、血ノ色ヤウヤクニシテ見エタリケリ。「サレバコソ」トテ、大衆ドモ同音ニドツト笑ヒ、オノオノ院々谷々ヘゾ帰リケル。（巻十八・高野根来不和事）

これは根来寺と高野山の対立を語る挿話だが、笑いと暴力が密接につながっていることを示す。巻十八ではもう一度「ドット」笑いが起こる。

…順風ヲエタル大船ニ、押シ手ノ小舟追ツ付クベキニアラズ。遙カノ沖ニ向ツテ、扇ヲ挙ゲ招キケルヲ、松浦ガ舟ニドツト笑フ声ヲ聞キテ、「ヤスカラヌモノカナ。ソノ儀ナラバタダ今ノ程ニ海底ノ龍神ト成ツテ、ソノ舟ヲバヤルマジキモノヲ」ト怒ツテ、腹十文字ニ掻キ切ツテ、蒼海ノ底ニゾ沈ミケル。（巻十八・一宮御息所事）

一宮御息所を奪われ笑われた秦武文は、腹を切って報復を図る。笑いは相手を死に突き進ませるのである。逆に、笑いが死を弾き返す場合もある。

篠塚スコシモ騒ガズ、小歌ニテシヅシヅト落チ行キケルヲ、敵「アマスナ」トテ追ヒ懸クレバ、立チ止マツテ、「アア御辺タチイタク近付イテ、首ニ仲違ヒスナ」トアザ笑ウテ、クダンノ金棒ヲ打チ振レバ、蜘ノ子ヲ散ラスガ如ク、サツトハ逃ゲ、マタムラ立ツテ後ニ集マリ鏃ヲソロヘテ射レバ、「ソレガシガ鎧ニハカタガタノヘロヘロ矢ハヨモ立チ候ハジ、スハココヲ射ヨ」トテ、後ヲ指シ向ケテゾ休ミケル。（巻二二・篠塚勇力事）

脇屋軍の篠塚はやすやすと四国から隠岐島へと脱出するのだが、笑いに満ちた傍若無人の振舞いはかえって死を遠ざけている。乗船する篠塚の挿話は一宮御息所の挿話の悲惨さと対照的であり、むしろ阿新の挿話と同じ痛快さをもつ。

仁木義長の笑いをみてみよう。「紀伊国ノ軍ニ寄手ソクバク討タレテ、今ハ和佐山ノ陣ニモ御方コラヘガタシトイヒタリケレバ、津々山ノ勢モ尼崎ノ大将モ、興ヲ醒マシ色ヲ失フ。サレドモ仁木右京大夫義長一人ハ、アラヲカシヤ、サテコソヨ、アハレ、同ジクハ津々山・天王寺・住吉ノ勢ドモモ、ミナ追ヒ散ラサレ、裸ニ成ツテ逃ゲヨカシ、興アル見物セントテ、ヱツボニ入リテゾワラヒケル。コレヲバ御方トヤイフベキ、敵トヤ申スベキ、心得ガタキ所存ナリ」（巻三四・二度紀伊国軍事）。享楽においては敵も味方も存在しないのである。『太平記』において「ヱツボ」に入った笑いは三度繰り返されるが、それは武家に対立した公家の笑いであり（巻九）、宮方に対立した武家の笑いであり（巻十七）、敵も味方も区別しない笑いである（巻三四）。

斯波道朝の家臣による笑いをみてみよう。「二宮長坂峠ニヒカヘテ少シモタダヨヘル機ヲ見セズ、馬ニ道草カフテアザ笑ウタル声ザシニテ申ケルハ…ワレ等ガ首ヲ御引出物ニマヰラスルカ、御首ドモヲ餞ニ賜ルカ、ソノ二ツノ間ニ自他ノ運否ヲ定メ候ハバヤト高声ニ呼バハリテ、馬ノ上ニテ鎧ノ上帯締メナホシテ、東頭ニヒカヘタリ。ソノ勇気マコトニ節ニアタツテ、死ヲ軽ンズル義アツテ、前ニ恐ルベキ敵無シト見エケレバ、数万騎ノ寄手ドモ、ヨシヤ今ハコレマデゾトテ、長坂ノ麓ヨリ引キ返シヌ」（巻三九・諸大名讒道朝事）。死を恐れぬ笑いが大軍を圧倒している。『源平盛衰記』巻七に「鹿谷の評定の時、瓶子の倒れて頚を打折りたりけるを、平氏既に倒れたり、頚を取るには過ぎずとて、様々振舞ひたりければ、満座の人、この秀句を感じける」とあるが、秀句とは死と隣り合ったものではないだろうか。だからこそ、中世という合戦の時代において秀句が際立つのである。

七　道誉と師直――排除される義貞と高貞

『平家物語』の平重盛と『太平記』の高師直を比較することもできる。ともに補佐する人物だからである。しかし、一方は善の人、他方はバサラ的な享楽の人といえる。師直は源氏の守り神である石清水八幡宮に火を放つことさえ厭わない（巻二十）。

では『太平記』の中心人物、足利尊氏はどうか。尊氏は善の人でもなく享楽の人でもなく、解釈や享楽を受け入れる人物である。巻十三の結末に「サテコソ、尊氏卿ノ威勢自然ニ重ク成リテ、武運忽ニ開ケケレバ、天下マタ武家ノ世トハ成リニケリ」とある通り、何の策略もなく自然に重みを増していく存在にみえる。『神皇正統記』が「サシタル大功モナクテ、カクヤハ抽賞セラルベキ」と批判するのも当然であろう。巻三三において背中の腫れ物で亡くなるときも「病日ニ随ヒテ重クナリ」とあり、自然に重みを増している。[10]

尊氏はもっぱら運に助けられて生き延びる。「サレドモ将軍ノ御運ヤ強カリケン…梅酸ノ渇ヲゾ休メラレケル」（巻十五）、「義貞朝臣ハ、ワザト鎧ヲ脱ギ替へ馬ヲ乗リ替テ、タダ一騎敵ノ中へ懸ケ入リ懸ケ入リ、イヅクニカ尊氏卿ノオハスラン、撰ラビ打チニ討タント伺ヒタマヒケレドモ、将軍運強クシテ、遂ニ見へ給ハザリケレバ、無力ソノ勢ヲ十方へ分チテ、逃ルル敵ヲゾ追ハセラレケル」。尊氏が九州を制覇するところにも「コレ全ク菊池ガ不覚ニモアラズ、マタ直義朝臣ノ謀ニモ依ラズ、タダ将軍天下ノ主ト成リタマフベキ過去ノ善因催シテ、霊神擁護ノ威ヲ加ヘタマシカバ、不慮ニ勝ルコトヲ得テ一時ニ靡キ順ヒケリ」とあって、「不慮」に勝っているにすぎない。義貞の挑発に対しても、「将軍無力義者ノ諫ニ順フテ、怒リヲ押サヘテオハシタマフ」というありさまである（巻十七）。玄慧法師に「比叡山開闢事」を語らせるのも師直であって、尊氏ではない（巻十八）。「コレゾハヤ将軍ノ御運尽サザル所ナレ」とあるように、新田軍の親子対立も尊氏に有利に働く（巻三一）。幽閉していた後醍醐天皇に逃げられたとき『梅松論』は「大敵の君を逃したてまつりて、御驚きもなかりしぞ、不思議の事と申し合ひける」と記しているが、驚くほどの平静さが尊氏の特徴といえる。

尊氏を追い詰めたにもかかわらず討ち漏らす新田義貞は、『太平記』において影の薄い存在である（「サセルコトナクテ、ムナシクサヘナリトキコエシカバ、云バカリナシ」と記す『神皇正統記』においても影は薄い）。正成が夢を通して後醍醐天皇に近づくのに対して、義貞は綸旨を手に入れてから近づく（巻七）。しかも、野伏の協力でようやく手に入れた綸旨が偽物であることを知らない。バサラたちの火の挿話とは対照的だが、稲村ヶ崎が干潟になる場面でも律儀に祈っている印象である（巻十）。バサラや座談や未来記と縁のない律儀で鈍重な義貞は反・享楽的人物であり、だから活躍の場が乏しいのである。かろうじて巻一四「新田足利確執奏状事」においてのみ義貞が勝っているようである。「例ノ新田ノ長僉議」と批判され（西源院本など）、「円心城ヲ拵スマシテ、当国ノ守護・国司ヲバ、将軍ヨリタマテ候フアヒダ、手ノ裏ヲ返ス様ナル綸旨ヲバ、何カハ仕リ候ベキト嘲弄シテコソ返サレケレ」と赤松円心からは嘲弄を受ける（巻十六）。正成は「コノ年ノ春ハ尊氏ノ逆徒ヲ九州へ退ケラレ候ヒシ事、聖運トハ申シナガラ、偏ニ御計略ノ武徳ニ依リシ事ニテ候ヘバ、合戦ノ方ニオイテハ誰カ徧シ申シ候フベキ」と述べているが（「徧」は『太平記』用語というべきであろう）、義貞は武徳の人にすぎない。「今日ヲ限リノ運命ナリ」と思い定めても生き延びてしまう（巻十七）。北国における凍死の危機、飢餓の危機も陰鬱な義貞にふさわしい（「薄衣ナル人、飼事無リシ馬ドモ、ココヤカシコニ凍リ死ンデ、行ク人道ヲ去リアヘズ」、「秘蔵ノ名馬ドモヲ、毎日二疋ヅツ差シ殺シテ、各コレヲゾ朝夕ノ食ニハ当テタリケル」）。斯波道朝の黒丸城を落とすことに拘った義貞は「詮ナキ小事ニ目ヲ懸ケテ大儀ヲ次ニ成サレケル」と批判されている。義貞の見た大蛇の夢は凶兆と解釈され、次のような死を迎える。

コノ馬名誉ノ駿足ナリケレバ、一、二丈ノ堀ヲモ、前々タヤスク越エケルガ、五筋マデ射立ラレタル矢ニヤヨワリケン。小溝一ツヲコエカネテ、屏風ヲタフスガ如ク岸ノ下ニゾコロビケル。義貞弓手ノ足ヲシカレテ、起キアガラントシタマフトコロニ、白羽ノ矢一筋、真向ノハヅレ、眉間ノ真中ニゾ立ツタリケル。急所ノ痛手ナレバ、一矢ニ目クレ心迷ヒケレバ、義貞今ハ叶ハジトヤ思ヒケン、抜イタル太刀ヲ左ノ手ニ取リ渡シ、ミヅカラ首ヲカキ切ツテ、深泥ノ中ニカクシテ、ソノ上ニ横タハツテゾ臥シタマヒケル。（巻二十・義貞自害事）

馬も弱々しいが、義貞の存在はまさに泥中に隠れるものでしかない（大蛇が示す通り、水の挿話である）。「会者定離ノ理ニ、愛別離苦ノ夢ヲ覚シテ」と記されるように、匂当内侍との悲恋も義貞が時代遅れのキャラクターであることを印象づける。それに対して、巻十七で「主上モ義貞モ出抜テ」騙したりする佐々木道誉の存在は華々しいものである。

コノ頃、コトニ時ヲエテ、栄耀人ノ目ヲ驚カシケル、佐々木佐渡判官入道道誉ガ一族・若党ドモ、例ノバサラニ風流ヲ尽シテ、西岡・東山ノ小鷹狩リシテ帰リケルガ、妙法院ノ御前ヲウチ過グルトテ、後ニサガリタル下部ドモニ、南底ノ紅葉ノ枝ヲゾ折ラセケル。（中略）「ニクヒ奴バラガ狼藉カナ」トテ、持チタル紅葉ノ枝ヲ奪ヒ取リ、散々ニ打擲シテ、門ヨリ外へ追ヒ出ダス。道誉コレヲ聞イテ、「イカナル門主ニテモヲハセヨ、コノ頃道誉ガ内ノ者ニ向ツテ、サヤウノ事フルマハン者ハ覚エヌモノヲ」ト怒ツテ、ミヅカラ三百余騎ノ勢ヲ率シ、妙法院ノ御所へ押シ寄セテ、スナハチ火ヲゾ懸ケタリケル。折節風烈シク吹キテ、余煙十方ニ覆ヒケレバ、建仁寺ノ輪蔵・開山堂ナラビニ塔頭、瑞光庵同時ニ皆焼ケ上ル。（巻二一・佐渡判官入道流刑事）

「例ノバサラニ風流ヲ尽シテ」と記されるが、建物を炎上させる道誉は、それによって赤い紅葉を強引に現出させているのである（巻三九では香木を一気に焚き上げる）。逆に、『平家物語』巻六の「紅葉」で強調されていたのは落ち葉を焚いた下役人を許す高倉天皇の「柔和」であった。

佐々木一族若党は「結句御所トハ何ゾ、カタハライタノ言葉ヤ」と山門方を嘲弄しているが、道誉親子が連歌に熱中していたことを考え合わせると、「結句」の一語は強い響きをもつ。「結句」とともに事態はエスカレートするのであって、乱闘は連歌の延長上にあるかのようだ(11)。

山門の衆徒は死罪を訴えるが、道誉は行為をさらに増長させる。「将軍モ左兵衛督モ、アクマデ道誉ヲ贔負セラレケルアヒダ、山門ハ理訴モ疲レテ款状イタヅラニ積リ、道誉ハ法禁ヲ軽ンジテ、奢侈イヨイヨホシイママニス」。遠流に決まっても道誉は愚弄、嘲弄をやめない。「道々ニ酒・肴ヲ設ケテ、宿々ニ傾城ヲモテアソブ。事ノ体ヨノツネノ流人ニハ変ハリ、美々シクゾ見ヘタリケル。コレモタダ公家ノ成敗ヲ軽忽シ、山門ノ鬱陶ヲ嘲弄シタルフルマヒヒナリ」（巻二一・佐渡判官入道流刑事）。これは権門体制への愚弄、嘲弄である。このあたり記事の配列に年次の乱れが指摘されるが、バサラとは時間感覚を狂わせるものにちがいない。

「古ヨリ山門ノ訴訟ヲ負タル人ハ、十年ヲ過ザルニ皆ソノ身ヲ滅ボス」と言い習わされている。しかし、道誉自身が滅亡することはない。軍功を立てた山名師氏が恩賞を期待したときも、道誉は「今日ハ連歌ノ御会席ニテ候フ、タダ今ハ茶会ノ最中ニテ候フトテ一度モ対面ニ及バズ」という（巻三二・山名右衛門佐為敵事）。バサラとは何か。それは燃焼であり、享楽であり、寄合である。バサラを可能にしたのは都市の流通と商工業の発達であろう。

『平家物語』巻一で清盛の手先となった禿髪は異様な風体でバサラの先駆といえなくもない。しかし、「をのづから平家の事あしざまに申者あれば、一人聞き出さぬほどこそありけれ」とあるように豪快さはなく、むしろ秘密警察めいた陰湿さを有している。『太平記』巻十二には「宴罷デ和興ニ時ハ、数百騎ヲ相随ヘテ内野・北山辺ニ打出テ追出犬、小鷹狩ニ日ヲ暮シ給フ。其衣裳ハ豹・虎皮ヲ行縢ニ裁テ、金襴纐纈ヲ直垂ニ縫ヘリ」と千種忠顕の享楽ぶりが記されるが、後醍醐天皇隠岐配流の際、道誉が護送役として忠顕と接触があったのは偶然ではない。

道誉は尊氏方に随って東国へ従軍し、傷ついて義貞に降参するが、すぐさま寝返る（巻十四・矢矧、鷺坂、手超河原闘事）。近江では東坂本の後醍醐天皇に降参するが、競争相手の小笠原氏を討伐して守護職を手に入れると、すぐさま寝返る（巻十七・江州軍事）。それ以前の道誉は北条高時の信頼を受け、後醍醐天皇の寵姫廉子の信頼を受けていたようである。こんなふうに立場を次々に入れ替えるところは『平家物語』の大夫房覚明に似ていなくもない。覚明が書記の能力で生き延びたとすれば、道誉は圧倒的な蕩尽のパワーで生き延びたのである。巻三七に留守宅をことさら美麗にし楠正儀の太刀と鎧を手に入れる挿話がみえるが、道誉はそんな「博奕」によって自邸を炎上から守ったことになる（「例ノ古博奕ニ出シヌカレテ、幾程ナクテ、楠、太刀と鎧ヲ取ラレタリト笑フ族モ多カリケリ」）。

巻三三・公家・武家栄枯易地事の一節をみると、その博打はほとんど蕩尽というべきものであろう。「都ニハ佐々木佐渡判官入道道誉ヲ始メトシテ、在京ノ大名、衆ヲ結ンデ茶ノ会ヲ始メ、日々寄リ合ヒ活計ヲ尽ス…コノ茶事過ギテ後、マタ博奕ヲシテ遊ビケルニ、一立テニ五貫・十貫立テケレバ、一夜ノ勝負ニ五、六千貫負クル人ノミ有ツテ、百貫トモ勝ツ人ハ無シ。コレモ田楽・猿楽・傾城・白拍子ニクバリ捨テケルユヱナリ」。毒殺された直義に従二位が贈られ、将軍尊氏が亡くなるのは、この直後であり、あたかも博打と連動しているかのようだ。巻三四には畠山道誓のバサラぶりがみられ、道誉と連携することになる。

巻三五で道誓や道誉たちは「酒宴・茶ノ会」を催すが、それは仁木義長を追い落とすためである。「道誉タダ今仁木ニ対面シテ、軍評定ツカマツリ候ハンズルソノ間ニ、シカルベキ近習ノ者一人召シ具セラレ、女房ノ体ニ出デ立タセタマテ、北ノ小門ヨリ御出デ候ヘ」と語って、道誉は将軍義詮を逃がす（巻三五・京勢重南方発向事）。評定の最中、義長を出し抜く企てが進行していたのである。

巻三六で道誉は闘茶を催すが、それは細川清氏を追い落とすためである。「歌合セハヨシヤ後日ニテモアリナン、七所ノ飾リハ珍シキ遊ビナルベシトテ、兼日ノ約束ヲ引キ違へ、道誉ガ方へオハシケレバ、相模守ガ用意イタヅラニ成リテ、数寄ノ人モ空シク帰リニケリ。コレマタ清氏ガ鬱憤…」（巻三六・清氏叛逆事）。巻三九では「大原野花会」を開くが、それは斯波道朝を追い落とすためである。「道誉カネテハ参ルベキ由領状シタリケルガ、ワザト引キ違へテ、京中ノ道々ノ物ノ上手ドモ、ヒトリモ残サズ皆引キ具シテ、大原野ノ花ノ本ニ宴ヲ設ケ席ヲヨソホウテ、世ニ類ひ無キ遊ビヲゾシタリケル」（巻三九・道誉大原野花会事）。道朝の花見に出席すると返事しながら、より盛大な花見を自ら催している。戸外におけるバサラの開放性に注目しておきたい。「本堂ノ庭ニ十囲ノ花木四本アリ。コノ下ニ一丈余リノ鍮石ノ花瓶ヲ鋳懸ケテ、一双ノ華ニ作リ成シ、ソノアハヒニ両囲ノ香炉ヲ両ノ机ニ並べテ、一斤ノ名香ヲ一度ニタキ上ゲタレバ、香風四方ニ散ジテ、人皆浮香世界ノ中ニ在ルガゴトシ」。婆娑羅は金剛に由来するともいわれるが、金属との相性の良さがうかがえる。

では、同じくバサラにみえる佐々木道誉と高師直の相違は何か。それは芸事に熱中するバサラと女色に熱中するバサラの相違であろう。それほど師直の好色ぶりが強烈だからである。

> ソノ頃師直チト違例ノ事有テ、シバラク出仕ヲモセデ居タリケルアヒダ、重恩ノ家人ドモ、コレヲ慰メンタメニ、毎日酒・肴ヲトトノヘテ、道々ノ能者ドモヲ召シ集メテ、ソノ芸能ヲ尽サセテ、座中ノ興ヲゾ催シケル。アル時、月フケ夜静マツテ、荻ノ葉ヲ渡ル風身ニシミタル心地シケル折節、真一ト覚一検校ト、二人ツレ平家ヲ歌ケル…
>
> （巻二一・塩冶判官讒死事）

芸能は病気を治すものとして位置づけられている。源頼政が鵺を退治して美女を手に入れた話を聞いた師直は、いわば芸能にのせられて美女を所望する。

…兼好ト言ヒケル能書ノ遁世者ヲ呼ビ寄テ、紅葉重ネノ薄ヤウノ、取ル手モクユルバカリニコガレタルニ、言葉ヲ尽シテゾキコエケル。返事遅シト待ツトコロニ、使ヒ帰リ来テ、「御文ヲバ手ニ取リナガラ、アケテダニ見タマハズ、庭ニ捨ラレタルヲ、人目ニカケジト、懐ニ入レ帰リマヰツテ候ヒヌル」ト語リケレバ、師直大キニ気ヲ損ジテ、「イヤイヤ物ノ用ニ立タヌモノハ手書ナリケリ。今日ヨリソノ兼好法師、コレヘヨスベカラズ」トゾ怒リケル。

（巻二一・塩冶判官讒死事）

塩冶判官高貞の妻に恋慕するようになった師直は兼好に代筆を頼むが、失敗する。その激烈な怒りは師直の存在を特徴づけている。師直は暴力、高貞妻はエロス、兼好は知をそれぞれ体現した存在であろう。知の無力を嘲笑うのが師直である。兼好の『徒然草』は暴力とエロスの間で自己への配慮を考えた省察ともいえる。代わって薬師寺公義が師直に迎合し、「兼好ガ不祥、公義ガ高運、栄枯一時ニ地ヲ易タリ」と評される。師直は「金作リノ丸鞘ノ太刀」を公義に与えているが、金作りの太刀で手柄を立てた新田義貞の挿話を嘲笑するかのようだ（巻六で正成が未来記を見せてくれた天王寺の僧に与えたのも金作りの太刀であり、巻十七で尊氏が土岐頼直に与えたのも金作りの太刀である）。

二間ナル所ニ、身ヲソバメテ、垣ノ隙ヨリウカガヘバ、タダ今コノ女房湯ヨリ上リケリト覚テ、紅梅ノ色コトナルニ、氷ノ如クナル練貫ノ小袖ノシヲシヲトアルヲカイ取ツテ、ヌレ髪ノ行クヘナガクカカリタルヲ、袖ノ下ニタキスサメル空ダキノ煙匂バカリニ残ツテ、ソノ人ハイヅクニカアルラント心タドタドシク成ヌレバ、巫女廟ノ花ハ夢ノ中ニ残リ、昭君村ノ柳ハ、雨ノ外ニオロソカナル心チシテ、師直物ノ怪ノ付キタルヤウニワナ

ワナト震ヒキタリ。（巻二一・塩冶判官讒死事）

狭いところに身体を収縮させた師直は「ワナワナ」と震えており、この後、暴力を爆発させるであろうことを予感させる。「イマダ胎内ニアル子、刃ノサキニ懸ケラレナガラ、ナカバハ腹ヨリ出デテ、血ト灰トニマミレタリ」、これが高貞一族の末路である。

…木村源三一人付キシタガヒテアリケルガ、馬ヨリ飛ンデオリ、判官ガ首ヲ取ツテ、鎧直垂ニツツミ、遙カノ深田ノ泥ノ中ニ埋ンデ後、腹カキ切ツテハラワタクリ出ダシ、判官ノ首ノ切リ口ヲカクシ、上ニウチ重ナツテ懐キ付イテゾ死ンダリケル。（巻二一・塩冶判官讒死事）

師直の讒言によって逃げ出した高貞は追撃され、ついに仕留められる。これが後醍醐天皇に龍馬を献上した人物の末路にほかならない。泥中への埋没は義貞と全く同じである。家来の俊敏な動きと対照的だが、生真面目な義貞や高貞はバサラが横行する『太平記』の中で埋没するほかないのである（高貞が失脚した後は道誉が出雲守護になっている）。

巻二六で楠政行が討ち取った師直の首は偽首であり、師直は吉野の皇居に火を放って勝ち誇る。「師直思慮深キ大将ニテ、敵ノ忻テ引処ヲ推シテ、些モ馬ヲ動カサズ」という武将としての姿と「武蔵守師直今度南方ノ軍ニ打勝テ後、弥心奢リ、挙動思フ様ニ成テ、仁義ヲモ不顧、世ノ嘲弄ヲモ知ヌ事共多カリケリ」という好色ぶりが平然と両立しているのが『太平記』の魅力である。両者の関係は「夫富貴ニ驕リ功ニ侈テ、終ヲ不慎ハ、人ノ尋常皆アル事ナレバ…」と容易く説明されている。

申モヤムゴトナキ宮腹ナド、ソノ数ヲ知ラズ、ココカシコニ隠シ置キタテマツテ、毎夜通フ方多カリシカバ、「執事ノ宮廻リニ、手ムケヲ受ケヌ神モ無シ」ト、京童部ナンドガ笑ヒ種ナリ。カヤウノ事多カル中ニモ、コトサラ冥加ノ程モイカガト覚エテウタテカリシハ、二条関白殿ノ御妹、深宮ノ中ニカシヅカレ、三千ノ数ニモトオボシメシタリシヲ、師直盗ミ出ダシタテマツテ、始メハ少シ忍ビタル様ナリシガ、後ハ早ウチ顕レタル振舞ヒニテ、憚ル方モ無カリケリ。（巻二六・執事兄弟奢侈事）

師直の好色は止むことがなく、享楽のため神仏さえ利用する。こうしたバサラの先駆者として『平家物語』巻八の木曽義仲を挙げることができるのではないだろうか。「たちゐの振舞の無骨さ、物いふ詞つづきのかたくななる事かぎりなし」と都人から笑いの対象となった義仲だが、実は新しい歴史の享楽を体現していたのである（とはいえ、「日来はなにともおぼえぬ鎧が今日は重うなつたるぞや」とあるように巻九の義仲は重く情動化されており、軽快なのは坂落、逆櫓、八艘飛びをする義経のほうである）。

妙吉によって伝えられた師直の発言は注目に値する。「都ニ王トイフ人ノマシマシテ、ソコバクノ所領ヲフサゲ、内裏・院ノ御所トイフ所ノ有リテ、馬ヨリ下ルルムツカシサヨ。モシ王ナクテ叶フマジキ道理アラバ、木ヲ以ツテ造ルカ、金ヲ以ツテ鋳ルカシテ、生キタル院・国王ヲバイヅカタヘモ皆流シ捨テタテマツラバヤ」（巻二六・妙吉侍者事）。王など飾り物にすぎないという。実際、師直の弟は金属を溶かし再加工している。生きている院など犬と同じだと吐き捨てる頼遠の発言とも呼応する（「カラカラトウチ笑ヒ、何ニ院トイフカ、犬トイフカ、犬ナラバ射テ落トサントイフ」巻二三）。

もちろん、道誉や師直のバサラ狼藉は教訓として役立たない。しかし、その強度が意味づけを拒んで圧倒しているのである。逃亡し殺されるとき師直は変装しており、「深泥」にまみれ「蓮葉」で顔を隠しても目立ってしまう。

「執事兄弟モ、同ジク遁世者ニウチマギレテ、無常ノチマタニムチヲウツ」（巻二九・師直以下被誅事）。こんな師直兄弟に見切りをつけて出家するのは公義だが、「越後中太ガ義仲ヲ諌ネカネテ、自害ヲシタリシニハ、無下ニ劣リテゾ覚エタル」と非難されている。『平家物語』とは時代が異なるのである。「取バウシ取ラネバ人ノ数ナラズ捨ツベキ物ハ弓矢也ケリ」という公義の歌が示すように、弓矢を取るのが武家に限定される時代ではない。

巻二四・天龍寺建立事にはバサラ批判の言説がみえる。「武家ノ輩カクノゴトク諸国ヲ押領スル事モ、軍用ヲ支ヘンタメナラバ、セメテハ力無キ折節ナレバ、心ヲヤル方モアルベキニ、ソゾロナルバサラニ耽ツテ、身ニハ五色ヲ飾リ、食ニハ八珍ヲ尽シ、茶ノ会・酒宴ニソコバクノ費エヲ入レ、傾城・田楽ニ無量ノ財ヲ与ヘシカバ、国費エ人疲レテ、飢饉・疫癘、盗賊・兵乱止ム時無シ。コレ全ク天ノ災ヒヲ降スニアラズ。タダ国ノ政無キニヨルモノナリ」。これは夢窓疎石が直義に天龍寺建立を勧める一節であり、直義自身の考えに近いのであろう。

ところで、兵藤裕己『太平記〈よみ〉の可能性』（講談社学術文庫、二〇〇五年）は『太平記』を通して日本思想史の枠組みまで提示しており、はなはだ興味深い。しかし、同書はかえって国民国家の枠組みを強化しているように思われる。むしろ、国民国家の枠組みに回収されない『太平記』の細部を輝かせてみるべきであろう。それゆえ本試論では「バサラ」の享楽に注目してみたいのである。バサラには非歴史的な輝きがある[12]。享楽とは何か十分に答えることはできないが、歴史の分節や解釈を押し進めてしまうものでありながら、歴史の分節や解釈を拒むものをとりあえず享楽と考えておきたい。『太平記』は天狗文学の集大成と評されているが（岡見正雄『室町文学の世界』岩波書店、一九九六年）、知的でかつ享楽にまみれた天狗が『太平記』では特権化されるのである。妙吉という天狗のように怪しげな弟子をもつ夢窓疎石は、享楽と解釈をつなぐ存在にほかならない。狼藉を働いた土岐頼遠の処分にかかわり（巻二三）、後醍醐供養のため天龍寺建立にかかわっているからである（巻二四）。

八　結句の連なり――ゲームとしての国家

『菟玖波集』に道誉は八一句、息子の高秀は五句収められており、道誉親子の連歌愛好が知られる（森茂暁『佐々木導誉』吉川弘文館、一九九四年）。足利尊氏も六八句収められている。覚一本『平家物語』には一例も見出すことができないが、『太平記』に「結句」が頻出するのは連歌が流行していたからではないだろうか。(13)

用例をみていきたい。「恐懼ノ中ニ月日ヲ送ラセタマヒケル。結句、竹原入道ガ子ドモサヘ、父ガ命ヲ背イテ、宮ヲ討チタテマツラントスル企テアリト聞キシカバ、宮ヒソカニ十津川ヲ出デサセタマヒテ、高野ノ方ヘゾオモムカセタマヒケル」（巻五・大塔宮熊野落事）、これは大塔宮が十津川を脱出するところである。「天理モイマダアリケルニヤ、余リニ君ヲ悩マシタテマツリケル隠岐判官ガ、三十余日ガ間ニ滅ビハテテ、〔結句〕首ヲ軍門ノ幢ニ懸ケラレケルコソ不思議ナレ」（巻七・船上合戦事、西源院本による、流布本は用例なし）。後醍醐天皇を苦しめた隠岐判官が滅亡するところだが、「結句」が天理の実現とみなされている。

「大手ノ合戦ハ火ヲ散ラシテ、今朝ノ辰ノ刻ヨリ始マリタレバ、搦手ハ芝居ノ長酒盛リニテサテヤミヌ。結句名越殿討タレタマヒヌト聞エヌレバ、丹波路ヲ指シテ馬ヲ早メタマフハ、コノ人イカサマ野心ヲサシハサミタマフカト覚ユルゾ」（巻九・足利殿打越大江山事）、これは六波羅の期待を裏切って尊氏が戦うことなく丹波に向かうところである。「思ヒノ外ナル珍事カナト、人皆周章シケルトコロニ、結句五月十八日ノ卯ノ刻ニ、村岡・藤沢・片瀬・腰越・十間坂、五十余箇所ニ火ヲカケテ、敵三方ヨリ寄セカケタリシカバ、武士東西ニ馳セチガヒ、貴賤山野ニ逃ゲ迷フ」（巻十・鎌倉合戦事）、これは新田軍が鎌倉を攻めるところである。

第二部の用例をみてみよう。「義貞若宮ノ拝殿ニオハシテ、首ドモ実検シ、御池ニテ太刀・長刀ヲ洗ヒ、結句神殿ヲ打チ破ツテ、重宝ドモヲ披見シタマフ…」(巻十四・新田足利確執奏状事、西源院本は用例なし)、このとき発見した旗が新田足利不和の原因になったという。「先年正成ガ籠ツタリシ金剛山ノ城ヲ、日本国ノ勢ドモガ攻メカネテ、結句天下ヲ覆サレシ事ハ、先代ノ後悔ニテ候ハズヤ」(巻十六・新田左中将被責赤松事)、これは赤松円心の白旗城攻撃を諦めるよう脇屋義助が義貞を説得しているところである。「今度西国ヘ下サレテ、数箇所ノ城郭一ツモ落シエズシテ、結句敵ノ大勢ナルヲ聞キテ、一支ヘモセズ京都マデ遠引シタランハ、アマリニイフ甲斐無ク存ズルアヒダ、戦ヒノ勝負ヲバ見ズシテ、タダ一戦ニ義ヲススメバヤト存ズルバカリナリ」(巻十六・正成下向兵庫事)、これは義貞が正成に語っているところである。義貞までが「結句」と口にしてしまうのだが、そのせいで正成は敗北へと至る。「六月五日ヨリ同二十日マデ、山門数日ノ合戦ニ討タルル者、傷ヲカウムル者何千万トイフ数知ラズ。結句、寄手東西ノ坂ヨリ追ツ立テラレ…」(巻十七・京都両度軍事)、これは官軍が京都に攻め入って敗北するところである。

第三部の用例をみてみよう。「秋山討タレニケレバ、桃井大イニ怒ツテ、重ネテ戦フベキ由ヲ申シケレドモ、自余ノ大将ニ異儀有リテ、結句越前国ヘ引ツ返ス」(巻三十・直義追罰宣旨御使事)、これは尊氏と対立した直義が越前に退くところである。「畠山禅門ニ属シテ候ヒツルガ…一所懸命ノ地ヲ没収セラル。結句討ツベシナンドノ沙汰ニ及ビ候ヒシアヒダ、スナハチ武蔵ノ御陣ヲ逃ゲ出デテ、当時ハ深山・幽谷ニ隠レヰタル体ニテ候フ」(巻三三・新田左兵衛佐義興自害事)。これは畠山道誓の命令で竹沢右京亮が偽って義興に降参するところであり、矢口の渡りで襲いかかって義興は自害に至る。

「カカリシカバ、仁木義長モ、三千余騎ト聞エシ皆落チ失セテ、五百余騎ニゾ成リニケル。結句頼ミタル連枝仁木三郎ハ、今度軍ニ打チ負ケテ、ソノママ降参シテ出デタリケル」(巻三五・尾張小河東池田事)、これは仁木義長が敗北していくところであり、仁木は南朝方に加わる。「光範ハ、今度ノ軍用トイヒ合戦トイヒ、忠烈人ニ超エタリト思ヒケレバ、定メテ抜群ノ恩賞ヲゾ賜ランズラント思ヒケルトコロニ、ソレコソ無カラメ、結句二代ノ忠功ヲ無キニ処セラレ、多年管領ノ守護職ヲ改替セラレケレバ、憤リヲ含ミ恨ミヲ残ス…」（巻三六・秀詮兄弟討死事）。これは道誉のせいで摂津守護を解任された赤松光範が怒っているところだが、この後、道誉の息子は討ち死にする。

「アルイハ道ヲ塞ガレ、アルイハ勢ヒイマダ叶ハザレバ、一人モ上洛セズ。結句伊勢ノ仁木右京大夫ハ、土岐ガ向ヒ城へ寄セテ、打チ負ケテ城へ引キ籠ル」（巻三七・南方官軍落都事、西源院本は用例なし）、これは南朝方が都を落ちていくところである。「人ノ五体ノ内ニハ、眼ニスギタルモノ無シ、コレ程用ニモナキ眼ヲ乞ヒ取ツテ、結句地ニ抛ゲツル事ノ無念サヨ、ト一念瞋恚ノ心ヲ発シシヨリ、菩提ノ行ヲ退ケシカバ、サシモ功ヲ積ミタリシ六波羅蜜ノ行一時ニ破レテ、破戒ノ声聞トゾ成リニケル」（巻三七・身子声聞）。これは天竺の身子がバラモンの行為に怒り破戒に至るところだが、煩悩から逃れがたいことの例示となっている。眼を差し出すという献身的な善意が破壊的な悪意に転じてしまうのである。「ワレ旗ヲ挙ゲタランニ、四、五千騎モ馳セ加ハラヌ事ハアラジトタノミシニ、案ニ相違シテ余所ノ勢一騎モ付カズ、結句一方ノ大将ニモトタノミシ狩野介モ降参シヌ」（巻三七・畠山入道道誓謀反事）、これは畠山道誓が敗北していくところであり、義興を騙し討ちにしたことを後悔している。

「カクテハ右馬頭ハ讃岐国ニハコラヘジト見エケル程ニ、結句備前ノ飽浦薩摩権守信胤、宮方ニ成ツテ、海上ニ押シ浮カメ、小笠原美濃守、相模守ニ同心シテ、渡海ノ路ヲ差シ塞ギケルアヒダ、右馬頭ノ兵ハ日々ニ減ジテ落チ行キ、相模守ノ勢ハ国々ニ聞エテオビタタシ」（巻三八・細川相模守討死事、西源院本は用例なし）。これは讃岐国に渡った細川清氏が強大化するところだが、細川頼之に討たれることになる。

「浦々島々多ク盗賊ニ押シ取ラレテ、駅路ニ駅屋ノ長モ無ク、関屋ニ関守ル人ヲ替ヘタリ。結句コノ賊徒数千艘ノ舟ヲソロヘテ、元朝・高麗ノ津々泊々ニ押シ寄セテ、明州・福州ノ財宝ヲ奪ヒ取ル」（巻三九・高麗人来朝事）。和冦が略奪を繰り返す様子だが、それが元寇の悪夢を呼び起こしている。「サレドモ事大儀ナレバ、山門モ南都モ急ニハ思ヒ立タズ、結句山門ニハ、東西両塔ニサマザマノ異儀アツテ、三塔ノ事書、鳥使翅ヲ費ヤスバカリナリ」

（巻四十・南禅寺与三井寺確執事）。新関で南禅寺の僧が三井寺の児を殺したというが、延暦寺も興福寺もその態度は定まらない。

こうして事態は連歌のように推移するのである。もちろん詩句の流行も考えられるが、「結句」を連歌用語と考えると、『太平記』の一面がよく理解できるように思われる。それはバサラ絵の世界でもあろう。巻二九の「其比、霊仏霊社ノ御手向、扇団扇ノバサラ絵ニモ、阿保・秋山ガ河原合戦トテ書セヌ人ハナシ」という一節によれば、『太平記』世界は「バサラ絵」として存在しているからである。

九　夢窓疎石と妙吉――文覚との比較

『平家物語』における僧侶の文覚は強固な意志の持ち主であり、平家打倒を実現させてしまうほどである。荒行が文覚を特徴づけており、問答の余地はない（巻五・文覚荒行）。それに対して、『太平記』の僧侶、夢窓疎石はもっぱら議論を調停する人である。「近年、天下ノ様ヲ見候フニ、人力ヲ以ツテイカデカ天災ヲ除クベク候フ。イカサマコレハ、吉野ノ先帝崩御ノ時、様々ノ悪相ヲ現ジ御座候ヒケルト、ソノ神霊御憤リ深クシテ、国土ニ災ヲ下シ、禍ヒヲ成サレ候フト存ジ候フ…ト中サレシカバ、将軍モ左兵衛督モ、コノ儀モットモトゾ甘心セラレケル」（巻二四・天龍寺建立事）。疎石は尊氏、直義と対立した後醍醐天皇の菩提を弔うため天龍寺の建立を勧めているのである。

土岐頼遠の処分に際して直義に口入れするが、それは中途半端なものであった。「夢窓和尚ノ武家ニ出デテ、サリトモト口入シタマヒシ事叶ハザリシヲ、アザムク者ヤシタリケン、狂歌ヲ一首、天龍寺ノ脇壁ノ上ニゾ書キタリケル／イシカリシトキハ夢窓ニクラハレテ周済バカリゾ皿ニ残レル」（巻二三・土岐頼遠参合御幸致狼藉事）。自らの享楽しか考えていないと疎石は非難されているのである。事実、直義を弟子とした疎石は奢り高ぶったかにみえる。

「コノ頃、左兵衛督直義朝臣、将軍ニ代ハッテ天下ノ権ヲ取リタマヒシ後、専ラ禅ノ宗旨ニ傾イテ、夢窓国師ノ御弟子ト成リ、天龍寺ヲ建立シテ、陞座・粘香ノ招請隙無ク、供仏・施僧ノ財産目ヲ驚カサズトイフ事無カリケリ。ココニ夢窓国師ノ法眷ニ、妙吉侍者トイヒケル僧、コレヲ見テ羨マシキ事ニ思ヒケレバ、仁和寺ニ一志房トテ外法成就ノ人ノ有リケルニ、陀祇尼天ノ法ヲ習ヒテ三七日行ヒケルニ、頓法タチドコロニ成就シテ、心ニ願フ事ノイササカモ叶ハズトイフ事無シ」（巻二六・妙吉侍者事）。こうして疎石を羨んだ妙吉は外法を習得し、直義に近づく。

上杉重能、畠山直宗にも唆され、妙吉は師直兄弟の悪口を直義に吹き込んでいる。「言葉ヲ尽シ譬ヘヲ引イテサマザマニ申サレケレバ、左兵衛督、ツラツラ事ノ由ヲ聞キタマヒテ、ゲニモト覚ユル心ツキタマヒニケリ。コレゾハヤ仁和寺ノ六本杉ノ梢ニテ、所々ノ天狗ドモガ、マタ天下ヲ乱ラント様々ニ謀リシ事ノ端ヨト覚エタル」とある通り、妙吉の存在は天狗に等しい。

田楽桟敷の倒壊が天狗の仕業とされるのは、この直後である（巻二七・田楽事）。続く雲景未来記事では「見物ノ者トイフハ洛中ノ地下人、商売ノトモガラドモナリ。ソレニ日本一州ヲ治メタマフ貴人タチ交ハリ雑居シタマヘバ、正八幡大菩薩・春日大明神・山王権現ノ怒リヲ含マセタマフニヨツテ、コノ地ヲイタダキタマフ堅牢地神驚キタマフアヒダ、ソノ勢ニ応ジテ皆崩タルナリ」と解釈される。下剋上が混乱を生み出していたのである。

原因が天狗と判明したせいであろう、妙吉も力を失う。「今ヨリ後ハ、左兵衛督殿ニ政道イロハセタテマツル事有ルベカラズ、上杉・畠山ヲバ遠流セラルベシト許サレケレバ、師直喜悦ノ眉ヲ開キ、囲ミヲ解イテウチ帰ル。次ノ朝ヤガテ妙吉侍者ヲ召シ取ラント人ヲ遣ハシケルニ、早先立ツテ逐電シケレバ行ク方モ知ラズ。財産ハ方々へ運ビ取リ、浮雲ノ富貴忽ニ夢ノゴトク成リニケリ」（巻二七・御所囲事）。直義が失脚するやいなや、すぐさま逐電するところも天狗そっくりである。直義の政道は天狗のせいで歪められていたことになる。土岐頼遠の処分に際して「皆人恐怖シテ、直義ノ政道ヲゾ感ジケル」（巻二三）とあった通り、直義の正義は恐怖でしかない。

後醍醐天皇の倒幕に功績があり、硫黄島に流された文観も奢侈に耽っていた。「コノ僧正ハカクノ如ク名利ノ絆ニホダサレケルモ、直事ニアラズ、イカサマ天魔・外道ノソノ心ニ依託シテフルマハセケルカト覚エタリ」（巻一二・文観僧正奢侈事）。『太平記』の僧侶はことごとく享楽にまみれた存在なのである。「温室ニ入ツテ瘡ヲタデラレケルガ、心身快ウシテ、ワヅカノ楽シミニ婬着ス。コノ時天狗ドモ力ヲエテ、造作魔ノ心ヲゾ付ケタリケル」と記された覚鑁上人も同様である（巻十八・高野根来不和事）。

疎石との問答を記録した『夢中問答集』で直義は「仏法ヲ行ズル人、ヤヤモスレバ魔道ニ入ルト申スコトハ、イカナル故ゾヤ」と問うている。図らずも、その実相を語ることになった『太平記』は禅宗的な問答の時代の産物なのである。(14)『太平記』の享楽はことごとく『建武式目』が禁じるところだが、『建武式目』がまさに問答であることを強調しておきたい。「鎌倉元のごとく柳営たるべきか、他所たるべきや否や」、これについては結論が出ていないままである。

『平家物語』において儒学の介入は少ないが、『太平記』は異なる。直義に入れ知恵する儒者にも注目しておこう（巻三十・殷紂王事）。「マヅ木ヲ以ツテ人ヲ作リテ、コレヲ天神ト名ヅケテ帝ミヅカラコレト博奕ヲナス。神真ノ神ナラズ、人代ハツテ賽ヲ打チ石ヲ使フ博奕ナレバ、帝ナドカ勝タマハザラン。勝タマヘバ、天負タリトテ、木ニテ作レル神ノ形ヲ手足ヲ切リ頭ヲ刎ネ、打擲・蹂躪シテ獄門ニコレヲサラシケリ」、ここで儒者が語っている殷帝武乙の悪行は道誉のそれに相当する。「下ニ炭火ヲオキ、鉄湯炉壇ノゴトクニオコシテ、罪人ノ背中ニ石ヲ負ホセ、官人戈ヲ取ツテ罪人ヲ柱ノ上ニ責メ上セ、鉄ノ縄ヲ渡ル時、罪人気力ニ疲レテ炉壇ノ中ニ落チ入リ、灰燼ト成ツテ焦ガレ死ヌ」、ここで儒者が語っている紂王の悪行は師直のそれに相当する。つまりバサラ大名の悪行とは儒学的な視点から増幅されたものなのである。文王にたとえられた直義は、その自己満足ゆえに儒者的言説を取り入れている。

一〇　未来記と座談――解釈の装置

後醍醐天皇が京都帰還を決定する場面で必要とされていたのは僉議と占いであったが（巻十一・諸将被進早馬於船上事）、『太平記』において座談は不可欠の解釈装置といえる。巻二五・宮方怨霊会六本杉事をみてみよう。禅僧が仁和寺の六本杉のもとで宮方怨霊の会合を目撃したものである。怨霊たちは次のように語っている。

「サテモコノ世ノ中ヲイカガシテ、マタ騒動セサスベキ」トノタマヘバ、忠円僧正末座ヨリ進ミ出デテ、「ソレコソイト安キ事ニテ候へ。マヅ、左兵衛督直義ハ、他犯戒ヲタモツテ候フアヒダ、俗人ニオイテハ、ワレホド禁戒ヲ犯サヌ者無シト思フ我慢心深ク候フ。コレヲワレ等ガ依ル所ナル大塔宮、直義ガ内室ノ腹ニ、男子ト成ツテ生レサセタマヒ候フベシ。マタ、夢窓ノ法眷ニ妙吉侍者トイフ僧有リ。道行共ニ不足シテ、ワレ程ノ学解ノ人無シト思ヘリ。コノ慢心ワレ等ガ伺フトコロニテ候へバ、峯僧正御房、ソノ心ニ入リ替ハリタマヒテ、政道ヲ輔佐シ邪法ヲ説破セサセタマフベシ。（巻二五・宮方怨霊会六本杉事）

それぞれ別人が誰かに乗り移るので、主体は交替し誰が誰かわからない。ほとんど無目的に騒動を起こしているだけであり、ここからはどのような教訓も引き出せそうにない。おそらく、怨霊それ自体では存在することができないだろう。怨霊が存在するためには形式が必要である。怨霊という内容よりも、座談という形式が『太平記』の知であり、それは揺らぐことがない。バサラは酒宴、茶会に集まり、怨霊は座談に集まるのであって、『太平記』においてバサラと怨霊は相似形をなす。座談こそが享楽と解釈をつないでいる。

巻二七冒頭に記されるのは天変地異とその解釈、田楽流行とその解釈である。続く雲景未来記事をみてみよう。羽黒山の山伏、雲景が見聞し問答した内容を未来記として奏上したものである。[15] 殺害された大塔宮も参加していたという。

雲景、不思議ノ事ヲモ見聞ク者カナト思ヒテ、天下ノ重事、未来ノ安否ヲ聞カバヤト思ヒテ、「サテ将軍御兄弟・執事ノ間ノ不和ハ、イヅレカ道理ニテ始終通リ候フベキ」ト問へバ、「三條殿ト執事ノ不快ハ、一両月ヲ過グベカラズ。大ナル珍事ナルベシ。理非ノ事ハ、是非ヲ弁へガタシ。（中略）時ト事トタダ一世ノ道理ニアラズ。臣君ヲ殺シ、子父ヲ殺シ、力ヲ以ツテ争フベキ時到ルユヱニ、下剋上ノ一端ニアリ。高貴・青花モ君主・一ノ人モ共ニ力ヲ得ズ、下輩・下賤ノ士、四海ヲ呑ム。コレニヨツテ天下武家ト成ナリ。コレカナラズタレガワザニモアラズ、時代・機根相萌シテ、因果業報ノ時到ルユヱナリ…」

（巻二七・雲景未来記事）

是か非か決定しがたいことが強調されている。だから、問答は繰り返されるほかないのである。問題になっていたのは将軍尊氏・直義兄弟と執事師直・師泰兄弟との不和である。

雲景重ネテ申シケルハ、「サテハ早乱悪ノ世ニテ、下、上ニ逆ヒ、師直・師泰ワガママニシスマシテ天下ヲタモツベキカ」ト問へバ、「イヤサハ、マタアルベカラズ。イカニ末世濁乱ノ義ニテ、下マヅ勝ツテ上ヲ犯スベシ。サレドモマタ上ヲ犯ス咎遁レガタケレバ、下マタソノ咎ニスベシ。（中略）サレバ地口天心ヲ呑トイフ変有レバ、イカニモ下刻上ノイハレニテ師直マヅ勝ツベシ。コレヨリ天下大イニ乱レテ父子・兄弟怨讎ヲ結ビ、政道イササカモ有ルマジケレバ、世上モサウ無ク静マリガタシ」トゾ申シケル。

（巻二七・雲景未来記事）

上下安定することのない状態が繰り返されるという。尊氏は自邸を取り囲んだ師直を討ち取ろうとして、直義に「結句カヘッテ狼藉ヲ企ツル事、当家ノ瑕瑾・武略ノ衰微コレニ過ギタル事ヤ候フベキ。シカシナガラコノ禍ヒハ、直義ヲ恨ミタルトコロナリ」と説得され中止する（「御所囲事」）。「結句」が使用されているが、あたかも未来記を読み解くように直義は振る舞うのである。『平家物語』巻八では「平家はおちぬれど、源氏はいまだ入りかはらず。既に此京はぬしなき里にぞなりにける。開闢よりこのかた、かかる事あるべしともおぼえず。聖徳太子の未来記にも、今日の事こそゆかしけれ」として未来記への言及がなされていた。だが、主のいない都が情動化されるばかりであって、未来記を解釈しようという知的な意志は読みとれない。『平家物語』において未来記は必要ない。なぜなら、平家の滅亡は既成の事実だからである。

尊氏が九州にいる直義討伐に向かうのも師直の意見に従ってである（巻二八・将軍御進発事）。直義の突然死は「自滅」とみなされている（巻三十・慧源禅門逝去事）。「大塔宮ヲ殺シタテマツリ、将軍宮ヲ毒害シタマフ事、コノ人ノ御ワザナレバ、ソノ御憤リ深クシテ、カクノゴトク亡ビタマフカ。災患本種無シ、悪事ヲ以ツテ種トストイヘリ」。このように、直義は尊氏よりも『太平記』にふさわしい解釈の対象である。[16]いつも受動的な尊氏に対して直義はいつも能動的だが、その正義ゆえに自滅する。

巻三五・北野通夜物語事をみてみよう。北野神社の通夜で日野僧正頼位が三人の座談を聞く場面だが、それぞれが『太平記』の三つの視点を示している。すなわち関東出身であった武家の視点、南朝に仕えた貧しい儒者の視点、寺院に帰属していた法師の視点である。『太平記』を構成する三つの世界を示しているといってよい。それは関東の世界、南朝の世界、寺院の世界である。

…坂東声ナル遁世者、数返高ラカニ繰リ鳴ラシ、憚ルトコロ無ク申シケルハ、「世ノ治マラヌコソ道理ニテ候へ（中略）マタ仏神領ニ天役・課役ヲ懸ケテ、神慮冥慮ニ背カン事ヲ痛マズ。マタ寺道場ニ要脚ヲ懸ケ、僧物・施料ヲ貪ル事ヲ業トス。コレシカシナガラ上方御存知ナシトイヘドモ、セメ一人ニ帰スルイハレモアルカ。カクテハソモソモ世ノ治マルトイフ事ノ候フベキカ。

（巻三五・北野通夜物語事）

武家出身の男は幕府失政の原因を税の取り立てに求め、宮方の政治に期待している（課税せざるをえなくなったのは元寇のせいである）[17]。「ソレ政道ノタメニ怨ナル者ハ、無礼・不忠・邪欲・功誇・大酒・遊宴・抜折羅・傾城・双六・博奕・剛縁・内奏、サテハ不直ノ奉行ナリ」とバサラを批判し、「只一ツノ直ナル猿ガ、九ノ鼻欠猿ニ笑ハレテ逃ゲ去リケルニ異ナラズ」と述べる。この「只一ツノ直ナル猿」が直義なのかもしれない。

…鬢帽子シタル雲客ウチホホ笑ミテ、「ナニヲカ心ニククオボシメシ候フラン。宮方ノ政道モ、タダコレト重二、重一ニテ候フモノヲ。ソレガシモ今年ノ春マデ南方ニ伺候シテ候ヒシガ、天下ヲ覆サン事モ、守文ノ道モ叶フマジキ程ヲ至極見スカシテ、サラバ道広ク成リテ遁世ヲモツカマツラバヤト存ジテ、京へ罷リ出デテ候フアヒダ、宮方ノ心ニクキトコロハツユバカリモ候ハズ。

（巻三五・北野通夜物語事）

貧しい儒者は宮方の政治にも期待できないと述べるが、そこに「重二、重一」と双六用語が出てくることに注目しておきたい。政治が双六と同じゲームであるかのようだ。「ウチホホ笑ミテ」語る儒者は結論の虚しさを予期しているのであろう。

両人物語ゲニモト聞キヰテ耳ヲ澄マストコロニ、マタコレハ内典ノ学匠ニテゾアルラント見エツル法師、ツクヅクト聞キテ帽子ヲ押除ケ、菩提子ノ念珠爪繰リテ申シケルハ、「ツラツラ天下ノ乱ヲ案ズルニ、公家ノ御咎トモ、武家ノ僻事トモ申シガタシ。タダ因果ノ感ズルトコロトコソ存ジ候へ。ソノユヱハ、仏ニ妄語無シト申セバ、仰イデタレカ信ヲ取ラデ候フベキ…」（巻三五・北野通夜物語事）

経典を学んだ法師は天下が乱れる理由を述べる。朝廷の過ちでも幕府の誤りでもなく、因果のせいだというが、因果の根拠は信じるしかないものらしい。ここでは語れば語るほど言葉が説得力を失っていく。誰一人、正しい言葉を語ることができない、それが『太平記』の世界である。人語を語り魚を裏切ってしまう「多舌魚」は、その象徴ではないか。

「…カヤウノ仏説ヲ以ツテ思フニモ、臣君ヲ無ミシ、子父ヲ殺スモ、今生一世ノ悪ニアラズ、武士ハ衣食ニ飽キ満チテ、公家ハ餓死ニ及ブ事モ、皆過去ノ因果ニテコソ候フラメ」ト、典籍ノ所述明ラカニ語リケレバ、三人共ニカラカラト笑ヒケルガ、漏箭シキリニ遷ツテ、晨朝ニモ成リケレバ、夜モスデニ朱ノ瑞籬ヲ立チ出デテ、オノガサマザマニ帰リケリ。コレヲ以ツテ案ズルニ、カカル乱ノ世ノ中モ、マタ静カナル事モヤト頼ミヲ残スバカリニテ、頼意ハ帰リタマヒニケリ。（巻三五・北野通夜物語事）

「カラカラ」笑いは意味や解釈を突き放す笑いであり、結論がない結論の確認であろう。人々はそれぞれ自分の方向に帰っていくしかないのである。笑いは因果論を肯定したり否定したりするものではなく、そうした解釈を突き抜けるものである。[18]

後醍醐天皇を供養する天龍寺の造営を議論した巻二四・依山門嗷訴公卿僉議事を振り返ってみたい。天台宗と禅宗の対立は決着が付かず、仏性をめぐって宗論をしても「コノ三儀、是非マチマチニ分カレ、得失互ヒニ備ハレリ」というのが結論である。「タトヒ宗論ヲ到ストモ、天台ハ唯受一人ノ口決、禅家ハ没滋味ノ手段、理ヲ弁ジ玄ヲ談ズルトモ、タレカコレヲ弁ジ、タレカコレヲ会セン」と述べている。

巻三六では仁木義長について「カレガ三生ノ前ニ義長法師トイヒシ時、五部ノ大乗経ヲ書キテコノ国ニ納メタリキ…今身ハ武名ノ家ニ生レテ、諸国ノ管領シ、眷属多クタナビクトイヘドモ、悪行心ニ染ミテ、乱ヲ好ミ人ヲ悩マス。哀ナルカナ、過去ノ善根コノ世ニ答ヘテ、今生ノ悪業マタ未来ニ酬ハン事ヲ」と記す。善と悪は入り交じっているのである。巻三九では大内弘世について「在京ノ間数万貫ノ銭貨・新渡ノ唐物等、美ヲ尽シテ、奉行・頭人・評定衆・傾城・田楽・猿楽・遁世者マデコレヲ引キ与ヘケルアヒダ、コノ人ニマサル御用人アルマジト、イマダ見エタル事モ無キ先ニ、誉ヌ人コソ無カリケレ。世上ノ毀誉ハ善悪ニアラズ、人間ノ用捨ハ貧富ニアリトハ、今ノ時ヲヤ申スベキ」と記す。善悪とは別に貧富という基準が示されている。

『太平記』は『平家物語』と違って、終わりからの超越的な視点がない。仏教史観が最後に救済を用意するのに対して、儒教史観は複数の力の安定しか用意できないのである。

おわりに――平家物語と太平記

以上、『平家物語』と比較しつつ『太平記』の特徴的な局面とキャラクターをみてきた。式目のない連歌のように飛躍した論述になってしまったが、それぞれ特徴的なキャラクターを一人ずつ挙げておきたい。それは平知盛と佐々木道誉である。運命論を体現する人物と歴史の享楽を体現する人物であり、戦士の二つの側面といえるかもしれない。

未来記や座談が示すように、『太平記』は歴史を解釈し続ける装置である。にもかかわらず、『ローマ皇帝伝』と同じく歴史の享楽を明らかにしたところに『太平記』の魅力がある。それは解釈を拒む享楽といってよい。道誉や師直の享楽はどのような教訓も語りはしないからである。それに対して、『平家物語』は歴史を情動化し続ける装置といえる。知盛の言葉が示すように、歴史を共同体の運命と同一化している。『平家物語』が運命共同体の文学だとすれば、『太平記』は共同体を解体する下剋上の文学である。『太平記』のほうは共同体の一体性を作り出さない、むしろ様々な解釈の混乱を呼び寄せてしまう。そこに『太平記評判秘伝理尽鈔』の世界が開かれるのである。『太平記』は近世演劇の知的な枠組みとなり、演劇作者が様々な情動を盛り込むことになる。(19)

終わりのない未来記、終わりのない座談、終わりのない解釈、それが『太平記』の知の形態にほかならない。鎌倉幕府が滅亡しても後醍醐天皇が亡くなっても足利尊氏が亡くなっても『太平記』は続く。だが、『平家物語』では最期の光景ばかりが繰り返される。

『難太平記』の一節はよく引かれるところである。「昔、等持寺にて法勝寺の恵珍上人、此記を先三十余巻持参し給ひて、錦小路殿の御目にかけられしを、玄恵法印によませられしに、おほく悪ことも誤も有しかば、仰に言、是は且見及ぶ中にも以の外ちがひめ多し。追て書入又切出すべき事等有。其程、不可有外聞之由仰有し。後に中絶也。近代重て書続げり」(群書類従)。これによれば、『太平記』は生誕のときから解釈を掻き立てている。

錦小路殿すなわち直義は『建武式目』を制定した人物であり、そこには「近日婆娑羅と号して、専ら過差を好み、綾羅錦繍・精好銀剣・風流服飾、目を驚かさざるはなし。頗る物狂と謂ふべきか」とバサラ批判の条文がみられる。『太平記』に安定をもたらす管領細川頼之は式目の側の人物であり(「諸事ノ沙汰ノ途轍、少シ先代貞永・貞応ノ旧規ニ相似タリ」)、『太平記』の成立にかかわっていたとみられる。それに対して、天正本『太平記』の成立には佐々木氏が関与していたとされる。つまり、『太平記』諸本の成立においても規律とバサラの議論が続いていることになる。

宝井其角の「平家物語也太平記は月も見ず」という句はよく知られる（『五元集』）。『平家物語』は情動的な月（運命）を見ているのであろう。しかし『太平記』は見ることなく、解釈し続けるのである。

巻二一の冒頭は「天下時勢粧事」と題されている。「サレバ納言・宰相ナンド路次ニ行キ合ヒタルヲ見テモ、声ヲ学ビ指ヲサシテ軽慢シケルアヒダ、公家ノ人々、イツシカイヒモ習ハヌ坂東声ヲツカイ、着モナレヌ折烏帽子ニ額ヲ顕シテ、武家ノ人ニ紛レントシケレドモ、立チ振舞ヘル体、サスガニナマメイテ、額ツキノ跡以ツテノ外ニサガリタレバ、公家ニモ付カズ、武家ニモ似ズ、タダ都鄙ニ歩ミヲ失ヒシ人ノ如シ」。武家は公家を模倣し公家は武家を模倣し、それぞれ正体不明のものとなって彷徨う。感情移入はできず、だからこそ解釈が必要とされるのである。「時勢粧」の記録である『太平記』には読み継がれるべき仕掛けが施されている。

注

（1）拙稿「平家物語と日付の問題」（本書所収）では『平家物語』の日付が叙事詩的枠組みとなって、情動を生み出していることを論じた。しかし、『太平記』における日付は知的な解釈と操作の対象となっているようである。日付表現に着目した論考として石田洵『「太平記考」』（双文社、二〇〇七年）がある。

（2）本稿は永積安明『太平記』（岩波書店、一九八四年）に多くを学んでいるが、あるべき構想を想定し、その破綻を強調する同書はいささか三部構成説に囚われすぎているように思われる。大津雄一「軍記の転換点としての太平記」（『太平記を読む』前掲）もまた物語の機能不全を強調している。しかし、『太平記』における知の形式は厳然として存在し続けるのではないか。その意味では議論を重視する大津「『太平記』と「知」」（『中世の軍記物語と歴史叙述』竹林舎、二〇一一年）のほうが示唆的である。『応仁記』などには『太平記』的な知の形式が欠けている。「褒貶並列という形式」を指摘する北村昌幸『太平記世界の形象』（塙書房、二〇一〇年）の第二編第六章も示唆に富む。

（3）「徧」の用例は「武家ヲバ徧《サミ》シケリ」（巻五・大塔宮熊野落事）、「韓信ガ兵書ヲ徧シテ背水ノ陣ヲ張シニ違ヘリ」（巻三二・山名右衛門佐為敵事）など。天正本の北野通夜物語にも見て取ることができる（「臣君ヲ徧シ…」）。

（4）『太平記』には「敵ヲ為謀手負タル真似ヲシテ」（巻十・長崎父子武勇事）、「源氏ノ兵ノ手負テ本国へ帰ル真似ヲシテ」（巻十・左近大夫偽落奥州事）、「誠シ顔ニ成テ云ケレバ」（巻十一・五大院上衛門宗繁賺相摸太郎事）、「誠ニ貳ナゲニ申ケレバ」（巻二七・上杉畠山流罪死刑事）など偽装の挿話が頻出する。直義による偽の綸旨も興味深いが（巻十四）、最大の偽装は三種の神器のそれである（巻三十・持明院殿吉野遷幸事）。

（5）『平家物語』における熊野は信仰の対象であり信仰の場であった（巻十・維盛入水）。それに対して、『太平記』における熊野は解釈の対象であり解釈の場である。「熊野三山ノ間ハ尚モ人ノ心不和ニシテ大儀成難シ」という（巻五・大塔宮熊野落事）。

（6）源義経と楠正成はともに知謀の人にほかならない。義経は頼朝との血縁ゆえに排除されていくが、正成は無縁ゆえに神出鬼没である。『義経記』と『曾我物語』はそれぞれ『平家物語』を補完していると考えることができる。一方は貴種の抗争であり、他方は在地の抗争だが、義経と曾我兄弟は頼朝に敗北することで、ともに頼朝政権の確立に貢献しているからである。

（7）「兄弟同枕ニ倒重テ死ニケリ」が合戦の始まりとなり、「太刀ヲ背」に負った連中の活躍で笠置城が陥落したことを想起すべきかもしれない（巻三）。巻二六の挿話もまた背負う物語になっている。卞和は「石ヲ背ニ負セテ」追放されるが、廉頗将軍が「杖ヲ背ニ負テ、相如ガ許ニ行」き謝罪する点で呼応しているからである。

（8）大坪亮介「『太平記』北野通夜物語の構想」（『文学史研究』四八、二〇〇八年）はカラカラ笑いを相手に対する精神的優位とみなしているが、本稿の視点は異なる。同論文が指摘する延慶本『平家物語』の用例「尼公からからと咲て申けるは…」（「文学が道念之由緒事」第二末）にしても、カラカラ笑いが絶望的な死を招き寄せてしまうからである。決まって破滅が訪れるというのがカラカラ笑いの特質にほかならない。なお、流布本『太平記』にみられない用例を掲げておく。「人見本間ヲ見テ、夜部宣ヒシ事ヲ実トバシ思ヒタラバ、孫程ナル人ニ出し抜カレマジトカラカラト打笑ヒテ、頻リニ馬ヲハヤメタリ」（西源院本巻六・赤坂合戦事）。昨夜の言葉通りに先駆けし、孫のような世代とともに死地に赴くところに鼓舞するものがあるのだろう。そして骸となる。それを証言するのは「付従テ最後ノ十念勧メッル聖」である。

（9）「ヱッボ」に入った笑いは『太平記』に三度みられるが、その先例は『平家物語』である。「御前に候ける瓶子を、狩衣の袖にかけて、引倒されたりけるを、法皇、あれはいかにと仰ければ、大納言立帰て、平氏倒れ候ぬとぞ申されける。法皇ゑつぼにいらせおはしまして…」（巻一）。自ら死を招きかねないとき起こる笑いが「ヱッボ」の笑いである（『源平盛衰記』巻五には「笑壺の会にて侍りき」とみえる）。この『平家物語』冒頭の笑いは末尾における知盛の「からから」笑いに対応している。さらに古態本『平治物語』中巻における信頼最期の挿話とも呼応する。「一日の猿楽に鼻かくといふ世俗の狂言こそあれ、此信頼は、一日のいくさに、鼻かきてけりと宣ひければ、皆人、一同に噇とぞわらはれけり。御所にも聞し召されて、何事を笑ぞと御尋あり。左少弁成頼、事のよしを奏聞すれば、主上もゑつぼにいらせ給ひけり」。信頼の惨めな死は猿楽的な笑いによって吹き飛んでしまうのである（ただし金刀比羅本、流布本にはみえない）。

（10）背中の腫れ物で亡くなる尊氏の挿話は同じ病で亡くなった万将軍の挿話と響き合う（巻三九・自太元攻日本事）。西源院本巻三三・飢人投身事には「兵部少輔、女房ヲ背ニカキ負ヒ、二人ノ子ヲ前ニ抱ヒテ、又本ノ淵ニ飛入リ、共ニ空ク成ニケリ」とあるが、鬼女を背負っていた大森彦七の挿話とも響き合うのかもしれない（巻二三）。

（11）田楽と戦闘の関連性については松岡心平『宴の身体』（岩波書店、一九九一年）を参照。「聚散離合ノ有様ハ須臾ニ反化シテ前ニ有歟トスレバ忽焉トシテ後ヘニアリ、御方カト思ヘバ屹トシテ敵也、十方ニ分身シテ…」（巻十・長崎高重最期合戦事）。『太平記』のテクストそのものが、こうしたパフォーマンスを模倣しているのではないだろうか。『平家物語』にはみられないパフォーマンスだからである。高重はバサラ的でかつゲリラ的だが、「前ニ在歟トセバ、後ヘヌケ、左ニ在カトセバ右へ廻テ、七縦八横ニ乱テ敵ニ見スル」という義貞の戦法は高重との戦いに学んだものかもしれない（巻十五・建武二年正月十六日合戦事）。

（12）佐々木道誉を「日本的バロックの原像」とみなす山口昌男『歴史・祝祭・神話』（中央公論社、一九七四年）は依然として示唆に富む。しかし、すべてが秩序の安定化に回収されかねないので、ここでは享楽の破滅的な側面を強調しておきたい。享楽が意味や解釈とすれ違う様子を描き出すのが本稿の主題である。

(13) 「結句」の語誌については小杉商一「副詞「結句」について」(『東京外国語大学論集』二五、一九七五年)や佐藤武義「けっく(結句)」(『講座日本語の語彙』一〇、明治書院、一九八三年)を参照。『太平記』の影響だろうか、『明徳記』(群書類従)には「結句」が頻出する。「此事ヲ明日宇治ニテ直ニ仰合セラルベキニテ候ナル。結句御免ノ事モハヤ既ニ落居カト申沙汰シ候」、「面々一人シテ彼等ガ一家ニ対揚スベキ人々ナルニ、結句山名ノ一族同心シテ責上ラバ…」、「左様ノ悪党共ヲコソ御シヅメナカラメ、結句御謀反ヲ思召シ立セ給ヒ候事、以外ノ悪逆也」など。それに対して、『保元物語』の用例「無双の大忠なりしかども、異なる勤賞も無く、結句いく程もなくして身を亡ぼしけるこそあさましけれ」(為義最後の事)は古活字本のもので、半井本、金比羅本にはみえない。『曾我物語』の用例「相伝の所領を横領せらるるだにも安からざるに、結句、女房までとりかへされて」(一)、「五郎は、ゆるさるる事はかなはで、結句、後の世までと、ふかく勘当せられて」(七)も古活字本のもので、真名本、大石寺本にはみえない。したがって、「結句」は古活字本の段階で使用された可能性が高い。また、『宝物集』の用例「酒にゑひて本心をうしなふゆゑに、人のめをかし、けつく庭鳥をぬすみてころしける」(下)も古活字三巻本のもので、七巻本にはみえない。『拾玉集』五一〇七の詞書には「今は歌と申ことは思絶えたれど、結句をばこれにてこそつかうまつるべかりけれ」という西行の言葉が出てくるが、結句は閉じ目でもある。

(14) 天狗について記す『比良山古人霊託』(延応元年)が問答体であることに注目しておきたい。問答自体が、不可知で不気味なものとして天狗を生み出すかのようだ。天竺・漢・和国のことを記す『三国伝記』が三人の問答である点も興味深い。

(15) 未来記については小峯和明『中世日本の予言書』(岩波新書、二〇〇七年)を参照。なお、「歌には未来記とて嫌ひ侍る体あり」と連歌書はいう(『ささめごと』本)。技巧や解釈の入り組んだものが未来記であろう。未来記は解釈と一体なのだが、和歌や連歌では嫌われている。「未来記の中に二種侍るべし。一には心の未来記、二には詞の未来記なるべし。詞の未来記とは、大略秀句の悪しきなり」(『吾妻問答』)。

(16) 足利直義については森茂暁「『太平記』と足利政権」(『中世日本の政治と文化』思文閣出版、二〇〇六年)を参照。直義はバサラを批判することで、かえって際立たせてしまう。また、直義は否定的な解釈を受けることで、かえって『太平記』にふさわしい人物になる。『太平記』の批判精神のみを評価する論者は、直義に似てくるかのようである。

(17)『太平記』には和冦による侵略も描かれる。巻三九には「其徳天ニ叶ヒ其化遠ニ及シ上古ノ代ニダニモ、異国ヲ被順事ハ、天神地祇ノ力ヲ以テコソ、容易征伐セラレシニ、今無悪不造ノ賊徒等、元朝高麗ヲ奪犯、牒使ヲ立サセ、其課ヲ送ラシムル事、前代未聞ノ不思議ナリ。角テハ中々吾朝却テ異国ニ奪ルル事モヤ有ランズラント、怪シキ程ノ事共也」とある。『太平記』には元寇という傷が刻み込まれている（禅僧の存在も外の世界と無縁ではない）。それに対して、『平家物語』は内向きであり閉じられた世界の物語である。清盛が対外貿易に熱心であったことは強調されていない。

(18)この「カラカラ」笑いについて大坪亮介前掲論文は因果論の相対化とみなし、樋口大祐「転形期とヒューモア」（『「乱世」のエクリチュール』森話社、二〇〇九年）は自己の相対化とみなしているが、本稿の視点は異なる。それは冷静なヒューモアではなく破滅的な享楽である。知盛の「からから」笑いは『太平記』的な享楽の萌芽であったといえる。

(19)『大経師昔暦』で太平記読みの姿を描いた近松門左衛門は、題材として『太平記』を存分に活用している。拙稿「近松の時代物」（『沖縄国際大学日本語日本文学研究』三二、二〇一三年）を参照。さらにいえば、『太平記』は『水滸伝』とともに読本の世界を作り上げている。『太平記』と『水滸伝』にはカラカラ笑いの共通点がみられる（「背瘡」を患う宋江に相当するのは尊氏であろう）。岡島冠山による白話訳である『太平記演義』（享保四年）は『太平記』と『水滸伝』の同質性を示唆している。余談だが、谷崎潤一郎『吉野葛』（一九三一年）は『太平記』同様に解釈を促す作品である。また古井由吉『山躁賦』（集英社、一九八二年）、後藤明生『首塚の上のアドバルーン』（講談社、一九八九年）、金井美恵子『恋愛太平記』（集英社、一九九五年）など、視点の複数性と解釈の増殖性において『太平記』文学を忠実に継承しているかのようだ。

V　太平記と知の形態・続——解釈・問答・享楽

本章では『太平記』の周辺から解釈、問答、享楽という問題系を探り、『太平記』の知の形態を照らし出してみたい。取り上げるのは『愚管抄』、能楽書、連歌書などであり、いずれも問答が記されている。注目するべき点であろう。

あらかじめ概要を示しておくと、第一節は「詮」をめぐって『愚管抄』について論じるもので、そこから解釈と問答の重要性が示される。第二節は享楽をめぐって世阿弥について論じるもので、そこから『太平記』との繋がりが示されはずである。なお引用は日本古典文学大系『愚管抄』（岡見正雄、赤松俊秀）、『神皇正統記』（岩佐正）等による。

一　愚管抄と太平記——詮をめぐって

『愚管抄』には「結句」を一例見出すことができる。「後三条ノ聖主ホドニヲハシマス君ハ、ミナ事ノセンノスヱズヱニヲチタタンズル事ヲ、ヒシト結句ヲバシロシメシツツ御サタハアル事ナレバ…」（巻四）。聖主であれば結果を先取りしつつ処置できた。だが、末世においては不可能となる。いまや「結句」を予想することは困難であり、だからこそ『愚管抄』の探求がはじまるのだろう。

注目されるのは『愚管抄』でたびたび使用される「詮」という語である。[1]「一切ノ事ハカクハジメニメデタクアラハシオカルルナルベシ。兄ヲコロスハ悪ニ似タレドモ、ワガ位ニツカンレウニ射コロシ給フニハアラズ。大方ノ悪ヲ被対治心也。サテノコリ給フ兄ヲマタ猶位ニツキ給ヘトススメ玉フ。コレヲ思フニ只道理ヲ詮トセリ」(巻一)。綏靖が兄を殺したのはなぜか。自分のために殺したのではない。そのことを合理化するために道理が事前に要請されている。「コノコトヲフカク案ズルニ、タダセンハ仏法ニテ王法ヲバマモランズルゾ。仏法ナクテハ、仏法ノワタリヌルウヘニハ、王法ハエアルマジキゾトイフコトハリヲアラハサンレウト、又物ノ道理ニハ一定軽重ノアルヲ、オモキニツキテカロキヲスツルゾト、コノコトハリトコノ二ヲヒシトアラハカサレタルニテ侍ナリ」(巻三)。蘇我馬子による崇峻天皇殺害について述べるが、王法を守るためであったと合理化している。

では、武家の台頭はどのように合理化できるのか。それが『愚管抄』の課題といえる。「保元元年七月二日、鳥羽院ウセサセ給テ後、日本国ノ乱逆ト云コトハヲコリテ後ムサノ世ニナリニケルナリ。コノ次第ノコトハリヲ、コレハセンニ思テカキヲキ侍ナリ」(巻四)。したがって「詮」は、『愚管抄』が自ら目的を語る要点ほかならない。巻七には「詮」が頻出し、「何ゴトニモ道理詮トハ申ナリ」と記す。

だが、次の用例はどうか。「平将軍ガ乱世ニ成サダマル謀反ノ詮ニ、二位中将ヨリ、ツヤツヤ物モシラヌ人ノワカワカヲロカヲロカトシタルニ、摂籙ノ臣ノ名バカリサヅケラレテ、怨霊ニワザトマモラレテ…」(巻七)。道理があるならば、なぜ「ツヤツヤ物モシラヌ人ノワカワカヲロカヲロカトシタル」者が摂関になるのであろうか。怨霊に守られているから、それが道理なのであろうか。道理は何かの原理というよりも、結局そうなってしまった帰結にすぎないように思われる。

怨霊とは何か。慈円による定義は次の通りである。「怨霊ト云ハ、センハタダ現世ナガラフカク意趣ヲムスビテカタキニトリテ、小家ヨリ天下ニモヲヨビテ、ソノカタキヲホリマロバカサントシテ、讒言ソラ事ヲツクリイダスニテ、世ノミダレ又人ノ損ズル事ハタダヲナジ事ナリ。顕ニソノムクイヲハタサネバ冥ニナルバカリナリ」（巻七）。怨霊とは原理的な存在ではない。単に状況の帰結によって存在しているだけである。顕と冥は原理的に二分されているというよりも、状況的に二分されているだけではないか。

慈円は聖徳太子の憲法を引用し、嫉妬、忿怒、貪欲について「コノ三事ノセンニテ侍ルヲ、世ノスヱザマ、当時ノ世間ニハサルイマシメノアルカトダニモ思ハデ、ワザトコレヲメデタキ事ニ思テ」と述べている（巻七）。「セン」は「スヱザマ」に見失われるのだが、怨霊発生の根拠は聖徳太子にあるようにさえみえる。

もちろん、慈円は単に状況に流されるのではなく、自ら提案している。「事ノ詮ニハ、人ノ一切智具足シテマコトノ賢人・聖人ハカナウマジ、スコシモ分々ニ主トナラン人ハ、国王ヨリハジメマイラセテ、人ノヨシアシヲミシリテメシツカイヲハシマス御心一ツガ、ヤスカルベキ事ノ詮ニナル事ニテ侍ナリ」、「又コトノセン一侍リケリ。人ト申モノハ、センガセンニハニルヲ友トスト申コトノ、ソノセンニテハ侍ナリ」（巻七）。見極める分別をもつこと、同心して協力することを提案するが、しかし、それは結局、状況に順応することにしかならない。「詮」は原理的な要点であると同時に、帰結的な状況だからである。

「詮」の二重性は道理に関しても当てはまるのではないか。「コノ道理ノ道ヲ、劫初ヨリ劫末ヘアユミクダリ、劫末ヨリ劫初ヘアユミノボルナリ」（巻七）。これによれば、道理は遡って見出せる原理であると同時に、下って見出せる帰結でもある。『愚管抄』の成立が承久の乱以前なのか以後なのか議論があるけれども、それは『愚管抄』の内容が原理なのか帰結なのかという点にかかわっている。

「コレハ神武ヨリ十三代マデカ」、「コレハ仲哀ヨリ欽明マデカ」、「コレハ敏達ヨリ後一条院ノ御堂ノ関白マデカ」、「コレマタ宇治殿ヨリ鳥羽院ナドマデカ」、「コレハ武士ノ世ノ方ノ頼朝マデカ」、「コレ又後白河院ヨリコノ院ノ御位マデカ」（巻七）。慈円が述べているのは、結局、時代区分であって、そこに貫徹するような原理が存在するのか疑問である。「日本国ノ世ノハジメヨリ次第ニ王臣ノ器量果報ヲトロヘユクニシタガイテ、カカル道理ヲツクリカヘツクリカヘシテ世ノ中ハスグルナリ」。これによれば、道理は時代とともに作り替えられるものである。『愚管抄』は道理を「詮」として探し求める。それゆえ「愚管」が題名として要請されるのかもしれない。しかし、『太平記』の場合、道理を第一原理として立てることは不可能であろう。なぜなら、すでに見た通り、『太平記』の世界は「結句」という状況の連なりにすぎないからである。『太平記』の「詮」は三箇所にみえる。「例ノ手ノ裏ヲ返スガ如ナル綸旨給テモ無詮」（巻二三）、「宗論ノ事ハ強ニ無其詮候歟」（巻二四）、「三種ノ神器ヲ本朝ノ宝トシテ神代ヨリ伝ル璽、国ヲ理守ルモ此神器也。是ハ以伝為詮」（巻二七）。不変の基点たるべき綸旨、宗論、神器が、ここでは不安定なものになっている。

義貞は「詮ナキ小事」に拘泥したと批判されていたが、何度も切り継ぎされたであろう『太平記』に唯一の「詮」はありえない。「所詮自余ノ御事ハ知ズ、頼遠ニ於テハ命ヲ際ノ一合戦シテ、義ニサラセル尸ヲ九原ノ苔ニ留ムベシ」と語る頼遠にとっては戦うことが「詮」なのであろう（巻十九）。「所詮此刀ヲダニ我等ガ物ト持ナラバ、尊氏ノ代ヲ奪ハン事掌ノ内ナルベシ」と語る正成にとっては剣を手に入れることが「詮」であり、戦いに勝利することが目的である（巻二三）。「人ト引組ダル体ニ見ヘテ、上ガ下ニゾ返シケル。叶ハヌ詮ニヤ成ケン、ヨレヤ者共ト呼ケレバ…」。化け物に襲われた彦七にとっては戦いが「詮」である。「所詮神輿入洛アラバ、兵ヲ相遣シテ可防」と奏上する武家にとっては神輿を兵力によって制御することが「詮」である（巻二四）。「所詮先此剣ヲ預ケ給テ、三七日ガ間幣帛ヲ捧ゲ」と語る直義にとっては剣を所有することが「詮」である（巻二五）。

「所詮叶ハヌ訴詔ヲスレバコソ、諂フマジキ人ヲモ諂ヘ」と語る山名師氏にとっては訴訟の無力を知り謀反に賭けることが「詮」となる（巻三二）。「無詮力態故ニ、組デ討べカリツル長山ヲ、打漏シツル事ノ猜サヨ」と語る赤松氏範にとっては相手を討ち取ることが「詮」である（巻三二）。畠山に所領を没収された者たちにとっては不服従こそ「詮」であろう（「神水ヲ呑デ、所詮畠山入道ヲ執権ニ被召仕、毎事御成敗ニ随マジキ由ヲ左馬頭ヘゾ訴申ケル」巻三六）。足利基氏にとっては芳賀入道を討伐することが「詮」である（「所詮可加退治トテ、自大勢ヲ卒シテ宇都宮ヘゾ被寄ケル」巻三九）。『太平記』の「詮」はおおむね合戦に収斂するようだが、それぞれの合戦は統一された戦いではなく、いくつもの分散的な戦いになっている。

理解不能の事態を説明するために『神皇正統記』が導入するのは「時」という観念である。「延喜ノ御代サシモ安寧ナリシニ、イツシカ此乱出来ル。天皇モオダヤカニマシマシケリ。又貞信公ノ執政ナリシカバ、政タガフコトハハベラジ。時ノ災難ニコソトオボエ侍ル」、「義仲ハヤガテ滅ヌ。サテソレヨリ西国ヘムカヒテ、平氏ヲバタイラゲシナリ。天命キハマリヌレバ、巨猾モホロビヤスシ。人民ノヤスカラヌコトハ時ノ災難ナレバ、神モ力オヨバセ給ハヌニヤ」、「世ノヤスカラザルハ時ノ災難ナリ。天道モ神明モイカニトモセヌコトナレド邪ナルモノハ久シカラズシテホロビ、乱タル世モ正ニカヘル、古今ノ理ナリ」。古典大系の頭注が指摘するように、すべて神の思い通りにならないのは、「時」が邪魔をするからである。だが、悪しき人は自滅するという。

『神皇正統記』の「時」が神の妨害をしていたとすれば、『太平記』の「時」は仏の妨害をする。「有智高行ノ尊宿タリトイヘドモ、時ノ横災ヲバ遁レタマハヌニヤ、マタ前世ノ宿業ニヤヨリケン、遠蛮ノ囚ト成テ、逆旅ノ月ニサスラヒ給、不思議ナリシ事ドモ也」、「時ノ天災ヲバ、大権ノ聖者モ遁レ給ハザルニヤ」（巻二）。不思議を説明するために「時」が設定されている。(2)

『愚管抄』ならば、道理が一貫しないのは歴史の変革期だからと答えるだろう。「サテモサテモコノ世ノカハリノ継目ニムマレアイテ、世ノ中ノ目ノマヘニカハリヌル事ヲ、カクケザケザトミ侍コトコソ、ヨニアハレニモアサマシクモヲボユレ」、「コノ世ノ人ハ白河院ノ御代ヲ正法ニシタル也。尤可然可然。ヲリ居ノ御門ノ御世ニナリカハルツギ目ナリ」（巻七）。『愚管抄』には「継ぎ目」という語がたびたび使われているが、それは次の一節と共鳴するものかもしれない。「句作り・付け様の事は、紙を継ぐがごとしといへり。糊をよく押して紙の歪をしらべて継ぎ候へば、少しの斑もなく継ぎ候ごとく、上手の句はあるものに候」（宗牧『当風連歌秘事』[3]）。『愚管抄』もまた紙を切り継ぎしようとしている。

「タトヘバ百王ト申スニツキテ、コレヲ心得ヌ人々ニ心得サセンレウニタトヘヲトリテ申サバ、百帖ノカミヲヲキテ、次第ニツカフホドニ、イマ一二デウニナリテ又マフケクワフルタビハ、九十帖ヲマフケツカヒ、又ソレツキテマウクルタビハ八十帖ヲマフケ、或ハアマリニオトロヘテ又オコルニ、タトヘバ一帖ノコリテ其一帖イマハ十枚バカリニナリテ後、九十四五帖ヲモマウケナンドセンヲバ、オトロヘキハマリテ殊ニヨクオコリイヅルニタトフベシ」（巻三）。これによれば、紙を切り継ぐことによって歴史は再び存続する。「詮ズル所ハ、唐土モ天竺モ、三国ノ風儀、南州ノ盛衰ノコトハリハ、オトロヘテオコリ、オコリテハオトロヘ」とあるが、慈円の歴史は書き尽くされると終わってしまう。表紙が顕、裏紙が冥に当たり、慈円にとって怨霊とは書き尽くされた紙の墨痕なのかもしれない。

「詮」を書き続ける慈円の姿をもう少しみておく。「人語リツタフル事ハ皆タシカナラズ、サシモナキ口弁ニテマコトノ詮意趣ヲバイヒノケタル事ドモノ多ク侍レバ、其ウタガヒアル程ノ事ヲバエカキトドメ侍ラヌ也」（巻二）。この「マコトノ詮意趣」とは容易に打ち消されかねないものである。

慈円が理想とするのは聖徳太子にほかならない。「ワズカニ十六歳ノ御時マサシク仏法ヲコロシケル守屋ヲウタルルモ、オトナシキ大臣ノ世ニ威勢アリテ、我身タリタリル馬子大臣ノヒトツ心ニテサタセシコソ、太子ノセンノ御チカラニハナリニシカ〔大菩薩ハセンノ御チカラニハナリニシガ―阿波本〕。仏法ニ帰シタル大臣ノ手本ニテコノ馬子ノ臣ハ侍ケリトアラハナリ」（巻三）。慈円にとっては「ヒトツ心」の大臣が手本となる。

「スベテ北野ノ御事、諸家、官外記ノ日記ヲミナヤケトテ、被焼ニケレバ、タシカニコノ事ヲシレル人ナシ。サレドモ少々マジリテミユル処モアリ。又カウホドノコトアレバ、人ノ口伝ニイヒツタヘツタヘシタルコトニテアレバ、事ノセンハミナミエルニヤ」（巻三）。菅原道真について述べているが、すべて焼けても口伝があれば「詮」は見えるという。

「天竺・唐土ノコトヲココニテ口キキタル説経師ノ申ニナレバ、カノ国々ノコトバニテハナケレドモ、道理ノ詮ノタガハヌホドノコトハ、ゲニゲニトイフヲコソハ正説トハ申コトナレバ、サコソ申サレケメ」（巻三）。花山院が騙されて出家するところだが、言葉が異なっていても「道理ノ詮」は共通するというのであろう。「妙法ニスギタル教門候ハズ。不軽ノ縁ダニモツヰニハ得道シテコソ候へ。菩薩戒コソセンニテハ候へ」と恵信僧都弟子の言葉が引用されている。

「宝剣ノ沙汰ヤウヤウニアリシカド、終ニヱアマモカヅキシカネテ出デコズ。其間ノ次第ハイカニトモカキツクスベキ事ナラズ。タダヲシハカリツベシ。大事ノフシブシナラヌ事ハソノ詮モナケレバ書ヲトスコトノミ有リ」（巻五）。壇ノ浦で宝剣が失われた出来事も「大事ノフシブシナラヌ事」にすぎない。なぜなら、武士が登場した以上、「今ハ宝剣モムヤクニナリヌル也」と考えられるからである。

「センハタダモト申シシ左府ノ若君、ソレハアマタ候ナレバ、イヅレニテモ、ト申ツメケレバ、サラバ誠ニヨカリナントテ…」（巻六）。摂関家の子息を将軍に選定するところだが、「申ツメ」たときに使う言葉が「セン」なのであろう。

末代には末代にふさわしい道理があるらしい。「末代ノ道理ニカナヒテ、仏神ノ利生ノウツハ物トナリテ、今百王ノ十六代ノコリタル程、仏法王法ヲ守リハテンコトノ、先カギリナキ利生ノ本意、仏神ノ冥応ニテ侍ルベケレバ、ソレヲ詮ニテカキヲキ侍ナリ」（巻六）。この「仏法王法ヲ守リハテンコト」が慈円にとっての「詮」である。

この後に「コマカニハ未来記ナレバ申アテタランモ誠シカラズ。タダ八幡大菩薩ノ照見ニアラハレマカランズラン。ソノヤウヲ又カキツケツツ、心アラン人ハシルシクハヘラルベキ也」と続く（巻六）。いったい慈円は未来記を信頼しているのか、それとも信頼していないのか。『愚管抄』は未来記なので確実だというのか『愚管抄』は未来記とは違うというのか判然としないが、これが原理と帰結をともに認める『愚管抄』の戦略であろう。

慈円はしきりに仮名で書くことを強調している。「愚癡無智ノ人ニモ物ノ道理ヲ心ノソコニシラセントテ、仮名ニカキツクルオ、法ノコトニハタダ心ヲエンカタノ真実ノ要ヲ一トルバカリナリ…心ノ詮ヲ申アラハサントヲモフニハ、神武ヨリ承久マデノコト、詮ヲトリツツ、心ニウカブニシタガイテカキツケ侍ヌ」（巻七）。「詮」は表記と無関係だという。

「世ヲシロシメス君ト摂籙臣トヒシト一ツ御心ニテ、チガフコトノ返々侍マジキヲ、別ニ院ノ近臣ト云物ノ、男女ニツケテイデキヌレバ、ソレガ中ニイテ、イカニモイカニモコノ王臣ノ御中ヲアシク申ナリ。アハレ俊明卿マデハイミジカリケル人哉。ココヲ詮ニハ君ノシロシメスベキナリ」。天皇と摂関の一体性が慈円にとっては大事なのだが、近臣の存在がそれを狂わせる。「白河院ノ後、ヒシト太上天皇ノ御心ノホカニ、臣下トイフモノノセンニタツ事ノナクテ、別ニ近臣トテ白河院ニハ初ハ俊明等モ候」。このセンは「先」だろうか「詮」だろうか。近臣が介入し、「ヲコノシモザマノ人ノヲハシケル」摂関家は役割を失っていく。

「サダカニ冥顕ノ二ノ道、邪神善神ノ御タガへ、色ニアラハレ内ニコモリテミユルナリ」とあるが、これは冥が「色」に出て、顕が「内」に籠もったということではないだろうか。「スナハチ天下日本国ノ運ノツキハテテ、大乱ノイデキテ、ヒシト武者ノ世ニナリニシ也。ソノ後、摂籙ノ臣ト云物ノ、世中ニトリテ、三四番ニクダリタル威勢ニテ、キラモナク成ニシナリ」。これが慈円の見取り図にほかならない。

「漢家ノ事ハタダ詮ニハソノ器量ノ一事キハマレルヲトリテ、ソレガウチカチテ国王トハナルコトトサダメタリ。コノ日本国ハ初ヨリ王胤ハホカヘウツルコトナシ。臣下ノ家又サダメヲカレヌ」。器量によって王朝が交替するのが中国の「詮」だという。それは歴史的な帰結にすぎないのに、先験的な原理として定められているかのようだ。いずれにしても、日本が中国と異なることを主張せざるをえないのが慈円の立場である。

そのため慈円は後鳥羽院と将軍の融和を説く。「コレハ将軍ガ内外アヤマタザランヲ、ユヘナクニクマレムコトノアシカランズルヤウヲコマカニ申也。コノスヂハワロキ男女ノ近臣ノ引イダサンズルナリ。ココヲシロシメサンコトノ詮ニテハ侍ベキ也」。だが、慈円はすべて自覚していたわけではない。「コハ以ノ外ノ事ドモカキツケ侍リヌル物カナ。コレカク人ノ身ナガラモ、ワガスル事トハスコシモヲボヘ侍ラヌ也」。これによれば、自ら意識していないことまで書いているのである。『愚管抄』を日記文学と呼びうるとすれば、この点であろう。「コトノ詮」は意図していることなのかそうでないのか判然としなくなる。

結末に「物ノハテニハ問答シタルガ心ハナグサムナリ」と問答を記すが、「物ノハテ」とは書物の終わりということだろうか、それとも将来についてということだろうか。『愚管抄』は問答で閉じられるが、まさに原理だけでは決着が付かないことを示している。(4)

尾崎勇「諫言する重盛」(『愚管抄の創成と方法』汲古書院、二〇〇四年)は『平家物語』巻二「申しうくるところ詮は、ただ重盛が頚をめされ候へ」に言及し、『愚管抄』との類似性に着目している。しかし同論文も指摘するところだが、慈円における「詮」の多用は歌論用語からきている可能性がある。「半臂の句も詮は次のことぞ。眼はただ、とてしもといふ四文字なり」(『無名抄』)、「静縁いはく、その言葉をこそこの歌の詮とは思ひ給ふるに、この難はことのほかに覚え侍りとて」(同)、「よく境に入れる人々の申されし趣は、詮はただ詞に現れぬ余情、姿に見えぬ景気なるべし」(同)、「もとよりやさしき花よ月よなどやうの物を、おそろしげによめらんは、何の詮か侍らん」(『毎月抄』)、「詞をこそ詮とすべけれといはば、又心はなくともといふにて侍り。所詮、心と詞とかねたらんをよき歌とは申すべし」(同)、「このたびの撰集の我が歌にはこれ詮なり、とたびたび自讃し申されけると聞き侍りき」(『後鳥羽院御口伝』）など用例を拾うことができるからである。(5) とりわけ歌論書の歌風の変遷に関する歴史論は『愚管抄』に通じるかもしれない（「抑歌はただ日来しるし申し候ひしごとく、万葉よりこのかたの勅撰をしづかに御覧ぜられて、かはりゆき候ひける姿どもをば心得候へ」『毎月抄』）。

もっとも、「詮」が仏教界で使用される言語であったことも確かである。「イカニ宝物ヲ仏前ニモナゲ、師匠ニモ施ストモ、信心カケナバソノ詮ナシ」（『歎異抄』）、「此法の詮は国敵王敵となる者を降伏して、命を召取て其魂を密厳浄土へつかはすと云法也」（日蓮遺文『本尊問答鈔』）、「詮はただ我心にはからひて、進みも退きもすべきにこそ」（『閑居友』上）、「法然申サレケルハ、コノ程ノ談義、所詮イカガ御心得候」（『沙石集』四ノ七）、「法相ニモ依詮ト云フハ、ミナ方便安立諦ト云ヒテ、真実ノ処ニアラズ。廃詮コソ非安立諦トテ、心念ナク言説ヲ立テズシテ、実ノ仏法ト見エタレ」（同十末ノ十二）など用例がみられる。仏書と歌論書は本質を見極める言説という点で共通するところがあり、その二つの領域に君臨していたのが慈円にほかならない。

さて『愚管抄』の「詮」から離れて、もう少し『太平記』の「結句」の周辺をめぐってみたい。「官位ならんとする程の纔に浅猿き事にし成んと励む程に、結句それまでも励み出さで、病付て、何とも無げに成て死る也」（『栂尾明恵上人遺訓』）、「或は事を機に寄せ、或は前師に譲り、或は賢王を語らひ、結句最後には、悪心強盛にして闘争を起し、失無き者を之を損うて楽と為す」（日蓮『寺泊御書』）、「条条科、被優精兵一事之処、結句令任官訖」（『吾妻鏡』元暦二年五月九日）、「さまざまにもてなされ候て、結句馬にて送られて候」（『義経記』七）、「すこしまどろふでござれば、其間にあそこな者が、それがしがうしろへ参て、けつく私にたてと申」（『虎明本狂言集』鍋八撥）、「今朝かりそめに家を出、山立し損ずるのみならず、結句傍輩と口論し、退くなよ我も逃さじと、刀の柄に手をかくる」（『狂言記』文山立）、「狼のしたるごとく、頸にとびかかりければ、結句馬に喰らゐ殺さる」（『伊曾保物語』狐と狼の事）。『日本国語大辞典』第二版を参考にして用例を拾ってみたが、それゆえと訳すべきであろうか、かえってと訳すべきであろうか。順接であれ逆接であれ、「結句」は中世の思考と深く結びついているようである。

世阿弥はといえば、「易かりし時分の移りに、手立はたと変りぬれば、気を失ふ。結句、見物衆も、をかしげなる気色見えぬれば、恥づかしさと申、彼是、ここにて退屈するなり」（『風姿花伝』二）、「すべて御意に合はず。結句、さきに見つる見物衆も、貴人の御座より、皆々機を静めて、座敷あらぬ体に成て…」（『花鏡』）と述べている。以下、その周辺をめぐってみよう。

二　世阿弥と太平記——享楽をめぐって

松岡心平『宴の身体』（岩波書店、一九九一年）は副題の通り「バサラから世阿弥へ」を魅力的に論じている。また八木聖弥『太平記的世界の研究』（思文閣出版、一九九九年）は太平記的世界の脱却として世阿弥の幽玄論を位置づけている。ここでは享楽という観点から世阿弥について検討し、『太平記』論のための補助としてみたい。まず取り上げるべきは、世阿弥が六十才で語った『申楽談儀』の一節である。

彼一忠を、観阿は、我が風体の師也と申されける也。道阿又一忠が弟子也。一忠をば世子は見ず。京極の道与、海老名の南阿弥陀仏など物語せられしにて推量す。（引用は日本思想大系による、『申楽談儀』）

河原の勧進桟敷崩れの時、本座の一忠、新座の花夜叉、かれこれ四人づつ、八人にて恋の立合をせしに（中略）一忠、花夜叉に恥を与へけり、と当座申き。（同）

道阿、やうやうはかなさやなどさらば、釈尊の出世には生ぜざる覧、つたなきわれらが果報かなや、是を、いづれもきたなき音曲なれ共、かかり面白くあれば、道誉も日本一と誉められし也。道阿謡ひ届けし者也。

佐々木道誉の名が出てくるが、田楽の一忠を師とした観阿弥がバサラの時代にいたことは明らかであろう。『風姿花伝』の「亡父にて候し物は、五十二と申し五月十九日に死去せしが、その月の四日の日、駿河の国浅間の御前にて法楽仕。その日の申楽、ことに花やかにて、見物の上下、一同に褒美せしなり。凡その頃、物数をばはや初心に譲りて、やすき所を少な少なと色えてせしかども、花はいや増しに見えしなり」という一節をみると、そのことが伝わってくる。戸外における魅力的なパフォーマンスだからである。

観阿弥が曲舞をつけたという『白髭』には『太平記』に似た詞章がみられる。世阿弥によって改作されているようだが、観阿弥作の『自然居士』にはバサラの時代の気迫が漲っている。人買いから子供を奪い返そうとする決死のドラマである。

（同）

所詮この者と連れて奥陸奥の国へは下るとも、舟よりはふつに下りまじく候
舟よりおん下りなくは拷訴を致さう
拷訴といつぱ捨身の行
命を取らうぞ
命を取るともふつに下りまじい
なにと命を取るともふつに下りまじいとかや
なかなかのこと

（引用は日本古典文学大系による、『自然居士』）

ここにみられるのは単なる正義感ではない、むしろ死を厭わぬ享楽というべきであろう。舟を呼び戻す挿話は『太平記』にも出てくるが、そのカラカラ笑いに共通するものがある。「その人買ひ舟に物申さう、あら音高しなにとなにと、道理道理よそにも人や白波の、音高しとは道理なりひとかいと申しつるは、その舟漕ぐ櫂のことざうよ」という意表を突く言葉の効果もすばらしい（一櫂＝人買）。そもそも自然居士は寺から追放された異形の雑芸者であり、バサラの異形と共通点をもつ。観阿弥作『葛ノ袴』には「葛ノ袴ノココカシコ破レ損ジタリケル」とあるが（『五音』）、『金札』の「扉も金の、み札の神体、光もあらたに、見え給ふ」というのもバサラ的ではないか。(6)『卒都婆小町』で小町が僧侶を論破するときの気迫を観阿弥のバサラ的な側面と考えてみたい。

心なき身なればこそ、仏体をば知らざるらめ
仏体と知ればこそ卒都婆には近づきたれ
さらばなど礼をばなさで敷きたるぞ
とても臥したるこの卒都婆、われも休むは苦しいか
それは順縁にはづれたり
逆縁なりと浮かむべし

（引用は日本古典文学大系による、『卒都婆小町』）

『通小町』における四位の少将は小町の成仏を妨げる激しさをもつ。「おん身一人仏道ならばわが思ひ、重きが上の小夜衣、重ねて憂き目を三瀬川に、沈み果てなばお僧の、授け給へるかひもあるまじ、はや帰り給へやお僧たち」。『吉野静』の静御前も説得する激しさをもつ。「進みて追つ掛け給ふとも、その名聞こゆる人びとを、討ちとどめ申さんは、片岡増尾鷲の尾、さて忠信は並びなき、精兵ぞや人びとに、防ぎ矢射られ給ふなと、語ればげには

衆徒中に、進む人こそなかりけれ」。同じく観阿弥作とされる『求塚』で、差し違える男二人は正成兄弟にさえみえる。

ふたりの男は、この塚に求め来りつつ、いつまで生田川、流るる水に夕汐の、差し違へて空しくなれば、それさへわが咎に、なる身を助け給へとて、塚の内に入りにけり、塚の内にぞ入りにけり。
恐ろしやおことは誰そ、小竹田男の亡心とや、さてこなたなるは血沼丈夫、左右の手を取つて、来れ来れと責むれども、三界火宅の住みかをば、なにの力に出づべきぞ、また恐ろしや飛魄飛び去り目の前に、来るを見れば鴛鴦の、鉄鳥となつて鉄の、嘴足剣のごとくなるが、頭をつつき髄を食ふ、こはそもわらはがなせる咎かや、あら恨めしや。
（引用は日本古典文学大系による、『求塚』）

二人の男が差し違え、女は地獄の責め苦を受け続けなければならない。こうした破滅的な切迫感をバサラの時代のものと考えてみたい。『三道』には次のような一節がある。

放下。是は、軍体の末風、砕動の態風なり。自然居士、花月、男物狂、若は女物狂などにてもあれ、其能の風によりて、砕動の便風あるべし。
（引用は日本思想大系による、『三道』）

自然居士には「軍体の末風、砕動の態風」があるという。『申楽談儀』は観阿弥について「怒れることには、融の大臣の能に、鬼に成て大臣を責むると云能に、ゆらりきりとし、大になり、砕動風などには、ほろりと、ふり解きふり解きせられし也」と述べている。しかし、それだけでは人気が長続きしなかったらしい。

能の風曲、古体・当世、時々変るべきかなれ共、昔より、天下に名望他に異なる達人は、其風体、いづれもいづれも幽玄の懸を得たり。古風には田楽の一忠、中比、当流の先士観世、日吉の犬王、是はみな、舞歌幽玄を本風として、三体相応の達人也。其外、軍体・砕動の芸人、一端名を得ると云へ共、世上に堪へたる名聞なし。

（『三道』）

「軍体・砕動の芸人、一端名を得ると云へ共、世上に堪へたる名聞なし」とあるが、これこそ田楽的でバサラ的な芸風ではないだろうか。しかし、それでは長続きしないのであって、幽玄が必要とされるのである。

修羅、これ又、一体の物なり。よくすれども、面白き所稀なり。さのみにはすまじき也。但、源平などの名のある人の事を、花鳥風月に作り寄せて、能よければ、何よりもまた面白し。是、ことに花やかなる所ありたし。

（引用は日本思想大系による、『風姿花伝』二）

おそらく、殺伐とした現実はバサラの時代そのものだったはずである。「面白き所まれなり。さのみにはすまじき也。但、源平などの名のある人の事を、花鳥風月に作り寄せて、能よければ、何よりもまた面白し」というところには世阿弥の古典趣味がうかがえる。「是、ことに花やかなる所ありたし」とあるが、世阿弥は殺伐とした修羅を否定している。そのため、世阿弥の修羅物は修羅の苦しみを描くことが少ないのである。阿新の佐渡脱出を題材とした『壇風』が世阿弥作だとすれば、そこで世阿弥は直接にバサラの時代と向き合っていたことになる。「あら笑止や。頼みたる舟は遠ざかる、追手は後に近づく、さて御命をば何と仕り候ふべき」。この切迫感は生々しい。道阿弥作だとしても、後年、佐渡流罪となった世阿弥はこの作品を思い出したであろう。

問。申楽の勝負の立合の手立はいかに。答。是、肝要なり。先、能数を持ちて、敵人の能に変りたる風体を、違へてすべし。

（『風姿花伝』三）

演技は勝負だというのはバサラの時代の感覚にちがいない。「いかなる上手も、能を持たざらん為手は、一騎当千の強者なりとも、軍陣にて兵具のなからん、是同じ」という一節にも、それがうかがえる。

田楽の風体、ことに格別の事にて、見所も、申楽の風体には批判にも及ばぬと、皆々思ひ慣れたれども、近代に此道の聖とも聞えし本座の一忠、ことにことに物数を尽くしける中にも、鬼神の物まね、怒れるよそほひ、洩れたる風体なかりけるとこそ承しか。然ば、亡父は、常々、一忠が事を、我が風体の師也と、まさしく申しし也。

（『風姿花伝』五）

観阿弥は田楽の一忠を師としていたが、そこには「鬼神の物まね、怒れるよそほひ」があったという。

幽玄と強きと、別にあるものと心得るゆへに、迷ふ也。この二つは、その物の体にあり。たとへば、人に於いては、女御・更衣、又は遊女・好色・美男、草木には花の類、かやうの数々は、その形幽玄の物なり。又、あるひは物のふ・荒夷、あるいは鬼・神、草木にも松・杉、かやうの数々の類は、強き物と申べきか。

（『風姿花伝』六）

幽玄と強きは決して別のものではないらしい。つまり、幽玄にも「強き」が入っているのである。事実、世阿弥の幽玄には田楽的でバサラ的な力が入り込んでいるように思われる。

物狂なんどの事は、恥をさらし、人目を知らぬ事なれば、是を当道の賦物に入べき事はなけれ共、申楽事とは是なり。女なんどは、しとやかに人目を忍ぶものなれば、見風にさのみ見所なきに、物狂になぞらへて、舞を舞い、歌を謡いて狂言すれば、もとよりみやびたる女姿に、花を散らし、色香をほどこす見風、是又なによりも面白き風姿也。

（『拾玉得花』）

バサラは「物狂」と評されていたが、ここでいう物狂に通じるものがあるのではないだろうか。とすれば、猿楽になぜ物狂が必要とされるのかわかる。「物狂になぞらへて、舞を舞ひ、歌を謡ひて狂言」すると、そこに芸の力が生まれるのである。

前代のバサラ的異形性に対して、世阿弥は幽玄を対置する（世阿弥の幽玄に笑いはない）。しかし、そこにも享楽は影を落としているように思われる。世阿弥の修羅能に描かれるのは過去の戦士であったとしても、『太平記』時代の面影があるのではないだろうか。破滅的な享楽が漂っているからである。

乗替にかき乗せられて、憂き近江路をしのぎ来てこの、青墓に下りしが、雑兵の手にかからんよりはと、思ひ定めて腹一文字に、かき切つてそのままに、修羅道に遠近の、土となりぬる青野が原の、亡き跡弔ひてたび給へ、亡き跡を弔ひてたび給へ。

（引用は日本古典文学全集による、『朝長』）

「憂き近江路をしのぎ来て」とあるが、近江路は道誉がやむなく源具行を殺害した場所ではないか（『太平記』巻四）。

過去の戦士に『太平記』の面影を重ねて見ることができるだろう。それが世阿弥の詩学である。『増鏡』における道誉は義貞、正成以上に後醍醐天皇と親しい。「かくたけき家に生まれて、弓矢とるわざにかかづらひ侍のみ、うきものに侍ける」と具行に語る道誉は修羅能の主人公であるかのようだ。(7)

バサラの享楽は一瞬のものでしかない。バサラの拡散的で破滅的なエネルギーを永続化するためには一定のルールが必要であり、そこに式目の存在意義がある。(8)「秘すれば花なり」はバサラ以後を生き残るための戦略といえるかもしれない。『風姿花伝』冒頭には「好色・博奕・大酒。三重戒、是、古人掟也」と記されているが、家の永続を目的とした『風姿花伝』は一種の式目なのである（幽玄は拡散ではなく集中に見出せる）。したがって式目にも享楽が潜んでいる。

先達語り侍る。階級みだれ互ひにののしりあひ、猥雑したるありさま、一座のさわがしさ、早出退散を事として、あはあはしき、七歩の才・八疋の駒に鞭をそへたるけしきにて、まことに道の賢聖ほしくこそ見え侍れ。

（引用は日本古典文学大系による、『ささめごと』末）

こうした乱雑はバサラの時代のみに限られるものではない。だから問答とルールが必要とされるのである。『建武式目』と連歌の式目、『夢中問答集』と能楽、連歌の問答、そうした広がりの中に『太平記』を位置づけてみなければならない。(9)『夢中問答集』を締めくくる言葉「新羅、夜半、日頭明なり」は能楽書にも出てくる（『九位』）。「連歌は国の政のたすけなどにも侍るべきなど申す」、「連歌は善き事にてあれば、此の世一ならず、菩提の因縁にもなり侍るべしなど申す」、これは『筑波問答』に出てくる問いである。

時代は下るが、宗長の『連歌比況集』には「例へば、歌は城責めをせんが如し。城の切岸へ付きてかへり、壁尺の木などを結びつけて物の具ぬぎ置きて、折を待ちて責むるが如し。連歌は打ち出でて合戦するがごとし。難易此の中にあり。能々工夫すべし」とみえる。連歌と合戦は無縁ではない。

おわりに――徒然草と太平記

以上、『太平記』の周辺から解釈、問答、享楽という問題系を探り、『太平記』の知の形態を照らし出そうと試みた。取り上げたのは『愚管抄』、能楽書、連歌書などであり、いずれも問答が記されている。

第一節では「詮」をめぐって『愚管抄』について論じ、そこから解釈と問答の重要性が示された。『愚管抄』は一つの「詮」に収束しようとするが、そのたびに書き続けることを余儀なくされる。何度も切り継ぎされたであろう『太平記』には無数の「詮」が垣間見える。第二節では享楽をめぐって世阿弥について論じ、そこから『太平記』との繋がりが示された。世阿弥の能には享楽的なバサラの余韻があると考えられる。

『建武式目』第二条「群飲佚遊を制せらるべき事」には「格条のごとくば、厳制ことに重し。あまつさへ好女の色に耽り、博奕の業に及ぶ。このほかまた、或は茶寄合と号し、或は連歌会と称し、莫太の賭けに及ぶ、その費勝計し難きものか」とみえるが、ルールは欲望を制御する面とともに欲望を加速させる面があるだろう。『太平記』巻三五で明恵は「乱世ノ根源ハ只欲ヲ本トナス」と語っていた。『徒然草』一一六段に「ばくちの、負け極まりて、残りなく打ち入れせんにあひては、打つべからず」と記す兼好法師はバサラの同時代人にほかならない。

…小川へ転び入りて、「助けよや、猫またよや、猫またよや」と叫べば、家々より松どもともして走り寄りて見れば、このわたりに見知れる僧なり。「こは如何に」とて、川の中より抱き起したれば、連歌の賭物取りて、扇・小箱など懐に持ちたりけるも、水に入りぬ。希有にして助かりたるさまにて、はふはふ家に入りにけり。飼ひける犬の、暗けれど主を知りて、飛び付きたりけるとぞ。（引用は角川文庫、小川剛生訳注による、八九段）

連歌の賭け物を手にした僧は欲望にまみれているからこそ、危険を呼び寄せる。そのため親密な飼い犬さえ怪物になってしまうのである。

堀川相国は、美男のたのしき人にて、そのこととなく過差を好み給ひけり。御子基俊卿を大理になして、丁務おこなはれけるに、丁屋の唐櫃見苦しとて、めでたく作り改めらるべきよし仰せられける…（九九段）

このごろは、過差ことのほかになりて、よろづの重き物を多くつけて、左右の袖を人に持たせて、自らは鉾をだに持たず、息つき苦しむ有様、いと見苦し。（二二一段）

「過差」に耽る男たちは、「息つき」を失いかねない。一八八段に「これをも捨てず、かれをも取らんと思ふ心に、かれをも得ず、これをも失ふべき道なり」という通り、『徒然草』はバサラの語彙に満ちている。その言説は時代とともに様々に解釈されるが、『徒然草』の特異性はバサラ的世界における自己の位置にあるだろう。

注

（1）多賀宗隼『論集中世文化史』下（法蔵館、一九八五年）は慈円の「仏眼信仰」に着目し、深沢徹『愚管抄の〈ウソ〉と〈マコト〉』（森話社、二〇〇六年）は「女人入眼」の表現に着目しているが、「詮」もまた「眼」のテーマと呼応するようにみえる。その意味で、「信頼・義朝・師仲、南殿ニテアブノ目ヌケタル如クニテアリケリ」の表現など注目される（巻五）。

（2）「時の横災」は『平家物語』巻二にもみえる。「時の横災は、権化の人ものがれ給はざるやらん。昔大唐の一行阿闍梨は玄宗皇帝の御持僧にておはしけるが、玄宗の后、楊貴妃に名を立ち給へり」。仏教的権威が不運に出会うとき使用される言葉が「時の横災」である。

（3）『当風連歌秘事』の「寄合」問答も興味深い。「寄合を用ひ侍るべき事、如何。答へていふ。寄合は、高位・下位の親類、名乗り因むがごとし。面は親しけれども、内心不肖なれば、各別也。されば連歌も、寄合ばかり力頼みには、一向、同心に不付候」。異質なものの協調といった問題が「寄合」には孕まれている。こうした連歌書から歴史書に至る広がりの中に『太平記』を位置づけてみなければならない。そのとき歌論書を記し『難太平記』を記した今川了俊は、はなはだ象徴的な存在といえる。二条良基『連歌十様』は「周阿が句作はこまかにくだきたるをこのみし也、当世はやりたるは此風体なれども…」と当世を強く批判しているが、連歌も『太平記』も論争のなかにある。

（4）山下宏明「『愚管抄』の表現」（『中世文学』三一、一九八六年）は『愚管抄』に伝聞表現が多いことを述べており、対話的構造を指摘できるかもしれない。

（5）「一向本歌とも聞こえぬも詮なし」、「所詮、口軽くしなして心地を沈むべからず」など連歌書にも用例がみられる（『連理秘抄』）。興味深いことに「詮」は『義経記』に頻出する。そのほか「その年の祭には、これを詮にてぞありける」（『宇治拾遺物語』一四四）、「さしたる事もなき時、私の契約は詮なき事にぞおぼゆる」（一条兼良『小夜のねざめ』）、「所詮親疎を論ぜず、理非にまかせて、わたくしの賄賂にふけらず…」（同『樵談治要』）など用例を拾うことができる。

（6）「金札」については天野文雄『世阿弥がいた場所』（ぺりかん社、二〇〇七年）が詳しい。同書は能楽における君臣一体を強調しているが、しかし能楽には予定調和を裏切る殺伐とした側面があるように思われる。拙稿「反＝鎮魂論」（本書所収）はそうした側面について論じたものである。

（7）『習道書』に「昔、大和申楽に、名生と申笛の上手ありし也。京極の道与入道殿、申楽の間延ぶるは悪き事なれ共、この名生が笛聞く程は、時節の移るをも忘るるぞと感ぜられたるほどの笛の堪能なり」とあるが、これは静かな享楽ではないだろうか。拙著『枕草子・徒然草・浮世草子――言説の変容』（北溟社、二〇〇一年）では、『枕草子』における快楽について論じた。『枕草子』的快楽と『太平記』的享楽に相違があるとすれば、快不快を超えて死をも恐れぬのが享楽であろう。『徒然草』から明らかなように、中世的言説を特徴づけているのは享楽と接し合った自己への配慮なのである。

（8）二条良基『十問最秘抄』には「たとひ我が心にはたがひたりとも、世上同一に帰せば、力なく其の方へ諸道の事はなるべき也。一人きばりて詮なし。されば、道誉など好みし比は、其の風情をみなせしなり。当時、准后御連歌きはめてかかり美しく、風情常の物の珍しきをせらるるあひだ、愚存にかなふ所也」とある。これをみると、道誉の時代は「世上同一」が好みを決定していた。しかし、義満の時代になると、「かかり美しく、風情常の物の珍しきをせらるる」という美意識が重んじられるようである。なお、大谷節子『世阿弥の中世』（岩波書店、二〇〇七年）は良基の連歌論の影響下にあった世阿弥の能楽論が禅の影響を受けるようになったことを論じているが、それはバサラ的世界からの脱却ではないだろうか。

（9）『愚管抄』は猿楽に対してはなはだ差別的な視線を向けている。後白河院について「故院ハ下臈近ク候テ、世ノ中ノ狂ヒ者ト申テ、ミコ・カウナギ・舞・猿楽ノトモガラ、又アカ金ザイク何カト申候トモガラノ、コレヲトリナシマイラセ候ハンズルヤウ見ルココチコシ候へ。タダ今世ハウセ候ナンズ。猶サ候ベクバ誠シク御祈請候テ、真実ノ冥感ヲキコシメスベク候」と述べる（巻六）。「世ノ中ノ狂ヒ者」では天下国家の「冥」に感応することができないという天台座主としての発言だが、慈円の時代における猿楽の位置がうかがえる。

Ⅵ 反＝鎮魂論——能の原理に関する試論

L'homme de guerre a toujours été considéré dans les mythologies comme d'une autre origine que l'homme d'Eta ou le roi : difforme et tortueux, il vient toujours d'ailleurs.
Le théatre surgira comme ce qui ne représente rien, mais ce qui présente et constitue une conscience de minorité.
Gilles Deleuze, *Un manifeste de moins*(1)

一 修羅物について

西郷信綱「鎮魂論——劇の発生に関する一試論」（『詩の発生』未来社、一九六〇年）は演劇の発生に関するすぐれた論考である。西郷は鎮魂を「タマシヅメ」とよむよりも「タマフリ」とよぶほうが古く、「魂を死の試練を通して肉体に呼びこみ、更新的活力を与えるのがタマフリ＝鎮魂の本義」であるとして、そこから演劇の発生について論じる。(2)しかし、魂を呼び入れるにしても、魂を落ち着かせるにしても、それは秩序を安定させ永続させるためでしかないだろう。鎮魂祭は天皇や皇后の魂の安定を目的としているからである。秩序を再活性化させるために演劇が発生したという仮説は演劇発生論としては十分説得的だが、しかしそれは演劇の半面にすぎないのではないだろうか。すぐれた演劇には決まって秩序を揺り動かし覆す力が備わっていると思われるからである。

本試論では「触り」＝「振り」から「奮ふ」＝「戦ふ」へと力点を移動させ、秩序の安定に基盤をおく鎮魂の演劇論に逆らってみたい。そこで注目されるのが能の修羅物である。修羅物に注目したとき、能は単なる鎮魂の劇ではなくむしろ戦いの劇であることが明らかになるだろう。では、修羅とは何か。よく引用されるところだが、『平家物語』の一節を参照してみよう。


…一の谷といふ所にて、一門おほくほろびし後は、直衣・束帯をひきかへて、くろがねをのべて身にまとひ、明ても暮ても、いくさよばひのこゑたえざりし事、修羅の闘諍、帝釈の諍も、かくやとこそおぼえさぶらひしか。一谷を攻落されて後、おやは子におくれ、妻は夫にわかれ、沖につりする船をば敵の舟かと肝を消し、遠き松にむれゐる鷺をば、源氏の旗かと心を尽す。（引用は新日本古典文学大系による、灌頂巻・六道之沙汰）

建礼門院が六道巡りさながらの体験を語っている場面だが、ここで注目したいのは次の点である。まず「くろがね」。身につけているのは直衣や束帯ではなく甲冑である。朝廷の衣装ではなく武者の武具こそが修羅のしるしなのである（教訓状の段で清盛が隠そうとしたものこそ武人の装束であった）。次に「いくさよばひの声」。歌舞音曲ではなく鬨の声こそ修羅のしるしなのである。

では「くろがね」や「いくさよばひの声」によって特徴づけられた修羅の場では何が起こるのか。そこではまず親は子におくれ妻は夫にわかれる。安定していた情動的関係が破壊されるのである。次に釣り舟が敵の兵船に見え鳥の群れが敵の旗に見える。安定していた表象的関係が混乱するのである。安定していた表象と情動は混乱し破壊される。もはや表象と情動は一対一の対応関係をもたない。表象と情動は分裂し多種多用な関係を取り結ぶ。それが修羅の特性であり力能である。戦いを職業とする武者は必然的に修羅たらざるをえないだろう。「いくさは又おやも討たれよ、子も討たれよ、死ぬれば乗りこえ乗りこえ戦ふ候」という実盛の言葉はよく知られている（『平家物語』巻五・富士川）。

『将門記』末尾にも「世は闘争堅固、尚し濫悪盛んなり」とあるが、武者に関しては次の『愚管抄』の一節が注目される。

保元元年七月二日、鳥羽院ウセサセ給テ後、日本国ノ乱逆ト云コトハヲコリテ後ムサノ世ニナリニケルナリ。コノ次第ノコトワリヲ、コレハセンニ思テカキヲキ侍ナリ。（引用は日本古典文学大系による）

摂関家出身で天台座主でもあった慈円は武者の時代に当惑しながら『愚管抄』という歴史書を著述しているが、武者は王権の立場からも仏法の立場からも容易に正当化しえない存在だったといえる（「生けらんほどは、武に誇るべからず。人倫に遠く、禽獣に近きふるまひ、その家にあらずは、好みて益なきみとなり」と兼好も記している、『徒然草』八〇段）。建久六年三月の東大寺供養の記事のところには「大雨ニテアリケルニ、武士等ハレハ雨ニヌルトダニ思ハヌケシキニテ、ヒシトシテ居カタマリタリケルコソ、中々物ミシレラン人ノタメニハヲドロカシキ程ノ事ナリケレ」とある。仏事の中でその異質性が際立っているが、湿った情緒を圧する武者の存在は驚異の対象だったのであろう。意外なところから突如として現れた武者＝修羅は王権にとっても、仏法にとっても異質な何かである。だが、そんなマイノリティとしての武者が能においては決定的に重要なのである。能の修羅物がそのことをよく示している。

『風姿花伝』の一節をみてみよう。

修羅。これ又、一体の物なり。よくすれども、面白き所稀なり。さのみにはすまじき也。但、源平などの名のある人の事を、花鳥風月に作り寄せて、能よければ、何よりもまた面白し。是、ことに花やかなる所ありたし。

（引用は日本思想大系による、第二物学条々）

たしかに世阿弥は修羅について否定的に述べている。しかし、世阿弥における修羅物の重要性は否定できないだろう。今日知られている修羅物のほとんどは世阿弥によるものだが、世阿弥という作家の誕生において修羅物の占める位置は重いと思われる。また修羅の出現によって場面が二つに分かれることを考えると、複式夢幻能という形式の成立には修羅物が大きくかかわっていると思われる。それまでの陰惨な修羅能を花鳥風月の能に変えていったのが世阿弥だとされるが、それは修羅の消滅を意味するものではないだろう。むしろ修羅が形を変えて花鳥風月に浸透していったということではないか。世阿弥の花鳥風月には修羅が浸透していると考えるべきではないか[3]。以下、具体的な作品に即してそのことを論証してみたいと思う。

1　潮と波の力――『八島』『清経』

『八島』と『清経』ではともに波の修辞が効果的に用いられている。『八島』でキイワードになるのは「引く潮」である[4]。『八島』は「月も南の海原や、月も南の海原や、八島の浦を尋ねん」と始まるが、その月が波を導き出すことになる。「月の出潮の沖つ波」とあるように月が波を呼び寄せ、月の出とともに潮が満ちてくるのである。

諸国一見の僧は八島の浦の塩屋で宿を借り、そこの主人から八島での合戦の様子を聞く。「景清追つかけ三保の谷が、着たる兜の錣を掴んで、後へ引けば三保の谷も、身を遁れんと前へ引く。互いにえいやと、引く力に」。

この語りで注目すべきは引く力のすさまじさであろう。義経のことが語られるのはこの直後である。

鉢付の板より、引きちぎつて、左右へくわつとぞ退きにける。これを御覧じて判官、御馬を汀にうち寄せ給へば、佐藤嗣信、能登殿の矢先にかかつて、馬より下にどうと落つれば、舟は沖へ陸は陣へ、相退に引く潮の、跡は鬨の声絶えて、磯の波松風ばかりの、音淋しくぞなりにける

（『八島』）

つまり義経は「引く力」とともに立ち現れ「引く潮」とともに消え去るのである。このことは「潮の落つる暁ならば、修羅の時になるべし。その時は、わが名や名のらん」という言葉にも明らかであろう。修羅の時とは潮の引くときにほかならず、そのとき修羅としての義経が出現するのである。

再び夢で対面するのを待っていると義経が姿を見せる。「落花枝に帰らず、破鏡再び照さず。しかれどもなほ妄執の瞋恚とて、鬼神魂魄の境界に帰り、われとこの身を苦しめて、修羅の巷に寄り来る波の、浅からざりし業因かな」。

義経は妄執によって再び修羅の巷に戻ってきたというのだが、修羅とは散った花がまた枝に咲き、砕けた鏡がまた照らし出すようなものなのであろう。

不思議やなはや暁にもなるやらんと、思ふ寝覚めの枕より、甲冑を帯し見え給ふは、もし判官にてましますか

（『八島』）

何よりもまず甲冑に目がいくが、甲冑こそ修羅の目印なのである。そもそも「つはもの」とは武の器のことではないか。

われ義経が幽霊なるが、瞋恚に引かるる妄執にて、なほ西海の波に漂ひ、生死の海に沈淪せり。
おろかなや心からこそ生死の　海とも見ゆれ真如の月の
春の夜なれど曇なき、心も澄める今宵の空
（『八島』）

ここでは「生死の海」と「真如の月」が対比されているが、修羅が生きるのはあくまでも「生死の海」である。義経は再び「修羅道の有様」を現す。

その時何とかやしたりけん、判官弓を取り落とし、波に揺られて流れしに、その折りしもは引く潮にて、はるかに遠く流れゆくを、敵に弓を取られじと、駒を波間に泳がせて、敵船近くなりしほどに
（『八島』）

義経は運命という名の潮流に引きこまれていくかのようだ。『八島』とはこの潮流の劇なのである。いよいよ修羅の時となる。

また修羅道のときの声、矢叫びの音震動せり
（『八島』）

「今日の修羅の敵は誰そ」という力強い言葉が発せられるが、しかし、そこには戦いを宿命づけられた修羅の暗

さが漲っている。

生き死にの、海山一同に震動して、舟よりは鬨の声、陸には波の楯、月に白むは、剣の光、潮に映るは、兜の星の影

激しい震動の中で海と陸、水と空が入り混じり、天体と武具が映発し合う。「水や空、空行くもまた雲の波の、打ち合ひ刺し違ふる、舟戦の駆け引き、浮き沈むとせしほどに、春の夜の波より明けて…」。すべてが終わった後、この荒れ狂った波はまた静まることになる。

『八島』のキイワードが「引く潮」であったとすれば、『清経』のキイワードは「返る波」である。「八重の潮路の浦の波、八重の潮路の浦波、九重にいざやかへらん」とみえる。

『清経』は波とともに始まるが、帰ることは返ることであり波のレトリックが用いられている。

都へはとても帰らぬみちしばの、雑兵の手に掛からんよりはと思しめしけるか、豊前の国柳が浦の沖にして、更けゆく月の夜船より、身を投げ空しくなり給ひて候（『清経』）

まさに帰ることができないがゆえに清経は寄せては返す波に身を投げてしまったのである。この台詞は、清経のそばに仕えていたという淡津三郎によって二度繰り返される。一度は観客に向かってもう一度は清経の妻に向かって、あたかも波のように繰り返されるのである。しかも清経の形見は波と形態的にも音韻的にも類似する髪なのである。「なみ」、「かみ」、そこに共通するのは、「あみ」である。平家物語の清経は自らを「網にかかれる魚」にた

とえていたが、清経はあみの音韻的戯れの中に溺れているかのようだ。

見るたびに、心づくしのかみなれば、うさにぞ返す本の社にと
（『清経』）

淡津三郎によって届けられた形見を清経の妻は返してしまうのだが、「返す」というのも波に即した身振りにほかならない。そこから「手向け返して夜もすがら、涙とともに思ひ寝の、夢になりとも見え給へ」と続くのだから、返すという身振りこそが清経の出現を促しているといえるだろう。

そして清経は夢の中に現れる。『清経』は一場物でありながら夢中の出現によって二場物に等しい夢幻能を作り出しているわけである。「聖人に夢なし誰あつて現と見る、眼裏に塵あつて三界窄く、心頭無事にして一床寛し」という点にも注意しよう。聖人に夢はなくただ凡人だけに夢がある。ほんの小さな塵、ほんの些細な執着こそが夢を生んでしまうのである。

げにや憂しと見し世も夢、辛しと思ふも幻の、いづれ跡ある雲水の、行くも帰るも閻浮の故郷に、たどる心のはかなさよ
（『清経』）

すべては夢幻であり流れる水のようで行くも返るもと続くのだが、ここにも波のレトリックが見て取れるだろう。

形見を返すはこなたの恨み、われは捨てにし命の恨み、互いにかこち、かこたるる形見ぞつらき、黒髪の
（『清経』）

「形見」「恨み」「髪」という言葉にも、あみの音が聞き取れるが、二人のやりとりはまさに寄せては返す波のようだ。清経の妻は「さすがにいまだ君まします、御代の境や一門の、果てをも見ずして徒らに、おん身ひとりを捨てしこと、まことに由なきことよのう」と恨んでいるが、平家一門が宇佐八幡神から救われることはない。もはや王も神もない。

げにや世の中の、移る夢こそ真なれ、保元の春の花、寿永の秋の紅葉とて、散りぢりになり浮かむ、一葉の舟なれや、柳が浦の秋風の、追ひ手顔なる後の波、しらさぎの群れゐる松見れば、源氏の旗を靡かす、多勢かと肝を消す
（『清経』）

平家一門は木の葉のように波に浮んでいるのであり、清経はそこに身を投げるほかはない。すべてを捨てた清経はいまや狂人に等しい。

つひにはいつかあだなみの、かへらぬはいにしへ、留まらぬは心尽くしよ、この世とても旅ぞかし、あら思ひ残さずやと、よそ目にはひたふる、狂人と人や見るらん、（中略）ただひと声を最期にて、舟よりかっぱと落ち潮の、底の水屑と沈みゆく、うき身の果てぞ悲しき
（『清経』）

そこに待っているのが修羅の世界である。全自然は武器と化し、波は剣となって打ち、また引く。「さて修羅道にをちこちの、さて修羅道に遠近の、立つ木は敵雨は箭先、土は精剣山は鉄城、雲のはたてを突いて、憍慢の剣を揃へ、邪見の眼の光、愛欲貪恚痴通玄道場、無明も法性も乱るる敵、打つは波引くは潮、西海四海の因果を見せて、

これまでなりやまことは最期の…」。

「さて修羅道にをちこちの」という言葉が二度繰り返されて、波のうねりを感じさせる。最後に「御法の舟」に救われるというのだが、すでに見てきたように「清経」とは波に翻弄され溺れる劇にほかならないだろう。

『八島』は「前場五段、後場五段と、夢幻能の完備形式を一貫させた大作の修羅能」（古典大系）と評価されているが、そのスケールの大きさはまさしく「引く潮」の大いさに見合っている。それに対して『清経』には「返す波」のやりとりにエロスが息づいているのである。

2　修羅の渦――『通盛』

『通盛』は僧が阿波の鳴門を訪れるところから始まる。「これは阿波の鳴門に一夏を送る僧にて候。さてもこの浦は平家の一門果て給ひたる所にて候へば、痛はしく存じ、毎夜この磯辺に出でておん経を読み奉り候。只今も出でて弔らひ申さばやと思ひ候」とみえる。

『通盛』の舞台は鳴門だが、それは作品の中で重要な役割を果たすことになる。

誰がよぶとはしらなみに、梶音ばかりなるとの、うら静かなる今宵かな、うら静かなる今宵かな　（『通盛』）

舞台はまずひっそりと静まりかえっている。そこに読経の声が嵐の音とともに響き始める。老夫婦が海に飛び込み姿を消すとやがて小宰相の幽霊が現れる。

名ばかりは、まだ消え果てぬ徒波の、あわの鳴門に沈み果てし、小宰相の局の幽霊なり。いま一人は甲冑を帯

し、兵具いみじく見え給ふは、いかなる人にてましますぞ
（『通盛』）

もう一人は通盛である。「甲冑」「兵具」は修羅のしるしにほかならない。その通盛がいるのはきわめて危険な場所であろう。

そもそもこの一の谷と申すに前は海、上は嶮しき鵯越え、まことに鳥ならでは翔りがたく獣も、足を立つべき地にあらず
（『通盛』）

通盛は進むことも退くこともできない場所に立たされているのである。小宰相とともにいたいが、「通盛はいづくにぞ、など遅なはり給ぞ」と戦の場に急き立てられる。

あふみの国の住人に、近江の国の住人に、木村の源五重章が、鞭を上げて駆け来たる。通盛すこしも騒がず、抜き設けたる太刀なれば、兜の真向ちやうと打ち、返す太刀にて刺し違へ、共に修羅道の苦を受くる
（『通盛』）

ここで静かだった舞台は最高潮に達する。「共に修羅道の苦を受くる」のはもちろん互いに殺し合う通盛と重章の二人のことだが、「共に修羅道の苦を受くる」という言葉は直接の文脈から離脱し通盛と小宰相の二人にも当てはまるだろう。鳴門という唸りの中ですべてがその渦に巻き込まれていくのである。

『申楽談儀』よれば『通盛』の原作は井阿弥だが、世阿弥が改作したらしい。「通盛、言葉多きを切り除け切り除

けして能になす」とある。通盛と小宰相の会話はいくらでも長くなるわけだが、それを大胆にカットし鳴門や一の谷の地形にすべてを語らせ修羅のさまを見せたところに世阿弥の功績がある。

3　名前をもたない者と取り残された者──『忠度』『敦盛』

かつて俊成に仕えていた者が出家し西国行脚をしている。須磨の浦に辿りつき、一夜の宿を借りようとする。「花の宿なれどもさりながら、誰を主と定むべき」と問いかけているように、「主」は空白のまま放置される。その夜、亡霊が現れ語り出す。

恥かしや亡き跡に、姿を返す夢の中、覚むる心はいにしへに、迷ふあまよの物語り、申さんために魂魄に、移り変はりて来りたり。さなきだに妄執多き娑婆なるに、なになかなかの千載集の、歌の品には入りたれども、勅勘の身の悲しさは、読み人知らずと書かれし事、妄執の第一なり

（『忠度』）

忠度の執念が歌にあることは間違いないが、執念の第一が名前に向けられていることに注目しよう。「しかるべくは作者を付けてたび給へ」と頼みこむ忠度の悲願とは名前をもちたいということなのである。忠度の悲劇とは名前をもたないことのうちに存する。名前をもたないまま妄執は沸騰し、忠度は自らの最期をもう一度反復する。

われも舟に乗らんとて、汀の方に打ち出でしに、後を見れば、武蔵の国の住人に岡部の六弥太忠澄と名のつて、六七騎にて追つかけたり

（『忠度』）

事件は波打ち際で振り返ったときに起こる。「六弥太が郎等、おん後より立ち回り、上にまします忠度の、右の腕を打ち落とせば、左の御手にて、六弥太を取つて投げ除け、今は叶はじと思しめして、そこ退き給へ人々よ、西拝まんと宣ひて…」とみえる。

「右の腕」は忠度にとって刀を振り回す手というよりも文字を書き付ける手ではないだろうか。忠度はその右手を失ったとき死を覚悟するのである。

六弥太太刀を抜き持ち、終に御首を打ち落とす。（『忠度』）

だが、首の主がわからない。『千載集』の一首の名前がわからないのとこの首の名前がわからないのとはまさしく対応し合っているのである。箙につけられた短冊に「行き暮れて木の下蔭を宿とせば、花や今宵の、主ならまし、忠度」と書かれていたことから忠度の名前が明らかになるが、そのとき忠度の和歌に対する執念もまた晴らされたといえるだろう。空白であった「主」の位置に忠度が定位されるからである。

世阿弥の舞台にはいずれも正体不明の匿名的な情動がうごめいており、それがワキのきっかけによって個体化されて出現することになる。その意味で、世阿弥の劇とは名前をもたない情動が名前をもつに至るプロセスなのである。

ただし、『未刊謡曲集』一（古典文庫）に収録された『現在忠則』では「忠則は歌道の為。三位の入道釈阿に申すべき事有て。あれ迄しばし帰るなり」と最初に説明されるために、「主」をめぐるサスペンスが生じない。「是は無官の太夫敦盛にて候」と始まる『現在敦盛』でも名前がはじめから明らかであって、名前をめぐるサスペンスが生じない。

次に『敦盛』をみてみよう。蓮生法師が一の谷を訪れると草刈男たちの中に笛を吹く者がいる。「不思議やな余の草刈たちは皆々帰り給ふに、おん身一人留まり給ふこと、なにのゆゑにてあるやらん」。笛を吹いていた男は一人取り残されるのだが、敦盛もまた同様である。「さる程に、み舟を始めて、一門皆々、舟に浮かめば、乗り遅れじと、汀にうち寄れば、御座舟も兵船も、はるかに延び給ふ。せん方波に駒を控へ、呆れ果てたる有様なり」。笛を吹いていたために敦盛は一人取り残される。船は遥か彼方に遠ざかりすべての希望は断たれ茫然として自失する。敦盛は戦場で一人取り残された存在なのである。

かかりけるところに、うしろより、熊谷の次郎直実、逃がさじと追つ掛けたり、敦盛も、馬引つ返し、波の打物抜いて、ふた打ち三打は打つとぞ見えしが、馬の上にて引つ組んで、波打際に、落ち重なつて終に討たれて失せし身の、因果は巡り逢ひたり、敵はこれぞと討たんとするに、仇をば恩にて、法事の念仏して弔はるれば、終には共に生まるべき、同じ蓮の蓮生法師、敵にてはなかりけり

（『敦盛』）

これが波打ち際の出来事である点に注目したい。波打ち際で重なり合う二人の男はあたかも寄せる波と返す波のように重なり合う。だからこそ仇と恩が重なり合い共同の存在になるのであろう。一人取り残された敦盛は殺されることで仲間を見出す。修羅とは一人取り残された単独者にほかならず、殺し殺されるという関係のなかでのみ相手にめぐり会えるのである。したがって敦盛にとっての笛（そして忠度にとっての歌）は単に風雅の具というよりも、もっと切羽詰まった何ものか、自らの運命を追い詰める何ものか、その意味で武器に等しいものであろう。笛もまた歌もまた修羅につながるのである。ふだん風雅の具にすぎない笛や歌をフェティッシュに変えるのは戦いにほか

ならない。

かりに幽玄というものがあるとすれば、それはこうした修羅と無縁ではないだろう。『忠度』や『敦盛』が示すように、幽玄は修羅によって支えられているのである。

4 奇形としての武者――『頼政』『鵺』

諸国一見の僧が宇治を訪れると頼政の幽霊が現れ自らの戦を語り出す。「今は何をか包むべき、これは源三位頼政、執心の波に浮き沈む、因果のありさま現はすなり」とみえる。「執心の波に浮き沈む」とあるが、『頼政』に修羅物としての激しさを与えているのは宇治川の激流にほかならない（ただし、『現在頼政』のほうは宇治川の激流を欠いている、『未刊謡曲集』五）。

水の逆巻く所をば、岩ありと知るべし。弱き馬をば下手に立てて、強きに水防がせよ。流れん武者には弓筈を取らせ、互ひに力を合すべしと、ただ一人の下知によつて、さばかりの大河なれども、一騎も流れずこなたの岸に、喚いて上がれば味方の勢は、われながら踏みもためず、半町ばかり覚えず退つて、切先を揃へて、今を最期と戦うたり

（『頼政』）

激しい水の流れを乗り越えてくる者たちに対して、「老武者」頼政はなすすべもなく敗北し自殺する。それが「執心の波に浮き沈む因果のありさま」なのだが、その姿はかつて頼政が退治した鵺に似ていないだろうか。敗北し弔いの経を受けるという点で頼政と鵺はきわめてよく似ておりその意味で一対の分身である。

頼政は名を上げて、われは名を流す空舟に、押し入れられて淀川の、よどみつ流れつ行末の、鵜殿も同じ蘆屋の、うらわのうきすに流れ留まつて、朽ちながら空舟の、月日も見えず暗きより、暗き道にぞ入りにける、遥かに照らせ山の端の、遥かに照らせ、山の端の月とともに、海月も入りにけり、海月とともに入りにけり

（『鵺』）

これは『鵺』の最後のところだが、「埋れ木の、花咲く事もなかりしに、みのなる果ては、あはれなりけり」という辞世の歌を詠んで自殺する頼政もそれにきわめて近い。頼政と鵺は全く別ものであるかにみえて最後は同じ暗い世界に流されるわけである。その意味で宇治川と淀川は一つにつながっている（「流れの女となる、前の世の報ひまで、思ひやるこそ悲しけれ」と語る『江口』もまたそこにつながっているのであろう）。

とすれば、ここから様々なことが読み取れるように思う。鵺は「なにと申せども人間とは見えず候」と評され、「頭は猿尾はくちなは、足手は虎のごとくにて、鳴く声ぬえに似たりけり」と語られているが、武者もまたそうした奇形に等しい存在ではなかろうか。「さてもわれ悪心下道の変化となつて、仏法王法の障りとならんと、王城近く遍満して、東三条の林頭にしばらく飛行し、丑三つばかりの夜な夜なに、御殿の上に飛び下れば、すなはち御悩頻りて、玉体を悩まして、怯え魂消らせ給ふことも、わが為す業よと怒りをなししに」と鵺は語るが、武者もまた仏法王法の障りであり玉体を脅かす存在ではないだろうか。

いずれにしても、『平家物語』に基づいて『頼政』を書き『鵺』を書いた世阿弥はそのことを意識していたと思われてならない。古典大系本の『鵺』の解説に「鬼畜物だが、構成や形式はむしろ修羅物に近い。話の順序で、シテが鵺自身になったり頼政になったりする」とあるが、そうした点も頼政と鵺の類縁性を示していると考えられる。

5 老武者の最期――『実盛』

遊行上人の前に実盛の幽霊が現れる。「不思議やな白みあひたる池の面に、幽かに浮かみ寄る者を、見ればありつる翁なるが、甲冑を帯する不思議さよ」という。

白々とした中に浮かび上がる甲冑。何よりもまず甲冑が目を引くのは、甲冑こそが武者のしるしであり修羅のしるしだからであろう。実盛は「慚愧懺悔の物語」、自ら討ち取られた様子を語る。

源氏の方に手塚の太郎光盛、木曾殿のおん前に参り申すやう、光盛こそ奇異の曲者と組んで首取つて候へ、大将かと見れば続く勢もなし、また侍かと思へば錦の直垂を着たり、名のれ名のれと責むれども終に名のらず、声は坂東声にて候ふと申す（『実盛』）

光盛が討ち取ったのは正体不明の「奇異の曲者」だが、その特異な声を根拠にして推測がなされる。そして鬢が洗われ実盛だということが明らかになる。

氷消えては、波旧苔の、鬚を洗ひて見れば、墨は流れ落ちて、元の白髪となりにけり（『実盛』）

「いやさればこその実盛は、このおん前なる池水にて鬢鬚をも洗はれしとなり。さればその執心残りけるか、今もこのあたりの人には幻のごとく見ゆると申し候」と語られていたように、墨の濁りこそ実盛の妄執にほかならず、それがしだいに澄んでいく過程が『実盛』の劇になっている。その意味で『実盛』は池の劇として形象化されているのである。だから「げにや懺悔の物語、心の水の底清く、濁りを残し給ふなよ」とも語られるが、しかし池の水はそう簡単に澄んだりはしない。再びかき乱されてしまう。

その執心の修羅の道、巡り巡りてまたここに、木曾と組まんと企みしを、手塚めに隔てられし、無念は今にあり

（『実盛』）

まさしく今もその執心にとらわれているのである。だが、実盛の肉体はすでに老いている。「老武者の悲しさは、戦には為疲れたり、風に縮める、枯木の力も折れて…」。数知れない戦いの反復。実盛は戦いに憑かれ、そして疲れている。あるいはこの疲労こそが実盛の正体なのかもしれない。老いたる武者は動かない、あるいは動けない。最後に武者が動きを止める一点、それが『実盛』の池である（『頼政』の芝も同様であろう）。だが、その池の水はこれまで見てきた潮や波や渦や激流に確実につながっている。

ところで、『実盛』については『満済准后日記』に記された「斎藤別当真盛霊於加州篠原出現、逢遊行上人、受十念云々、去三月十一日事歟、卒塔婆銘令一見了、実事ナラバ希代事也」（応永二一年五月十一日）という出来事との関連が指摘されている[5]。亡霊は鎮魂されれば消滅するものかもしれない。しかし、芸能は亡霊を積極的に出現させるのである。鎮魂よりもむしろ、そこに芸能の役割を見出すことができるように思われる。狂言綺語は単に讃仏乗の因となるために存在するのではない。狂言は狂言としての力能をもっている（『自然居士』が子供を奪還したのは「狂言」の力によってである）。

6　西郷論文の再検討

本試論は西郷信綱「鎮魂論――劇の発生に関する一試論」に対する批判の試みだが、ここで批判の対象にしているのは実は西郷論文の半面でしかない。そこで西郷はたえず二つの点を強調していた。一つは「復活儀礼・通過儀礼のうち成年式が、劇の発生を考える上に決定的に重要」だとする点である。「成年式は、季節と人間とが共感しつつ行われる死と復活の擬態であった」として、「成年式＝季節祭りの演出」のなかにこそ劇的なるものの源があると述べている。季節の循環と人間の復活のサイクルから演劇が生まれたとするのである（このサイクルが鎮魂＝タマフリであろう）。

しかし実は、西郷はもう一つの点も強調している。「集団生活への信頼を基礎とする肉体と魂のこの未分離、調和、そしてその再生と復活。階級制度の矛盾と苦悩は、この素朴なサイクルをやがて打ち砕き、肉体と魂の理念的分離へ、さらには仏教の六道輪廻の思想へとそれを転化せしめる」。「仏教世界観とともに、かつての現実中心の楽天的サイクルは、前世の功罪が現世の運命を、現世のそれが来世の運命を決定するという陰惨な六道輪廻へと転化され、そのとめどない流転の苦しみからの解脱が説かれるようになる。古い成年式では肉体と魂がこの世で再生するために試練や苦しみが劇的に季節的に――成年になろうとする人生の季節、春になろうとする自然の季節に――課されたとすれば、そのような季節は消え、現世そのものが苦界であり、苦患は車輪のごとく来世にまで続くとされるに至ったのである」。もはや調和的なサイクルは壊されたのである（壊されたサイクルを元に戻そうとするのが鎮魂＝タマシヅメであろう）。

七節から成る西郷論文は第四節「魂の遊散」を転換点として前半と後半に分かれる。前半で強調されているのは第一の視点であり、後半で強調されているのは第二の視点である。演劇について考えるとき、第一の視点は広く共有されているといってよいだろう。それに対して、第二の視点は見落とされているのではないか。ここで批判したいのはその点である。反＝鎮魂論と題した本試論の目的は、調和的なサイクルとしての鎮魂から演劇を考える視点を批判することにある。修羅物の作品分析を終えた今、第二の視点から第一の視点を批判できるはずである。

もう少し詳しく西郷論文を辿ってみよう。「死と復活」と題された第一節で、西郷は土居光知に倣って、「死者の霊をよび返さんとする賓宮の歌舞」が、劇の起源と深いつながりをもつと述べている。しかし、修羅物では復活すべきでないものが復活しようとするのであり、復活しようとして絶対に復活できないのである。その点が異なるだろう。また西郷は「復活儀礼・通過儀礼のうち成年式が、劇の発生を考える上に決定的に重要なのである」と述べている。しかし、修羅物の場合は成年に限らない。異形の老人が復活してしまうからである。

「季節と人間」と題された第二節で、西郷は「成年式は、季節と人間とが共感しつつ行われる死と復活の擬態であった」として、「成年式＝季節祭りの演出」のなかにこそ劇的なるものの源があると述べている。しかし、修羅物では季節の循環とは異なる戦いの時間が示されていたのである。

「君主の鎮魂」と題された第三節で、西郷は「古代の君主の死と復活の物語」である天の岩屋戸の神話に着目し、そこに「古い成年式の死と復活の擬態が反映している」とする。しかし、修羅物の主人公は君主ではなく武者である。修羅物に描かれていたのは鎮魂ではなく戦いである。

確かに、能は季節と人間のサイクルのなかにある劇であろう。しかし、能は季節と人間のサイクルからはずれた劇という側面を持ち合わせてもいる。その側面は修羅物にもっともよく現れている。修羅物は祭式劇ではなく戦いの劇だからである（すでに『平家物語』の一節で確かめたように、修羅は形式と内容が分裂した存在である）。

ところで、西郷論文において第一の視点と第二の視点を媒介していたのは仏教である。したがって仏教の位置づけは両義的である。仏教は第一の視点からは否定的に位置づけられる。「修羅物や鬘物に典型的にあらわれている」が、六道の一なる修羅の苦患に責められている武士や、愛欲の妄執のために堕獄の苛責に苦しんでいる王朝世界の女性らの幽魂を回向し、仏果をめでたく得しむるという趣向。この鎮魂的形式を、単純に仏教的世界観のもたらしたものと解するのは、皮相浅薄であるだろう。そこには明らかに、古い成年式＝季節祭りにおけるきびしい苦業による死と生、鎮魂と復活の形式が変質しながらも持続しており、仏教の世界観はその変質を媒介しているまでである」。しかし、仏教は第二の視点からは肯定的に位置づけられる。「仏教祭式の仲介がなければ、どんなに農村世界での充電が飽和しても、能の内容が素朴な季節祭りからあのように解放され、劇的運命を担う歴史上の諸人物におきかえられることは不可能であっただろう」。だが、「仏教祭式」以上に、本試論が強調したいのは戦士の役割である。異形の戦士の介入によってこそ「古い成年式＝季節祭り」の形式が切断され、能が成立したのではないだろうか。西郷の第二の視点を強調するためにも、ここでは戦士の役割を重視したいと思う。能に力強さや緊張感を与えているのは戦士＝修羅なのである[6]（とりわけ、農耕儀礼の匿名性には還元しがたい戦士の固有名は重要であろう）。

折口信夫は「「八島」語りの研究」（『折口信夫全集』一七、中公文庫、初出一九三九・四〇年）のなかで「田遊びは戦争と同じで、よそから来る神が、田についてゐるものと争ひ、結局、田についてゐる執念いものが負けて、どうしても、田の稔りを遂げさせせねばならぬことになる。だから、田遊びは軍記物に近づいて行く」と述べているが、そこには分離すべき二つの異質な原理があるのではないかというのが本試論の仮説である。

世阿弥は『風姿花伝』第三「問答条々」で、「中楽の勝負の立合の手だてはいかに」という問いに対し、次のように答えている。

是、肝要なり。先、能数を持ちて、敵人の能に変りたる風体を、違へてすべし。序云「歌道を少したしなめ」とは、是なり。（中略）自作なれば、言葉・振舞、案の内なり。されば、能をせん程の者の、和才あらば、中楽を作らん事、易かるべし。これ、此道の命也。されば、いかなる上手も、能を持たざらん為手は、一騎当千の強物なりとも、軍陣にて兵具のなからん、是同じ。（『風姿花伝』）

世阿弥が能を戦いにたとえている点に注目したい。能は兵具であり能を演じる者は兵なのである。加藤周一「世阿弥の戦術または能楽論」によれば「戦う世阿弥は、戦術的な極意を伝えようとして、その能楽論を書いた」ということになるが（日本思想大系『世阿弥　禅竹』解説、一九七四年）、能自体を戦闘としてみる視点はきわめて重要だと思われる。観阿弥の『自然居士』ではまさに激しい言葉の戦いが主題となっていたのである。

ここで再評価してみるべきは英雄時代という仮説かもしれない。(7)『日本古代文学史』（岩波書店、一九五一年）の西郷信綱は叙事詩成立の契機あるいは王権成立の契機として英雄時代を必要としたわけだが、むしろ芸能や演劇の成立にとってこそ戦闘的な英雄が必要ではないだろうか。スサノヲの「悪しき態」、ヤマトタケルの「建く荒き情」、「撃ちてし止まむ」という勇ましい久米歌などは芸能や演劇に属していたと考えられるからである。おそらく、芸能や演劇は農耕や祭式のサイクルを打ち破る存在を不可欠としている。

能勢朝次『能楽源流考』（岩波書店、一九三八年）は翁猿楽の発生に呪師がかかわったことを指摘しているが、魔物を退ける呪師はまさに戦う存在にほかならない（『今昔物語集』巻七第三八には「呪師有テ呪神ニ令打シム」という用例がみられる）。『宇治拾遺物語』巻五第九話に「走りて飛ぶ。兜持ちて、一拍子に渡りたりける」とあるように、呪師は勇壮に走り舞ったらしい。

林屋辰三郎『中世芸能史の研究』（岩波書店、一九六〇年）は古代中世における芸能の展開を論じているが、そこからも芸能が戦いと密接に結びついていたことがわかる。たとえば神楽歌の「薦枕」には「薦枕　いや　高瀬の淀にや　あいそ　誰が贄人ぞ　しきつぎ上る　網下し　小網さし上る」とある。林屋は神楽歌の主題に贄人が繰り返し登場してくる点に着目するが、それは狩猟と芸能の強い結びつきを示すものであろう。また同書は六衛府の官人が歌舞にかかわり祭牲にかかわることを指摘している（『続古事談』には「神楽は近衛舎人のしわざなり」とあり、『延喜式』の六衛府のところには「進釈奠三牲」とある）。狩猟・戦闘・芸能には密接な関係が存在するのである。(8)「上馬の多かる御館かな、武者の館とぞ覚えたる、呪師の小呪師の肩踊り、巫は博多の男巫」（『梁塵秘抄』三五二番）という歌謡もその証拠となる。

貞和五年六月十一日、四条河原において田楽桟敷が倒壊した事件はよく知られている。『太平記』巻二七は「修羅ノ闘諍、獄卒ノ呵責、眼ノ前ニアルガゴトシ」と記すが、この倒壊事件が重要なのは、まさに芸能の原理が露呈しているからである。

二　反＝鎮魂論――マイナー演劇のために

演劇の目的としてアリストテレス以来、浄化ということが考えられているが（松本仁助訳『詩学』岩波文庫）、それも鎮魂にきわめてよく似た考え方である。演劇を見ることによって鬱積した感情を排出して精神を安定させるというのだが、そこでも安定が目的とされているからである。

演劇は依然として鎮魂と浄化の閉域にある。社会のレヴェルであれ個人のレヴェルであれ、安定が目的とされるのである。そして、鎮魂と浄化に表象が結びつく。演劇は英雄が一般の人々の願望を代理して表現するものだという考え方である。英雄が代理して表現することによって社会なり個人なりが安定する。鎮魂、浄化、表象は安定の三要素なのである。

鎮魂、浄化、表象、確かにそれが演劇の一般的なありかたなのかもしれない。しかし、演劇がそれとは異なる別の力を生み出してもいることも事実であろう。ここでは、そうした一般性に解消しえない演劇のマイナーな力を探ってみたいと思う（したがって、意図的に安定的な要素を除去することにする）。取り上げるのは『景清』と『蟬丸』という二人の盲目の人物である。修羅物を通してみてきたように、能においては奇形の人物が重要だと思われるのだが、『景清』と『蟬丸』もそうした人物の系譜に連なる存在であろう。では、なぜことさら盲目が重要なのか。それは盲目においては表象と情動が一致しないからである。その不一致から、鎮魂や浄化には収まりがたい力のありようを確かめてみたい。

1　『景清』と盲目の力

『景清』は風とともに始まっている。「消えぬ便りも風なれば、消えぬ便りも風なれば、露の身いかになりぬらん」とみえる。

娘は追放された父を尋ねていく。「さてもわが父悪七兵衛景清は、平家の味方たるにより源氏に憎まれ、日向の国宮崎とかやに流されて、年月を送り給ふなる」。流された景清は世界から切り離されたところに閉じこもっている。

松門独り閉ぢて、年月を送り、みづから、清光を見ざれば、時の移るをも、わきまへず、暗々たる庵室にいたづらに眠り、衣かんたんに与へざれば、膚は、げうこつと、衰へたり　（『景清』）

閉じこもったまま光を失い時間を失う。眠り続け皮膚がしだいに無感覚になっていく。景清はそのような状態に置かれているのである。娘は「乞食の在処」のような庵に辿り着く。「秋来ぬと目にはさやかに見えねども、風のおとづれいづちとも、知らぬ迷ひのはかなさを、しばし休らふ宿もなし」。娘の訪れは風の訪れにほかならず、この凪が閉じこもっていた景清を目覚めさせることになる。

父と娘は出会う。だが、そこには不均衡が存在する。娘は父を見ているのだが、父だということを知らない。父は娘だということを知っているのだが、娘を見ることができない。


声をば聞けど面影を見ぬ盲目ぞ悲しき　（『景清』）

なぜ景清は景清と名乗らないのだろうか。それはいまの景清がかつての景清ではないからである。景清はすでに名前を変えている。そのことは里人によって「景清は両眼盲ひましまして、せんかたなさに髪をおろし、日向の勾当と名を付き給ひ、命をば旅人を頼み、われらごときの者の憐れみをもつて身命をおん継ぎ候ふ」と説明される。里人は「景清と呼び申すべし、わが名ならば答ふべし」と勧めている。

娘は父に呼びかける。しかし父は無視する。「目こそ暗けれど、目こそ暗けれども、人の思はく、一言のうちに知るものを」。

盲目の景清はその言葉がいつもとは違うことを敏感に感じ取る。おそらくそれが盲目の力というものなのであろう。景清は音によってすべてを知覚するのである。そして、波の轟きが景清に合戦を思い出させる。「一門の舟の内に、肩を並べ膝を組みて、所狭くすむ月の、かげきよは誰よりも、ご座舟になくて叶ふまじ」。

「すむ月のかげきよ」とあるが、景清という名の二重性に注目したい。景清とは影すなわち光である。それが翳ってしまったのが盲目の景清である。明察と盲目の二重性が景清を特徴づけている。


景清これを見て、景清これを見て、ものものしやといふひかげに、打ち物閃かいて、斬つてかかれば

（『景清』）

景清は八島での戦いを語るが、それが景清のもっとも輝いていたときであった。その後、景清は輝きを失う。だが、そのことを語ることで景清は修羅としてもう一度蘇るのである。盲目の景清は生きながらの修羅として異形の力を取り戻すというべきであろう。

新たな自己を取り戻した景清ははじめて娘に呼び掛ける。「さらばよ留まる行くぞとの、ただひと声を聞き残す」。「留まる」には娘の名「ひとまる」がこめられているのではないだろうか。とすれば、景清はここで親子の名乗りをしているに等しい。だから「これぞ親子の形見なる、これぞ親子の形見なる」と締め括られるのであろう。「行くぞ」とあるように娘は前に進んでいく。盲目の景清、このオイディプスは娘によって、もう一人のアンティゴネによって生き返ったのである。

2 『蝉丸』と盲目の力

蝉丸は盲目の存在である。そのことは家来によって次のように語られている。「是は延喜第四の御子、蝉丸の宮にておはします。実や何事も報いありける憂き世かな、前世の戒行いみじくて、今皇子とは成給へ共、強保のうちよりなどや覧、両眼盲ひましまして、蒼天に月日の光なく、闇夜に灯火暗ふして、五更の雨もやむ事なし」。

冒頭、蝉丸は一言も発しないが、それは押し黙っているというよりもすべてを周囲に委ねて安心しきっており自らは何ら言葉を必要とはしていないように見受けられる。蝉丸は闇の中で満ち足りている。「逢坂山に捨置き申、御髪をおろし奉れとの綸言」に従って蝉丸は捨てられようとしているのだが、蝉丸はそのことがどういう事態であるかを知ってはいない。従順に逢坂山まで着いていく。

いかに清貫、御前に候
（『蝉丸』）

蝉丸が家来に声をかける、このときはじめて蝉丸と家来の不均衡が明らかになる。家来は蝉丸の位置がどこかわかるが、蝉丸には家来の位置がどこかわからないのである。清貫には清らかな透き通った視線がある。清貫は事態を正確に見通している。それに対して、蝉丸は無垢である。何も知らない。「か様の叡慮は何と申したる御事やらん、かかる思ひもよらぬことは候はじ」と清貫は自らの苦衷を苦しげに吐露している。だが、蝉丸の認識は盲目である。

もとより盲目の身と生るる事、前世の戒行つたなき故なり、されば父御門も、山野に捨させ給ふ事、御情なきには似たれ共、此世にて過去の業障を果たし、後の世を済けんとの御はかり事、是こそ誠の親の慈悲よ
（『蝉丸』）

盲目であるのは前世の戒行が拙かったせいである。すべては前世の報いであるという考え方を蝉丸何ら疑っていない。父帝の慈愛を何ら疑っていない。田代慶一郎『謡曲を読む』（朝日選書、一九八七年）が指摘するように出家する蝉丸は陽気である。清貫はそれに合わせている。蝉丸が事態の深刻さを認識するのは清貫が去りひとり取り残されてからである。

父帝には、捨てられて。かかる憂き世に逢坂の、知るも知らぬもこれ見よや、延喜の皇子の、成行果てぞ悲しき
（『蝉丸』）

捨てられた後になって蝉丸はようやく事態の深刻さを認識するのである。「皇子は跡に唯独、御身に添ふ物とては、琵琶を抱きて杖を持ち、臥しまろびてぞ泣き給ふ、臥しまろびてぞ泣き給ふ」とみえる。

蝉丸は認識の人ともいうべき清貫によって紹介されていた。蝉丸は自らのことを何も知ってはおらず、そこに蝉丸の無垢なる盲目性があった。それに対して、逆髪は自らを紹介する。逆髪は己を知っている存在でありそこに逆髪の優位（そしてまた苦悩）がある。

> 是は延喜第三の尊、逆髪とは我事也。我皇子とは生れども、いつの因果の故やらん、心よりより狂乱して、辺都遠境の狂人となつて、緑の髪は空さまに生ひ上つて、撫づれども下らず　（『蝉丸』）

自らを「狂人」として認識している逆髪にとって「因果」などいつのことであろうがどうでもいいものとして遠く霞んでいるようにみえる。逆髪には自らに対する対自的意識が存する。自己対話が成立するのはそのせいであろう。

> いかに、あれなる童どもは何を笑ふぞ、なに我髪の逆様成るがをかしいとや、実、逆様なる事はをかしいよな、さては我髪よりも、汝等が身にて我を笑ふこそ逆様なれ　（『蝉丸』）

「いかに」「なに」「実」「さては」というのはすべて逆髪の自分自身との会話である。自己対話で高揚しついには狂乱にいたる。その意味で逆髪の狂乱とは自意識の過剰なのである。「柳の髪をも風は梳るに、風にも解かれず、手にも分けられず、かなぐり捨る御手の袂、抜頭の舞かや、あさましや」。「水も、走井の影見れば、我ながらあさましや」。ここで「あさましや」「あさましや」と繰り返されるように逆髪はいつも自己を意識している。だが、狂乱の逆髪も水鏡を見ることで落ち着いていく。

髪は荊を戴き、黛も乱れ黒みて、実、逆髪の影映る、水を、鏡と夕波の、うつつなの我姿や

（『蝉丸』）

考えてみれば、逆髪とは見えない鏡である。「逆髪」という文字に鏡を認めることできない。しかし「さかがみ」という音にしたときそこに鏡が出現するのである。そして蝉丸はいわば「さかがみ」を鏡として自らを認識しはじめるのである。もちろん蝉丸は逆髪を見ることはできない。しかし声によって「さかがみ」を鏡として認知するのである。蝉丸が逆髪の分身となるのはこうした回路を通してである。蝉丸が逆髪に出合う準備はできた。

なう逆髪こそ参りたれ、蝉丸は内にましますか、
何逆髪とは姉宮かと、驚き藁屋の戸を明れば、さもあさましき御有様、互ひに手に手を取り交はし、弟の宮か、姉宮かと。共に御名を夕つけの

（『蝉丸』）

二人を繋いでいるのは声であり手の接触である。二人は共通の思い出に向かう。それは王権の記憶である。「去にても昨日までは、玉楼金殿の、床を磨きて玉衣の、袖引かへて今日は又、かかる所の臥所とて…藁屋の起臥を、思ひやれて痛はしや」。しかし、いつまでも栄華の思い出に耽ってはいられない。逆髪は突如、思い出を断ち切る。

是迄成りやいつまでも、名残はさらにつきすまじ、暇申して蝉丸

（『蝉丸』）

「いたはしや」というのは確かに痛々しいがそう口にすることは感傷に耽ることにしかならないだろう。「いたはしや」はあまりに甘美な言葉であり、それを拒絶しなければならない。なぜ逆髪は蝉丸と別れようとするのか。それは生きなければならないからである。苛酷な現実を忘れていつまでもかつての思い出に浸ってはいられない。ひとりで生きていかなければならないのである。

一樹の蔭の宿りとて、それだにあるにましてげに、兄弟の宮の御わかれ、留まるを思ひやり給へ　（『蝉丸』）

姉の「蝉丸」という呼び掛けに弟は正確に答えている。弟の言葉にはまさしく蝉と丸が含意されているからである。「一樹の蔭の宿り」とは蝉を思わせるし「まるを思ひやり給へ」というところは自分のことを思ってくれと懇願しているように聞こえる。その言葉に思わず逆髪も「実いたはしや」と答えてしまう。だが二人のためにも二人は別れなければならない。二人でいることはかつての思い出に浸ることでしかなくそうすれば二人とも駄目になってしまうだろう。

幽かに声のするほど、聞送り回り見置きて、泣く泣く別れおはします、泣く泣く別れおはします　（『蝉丸』）

蝉丸が姉を確かめるのは声によってであり、逆髪が弟を確かめるのは視線によってである。二人は別れる。だがそうすることによってのみ生が可能になるのである。逆髪、このアンティゴネの愛によって蝉丸は絶望から生きる意志を手に入れる。蝉丸の蝉の声とは琵琶の音にほかならない。父も王権も無縁のところで蝉丸は音楽の力によって生きていくことになるだろう。

景清は敗残者であり蝉丸は捨て子である。将軍も天皇も不在であり、ここにあるのは不安定で不均衡な力だけである。そして、景清も蝉丸も身体に変形を蒙っている。すなわち盲目である。しかし、これを否定的に捉えてはならないだろう。重要なのは優雅な表象ではなく、奇形の力なのである。むしろ、盲目には表象を廃棄する積極的な力が備わっているというべきだろう。景清も蝉丸も盲目であることによって秩序から離れて別の知覚と情動を手に入れる。その重要な手段が楽器である。敦盛や忠度の楽器は単なる風流ととられかねない弱さをもっていたが、景清や蝉丸の楽器はさらに脱領域化が押し進められている。景清や蝉丸はその音楽の力によって新しい生を手に入れるのである(『弱法師』の場合は再び父親に帰属してしまう)。たしかに、すべては報いによって決定されていたといえる。しかし、蝉丸はそれを受け入れることによって乗り越えるのであり、もはや報いは何の意味ももってはいない。

ところで『平家物語』のすばらしさは物語に埋もれていた人物が次々と『平家物語』以外のところで活躍していくという点にある。義経しかり景清しかりだが、その活躍ぶりは物語に埋もれていた潜在的な力が解き放たれたかのようだ(『平家物語』は安定した全体をもたないのである)。埋もれていたマイナーな人物が思いがけない形で登場しているという点では蝉丸も同様であろう。そして、王の秩序、共同体の秩序から追放された蝉丸は芸能民の神となる(9)(『当堂要集』冒頭に「当堂座中の祖神天夜の尊ハ山城国宇治郡山科郷四宮村柳谷山に跡をとどめおはします四宮是也」とある、史籍集覧二七)。

盲目で琵琶を弾く者が物語の主人公になるのは、語り手が盲目の琵琶法師だからだと考えられてきた。しかし、それを反映の関係においてだけみるのは間違っている。物語に語り手の意識を反映する側面があるのは確かだろう。しかし、物語が語り手の意識を創出する側面があることを忘れてはならない。作者が作品を管理するというのはあまりに一般的な見方である。作品には管理からはみ出すマイナーな力が備わっている。むしろ、作品が作者に働きかける側面が必ず存在するのである。そうした意味において、これらの作品には盲目の琵琶法師のマイノリティとしての意識が提示され構成されている[10]。それはたとえば、「なにと申せども人間とは見えず候」と評された鵜の意識でもある。

おわりに

王には自らを正当化する言説や儀礼があり、僧には自らを正当化する言説や儀礼があり、両者は支え合う（王法仏法相依観）。農耕民もまた農耕儀礼を通して自らを正当化しているといってよい。しかし、武者や芸能民にはそうした言説や儀礼がない。王や僧に仕える彼らは安定した表象の手段をもたないのである。そこで必要とされたのが能という演劇ではないだろうか。最終的には王の論理や僧の論理に敗れ去るので、能の目的＝結果は予祝や鎮魂にあるといえるかもしれない。しかし、能の過程は予祝でも鎮魂でもない。修羅物ばかりでなく、『鵜飼』『阿漕』や『善知鳥』など能には殺し殺される戦いの劇が満ちている（「人形」という能には「人形を軍神とぞ祝はれける」という一節がある、『未刊謡曲集』二）。殺しを職業とする点で、漁師や猟師は武者と同様の存在であろう。能を貫いているのは武者や芸能者、あるいは漁師や猟師の意識ではないだろうか。それはいかなるものによっても表象されることのないマイノリティの意識である。

『鵜飼』や『善知鳥』をみてみよう。漁師や猟師もまた殺さなければ生きていけない修羅である。漁師は「つたなかりける身の業と、今は先非を悔ゆれども、かひもなみまにうぶね漕ぐ、これほどをしめども、叶はぬ命継がんとて、営む業の物憂さよ」と語り、猟師は「とても渡世を営まば、士農工商の家にも生まれず、また琴棋書画を嗜む身ともならず、ただ明けても暮れても殺生を営み」と語っている。いつまでも漁師は魚の捕獲を反復し、猟師は鳥の捕獲を反復しなければならない[11]。だが、興味深いことに作業の過程においては罪も報いも忘れてしまう。「面白のありさまや、底にも見ゆる篝り火に、驚く魚を追ひ廻し、潜き上げ掬ひ上げ隙なく魚を食ふときは、罪も報ひも後の世も、忘れ果てて面白や」とあるが、その只中においては罪や報いには何の意味もないのである。[12]『鵜飼』の場合、罪があるとすれば、それは共同体の法を犯したからにすぎない（『當願暮頭』という能にも狩猟に対する執着がみられる、「心は狩場の山野にいり、姿斗は空蝉の。空蝉の。もぬけの衣」『未刊謡曲集』二）。

これまで能はもっぱら三つの解釈コードによって解釈されてきたといえる。第一に貴族的な解釈コードである。それによれば、能は華麗な詞章をちりばめた幽玄の芸術ということになる（貴族的、美学的、神秘的な解釈）。第二に農耕民的な解釈コードである。それによれば、能は豊穣を祈願する予祝の儀礼ということになる（民俗学的な解釈）。第三に仏教的な解釈コードである。それによれば、能は救われない者を救済する鎮魂の儀礼ということになる。こうした仏教的な解釈は、時には貴族的、美学的、神秘的な解釈と混じり合い、時には民俗学的な解釈と混じり合っている。

だが、そこでは何かが無視されているのではないだろうか。それは一言でいえば、武者や芸能民の力である。確かに、能は王や貴族たちの権力を支える華麗な表象であろう。しかし、そこには景清や蝉丸のような武者や芸能民の不安定な力が走っているのである[13]（その点で『昭君』の鏡は興味深い。そこに王昭君の優雅な美は映るが、韓邪将の異形の力は映らないからである）。

能は予祝でも鎮魂でもない。能は人間と季節のサイクルからはずれた者たちの劇である。[14]それは決して文化に回収されず、文化からはみ出している。最終的に文化に回収されるようにみえても全面的に回収されるわけではないだろう。能を文化的な演劇にしてはならない。それを観ること、読むことによって、われわれはたえずマイナーな演劇として奪還する必要がある。たとえ演劇がすべてを文化に回収する装置であるとしても、そこから逃れさる演劇のマイナーな力を見過ごしてはならない。

注

（1）　ジル・ドゥルーズ「マイナス宣言」（財津理訳、『現代思想』一九八二年一二月号）により、訳文を掲げておく。「武人は、神話ではいつでも、政治家や王とは別の由来をもつものとみなされてきた。奇形のゆがんだ武人はいつだって他所からやって来るものだ」、「演劇は、何も代表（表現）しないものとして、しかし、マイノリティの意識を提示し構成するものとして出現するだろう」。

（2）　西郷信綱『詩の発生』（未来社、一九六〇年）に収録されている。神話や演劇を祭式との関連において考えるのが西郷の方法的な特徴だが、そうした観点は祭式からはみ出すものを捉えるときに限界があるように思われる。なお、鎮魂については伴信友「鎮魂伝」（『伴信友全集』二、国書刊行会、一九〇七年）や折口信夫「大嘗祭の本義」（『折口信夫全集』三、中公文庫、初出一九二八年）、土橋寛「鎮魂祭とその起源説話」（『古代歌謡と儀礼の研究』岩波書店、一九六五年）、松前健「鎮魂祭の原像と形成」（『古代伝承と宮廷祭祀』塙書房、一九七四年）などを参照。さらに諏訪春雄『日中比較芸能史』（吉川弘文館、一九九四年）、田仲一成『中国演劇史』（東京大学出版会、一九九八年）も参考になる。

（3）　戸井田道三「世阿弥と修羅能」（『文学』一九五四年九月号）は歴史社会的な観点から修羅物を重視している。また金井清光「修羅能から修羅物へ」（『能の研究』桜楓社、一九六九年）によれば、修羅と帝釈の戦闘を延年風流が演じた記録が残されているという（「両座会合シテ風流在之、修羅ト帝釈トノ事」法隆寺嘉元記正和六年四月一二日条）。北川忠彦『世阿弥』（中公新書、一九七二年）は金剛作と伝えられる能がいずれも軍記物を武勇談・戦功談として捉えていることを指摘している。『風姿花伝』第二には「物狂は憑物の本意に狂ふといへども、女物狂などに、あるひは修羅闘争・鬼神などの憑く事、これ、何よりも悪き事也。憑物の本意をせんとて、女姿にて怒りぬれば、見所似合わず。女がかりを本意にすれば、憑物の道理なし」という一節があるが、これは「物狂」と「修羅闘争」がきわめて近い性質をもつことを示している。「女物狂」を描いた作品は多いが、それらは「修羅闘争」と全く無縁ではないはずである。『風姿花伝』第六が幽玄とともに強さを強調している点も注目される（「能に、強き、幽玄、弱き、荒きを知る事。大かたは見えたることなれば、たやすきやうなれ共、真実これを知らぬによりて、弱く、荒き為手多し」)。ところで『古事談』巻四の「勇士」には前九年の合戦話を聞いた白河院が「事ノ体甚ダ幽玄也」と語る説話が収められている。その説話を踏まえていえば、中世における「幽玄」とは武者たちの冷たい武具の上に付着した「薄雪」のようなものではないだろうか。それは付着すると同時に消えていくものである。

(4) 以下、原文の引用は『謡曲集』上・中・下(伊藤正義校注、日本古典集成、一九八三〜八年)による。ただし、『敦盛』の引用は『謡曲集』上(横道万里雄、表章校注、日本古典文学大系、一九六〇年)、『蝉丸』の引用は『謡曲百番』(西野春雄校注、新日本古典文学大系、一九九八年)による。引用に際して符号は省いた。

(5) 米倉利昭「能の素材と構想――「実盛」の能を中心に」(『文学』一九六三年一月号)を参照。

(6) 関連していえば、「おれはひとりの修羅なのだ」と語る宮澤賢治もまた決して農村共同体に還元されるような存在ではなく、むしろ単独者であろう。詩集『春と修羅』の序には「人や銀河や修羅や海胆は/宇宙塵をたべ　または空気や塩水を呼吸しながら」とあるが、賢治的な単独者は人間や天体や鉱物や修羅や生物すべてを通過する。梅原猛『地獄の思想』(中公新書、一九六七年)は賢治の修羅について論じていて魅力的だが、しかし「修羅の世界を超え」ようとする点において依然として人間主義的な次元にとどまっているように思われる。同書の『蝉丸』論も異形の存在を疎外された人間として人間主義的に正当化している。だが、蝉丸や逆髪はロマン主義的な反逆者ではない。

(7) 英雄時代については高木市之助「日本文学における叙事詩時代」(『高木市之助全集』一、講談社、一九七六年)や石母田正「古代貴族の英雄時代」(『石母田正著作集』一〇、岩波書店、一九九〇年)などを参照。磯前順一「歴史的言説の空間――石母田英雄時代論」(『記紀神話のメタヒストリー』吉川弘文館、一九九八年)は石母田正の英雄時代論の歴史的な限界を指摘しているが、しかし演劇論の観点からみるとき別の可能性があるのではないだろうか。

(8) 『掌中歴』や『二中歴』といった辞書の分類が示しているように、芸能と武者はきわめて近い関係にある。そのことは『今昔物語集』で芸能を扱った巻二四と武者を扱った巻二五が隣り合うことからも明らかである。『本朝文粋』に収められる「散楽を弁ず」という文には「鞭を揚げて半蔀に騎る」、「柱に傍ひて胡籙を負ふ」という滑稽な所作が描かれているし、『朝野群載』に収められる「傀儡子記」という文には「男は皆弓馬を使へ、狩猟をもと事と為す。或は双剣を跳らせて七丸を弄び、或は木人を舞はせて桃梗を闘はす」という戦いの所作が描かれている。また金春禅鳳の談話を書き留めた『禅鳳雑談』の「兵法の当流の太刀を使い候やうに、扇を御取持ちあるべく候。太刀・刀を持ち候と思ふ心得持ち候へば、扇を取は落さぬ物にて候」という一節も注目されるだろう。なお、後藤淑『能楽の起源』（木耳社、一九七五年）、丹生谷哲一『検非違使』（平凡社、一九八六年）、山路興造『翁の座』（平凡社、一九九〇年）などは侍と猿楽の関係に着目している。天野文雄「翁猿楽の成立をめぐる諸問題」（『翁猿楽研究』和泉書院、一九九五年）が「「翁」の詞章には農耕とのかかわりが皆無なのであり、この問題はいま一度検討してみる必要がある」と述べて、「翁」と農耕のかかわりを留保しているのも本稿にとって示唆的である。甲冑を着用した能について論じた「猿楽の祝祈芸と具足の演出」（同書）という論文も興味深い。石井倫子「能と蹴鞠と兵法と――伝書に見る身体」（『風流能の時代』東京大学出版会、一九九八年）は能と兵法の交流について論じている。

(9)　服部幸雄「逆髪の宮――放浪芸能民の芸能神信仰について」（『文学』一九七八年四月、五月、一二月、七九年八月号）を参照。

(10)　ジャック・デリダ『盲者の記憶』（鵜飼哲訳、みすず書房、一九九八年）は盲者の触覚的な力能とでもいうべきものを浮き彫りにしていて、興味深い。

(11)　いずれの捕獲も擬態や反復とかかわりがあるという点は注目される。擬態に関していえば、鵜を使った漁法とは鵜による捕獲の擬態であろうし、「平沙に子を生みて落雁の、はかなや親は隠すと、すれどうとうと呼ばれて、子はやすかたと答へけり、さてぞ取られやすかた」というのはまさに擬態による捕獲にほかならない。反復に関していえば、「殺生禁断の所」で殺生をした漁師が「殺生禁断の所」で殺されるという反復がみられるし（あたかも鵜のように「生きながら沈め」られる）、親鳥が子と別れ別れになるように猟師も子と別れ別れになるという反復がみられる。それは循環的な反復ではなく解体的な反復である。

(12)　横井清「殺生の愉悦　謡曲『鵜飼』小考」（『的と胞衣』平凡社、一九八八年）が「面白の有様や」に注目している。武士の殺生に関しては梶原正昭「武士の罪業感と発心」(『軍記文学の位相』汲古書院、一九九八年)を参照。また「善知鳥」については伊藤喜良「中世後期の雑芸者と狩猟民――「善知鳥」にみる西国と東国」(『日本中世の王権と権威』思文閣出版、一九九三年)を参照。周知のように、足利義教が殺されたのは「鵜飼」の中入りにおいてである(『老人雑話』史籍集覧一〇)。

(13) 芸能はほとんどの場合、共同体の秩序を安定させるが(「抑、芸能とは、諸人の心を和らげて、上下の感をなさむ事、寿福増長の基、遐齢延年の方なるべし」『風姿花伝』奥義云)、時としてそれを揺るがすように思われる。山口昌男「天皇制の深層構造」(『知の遠近法』岩波書店、一九七六年)の蝉丸論に限界があるとすれば、それは蝉丸の力を秩序の活性化へと媒介してしまう点にあるだろう。不安定な要素を安定的な要素に媒介することで、その文化詩学が一面においてマイナーな力を抑圧し回収する役割を果していることは否定できない。だが除去するべきなのは、むしろ王権という秩序のほうなのである。「天皇制と日本語」という副題をもつ篠田浩一郎の蝉丸論も天皇制の深層構造を確認するにとどまっているが(『仮面・神話・物語』朝日選書、一九八三年)、『蝉丸』という作品自体に天皇制を掘り崩す契機が備わっているのではないだろうか。

(14) 能には三つの領域があるといえるかもしれない。第一は天上界であり、すべてを司る法の領域である。波を支配していたのは天体の動きにほかならない(脇能に共通しているのは一種の垂直性である。たとえば『高砂』や『老松』の松、『養老』の泉、『嵐山』の桜、『東方朔』の桃、『賀茂』の雷神、『竹生島』の龍神)。第二は動物界であり、修羅の闘争の領域である。そこでは動物たちが殺生の主体となり客体となる。第三は植物界であり、豊穣の領域である。そこでは植物の精霊たちが賑わっている。

Ⅶ　説経節の構造——不気味なものをめぐって

Das Unheimliche ist also auch in diesem Falle das ehemals heimische,Altvertraute.

S.Freud

本地物は神仏の由来を語るもので、人間が苦難の末に神仏になる物語のことだが、ここでは説経節を参照しつつ別の定義を試みてみたい[1]。本地物とは自己が不気味な他者となり、不気味な他者が再び自己に回帰する劇のことではないだろうか。説経節では決まって主人公が不気味なものとなったり不気味なものと交わったりした後、元に戻るからである。本章では説経節の諸作品にみられる不気味なものに着目することで、説経節の構造を明らかにしてみたいと思う。

では、説経節の主人公はどのようにして不気味なものに変貌するか。それは身体への残酷な仕打ちによってである。説経節の諸作品を特徴づけているのは身体の表層への残酷な刻印であろう。たとえば『さんせう太夫』には次のような場面がある。

三郎この由聞くよりも、「なんの面々に当ててこそは、印にはなるべけれ」と、金真赤に焼き立て、十文字にぞ当てにける。（中略）三郎この由聞くよりも、「なんの面々に当ててこそは、印にはなるべけれ」と、じりりじつとぞ当てにける。

（引用は日本古典集成、室木弥太郎校注による、『さんせう太夫』）

安寿とづし王は真っ赤な焼き金を体に押し当てられている。また『しんとく丸』には次のような場面がある。

いたはしやしんとく丸は、母上の御ために、御経読うでましますが、祈るしるしの現れ、その上呪ひ強ければ、百三十六本の釘の打ちどより、人のきらひし違例となり、にはかに両眼つぶれ、病者とおなりある。

（『しんとく丸』）

しんとく丸は体に百三十六本の釘を打ち込まれ、全身、病まいに冒されている。また『をぐり』には次のような場面がある。

小栗十一人に盛る酒は、なにか七付子の毒の酒のことなれば、さてこの酒を飲むよりも、身にしみじみとしむよさて。九万九千の毛筋穴、四十二双の折骨や、八十双の番の骨までも、離れゆけとしむよさて。はや天井も大床も、ひらりくるりとまよふよさて。

（『をぐり』）

小栗判官は毒を飲まされ身体が解体していく。こうした身体への残酷な仕打ちから不気味なものが立ち現れてくるのだが、以下、不気味なものに着目しつつ説経節の諸作品を読み解いてみたい。

一　しんとく丸と不気味なもの

『しんとく丸』の物語を規定しているのは両親の前生である。前生で山人だったしんとく丸の父親は鳥を焼き殺したという。「母鳥これを聞くよりも、情けないとよ父鳥よ、十二の卵のその中に、一つ巣ごもりになるだにも、世にも不便と思ひしに、この子においてはえ捨てまいと、おのれと野火に焼け死する」とみえる。おそらく、皮膚は無残に焼けただれていることであろう。『しんとく丸』の物語に影を投げかけているのは、こうした表層への犯罪なのである。また、前生で大蛇だったしんとく丸の母親は鳥の卵を飲み込んだという。

…ある日のことなるに、父鳥も母鳥も、連れて餌食みに立ちけるが、大蛇これを見るより、よき透き間と思ひ、巣共に取りて服すれば、燕夫婦立ち帰り、大きに驚き、ここやかしこと尋ぬれど、そのゆき方は更になし。

（『しんとく丸』）

隙をうかがって忍び寄り飲み込んでしまうとはなんと不気味なことであろう。『しんとく丸』の物語に影を投げかけているのは、こうした不気味なものの出現なのである。無自覚に犯していた罪を突き付けられる瞬間ほど恐ろしい瞬はない。夫婦には子供が授けられないのはそのためだと告げられるが、必死に祈願してようやく子供を授かる。

成長したしんとく丸は乙姫に恋をすることになる。しかし、このときはまだ結婚の資格を手に入れていないのであろう。しんとく丸は謎めいた手紙を出すが[2]、その恋文は引き千切られてしまう（「二つ三つに食ひ裂き、雨落際へふはと捨て」)。しんとく丸の恋がかなうのは母親が死んでからである。

しんとく丸も母の死骸にいだきつき、「これは夢か現かや。現の今のなにとてか、年にも足らぬそれがしを、たれやの人に預けおき、母は先立ちたまふぞや。ゆかでかなはぬ道ならば、我をも連れてゆきたまへ」と、いだきついて、わつと泣き、押し動かし、顔と顔と面添へて、流涕焦がれて嘆かるる。

(『しんとく丸』)

こうした母親との密着的な世界からどのようにして距離をとるかがしんとく丸の課題となるはずである。事実、「あまたの経を見たまへど、女人ほめたる経もなし。七日が間持仏堂に、女人結界の高札書いてお立てあり、母上様の御ために、御経読うでおはします」というように女性との距離をみせはじめる。そして、継母というもう一人の母親がしんとく丸に試練を与えることになる。実母の死後、父親は再婚するが、継母は生まれてきた実子のためにしんとく丸を呪い殺そうとするのである。

いたはしやしんとく丸は、母上の御ために、御経読うでましますが、祈るしるしの現れ、その上呪ひ強ければ、百三十六本の釘の打ちどより、人のきらひし違例となり、にはかに両眼つぶれ、病者とおなりある。

(『しんとく丸』)

しんとく丸は体に百三十六本の釘を打ち込まれ、全身、病まいに冒されている。折口信夫が表記したようにまさに「身毒丸」の印象である(3)。全身毒に冒されたしんとく丸は捨てられる。しんとく丸は「人のきらひし違例」であり、不気味なものとなって、亡霊のようにうろつく。

…蓑・笠を肩に掛け、天王寺七村をそでごひなされば、町屋の人は御覧じて、「これなる乞丐人な、物を食はぬか、よろめくは。いざや異名を付けん」と、弱法師と名を付け、一日二日は育めど、次いで育む者はなし。
（『しんとく丸』）

かつてしんとく丸を拒もうとした乙姫だが、今度はしんとく丸を追いかける。恋文を受け取った際に「二つ三つに食ひ裂き」表層を破壊した乙姫は、今度は表層の回復に助力することになる。出発のとき、乙姫が母親から受け取る黄金は「膚の守りにお掛けあり」と語られるが、これはしんとく丸が打ち込まれた「釘」とは正反対のものであろう。ともに身体の表層にかかわるものであり母親から受け取るものでありながら、その役割は異なっている。彷徨うしんとく丸を救ってくれるのは表層的＝触覚的な身振りである。「乙姫にてない者が、御身がやうないみじき人いだきつかうぞ」と抱きつく。清水観音の救済を導いているのは、おそらくその表層的＝触覚的な身振りである。

…一のきざはしに、鳥帚のありけるを、たばり下向し、埴生の小屋に下向あり、しんとく丸を引つ立て、上から下、下から上へ、「善哉なれ」と、三度なでさせたまへば、百三十五本の釘、はらりと抜け、元のしんとく丸とおなりある。
（『しんとく丸』）

清水観音のお告げ通り、「鳥帚」で撫でると、しんとく丸は元に戻る。表層は回復されたのである。

御涙のひまよりも、かの鳥帚を取り出だし、両眼に押し当て、「善哉なれ、平癒」と、三度なでさせたまへば、ひしとつぶれし両眼、明らかになりしかば、御喜びは限りなく、かかるめでたき折から、こなたへと招じ、「御台・弟の次郎に、早くいとま」との御諚あり、「承る」とて、御白州に引き出し、首切つて捨てにける。
（『しんとく丸』）

この「鳥帚」は、他者を回復させる点において自ら焼け死んだ前生の鳥と逆に対応している。しんとく丸の父親も病まいに冒されるが、それによって癒される。いっぽう、切断された首は回復される見込みが全くない。

二　をぐりと不気味なもの

『をぐり』の主人公も美しい表面として登場してくる。「玉を磨き瑠璃を延べたる如くなる、御若君にておはします」。そんな主人公が伴侶にしようとするのはこれまた美しい表面である。小栗はもっぱら表層を選択する。

面の赤いを迎ゆれば、鬼神の相とて送らるる。色の白いを迎ゆれば、雪女見れば見ざめもするとて送らるる。色の黒いを迎ゆれば、下種女卑しき相とて送らるる。送りては又迎へ、迎へては又送り、小栗十八歳のきさらぎより、二十一の秋までに、以上御台の数は、七十二人とこそは聞えたまふ。
（『をぐり』）

選り好みを繰り返す小栗はなかなか理想の表面を見つけ出せない（「送り」と「小栗」の韻に注目したい）。その後、小栗は「十六・七の美人」と出会う。しかし、小栗が選択してしまったのは大蛇である。

錐は袋を通すとて、都わらんべ漏れ聞いて、二条の屋形の小栗と、深泥池の大蛇と、夜な夜な通ひ、契りをこむるとの風聞なり。（『をぐり』）

美しい表面と見えたものは実は不気味なものであったわけである。不気味なものと契ってしまった小栗は常陸に流されるが、そこで照手姫の噂を耳にすることになる。

この照手の姫の、さて姿形尋常さよ。姿を申さば春の花。形を見れば秋の月。十波羅十の指までも、瑠璃を延べたる如くなり。（『をぐり』）

小栗はようやく自らにふさわしい表面に出会うのである。だが、このときはまだ結婚の資格を手に入れていないのであろう。小栗は謎めいた手紙を出すが、その恋文は引き千切られてしまう（「二つ三つに引き破り、御簾より外へ、ふはと捨て」）。小栗と照手姫が真に結ばれるのは一連の試練を経てからである。

小栗は照手の父親の反対を押し切って婿入りする。照手の父親は小栗を馬の餌食にしようとする。

弓手と馬手の萱原を見てあれば、かの鬼鹿毛がいつも食み置いたる、死骨・白骨・黒髪は、ただ算の乱いた如くなり。十人の殿原たちは御覧じて、「なう、いかに小栗殿。これは馬屋ではなうて、人を送る野辺か」とぞ申さるる。（『をぐり』）

馬は不気味なものとして出現している。だが、小栗は馬を乗りこなしてしまう。失敗した照手の父親は小栗を毒殺しようとする。不安を感じた照手は小栗をいさめる。「さて自らどもに、さて七代伝はつたる、唐の鏡がごさあるが、さて自ら身の上に、めでたきことのある折は、表が正体に拝まれて、裏にはの、鶴と亀とが舞ひ遊ぶ、中で千鳥が酌を取る。又自らが身の上に、悪しいことのある折は、表も裏もかき曇り、裏にて汗をおかきある。かやうな鏡でござあるが、さて過ぎにし夜のその夢に、天より鷲が舞ひ下がり、宙にて三つに蹴割りてに、半分は奈落を指して沈みゆく。中はみぢんと砕けゆく。さて半分の残りたを、天に鷲が掴うであると夢に見た」。

「をぐり」の物語のすべてはこの表層に映し出されているといってよい[4]。恋文を引き裂いた照手は「いくらの玉章の通ひだも、これも食ひ裂き、引き破りたが、照手の姫が後の業となろか、悲しやな。千早振る千早振る、神も鏡で御覧ぜよ。知らぬあひだをばお許しあつてたまはれの」と祈っていたが、照手は鏡の表層を信じているのである。夢告の通り、小栗の身には不吉なものが待ち受けていた。

小栗十一人に盛る酒は、なにか七付子の毒の酒のことなれば、さてこの酒を飲むよりも、身にしみじみとしむよさて。九万九千の毛筋穴、四十二双の折骨や、八十双の番の骨までも、離れゆけとしむよさて。はや天井も大床も、ひらりくるりとまよふよさて。

(『をぐり』)

小栗は毒を飲まされ身体が解体していく。そして、毒殺された小栗は不気味な亡霊となるのである。照手も無事ではすまない。海に流されてしまう。

太夫たちこれを見て、「さてこそ申さぬか。このほどこの浦に漁のなかつたは、その女故よ。魔縁・化生の物か、または龍神の物か。申せ申せ」と、櫓櫂をもつてぞ打ちける。

(『をぐり』)

流された照手も不気味なものとなるのである。村君に助けられるが、その老妻に苛まれる。「それ夫と申すは、色の黒いに飽くと聞く。あの姫の色黒うして、太夫に飽かせうとおぼしめし、浜路へ御供申しつつ、塩焼くあまへ追ひ上げて、生松葉を取り寄せて、その日は一日ふすべたまふ。あらいたはしやな照手様。煙の目・口へ入るやうは、なににたとへんかたもなし」。

照手姫は黒く燻されていく。確かに、「照る日月の申し子」照手は観音の身代わりによって救われる。「照る日月の申し子」だからこそ、照手は「鏡」と強く結ばれていたのであろう。「唐の鏡やの、十二の手具足をば、上の寺へ上げ申し、姫がなき跡、問うてたまはれの」とあるように、照手の形見は「鏡」であった。しかし、照手は依然として不気味なものである。遊女に売られた照手は「内に悪い病がござあれば、夫の膚を触るればの、必ず病が起りて、悲しやな病の重るものならば、値の下がらうは一定なり。値の下がらぬ先に、いづくなりとも御売りあつてたまはれの」と語っている。

冥途に堕ちた小栗は閻魔大王の判定によってこの世に戻ることができる。土葬のおかげでまだ肉体が残存していたためだが、その姿はなんとも不気味なものである。

あらいたはしや小栗殿、髪ははとして、足手は糸より細うして、腹はただ鞠をくくたやうなもの、あなたこなたをはひ回る。両の手を押し上げて、物書くまねぞしたりける。かせにやよひと書かれたは、六根かたはなど読むべきか。さてはいにしへの小栗なり。このことを横山一門に知らせては大事とおぼしめし、押へて髪を剃り、なりが餓鬼に似たぞとて、餓鬼阿弥陀仏とお付けある。（『をぐり』）

亡霊は文字を書くまねをしているが、おそらく文盲の人々にとって文字を書くとはひどく不気味な行為であったにちがいない。不気味な亡霊を回復させるためには熊野の湯に入れる必要があるという。照手は偶然、小栗を乗せた土車を引くことになる。

御代は治まる武佐の宿、鏡の宿に車着く。照手この由きこしめし、人は鏡と言はば言へ、姫が心はこの程は、あれと申しこれと言ひ、あの餓鬼阿弥に、心の闇がかき曇り、鏡の宿をも見も分かず、姫がすそに露は浮かねど草津の宿、野路・篠原を引き過ぎて、三国一の瀬田の唐橋を「えいさらえい」と引き渡し、石山寺の夜の鐘、耳に聳えて殊勝なり。（『をぐり』）

依然として「鏡」は澄んではいないようである（土車を引く挿話にも「送り」と「小栗」の押韻がみられる）。小栗が回復するのは熊野の湯に入ることよってである。「なにか愛洲の湯のことなれば、一七日御入りあれば、両眼が明き、二七日御入りあれば、耳が聞え、三七日御入りあれば、はや物をお申しあるが、以上七七日と申すには、六尺二分、豊かなる元の小栗殿とおなりある」。表層の回復がなされたのである。やがて小栗は帝から領地を賜わる。大蛇、馬といった不気味なものに魅入られた小栗はついに自ら不気味なものとなるが、こうして元に戻る。その際に注目されるのは小栗判官を救ったのが閻魔大王の「御判」であり、帝の「御判」だという点である。「御判」という言葉が何度も強調されているが、表層への刻印によって不気味なものから救出される点は重要であろう。いっぽう、照手の表層を汚した老婆は切断されている（「それからゆきとせに御渡りあり、売り初めたる姥をば、肩から下を掘りうづみ、竹のこぎりで首をこそはおひかせある」）。

三　さんせう太夫と表層の変容

『をぐり』が不気味なものに次々と魅入られる物語であったとすれば、『さんせう太夫』は不気味なものを次々と払い除ける物語である。地蔵が身代わりとなって主人公を救ってくれるからである。

「ただ今語り申す御物語、国を申さば丹後の国、金焼地蔵の御本地を、あらあら説きたて広め申すに、これも一度は人間にておはします」と始まる『さんせう太夫』で強調されているのは金で焼き付けることであり、刻印の主題であろう。物語の冒頭で主人公が嘆いているのはまさに「父といふ字」の刻印の不在である。

「あら不思議やなけふの日や。あのやうに天をかくる燕さへ、父・母とて、親をふたり持つに、姉御やそれがしは、父といふ字ござないぞ、不思議さよ」（中略）「都へ上り、みかどにて安堵の御判を申し受け、奥州五十四群の主とならうよ、母御様」

（『さんせう太夫』）

主人公は「父といふ字」に代わって「安堵の御判」を受けようとする。主人公が旅立つのは刻印を受けるためであり、刻印を受けたときつし王の物語は終わりを迎えるはずである。

つし王は姉と母親とともに旅立つが、人買いのために母親と離れ離れになる。そのとき、母親は「姉が膚に掛けたるは、地蔵菩薩でありけるが、自然きやうだいが身の上に、自然大事があるならば、身代りにもお立ちある、地蔵菩薩でありけるぞ。よきに信じて掛けさいよ。又弟が膚に掛けたるは、志太・玉造の系図の物」と語っているが、膚に密着したものこそが貴重なのであろう。実際、つし王の物語は膚に密着したものをめぐって展開していく。(5)

人買いに売られたつし王と姉はさんせう太夫のもとで酷使され、逃走できないように焼き印を押される。

三郎この由聞くよりも、「なんの面々に当ててこそは、印にはなるべけれ」と、金真赤に焼き立て、十文字にぞ当てにける。（中略）三郎この由聞くよりも、「なんの面々に当ててこそは、印にはなるべけれ」と、じりりじつとぞ当てにける。

（『さんせう太夫』）

同じ言葉が繰り返されているが、説経節の反復される詞章とは聞き手に焼き印のような効果を与えるものであろう。二人の姉弟はそれぞれ真っ赤な焼き金を皮膚に押し当てられる。この刻印によって主人公は不気味なものに変わるはずである。しかし、「膚の守りの地蔵菩薩を取り出だして」祈ると、焼き印は消えてしまう。

つし王殿はきこしめし、姉御の顔を御覧じて、「なうなう、いかに姉御様。さても御身の顔には、焼き金の跡もござない」とお申しある。姉御この由きこしめし、「げにまことに御身が顔にも、焼き金はござないよ」。地蔵菩薩の白毫どころを見奉れば、きやうだいの焼き金を受け取りたまひ、身代りにお立ちある。

（『さんせう太夫』）

「膚の守り」とは表層に刻印されたものを消し去り、不気味なものを元に返してくれるものなのである。聞き手は「膚の守り」に導かれて、また話に聞き入ることになる。「膚の守り」を失ってしまえば、話は終わるしかない。姉は弟と別れるとき、「けふは膚の守りの地蔵菩薩も、御身に参らする」と託しているが、姉を助けてくるものはもはやないわけである。姉の死はこのとき決定づけられたといえる。つし王の脱走を知った三郎は姉のほうを拷問する。

邪見なる三郎が「承り候」とて、十二格の登り階に絡み付けて、湯責め水責めにて問ふ。それにも更に落ちざれば、三つ目錐を取り出だし、膝の皿を、からりからりと揉うで問ふ。

（『さんせう太夫』）

興味深いことに拷問は身体の表層に向けてなされており、言葉の表出は身体の表層は強く結びついている。つし王の脱走場面にはサスペンスがある。

かなはぬまでも落ちてみばやとおぼしめし、ちりりちりりと落ちらるるが、里人にはたと会ひ、「この先に在所はなきか」とお問ひある。「在所こそ候へ、渡りの在所」「寺はないか」とお問ひある。「寺こそ候へ、国分寺」、「本尊はなんぞ」とお問ひある。「毘沙門」と答へける。「それがしが膚に掛けたるも、神体は毘沙門なり。力を添へてたまはれ」と、ちりりちりりと落ちらるるが、かの国分寺へお着きある。

（『さんせう太夫』）

弟の逃走は姉の犠牲を代償としている。したがって、この「ちりりちりり」はあの「じりじつ」や「からりからり」に対応しているといえる。「熱くば落ちよ、落ちよ落ちよ」と責められていたが、弟が逃走しているまさにそのとき、姉の身体は炙られているのである。つし王を助けてくれるのはまたしても「膚に掛けたる」ものである。「膚に掛けたる」から「力を添へてたまはれ」へという言葉の連なりも注目されるだろう。表層の一致こそが協力を促しているようにみえるからである。

国分寺の聖は誓文を立ててまでつし王を隠し通すが、追ってきた三郎は「ここに不思議なることを、一つ見出いてござある。あれにつつたる皮籠は古けれども、掛けたる縄が新しし。風も吹かぬに一揺るぎ二揺るぎ、ゆつすゆつすと動いたが、これが不思議に候。あれを見いで、もどるものならば、一年中の炎の種となるまいか」と疑いを抱く。つし王が宙吊りになったこの場面は、まさに物語自体が緊張して「ゆつすゆつすと」揺れている点で印象的である。

下へ降ろす間が遅いとて、縦縄横縄むんずと切つて、ふたを開けて見てあれば、膚の守りの地蔵菩薩の、金色の光が放つて、三郎が両眼に霜降り、縁から下へこけ落つる。

(『さんせう太夫』)

「膚の守り」は金色の光を放って、三郎を一瞬、盲目にしてしまう。またしても観音がつし王を助けてくれたわけである。寺の聖はつし王を背負って都をめざすが、「これは丹後の国国分寺の金焼地蔵でござあるが、余りに古びたまうたにより、都へ上り、仏師に彩色しに上る」という偽装の言葉は興味深い。つし王が上京するのは自らの表層を「彩色」するためにほかならないからである。

つし王は「皮籠の内の窮屈やらん、まつた雪焼けともなし、腰が立たせたまはざりければ」という状態になり、寺の聖と別れるが、土車に乗せられて天王寺に辿り着く。そして、梅津の院の養子となる。

梅津の院はきこしめし、「それがしが養子をお笑いあるか」と、湯殿に下ろし申し、湯風呂にて御身を清めさせ申し、膚には青地の錦を召され…

(『さんせう太夫』)

こうして、つし王の表層は浄化されるのである。つし王は帝に「膚の守り」である「系図の巻物」を差し出す。

みかど叡覧ありて、「今までは、たれやの人ぞと思うてあれば、岩城の判官正氏の総領つし王か。長々の浪人、何よりもつて不便なり。奥州五十四郡は、元の本地に返しおく。日向の国は馬の飼料に参らする」と、薄墨の御綸旨をぞ下されける。つし王殿はきこしめし、今申さうか、申すまいとは思へども、今申さいで、いつの御代にか申すべし。「奥州五十四郡・日向の国も望みなし。存ずる子細の候へば、丹後五郡に相換へてたまはれ」とぞお申しある。

（『さんせう太夫』）

つし王の正体が明らかになり、つし王は帝から「安堵の御判」を賜わる。ここで注目されるのはつし王が父親の領地をそのまま相続するのではなく、姉のいる場所を望んでいるという点である。「丹後の国へ飛んでゆき、姉御様の、潮をくんでおはします、御衣のたもとにすがりつき、世に出た由を語りたや。蝦夷が島へも飛んでゆき、さて母上様に尋ね会ひ、世に出た由の申したや」と語っているように、つし王が真っ先に飛んでいきたいのは姉の居場所であり母の居場所である。「元の本地に返しおく」という帝の言葉から、本地物について次のように考えることができるだろう。本地物とは父親の「本地」にそのまま返る物語ではない。父親の「本地」を試練によって女性的な空間に変容させる物語が本地物なのである。姉がもっていた「地蔵菩薩」は母系的な「膚の守り」、弟がもっていた「系図の巻物」は父系的な「膚の守り」といえるが、後者はそのまま威力を発揮するものではない。「系図の巻物」がそのまま威力を発揮するのであれば、主人公の試練は不必要であろう。「地蔵菩薩」の力に助けられてはじめて「系図の巻物」は力をもつにすぎない。母親の居場所に辿り着いたつし王は「地蔵菩薩」の力で母親を回復させている。

膚の守りの地蔵菩薩を取り出だし、母御の両眼に当てたまひ、「善哉なれや、明らかに。平癒したまへ、明らかに」と、三度なでさせたまひければ、つぶれて久しき両眼が、はつしと明きて、鈴を張りたる如くなり。

（『さんせう太夫』）

母親の表層も触覚的には回復されるのである。「鈴を張りたる如くなり」とあるが、そのとき音もまた鳴り響くことになるだろう。

四　説経節と女人禁制――象徴的な秩序の形成

『まつら長者』のさよ姫は観音の申し子として生まれるが、父親が亡くなると没落する。母親と別れ人買いに身を売り、大蛇の生け贄となる。この説経節の主人公もまた不気味なものに引き寄せられるのだが、法華経の力で助かる。

「そもこの提婆品と申せしは、八歳の龍女、即身成仏の御ことわりなれば、なんぢも蛇身の苦患を逃れよ」とて、経くるくると引ん巻き、大蛇が頭に投げたまへば、有り難や十二の角が、はらりと落ちけり。なほも「この経頂け」とて、上から下へなでたまへば、一万四千のうろくづが、一度にはらりはらりと落ちにけり。

（『まつら長者』）

主人公は不気味なものから解放される。表層が回復されるとともに不気味なものは消滅するのである。そして、さよ姫は母親と再会を果たす。

さよ姫なほも悲しみて、かの玉を取り出だし、両眼に押し当て、「善哉なれや明らかに、平癒なれ」と、二、三度なでたまへば、両眼はつしと明きければ、これはこれはとばかりにて、御喜びは限りなし。

（『まつら長者』）

主人公は母親の表層も触覚的に回復させるのである。その後、さよ姫は弁財天として祭られる。

さてこそ近江の国竹生島の弁財天とおいはひあり、かの島にて、大蛇に縁を結ばせたまふ故に、頭に大蛇を頂きたまふなり。

（『まつら長者』）

不気味なものに馴れ親しんだにもかかわらずではなく、不気味なものに馴れ親しんだがゆえに、神になるといえるだろう。不気味なものは単に排除されるのではない。「頭に大蛇を頂きたまふなり」とあるように、その痕跡は残っている。全く消滅したようにみえても、不気味なものは姿を変えて保存されているのである。「まつら長者」は説経節のなかで唯一、女性が主人公だという点で重要な作品だが、さよ姫と大蛇の関係は女性が不気味なものに近いことを意味しているように思われる。(6)

ところで、説経節にはしばしば女人禁制の場が設定されている。それは不気味なものを遠ざけるために装置ではないだろうか。最後にその点を検討してみたい。

『あいごの若』の主人公は継母の恋慕を拒んで、その仕返しを受ける。ここでは、まさに女性が不気味なものとして立ち現れているわけである。主人公は救いを求めて比叡山に向かうが、そこには禁制が設けられている。

「若君様、あれあれ御覧候へや。一枚は女人禁制、又一枚は三病者禁制、今一枚は我ら一族細工禁制と書きとどむ。これより御供はかなふまじ。はや御いとま」と申しける。

（『あいごの若』）

何かを変えてしまう点において病気と同様に、技術も不気味なものになりうる。性差、病気、技術、そうしたものが不気味なものにかかわっている。興味深いのは禁制が不気味なものを遠ざけているというよりも、禁制こそが不気味なものを作り出しているようにみえる点である。おそらく、不気味なものは最初から存在しているわけではない。禁制があって、そこから抑圧され排除されたものが不気味なものになるのであろう。フロイトによれば不気味なものとは馴れ親しんだもののことだが(7)、禁制によって秩序が形成されると、それまで馴れ親しんだものも抑圧され排除され不気味なものになってしまうのである。

『かるかや』にも女人禁制が設定されている。

「なう、いかに幼いよ。御身の父の苅萱は、この寺へ参り、髪を剃り、出家になりてござあつたが、ある夜の正夢に、国元に残し置く、妻の御台と、胎内七月半の緑児が、生れ成人つかまつり、これまで尋ねて、参ると夢に見て、会ふまい見まい語るまいと、それがしに暇を請ひ、今は女人のえ上らん、高野の山へ上られて候ぞや。いたはしやの幼いや」とて、お上人様も、衣のそでをお絞りある。

（『かるかや』）

「妻」と胎内の「緑児」の間には強い結びつきがあるが、そうした結びつきを断ち切るのが女人禁制という法なのである。「幼い」者は禁制の前で立ちどまらなければならない。

「高野の山と申すは、七界結界・平等自力の御山なれば、八葉の峰・八つの谷・三かの別所・四かの院内。七界結界・平等自力の御山なれば、男木が峰に生ゆれば、女木ははるかの谷に生ゆる。雄鳥峰を飛べば、雌鳥はるかの谷を飛ぶ。雄鹿が峰で草を食めば、雌鹿は谷で草を食む。木・萱、草木・鳥類・畜類までも、男子といふ者は入るれども、女子といふ者は入れざれば、一切女人は御嫌ひなり」。（『かるかや』）

こうした禁制の言葉によって形作られる秩序は物理的な秩序というよりも、象徴的な秩序というべきだが、象徴的な秩序は女子供を抑圧し排除しようとする。しかし、女子供を排除することはできない。再び、女子供は回復されるからである。象徴的な秩序から抑圧され排除されたものが想像的に回復される、それが説経節の物語にほかならない。父親は子供を排除しようとするが、最後は「親子地蔵」として共に祭られてしまうのである。父親にとっては息子が不気味なものであろう。拒んでいるにもかかわらず、不気味に後を追いかけるからである。息子にとっては父親が不気味なものであろう。会いたいにもかかわらず、不気味に拒み続けるからである。両者はたがいに親しい存在であるにもかかわらず、不気味なものとして立ち現れる。だが、説経節の世界では想像的な回復によってそうした不気味なものが消えてしまうようにみえるのである。

おわりに

象徴的な秩序が形成されるときには必ず抑圧され排除されるものが出てくる。それが不気味なものであろう。象徴的な秩序が形成されると、それまで馴れ親しんだものも抑圧され排除され不気味なものになってしまう。しかし、説経節は不気味なものを単に排除したりしない。不気味なものを包摂して元の姿を取り戻すこと、それが説経節の想像的な空間で起っていたことである。したがって、自己が不気味な他者となり、不気味な他者が再び自己に回帰するというのが説経節の構造となる(8)。

以上の事態を思想史的な文脈に即して言い換えてみよう。仏教的な秩序が形成されるときには必ず抑圧され排除されるものが出てくる。それが不気味なものとしての神々である。仏教的な秩序が形成されると、それまで慣れ親しんだ神々も抑圧され排除され不気味なものになってしまう。しかし、説経節は不気味なものを単に排除したりしない。排除されていたものを再び包摂すること、それが説経節の想像的な空間で起こっていたことである。仏教的な秩序から抑圧され排除されていた神々を回復すること、すなわち神仏習合にこそ説経節の思想史的な意義があると思われる。説経節は神仏習合の歴史を自らの構造のうちに刻み込んでいるのである(9)。

本地物について考えるとき、『神道集』を参照することは不可欠の作業であろう。最後に『神道集』にも言及しておきたい。

華厳経ニ云、女人地獄ノ使ヒ、能断仏ノ種子ヲ、外面ハ似トモ菩薩ニ、内心ハ如シト夜叉云ルモ、此躰ノ御事ナリ。

(引用は近藤喜博編『神道集 東洋文庫本』による、巻二ノ六・熊野権現事)

仏教の立場からみると、女性は罪深い存在である(10)。その意味で、五衰殿女御も他の九百九十九人の后たちと同じように邪悪な存在であることに変わりはない。ただ観音を信仰することによって、他と区別されているにすぎないのである(事実、観音を信仰する以前の女御は非常に醜い存在であった)。女御は他の后たちの讒言によって殺害されるが、首を切られた女御の姿こそ仏教にとって好ましいものであろう。邪悪な意志を失って、単に子供を育てる肉体と化しているからである。「剣ヲ抜キ、御後ニ立寄リ申セハ、御首ハ前ニソ落ケル、髑髏ハ王子ヲ乍懐ヒ給フ…王子ハ空キ母ノ乳房ニ食ヒ付」という姿は、仏教によって去勢された身体といってもよい。『神道集』において女性は抑圧される。だが、また女性を必要としているのも「神道集」の世界である。

諸仏菩薩ノ我国ニ遊ハ、必ス人ノ胎ヲ借テ、衆生身ト成リ、身ニ苦悩ヲ受テ善悪ヲ、試テ後、神ト成テ悪世ノ衆生ヲ利益給御事也。（巻六ノ三十四・上野国児持山之事）

諸仏菩薩我国ニ遊ヒ給ニハ、神明ノ神ト現ンニハ、先人ノ胎ヲ借ツヽ人身受テ後、憂悲苦悩ヲ身ニ受テ、苦楽ノ二事ヲ身受、借染ノ悢ヲ縁トシテ、斉度方便ノ身ト成リ給ヘリ云々。（巻八ノ四十九・上野国那波八郎大明神事）

母「胎」がなければ、垂迹も成り立つことができないのである。『神道集』が煽り立てているのは女性の不気味さであるが、同時に女性が救済に不可欠であることを『神道集』は物語らざるをえない。女御が出産する前は「此王子ハ生レ給テ七ヶ日ト云ハ、九足八面ノ鬼ト成テ、自身火ヲ出シ、都ヲ始トシテ一天ヲ皆可焼失、此鬼ハ三色ニシテ、身ノ長ケ六十丈ニ可倍、大王モ食シ可給」と出産の不安を煽り立てているし、出産の後は「其日モ暮ケレハ、産ノ血ト被切給ヘル血ヲ得テ心、多ノ獣集ル」と出産の汚れを印象づけている。だが、にもかかわらず、女御は王や王子とともに神となる。本地物には不気味なものが構造的に不可欠なのである。

注

（1）本地物については筑土鈴寛「唱導と本地文学と」（『筑土鈴寛著作集』三、せりか書房、初出一九三〇年）、小木喬「「本地物」の思想とその展開」（『文学』一九三四年一二月号）、荒木繁「中世末期の文学」（『語り物と近世の劇文学』桜楓社、一九九三年）、徳田和夫「中世神話としての本地物」（『お伽草子研究』三弥井書店、一九八八年）、松本隆信『中世における本地物の研究』（汲古書院、一九九六年）などを参照。説経節については西田耕三『生涯という物語世界』（世界思想社、一九九三年）に詳しい参考文献一覧があるが、とりわけ岩崎武夫『さんせう太夫考』（平凡社選書、一九七三年）が注目される。禁忌・侵犯・聖域といった視点から説経節を考察した古典的な論考である。そこでは「禁忌されるがゆえに最も聖化される可能性をもつ」論理が指摘され、差別と聖性の弁証法とでもいうべきものがみごとに浮き彫りにされている。しかし説経節の担い手を特権視するそうした論理は、逆に説経節の担い手をスケープゴートとして、その読み手に安心感のみを与えてしまう危険性を有しているのではないだろうか。したがって、ここではもっとありふれたものに着目したい。それが不気味なものである。

（2）『しんとく丸』や『をぐり』では手紙の謎解きが長々と語られるが、そうした表層への興味が説経節にはある。『さんせう太夫』で誓文が長々と語られるのも、表層への興味からであろう。そこでは、いずれも破るか破らないかが問題になっている。

（3）折口信夫「身毒丸」（『折口信夫全集』一七、中公文庫、初出一九一七年）を参照。「身毒」にインドの意味があるとすれば、まさに仏教という毒の由来を示しているわけである。

（4）この夢については高田衛「巫女の夢がたり」（『日本文学』一九七三年一一月号）を参照。

（5）『かるかや』には「もしもむなしくなるならば、膚に黄金のさふらふを、与次殿に参らする。影を隠いてたまはれの。膚の守りと黒木の数珠をば、幼い者が下りたらば、これを形見にやりてたべ」とあるが、ここからも膚に密着しているものの重要性を指摘できるだろう。『をぐり』には「真から悲しうてこぼるる涙は、九万九千の身の毛の穴が、潤ひわたりてこぼるる」とあるが、心情はまさに身体の表層から判明するのである。『神道集』に「永他人ノ膚戒故ニ、荒膚トテ深禁給ヘリ」とあるのも、「膚」の重要性を示している（巻十ノ五十・諏訪縁起事）。なお、黒田日出男「中世民衆の皮膚感覚と恐怖」（『境界の中世　象徴の中世』東京大学出版会、一九八六年）は「毛穴」の病について論じており、興味深い。阿部泰郎「湯屋の皇后——光明皇后湯施行の物語をめぐりて」（『湯屋の皇后』名古屋大学出版会、一九九八年）も膚に触れることの重要性を明らかにしている。

（6）本多典子「さよひめの旅――説経『まつら長者』論」（『見えない世界の文学誌』ぺりかん社、一九九四年）は『まつら長者』の構造分析の一例として興味深い。

（7）ジークムント・フロイト「無気味なもの」（高橋義孝訳『フロイト著作集』三、人文書院、一九六九年）。

（8）ジャック・ラカンの言葉を使っていえば、禁制の言葉によって象徴界が形成されるわけである（ラプランシュ／ポンタリス『精神分析用語辞典』村上仁監訳、みすず書房、一九七七年、ロラン・シェママ『精神分析事典』小出浩之他訳、弘文堂、一九九五年、ピエール・コフマン『フロイト・ラカン事典』佐々木孝次監訳、弘文堂、一九九七年などを参照）。象徴界から抑圧されたものが想像的に回復されるのが説経節の物語ということになる。もちろん現実には差別が行われていたであろう。しかし、説経節はそうした差別を想像的に解消するのである。別の言い方もできる。説経節の語り手は文字の世界から抑圧されていたかもしれない。しかし、声で語ることによって文字の世界に参入していくのである。岩崎武夫『続さんせう太夫考』（平凡社選書、一九七八年）が論じている東北地方の語り物『お岩木様一代記』の物語も興味深い。父親によって娘は砂に埋められ、さらには島流しにされるが、最後に神として祭られる。これが想像界の働きというものであろう。さらに他の作品についても指摘できる。『信太妻』の主人公も母親と引き裂かれるが、母親の形見によって勝利している（「膚そのまま」の童子を引き留めていたのが母親である）。『目連記』の母親は地獄に堕ちるが、目連の仏事によって救われている。興味深いのは『目蓮の草紙』（室町時代物語大成一三）に出てくる母親の衣である。母親が織った衣はその執心のせいで焼け焦げるが、衆生を導く手だてとなる。そこに母親の両義性が現れているといえるかもしれない。『神道集』巻七ノ四十一・上野国勢多郡鎮守赤城大明神事の母親は亡くなるが、その娘たちが神となる。「死云文字悲、返給事口惜」とあるように、取り返しのつかない「死」という文字によって抑圧されるが、別の形で蘇るわけである。『神道集』巻十ノ五十・諏訪縁起事の春日姫は「女人地獄使能断仏種子、仏説給、女罪業深重恥給候」と女性の罪を自覚するが、最後に神として祭られている。

（9）本地垂迹、神仏習合については村山修一『本地垂迹』（吉川弘文館、一九七四年）、桜井好朗『中世日本文化の形成』（東京大学出版会、一九八一年）、今堀太逸『神祇信仰の展開と仏教』（吉川弘文館、一九九〇年）、中村生雄

『日本の神と王権』（法蔵館、一九九四年）、義江彰夫『神仏習合』（岩波新書、一九九七年）などを参照。

（10） 仏教の立場からみると、天皇も罪深い存在となりうる。事実、『神道集』巻二・熊野権現事のなかで綏靖天皇はおぞましい存在として語られている。「人王二代帝、綏靖天王ト申帝ノ、人ヲ食給シ事、朝夕七人宛ナリ、臣下ハ此ヲ歎ク事以外也」。巻七・赤城大明神事には「女人大魔王、能食一切人」という言葉もみられるので、この人を食う天皇は女性同様に罪深いわけである。臣下の計らいで、天皇は岩屋に閉じ込められる。おぞましい存在は葬られたといってよい。だが、にもかかわらず、天皇の力はすっかり排除されるわけではなく、代行者によって天皇の政治が続いていく（「引替テ天下ノ行有ケレハ」）。この後に天の岩戸神話が語られるが、岩屋に閉じ込められた天皇は、天照大神を反復していたといえるだろう。だから、おぞましい天皇の力も途絶えたと考えることはできない。おぞましい力は天照大神の「鏡」と同じように伝えられていくのではないだろうか。「内侍所ノ守護神ニハ、熊野権現第一ト云々」とあるが、鏡はおぞましきもの、不気味なものと一体なのかもしれない。

結語　思考・テクスト・歴史——古典研究の可能性

平安朝文学論の名のもとに真っ先に考究するべきは漢詩漢文であろうが、本試論では和歌和文が中心に据えられる。その表象と強度への興味関心からである。六国史が途絶えた後、活気を帯びるのは和歌和文ではないか。これまで散発的に書き綴ってきたものを体系的な試論として提示してみたかったのだが、力不足は否めない。若干の感想を記し結語としたい。

「平安朝文学史の諸問題——和文の創出と文学の成立」については柄谷行人氏に取り上げていただいた（『解釈と鑑賞』一九九五年別冊）。呉哲男氏も言及してくださった（『国文学』二〇〇二年三月号）。「和文のイデオロギー」という考え方は書家の見解と重なるかもしれない（石川九揚『二重言語国家日本』日本放送協会出版、一九九九年）。過度に強調するのは危険であろうが、「和文のイデオロギー」がしかるべき役割を担ってきたことは確かである。また神田龍身『偽装の言説』（森話社、一九九九年）の問題意識と重なるところがあるだろう。

拙著『源氏物語のエクリチュール』は三田村雅子氏に取り上げていただいたことがある（『文芸年鑑』二〇〇七年）。三田村氏が指摘する通り、いまや理論的研究は下火である。しかし、貧しいながらも本書は理論的情熱を燃やし続けたいと考える。不用意で不器用な引用が多いのはそのためである。

拙論は「ユニークな切り込みが見られる反面で、取りこぼしてしまう面も大きい」と評されたが（日向一雅「国語国文学会の展望」『文学・語学』一一四、一九八七年）、あえて単純化してこそ魅力的な理論化が可能であろう。拙論に対しては外在的批評という批判もあったが、本書が外在的なものに多く学んでいることは事実である。内在的批評にみえるものも、実は外在的なものに多くを学んでいるではないか。もっとも、外在的か内在的かの区別に拘泥してもあまり生産的ではないだろう。逆に、本書の試みがあまりに内在的、自閉的にみえるという批判もあるだろう。あまりに穏やかな印象を与えてしまったとすれば、はなはだ不本意だが、もっと弾けるような研究を試みるほかない。

拙論は「従来の研究に倚らず印象批評のきらめきを発揮している」と評されたこともある（松尾葦江「国語国文学会の展望」『文学・語学』一六九、二〇〇一年）。過褒であろうが、従来の研究にはもちろん学んできたつもりである。しかし、伝統の権威を顧みず古典のコードに頼ることなく、いまだ読まれていない現代小説のように古典作品を読み解くことが筆者の課題だったのかもしれない。

古典は一部の知的エリートによって文化的権威として囲い込まれているようにみえるが、そうではない。古典は哲学的なテクスト、政治的なテクストとして横断的に読みうるというのが本書の主張である。もっとも、そう主張するにはあまりに散漫で稚拙な書き物ではあろう。「哲学」があまりに西洋的に響くならば、思考のテクストといってもよい。「政治」があまりに闘争的に響くならば、歴史のテクストといってもよい。筆者が貧しい歩みながら書き綴ってきたのは、古典を通して思考を鍛え歴史に触れるためだったのである。思考と歴史を問い直すところに、古典研究の可能性があるだろう。六国史が途絶えた後の思考と歴史を辿ること、それが本書の主題だったともいえる。

古典研究の可能性を体現した西郷信綱によれば、「私は多くの「私」とこの歴史的な生活世界を共有し、彼らと視点を交換しつつ一つの作品を読むのであって、この多くの「私」、現象学でいわゆる「間主観性」(intersubjectivity）を経由しつつ普遍性を志向することによってのみ真実の読みに達しうる」という（『斎藤茂吉』朝日新聞社、二〇〇二年)。確かに一面ではその通りである。しかし、調和的な間主観性を消し飛ばすようにして、生活世界を共有しているとは思えない怪物として作品は生まれたり甦ったりするのではないだろうか。本書はそれに触れようとする一つの試みである。intertextuality を経由しつつ間主観的な表象を食い破る怪物的な強度について考えてみなければならない。

初出一覧（本書所収に際しては補訂した）

「平安朝文学史の諸問題」（『沖縄国際大学文学部紀要』国文学篇35、一九九五年）、「大津皇子と在原業平」（『沖縄国際大学日本語日本文学研究』24、二〇〇九年）、「蜻蛉日記と音声的世界の発見」（同2、一九九七年）、「枕草子と差別化の戦略」（『沖縄国際大学総合学術紀要』1、一九九七年）、「来るべき枕草子研究のために」（『物語研究会会報』）、「うつほ物語と三宝絵」（『沖縄国際大学日本語日本文学研究』11、二〇〇三年）、「うつほ物語と栄花物語」（同12、二〇〇三年）、「うつほ物語と今昔物語集」（同13、二〇〇四年）、「平安朝後期物語論」（同15、二〇〇五年）、「栄花物語の方法、大鏡の方法」（同4、一九九九年）、「将門記のメタファー」（同20、二〇〇七年）、「平家物語と日付の問題」（同4、一九九九年）、「とはずがたり論」（同3、一九九八年）、「太平記と知の形態」（同33、二〇一四年）、「太平記と知の形態・続」（同38、二〇一六年）、「反＝鎮魂論」（同5、一九九九年）、「説経節の構造」（同5、一九九九年）

関連論文一覧：「交通・移動・運搬」（『物語とメディア』有精堂出版、一九九三年）、「平安朝文学における身体の主題」（『日本文学』一九九四年六月号）、「身体・しぐさの枕草子」（『国文学』一九九六年一月号）、「源氏物語と異文化」（『異文化接触と変容』東洋企画、一九九九年）、「巻名の想像力」（『国文学』臨時増刊号、二〇〇〇年）、「冠」（『「平安文化」のエクリチュール』勉誠出版、二〇〇一年）、「匂宮三帖における物・住まい・自然」（『源氏研究』7、二〇〇二年）、「視点」「身体」（『源氏物語事典』大和書房、二〇〇二年）、「武士と貴族」（『中世王朝物語・御伽草子事典』勉誠出版、二〇〇二年）、「土佐日記論」（『新しい作品論へ、新しい教材論へ』古典編2、右文書院、二〇〇三年）、「蜻蛉日記、または遠さと近さの織物」（『王朝女流文学の展望』竹林舎、二〇〇三年）、「平安朝文学における庭園の問題」（『日本文学』二〇〇三年五月号）、「本土芸能と琉球芸能」（『沖縄芸能の可能性』東洋企画、二〇〇五年）、「源氏物語と現代思想」（『解釈と鑑賞』二〇〇八年五月号）、「江戸時代の源氏物語――リメイクの諸相」（『解釈と鑑賞』二〇一〇年一〇月号）、「自然とテクスト――震災後の読み直し」（『日本文学』二〇一三年五月号）、「六条院と外部性」（『新しい時代への源氏学』二、竹林舎、二〇一四年）。

あとがき

本書は「文学史論」「平安朝文学論のために」「中世文学論のために」の三部構成である。発表した論文をすべて収録したかったが、紙幅の都合で断念し、関連論文として掲げた。補訂も含めて、別の機会を待ちたい。

あまりに遅すぎるが、大学、大学院でお世話になった宮崎荘平、野村精一、矢代和夫の三先生にまず感謝申し上げたいと思う。本書の将門記論は矢代ゼミで発表したものが基になっている。丸山隆司、板垣俊一、渡瀬茂、飯田勇、家井美千子ら先輩諸氏にも感謝申し上げたい。本書の説経論は国内研修の際お世話になった飯田ゼミで学び直したものである。大学院時代の先輩たちとともに、呉讃旭の案内で二度ほど韓国を訪れたりしたが、そんな集まりの一つで修羅能について報告したことなどを思い出す。また、物語研究会の皆様にも感謝申し上げたい。そのエネルギッシュな運動体から様々なことを学んだからである。すでに故人となってしまった方もおられるが、記憶の中では生きている。

出版を引き受けてくださった翰林書房の今井肇、静江御夫妻に厚く御礼申し上げます。なお、本書は沖縄国際大学研究成果刊行奨励費の交付を受けるものです。飛躍の多い論文集となりましたが、御批判、御教示いただければ幸いです。

二〇一八年夏、宜しき湾にて

著者

【著者略歴】
葛綿　正一（くずわた　まさかず）
1961年、新潟県生まれ
1988年、東京都立大学大学院博士課程単位取得退学
現在、沖縄国際大学総合文化学部教授（日本文化学科、大学院地域文化研究科）
〔連絡先〕
〒901-2701 宜野湾市宜野湾2-6-1沖縄国際大学総合文化学部
〔主要論著〕
『源氏物語のテマティスム――語りと主題』(笠間書院、1998年)、『源氏物語のエクリチュール――記号と歴史』(同、2006年)、『現代詩八つの研究――余白の詩学』（翰林書房、2013年)、『馬琴小説研究』（同、2016年)、「養蚕説話の構造分析」（『沖縄国際大学日本語日本文学研究』7、2007年)、「宇治拾遺物語の饗応と交換」Ⅰ・Ⅱ（同40、2017年）など。

平安朝文学論　表象と強度

発行日	2019年1月25日　初版第一刷
著　者	葛綿正一
発行人	今井肇
発行所	翰林書房
	〒151-0071 東京都渋谷区本町1-4-16
	電 話　(03)6276-0633
	FAX　(03)6276-0634
	http://www.kanrin.co.jp/
	Eメール●Kanrin@nifty.com
装　釘	須藤康子＋島津デザイン事務所
印刷・製本	メデューム

落丁・乱丁本はお取替えいたします

ISBN978-4-87737-435-8